毛泽东钟爱的古诗词

钟爱的古诗词

徐四海 编著

人民东方出版传媒
东方出版社

前　言

　　毛泽东从少年青年时代就受到楚湘文化的滋养润泽，十分热爱中国古典文学，尤其喜爱古典诗词。他热爱"风骚"，背诵《诗经》，抄写《离骚》，吟诵《楚辞》。在之后的革命生涯中，直至晚年，终身手不释卷。毕桂发主编的《毛泽东批阅古典诗词曲赋全编》收录了毛泽东批阅的现今所能搜集到的古代 455 位作家的诗词曲赋 1726 首。其中诗 1240 首，占 71.8%，包括先秦诗 38 首，汉诗 45 首，魏诗 45 首，晋诗 28 首，南北朝诗 44 首，唐诗 621 首，五代诗 8 首，宋诗 20 首，元诗 60 首，明诗 191 首，清诗 140 首。词 431 首，占 25%，包括唐词 35 首，五代词 55 首，宋词 292 首，元词 5 首，明词 12 首，清词 32 首。曲 32 首，占 1.9%，包括元曲 14 首，明曲 9 首，清曲 9 首。赋 23 篇，占 1.3%，包括先秦赋 6 篇，汉赋 4 篇，魏晋赋 3 篇，南北朝赋 6 篇，唐宋赋 4 篇。毛泽东在批阅欣赏之余，还默诵手书了许多首古典诗词，这些资料，对于读者研究毛泽东文艺思想弥足珍贵。

　　在诗歌欣赏方面，毛泽东有独特的见解，他认为："诗言志"，"写诗，就要写出自己的胸怀和情操，这样才能引起读者的共鸣，才能使人感奋。"① 因此，他特别喜欢李白、李贺等诗人的诗词。同时，他也认为："词有婉约、豪放两派，各有兴会，应当兼读。读婉约派久了，厌倦了，要改读豪放派。豪放派读久了，又厌倦了，应当改读婉约派。我的兴趣偏于豪放，不废婉约。婉约派中有许多意境苍凉而又优美的词。范仲淹的上两首（编者按：指范仲淹的《苏幕遮》《渔家傲》两首词），介于婉约与豪放两派之间，可算中间派吧；但基本上仍属婉约，既苍凉又优美，使人不厌读。婉约派中的一味儿女情长，豪放派中的一味铜琶铁板，

───────────────

　　① 陈晋著：《毛泽东与文艺传统》，中央文献出版社 1992 年 3 月第 1 版。

读久了，都令人厌倦的。人的心情是复杂的，有所偏但仍是复杂的。所谓复杂，就是对立统一。人的心情，经常有对立的成分，不是单一的，是可以分析的。词的婉约、豪放两派，在一个人读起来，有时喜欢前者，有时喜欢后者，就是一例。"①

本书遴选毛泽东喜爱的、在中国文学史上影响较大、流传较广的古典诗词313首，按作者和诗词产生的时代顺序排列。每首诗（词）包括作者介绍，诗（词）原文，毛泽东圈读、点评、手书或应用情况，注释，简析五个部分。

本书对于读者研究中国古代文学，传承诗词文化的优良传统，提高文艺鉴赏能力，弘扬社会主义核心价值观，具有一定的参考作用。

① 毛泽东:《读范仲淹两首词的批语（1957年8月1日）》，中共中央文献研究室编:《毛泽东文集》(第七卷)，人民出版社1999年6月第1版。

目 录

先 秦

【远古歌谣】/ 002
　　击壤歌 / 002
【伯夷、叔齐】/ 002
　　采薇歌 / 003
【诗 经】/ 004
　　邶风·静女 / 004
　　卫风·木瓜 / 005
　　魏风·伐檀 / 007
　　秦风·无衣 / 008
　　豳风·鸱鸮 / 009
　　小雅·伐木 / 011
　　小雅·天保 / 013
　　小雅·采薇 / 015
　　小雅·小旻 / 018
　　小雅·蓼莪 / 020
【屈 原】/ 022
　　离 骚 / 022
　　九歌·东皇太一 / 047
　　九歌·云中君 / 048

　　九歌·湘君 / 050
　　九歌·湘夫人 / 052
　　九歌·少司命 / 054
　　九歌·河伯 / 056
　　九歌·山鬼 / 058
　　九歌·国殇 / 061
　　天 问 / 062

汉魏六朝

【刘 邦】/ 082
　　大风歌 / 082
【项 羽】/ 083
　　垓下歌 / 083
【汉乐府】/ 084
　　有所思 / 084
　　上 邪 / 085
　　长歌行三首（其一）/ 086
　　古诗为焦仲卿妻作（并序）/ 087
【古诗十九首】/ 098
　　行行重行行 / 099

I

青青河畔草 / 100

西北有高楼 / 100

冉冉孤生竹 / 102

迢迢牵牛星 / 103

生年不满百 / 104

客从远方来 / 105

明月何皎皎 / 105

【蔡　邕】/ 106

饮马长城窟行 / 106

【曹　操】/ 108

蒿里行 / 108

短歌行 / 109

苦寒行 / 111

步出夏门行·观沧海 / 113

步出夏门行·龟虽寿 / 114

【王　粲】/ 115

七哀诗三首（其一）/ 115

【蔡　琰】/ 117

悲愤诗 / 117

胡笳十八拍 / 122

【诸葛亮】/ 129

梁甫吟 / 129

【曹　植】/ 131

箜篌引 / 131

白马篇 / 132

赠白马王彪（并序）/ 134

七步诗 / 138

【阮　籍】/ 139

咏怀八十二首（其一）/ 139

咏怀八十二首（其三）/ 140

咏怀八十二首（其十九）/ 141

咏怀八十二首（其三十一）/ 142

咏怀八十二首（其七十七）/ 143

【左　思】/ 144

咏史八首（其一）/ 144

咏史八首（其二）/ 146

咏史八首（其三）/ 148

咏史八首（其四）/ 149

咏史八首（其五）/ 150

【陶渊明】/ 151

归园田居五首（其一）/ 151

归园田居五首（其二）/ 153

归园田居五首（其三）/ 153

归园田居五首（其四）/ 154

归园田居五首（其五）/ 155

饮酒二十首（其九）/ 156

桃花源诗（并记）/ 157

【谢灵运】/ 161

邻里相送至方山 / 162

登池上楼 / 163

【北朝乐府】/ 165

木兰诗 / 165

敕勒歌 / 168

唐　五代

【骆宾王】/ 172

在狱咏蝉 / 172

【王 勃】/ 173

送杜少府之任蜀川 / 173

【宋之问】/ 175

灵隐寺 / 175

【陈子昂】/ 177

登幽州台歌 / 177

【贺知章】/ 178

回乡偶书二首（其一）/ 178

【王 翰】/ 179

凉州词 / 179

【王之涣】/ 180

登鹳雀楼 / 180

凉州词二首（其一）/ 181

【孟浩然】/ 183

宿桐庐江寄广陵旧游 / 183

宿建德江 / 184

春 晓 / 184

【七岁女子】/ 185

送 兄 / 185

【李 颀】/ 185

古 意 / 186

古从军行 / 187

【王昌龄】/ 188

从军行七首（其四）/ 188

从军行七首（其五）/ 190

出塞二首（其一）/ 190

塞下曲四首（其二）/ 191

芙蓉楼送辛渐二首（其一）/ 192

闺 怨 / 193

【王 维】/ 193

老将行 / 194

辋川闲居赠裴秀才迪 / 196

汉江临眺 / 197

送元二使安西 / 198

相 思 / 198

杂诗三首（其二）/ 199

九月九日忆山东兄弟 / 199

【李 白】/ 200

峨眉山月歌 / 200

黄鹤楼送孟浩然之广陵 / 201

夜泊牛渚怀古 / 202

越中览古 / 203

蜀道难 / 204

子夜吴歌四首（其三）/ 207

月下独酌四首（其一）/ 207

关山月 / 208

长干行二首（其一）/ 209

送友人 / 211

行路难三首（其一）/ 212

清平调三首（其一）/ 213

清平调三首（其二）/ 214

清平调三首（其三）/ 214

梁甫吟 / 215

梦游天姥吟留别 / 218

登金陵凤凰台 / 221

将进酒 / 223

宣州谢朓楼饯别校书叔云 / 224

赠汪伦 / 225

庐山谣寄卢侍御虚舟 / 226

忆秦娥 / 229

【高　适】/ 230

燕歌行（并序）/ 230

【崔　颢】/ 232

黄鹤楼 / 233

长干行二首（其一）/ 234

长干行二首（其二）/ 235

【刘长卿】/ 235

自夏口至鹦鹉洲望岳阳

　寄元中丞 / 235

【杜　甫】/ 236

望　岳 / 237

兵车行 / 238

丽人行 / 240

春　望 / 242

哀江头 / 243

北　征 / 245

新安吏 / 251

石壕吏 / 253

新婚别 / 254

垂老别 / 256

无家别 / 258

曲江二首（其二）/ 259

月夜忆舍弟 / 261

天末怀李白 / 261

蜀　相 / 262

水槛遣心二首（其一）/ 263

客　至 / 265

茅屋为秋风所破歌 / 265

闻官军收河南河北 / 267

绝句四首（其三）/ 268

登　楼 / 269

丹青引·赠曹将军霸 / 270

旅夜书怀 / 272

秋兴八首（其一）/ 273

秋兴八首（其二）/ 274

咏怀古迹五首（其三）/ 275

咏怀古迹五首（其五）/ 276

登　高 / 277

登岳阳楼 / 278

江南逢李龟年 / 279

【岑　参】/ 280

逢入京使 / 280

走马川行，奉送封大夫

　出师西征 / 281

白雪歌送武判官归京 / 282

奉和杜相公发益昌 / 283

【张　继】/ 285

枫桥夜泊 / 285

【韦应物】/ 286

寄李儋元锡 / 286

夕次盱眙县 / 287

【西鄙人】/ 288

哥舒歌 / 288

【李　益】/ 289

夜上受降城闻笛 / 289

【韩　愈】/ 290

山　石 / 290

IV

八月十五夜赠张功曹 / 292

调张籍 / 293

石鼓歌 / 296

【刘禹锡】/ 299

竹枝词二首（其一）/ 300

西塞山怀古 / 300

乌衣巷 / 302

酬乐天扬州初逢席上见赠 / 302

杨柳枝词九首（其一）/ 304

【白居易】/ 304

赋得古原草送别 / 305

长恨歌 / 306

卖炭翁 / 312

放言五首（其三）/ 313

琵琶行（并序）/ 314

杨柳枝词 / 319

【柳宗元】/ 319

登柳州城楼寄漳汀封连四州 / 319

江 雪 / 320

【贾 岛】/ 321

忆江上吴处士 / 321

【李 贺】/ 322

李凭箜篌引 / 323

雁门太守行 / 324

梦 天 / 325

南园十三首（其五）/ 327

南园十三首（其六）/ 327

金铜仙人辞汉歌（并序）/ 328

马诗二十三首（其四）/ 329

马诗二十三首（其五）/ 330

老夫采玉歌 / 330

致酒行 / 331

苦昼短 / 333

【无名氏】/ 334

金缕衣 / 334

【朱庆馀】/ 335

近试上张水部 / 335

【杜 牧】/ 336

过华清宫三首（其一）/ 336

赤 壁 / 337

泊秦淮 / 338

山 行 / 339

清 明 / 339

江南春 / 341

题青云馆 / 341

【许 浑】/ 343

咸阳城东楼 / 343

早 秋 / 344

【温庭筠】/ 345

赠知音 / 345

过陈琳墓 / 346

送人东游 / 347

苏武庙 / 348

菩萨蛮 / 349

【李商隐】/ 349

安定城楼 / 350

无 题 / 351

无 题 / 352

贾　生 / 353

夜雨寄北 / 354

蝉 / 354

马嵬二首（其二）/ 355

锦　瑟 / 357

春　雨 / 358

隋　宫 / 359

隋　宫 / 359

嫦　娥 / 361

登乐游原 / 361

【金昌绪】/ 362

春　怨 / 362

【罗　隐】/ 362

西　施 / 363

筹笔驿 / 363

雪 / 365

蜂 / 365

【韦　庄】/ 366

章台夜思 / 366

台　城 / 367

女冠子二首（其一）/ 367

菩萨蛮五首（其一）/ 368

菩萨蛮五首（其二）/ 369

菩萨蛮五首（其三）/ 369

菩萨蛮五首（其四）/ 370

【司空图】/ 370

归王官次年作 / 371

【秦韬玉】/ 371

贫　女 / 372

【郑　谷】/ 372

淮上与友人别 / 373

【谭用之】/ 373

秋宿湘江遇雨 / 374

【李　煜】/ 375

浪淘沙 / 376

虞美人 / 376

宋　元

【林　逋】/ 380

山园小梅 / 380

【柳　永】/ 381

望海潮 / 382

雨霖铃 / 383

八声甘州 / 384

满江红·桐川三首（其一）/ 385

满江红·桐川三首（其二）/ 387

满江红·桐川三首（其三）/ 387

【范仲淹】/ 388

苏幕遮 / 389

渔家傲 / 390

【程　颢】/ 391

春日偶成 / 391

【苏　轼】/ 392

饮湖上，初晴后雨二首
　（其二）/ 392

题西林壁 / 393

惠崇春江晓景二首（其一）/ 393

念奴娇·赤壁怀古 / 394

【秦　观】/ 395

鹊桥仙·七夕 / 396

【李清照】/ 397

醉花阴 / 397

声声慢 / 398

【吴　激】/ 399

人月圆·宴张侍御家有感 / 399

【张元幹】/ 400

贺新郎·送胡邦衡谪新州 / 401

【岳　飞】/ 403

满江红 / 403

池州翠微亭 / 404

送紫岩张先生北伐 / 405

【陆　游】/ 406

剑门道中遇微雨 / 407

楼上醉书 / 408

秋晚登城北门 / 409

示　儿 / 410

诉衷情 / 411

渔家傲·寄仲高 / 412

谢池春 / 413

卜算子·咏梅 / 413

夜游宫·记梦寄师伯浑 / 415

【辛弃疾】/ 416

念奴娇·登建康赏心亭，

呈史留守致道 / 416

太常引·建康中秋夜

为吕叔潜赋 / 418

菩萨蛮·书江西造口壁 / 419

水调歌头·舟次扬州，和杨济翁、

周显先韵 / 420

摸鱼儿（并序）/ 422

采桑子·书博山道中壁 / 423

西江月·遣兴 / 424

破阵子·为陈同甫赋壮词以寄 / 425

南乡子·登京口北固亭有怀 / 426

永遇乐·京口北固亭怀古 / 427

【陈　亮】/ 429

水调歌头·送章德茂大卿使虏 / 429

念奴娇·登多景楼 / 431

【刘　过】/ 432

沁园春·寄辛承旨，时承旨召，不赴

（并序）/ 433

【林　升】/ 434

题临安邸 / 435

【文天祥】/ 435

过零丁洋 / 435

正气歌（并序）/ 437

【姚　燧】/ 443

越调·凭栏人·寄征衣 / 443

【蒋　捷】/ 444

虞美人·听雨 / 444

【马致远】/ 445

越调·天净沙·秋思 / 445

双调·湘妃怨·和卢疏斋西湖四首

（其三）/ 446

双调·夜行船·秋思 / 447

【王实甫】／448

　仙吕宫·点绛唇／448

　仙吕宫·混江龙／449

　仙吕宫·油葫芦／450

【张可久】／451

　正宫·醉太平·感怀／452

【赵禹圭】／453

　双调·折桂令·题金山寺／453

【徐再思】／454

　双调·折桂令·题情／454

　双调·水仙子·夜雨／455

【贯云石】／456

　中吕·红绣鞋／456

【萨都剌】／457

　念奴娇·登石头城次东坡韵／457

　满江红·金陵怀古／459

　木兰花慢·彭城怀古／461

【汪元亨】／462

　正宫·醉太平·归隐二十首

　　（其二）／463

明　清

【高　启】／466

　梅花九首（其一）／466

　吊岳王墓／468

　送叶判官赴高唐，时使安南还／469

【汤显祖】／470

　皂罗袍／471

【王夫之】／472

　青玉案·忆旧／472

【纳兰性德】／473

　清平乐／473

　台城路·塞外七夕／474

【龚自珍】／475

　己亥杂诗三一五首

　　（其一二五）／475

参考文献／477

先秦

XIANQIN

【远古歌谣】

远古歌谣，指远古时期流传在人民口头的民歌谣谚。当时没有文字，不能直接记录下来。现在我们在古书上看到的远古歌谣，都是后人根据口耳相传记录下来并经过加工整理的，有些甚至是伪托，但是从某些歌谣中也可约略看出一点远古歌谣的特色。

击壤歌[1]

日出而作，日入而息[2]。凿井而饮，耕田而食。帝力于我何有哉[3]！

毛泽东曾圈读这首诗。

[1] 这首歌谣最早见于东汉王充《论衡·艺增》，文字略有不同。壤：古代儿童的一种玩具，以木做成，前宽后窄，长一尺多，形如鞋。玩时，先将一壤置于地，然后在三四十步远处，以另一壤击之，中者为胜，故称击壤。

[2] 作：劳动。息：休息。

[3] "帝力"句：意谓帝尧的力量或功绩对于我有什么关系呢？帝：传说中的我国上古时代帝王唐尧。何有：有什么（关系）。

这首诗反映了农耕文化时期劳动人民自食其力的生活：上古尧时代，人们过着无忧无虑的生活，太阳出来，人们开始干活儿，太阳落下回家休息，开凿井泉就有水饮，耕种田地就有饭吃……生活虽然劳累辛苦，但无忧无虑，自由自在。在前面叙事的基础上，最后一句抒发情感：这样安闲自乐，谁还去向往那帝王的权力？帝王的权力对我有什么用呢？此诗把先民们无忧无虑的生活状态、怡然自得的神情，描写得十分自然真切。

【伯夷、叔齐】

伯夷、叔齐，生卒年均不详。传说商代诸侯孤竹国（在今河北卢龙县南）国君有三子，欲立三子叔齐为继承人。孤竹君死后，叔齐不愿继位，让位给长兄伯夷，伯夷不受。二人先后都逃往周国。周武王灭商后，他们耻食周粟，隐居首阳山（今山西运城永济市西南）采薇而食，最后饥饿而死。

采薇歌[1]

登彼西山兮，采其薇矣[2]。以暴易暴兮，不知其非矣[3]。神农虞夏，忽焉没兮，吾适安归矣[4]！吁嗟徂兮，命之衰矣[5]。

毛泽东在《别了，司徒雷登》一文中指出："唐朝的韩愈写过《伯夷颂》，颂的是一个对自己国家的人民不负责任、开小差逃跑，又反对武王领导的当时的人民解放战争、颇有些'民主个人主义'思想的伯夷，那是颂错了。"

〔1〕采薇歌：古歌名。薇：多年生草本植物，今名野豌豆，嫩茎叶和种子皆可食。据《史记·伯夷列传》记载，周武王推翻商纣王后，伯夷、叔齐以吃周粮为耻，便隐居首阳山采薇吃，饿死前作了这首《采薇歌》。

〔2〕西山：指首阳山。

〔3〕以暴易暴：以残暴势力取代残暴势力。以上两句是伯夷反对周武王伐纣的话。

〔4〕神农：传说中的上古帝王。虞：传说中我国父系氏族社会后期部落联盟领袖，姚姓，有虞氏，名重华，史称虞舜。夏：即大禹，传说中古代部落联盟领袖，姒姓，名文命，史称夏禹。适：往，去。

〔5〕吁嗟：感叹词。徂：通"殂"，死亡。

这首诗前两句写伯夷、叔齐二人隐居采薇而食；接着两句写其不食周粟的原因；五至七句慨叹神农虞夏如此圣明，逝去却何等迅速，自己又将往何处安身立命；末二句哀叹生命行将结束。周武王兴兵灭商，统一天下后，诗人不以为然，反而鄙弃其"以暴易暴"的伟大行动。他们宁可饿死，也不愿为刚刚建国的周王朝出力。在历史上，伯夷、叔齐被认为是舍生取义的典型，备受后人称赞。毛泽东对伯夷、叔齐行为的看法则是完全相反的。

【诗 经】

《诗经》是我国第一部诗歌总集，收录了自西周到春秋中期约500年间的诗歌共305首，包含"风""雅""颂"三个部分。"风"又称"国风"，收录西周至春秋时代15个诸侯国和地区的诗歌，大多是当地民间歌谣，是《诗经》中的精华。"雅"分"大雅"和"小雅"，主要是贵族文人的作品。"颂"主要是王室和诸侯祭祀用的乐歌舞曲，用于歌功颂德或宣扬神权天命。《诗经》多采用四言句和赋比兴的艺术形式反映当时的社会生活，开创了我国现实主义诗歌传统，成为我国古典诗歌的源头。

邶风·静女 [1]

静女其姝，俟我于城隅 [2]。爱而不见，搔首踟蹰 [3]。

静女其娈，贻我彤管 [4]。彤管有炜，说怿女美 [5]。

自牧归荑，洵美且异 [6]。匪女之为美，美人之贻 [7]。

1956 年，毛泽东乘专车去北戴河开会，当他得知女服务员姚淑贤因随行而不能赴男友约会时，着急地说："哎呀，糟糕，搅了你们的好事！"当天晚上，毛泽东对姚淑贤说："我给你写个东西，拿回去交给你男朋友，再把失约的原因讲给他听。"毛泽东一边写，一边自得其乐地吟诵，写好后将诗递给姚淑贤。毛泽东所写的是这首诗的前四句。

〔1〕邶风：指产生于西周诸侯国卫地（今河南省北部）的民间歌谣。静女：节取首句前两个字为标题。

〔2〕静女：旧解多释为"贞静娴雅之女"。吴小如释"静女"为今词"靓女"，最为恰切。姝（shū）：美丽。俟：等待，这里指约会等待。城隅：城墙拐角处，古代筑城，在拐角处起台建屋。

〔3〕爱：通"薆"，隐蔽。而：连词。见（xiàn）：现身，露面。踟蹰（chí chú）：徘徊，焦急的意思。这里形容焦急惶惑，心情不安的情态。

〔4〕娈：容貌姣好。贻（yí）：赠送。彤管：红色管状花朵。古俗男女常赠

花草以寄情意。根据诗意，彤管和荑应是一物或同类花草植物。

〔5〕有炜：即炜炜，光亮鲜明的样子。说怿（yuè yì）：喜悦。说：通"悦"。女：通"汝"，你，这里指彤管信物。

〔6〕牧：野外。归：通"馈"，馈赠，赠送。荑（tí）：嫩白的茅草，其根茎、嫩芽、花芽皆清甜可食。掘芽赠食，至今仍为农村儿童习行。洵：实在，诚然。异：奇异，不同一般。

〔7〕匪：通"非"，不是。美人：指诗中的男子。《诗经》中的"美人"一词常用以形容男子的高大壮美。

这是一首描写情人幽会的诗。第一章写美丽的姑娘与小伙子约好在城角会面，当小伙子如约而至，顽皮的姑娘却开了个玩笑，隐而不见，急得主人公"搔首踟蹰"，栩栩如生地塑造出一位对所爱如痴如醉的人物形象。第二、三章，写痴情小伙子在城隅等候恋人时的回忆，倒叙出与爱人相亲相恋的甜蜜历史。"贻我彤管""自牧归荑"，表明男女最初的相识相爱，源于郊野的游处交往。全诗采用赋的手法，以洗练的字句，描绘出约会的进程，既有地点、人物、情境的描绘，又有回忆和心理活动的叠加，充满了愉快而幽默的情趣。语言清新，生动形象，别有风韵。

卫风·木瓜[1]

投我以木瓜，报之以琼琚[2]。匪报也，永以为好也[3]。

投我以木桃[4]，报之以琼瑶。匪报也，永以为好也。

投我以木李[5]，报之以琼玖。匪报也，永以为好也。

1965 年 6 月 26 日，毛泽东在致民主人士章士钊的信中说："大作（指章士钊著的《柳文指要》）收到，义正词严，敬服之至。古人云：投我以木桃，报之以琼瑶。今奉上桃杏各五斤，哂纳为盼！投报相反，尚乞谅解。"

〔1〕卫风：十五国风之一，是产生于西周后期及春秋前期卫国（今河南省北部）一带的民歌。木瓜：一种落叶灌木（或小乔木），蔷薇科，果实长椭球形，

色黄而香，蒸煮或蜜渍后供食用。(按：今粤桂闽台等地出产的木瓜，全称为番木瓜，供生食，与此处的木瓜非一物。)

〔2〕投：投掷，给予，男女互相投赠信物，是古代民间一种求爱方式。报：回报。琼琚：美玉名。下文的"琼瑶""琼玖"义同。佩戴各种形状和颜色的玉石，是古代一种衣饰习俗。

〔3〕匪报也：不是仅为答谢你。匪：通"非"，不是。

〔4〕木桃：果名，即楂子，与木瓜树科属相同，枝有刺，果实较木瓜小。

〔5〕木李：即榠楂，又名木梨，果实味酸，气味香，形状与木瓜相似。

这是一首描写男女互赠信物以表达爱意的民间情歌。主人公唱道：你送我一个滚圆而清香四溢的木瓜，我回赠给你一方精美的佩玉；你送给我蜜桃般甜蜜的木桃，我回赠你晶莹剔透的宝玉；你送给我味美清爽的木李，我回赠你一串珍珠般的玉石，我要发誓与你永远相好。全诗一唱三叹，回环复沓，余音袅袅，具有很强的音乐性。参差错落的句式既造成了跌宕有致的韵味，又突出了声情并茂的艺术效果和浓厚的民歌色彩。

毛泽东手书《诗经·卫风·木瓜》(节选)

魏风·伐檀[1]

坎坎伐檀兮，寘之河之干兮，河水清且涟猗[2]。不稼不穑，胡取禾三百廛兮[3]？不狩不猎，胡瞻尔庭有县貆兮[4]？彼君子兮，不素餐兮[5]！

坎坎伐辐兮，寘之河之侧兮，河水清且直猗[6]。不稼不穑，胡取禾三百亿兮[7]？不狩不猎，胡瞻尔庭有县特兮[8]？彼君子兮，不素食兮！

坎坎伐轮兮，寘之河之漘兮，河水清且沦猗[9]。不稼不穑，胡取禾三百囷兮[10]？不狩不猎，胡瞻尔庭有县鹑兮[11]？彼君子兮，不素飧兮[12]！

1964年8月，毛泽东在北戴河同哲学工作者谈话时说，司马迁对《诗经》评价很高，说《三百篇》皆古圣贤发愤之所为作也。大部分是风诗，是老百姓的民歌。老百姓也是圣贤。"发愤之所为作"，心里没有气，他写诗？"不稼不穑，胡取禾三百廛兮？不狩不猎，胡瞻尔庭有县貆兮？彼君子兮，不素餐兮！""尸位素餐"就是从这里来的。这是怨天，反对统治者的诗。

〔1〕魏风：十五国风之一，是产生于西周时期魏国（今山西西南芮城）一带的民歌。檀：木名，质地坚硬，可造车。

〔2〕"坎坎"三句：是说砍伐檀树声坎坎，把伐下的檀树放在河边上，河水清清泛起微波。坎坎：形容伐木的声音。兮：语助词，用以舒缓语气，相当于现代汉语的"啊"。寘：通"置"，放置。干：河岸。涟：风生水面泛起的波纹。猗：语助词，同"兮"。

〔3〕"不稼"二句：是说不种田又不收割，为何三百捆谷物往家搬？稼：播种。穑：收割。胡：何，为什么。禾：黍、稷、稻等粮食作物的总称。三百：极言其多，非确数。廛：通"缠"，即捆。

〔4〕"不狩"二句：是说不冬狩来不夜猎，为什么见你家庭院里挂满了猪獾？狩：冬天打猎。猎：晚上打猎。这里泛指打猎。瞻：向前或向上看。县："悬"的

古字，悬挂。貆（huán）：兽名，幼小的貉，今名猪獾。

〔5〕"彼君"二句：是说那些老爷君子是不会白吃闲饭的。君子：这里是反语，指奴隶主。在冷嘲热讽中，抒发奴隶蕴藏在胸中的反抗怒火。素餐：吃白饭，不劳而获。下文的"素食""素飧"义同此。

〔6〕"坎坎伐辐"三句：是说砍下檀树做车辐，放在河边堆一处，河水清清一直流注。伐辐：砍取制辐的檀树。辐：车轴与车轮之间的辐条。侧：岸边。直：指直纹的水波。

〔7〕亿：周代十万为亿，这里指粮食多。

〔8〕特：三岁的野兽。《毛诗传》："兽三岁曰特。"

〔9〕轮：车轮。漘（chún）：水边，河岸。沦：水的漩涡。

〔10〕囷（qūn）：通"捆"，束。

〔11〕鹑：鹌鹑。

〔12〕飧（sūn）：晚餐，这里泛指吃饭。

这首诗展示了这样的情景：一群伐木者砍伐檀树造车时，联想到剥削者不种庄稼、不打猎，却占有大量的劳动果实，非常愤怒，于是你一言我一语发出了责问的呼声。按照诗人情感发展的脉络，此诗可分为三个层次：第一层写伐檀造车的艰苦劳动。第二层从眼下伐木造车想到还要替剥削者种庄稼和打猎，而这些收获物全都被剥削者占去，自己却一无所有，愈想愈愤怒且无法压抑，忍不住提出了严厉的责问："不稼不穑，胡取禾三百廛兮？不狩不猎，胡瞻尔庭有县貆兮？"第三层进一步揭露剥削者不劳而获的寄生本质，巧妙地运用反语作结："彼君子兮，不素餐兮!"对剥削者冷嘲热讽，点明了主题，抒发了蕴藏在胸中的反抗怒火。全诗采用兴寄手法，一唱三叹，句式参差变化，感情自由奔放，音韵和谐自然，读之朗朗上口，堪称《诗经》中的一篇杰作。

秦风·无衣[1]

岂曰无衣？与子同袍[2]。王于兴师，修我戈矛，与子同仇[3]！

岂曰无衣？与子同泽[4]。王于兴师，修我矛戟，与子偕作[5]！

岂曰无衣？与子同裳[6]。王于兴师，修我甲兵，与子偕行[7]！

毛泽东《西江月·秋收起义》词中"地主重重压迫，农民个个同仇"，化用这首诗中"王于兴师，修我戈矛，与子同仇"句意。

〔1〕秦风：十五国风之一，是产生于春秋初至秦穆公（卒于前622年）时期秦国（在今陕西、甘肃一带）的民间歌谣。

〔2〕岂曰：难道说。无衣：缺少军衣。子：你，指从军的战友。袍：战袍，即今之斗篷。士兵穿同样的军服，所以说"同袍"。下文的"同泽""同裳"义同此。

〔3〕王：指周王，秦国出兵是以周天子之命为号召的。一说指秦王。于：语助词，一般用在动词之前。兴师：发兵打仗。师：军队。同仇：同伴。仇：匹偶。

〔4〕泽：通"襗"，贴身内衣，如今之汗衫。

〔5〕偕作：一起奋起去作战。偕：共同，一道。

〔6〕裳：古代下身衣服叫裳，即裙，男女都穿。这里指战裙。

〔7〕甲兵：铠甲与兵器。偕行：一同出发，齐赴战场。

这首军歌犹如一篇豪情万丈的誓词。在西戎犯边时，秦国人民意气风发，同仇敌忾，踊跃参军。诗中热情洋溢的强烈的爱国主义激情和慷慨激昂的英雄主义气概令人心驰神往。"修我戈矛！""修我矛戟！""修我甲兵！"等富有强烈动作性的语言，能够使人想象到战士们在磨刀擦枪，舞戈挥戟，随时准备赴汤蹈火的热烈场面。秦人尚武好勇，反映在这首诗中则以气概胜。诵读此诗，不禁为诗中火一般燃烧的激情所感染。全诗每章以设问开头，别具一格，极易激发读者的阅读兴趣。

豳风·鸱鸮[1]

鸱鸮鸱鸮，既取我子，无毁我室[2]。恩斯勤斯，鬻子之闵斯[3]。

迨天之未阴雨，彻彼桑土，绸缪牖户[4]。今女下民，或敢侮予[5]！

予手拮据，予所捋荼[6]。予所蓄租，予口卒瘏，曰予未有室家[7]。

予羽谯谯，予尾翛翛，予室翘翘[8]。风雨所漂摇，予维音哓哓[9]！

1939年7月，毛泽东为悼念冀东抗日英雄杨十三，写了一副挽联："国家在风雨飘摇之中，对我辈特增担荷；燕赵多慷慨悲歌之士，于先生犹见典型。""风雨飘摇"，化用此诗中"风雨所漂摇"句意。

[1] 豳风：十五国风之一，是西周时期豳地（今陕西咸阳旬邑县）一带的民歌。鸱鸮（chī xiāo）：猫头鹰一类的鸟。

[2] 既：已经。子：指幼鸟。全诗以母禽第一人称的口吻写出。无：通"毋"，不要。室：指鸟巢。

[3] 恩、勤：即殷勤。斯：语助词。鬻（yù）：通"育"，哺育，养育。闵：病。

[4] 迨（dài）：及，趁着。彻：通"撤"，撤去，剥取。彼：那。桑土：桑枝和泥土，筑巢所用。绸缪（móu）：缠缚，密密缠绕。牖户：窗门，这里指鸟巢漏风的地方。

[5] 女：通"汝"，你们。下民：下面的人。鸟住在树上，所以把人们叫"下民"。或：有人。侮：欺侮，侵害。予：我。

[6] 拮据（jié jū）：手因病不能屈伸自如，这里指鸟的脚爪劳累，辛苦。所：尚，还。捋（luō）：用手自上而下地抹取。荼：茅草的花。

[7] 蓄：积蓄。租：通"苴"，茅草。卒瘏（tú）：因过度劳累而患病。卒：通"悴"，过度劳累的样子；一曰通"聿"，语助词。室家：指鸟巢。

[8] 谯谯（qiáo）：形容羽毛脱落稀疏的样子。翛翛（xiāo）：形容羽毛枯敝没有光泽的样子。翘翘（qiáo）：形容高而不稳的样子。

[9] 漂摇：同"飘摇"。哓哓（xiāo）：形容惊恐的叫声。

这是一首描述弱者与强暴者、压迫者抗争的寓言诗。诗以母禽第一人称的口吻，讲述鸱鸮抓去它的雏儿以后，为了防御外来的侵害，保护自己的小鸟，辛苦筑巢的故事。恶鸟鸱鸮洗劫了母鸟的危巢，并在高空得意地盘旋。孤弱无助的母鸟仰对高天，只能凄厉地呼号。然而母鸟痛定思痛，充满勇气地活了下来。此诗逼真地写出了既丧爱雏、复遭巢破的母禽之伤痛，塑造了一只虽经灾变仍不折不挠重建"家室"的可敬母鸟的形象。寓言诗中母鸟所受恶鸮的欺凌而丧子破巢的遭遇，以及在艰辛生存中面对不能把握自身命运的深深恐惧，正是下层人民悲惨情状的形象写照。这首具有开创性的歌谣被誉为寓言诗之祖，汉乐府《枯鱼过河泣》、曹植的《野田黄雀行》、杜甫的《义鹘行》、韩愈的《病鸱》等显然都受到了此诗的影响。

小雅·伐木[1]

伐木丁丁，鸟鸣嘤嘤[2]。出自幽谷，迁于乔木[3]。嘤其鸣矣，求其友声[4]。相彼鸟矣，犹求友声[5]。矧伊人矣，不求友生[6]？神之听之，终和且平[7]。

伐木许许，酾酒有藇[8]！既有肥羜，以速诸父[9]。宁适不来，微我弗顾[10]。於粲洒扫，陈馈八簋[11]。既有肥牡，以速诸舅[12]。宁适不来，微我有咎[13]。

伐木于阪，酾酒有衍[14]。笾豆有践，兄弟无远[15]。民之失德，干糇以愆[16]。有酒湑我，无酒酤我[17]。坎坎鼓我，蹲蹲舞我[18]。迨我暇矣，饮此湑矣[19]。

毛泽东在文章、书信中常引用这首诗中"嘤其鸣矣，求其友声"两句。1936年在致国民党军第八十四师师长高桂滋的信中说："嘤其鸣矣，求其友声，暴虎入门，懦夫奋臂。"1939年12月20日在《斯大林是中国人民的朋友》一文中说："我们中国人民，是处在历史上灾难最深重的时候，是需要人们援助最迫切的时候。《诗经》上说的'嘤其鸣矣，求其友声'，我们正是处在这种时候。"

〔1〕小雅："雅"是朝廷的正乐，分为"大雅""小雅"两类。《小雅》大部分产生于西周末期。

〔2〕"伐木丁丁"二句：是说伐木声咚咚作响，群鸟鸣叫嘤嘤相和。丁丁(zhēng)：形容砍树的声音。嘤嘤：形容鸟叫的声音。

〔3〕"出自"二句：是说鸟儿出自深谷里，飞往高高大树顶。

〔4〕"嘤其"二句：是说小鸟为何要鸣叫？只是为了求知音。

〔5〕"相彼"二句：是说仔细端详那小鸟，尚且求友欲相亲。相：审视，端详。

〔6〕"矧伊"二句：是说何况我们这些人，岂能不知重友情。矧（shěn）：况且，何况。伊：语助词。

〔7〕"神之"二句：是说天上神灵请聆听，赐我和乐与宁静。听之：听到这件事。终……且……：既……又……。

〔8〕"伐木许许"二句：是说伐木呼呼斧声急，滤酒清纯无杂质。许许（hǔhǔ）：形容砍伐树木的声音。醑（shī）：过滤（酒）。有藇：形容酒清澈透明的样子。

〔9〕"既有"二句：是说既有肥美羊羔在，请来叔伯叙情谊。羜（zhù）：小羊羔。速：邀请。成语有"不速之客"。

〔10〕"宁适"二句：是说即使他们没能来，不能说我缺诚意。宁：宁可。适：恰巧。微：非。弗顾：不顾念。

〔11〕"於粲"二句：是说打扫房屋以示隆重，佳肴八盘桌上齐。於（wū）：叹词。粲：光明的样子。陈：陈列。馈：进食品给别人。簋（guǐ）：古代一种盛放食物用的圆筒形器具。

〔12〕"既有肥牡"二句：是说既有肥美公羊肉，请来舅亲聚一起。牡：雄畜，这里指公羊。诸舅：对亲戚中的长一辈的称呼。泛指异姓亲友。

〔13〕"宁适不来"二句：是说即使他们没能来，不能说我有过失。咎：过错。

〔14〕"伐木于阪"二句：是说伐木就在山坡边，滤酒清清快斟满。阪：山坡。有衍：即"衍衍"，美好的样子。

〔15〕"笾豆"二句：是说行行笾豆盛珍馐，兄弟叙谈莫疏远。笾豆：盛放食物用的两种器皿。践：陈列。

〔16〕"民之"二句：是说有人早已失美德，一口干粮致埋怨。民：人。干糇（hóu）：干粮。愆：过错。

〔17〕"有酒"二句：是说有酒滤清让我饮，没酒快买我兴酣。湑（xǔ）：通

"醑"，滤过的酒。酤：通"沽"，买酒。

〔18〕"坎坎"二句：是说咚咚鼓声为我响，翩翩舞姿令我欢。坎坎：形容鼓声。蹲蹲：跳舞的样子。

〔19〕"迨我"二句：是说等到我有闲暇时，一定再把酒喝完。迨：等待，趁着。

这是一首贵族宴请亲朋故旧、歌颂亲情和友谊的诗篇。开头一章通过林谷嘤然和谐的鸟鸣来比喻人不能没有亲友，构成了一种十分宜人的境界。"丁丁"的伐木声和"嘤嘤"的鸟鸣声，迂回曲折地表露了暴政下诗人心有余悸，不敢谈论政治而另寻寄托的一种心态，同时鼓动人们叙亲情，笃友谊，一起来改变现实。第二章，描绘筹办筵席的热闹场面，诗人决定用纯净的美酒、上好肥嫩的羔羊以及丰盛的美食招待自己的亲友，营造出了一种人伦和谐的氛围。第三章，诗人为失去的友情和亲情而振臂高呼，希望普通人之间无论长幼亲疏，都要做到互相友爱。最后，在咚咚的鼓声伴奏下，人们载歌载舞，畅叙衷情，一派升平景象，从而使篇章诗意大增。后世人们常以"伐木"诗意作为友谊的象征。

小雅·天保

天保定尔，亦孔之固[1]。俾尔单厚，何福不除[2]？俾尔多益，以莫不庶[3]。

天保定尔，俾尔戬穀[4]。罄无不宜，受天百禄[5]。降尔遐福，维日不足[6]。

天保定尔，以莫不兴[7]。如山如阜，如冈如陵[8]，如川之方至，以莫不增[9]。

吉蠲为饎，是用孝享[10]。禴祠烝尝，于公先王[11]。君曰卜尔，万寿无疆[12]。

神之吊矣，诒尔多福[13]。民之质矣，日用饮食[14]。群黎百姓，徧为尔德[15]。

如月之恒，如日之升[16]。如南山之寿，不骞不崩[17]。如松柏之

茂，无不尔或承[18]。

1950 年，毛泽东曾书写这首诗中"如月之恒，如日之升"二句，贺张维母亲八十寿辰。他在致张维的信中说："令堂大人八十寿辰，无以为赠，写了几个字，借致庆贺之忱。"

〔1〕天：上天，皇天。保：保护，保佑。定：安定。尔：第二人称代词，你。"亦孔"句是说，把稳固赐给你。孔：很。

〔2〕俾（bǐ）：使。尔：你，即周宣王。单厚：确实很多，富有。单：通"宣"，确实。除（zhù）：给予，施与。

〔3〕以：语助词。莫不庶：任何财富你都很多。庶：众多。

〔4〕戩穀：福禄。

〔5〕罄：所有。无不宜：没有什么不合适的。

〔6〕遐福：长远之福。一说大福。维：通"唯"，唯恐，恐怕。日不足：只觉得时日不多。

〔7〕兴：兴隆。

〔8〕阜：土山。冈：山脊。陵：山岭。

〔9〕川之方至：河水涨潮。

〔10〕吉：吉日。蠲（juān）：通"涓"，清洁。这里作动词，指祭祀前沐浴斋戒使清洁。饎（xī）：祭祀用的酒食。是用：即用是，用此。享：进献，上供。

〔11〕禴（yuè）祠烝尝：一年四季在宗庙里举行祭祀的名称。春祠，夏禴，秋尝，冬烝。公：指先公，周的远祖。

〔12〕君：先君。这里指祭祀中扮演先公先王的神尸。卜：通"畀"，给予。

〔13〕吊：降临。诒：通"贻"，赠送，送给。

〔14〕质：质朴。

〔15〕群黎：指百姓，庶人。徧："遍"的异体字。为：通"化"，感化。

〔16〕恒：通"緪"（gēng），指月到上弦。

〔17〕南山：终南山，属秦岭山脉，在今陕西西安市南。骞（qiān）：山因风雨剥蚀而亏损。骞：亏损。

〔18〕无不尔或承："无或不承尔"的倒装，即没有人不拥护你。承：拥护。

这是一首祝贺宣王亲政的诗。第一章宣称宣王受天命而即位，上天肯定会维护其统治，其治理下的国家一定会稳固长久。第二章从不同角度说明上天对宣王的厚爱，声称上天将竭尽所能保佑王室和国家百业兴旺。第三章设譬连珠，极言上天对宣王的佑护和偏爱，营造了典雅而热烈的气氛。第四章起，笔锋转向，写选择吉利的日子，为宣王举行祭祀祖先的仪式，以期周之先公先王保佑宣王。第五章写祖先受祭而降临，将会带来国泰民安、天下归心的兴国之运。末章同第三章，用博喻手法，写宣王将会长寿，国将强盛。全诗处处都渗透着对年轻君王的热情鼓励以及隐藏着的深沉的爱戴之心。此诗表达了宣王的抚养人、老师及臣子召伯虎在宣王登基之初对新王的热情鼓励，殷切期望宣王登位后能励精图治，"敬天保民"，重振先祖雄风的政治理想。

小雅·采薇

采薇采薇，薇亦作止[1]。曰归曰归，岁亦莫止[2]。靡室靡家，狁之故[3]。不遑启居[4]，狁之故。

采薇采薇，薇亦柔止[5]。曰归曰归，心亦忧止[6]。忧心烈烈，载饥载渴[7]。我戍未定，靡使归聘[8]。

采薇采薇，薇亦刚止[9]。曰归曰归，岁亦阳止[10]。王事靡盬，不遑启处[11]。忧心孔疚，我行不来[12]！

彼尔维何？维常之华[13]。彼路斯何？君子之车[14]。戎车既驾，四牡业业[15]。岂敢定居？一月三捷[16]。

驾彼四牡，四牡骙骙[17]。君子所依，小人所腓[18]。四牡翼翼，象弭鱼服[19]。岂不日戒？狁孔棘[20]！

昔我往矣，杨柳依依[21]。今我来思，雨雪霏霏[22]。行道迟迟，载渴载饥[23]。我心伤悲，莫知我哀[24]！

1942年3月，国民党军第五军第二〇〇师师长戴安澜率部出征缅甸对日作战，先后在缅甸南部重镇东瓜、中部棠吉，重创日军。同年5月，返国途中遭日军伏击，戴安澜受重伤，不幸身亡，时年38岁。1943年4月1日，在广西全州香山寺举行追悼戴安澜大会，国、共两党领导人都送了奠挽品，远在延安的毛泽东于同年3月电传挽诗一首："外侮需人御，将军赋采薇。师称机械化，勇夺虎罴威。浴血东瓜守，驱倭棠吉归。沙场竟殒命，壮志也无违。"

〔1〕薇：一种野生豆科植物，今称野豌豆，嫩苗和种子可食。亦：又。作：初生，冒出地面，刚长芽。止：语助词，无实义。

〔2〕曰：说。一说语助词，无实义。归：回家。"岁亦"句：是说已经到年终了，仍不能回去。莫："暮"的古字，指年终。

〔3〕靡：没有，无。猃狁（xiǎn yǔn）：我国古代北方的一个少数民族，西周时称猃狁，春秋称北狄，战国、秦、汉时称匈奴。故：缘故。这两句说，远离在外，等于无家，这是抵御北狄侵犯而出征的缘故。

〔4〕不遑：没有闲暇。遑：闲暇。启：跪坐。居：安居。一说启是跪，居是坐，启居指休整。

〔5〕柔：指薇菜柔弱，柔嫩。朱熹《诗集传》："始生而弱也。"

〔6〕止：语助词，无实义。

〔7〕烈烈：原指火势盛大，这里形容忧心如焚。载：语助词，又。饥、渴：形容忧心之苦。

〔8〕戍：驻守，驻防。定：安定。靡使：没有捎信的人。使：传达消息的人。归聘：带回去问候（家人）。聘：传递消息，询问情况。朱熹《诗集传》："聘，问也。"

〔9〕刚：指薇菜由嫩而老，茎叶粗硬。

〔10〕阳：阳月，指夏历十月，秋天。这句是说，又到了一年的秋天。

〔11〕王事靡盬（gǔ）：征役没有停止。王事：指王朝派的差事，即征役。靡盬：没有止息，没完没了。启处：与"启居"义同。

〔12〕孔疚：非常痛苦。孔：很，非常。疚：痛苦。行：指出征远行。不来：一直不能归来。来：回家。

〔13〕彼：那。尔："薾"的假借字，花朵盛开的样子。维何：是什么。维：

语助词。常：通"棠"，即棠棣，一种果树。华："花"的古字。

〔14〕路：通"辂"，高大的马车。斯何：为何。斯：语助词，无实义。君子：周代贵族的通称，这里指领兵的将帅。

〔15〕戎车：兵车，战车。既驾：已经驾好，意思是已经准备开始出征。四牡：驾兵车的四匹雄马。牡：雄性鸟兽。业业：马高大健壮的样子。

〔16〕定居：停留。三捷：与敌人交战多次。捷：通"接"，交战。一说指胜利。三捷，指多次打胜仗。

〔17〕骙骙（kuí）：形容马健壮的样子。

〔18〕依：乘载，指将帅靠立在车上。"小人"句：是说士兵以车为掩护。小人：指士卒。腓（féi）："庇"的假借，隐蔽。

〔19〕翼翼：形容行列整齐的样子。象弭：象牙镶饰的弓。鱼服：鱼皮制成的箭袋。服：通"箙"。此句形容装备精良。

〔20〕岂不：怎能不。日戒：每日警备。孔棘：指战事非常紧急。孔：非常。棘：通"急"，紧急。

〔21〕昔：过去，当初离家应征的时候。往：前往，指当初从军离家的时候。依依：形容春日柳枝随风飘拂的样子。

〔22〕来：归来。思：语尾助词。雨雪：落雪。雨（yù）：用作动词，落下，降下。霏霏：形容大雪纷飞的样子。

〔23〕行道：归途。迟迟：形容步履缓慢的样子。

〔24〕"莫知"句：是说没有人知道我的哀情。莫：没有人。

这是一篇西周宣王时期的作品。诗以倒叙手法描写戍边征夫既爱国又恋家的矛盾心理。前三章追忆思归之情，叙述难归原因。第四、五章追述行军作战的紧张生活。写出了军容之壮，戒备之严，全篇气势为之一振。其情调，也由忧伤的思归之情转而为激昂的战斗之情。诗人自问自答，以"维常之华"，兴起"君子之车"，流露出军人特有的自豪之情。接着围绕战车描写了两个战斗场面："戎车既驾，四牡业业。岂敢定居？一月三捷。"概括地描写威武的军容，高昂的士气和频繁的战斗。最后一章描述归途所见及戍卒的感伤。笼罩全诗的情感基调是悲伤的家园之思。"昔我往矣，杨柳依依。今我来思，雨雪霏霏"四句，既是写景记事，更是抒情伤怀。此诗将王朝与蛮族的战争冲突退隐为背景，将从属于国家军事行动的个人从战场上分离出来，通过归途的追述，集中表现戍卒们久戍难归、忧心如焚的内心世界，从而表现了周人对战争的厌恶和反感，似可称为千古厌战诗之祖。

小雅·小旻

旻天疾威，敷于下土[1]。谋犹回遹，何日斯沮[2]？谋臧不从，不臧覆用[3]。我视谋犹，亦孔之邛[4]。

潝潝訿訿，亦孔之哀[5]。谋之其臧，则具是违[6]。谋之不臧，则具是依[7]。我视谋犹，伊于胡底[8]。

我龟既厌，不我告犹[9]。谋夫孔多，是用不集[10]。发言盈庭，谁敢执其咎[11]？如匪行迈谋[12]，是用不得于道。

哀哉为犹，匪先民是程，匪大犹是经[13]。维迩言是听，维迩言是争[14]。如彼筑室于道谋，是用不溃于成[15]。

国虽靡止，或圣或否[16]。民虽靡膴，或哲或谋，或肃或艾[17]。如彼泉流，无沦胥以败[18]。

不敢暴虎，不敢冯河[19]。人知其一，莫知其他[20]。战战兢兢，如临深渊，如履薄冰[21]。

1943 年初，毛泽东在延安第一次见到薄一波，他紧紧握住薄一波的手，问道："你就是薄一波同志？"为了记住薄一波的名字，还反复地说："如履薄冰，如履薄冰……"

[1] 旻（mín）天：秋天，这里指苍天，皇天。疾威：暴虐。敷：布施。下土：人间。

[2] 谋犹：谋划，策划。犹：通"猷"。犹、谋为同义词。回遹（yù）：邪僻。斯：犹"乃"，才。沮：阻止，停止。

[3] 臧：善，好。从：听从，采用。覆：反，反而。

〔4〕孔：很。邛：毛病，错误。

〔5〕潝潝（xì）：形容小人党同而相和的样子。訿訿（zǐ）：形容小人伐异而相毁的样子。

〔6〕具："俱"的古字，都。

〔7〕依：依从。

〔8〕伊：推。于：往，到。胡：何。底：物的下部，借指最后境地。"伊于"句，是说将弄到什么地步。

〔9〕龟：指占卜用的龟甲。厌：厌恶。不我告犹：指用龟甲已占不出策谋的吉凶。犹：策谋。

〔10〕用：犹"以"。集：成就，成功。

〔11〕执其咎：抓他的过错。咎：罪过。

〔12〕匪：通"彼"，那。行迈谋：关于如何走路的谋划。

〔13〕匪：通"非"，不是。先民：古人，指古代贤者。程：效法。大犹：大道，常规。经：经营，遵循。

〔14〕维：通"唯"，只有。迩言：近言，指谄佞近习的肤浅言论。争：争辩，争论。

〔15〕溃：通"遂"，达到，成就。

〔16〕靡止：（国土）狭小而无所居。或：有的。

〔17〕靡膴：犹言不富足，尚贫困。膴（wǔ）：大，多。哲：明哲。谋：有计划。肃：敬肃。艾（yì）：有治理国家才能的人。

〔18〕无：通"勿"，不要。沦胥：沉没。以：于。败：败亡。

〔19〕暴虎：空手打虎。暴：通"搏"。冯（píng）河：徒步渡河。

〔20〕"人知"二句：是说人们只知不敢暴虎冯河是不勇敢，而不知这是谨慎小心。其他：指种种丧国亡家的祸患。

〔21〕战战兢兢：畏惧戒慎的样子。渊：深潭。履：踏，踩。

这首诗的作者是周王朝的一个官吏，他看到王朝日益凋敝，政权日益腐败，最高统治者幽王昏庸无道，政治腐败，有感而发，写下此诗。诗中揭露和批判最高统治者重用邪僻而致使"谋犹回遹"的罪行，针砭奸佞之臣在其位不谋其政的丑恶嘴脸，指出国家面临的覆灭之祸，已如积薪待燃，让人读之警醒。作者以讽刺的口吻，较长的篇幅，错落的句式，通过比兴、揭露、指责等表达方式，鲜明地道出了自己对劣政的痛恨。最后规劝为政者一定要广开言路，听取臣民的意见和建议，时时刻刻谨慎小心，要努力保持一种"战战兢兢，如临深渊，如履薄冰"的心态，切忌随便、大意。诗作寄托了作者比较进步、完整的治国理政的思想，对后世产生了比较深远的影响。

小雅·蓼莪

蓼蓼者莪，匪莪伊蒿[1]。哀哀父母，生我劬劳[2]。

蓼蓼者莪，匪莪伊蔚[3]。哀哀父母，生我劳瘁[4]。

瓶之罄矣，维罍之耻[5]。鲜民之生，不如死之久矣[6]。无父何怙，无母何恃[7]？出则衔恤，入则靡至[8]。

父兮生我，母兮鞠我[9]。拊我畜我，长我育我[10]。顾我复我，出入腹我[11]。欲报之德，昊天罔极[12]！

南山烈烈，飘风发发[13]。民莫不穀，我独何害[14]。

南山律律，飘风弗弗[15]。民莫不穀，我独不卒[16]。

1920 年 3 月 14 日，毛泽东在北京写信给周世钊，信的开头说："接张君文亮的信，惊悉兄的母亲病故！这是人生一个痛苦之关。像吾等长日在外未能略尽奉养之力的人，尤其发生'欲报之德，昊天罔极'之痛！这一点我和你的境遇，算是一个样的！"

〔1〕蓼蓼（lù）：又长又大的样子。莪（é）：草本植物，即莪蒿，茎抱根而生，有细毛。李时珍《本草纲目》："莪抱根丛生，俗谓之抱娘蒿。"匪：通"非"，不是。伊：是。蒿：指一般的青蒿。这里用不是莪蒿而是青蒿为喻，表示自己长大后，辜负了父母的期望，有自责的意思。

〔2〕哀哀：可怜可叹。劬（qú）劳：辛苦劳累。下章的"劳瘁"义同此。

〔3〕蔚：一种蒿草，即牡蒿，茎高二三尺，叶互生，花褐色。干茎燃烟可

驱蚊。

〔4〕劳瘁：因劳累过度而生病。瘁：病。

〔5〕瓶：古代一种汲水的器具。罄：器皿中空，尽。罍（léi）：古代一种盛水的青铜器具，形似酒坛，大肚小口。这两句说，小瓶空空的，罍自然也什么都没有。比喻儿子无力赡养父母，使父母缺衣少食，备尝艰辛耻辱。

〔6〕鲜（xiǎn）民：指失去父母的孤子。生：活着。"不如"句：是说不如早点儿死了好。

〔7〕何怙：依靠谁呢。怙（hù）：依靠。恃：同"怙"，依赖。

〔8〕衔恤：含忧，怀着忧伤。入：指入家门。靡至：无所投奔。

〔9〕鞠：养育。

〔10〕拊：通"抚"，抚育，抚养。畜：养活，培育。

〔11〕顾：顾念，看顾。复：返回，指不忍离去。腹：指怀抱。

〔12〕昊（hào）天罔极：犹言父母之恩广大无边，不知如何报答。昊天：广大的天。罔极：无极，没有准则。罔：无。极：准则。这两句说，苍天太不公正，使父母早丧，不得报养育之恩，心中憾恨之极。

〔13〕烈烈：形容高大而险峻的样子。飘风：同"飙风"，暴风，狂风。发发：形容大风呼啸的声音。

〔14〕穀：善，这里指善待，赡养。害：受害，指失去父母。这两句说，人人没有不赡养父母的，唯独我为何竟遭这样的祸害。

〔15〕律律：义同"烈烈"，突兀高耸的样子。弗弗：义同"发发"。

〔16〕不卒：不能终养父母。卒：终，指养老送终。朱熹《诗集传》："卒，终也。言终养也。"

作者在统治者的剥削压迫下，或者是在徭役中不得奉养父母，父母不幸死去，因而吟唱出这首诗，以抒发内心的无限哀痛。诗以第一人称独白的方式讲述自己的感情，第一、二章以"蓼蓼者莪，匪莪伊蒿"起兴，进而联想到父母的劬劳、劳瘁，写出了孝子不能为父母养老送终的悲痛之情。第三章以"瓶之罄矣，维罍之耻"为喻，讲述自己不得终养父母的原因，以及悲恨绝望的心情。第四章连下九个"我"字，如泣如诉，表达对父母养育恩泽难以报答的痛苦，有血有泪，体念至深。最后两章"烈烈""发发""律律""弗弗"等词语的运用，加重了诗人丧失父母后的悲痛哀思之情。全诗沉痛悲怆，凄恻感人，充满了对已故父母的深情怀念、感恩、歌颂、内疚、忏悔和忆苦思甜等百感交集的复杂感情。难怪清代方玉润在《诗经原始》中称"此诗为千古孝思绝作，尽人能识"。

【屈　原】

屈原（约前340—前278），名平，字原，战国中期楚国人，我国文学史上第一位伟大的浪漫主义诗人。楚怀王时，曾任左徒、三闾大夫等职。政治上对内主张举贤授能，改革政治，变法图强；对外主张联齐抗秦。但这些革新主张却遭到楚国昏庸的贵族集团的反对。楚怀王听信谗言，将其流放到汉北一带。顷襄王时再度流放江南一带。屈原政治理想无法实现，愤而自沉汨罗江，最终以身殉国。其诗抒发热爱祖国，同情人民疾苦，表达强烈的进步理想和坚贞不屈的战斗精神。想象丰富，构思奇妙，运用大量的神话传说，写得绚丽多彩，开创了我国诗歌浪漫主义的优良传统。现存诗歌25首，《离骚》为其代表作。

离　骚[1]

帝高阳之苗裔兮，朕皇考曰伯庸[2]。摄提贞于孟陬兮，惟庚寅吾以降[3]。皇览揆余初度兮，肇锡余以嘉名[4]：名余曰正则兮，字余曰灵均[5]。纷吾既有此内美兮，又重之以修能[6]。扈江离与辟芷兮，纫秋兰以为佩[7]。汨余若将不及兮，恐年岁之不吾与[8]。朝搴阰之木兰兮，夕揽洲之宿莽[9]。日月忽其不淹兮，春与秋其代序[10]。惟草木之零落兮，恐美人之迟暮[11]。不抚壮而弃秽兮，何不改乎此度[12]？乘骐骥以驰骋兮，来吾道夫先路[13]！

毛泽东十分喜爱屈原的作品，早在湖南第一师范读书时，就曾在自己的笔记《讲堂录》中，用工整的小楷抄录了《离骚》全文，并在正文的天头上写有各节的提要。1951年7月，毛泽东邀请老朋友周世钊、蒋竹如在中南海里划船，称赞

《离骚》"有一读的价值"。1958年张治中陪毛泽东在安徽视察工作时，毛泽东向张治中推荐《楚辞》时说："那是本好书，我介绍给你看看。"他还在一封信中说："我今晚又读了一遍《离骚》，有所领会，心中喜悦。"毛泽东曾用行书书写《离骚》"帝高阳之苗裔兮"至"夫惟捷径以窘步"32句诗；用小楷书写"帝高阳之苗裔兮"至"余既滋兰之九畹兮"51句诗。1961年，他要求人民文学出版社影印宋版《楚辞集注》。1972年中日建交时，日本首相田中角荣来中国访问，毛泽东把一套线装《楚辞集注》作为礼物赠送给日本首相。

〔1〕离骚：遭遇忧患的意思。离：通"罹"，遭遇。骚：忧愁。

〔2〕高阳：传说中远古帝王颛顼的称号。相传颛顼为黄帝之孙，二十岁即帝位，初国高阳，因以之为氏。《史记·楚世家》："楚之先祖出自帝颛顼高阳。"颛顼的后人熊绎被周成王封为楚子，传国至熊通，始称王，即楚武王。武王子瑕食采于屈，因以屈为氏，故屈原自称是高阳氏的苗裔。苗裔：喻指子孙后代。朕：我，秦代以前为第一人称代词。自秦始皇起，才规定为皇帝专用。皇考：旧时对已故父亲的尊称。皇：美，大。考：已去世的父亲。伯庸：屈原父亲的字。

〔3〕摄提：即摄提格的简称。《尔雅·释天》："太岁在寅曰摄提格。"古人把黄道附近的一周天分成十二等份，配以十二支，设想太岁与岁星（即木星，约十二年绕地球一周）运动方向相反，每年运行一个分次，运行到寅位时称摄提格。这里指寅年。贞：正。孟：开始。陬（zōu）：夏历正月，即寅月。惟：句首语气词。庚寅：指庚寅之日。古代以干支相配来记日。降：降生。这两句说，正当寅年寅月寅日那天，我诞生了。

〔4〕皇：指皇考。览：观察。揆（kuí）：推理揣度。初度：初降生的时节。肇：开始。锡：通"赐"，送给。嘉名：美好的名字。这两句说，父亲看到我有这样的好生辰，便赐我美好的名字。

〔5〕名：命名。正则：公正的法则。字：根据人名中的字义另取的别名叫"字"，也称"表字"。这里活用作动词，即起个表字。灵均：极好的平地。屈原名平，字原，"正则"隐含"平"义，"灵均"隐含"原"义。这两句说，给我取名"正则"（即平），字叫"灵均"（即原）。

〔6〕纷：盛多。内美：内在的美好品质。重：加上。修能：优秀的才能。这

两句说：我既有内在的美好品质，又加上出众的才能。

〔7〕扈：楚地方言，披挂。江离、辟芷：均为香草名。纫：连缀。草有茎叶可搓绳索。秋兰：一种香草，即泽兰，秋季开花。佩：佩戴的饰物。这两句说，我披上江离与辟芷，又连缀起秋兰作为饰物。

〔8〕汩（yù）：水流迅急的样子，此处用以形容时光飞逝。不及：赶不上。不吾与：宾语前置，即"不与吾"，不等待我。这两句说，时光如逝水，岁月不待人，我努力前进，还怕追赶不上。

〔9〕搴（qiān）：拔取。阰（pí）：山名。洪兴祖《楚辞补注》："山在楚南。"一说指平顶的小山。木兰：香木，即新萘。揽：采摘。宿莽：一种香草，经冬不死。这里比喻自己勤奋不息。

〔10〕忽：迅速的样子。其：语助词，无实义。淹：久留。代序：指不断更迭。这两句说，日月飞逝不停留，春去秋来，轮流更替。

〔11〕惟：想，思虑。美人：喻指楚怀王。迟暮：衰老。这两句说，想到草木日渐零落，恐怕楚王年老而事功不成。

〔12〕抚：趁着。壮：壮年。秽：指恶行，弊政。此度：指现行的政治法度。这两句说，你为什么不趁壮盛之年抛弃弊政，改革那些不良的制度。

〔13〕骐骥：骏马。比喻治理国家的贤才。来：招呼之语。道：通"导"，引导。夫：语气词。先路：前路。这两句说，骑上骏马奔驰，来吧，我为你开路！

以上是第一段，略述自己的身世和志向。

昔三后之纯粹兮，固众芳之所在[1]。杂申椒与菌桂兮，岂惟纫夫蕙茝[2]！彼尧舜之耿介兮，既遵道而得路[3]。何桀纣之猖披兮，夫惟捷径以窘步[4]。惟夫党人之偷乐兮，路幽昧以险隘[5]。岂余身之惮殃兮，恐皇舆之败绩[6]！忽奔走以先后兮，及前王之踵武[7]。荃不察余之中情兮，反信谗而齌怒[8]。余固知謇謇之为患兮，忍而不能舍也[9]。指九天以为正兮，夫惟灵修之故也[10]。曰黄昏以为期兮，羌中道而改路[11]！初既与余成言兮，后悔遁而有他[12]。余既不难夫离别兮，伤灵修之数化[13]。余既滋兰之九畹兮，又树蕙之百

024

亩^[14]。畦留夷与揭车兮，杂杜衡与芳芷^[15]。冀枝叶之峻茂兮，愿俟时乎吾将刈^[16]。虽萎绝其亦何伤兮，哀众芳之芜秽^[17]。众皆竞进以贪婪兮，凭不厌乎求索^[18]。羌内恕己以量人兮，各兴心而嫉妒^[19]。忽驰骛以追逐兮，非余心之所急^[20]。老冉冉其将至兮，恐修名之不立^[21]。朝饮木兰之坠露兮，夕餐秋菊之落英^[22]。苟余情其信姱以练要兮，长顑颔亦何伤^[23]！揽木根以结茞兮，贯薜荔之落蕊^[24]。矫菌桂以纫蕙兮，索胡绳之纚纚^[25]。謇吾法夫前修兮，非世俗之所服^[26]。虽不周于今之人兮，愿依彭咸之遗则^[27]。

[1] 三后：古代的三位贤君，指夏禹、商汤、周文王。后：君主。纯粹：形容德行完美无缺。固：本来。众芳：指下文列举的香木美草，喻指众多贤能的人。这两句说，古代那三位先王，纯洁完美，许多贤能的人都聚集在他们周围。

[2] 杂：掺用。申椒、菌桂：均为香木名。岂惟：岂止，不仅。蕙、茝（chǎi）：均为香草名。这两句照应上文"众芳"，意为：岂但连缀起蕙、茝，而且还杂有椒、桂。

[3] 尧舜：唐尧、虞舜，传说中的上古贤明君主。耿介：光明正大。遵道：遵循正道。得路：找到正确途径。路：大道。

[4] 何：多么。桀：夏朝的最后一个亡国暴君。纣：商朝最后一个亡国暴君。猖披：衣不系带，散乱不整。引申为猖狂，任意妄为。惟：只，由于。捷径：近便的小路，比喻邪路。窘步：困窘难行，犹言走投无路。

[5] 惟：思，想。夫：那。党人：朋比为奸的人，指楚怀王周围的一些小人。偷乐：苟且享乐。路：指政治道路，即楚国的前途。幽昧：昏暗。险隘：危险狭窄。这两句说，由于那伙结党营私的人只知道苟且偷安，楚国的前途越来越黑暗危险。

[6] 惮：畏惧，害怕。殃：灾祸。皇舆：国君所乘的车子，这里借喻国家政权。败绩：本指作战时兵车倾覆，这里喻指国家危亡。

[7] 先后：指奔走于皇舆前后，随时准备扶颠持危。及：追赶上。前王：指上文的三后。踵武：足迹，即脚印。踵：脚后跟。武：脚印，足迹。

〔8〕荃：一种香草，即菖蒲，这里喻指楚怀王。中情：内心的真情。齌（jì）怒：暴怒。这两句说，你却不能体察我的忠诚，反而听信谗言对我生气。

〔9〕謇謇（jiǎn）：形容忠贞直言的样子。患：祸。舍：放弃，停止。这两句说，我固然知道直言进谏会给自己带来祸害，但还是强忍痛苦而不愿放弃自己的政治主张。

〔10〕九天：古人认为天有九重，故言。正：通"证"。灵修：英明而具有远见。这里是称颂楚怀王的话。这两句说，让老天作证吧，我这样做，只是为了效忠君王而已。

〔11〕期：约定。羌：楚语，表示转折，相当于现在的"却"。中道而改路：喻指半途变卦。

〔12〕成言：彼此约定的话。悔遁：指背弃诺言。有他：有另外的打算。这两句说，当初你已经同我把话说定（指楚怀王采纳他的政治主张），后来竟翻悔又另作打算。

〔13〕既：本来。不难：不以离别为难。难：惮，害怕。数化：多次改变主意。这两句说，我并不怕因被放逐而从此离去，痛心的是你竟这样反复无常。

〔14〕滋：培植。畹：古代面积单位，一畹十二亩（一说三十亩）。树：种植。亩：二百四十步为亩。

〔15〕畦：田园中分成长行小块的地，这里作动词，义为分块种植。留夷、揭车：均为香草。种植香草，比喻培育贤才。芳芷：即白芷，以其芳香，故称。

〔16〕冀：希望。峻：高大。俟：等待。刈：收割。

〔17〕萎：枯萎。绝：落尽。何伤：何妨。芜：荒芜。秽：污秽。这两句说，我曾经期望它们枝繁叶茂，到成熟时就可以有所收获，自己即使枯萎了倒也无妨，可悲的是一群芳草都变了质。

〔18〕众：指楚怀王的宠臣。竞进：竞相钻营。凭：楚地方言，满。厌：满足。求索：贪求索取，指对权势财富贪得无厌。这两句说，那帮坏人贪婪成性，竞相钻营，争权夺利，全然不知满足。

〔19〕羌：楚地方言，句首发语词，无实义。恕：原谅。量：揣度。这里有猜忌的意思。恕己以量人：犹俗语"以小人之心，度君子之腹"。兴心：起了念头。这两句说，他们宽恕自己，猜忌别人，钩心斗角，嫉贤妒能。

〔20〕忽：急。驰骛：马奔驰的样子。这两句说，他们为了争权夺利，四处奔走，这些不是我所要追求的。

〔21〕冉冉：渐渐。修名：美好的声名。这两句说，我担忧的是老年渐渐就要到来，美好的声名却还未能建立。

〔22〕坠露：坠落的露水。餐：吃。落英：初开的花。落：始。诗人以饮露餐英比喻自己只爱高洁。

〔23〕苟：假如。情：指内心信念。信姱（kuā）：诚信而美好。信：确实。练要：坚贞、专一的意思。顑（kǎn）颔：面容憔悴黄瘦的样子。这两句说，只要我的内心真正美好而又坚贞，就是经常面黄肌瘦又有什么妨碍！

〔24〕揽：拔取。木根：木兰的根。结：用绳子拴住。贯：拾取。薜荔：一种常绿藤本植物，又称木莲。蕊：花心。

〔25〕矫：举起。索：草有茎叶可搓绳索。此作动词，意为搓绳。胡绳：一种香草，茎叶可搓绳索。纚纚（lí）：形容花索下垂的样子。以上四句说，我要继续缀集香花芳草以保持高尚的品德，即使遭到放逐，我的初心也不会改变。

〔26〕謇：句首语气词，楚方言。法：效法。前修：前代的贤人。服：佩戴。时俗不肯佩香草，比喻不肯修饰德能。这两句说，我是效法前代的贤人，这些本来不是世俗的服饰。

〔27〕周：合。彭咸：殷代的贤大夫，传说因谏其国君不听，投江而死。遗则：遗留下来的法则，即榜样。这两句说，我虽不合现在这帮人的心意，却情愿学习彭咸留下的榜样。

以上是第二段，略述在参加国政时和腐朽势力的矛盾斗争以及受到谗害而被放逐；表明自己决不与世俗同流合污，永葆高尚品德。

长太息以掩涕兮，哀民生之多艰[1]。余虽好修姱以鞿羁兮，謇朝谇而夕替[2]。既替余以蕙纕兮，又申之以揽茝[3]。亦余心之所善兮，虽九死其犹未悔[4]！怨灵修之浩荡兮，终不察夫民心[5]。众女嫉余之蛾眉兮，谣诼谓余以善淫[6]。固时俗之工巧兮，偭规矩而改错[7]。背绳墨以追曲兮，竞周容以为度[8]。忳郁邑余侘傺兮，吾独穷困乎此时也[9]。宁溘死以流亡兮，余不忍为此态也[10]。鸷鸟之不群兮，自前世而固然[11]。何方圜之能周兮，夫孰异道而相安[12]？屈心而抑志兮，忍尤而攘诟[13]。伏清白以死直兮，固前圣之所厚[14]。

〔1〕太息：深深叹气。掩涕：抹眼泪。民生：万民的生存。艰：难。这两句说，我长声叹息，止不住泪流满面，哀叹人生的路途是多么艰辛。

〔2〕虽：唯，只。好（hào）：爱慕。修姱（kuā）：修洁而美好的理想。羁（jī）羁：马缰绳与马笼头。做动词用，有被人牵制的意思。謇：楚地方言，发语词。谇（suì）：进谏。替：废弃，免官。这两句说，我虽怀有美好的理想却受到压制啊！我早上进谏，晚上就被罢职。

〔3〕以：因为。蕙：蕙草，象征美好的理想和品德。纕（xiāng）：佩带。申之：等于说加上。申：重。揽：系结。茝（chǎi）：古书上说的一种香草，即白芷，象征美好的理想和品德。这两句说，我因为佩戴蕙草而被废弃，偏要再采白芷来做服饰。

〔4〕亦：句首语助词。所善：所喜爱的东西，这里指自己的政治主张。九死：死了多次。九，极言其多，不是实数。这两句说，我一心坚持自己的政治主张，即使要历尽艰险，死去多次也决不后悔（犹言万死不辞）。

〔5〕灵修：指楚怀王。浩荡：大水横流的样子，比喻楚怀王恣意妄为。察：体察。这两句说，怨恨君王是这般糊涂荒唐，始终不能体察我的心意。

〔6〕众女：喻指楚怀王周围的一群宠臣。蛾眉：蚕蛾之须，因细长弯曲，故以其喻女子美而长的眉毛。谣：诋毁。诼（zhuó）：诽谤的话。这两句说，那些坏家伙嫉妒我的贤能，污蔑我行为放荡。

〔7〕固：本来。工巧：擅长投机取巧。偭（miǎn）：违背。规矩：画圆或画方的器具，这里喻指法度。改：更改。错：通"措"，措施，指先圣之法。

〔8〕绳墨：木工引绳弹墨，用以打直线，这里喻指法度。曲：斜曲，喻邪路。周容：苟合取容，指以求容媚为常法。以上四句说，一般世俗（指腐朽保守势力）本来都是善于取巧的，他们背弃法度，随意妄为，追随邪曲，争着以阿谀逢迎为准则。

〔9〕忳：烦闷。郁邑：忧愁。侘傺（chà chì）：失意而惆怅的样子。穷困：

指政治上备受压抑。这两句说,我忧郁愁苦,烦闷不安,此时此际,我独自遭受困厄。

〔10〕溘死:忽然死去。流亡:随水漂流而消失。此态:苟合取容的丑态。这两句说,我宁可立即死去,化为乌有,也决不愿做出那种丑态。

〔11〕鸷鸟:鹰隼之类的猛禽,这里喻指有远大理想的人,即诗人自己。不群:指不与一般的鸟类同群。前世:古代。这两句说,猛禽不和凡鸟合群,自古以来就是这样。

〔12〕方:指方的榫头。圜:通"圆",指圆的孔。周:相合。孰:谁。异道:不同的道路,喻指志向不同,操守各异。这两句说,如方凿圆枘不能相合,忠良与奸邪不同道,政治主张不同的人哪里能安然相处?

〔13〕屈:委屈。抑:遏制。尤:责怪。攘:忍受。诟:辱骂。这两句说,我抑制着精神上所遭受的委屈和压迫,忍辱蒙受讥嘲。

〔14〕伏清白:保持清白的节操。伏:通"服",保持,坚守。死直:为正直而殉身。厚:重视,看重。这两句说,保持高洁的德行,为正义的事业而牺牲,这本是前圣所赞扬的。

以上是第三段,叹息朝政腐败,民生多艰,怀王昏昧,腐朽保守势力猖獗。表示自己虽身处困境,仍将坚持斗争,宁死不屈。

悔相道之不察兮,延伫乎吾将反[1]。回朕车以复路兮,及行迷之未远[2]。步余马于兰皋兮,驰椒丘且焉止息[3]。进不入以离尤兮,退将复修吾初服[4]。制芰荷以为衣兮,集芙蓉以为裳[5]。不吾知其亦已兮,苟余情其信芳[6]。高余冠之岌岌兮,长余佩之陆离[7]。芳与泽其杂糅兮,惟昭质其犹未亏[8]。忽反顾以游目兮,将往观乎四荒[9]。佩缤纷其繁饰兮,芳菲菲其弥章[10]。民生各有所乐兮,余独好修以为常[11]。虽体解吾犹未变兮,岂余心之可惩[12]!

〔1〕相道:观察选择道路。察:清晰,明审。延伫:长久站立,指迟疑不定。反:"返"的古字,返回。这两句说,悔恨过去对前途看得不够清晰,我停留

观望，打算回头。

〔2〕回：调转。复路：回到来时的路。及：趁。行迷：走迷了途。这两句说，趁着迷途不远，赶紧回车，走向原来的道路。

〔3〕步：慢走。兰皋：长有兰草的水边高地。驰：车马疾行。椒丘：长着花椒树的小丘。焉：于此。止息：停下休息。这两句说，让我的马在长有兰草的水边慢慢地行走，在长有花椒树的山丘上奔驰，然后在此休息一下。

〔4〕进：参与朝政。不入：指改革的主张不被采纳。离：通"罹"，遭到。尤：罪过。退：回转来。修吾初服：指修身洁行。这两句说，虽然获罪不被重用，我仍将坚持素质不移。

〔5〕制：裁制。芰：一种水生草本植物，芰的果实是菱。荷：一种水生草本植物，荷的根茎是藕，果实是莲子。这里指荷叶。衣：上衣。裳：裙子，下衣。

〔6〕不吾知：宾语前置，即"不知吾"，不了解我。已：罢了。苟：如果。余情：我的内心。信：确实。这两句说：不了解我，也无所谓，只要我内心是真正的芬芳。

〔7〕高：指帽子高。岌岌：高耸的样子。佩：指佩饰。陆离：修长的样子。这两句说，把帽子戴得很高，把佩带加得很长。

〔8〕芳：芬芳，这里指芬芳之物。泽：污垢。糅：混杂。惟：通"唯"，只有。昭质：纯洁光明的品质。亏：亏损。这两句说，芳香与污垢虽曾混杂，唯独正直的品质毫无亏损。

〔9〕忽：这里有"决然"的意思。反顾：回头看。游目：纵目瞭望。往观：前去观望。四荒：四方荒远的地方。这两句说，我掉过头来纵目眺望，决计到四方去观光。

〔10〕佩：佩带。缤纷：繁盛的样子。繁饰：装饰富艳。菲菲：形容香气扑鼻的样子。弥：更加。章："彰"的古字，明显。这两句说，我的佩饰华丽，多种多样，馥郁的芳香，向四方飘荡。

〔11〕民生：即生民，这里是"人们"的意思。所乐：所喜爱的。好修：爱好培养高洁的品德。以为常：当作正常的生活习惯。这两句说，人们各有自己的爱好，我爱好高洁的品德，习以为常。

〔12〕体解：肢解，古代一种酷刑。犹：尚且。岂：难道。惩：惧怕。这两

句说，即使身体被肢解，我也决不改变主张，我的意志难道就不能经受威胁！

以上是第四段，反复申说，虽遭流放，决不改变素志。

女媭之婵媛兮，申申其詈予[1]。曰：鲧婞直以亡身兮，终然夭乎羽之野[2]。汝何博謇而好修兮，纷独有此姱节[3]？薋菉葹以盈室兮，判独离而不服[4]。众不可户说兮，孰云察余之中情[5]？世并举而好朋兮，夫何茕独而不予听[6]？依前圣以节中兮，喟凭心而历兹[7]。济沅湘以南征兮，就重华而陈词[8]："启《九辩》与《九歌》兮，夏康娱以自纵[9]。不顾难以图后兮，五子用失乎家巷[10]。羿淫游以佚畋兮，又好射夫封狐[11]。固乱流其鲜终兮，浞又贪夫厥家[12]。浇身被服强圉兮，纵欲而不忍[13]。日康娱而自忘兮，厥首用夫颠陨[14]。夏桀之常违兮，乃遂焉而逢殃[15]。后辛之菹醢兮，殷宗用而不长[16]。汤禹俨而祗敬兮，周论道而莫差[17]。举贤而授能兮，循绳墨而不颇[18]。皇天无私阿兮，览民德焉错辅[19]。夫维圣哲以茂行兮，苟得用此下土[20]。瞻前而顾后兮，相观民之计极[21]。夫孰非义而可用兮？孰非善而可服[22]？阽余身而危死兮，览余初其犹未悔[23]。不量凿而正枘兮，固前修以菹醢[24]。"曾歔欷余郁邑兮，哀朕时之不当[25]。揽茹蕙以掩涕兮，沾余襟之浪浪[26]。

[1] 女媭：传说为屈原的姐姐；一说是屈原的侍女，可看作屈原假设的一个亲人形象。婵媛：牵挂，殷勤关切的样子。申申：絮絮叨叨，反反复复。詈：规劝。这两句说，女媭关切地反反复复规劝我。

[2] 鲧：大禹的父亲。《史记·夏本纪》载尧派鲧治水，九年不成，被舜放逐羽山而死。下句本此。婞直：耿直。亡：通"忘"。终然：终于。夭：这里指被害而死。羽之野：羽山的郊野。羽山，在今山东蓬莱市东南。这两句说，她说，鲧秉性刚直，不顾自身安危，结果被杀死在羽山的荒野。

[3] 博謇：博学而好直谏。謇：直谏。姱（kuā）节：美好的品德修养。姱：

美好。节：节操。这两句说，你为什么总是这样刚正直言，洁身自好，独自坚持着那么多的美好节操？

〔4〕薋：草聚集很多的样子。菉：又叫玉刍，一种恶草。葹：又叫苍耳，一种恶草。盈室：满屋。判：明显区别。独离：独自抛开。不服：不佩用。这两句说，别人把菉、葹堆满屋子，你却远远离开这些东西，不肯佩用。

〔5〕众：一般人。户说：挨家挨户说服。云：语助词，无实义。余：我们。中情：内心。这两句说，对一般人哪能挨家挨户去解说，谁又能理解我们的衷情？

〔6〕并举：全都是。好朋：好结成朋党。夫：发语词。茕独：孤独。予：女婴自指。不予听：不听我的劝告。

〔7〕前圣：前代圣贤。节中：节制内心的感情。喟：形容叹息声。凭心：气满于心，即满心愤懑。凭：楚地方言，满。历兹：至此。这两句说，我依照前圣的道理来节制自己的感情，遭遇如此，禁不住悲愤满胸。

〔8〕济：渡过。沅、湘：水名，都在今湖南省境内。征：行。就：靠近。重华：舜的名字。传说舜南巡死于途中，葬在九嶷山（今湖南省南部），故屈原要渡江南行。陈辞：陈述。

〔9〕启：夏启，夏禹的儿子，夏朝的开国君主。《九辩》《九歌》：相传是启从天上偷带到人间的两种乐曲。夏康：夏启之子太康。自纵：任情放纵。这两句说，夏启得到了《九辩》与《九歌》，夏康一味放纵地行乐。

〔10〕不顾难：不考虑危难。图：图谋。五子：指夏康等兄弟五人。用：因此。家巷：同"家讧"，家庭内互相争斗的意思。

〔11〕羿：指后羿，夏代一个部落的首领。淫游：过分贪于游乐。佚畋：放纵田猎。夫：语助词。封狐：大狐狸，这里泛指野兽。

〔12〕乱流：指淫乱的风气。鲜终：少有好的结果。浞（zhuó）：寒浞，相传是后羿的助手。浞令其家臣射杀了羿，并强占了羿妻。厥：同"其"。家：指妻室。

〔13〕浇（ào）：寒浞之子，传说是寒浞强占羿妻后生下的儿子。被服：这里是倚恃的意思。强圉（yǔ）：强壮多力。不忍：不能加以克制。这两句说，浇自恃强壮，放纵情欲，毫无节制。

〔14〕日：天天。自忘：犹言忘乎所以。厥：他的。用夫：因此。用：因而。

夫：语助词。颠陨：掉落。这两句说，浇终日寻欢作乐，忘乎所以，因而掉了头颅（传说浇被夏帝少康派人杀死）。

〔15〕夏桀：夏代最后一位君主。常违：行为违反常规。遂焉：因此。逢殃：遭到灾祸，指国亡身死。这两句说，夏桀违背正道，所以遭到祸殃（桀被商汤放逐，死于南巢）。

〔16〕后辛：即殷纣王，名辛。后：国君。菹醢（zū hǎi）：肉酱，这里名词动用，指剁成肉酱。殷宗：殷王朝。用而：因而。这两句说，纣王残暴地把人剁成肉酱，殷王朝因而不能长久。

〔17〕俨：庄重严肃。祗敬：恭恭敬敬。周：指周代君主文王、武王等。论道：讲论治国之道。莫差：没有丝毫差错。这两句说，夏禹和商汤对天道和人事都十分严肃恭谨，周代开国之君文王和武王也讲究治国之道，没有差错。

〔18〕举贤：选拔人才。授能：授权给才能出众的人。授：任用。循：遵照。颇：偏斜。这两句说：（他们）选拔贤才，遵循法度而无偏差。

〔19〕私阿：偏私，偏袒。贤民德：看到人的美德。错：同"措"，安置。这两句说：上天是没有偏私的，它看到谁有美德才给予帮助。

〔20〕维：只有。哲：聪明有智慧。以：而。茂行：美好的德行。苟得：才得。用：享用。下土：对"皇天"而说，指国土。这两句说，只因圣人具有盛德美行，才得享有天下。

〔21〕瞻前而顾后：观察古往今来的成败。相观：仔细观察。民：人，指人间。计极：谋虑的最终的趋向与结局。这两句说，我遍览历史上前朝后代的事迹，考察了人世间兴亡变化的究竟。

〔22〕孰：哪里。非义：不行仁义。可用：可以享有。非善：不行善事。服：与"用"同义。这两句说，哪有不义、不善的国君能享有天下的呢？

〔23〕阽余身：即"余身阽"的倒装句式。阽（diàn）：临危，遇到危险。危死：险些死去。初：初衷。这两句说，即使我身临险境，甚至丧失生命，但想到我当初所抱的理想，就一点也不后悔。

〔24〕量凿而正枘：比喻一味迎合取容的态度，这是诗人不屑做的事情。量：度量。凿：安榫的孔穴，即榫眼。枘：木柄一头插进斧孔的榫头。前修：前代贤人。这两句说，不肯放弃理想去迎合世俗，这正是前贤遭受残杀的原因。

〔25〕曾：通"增"，这里有累累不断的意思。歔欷：形容哭泣时的抽噎声。郁邑：忧伤愁闷。时之不当：犹言生不逢时。当：遇。

　〔26〕茹蕙：柔软的蕙草。以：而。沾：滴湿。浪浪：形容泪流不止的样子。

　以上是第五段，设为女嬃的劝告，激起自己向重华陈词。引证事实，反复阐述自己的政治主张。诗人认识到自己与腐朽势力的斗争关系到楚国的安危，是决不能妥协的。

　跪敷衽以陈辞兮，耿吾既得此中正[1]。驷玉虬以乘鹥兮，溘埃风余上征[2]。朝发轫于苍梧兮，夕余至乎县圃[3]。欲少留此灵琐兮，日忽忽其将暮[4]。吾令羲和弭节兮，望崦嵫而勿迫[5]。路曼曼其修远兮，吾将上下而求索[6]。饮余马于咸池兮，总余辔乎扶桑[7]。折若木以拂日兮，聊逍遥以相羊[8]。前望舒使先驱兮，后飞廉使奔属[9]。鸾皇为余先戒兮，雷师告余以未具[10]。吾令凤鸟飞腾兮，继之以日夜[11]。飘风屯其相离兮，帅云霓而来御[12]。纷总总其离合兮，斑陆离其上下[13]。吾令帝阍开关兮，倚阊阖而望予[14]。时暧暧其将罢兮，结幽兰而延伫[15]。世溷浊而不分兮，好蔽美而嫉妒[16]。朝吾将济于白水兮，登阆风而绁马[17]。忽反顾以流涕兮，哀高丘之无女[18]。溘吾游此春宫兮，折琼枝以继佩[19]。及荣华之未落兮，相下女之可诒[20]。吾令丰隆乘云兮，求宓妃之所在[21]。解佩纕以结言兮，吾令蹇修以为理[22]。纷总总其离合兮，忽纬繣其难迁[23]。夕归次于穷石兮，朝濯发乎洧盘[24]。保厥美以骄傲兮，日康娱以淫游[25]。虽信美而无礼兮，来违弃而改求[26]。览相观于四极兮，周流乎天余乃下[27]。望瑶台之偃蹇兮，见有娀之佚女[28]。吾令鸩为媒兮，鸩告余以不好[29]。雄鸠之鸣逝兮，余犹恶其佻巧[30]。心犹豫而狐疑兮，欲自适而不可[31]。凤皇既受诒兮，恐高辛之先我[32]。欲远集而无所止兮，聊浮游以逍遥[33]。及少康之未家兮，留有虞之二姚[34]。理弱而媒拙兮，恐导言之不固[35]。世溷浊而嫉贤兮，好蔽美而称恶^{〔36〕}。闺中既以邃远兮，哲王又不寤^{〔37〕}。怀朕情而不发兮，余焉能忍而与此终古^{〔38〕}？

〔1〕敷衽：铺开衣襟。陈辞：陈述意见。耿：光明。中正：正确的道理。这两句说，我铺开衣襟跪在地上，诉说了衷情，我明白自己是在按照正确的道理行事。

〔2〕驷：原指四匹马驾的车，这里用作动词，指驾车。玉虬：神话中指无角的白龙。乘鹥：乘坐以鹥羽装饰的车子。鹥：凤凰一类的鸟。溘：忽然，这里指迅疾。埃风：掀起尘埃的大风。上征：上天远行。

〔3〕发轫：出发。轫，古代用于刹车的木头，车启行前先要拔开轫，所以出发叫发轫。苍梧：即九嶷山，在湖南宁远东南，舜死后葬在苍梧的九嶷山。县圃：神话传说中的地名，在昆仑山上。这两句说，我早上从苍梧出发，晚上到了县圃。

〔4〕少留：稍稍停留。灵琐：神话中神灵住所的门。这两句说，我本想在灵琐稍稍停留，太阳却很快就要下去，夜幕降临。

〔5〕令：命令。羲和：神话中为太阳驾车的神。弭节：按节，途中暂时驻留。节：与"策"同义，马鞭子。崦嵫：神话中的山名，为日落之处。勿迫：不要急于靠近。这两句说，我叫羲和暂且停车不前，不要急于靠近崦嵫（希望不要马上天黑）。

〔6〕曼曼：通"漫漫"，形容路途遥远漫长的样子。修远：长远。求索：寻求。这两句说，我要走的路程真是又长又远，我将要上天下地去寻求、探索。

〔7〕饮：这里指让马饮水。咸池：神话中太阳洗澡的天池。总：系结。辔：马缰绳。扶桑：神话中的树名，长在东方日出的地方。

〔8〕若木：即扶桑。聊：暂且。逍遥：优游闲适的样子。相羊：同"徜徉"，徘徊。这两句说，我折取若木的枝条用来拂拭太阳（使之更放光明），暂时在这儿逍遥徘徊。

〔9〕前：在前面。望舒：神话中为月亮驾车的神。后：在后面。飞廉：神话中的风神。奔属（zhǔ）：追随。这两句说，想叫望舒在前面开路，让风神在后面跟随。

〔10〕鸾皇：凤凰。先戒：在前面清道警戒。雷师：雷神。未具：未准备停

035

当。这两句说，还想叫凤凰到前面替我清道警戒，雷神却告诉我说这一切未曾准备。

〔11〕飞腾：腾空而飞。日夜：指日夜兼程。这两句说，于是我就命令凤鸟即刻飞腾，而且要日夜不停地飞。

〔12〕飘风：旋风。屯：聚结。离：通"丽"，附着。霓：彩色云气，古人称雄者（明亮者）为虹，雌者（色暗者）为霓。御：迎接。这两句说，旋风一阵阵连续吹来，率领着云霓前来迎接。

〔13〕纷：盛多。总总：形容云聚集的样子。离合：忽散忽聚的样子。斑：文彩杂乱，五彩缤纷。陆离：参差。这两句说，堆集着的云霓纷纷地忽离忽合，或上或下，五颜六色，光彩夺目。

〔14〕帝阍：天帝的守门人。开关：开门。阊阖：传说中的天门。一说楚人称门为阊阖。望予：看着我，指不理会。

〔15〕曖曖：昏暗不明的样子。罢：尽，完。结：扭结。延伫：长久站立。这两句说，天色昏暗，日已将晚，我扭结着所佩的幽兰，只得在天门外徘徊停步。

〔16〕溷（hùn）浊：混乱污浊。不分：指善恶美丑不分。蔽美：掩盖别人的长处。这两句说，天地间总是混乱污浊，贤恶不分，心怀嫉妒，喜欢抹杀别人的美德。

〔17〕济：渡。白水：神话中的水名，发源于昆仑山。阆风：神话中的山名。绁（xiè）马：拴马，系上马。

〔18〕反顾：回头望。高丘：指阆风山。女：神女，这里指可以追求的人。这两句说，我忽然回过头去看看，不禁涕泪交流，伤心的是这高高的神山上也没有可以追求的理想之人。

〔19〕春宫：春神所住的宫殿。琼枝：玉树的枝条。继：指增添。这两句说，我飘忽地来到春神之宫，折下琼枝接在我的佩带上。

〔20〕荣、华：均指琼枝上的花朵。相：观察。下女：下界美女。可诒：可以赠送。诒：通"贻"，赠送。这两句说：趁着鲜艳的琼花尚未谢落，去人间寻访可以赠送琼枝的理想对象。

〔21〕丰隆：神话中的云神。一说是雷神。宓（fú）妃：神话中洛水之神，传说是伏羲氏的女儿。这两句说，我叫云神驾着云彩去寻找宓妃的住所。

〔22〕佩纕：佩带。结言：订盟，结好。蹇（jiǎn）修：神话中的人名，传说是伏羲氏的臣子。理：媒人，使者。这两句说，我托蹇修做媒人，带去我的佩带作为订交的礼物。

〔23〕纷总总：形容矛盾多，进展不顺利。离合：时离时和，即忽冷忽热。指宓妃态度不稳定。纬繣（huà）：乖戾，闹别扭。难迁：难以改变。这两句说，媒人来往频繁，宓妃的态度先是若即若离，后来忽然变得乖戾，再难回心转意。

〔24〕次：停留，住宿。穷石：神话中的山名，弱水发源于此，相传是后羿所居之处。濯发：洗头发。洧盘：神话中的水名，传说发源于崦嵫山。这两句说，（宓妃）晚上回来住在穷石，早上到洧盘去洗头发。

〔25〕保：这里指依恃。厥：其，指宓妃。淫游：过分的游乐。淫：过度。这两句说，宓妃自恃美丽，十分骄傲，终日寻欢作乐，一味游荡。

〔26〕虽：诚然。信：确实。来：乃，犹言只得。改求：另外寻求。这两句说，宓妃虽然确实美丽，但却很无理，只好丢开她另外去寻求。

〔27〕览、相、观：三个同义词连用，指细细观察。四极：四方荒远的边极之地。周流：周游浏览。这两句说，放眼观看四方，把天上都周游遍了，我又回到了下界。

〔28〕瑶台：玉石砌成的台。偃蹇：高耸的样子。有娀（sōng）：传说中的上古国名。佚女：美好的女子，传说有娀氏的女儿简狄住在瑶台上，后嫁给帝喾。这两句说，远远望见高耸的瑶台，看到有娀氏漂亮的女儿。

〔29〕鸩：传说中一种毒鸟，这里比喻奸险的人。这两句说，我吩咐鸩鸟去给我做媒，鸩却欺骗我说简狄不美。

〔30〕鸣逝：边叫边飞，指自告奋勇去说媒。恶：厌恶。佻：轻浮不诚实。这两句说，想叫雄鸩为媒，又嫌它轻浮虚假，不可信任。

〔31〕自适：亲自去。适：往。可：好，适宜。这两句说，我犹豫不定，想亲自去，又感到不妥当。

〔32〕受诒：指完成聘礼之事。受：通“授”。诒：通“贻”，赠送。高辛：高辛氏帝喾。先我：抢在我的前面。这两句说，凤凰既已替高辛送了聘礼（古代有玄鸟为帝喾致送聘礼的传说），恐怕高辛已抢先得到简狄了。

〔33〕集：鸟落在树上。比喻自己寻找安身之处。止：投靠。浮游：犹言游

荡。这两句说，想到远方去，又无处可以投靠，只好暂且流浪逍遥。

〔34〕及：趁着。少康：夏代的一个国君。相传夏后相为浇所杀，少康逃到有虞，虞君妻以二女。未家：尚未成家。有虞：夏朝国名，姚姓。二姚：有虞国君的两个女儿。这两句说，趁着少康没有成家，还留有"二姚"可以追求。

〔35〕理弱：指媒人无能。理：指媒人。导言：媒人撮合的言辞。不固：靠不住。这两句说，却又很担心使者无能，媒人笨拙，这项亲事的说合，仍不牢靠。

〔36〕嫉贤：嫉妒贤能。称恶：宣扬别人的坏处。这两句说，慨叹举世混浊，嫉贤妒能，人们总爱抹杀别人的好处，宣扬别人的坏处。

〔37〕闺中：女子居住的内室，这里指代美女。邃远：深远。哲王：明智的君王，这里指楚怀王。不寤：不觉醒。寤：醒寤。这两句说，闺中美女（喻指理想对象）既然这样不容易寻找，怀王又执迷不悟。

〔38〕怀朕情：即朕怀情。我怀着为世所用的衷情。不发：不表露，无以抒发。此：指当时的处境。终古：永久。这两句说，我满怀辅助国君改革政治的一片衷情，无处申诉。在这样的环境里，又怎能长期忍受下去呢！

以上是第六段，借幻想的境界，表现作者对理想的热烈追求，以及希望破灭后的痛苦与愤慨，是对当时黑暗政治的高度概括和有力批判。

索琼茅以筳篿兮，命灵氛为余占之[1]。曰："两美其必合兮，孰信修而慕之[2]？思九州之博大兮，岂惟是其有女[3]？"曰："勉远逝而无狐疑兮，孰求美而释女[4]？何所独无芳草兮，尔何怀乎故宇[5]？"世幽昧以昡曜兮，孰云察余之善恶[6]？民好恶其不同兮，惟此党人其独异[7]！户服艾以盈要兮，谓幽兰其不可佩[8]。览察草木其犹未得兮，岂珵美之能当[9]？苏粪壤以充帏兮，谓申椒其不芳[10]。欲从灵氛之吉占兮，心犹豫而狐疑[11]。巫咸将夕降兮，怀椒糈而要之[12]。百神翳其备降兮，九疑缤其并迎[13]。皇剡剡其扬灵兮，告余以吉故[14]。曰："勉升降以上下兮，求矩矱之所同[15]。汤、禹俨而求合兮，挚、咎繇而能调[16]。苟中情其好修兮，又何必用夫行媒[17]？说操筑于傅岩兮，武丁用而不疑[18]。吕望之鼓刀兮，遭周文而得举[19]。宁戚之讴歌兮，齐桓闻以该辅[20]。"及年岁之未晏兮，时亦犹其未央[21]。恐鹈鴂之先鸣兮，使夫百草为之不芳[22]。何琼佩之偃蹇兮，众薆然而蔽之[23]。惟此党人之不谅兮，恐嫉妒而折之[24]。时缤纷其变易兮，又何可以淹留[25]？兰芷变而不芳兮，荃蕙化而为茅[26]。何昔日之芳草兮，今直为此萧艾也[27]！岂其有他故兮，莫好修之害也[28]。余以兰为可恃兮，羌无实而容长[29]。委厥美以从俗兮，苟得列乎众芳[30]。椒专佞以慢慆兮，樧又欲充夫佩帏[31]。既干进而务入兮，又何芳之能祗[32]？固时俗之流从兮，又孰能无变化[33]？览椒兰其若兹兮，又况揭车与江离[34]？惟兹佩之可贵兮，委厥美而历兹[35]。芳菲菲而难亏兮，芬至今犹未沫[36]。和调度以自娱兮，聊浮游而求女[37]。及余饰之方壮兮，周流观乎上下[38]。

〔1〕琼茅：传说中的一种灵草，可以用来占卜。以：连词，和。筳篿（tíng zhuān）：楚人用茅草和竹枝占卜。筳：占卜用的小竹枝。灵氛：传说中的上古神巫。这两句说，我取来茅草和小竹枝，叫灵氛为我占卜。

〔2〕曰：指灵氛说。其：则，就。孰：谁。信修：确实美好。慕：爱慕。这两句说，双方都很美好，必能结合，但究竟谁确实美好而值得追求呢？

〔3〕九州：指当时的中国。惟：独，仅。是：这里，指楚国。女：指诗人所要寻求的志同道合者。这两句说，天下如此广阔，难道只有这里才有你可以追求的对象吗？

〔4〕曰：以下十四句，还是灵氛的话，再次用"曰"，是为了加强语气。勉：勉力，努力。远逝：远走。释：放弃。女：通"汝"，你。这两句说，努力远走高飞吧，不要犹豫了，哪有寻求贤才的人会舍弃你呢？

〔5〕何所：哪个地方。芳草：这里比喻贤君。故宇：故乡，这里指楚国。这两句说，哪里没有贤君，你何必只眷念着故乡（楚国）呢？

〔6〕幽昧：昏暗。眩曜（yào）：本指日光耀眼，这里引申为眼光迷乱，暗喻楚国政局混乱。云：语助词，无实义。察：明辨。余：我。

〔7〕民：天下的人。好恶：爱憎。党人：朋党之人。其：岂。独异：独异于常人，犹言与众不同。这两句说，人们的好恶哪有什么两样，只有这帮结党营私的坏人才与众不同。

〔8〕户服：家家户户（指上文所说的"党人"）穿戴、佩用。艾：艾蒿，草本植物，这里指恶草。盈：满。要："腰"的古字。这两句说，这帮人把臭蒿系满腰间，倒说馨香的幽兰不可佩戴。

〔9〕览察：察看。草木：指上文的"艾""兰"。未得：未能得到正确的认识。理美：即"美理"，美玉。当：恰当。这两句说，他们连草木的香臭都不能分辨，难道对美玉能够评价恰当？

〔10〕苏：取。粪壤：粪土。充：装满。帏：戴在身上的香囊。申椒：申地的一种香木。这两句说，他们把粪土装满自己的香袋，反说申椒臭而不香。

〔11〕这两句意为：我打算听从灵氛吉利的卜辞，但内心仍犹豫不决。

〔12〕巫咸：古代传说中的神巫，名叫咸。夕降：傍晚从天而降。古代迷信，将巫传达的所谓神的话称为降神。怀：揣在怀里。椒糈：祭祀用的花椒和精米。要：通"邀"，迎接。这两句说，巫咸将在晚上降神，我揣着椒香和精米去迎接。

〔13〕百神：指天上的众神。翳：遮蔽。备：全。九疑：这里指九嶷山神。因九嶷山在楚地，所以概指楚地之神。缤：盛多的样子。并迎：一起来迎接。这两句说，天上众神遮天蔽日地一齐降临，楚地众神纷纷都来迎接。

〔14〕皇：指神。剡剡：形容光闪闪的样子，指众神发出灵光。扬灵：显示神灵。吉故：明君遇贤臣的吉祥故事。这两句说，百神辉煌的显示灵异，通过巫咸告诉我一些过去的君臣际遇的美事。

〔15〕曰：以下是巫咸转述神的话。勉：勉力。升降以上下：即上文"上下求索"的意思。矩矱（huò）：这里喻指怀抱的理想与志趣。矩：画方的工具。矱：量长短的工具。这两句说，巫咸传达神的话说：你应努力走遍四方，去寻求志同道合的人。

〔16〕俨：端重而恭敬。合：志同道合的人。挚：即伊尹，商汤的贤相，相传奴隶出身。咎（gāo）繇：即皋陶，夏禹的臣子。这两句说，商汤和夏禹都虔诚地寻求过贤臣，所以伊尹和皋陶能同他们协调共济。

〔17〕苟：如果。用：凭借。行媒：往来说合的媒人。这两句说，如果内心确实美好，又何必请媒人来往说合？

〔18〕说：人名，即傅说，殷高宗武丁时的贤相，相传出身于泥瓦匠。操：持，拿着。傅岩：地名，在今山西平陆东。武丁：即殷高宗。用：重用。这两句说，傅说原在傅岩筑墙，武丁毫不怀疑地重用了他。

〔19〕吕望：即吕尚，俗称姜太公。传说吕尚贫困时一度当过屠夫。鼓刀：举刀，挥刀。遭：遭遇，碰到。周文：即周文王。举：举用。这两句说，吕望原是一个挥刀的屠夫，遇着周文王，得到了重用。

〔20〕宁戚：春秋时卫国人，传说他喂牛时扣牛角而歌，齐桓公听了，很为赏识，就用他为大夫。该：周详，充当。辅：辅佐。

〔21〕晏：晚，迟。未央：未尽。这两句说，趁着年纪还不算很老，时光还没有完全消逝。

〔22〕鹈鴂（tí jué）：即杜鹃鸟，夏初百花凋落时最善鸣。为之：因此。这两句说，担心的是杜鹃鸟一开始歌唱，一切花草就将失去芬芳。喻指老年一到，人的精力衰退，就难有所作为。

〔23〕琼佩：折琼枝所做的配饰，比喻美好的品德和才能。偃蹇（jiǎn）：盛多而美丽的样子，这里有高贵的意思。薆然：压抑、抹杀的样子。这两句说，我的品德和才能如此高贵美好，为什么那帮人总要竭力把人压抑、抹杀。

〔24〕不谅：险诈不可测。谅：信实。折：摧残，伤害。这两句说，这帮"党人"如此不诚实，恐怕他们出于嫉妒，还要摧残我。

〔25〕变易：变化无常。淹留：久留。这两句说，时势纷乱，变化无常，我怎能在此久留？

〔26〕茅：茅草，比喻已经蜕化变质的谗佞之人。这两句说，幽兰和白芷都失去了香味，芬芳的荃蕙也都变成了茅草。

〔27〕直：竟然。萧、艾：均为蒿类植物。这两句说，为什么往日的芳草（喻指君子），如今竟然成了可恶的茅草（喻指小人）？

〔28〕他故：其他的理由。修：修身洁己。这两句说，难道还有别的缘故？坏处就在于它们不肯修洁自爱。

〔29〕可恃：可靠。羌：发语词。无实而容长：无实际而徒有其表。容长：

外表好看。这两句说，我原以为兰（喻指自己过去信任的人）很可靠，谁知他有名无实，虚有好看的外表。

〔30〕委：抛弃，丢掉。苟：苟且，这里有混入的意思。得：能够。众芳：指世俗称誉的芳草。这两句说，（兰）抛弃自己的美质和世俗同流合污，不过是混进了众芳的队伍。

〔31〕慢慆：傲慢，狂妄。椒（shā）：一种恶草。佩帏：身上佩戴的香囊。这两句说，椒本是香木，却变得伪善而专横傲慢；椒本是恶草，竟也想充塞到香囊中来（喻指小人奔走钻营窃据权位）。

〔32〕干进：求取高官厚禄。干：求。务入：务求钻进去，指赢得君主的宠信。务：追求。祗（zhī）：散发。这两句说，他们既然只知钻营门路向上爬，又怎能散发出什么香气呢？

〔33〕流从：义同"从流"，随波逐流。这两句说，本来世俗所爱的就是随波逐流，谁又能保持美好的品质而不发生变化？

〔34〕若兹：如此。揭车、江离：都属于一般的芳草，比喻自己培育的一般人才。这两句说，看到椒、兰尚且变成这样，又何况揭车、江离这些普通的芳草？

〔35〕兹佩：喻指屈原的内美与追求。委：委弃。历兹：到如今这一地步。这两句说，只有我的佩饰（品德）最可贵，却被人（怀王）摈弃，直到如今。

〔36〕芳菲菲：指香气浓郁。亏：减损，损伤。沫：消失。这两句说，它香气浓郁难以亏损，至今仍未消失。

〔37〕和调度：指调节自己的心态，缓和自己的心情。自娱：自乐。聊：姑且。求女：寻求志同道合的人。这两句说，我保持着恬静平淡的风度以为欢乐，姑且向四方漂游，去寻找理想的对象。

〔38〕方壮：正旺盛，正浓艳。比喻才能和品质正当成熟之际。周流：周游观览。上下：到处。这两句说，趁我的佩饰还很鲜丽（表示自己还在壮年），我要上天下地四处去察访。

以上是第七段，借灵氛和巫咸的劝告，提出远离楚国的设想。再进一步概括地揭露楚国掌权者的腐朽，表现出坚持理想、始终不渝的顽强战斗精神。

灵氛既告余以吉占兮，历吉日乎吾将行[1]。折琼枝以为羞兮，精琼爢以为粮[2]。为余驾飞龙兮，杂瑶象以为车[3]。何离心之可同兮？吾将远逝以自疏[4]。遭吾道夫昆仑兮，路修远以周流[5]。扬云霓之晻蔼兮，鸣玉鸾之啾啾[6]。朝发轫于天津兮，夕余至乎西极[7]。凤皇翼其承旗兮，高翱翔之翼翼[8]。忽吾行此流沙兮，遵赤水而容与[9]。麾蛟龙使梁津兮，诏西皇使涉予[10]。路修远以多艰兮，腾众车使径待[11]。路不周以左转兮，指西海以为期[12]。屯余车其千乘兮，齐玉轪而并驰[13]。驾八龙之婉婉兮，载云旗之委蛇[14]。抑志而弭节兮，神高驰之邈邈[15]。奏《九歌》而舞《韶》兮，聊假日以媮乐[16]。陟升皇之赫戏兮，忽临睨夫旧乡[17]。仆夫悲余马怀兮，蜷局顾而不行[18]。

[1] 吉占：指两美必合而言。历：选择。吉日：好日子。这两句说，灵氛既已告诉我好的占辞，我将选择一个吉利的日子启程。

[2] 羞：通"馐"，美食。精：作动词用，碾碎。琼爢：玉屑。粮(zhāng)：干粮。这两句说，折下琼枝作菜肴，碾细美玉作干粮。

[3] 飞龙：长翅膀的龙。杂瑶象：把美玉和象牙搭配起来。瑶：美玉。这两句说，用美玉和象牙装饰车子，让飞龙为我驾驶。

[4] 离心：不同的志向。可同：可以共事。远逝：远去。自疏：自求疏远。这两句说，心事完全不同的人怎能结合在一起，我宁愿到遥远的地方去离群索居。

[5] 遭(zhān)：楚地方言，转向。道：作动词用，取道。这两句说，我转道昆仑，路程遥远地到处去周游。

[6] 云霓：裁云霓做成的旗帜。晻(ǎn)蔼：旌旗众多而蔽日的样子。鸣：响起。玉鸾：挂在车前横木上的玉制的鸾状车铃。啾啾：形容车行时玉铃发出的声响。

[7] 天津：天河的渡口。西极：西方极远处。这两句说，早上从天河出发，晚上便到了西方边远地。

[8] 翼：翅膀，这里作动词用，张开翅膀。承：托举，引申为环卫。翼翼：

两翅扇动有节奏的样子。这两句说，凤凰展翅，举着旗帜，整整齐齐地在高空翱翔。

〔9〕流沙：指西极的沙漠地区。赤水：神话中西方的水名，传说发源于昆仑山。容与：从容不迫。这两句说，很快地我来到流沙地带，沿着赤水从容地行进。

〔10〕麾：通"挥"，指挥。梁津：桥梁，这里作动词用，架桥。津：渡口。诏：命令。西皇：西方的神。这两句说，我指挥蛟龙在渡口架设桥梁，招呼西皇把我渡过河去。

〔11〕艰：指路途艰险。腾：传令。径：路。这两句说，道路遥远而又艰险，我传令众车在路旁等待。

〔12〕不周：神话中的山名，在昆仑西北，因山形有缺不满一周匝，故名。西海：神话中西方的大海。期：希望到达的目的地。这两句说，绕过不周山再向左转，把西海作为我希望到达的目的地。

〔13〕屯：聚集。乘：古代称四马拉一车为一乘。轪（dài）：车毂端的盖帽，这里指车轮。这两句说，聚集起我成千辆的从车，车轮整齐地并排着向前驱驰。

〔14〕婉婉：同"蜿蜿"，形容龙飞行时身体屈伸的样子。委蛇（wēi yí）：同"逶迤"，形容旗帜飘扬舒卷的样子。这两句说，驾车的八匹骏马蜿蜒前进，车上的旗帜随风飘扬。

〔15〕抑志：使心情平静。弭节：放下赶车的马鞭，使车停止。神：思绪，指人的精神。邈邈：遥远的样子。这两句说，（我）抑制住激动的心情，放慢车速缓缓前进，让自己心神驰骋于遥远的境界。

〔16〕《韶》：相传是虞舜的舞乐。假日：犹言借此时机。娱：通"愉"，乐。这两句说，演奏《九歌》，跳起《韶》舞，姑且趁着这个时日娱乐一番。

〔17〕陟、升：均为升、登的意思。皇：皇天，这里指高空。赫戏：形容光明盛大的样子。临睨：站在高处俯视。旧乡：故乡，这里指楚国。这两句说，我上升光明的空间，向下俯视，忽然看到了故乡。

〔18〕仆：御者，指车夫。怀：留念，眷恋。蜷局：蜷缩身子不愿前进的样子。这两句说，跟随我的人都悲哀起来，驾车的马也蜷曲着身子低头回顾，留念不肯向前了。

以上是第八段，诗人驰骋想象，抒写自己热爱楚国，坚持美好理想决不妥协的精神。

乱曰：已矣哉[1]！国无人莫我知兮，又何怀乎故都[2]！既莫足与为美政兮，吾将从彭咸之所居[3]！

〔1〕乱：古代乐歌的最后一章称"乱"。乱，即乱词，有总结全篇、撮其大要、点明题旨的作用。已矣哉：绝望之词，意思是算了吧。

〔2〕莫我知：宾语前置，即莫知我。故都：楚国都城。这两句说，国都没有贤人，没有什么人了解我，我又何必一定要怀念故乡呢？

〔3〕足：足以。与为：共同参与。美政：屈原理想的政治。从：跟随。居：住所，这里指一生所选择的道路和归宿。这两句说，既然没有人可以和我共行美政，那我只有去追随彭咸了。

以上是尾声，概括了全诗的主题。

《离骚》全诗373句，2490字，是我国文学史上最宏伟的一首自叙性的政治抒情长诗，是我国文化宝库中冠绝千古的浪漫主义艺术珍品。屈原用他的理想、遭遇、痛苦、热情，以至于整个生命所熔铸而成的宏伟诗篇，表达了爱国、爱民的政治理想和抱负，抒发了不与黑暗势力相妥协的高尚节操，以及疾恶如仇、顽强地与黑暗势力作斗争的伟大精神。

"既莫足与为美政兮，吾将从彭咸之所居。"集中表明了诗人的政治态度。"举贤授能"和"确立法度"是美政的重要内容。但面对楚王昏庸、"党人""偷乐"、"民生之多艰"，"美政"的理想无法实现时，仍坚持"路曼曼其修远兮，吾将上下而求索"的理想，表现了诗人忧国忧民、至死不渝的斗争精神。

《离骚》的政治倾向性是通过高度的艺术手法表现出来的。诗人以极其丰富的想象力，天上地下，四极八荒，任其驰骋，时而喷薄而出，慷慨悲歌，时而托物陈词，比兴达意。文风奔腾浩瀚，旋律昂扬激荡。在语言形式上，《离骚》突破了《诗经》以四字句为主的格局，句法参差错落，灵活多变。诗中句尾大多隔句用"兮"字，句中配以"之""于""乎""夫""而"等虚词协调音节。这种新的诗歌表现形式，为《诗经》以后兴起的骚体文学奠定了基础。

毛泽东手书屈原《离骚》（节选）（在湖南第一师范读书期间）（一）

毛泽东手书屈原《离骚》（节选）（在湖南第一师范读书期间）（二）

九歌·东皇太一[1]

吉日兮辰良，穆将愉兮上皇[2]。抚长剑兮玉珥，璆锵鸣兮琳琅[3]。

瑶席兮玉瑱，盍将把兮琼芳[4]。蕙肴蒸兮兰藉，奠桂酒兮椒浆[5]。

扬枹兮拊鼓，疏缓节兮安歌[6]，陈竽瑟兮浩倡[7]。

灵偃蹇兮姣服，芳菲菲兮满堂[8]。五音纷兮繁会，君欣欣兮乐康[9]。

毛泽东在湖南第一师范读书时，曾在自己的笔记《讲堂录》中抄录了《九歌》全文。

[1] 九歌：是屈原被放逐期间根据楚国民间流行的祭神巫歌，经过艺术加工再创作的组诗。"九"是虚数。这组优美的抒情诗共 11 篇：《东皇太一》《东君》《云中君》《大司命》《湘君》《湘夫人》《少司命》《河伯》《山鬼》《国殇》分祭十种鬼神，末篇《礼魂》大概是祭祀完毕时的合唱。东皇太一：楚人心目中的至尊天神，因祠于东方的楚国，以配东帝，故称东皇。

[2] 吉日：吉祥的日子。辰良：即良辰，因要与下句的"皇"押韵而倒置，意为美好的时刻。穆：恭敬肃穆。愉：通"娱"，这里指娱神，即使神灵得到愉快，欢乐。上皇：即东皇太一。

[3] 抚：持，按。珥：指剑柄上端像两耳突出的玉质饰品。璆（qiú）：即璆然，形容玉石相悬撞击的样子。锵：形容佩玉碰撞的声音。琳琅：美玉名，这里指身上的佩玉。

[4] 瑶席：珍贵华美的席垫。瑶：美玉。瑱：通"镇"，用玉做的压席器物。盍：何不。把：持。琼芳：指赤玉般美丽的花朵。琼：赤色玉。芳：花朵。

[5] 蕙：香草名，一种兰科植物。肴蒸：同"殽烝"，大块的肉。藉（jiè）：垫底用的东西。奠：置，献上。桂酒：以桂片浸泡的酒。椒浆：用有香味的花椒浸泡的美酒。

[6] 扬：高举。枹（fú）：鼓槌。拊（fù）：敲击。疏：稀疏，这里指鼓音的

节奏。缓节：放慢节拍。安歌：这里指歌声徐徐，平缓悠长。

〔7〕陈：陈列，这里处指乐器声大作。竽：笙类乐器。瑟：琴类乐器，有二十五根弦。浩倡：指大声歌唱，气势浩荡。浩：大。倡：通"唱"，歌唱。这句是说，随着竽瑟之声大作而高声歌唱。

〔8〕灵：楚人称神、巫为灵，这里指以歌舞娱神的群巫。偃蹇：形容舞姿优美的样子。姣服：美丽的服饰。这句是说，身着华美服饰的灵巫们，伴随着乐曲翩翩起舞。芳菲菲：香气浓郁的样子。

〔9〕五音：指宫、商、角、徵、羽五个音调。繁会：众音汇成一片，指齐奏。君：这里指东皇太一神。欣欣：欣喜愉快的样子。乐康："康乐"的倒文，为了叶韵而倒置。"康"有极大的意思，即获得极大的愉悦、快乐。最后一句为祝颂语。

　　这是一首祭祀至尊天神东皇太一的诗。祭祀时由男巫扮东皇太一，由女巫迎神，歌词全系女巫所唱。男巫抚摸着长剑上的玉珥降临人间。女巫边歌边舞，迎接给人间带来万物复苏、生命繁衍、生机勃发新气象的至尊天神。开头四句，简洁而又明了地写出了祭祀的时间，祭祀者们对天神的恭敬与虔诚，以及祭祀场面的盛大与隆重。继而描述祭祀所必备的瑶席、玉瑱、楚地的芳草以及款待天神的佳肴美酒等。末尾四句是祭祀的高潮，写天神终于降临。末句"君欣欣兮乐康"，既是天神安康欣喜神态的直接描绘，也表达了古代楚地人民企图通过娱神活动而获得安宁、幸福生活的愿望。

九歌·云中君[1]

浴兰汤兮沐芳，华采衣兮若英[2]。灵连蜷兮既留，烂昭昭兮未央[3]。

蹇将憺兮寿宫，与日月兮齐光[4]。龙驾兮帝服，聊翱游兮周章[5]。

灵皇皇兮既降，猋远举兮云中[6]。览冀州兮有余，横四海兮焉穷[7]。思夫君兮太息，极劳心兮忡忡[8]。

毛泽东曾抄录和圈阅这首诗。

〔1〕云中君：指云神丰隆。一说屏翳。

〔2〕浴：洗澡。兰汤：兰草沁入其中而带有香味的热水。汤：热水。沐芳：用浸泡过白芷的香水洗头发。沐：洗头发。芳：芳香，白芷的别名。华采衣：华美艳丽的服饰。若英：像花朵一样。英：花。这两句与下两句为祭巫所唱。

〔3〕灵：神，指云中君，由祭祀中有神灵附身的巫觋所扮。连蜷：回环婉曲的样子，形容云在天空舒卷的形象。既留：已经停留下来。烂昭昭：光明灿烂的样子。烂：分散的光。昭昭：明亮。未央：无穷尽。

〔4〕蹇（jiǎn）：发语词。憺（dàn）：安。寿宫：供神的地方。这两句与下两句为扮云中君的巫所唱。这句写云神将安详地受祭于供神之处。

〔5〕龙驾：龙车。这里指以龙驾车。帝服：天帝服饰，这里指五方天帝青、黄、赤、白、黑的五彩服色。聊：姑且。周章：周游流览。王逸《楚辞章句》："犹周流也。言云神居无常处，动则翱翔，周流往来且游戏也。"

〔6〕灵：云神，指云中君。皇皇：同"煌煌"，光明灿烂的样子。猋（biāo）：形容疾速的样子。远举：向远处飞升。举：升。这两句为祭巫所唱，写云神降临后，又倏然离去。

〔7〕览：看。冀州：古代中国分为九州，冀州为九州之首，因位置居中，又称中土。包括今陕西、山西间黄河以东，河南、山西间黄河以北和山东西北、河北东南部这一大片土地。有时指全中国。这两句为云中君所唱。横：横布，横行。四海：古代传说中国四境均有大海环绕，四海即指国境四面之海。焉穷：哪里有穷尽。

〔8〕夫：语助词。君：指云中君。太息：长叹。劳心：心中忧愁。忡忡：忧愁不安的样子。这两句为祭巫所唱。

这是一首描写楚人祭祀天上云神的乐歌。男巫在诗中扮云神，女巫载歌载舞迎神，女巫所唱的歌词，表达了人们对云神的赞美和依恋的心情。开头四句写迎神之前，女巫用带有香气的热水洗浴了身子，穿上花团锦簇的衣服。迎神时女巫翩翩起舞，云神隐隐放出神光。云神降临后，忽然又狂飙般地上升而去。古人以为雨是云下的，云神有下雨的职责。末尾二句，写人们对云神离去后的惆怅与思念。祭云神是为了下雨，希望云行雨降，风调雨顺。诗中用拟人手法细腻地描绘了云朵在广阔天宇中的各种形态，以及"览冀州"而"横四海"的气势，给人留下了极其深刻的印象。

九歌·湘君[1]

君不行兮夷犹，蹇谁留兮中洲[2]？美要眇兮宜修，沛吾乘兮桂舟[3]。令沅湘兮无波，使江水兮安流[4]。望夫君兮未来，吹参差兮谁思[5]？

驾飞龙兮北征，邅吾道兮洞庭[6]。薜荔柏兮蕙绸，荪桡兮兰旌[7]。望涔阳兮极浦，横大江兮扬灵[8]。扬灵兮未极，女婵媛兮为余太息[9]。横流涕兮潺湲，隐思君兮陫侧[10]。

桂棹兮兰枻，斫冰兮积雪[11]。采薜荔兮水中，搴芙蓉兮木末[12]。心不同兮媒劳，恩不甚兮轻绝[13]。石濑兮浅浅，飞龙兮翩翩[14]。交不忠兮怨长，期不信兮告余以不闲[15]。

鼌骋骛兮江皋，夕弭节兮北渚[16]。鸟次兮屋上，水周兮堂下[17]。捐余玦兮江中，遗余佩兮醴浦[18]。采芳洲兮杜若，将以遗兮下女[19]。时不可兮再得，聊逍遥兮容与[20]。

毛泽东曾抄录和圈读这首诗。

〔1〕湘君：湘水之神，男性。一说即巡视南方时死于苍梧的舜。本篇为祭祀中巫饰湘夫人所唱的迎接湘君的恋歌。

〔2〕君：指湘君。夷犹：迟疑不前的样子。蹇：发语词。谁留：犹言"谁待"，等待谁。留：待。洲：水中陆地。

〔3〕美要眇：远望时神态美好的样子。宜修：恰到好处的修饰。沛：水大而急的样子。桂舟：桂木制成的船。

〔4〕沅湘：沅水和湘水，都在湖南。无波：不起波浪。江水：长江。下文"大江""江"，与此同。安流：平缓地流淌。

〔5〕夫：语助词。参差：高低错落不齐，这里指排箫，相传为舜所造。

〔6〕飞龙：雕有龙形的船只。北征：向北行驶。邅：转变。洞庭：洞庭湖。

〔7〕薜荔：蔓生香草。柏（bó）：通"箔"，帘子。蕙：香草名，又名佩兰。绸：帷帐。荪：一种香草，即石菖蒲。桡（ráo）：短桨。兰：兰草。旌：旗杆顶上的饰物。

〔8〕涔阳：地名，在涔水北岸，洞庭湖西北。极浦：遥远的水边。横：横渡。扬灵：显示精诚。一说即扬舲，扬帆前进。

〔9〕极：至，到达。女：侍女。婵媛：眷念多情的样子。

〔10〕横：横溢。潺湲：水缓慢流动的样子。悱（péi）侧：即"悱恻"，内心悲痛的样子。

〔11〕桂棹：桂木长桨。棹：船桨。枻（yì）：短桨。斫：砍。

〔12〕采薜荔：在水中采摘陆生的薜荔。搴：拔取。芙蓉：荷花。木末：树梢。以上四句是说见湘君像斫冰行船、水中采薜荔、树梢上摘荷花一样难。

〔13〕媒：媒人。劳：徒劳。甚：深厚。轻绝：轻易断绝。

〔14〕石濑：石上急流。浅（jiān）浅：水流湍急的样子。飞龙：指龙船。翩翩：船行轻盈快疾的样子。

〔15〕交：交往。忠：诚恳。期：相约。信：信用。不闲：没有空闲。

〔16〕鼂（zhāo）：同"朝"，早晨。骋骛：犹言奔驰，急行。皋：水旁高地。弭：停止。节：策，马鞭。渚：水中小洲。

〔17〕次：止息，栖宿。周：环绕，周流。

〔18〕捐：抛弃。玦：环形而有缺口的玉器。遗：留下。佩：佩饰。醴：通"澧"，澧水，在湖南北部，流入洞庭湖。

〔19〕芳洲：水中的芳草地。杜若：香草名，又称山姜。遗（wèi）：赠予。下女：湘君侍女。实际上要赠给湘君，说下女是表示对对方的尊敬。

〔20〕再：屡次，多次。聊：暂且。逍遥：自由自在的样子，容与：舒缓放松的样子，这里指漫步。逍遥、容与，实际上仍是等待，侥幸湘君之来。

《湘君》和《湘夫人》是《九歌》中写得最为优美而又富于故事情节的两首诗。传说湘水有一对配偶神，男的叫湘君，女的叫湘夫人。这首诗是以湘夫人的语气写的，故称湘君为君。诗中描写湘君与湘夫人互相思慕的心绪，但更侧重于抒写湘夫人与湘君相约，等待而不来时产生的失望、怀疑、哀伤、埋怨、思恋的复杂情绪。美丽的湘夫人作了一番精心打扮，驾着小船兴致勃勃地来到约会的地点，可是湘君爽约未至。这使得湘夫人无比痛心而满腔怨恨。接着，她把湘君所赠定情之物玉玦与玉佩抛入江中，以示决绝。但转念一想，深情岂能毁于一旦，于是又采摘芳草，准备献给湘君。她徘徊江皋，等待湘君到来，这样的结尾使整个故事和全首歌曲余音袅袅，并与篇首的疑问遥相呼应，给读者留下了想象的悬念。

九歌·湘夫人[1]

帝子降兮北渚，目眇眇兮愁予[2]。袅袅兮秋风，洞庭波兮木叶下[3]。登白薠兮骋望，与佳期兮夕张[4]。鸟何萃兮蘋中，罾何为兮木上[5]。沅有茝兮澧有兰，思公子兮未敢言[6]。荒忽兮远望，观流水兮潺湲[7]。

麋何食兮庭中？蛟何为兮水裔[8]？朝驰余马兮江皋，夕济兮西澨[9]。闻佳人兮召予，将腾驾兮偕逝[10]。筑室兮水中，葺之兮荷盖[11]。荪壁兮紫坛，播芳椒兮成堂[12]。桂栋兮兰橑，辛夷楣兮药房[13]。罔薜荔兮为帷，擗蕙櫋兮既张[14]。白玉兮为镇，疏石兰兮为芳[15]。芷葺兮荷屋，缭之兮杜衡[16]。合百草兮实庭，建芳馨兮庑门[17]。九嶷缤兮并迎，灵之来兮如云[18]。

捐余袂兮江中，遗余褋兮澧浦[19]。搴汀洲兮杜若，将以遗兮远者[20]。时不可兮骤得，聊逍遥兮容与[21]。

毛泽东曾抄录和圈读这首诗。其创作《七律·答友人》中"帝子乘风下翠微"句，化用此诗"帝子降兮北渚，目眇眇兮愁予"句。

[1] 湘夫人：本篇为祭祀中男巫饰湘君应约赴会时所唱的慕恋湘夫人之词。

[2] 帝子：对湘夫人的尊称。舜妃为帝尧之女，故称帝子。降：降临。眇

眇：眯起眼睛远望的样子。愁予：使我忧愁。

〔3〕袅袅：微风吹拂的样子。波：用作动词，泛起微波。木叶：树叶。下：落。

〔4〕白蘋（fán）：水草名，生长湖泽间。骋望：纵目远望。佳：佳人，指湘夫人。期：期约。张：陈设，指做迎接准备。

〔5〕"鸟何"二句：意思是说鸟集于水草中，渔网挂在树上，均为反常现象，预兆约会将不顺利。萃：集。鸟本当集在木上，反说在水草中。罾（zēng）：渔网。罾原当在水中，反说在木上，比喻所愿不得，失其应处之所。

〔6〕沅：即沅水，在今湖南省。茝：同"芷"，白芷，一种香草。澧：澧水，在今湖南省，流入洞庭湖。公子：犹上文的"帝子"，指湘夫人。古代贵族称公族，贵族子女不分性别，都可称公子。未敢言：因尊敬而没有敢轻率地表达。

〔7〕荒忽：通"恍惚"，心神不定的样子。潺湲：水流不断的样子。

〔8〕麋：兽名，似鹿但稍大。蛟：蛟龙。水裔：水边。这两句意为：麋鹿应在山野中却进入人家庭院，蛟龙本当潜在深渊却游到水边。写这些反常现象，是预感到事情进展不顺利。

〔9〕皋：水边高地。西澨（shì）：西边水崖。

〔10〕腾驾：驾着马车奔腾飞驰。偕逝：同往。

〔11〕葺：编草盖房子。盖：指屋顶。

〔12〕荪壁：编荪草装饰墙壁。荪：一种香草。紫：紫贝。坛：楚地方言，中庭。播：散布。椒：一种香木。成：饰成。

〔13〕桂栋：用桂木做房梁。栋：屋栋，屋脊柱。兰橑：用木兰做屋椽。橑：屋椽。辛夷楣：用辛夷木做门楣。辛夷：木名，初春开花。楣：门上横梁。药房：用白芷装饰的卧房。

〔14〕罔：通"网"，编织。薜荔：一种香草，缘木而生。帷：帷帐。擗（pǐ）蕙榜（mián）：以蕙草为花边。擗：通"擘"，增加。蕙榜：花边。一说作"幔"讲，帐顶。张：（加在帷上）张挂起来。

〔15〕镇：用来压席的东西。疏：分布。石兰：一种香草，又名山兰。

〔16〕芷葺分荷屋：用白芷苫覆在用荷叶做的屋顶上。缭：缠绕。杜衡：一种香草。

〔17〕合：汇聚。百草：指众芳草。实：充实。馨：能够远闻的香。庑门：厅堂四周的廊屋。

〔18〕九嶷：山名，传说中舜的葬地，在湘水南岸。这里指九嶷山神。缤：盛多的样子。灵：九嶷山众神。如云：形容众多。

〔19〕袂：衣袖。褋：外衣。

〔20〕汀：水中或水边的平地。杜若：一种香草。遗：赠予。远者：指湘夫人。

〔21〕骤得：数得，屡得。逍遥：游玩。容与：悠闲的样子。这两句意为，美好的时辰不再来，我暂且自由自在地舒散一下吧。

这首诗和《湘君》为《九歌》中的姊妹篇，通称"二湘"。本篇是以湘君的口气写的。湘君对湘夫人的殷切思慕和不能相遇的怨怅，曲折地反映了现实社会中人们对美好的爱情生活的向往和追求。诗先写湘君与湘夫人约会的时令和地点，次写湘君久候湘夫人不见而烦躁、决绝的矛盾心理。接着笔锋直转，情趣一变，设想湘夫人降临后的热烈情景。湘君采集香草准备遗赠恋人，表明湘君失望之余，却又深情难舍，对未来还是抱有希望的。最后以湘君不见湘夫人降临结束全篇。诗人以丰富的想象力和铺陈的手法，逐层深入地刻画了湘君的内心活动。全诗情景交融，想象丰富，语言华赡、流畅，节奏婉转、流丽。

九歌·少司命[1]

秋兰兮麋芜，罗生兮堂下[2]。绿叶兮素华，芳菲菲兮袭予[3]。夫人兮自有美子，荪何以兮愁苦[4]？

秋兰兮青青，绿叶兮紫茎[5]。满堂兮美人，忽独与余兮目成[6]。

入不言兮出不辞，乘回风兮载云旗[7]。悲莫悲兮生别离，乐莫乐兮新相知[8]。

荷衣兮蕙带，倏而来兮忽而逝[9]。夕宿兮帝郊，君谁须兮云之际[10]？

与女沐兮咸池，晞女发兮阳之阿[11]。望美人兮未来，临风恍兮浩歌^{〔12〕}。

孔盖兮翠旄，登九天兮抚彗星^{〔13〕}。竦长剑兮拥幼艾，荪独宜兮为民正^{〔14〕}。

1954 年 10 月 26 日，印度总理尼赫鲁离京到外地访问，他来到中南海勤政殿向毛泽东等中国领导人辞行。毛泽东吟诵了屈原的 "悲莫悲兮生别离，乐莫乐兮新相知" 诗句后说：离别固然令人伤感，但有了新的知己，不又是一件高兴的事吗？

〔1〕少司命：战国时楚人神话中掌管人类子嗣的神。本篇是以巫者的口吻演唱的祭祀少司命的歌词。

〔2〕秋兰：兰草的一种，叶茎皆香。秋天开淡紫色小花，香气很浓。古人以为生子之祥。麋芜：即 "蘼芜"，又名芎 (xiōng) 劳。叶似芹，丛生，七、八月开白花。根茎可入药，治妇人无子。罗生：密密生长，网一般散布开生长。秋兰与蘼芜均与生子有关，少司命主管人类子嗣，故开篇就提到这两种香草。

〔3〕素华：白色的花。秋兰和蘼芜均于七、八月间开白花。华："花"的古字。菲菲：形容香气浓郁的样子。袭予：指香气沁人心脾。予：我。

〔4〕夫：发语词，兼有远指作用。人：世人。美子：犹言可爱的儿女。荪：石菖蒲，一种香草。古人用以指君王等尊贵者，这里代指少司命。何以：因何。这两句说，人人都有美好的子女，您又何必再为之愁苦？

〔5〕青青：通 "菁菁"，形容茂盛的样子。

〔6〕美人：指迎神的群巫。忽：很快地。余：我。目成：以目传情，以示相爱。

〔7〕入：指少司命降临时。出：离去时。不辞：不告别。回风：旋风。载：车上插着。云旗：指少司命的仪仗，以云为旗帜。

〔8〕莫：莫过于。生别离：活生生、热辣辣地别离。新相知：开始结识的时候。新：初，开始。

〔9〕荷衣：荷叶制的衣裳。蕙带：蕙草编织的腰带。这里指少司命的装束。倏 (shū)：突然。逝：离去，远去。

〔10〕帝郊：上帝所在的帝国郊野，即天界。君：指少司命。谁须：即须谁。须：等待。因少司命受祭结束后升上云端等待，故女巫这样问。云之际：即云端。际：中间，里边。

〔11〕女：通"汝"，你。沐：洗头发。咸池：神话中天池，是太阳洗澡的地方。这几句为男巫以少司命口吻所唱。晞：晒干。阳之阿：神话中的山名，即旸谷，太阳出来的地方。《淮南子》："至于曲阿，是谓旦明。"

〔12〕美人：就是上文的"女"，指少司命。临：犹言面对着。恍：失意、失望的样子。浩歌：放声歌唱。

〔13〕孔盖：用孔雀尾羽装饰的车盖。翠旍（jīng）：用翠鸟羽毛装饰的旌旗。旍：同"旌"，旗帜。九天：古代传说天有九重，这里指天的最高处。抚：手持。彗星：俗名扫帚星，古代传说彗星出现是扫除邪秽的象征。抚彗星有扫除无子之灾的意思。

〔14〕竦：肃立，这里指笔直地拿着。拥：抱着，护卫着。幼艾：老少。王逸《楚辞章句》："幼，少也；艾，长也。"荪：香草名，借指少司命。宜：适宜，适合。为民正：为民做主。正：公正无私，这里作名词用，即正直的主持者。

这是战国时楚国人对主宰少年儿童命运的神进行祭祀的一首乐歌。男巫扮少司命，女巫接唱迎神，男女二巫在对唱中表达相互间的爱慕。对少司命神的礼赞，表达了人们对儿童一代的热爱和关怀之情。前来参加祭祀的众多妇女向少司命投出企盼的目光，少司命则投给她们会意的一瞥，表示一定会满足人们的良好愿望。诗人写人的感情与神相通，既表现了少司命神的多情，也表达了人们对少司命的崇敬与爱戴。

九歌·河伯[1]

与女游兮九河，冲风起兮横波[2]。乘水车兮荷盖，驾两龙兮骖螭[3]。

登昆仑兮四望，心飞扬兮浩荡[4]。日将暮兮怅忘归，惟极浦兮寤怀[5]。

鱼鳞屋兮龙堂，紫贝阙兮朱宫，灵何为兮水中[6]？

乘白鼋兮逐文鱼，与女游兮河之渚，流澌纷兮将来下[7]。

子交手兮东行，送美人兮南浦[8]。波滔滔兮来迎，鱼邻邻兮媵予[9]。

毛泽东曾抄录和圈读这首诗。

〔1〕河伯：黄河之神。相传河伯名冯（píng）夷，男性。至战国时代人们把各水系的河神统称河伯。楚国当时国境未达黄河，故所祭的即境内的江汉等河神。

〔2〕女：通"汝"，你。这里指河伯的情侣，为洛水女神。九河：黄河的总名，前人说是黄河到兖州境即分九道，故称九河。冲风：陡然而起的劲风。横波：横流的水波，即聚起波浪。

〔3〕水车：行于水中的车，河伯为水神，故称水车，传说水车入水不湿。荷盖：用荷叶做成的车盖。骖螭（chī）：四匹马拉车时两旁的马叫"骖"。螭，《说文解字》："若龙而黄，北方谓之地蝼。""或云无角曰螭。"据文意当指后者。骖螭，即以螭为骖。这里是说，以两龙驾车，又以无角龙在两旁帮驾。

〔4〕昆仑：西方山名，古传为黄河的发源地。心飞扬：犹言心情激越。浩荡：本形容无边大水，这里形容胸襟广阔。

〔5〕怅：怅然，惆怅。惟：思。极浦：远方的浦口河岸。寤怀：意为兴起思念之情。寤：觉醒。怀：思念。

〔6〕鱼鳞屋：以鱼鳞为瓦的房屋。龙堂：柱上饰有盘龙或雕龙的殿堂。紫贝阙：镶有紫色贝壳的楼观。阙：宫门外两侧的高台楼观，因中间阙然为道，故称。朱宫：红色的宫殿。灵：神灵，指河伯和其情侣洛水女神。这句犹言他们双双栖于水宫中做什么呢？

〔7〕鼋：大鳖。逐：追赶，跟从。文鱼：有斑纹的鲤鱼。渚：水边。《国语·越语下》："鼋龟鱼鳖之与处，而鼃（蛙）鼋之与同渚。"下注："水边亦曰渚。"这里泛指水，用"渚"是为了押韵。流澌（sī）：解冻后随水流动的冰块。澌：流冰。《楚辞·七谏·沉江》"赴湘沅之流澌兮"等可证。

〔8〕子交手：即与子（指洛神）携手。美人：指河伯的恋人洛水女神。南

浦：南方水浦，指洛神离河入洛水的水口。

〔9〕邻邻：一作"鳞鳞"，形容像鱼鳞般密集排列的样子。媵（yìng）：原指随嫁或陪嫁的女子，这里指洛神的随从。这两句写河伯恋人与河伯别后转身回去时的情境。

这是由男巫扮河伯，女巫扮河伯恋人洛神祭祀河神时演唱的歌辞。开头写得气势非凡，河伯携情侣洛神乘水车遨游黄河，两龙为驾，螭龙为骖，"冲风起兮横波"，一路溯流而上，直至黄河的发源地昆仑山。诗中这一令人神往的场面，表现了水神河伯携爱侣出游中那种欢快愉悦、不可一世的心态。随着夜幕降临，景物迷茫，他们忽然产生无所适从、不知何处是归宿的感觉，于是怀念起温馨的栖所"极浦"。接着，作者写河伯、洛神双双来到神奇美丽的水中宫殿共度他们的良宵。结尾几句写南浦送别，河伯紧紧牵着情侣的手，难舍难分，场景写得十分动情。末一个"予"字，暗示了楚国人民对作者的深厚感情。

九歌·山鬼[1]

若有人兮山之阿，被薜荔兮带女萝[2]。既含睇兮又宜笑，子慕予兮善窈窕[3]。乘赤豹兮从文狸，辛夷车兮结桂旗[4]。被石兰兮带杜衡，折芳馨兮遗所思[5]。

余处幽篁兮终不见天，路险难兮独后来[6]。表独立兮山之上，云容容兮而在下[7]。杳冥冥兮羌昼晦，东风飘兮神灵雨[8]。留灵修兮憺忘归，岁既晏兮孰华予[9]？

采三秀兮于山间，石磊磊兮葛蔓蔓[10]。怨公子兮怅忘归，君思我兮不得闲[11]。山中人兮芳杜若，饮石泉兮荫松柏[12]。君思我兮然疑作[13]。

雷填填兮雨冥冥，猿啾啾兮狖夜鸣[14]。风飒飒兮木萧萧，思公子兮徒离忧[15]。

毛泽东曾抄录和圈读这首诗。

〔1〕山鬼：是战国时楚国人祭祀山神（山鬼）的乐歌。山鬼，即山中女神。郭沫若认为即巫山女神。祭祀时女巫扮山神，由男巫迎神。

〔2〕"若有"二句：是说好像有个人在山角落，身上披戴着薜荔和女萝。若：仿佛，隐约可见。阿：山的转弯处。被：通"披"。薜荔：一种香草，这里指以薜荔为衣。带女萝：以女萝为带子。女萝：即菟丝，一种蔓生植物。

〔3〕"既含"二句：是说眼睛脉脉面带笑，小伙子都爱慕我长得好。含睇：指美目流盼，脉脉含情的样子。宜笑：口齿美好，笑起来好看。子：与后面的"灵修""公子""君"等，均指山鬼等待的恋人。予：我，山鬼的自称。善：品行好。窈窕：体态美好。《方言》："美状为窕，美心为窈。"

〔4〕"乘赤豹"二句：是说驾着赤豹带着花猫，辛夷车上插满了桂枝旗。赤豹：皮毛上带黑色花纹的豹子。从：随从。文狸：皮毛上有彩色花纹的狸子。辛夷车：用辛夷香木制的车。结桂旗：用桂枝桂花编织的旗子。结：编结。

〔5〕"被石兰"二句：是说把石兰和杜衡戴在身上，摘下鲜花送给思念的人。石兰、杜衡：都是香草名。芳馨：泛指充满芳香的花草。遗（wèi）：赠送。所思：所思念的人，指恋人。

〔6〕"余处"二句：是说我住在深山竹林里终日不见天日，山路崎岖难行你大概会晚些到。余：山鬼自称。处：居处。幽篁：幽深的竹林。后来：迟到，来晚了。山鬼未能见到恋人，怀疑自己迟到，恋人已去。

〔7〕"表独立"二句：是说我站在高山上，朵朵云彩在我脚下飘。表：突出地，形容高立山巅，四无遮挡。独立：独自站立。容容：云彩漂流浮荡的样子。

〔8〕"杳冥冥"二句：是说深沉的天空突然阴暗，大风刮起，雨神哗哗地降下雨来。杳：深远的样子。冥冥：昏暗无光的样子。羌：楚方言发语词，无实义。昼晦：白天黑暗下来。神灵：这里指雨神。雨：动词，下雨。

〔9〕"留灵修"二句：是说要是他待在我身边该多好啊，我让他安心逍遥，让他再也不愿离开我。岁月不饶人啊，谁能让我永葆青春？留：挽留住。灵修：屈原诗中多指国君，这里指山鬼所念之人。憺（dàn）：安乐的样子。晏：晚，指迟暮。孰华予：即孰予华，谁能再给我青春年华。华：这里有"使……年轻"的意思。予：给予。

〔10〕"采三秀"二句：是说山里到处是乱石和葛草，我一年到头就在这里采摘灵芝。三秀：灵芝草。因每年开三次花，故称。秀：开花。磊磊：乱石堆积的样子。葛：多年生藤本蔓生植物，茎长可达数丈。蔓蔓：形容茎条绵长而到处牵缠的样子。

〔11〕"怨公子"二句：是说我心里怨恨你啊，一点儿也不想回去，你是不是因为太忙不能前来约会。公子：指山鬼的恋人。怅：惆怅，失意的样子。不得闲：即没空闲。这是山鬼等候恋人不至，自我安慰的话。

〔12〕"山中"二句：是说我在这山中饮泉水、傍松柏，像杜若一样纯正芬芳。山中人：山鬼自称。杜若：一种香草。荫松柏：等待在松柏树下。荫：荫庇。

〔13〕"君思我"句：是说你是否还想我？然疑作：心中疑信参半。然：肯定，相信。疑：怀疑。作：产生，兴起。这是山鬼对恋人是否想念自己，心中疑惑不定的心理描写。

〔14〕"雷填填"二句：是说电闪雷鸣，大雨倾盆，猿声响彻夜空。填填：犹"隆隆"，形容雷鸣声。雨冥冥：浓云骤雨，天地一片昏暗。啾啾：形容猿的叫声。狖（yòu）：长尾猿。

〔15〕"风飒飒"二句：是说大风呼呼地吹，吹得树叶哗哗响，我思念你啊，白白地忍受着忧愁的折磨。飒飒：形容风声。萧萧：形容风吹动树木发出的声音。徒：徒然，白白地。离忧：受到烦恼的折磨。离：通"罹"，遭受。

这首诗以楚国民间传说为题材，描写山中女神的爱情故事，创造了美丽痴情的山鬼形象。诗人先写女神出场。她以薜荔为衣，女萝为带，两目含情，体态窈窕，充满青春的朝气。她乘坐的车驾威严华美，表现出深山女神特有的神韵风采。次写女神手持香花，来到约会地点，久等而不见爱人到来时的焦急情景。对方已把她忘记，她却为对方开脱，并苦苦等待。再接着写"思公子兮徒离忧"，女神的一片痴情没有得到应有的回报。因而心中郁闷不平，陷入极度的哀伤忧愤之中。末尾四句以风雨交加、雷电轰鸣、猿狖长啸、落木萧森的情景作结。诗人把多情的女神在追求爱情时那种一往情深和自信，以及在爱情受挫时那种特有的心理波折和苦恼，刻画得淋漓尽致，十分感人。诗中的女神在凄风苦雨中痴情等待的形象显然寄寓着诗人在流放中忠君忧国的个人身影。此诗将幻想与现实交织在一起，抒情和叙事结合，语言华美，具有浓郁的浪漫主义色彩。

九歌·国殇[1]

操吴戈兮被犀甲，车错毂兮短兵接[2]。旌蔽日兮敌若云，矢交
坠兮士争先[3]。

凌余阵兮躐余行，左骖殪兮右刃伤[4]。霾两轮兮絷四马，援玉
枹兮击鸣鼓[5]。天时坠兮威灵怒，严杀尽兮弃原野[6]。

出不入兮往不反，平原忽兮路超远[7]。带长剑兮挟秦弓，首身
离兮心不惩[8]。诚既勇兮又以武，终刚强兮不可凌[9]。身既死兮神
以灵，子魂魄兮为鬼雄[10]。

毛泽东曾抄录和圈读这首诗。

[1] 国殇：死于国事的人，这里指为国牺牲于战场的将士。殇：本义是未成
年而夭折，又指死在战场上的青壮年。

[2] "操吴"二句：是说拿着吴国产的戈矛，披着犀牛皮制的铠甲；敌我战
车相交错，刀剑相接。操：拿着，握持。吴戈：战国时吴国制造的戈。当时吴戈
以锋利闻名。被：通"披"。犀甲：犀牛皮制成的铠甲，特别坚韧。毂：车轮中
心有孔的圆木，用以插车轴，周围与车辐的一端相连，也用作车轮的代称。短
兵：刀剑之类的短小兵器。

[3] "旌蔽"二句：是说战旗遮住了太阳，敌人像云一样多，箭在双方阵地
上纷纷坠落，将士们奋勇争先。旌：用羽毛装饰的旗子，此处指战旗。矢：箭。
交坠：交互坠落。

[4] "凌余"二句：是说敌人侵犯了我们的阵地，践踏了我们的队列；左边
的马死了，右边的马受了刀伤。凌：侵犯。躐（liè）：践踏。行：行列，队列。
骖：周代驾车用四匹马，两边的马叫"骖"，在左的叫"左骖"，中间夹车辕的叫
"服"。殪：死。右：右骖。

[5] "霾两"二句：是说兵车的两轮陷埋土中，绊住了四马；举起玉饰的鼓
槌，猛击很响的战鼓。霾：通"埋"。絷：绊。援：拿起，握着。玉枹（fú）：用

玉装饰的鼓槌。

〔6〕"天时"二句：是说战事动地惊天，神灵震怒；残酷的厮杀结束了，敌我双方的尸骸抛弃在原野上。天时：天象，天意。坠：坠落。威灵：威严的神灵。严杀：激战厮杀。尽：指尸横遍野，双方伤亡殆尽。原野：这里指战场。

〔7〕"出不"二句：是说出征了就没再打算回来；平原辽阔，路途遥远。"出不入"即"往不反"。反："返"的古字。忽：形容辽阔渺茫的样子。超远：遥远。"平原忽"与"路超远"意近，为变文重言，与上一句句式相仿。

〔8〕"带长"二句：是说佩带着长剑，夹着秦地产的良弓；身首分离了，但心中不悔。挟：夹在胳膊底下。惩：悔恨。

〔9〕"诚既"二句：是说确实非常勇敢，又武艺高强；始终刚强，不可侵犯。诚：诚然，确实。以：通"已"，相当于"太""很"等程度副词。下文的"以"字同。终：自始至终。凌：侵犯，此处有凌辱之意。

〔10〕"身既"二句：是说身体虽死，精神却很显赫；魂魄刚毅，成为鬼中的英雄。神：指精神，灵魂。灵：显赫，这里是说灵魂不死。子：对战死者的尊称。鬼雄：鬼中的英雄。

这首诗颂悼为国捐躯的楚国死难将士。开头四句描写战斗开始的情况，战车相摩，短兵相接，旌旗蔽空，敌若云屯。面对强敌，楚国将士们奋勇争先与敌人搏斗，表现出旺盛的斗志。接着六句写战斗的残酷场面和结局。在敌人猛烈进攻，楚军失利的严峻时刻，将士们前仆后继，英勇顽强，浴血疆场，直战得天怨神怒，弃尸遍野。再下面六句追述将士们都是抱着视死如归的决心，远离家乡前来参加战斗的，如今虽全部战死沙场，手里却依然挟持武器，凛然如生。最后两句以极大的敬意礼赞将士们武勇刚强，虽死犹生的凛然正气，充满了爱国主义、英雄主义精神。此诗采用"赋"的手法，场面描写具有极强烈的感染力与视觉冲击力，气势雄浑，高昂激越，千百年来激励了一代又一代中华儿女。

天　问[1]

曰：遂古之初，谁传道之[2]？上下未形，何由考之[3]？冥昭瞢暗，谁能极之[4]？冯翼惟象，何以识之[5]？明明暗暗，惟时何为[6]？

阴阳三合，何本何化[7]？圆则九重，孰营度之[8]？惟兹何功，孰初作之[9]？斡维焉系，天极焉加[10]？八柱何当，东南何亏[11]？九天之际，安放安属[12]？隅隈多有，谁知其数[13]？天何所沓？十二焉分[14]？日月安属？列星安陈[15]？出自汤谷，次于蒙汜[16]。自明及晦，所行几里[17]？夜光何德，死而又育[18]？厥利维何，而顾菟在腹[19]？女歧无合，夫焉取九子[20]？伯强何处？惠气安在[21]？何阖而晦[22]？何开而明？角宿未旦，曜灵安藏[23]？不任汩鸿，师何以尚之[24]？佥曰"何忧，何不课而行之[25]？"鸱龟曳衔，鲧何听焉[26]？顺欲成功，帝何刑焉[27]？永遏在羽山，夫何三年不施[28]？伯禹腹鲧，夫何以变化[29]？纂就前绪，遂成考功[30]。何续初继业，而厥谋不同[31]？洪泉极深，何以填之[32]？地方九则，何以坟之[33]？应龙何画，河海何历[34]？鲧何所营？禹何所成[35]？康回冯怒，地何故以东南倾[36]？九州安错？川谷何洿[37]？东流不溢，孰知其故？东西南北，其修孰多[38]？南北顺椭，其衍几何[39]？昆仑悬圃，其尻安在[40]？增城九重，其高几里[41]？四方之门，其谁从焉[42]？西北辟启，何气通焉[43]？日安不到？烛龙何照[44]？羲和之未扬，若华何光[45]？何所冬暖？何所夏寒？焉有石林？何兽能言[46]？焉有虬龙[47]，负熊以游？雄虺九首，倏忽焉在[48]？何所不死？长人何守[49]？靡萍九衢，枲华安居[50]？一蛇吞象，厥大何如[51]？黑水玄趾，三危安在[52]？延年不死，寿何所止[53]？鲮鱼何所？鬿堆焉处[54]？羿焉彃日？乌焉解羽[55]？

毛泽东十分赞赏柳宗元的哲学思想，说柳子厚（宗元）出入佛老，唯物主义。他的《天对》，从屈原的《天问》以来，几千年只有这么一个人做了这么一篇。这实际也肯定了屈原《天问》在唯物主义思想方面的突出贡献。

[1] 天问：即问天，探求事物原始的意义。天：指一切事物的本源。

〔2〕曰：发语词。遂古：往古，远古。遂：通"邃"，深远。传道：传说。

〔3〕上下：指天地。未形：无形。

〔4〕冥昭：指昼夜。冥：幽暗。瞢（méng）暗：昏暗不明的样子。极：穷究。

〔5〕冯（píng）翼：形容大气鼓荡流动的样子。惟：语助词。象：本无实物存在的只可想象的形。

〔6〕明明暗暗：日夜交替。惟：彼。时：通"是"，这，这个。

〔7〕阴阳：阴气与阳气。三合：参错相合。三：通"参"，错杂，渗透。本：根源，起源。化：变化。

〔8〕圜（yuán）：通"圆"，指天的形体，古人认为天是圆的。九重：九层。营度：经营，度量。营：经营。度：测量。

〔9〕兹：此，这个。功：功力，用处。

〔10〕斡（guǎn）：北斗七星之柄，即天地运转的枢纽。维：北斗星柄三星，随斗而转。天极：天的中央，是天的最高点。加：安放。

〔11〕八柱：古代传说有八座大山做支撑天空的柱子。也叫八极。何当：何在。亏：亏损，指东南方地势低洼。

〔12〕九天：指天的中央和八方。际：边界。属：连接。

〔13〕隅：角落。隈（wēi）：弯曲的地方。《淮南子·天文训》："天有九野，九千九百九十九隈。"

〔14〕沓：会合。古代传说天是盖在地上的，故天地有相合之处。十二：指十二时辰。古代天文学家把天划分为十二区，每区都有星宿做标记。岁星大约十二岁一周天，一岁一辰，共十二辰。焉：怎样，如何。

〔15〕陈：陈列。

〔16〕汤谷：古代神话中太阳升起的地方。次：停歇，住宿。蒙汜（sì）：古代神话说太阳晚上停住在蒙水边。蒙：水名。汜：水边。

〔17〕明：天亮的别名。晦：夜晚。

〔18〕夜光：月亮的别称。德：特质。育：生。

〔19〕厥：其，指月亮。顾菟（tù）：传说月中的兔名。闻一多认为即蟾蜍。

〔20〕女歧：传说中的神女，没有丈夫而生了九个孩子。合：交配，合婚。

取：得，生。

[21] 伯强：即禺强，传说中的风神，以强暴伤人。惠气：和畅的风，和气。

[22] 阖（hé）：关闭，指关上天门。

[23] 角宿（xiù）：二十八星宿之一，有两颗星，传说这两颗星之间便是天门。角宿清晨位于东方。这里借指东方。旦：明亮。曜（yào）灵：指太阳。

[24] 任：胜任。汩：治理。鸿：通"洪"，大水。师：众人。尚：推举。

[25] 佥（qiān）：皆，全体。课：考察。行：用。

[26] 鸱（chī）龟曳衔：高亨认为大概是古代神话，鲧治水的时候，有鸱龟引路。鸱龟：形状像猫头鹰的龟。曳衔：拖尾衔物引导治水。曳：拖。听：服从。

[27] 顺欲：符合要求。帝：帝舜。刑：加刑于他。

[28] 遏：禁闭。羽山：神话传说中的山名。系鲧被幽禁而最终被杀害之地。施：处置。传说鲧死后，尸体三年不腐，后化为黄龙。

[29] 伯禹：即禹，禹称帝前曾被封为夏伯，故又称为伯禹。腹鲧：传说禹是鲧死后从尸腹中生的。

[30] 纂：继续。就：跟从。绪：事业。考：对亡父的敬称。功：功业。

[31] 厥：其，代指禹。谋：策谋，谋划。

[32] 洪泉：指洪水。填：传说禹用息壤（自己能生长、永不耗减的土）填塞洪水。

[33] 方：分。九则：九等，九个区域。坟：加高，隆起。

[34] 应龙：有翅膀的龙，传说大禹治水时，有应龙用尾巴划地，禹就依此挖通江河，导水入海。厉：通"历"，经历，流通。

[35] 营：经营，筹划。成：成就。

[36] 康回：即共工，神话传说中的人物。冯怒：大怒。冯：通"凭"，大。《淮南子·天文训》："昔者共工与颛顼（zhuān xū）争为帝，怒而触不周之山，天柱折，地维绝，天倾西北，故日月星辰移焉；地不满东南，故水潦尘埃归焉。"

[37] 九州：传说禹治水后把天下分为九州，后代指中国。错：通"措"，置。川谷：水注海称川，注溪称谷。洿（wū）：深。

[38] 修：长。

[39] 顺：与"橢"同义。橢：狭长。衍：余，多出。

〔40〕悬圃：古代神话中的地名，在昆仑山顶和天相通的地方。其尻（kāo）安在：问的是昆仑山上的悬圃，它的麓尾在哪里。尻：尾。

〔41〕增城：神话传说中的地名，在悬圃之上，城有九层，每层高万里。

〔42〕四方之门：昆仑山四面的门。门：指天门。从：从此出入。

〔43〕辟启：打开，张开。气：风。

〔44〕日安不到：什么地方太阳照射不到。烛龙：神话传说中的神龙，嘴上衔烛，照耀幽暗之处。《山海经·大荒北经》："西北海之外，赤水之北，有章尾山。有神，人面蛇身而赤，直目正乘，其瞑乃晦，其视乃明，不食不寝不息，风雨是谒。是烛九阴，是谓烛龙。"

〔45〕羲和：传说中替太阳驾车的神。扬：扬鞭。若华：若木的花，若木传说生长在日入的地方。

〔46〕石林：神话传说，西南有石树成林。兽能言：语出王逸《楚辞章句》："言天下何所有石木之林，林中有兽能言语者乎？"

〔47〕虬：神话中的无角龙。

〔48〕雄虺（huǐ）：传说中的九头蛇。倏（shū）忽：往来飘忽。王逸《楚辞章句》："虺，蛇别名也。倏忽，电光也。言有雄虺，一身九头，速及电光，皆何所在乎？"

〔49〕不死：指人长生不死。《山海经·海外南经》："不死民在交胫国东，其人黑色，长寿不死。"长人：长大之人，指防风氏。《国语·鲁语下》载：防风氏身长三丈，守封嵎山，禹会群神于会稽山，防风氏后到，被禹杀死，骨节装满一车。

〔50〕靡苹：一种奇异的萍草，叶大有枝杈。九衢：一个靡苹叶分九个枝杈。枲（xǐ）：麻的别名。华：花。高亨《楚辞选》："靡苹生花和麻花相像，所以叫做'麻苹'，音转而成'靡苹'。这种奇怪的植物，在什么地方呢？"

〔51〕一蛇吞象：传说有一种巴蛇，其大可以吞食大象。《山海经·海内南经》："巴蛇食象，三岁而出其骨。君子服之，无心腹之疾。其为蛇青黄赤黑，一曰黑蛇青首，在犀牛西。"

〔52〕黑水：传说中的水名。玄趾：传说中的山名。三危：传说中西北的高山。《尚书·禹贡》："导黑水，至于三危，入于南海。"

〔53〕延年不死：传说中长生不死的人。《穆天子传》："黑水之阿，爰有木禾，食者得上寿。"《淮南子·时则训》："自昆仑绝流沙沈羽，西至三危之国，石城金室，饮气之民，不死之野。"

〔54〕鲮（líng）鱼：神话中一种人面鱼身的怪鱼。《山海经·海内北经》："姑射国在海中，属列姑射……陵鱼人面，手足，鱼身，在海中。"鵮（qí）堆：神话中一种食人的怪鸟。《山海经·东山经》："北号之山，有鸟焉，其状如鸡而白首，鼠足而虎爪，其名曰鵮雀，亦食人。"堆：通"隹"（zhuī）。隹，同"雀"。

〔55〕羿：神话传说中善于射箭的英雄人物。《淮南子·本经训》：唐尧时十个太阳一起出现在天空，把草木禾稼都晒焦了，尧命羿射落了其中的九个，替人民解除了严重的旱灾。彃（bì）：射。乌：乌鸦，指古代神话中太阳里面的三足乌。解羽：指太阳被射落，里面三足乌的羽翼散落下来。解：散落。

以上是第一部分，问宇宙形成、天地开辟、日月运行、大地形状、川流走向等各类自然现象以及神话传说。

禹之力献功，降省下土四方〔1〕。焉得彼涂山女，而通之于台桑〔2〕？闵妃匹合，厥身是继〔3〕。胡为嗜不同味，而快朝饱〔4〕？启代益作后，卒然离孽〔5〕。何启惟忧，而能拘是达〔6〕？皆归射鞠，而无害厥躬〔7〕。何后益作革，而禹播降〔8〕？启棘宾商，《九辩》《九歌》〔9〕。何勤子屠母，而死分竟地〔10〕？帝降夷羿，革孽夏民〔11〕。胡射夫河伯，而妻彼雒嫔〔12〕？冯珧利决，封豨是射〔13〕。何献蒸肉之膏，而后帝不若〔14〕？浞娶纯狐，眩妻爰谋〔15〕。何羿之射革，而交吞揆之〔16〕？阻穷西征，岩何越焉〔17〕？化为黄熊，巫何活焉〔18〕？咸播秬黍，莆雚是营〔19〕。何由并投，而鲧疾修盈〔20〕？白蜺婴茀，胡为此堂〔21〕？安得夫良药，不能固臧〔22〕？天式从横，阳离爰死〔23〕。大鸟何鸣，夫焉丧厥体〔24〕？蓱号起雨，何以兴之〔25〕？撰体协胁，鹿何膺之〔26〕？鳌戴山抃，何以安之〔27〕？释舟陵行，何以迁之〔28〕？

〔1〕力：精力。献功：指治水的功业。降省：降临察看。下土四方：应为

"下土方"，指天下。《诗经·商颂·长发》："禹敷下土方。"

〔2〕涂山：古代诸侯国名。通：通婚。台桑：古代地名。

〔3〕闵：忧。妃：配偶。匹合：婚配。继：继嗣，延续后代。王逸《楚辞章句》："言禹所以忧无妃匹者，欲为身立继嗣也。"

〔4〕胡：为什么。嗜：爱好。不同味：与通常人有所不同。快：快意。朝饱：一朝饱食，比喻一时的快乐。王逸《楚辞章句》："言禹治水道娶者，忧无继嗣耳。何特与众人同嗜欲，苟欲饱快一朝之情乎？故以辛酉日娶，甲子日去，而有启也。"

〔5〕启：禹的儿子。益：禹的辅臣，禹曾选定他继承帝位。后：君主。禹让位给益，启手下的人助启杀益夺取天下。卒：通"猝"，忽然。离：通"罹"，遭受。孽：忧患。

〔6〕惟：通"罹"，遭受。而能拘是达：益、启的传说较多，闻一多《天问疏证》："案《天问》似谓禹死，益立，启谋夺益位而事觉，卒为益所拘，故曰'启代益作后，卒然离孽'。启卒脱拘而出，攻益而夺之天下，故曰'何启罹忧而能拘是达'也。"拘：囚禁。达：逃脱。

〔7〕射鞠（jū）：解说甚多，金开诚《楚辞选注》以为泛指武器，意思是说在启和益作战时，益的部下都向启交出武器，而对启无所伤害。厥躬：其身。

〔8〕后益：即益，因做过君主，故称后益。作革：政权变更。作：通"祚"，帝位。革：变更。播降：指禹生启而建立夏王朝。

〔9〕棘：通"亟"，屡次。宾：作客。商："帝"字之讹。《九辩》《九歌》：夏朝乐曲名。传说启曾三次上天，从天帝那里偷得《九辩》《九歌》乐曲，拿来演奏取乐。《山海经·大荒西经》："开（启）上三嫔于天，得《九辩》与《九歌》以下。"

〔10〕勤子屠母：指启破母腹而降生的故事。勤子：贤子，指启。屠：裂开。死：通"尸"。竟地：满地。王逸《楚辞章句》："言禹剥母背而生，其母之身，分散竟地，何以能有圣德，忧劳天下乎？"

〔11〕帝：天帝。降：派下。夷羿：东夷有穷国的君主，擅长射箭，驱逐夏太康，自立为君，后被寒浞杀死。革孽：变革夏政，祸害夏民。孽：忧患。

〔12〕妻：娶。彼：他，指水神河伯。雒嫔（luò pín）：洛水女神，即宓妃。

传说为河伯的妻子。

〔13〕冯（píng）：满，指引满弓。珧：蚌蛤的甲壳，用以修饰弓的两头，这里指弓。利：用。决：套在右手大拇指上用象骨做成的用以钩弦的套子。封豨：大野猪。封：大。

〔14〕蒸肉：祭祀用的肉。膏：肥美的肉。后帝：指天帝。不若：不以为然。

〔15〕浞（zhuó）：即寒浞，传说是羿的相，谋杀羿而自立为君。纯狐：羿的妻子。眩：迷惑。妻：指羿妻。爰：于是。王逸《楚辞章句》："言浞娶于纯狐氏女，眩惑爱之，遂与浞谋杀羿也。"

〔16〕射革：射穿皮革。传说羿力大善射，能射穿七层皮革。交吞：合力吞灭。揆：击杀。这两句说，像羿那样能射穿七层革的人，怎么会被寒浞一伙人合力击杀呢？

〔17〕阻：险阻。穷：绝境。西征：西行。越：越过。王逸《楚辞章句》："言尧放鲧羽山，西行度越岑岩之险，因堕死也。"这两句写鲧被放逐羽山之野所行经的险途。

〔18〕黄熊：指鲧死后化作黄熊的故事。巫：神巫。活焉：指使鲧复活。活：复生。王逸《楚辞章句》："言鲧死后化为黄熊，入于羽渊，岂巫医所能复生活也？"

〔19〕咸：皆。秬（jù）：黍：黑黍。莆：即"蒲"，水草。菅（guàn）：通"萑"（huán），芦苇一类的植物。营：耕种。全部耕种黑黍等庄稼，就在原来长满蒲苇的地方开垦耕种。

〔20〕由：原因。并投：一起放逐，传说与鲧一起被放逐的还有共工、驩兜、三苗。疾：恶名，罪行。修盈：指鲧的恶名长传不衰。

〔21〕蜺（ní）：同"霓"。婴：系在颈上。茀（fú）："拂"字之误。此句说嫦娥以白蜺为巾，系在颈上飘拂。堂：屈原所见楚国公卿的祠堂。闻一多《天问疏证》："傅斯年、郭镂冰、童书业皆以嫦娥偷药事说此问，确不可意。言姮娥化为白蜺，曲绕于堂上，因窃药以去也。"

〔22〕良药：指不死之药。臧：通"藏"。这两句写嫦娥窃后羿不死之药，吞食后奔月的故事。

〔23〕天式：自然的法则。从横：同"纵横"，指阴阳二气的消长变化。阳：

阳气。

　　[24] 大鸟：指王子侨死后尸体变成的大鸟。王逸《楚辞章句》："崔文子取王子侨之尸，置之室中，覆之以弊筐（fěi），须臾则化为大鸟而鸣，开而视之，翻飞而去，文子焉能亡子侨之身乎？言仙人不可杀也。"

　　[25] 蓱：即蓱翳（yì），雨神。

　　[26] 撰：具有。协胁：胁骨骈生。膺：通"应"，响应。之：指雨神。王逸《楚辞章句》："言天撰十二神鹿，一身八足两头，独何膺受此形体乎？"据姜亮夫说，这两句说，风神飞廉，像身体柔美的鹿，为何能吹起大风以响应云雨？

　　[27] 鳌：海中大龟。戴山：驮负着山。抃：拍手，这里指舞动肢体。王逸《楚辞章句》："《列仙传》曰：'有巨灵之鳌，背负蓬莱之山而抃舞，戏苍海之中。独何以安之乎？'"

　　[28] 释：推。陵行：在陆上行走。陵：土山。迁：搬迁。《列子·汤问》："龙伯之国有大人，一钓而连六鳌，合负而趣归其国。"

　　以上是第二部分，问夏代传说和社会历史问题。

　　惟浇在户，何求于嫂[1]？何少康逐犬，而颠陨厥首[2]，女岐缝裳，而馆同爰止[3]。何颠易厥首，而亲以逢殆[4]？汤谋易旅，何以厚之[5]？覆舟斟寻，何道取之[6]？桀伐蒙山，何所得焉[7]？妹嬉何肆，汤何殛焉[8]？舜闵在家，父何以鳏[9]？尧不姚告，二女何亲[10]？厥萌在初，何所亿焉[11]？璜台十成，谁所极焉[12]？登立为帝，孰道尚之[13]？女娲有体，孰制匠之[14]？舜服厥弟，终然为害[15]。何肆犬豕，而厥身不危败[16]？吴获迄古，南岳是止[17]。孰期去斯，得两男子[18]？缘鹄饰玉，后帝是飨[19]。何承谋夏桀，终以灭丧[20]？帝乃降观，下逢伊挚[21]。何条放致罚，而黎服大说[22]？简狄在台喾何宜？玄鸟致贻女何嘉[23]？该秉季德，厥父是臧[24]。胡终弊于有扈，牧夫牛羊[25]？干协时舞，何以怀之？平胁曼肤，何以肥之[26]？有扈牧竖，云何而逢[27]？击床先出，其命何从[28]？恒秉季德，焉得夫朴牛[29]？何往营班禄，不但还来[30]？昏微循迹，有狄不宁[31]。何繁鸟萃棘，负子肆情[32]？眩弟并淫，危害厥兄[33]。何变化以作诈，而后嗣逢长[34]？成汤东巡，有莘爰极[35]。何乞彼小臣，而吉妃是得[36]？水滨之木，得彼小子[37]。夫何恶之，媵有莘之妇[38]？汤出重泉，夫何罪尤[39]？不胜心伐帝，夫谁使挑之[40]？会朝争盟，何践吾期[41]？苍鸟群飞，孰使萃之[42]？列击纣躬，叔旦不嘉[43]。何亲揆发，定周之命以咨嗟[44]？授殷天下，其位安施？反成乃亡，其罪伊何[45]？争遣伐器，何以行之[46]？并驱击翼，何以将之[47]？昭后成游，南土爰底[48]。厥利惟何，逢彼白雉[49]？穆王巧梅，夫何为周流[50]？环理天下，夫何索求[51]？妖夫曳衒，何号于市[52]？周幽谁诛？焉得夫褒姒[53]？天命反侧，何罚何祐[54]？齐桓九会，卒然身杀[55]。彼王纣之躬，孰使乱惑[56]？何恶辅弼，谗谄是服[57]？比干何逆，而抑沈之[58]？雷开何顺，而赐封之[59]？何圣人之一德，卒其异方[60]？梅伯受醢，其子侔狂[61]？稷维元子，帝何竺之[62]？投之于冰上，鸟何燠之[63]？何冯弓挟矢，殊能将之[64]？既惊帝切激，何逢长之[65]？伯昌号衰，秉鞭作牧[66]。何令彻彼岐社，命有殷国[67]？迁藏就岐何能依[68]？殷有惑妇何所讥[69]？受赐兹醢，西伯上告[70]。何亲就上帝罚[71]，殷之命以不救？师望在肆昌何识[72]？鼓刀扬声后何喜[73]？武发杀殷何所悒[74]？载尸集战何所急[75]？伯林雉经，维其何故[76]？何感天抑地，夫谁畏惧[77]？皇天集命，惟何戒之[78]？受礼天下，又使至代之？初汤臣挚，后兹承辅[79]。何卒官汤，尊食宗绪[80]？勋阖梦生，少离散亡[81]。何壮武厉，能流厥严[82]？彭铿斟雉帝何飨？受寿永多夫何长[83]？中央共牧后何怒？蜂蛾微命力何固[84]？惊女采薇鹿何祐？北至回水萃何喜[85]？兄有噬犬弟何欲？易之以百两卒无禄[86]？

〔1〕浇（ào）：人名，寒浞的儿子。嫂：浇的嫂子女岐。相传浇与其嫂私通。王逸《楚辞章句》："言浇无义，淫佚其嫂，往至其户，佯有所求，因与行淫乱也。"

〔2〕少康：夏朝君王相的儿子，相被浇所杀，后来少康趁打猎之际杀死浇。逐犬：打猎。颠陨：坠落。厥首：其首，指浇的头颅。王逸《楚辞章句》："夏少康因田猎放犬逐兽，遂袭杀浇而断其头。"

〔3〕女岐：浇的嫂子。馆同：同房。爰止：歇宿，指与浇同居。王逸《楚辞章句》："女岐与浇淫佚，为之缝裳，于是共舍而宿止也。"

〔4〕颠易厥首：指错砍了女岐的头。颠：砍掉。易：换，这里指砍错了头。厥首：指女岐的头。亲：亲身。殆：危险。传说浇与女岐私通，少康夜袭浇，误杀女岐。王逸《楚辞章句》："少康夜袭得女岐头，以为浇，因断之，故言易首，遇危殆也。"

〔5〕汤："康"的讹字，指少康。易旅：变易，指改变夏朝民众的归属。厚：厚重，指善待加恩于夏民。

〔6〕覆舟：翻船。斟寻：夏的同姓诸侯国。道：方法。《竹书纪年》："浇伐斟寻，大战于潍，覆其舟，灭之。"王逸《楚辞章句》解释"汤谋易旅"说："殷汤欲变易夏众，使之从己。"据《左传》记载，灭斟寻的是浇，不是少康。

〔7〕桀：夏朝的亡国君主，极残暴。蒙山：古诸侯国名。传说夏桀征伐蒙而得妹嬉。

〔8〕妹（mò）嬉：即末喜，夏桀的元妃，为夏桀所宠，后被抛弃，于是与商汤的谋臣伊尹结交，灭了夏桀。肆：放纵。殛（jí）：惩罚，流放。妹嬉既帮汤灭了夏桀，她有何罪，而被汤也流放到了南巢？

〔9〕"舜闵"二句：是说舜在成家问题上忧愁，他父亲为什么老让他独身？闵：忧愁。父：舜的父亲瞽瞍，溺爱后妻之子象，三人合伙多次谋害舜。鳏：成年男子未娶妻称鳏。

〔10〕姚：舜的姓，这里指舜的父亲。不姚告：不告诉舜的父亲。二女何亲：尧的两个女儿娥皇、女英，许嫁给舜。亲：结亲。《孟子·万章上》："万章曰：'帝之妻舜而不告何也？'曰：'帝亦知告焉而不得妻也。'"

〔11〕何：谁。亿：或作"意"，意料。指殷的贤臣箕子看见纣王使用象牙筷

072

子，非常害怕，料想以此为开端，必然会有一系列奢侈的事情发生，后来纣王果然建造了十层玉台。

〔12〕璇台：玉石筑的台。成：层。极：尽，看透。

〔13〕立：通"位"，这里指伏羲帝。道：导引。尚：尊崇，指女娲登位。王逸《楚辞章句》："言伏羲始画八卦，修行道德，万民登以为帝，谁开导而尊尚之也？"

〔14〕女娲：神话中的上古女帝王，人首蛇身，一天中能变化七十种样子，是天地万物和人的创造者。体：身体。制匠：制造。王逸《楚辞章句》："传言女娲人头蛇身，一日七十化。"

〔15〕服：服侍。厥：其。弟：指舜异母弟象。终然为害：指象一直想杀死舜。

〔16〕何：为何。肆：放肆，放纵。指舜父、继母、弟象肆意加害的事。犬豕：犹言猪狗，斥言其行也。闻一多认为"肆犬豕"即"浴狗矢"，瞽瞍想灌醉舜然后杀死他，但娥皇、女英事先在舜的身上灌了狗屎，舜于是终日喝酒而不醉，使瞽瞍的阴谋不能得逞。灌了狗屎就喝不醉了，令人费解，故屈原就此发问。

〔17〕吴获：吴太伯。吴：古国名，亦称句吴。获：当为"伯"。迄古：终古，长久。南岳：即会稽山，代吴地的山。止：居留。

〔18〕孰期：谁期望。斯：这里，指吴地。两男子：指古公亶父的长子太伯和次子仲雍。吴人先后拥戴其为国君。

〔19〕缘：装饰。鹄：天鹅，此处指鹄肉做的羹。饰玉：装饰美玉的鼎。后帝：指商汤。飨：祭祀。

〔20〕承谋：接受伊尹灭夏桀的计划。终以灭丧：指夏桀虽祭祀上帝丰厚，仍终不免于灭亡。

〔21〕帝：指商汤。降观：到民间察访。伊挚：伊尹名，成汤的贤相。

〔22〕条：鸣条，地名，商汤打败夏桀的地方。一说是商汤流放夏桀的地方。致罚：给予惩罚。黎服：黎民百姓。服："民"的讹字。说：通"悦"，高兴。

〔23〕简狄：传说是有戎国的美女，帝喾的次妃，生商朝的始祖契（xiè）。台：瑶台，简狄和她妹妹建疵（cī）居住的地方。喾：古代传说中的五帝之一，号高辛氏。宜：通"仪"，匹配。玄鸟：燕子。贻：赠送。女：指简狄。嘉：指

怀孕生子。

〔24〕该：即王亥，殷人的祖先，契的六世孙。季：即王亥的父亲，叫冥。臧：善良。

〔25〕弊：通"庇"，寄居。有扈：即有易，古代诸侯国名。牧夫牛羊：指王亥寓居有易放牧牛羊的故事。《山海经·大荒东经》："有人曰王亥，两手操鸟，方食其头。王亥托于有易、河伯仆牛。有易杀王亥，取仆牛。"郭璞引注《竹书纪年》曰："殷王子亥，宾于有易而淫焉，有易之君绵臣，杀而放之，是故殷主甲微假师于河伯，以伐有易，遂杀其君绵臣也。"

〔26〕干协时舞：大合舞，一种武舞。干：大。协：合。平胁：丰满的胸部。平：通"骿"（pián），并胁。曼肤：细腻的皮肤。王逸《楚辞章句》："言纣为无道，诸侯背畔，天下乖离，当怀忧癯（qú）瘦，而反形体曼泽，独何以能平胁肥盛乎？"

〔27〕有扈：即上文的"有易"。牧竖：牧人。竖：蔑称，小人，指王亥。逢：相遇，指王亥相逢有易女。

〔28〕击床先出：指王亥与有易女行淫，有易之人入而袭击其床，亥被杀，女则先自逸出。其命何从：当作"其何所从"，谓女从何而出。

〔29〕恒：王恒，王亥之弟。季：王亥的父亲。朴牛：大牛。

〔30〕营：经营。班禄：君主所颁布的爵禄。但："能"的讹误。闻一多对以上四句的解释是："亥以淫于有易而见杀，所遗之牛遂为恒所得。恒往居于班禄，常不及旦明而还至有易之地也。"

〔31〕昏：黄昏。微：通"昧"。有狄：即有易。

〔32〕萃：聚集。棘：酸枣树。负子：即"负兹"，"负兹"即"负菑"，意指藉草而卧。肆情：指行淫逸之事。闻一多说："适当深夜，有狄女不宁息室中，而潜行微径，以与恒相会。"

〔33〕"眩弟"二句：是说亥与弟恒并淫有易之女，致亥被杀身死。眩："胲"（hǎi）的形误。胲，即王亥。

〔34〕"何变化"二句：是说有易女初与亥淫，而又与亥弟恒淫，疑恒继兄居位，终娶有易女为后，其后子孙众多。逢：兴旺。

〔35〕成汤：即汤，商代的建立者。有莘：诸侯国名，在今山东省曹县西北。

爰：乃。极：到达。

〔36〕乞：索取。小臣：奴隶，指伊尹。吉妃：善妃。《吕氏春秋·本味》载，汤向有莘国要伊尹，有莘国不给，汤于是请求有莘国君把女儿嫁给他，有莘国君很高兴，就把伊尹作为陪嫁的奴隶一道送来。

〔37〕木：指桑树。小子：指伊尹。传说伊尹母化为空心桑树，生伊尹为有莘国所得。

〔38〕媵（yìng）：陪嫁。《吕氏春秋》载：伊尹母亲住在伊水边上，伊水泛滥，全邑淹没，她变成一棵空心桑树，生下伊尹，有莘国有采桑女子，在空桑中得到伊尹，献给有莘国君，长大后做了有莘国君的小臣。屈原问有莘国君为什么憎恶伊尹，而把他作为女儿的陪嫁？

〔39〕出：释放。重泉：地名，是桀囚禁汤的地方。罪尤：罪过。

〔40〕不胜心：心中不能忍受。帝：指夏桀。

〔41〕会朝：指甲子日的早晨。吾：指周。期：约定的日期。相传周武王起兵伐纣，八百诸侯都到盟津与武王会师，甲子日的早晨在殷都附近的牧野誓师，随即攻下了殷都。

〔42〕苍鸟：鹰，比喻武王伐纣的将帅勇猛如鹰鸟群飞。萃：聚集。

〔43〕列：同"裂"，分解。纣躬：纣的身体。《史记·周本纪》载："至纣死所，武王自射之，三发，而后下车，以轻剑击之，以黄钺斩纣头，悬大白之旗。"叔旦：武王的弟弟周公旦。嘉：赞许。

〔44〕捹：掌握。发：周武王的名。命：国运。咨嗟：叹息。意思是说周公旦既帮助武王灭商，周朝建立以后为什么又叹息呢？

〔45〕反：一本作"及"，等到。伊：语助词，无实义。

〔46〕伐器：作战的武器，指军队。行之：动员他们。

〔47〕并驱：并驾齐驱。翼：指商纣军队的两翼。

〔48〕昭后：周昭王。成游：即出游。南土：南方，指楚国。底：到。《史记·周本纪》正义引《帝王世纪》云："昭王德衰，南征，济于汉，船人恶之，以胶船进王，王御船至中流，胶液船解，王及祭公俱没于水中而崩。"

〔49〕逢：迎。雉：野鸡。史载交趾之南，有越裳国，周公居摄，越裳国来献白雉。昭王德衰，不能使越裳国复献白雉，故欲亲往迎取之。

〔50〕穆王：周穆王，西周第五代国君。巧梅：善御。梅：通“枚”，马鞭。周流：周游。

〔51〕环理：还履。理：通“履”，行。

〔52〕妖夫：妖人。衒：炫耀。号：吆喝，叫卖。

〔53〕周幽：周幽王。褒姒：周幽王的王后。

〔54〕反侧：反复无常。

〔55〕齐桓：齐桓公，春秋五霸之一。九会：九次召集诸侯会盟。卒然：终于。身杀：指齐桓公后期任用奸臣，造成内乱，最后被围困在宫中，饥渴而死。

〔56〕王纣：殷纣王。躬：自身，其人。乱惑：昏乱迷惑，这里指妲己。

〔57〕辅弼：辅佐的大臣。谗谄：指搬弄是非、奉承拍马的小人。谗：捏造黑白说人坏话。谄：阿谀奉承。服：用。

〔58〕比干：纣王的叔父，殷商的忠臣，因谏劝纣王而被挖心。逆：抵触，违背。抑：压制。沈：淹没，指被杀。

〔59〕雷开：纣王的大臣，因善阿谀奉承而得宠。《吕氏春秋》：“雷开进谀言，纣赐金玉而封之。”

〔60〕圣人：指纣王的贤臣梅伯、箕子。一德：德行始终如一。异方：不同的途径，这里指不同的结局。

〔61〕梅伯：纣王的忠臣，为人忠直，因屡屡进谏而被纣王杀死。醢（hǎi）：古代一种酷刑，把人杀死后剁成肉酱。箕子：纣王叔父，封于箕，故称箕子。佯狂：装疯。箕子见纣王暴虐，为避祸而装疯。

〔62〕稷：后稷，名弃，周的始祖。元子：嫡妻生的长子。《史记·周本纪》载，后稷的母亲叫姜嫄，姜嫄是帝喾的元妃。竺：通“毒”，憎恶。

〔63〕燠（yù）：温暖。《诗经·大雅·生民》载：帝喾妃姜嫄踏巨人足迹而生稷，弃置冰上，后有鸟用翅膀为他保暖。

〔64〕冯：通“秉”，持。将：率领。指后稷做司马时的故事。

〔65〕帝：指帝喾。切激：激烈。

〔66〕伯昌：周文王，姓姬，名昌，殷时封为雍州伯，又称西伯，故曰伯昌。秉鞭：指执政。牧：诸侯之长。据闻一多考证，周文王在殷时受命作牧，已八十九岁。

〔67〕彻：毁掉。岐：地名，今陕西岐山县东北，周人曾在此立国。社：祭祀土地神的庙。王逸《楚辞章句》："武王既诛纣，令坏邠（bīn）岐之社，言已受天命而有殷国，因徙以为天下之太社也。"

〔68〕藏：宝藏，财宝。依：依附。指古公亶父避戎狄之害，自幽迁岐。

〔69〕惑妇：指殷纣王的宠妃妲己。讥：谏劝。王逸《楚辞章句》："言妲己惑误于纣，不可复讥谏也。"

〔70〕受：纣王名受。赐兹醢：指纣王曾将文王的长子伯邑考剁成肉羹，分赐给诸侯。西伯：周文王。上告：向天帝控告。闻一多解释为："盖相传纣以醢赐文王，文王受而食之，后乃知其为伯邑考也。痛而告祭于天，愿以身就罚，不意天不降罚于文王，而降罚于纣，遂以国亡身死也。"

〔71〕亲就：身受，指纣王亲身受到天帝惩罚。

〔72〕师望：吕望，即姜太公，为周文王师傅。肆：集市，店铺。昌：周文王的名。识：认识，了解。

〔73〕鼓刀扬声：挥刀割肉，发出声音，指吕望曾为屠夫。后：周文王。王逸《楚辞章句》："吕望鼓刀在列肆，文王亲往问之，吕望对曰：'下屠屠牛，上屠屠国。'文王喜，载与俱归也。"

〔74〕武发：周武王，名发。殷：指纣王。悒（yì）：不安，不愉快。

〔75〕尸：指文王木主神牌。集战：会战。

〔76〕伯林：指晋太子申生。伯：长。林：即薪火。雉经：上吊自杀。

〔77〕感天抑地：即感动天地。指上文载尸集战的事。

〔78〕集命：指皇天降赐天命，让某人统治天下。戒：警惕。

〔79〕臣：小臣。挚：伊尹。

〔80〕官汤：官于汤，指做了汤的相。尊食宗绪：指配享宗庙。

〔81〕阖：阖庐，春秋时吴国国君。梦：阖庐祖父寿梦。生：通"姓"，子孙。离：通"罹"，遭受，指阖庐少年流亡之事。

〔82〕武厉：厉武的倒文，奋发勇武。流：传布。严：威严。闻一多曰："言阖庐少时流亡在外，何以及壮而勇武猛厉，威名大播于世也。"

〔83〕彭铿：即彭祖，名铿。传说他活了八百多岁。斟雉：用野鸡肉做羹。帝：指尧。飨：享。相传彭祖曾进雉羹给尧。王逸《楚辞章句》："彭祖好和滋味，

善斟雉羹，能事帝尧，尧美而飨食之。彭祖进雉羹于尧，尧飨食之以寿考。彭祖至八百岁，犹自悔不寿，恨枕高而唾远也。"

〔84〕中央：指周朝一统天下的政权。共：指伯和。牧：指共伯和摄行政事。后：周厉王。怒：指降旱为祟。蜂、蛾：群居而团结的小动物。微命：小生命。力何固：指团结的力量何等坚固。这两句比喻国人尽管地位不高，但他们像蜂、蛾一样团结一致，形成很大的力量，终于把周厉王驱逐出去。

〔85〕惊女："女惊"的倒文。惊：通"警"，警诫。采薇：指伯夷、叔齐不食周粟，在首阳山采薇充饥的事。鹿何祐：典出《列士传》曰："伯夷兄弟遂绝食，七日，天遣白鹿乳之。"祐：扶助，保护。回水：即雷水，发源于首阳山。萃：相聚。指伯夷、叔齐先后出逃，在首阳山下的回水相聚，最终一起饿死。屈原问他们这样做有什么高兴的？

〔86〕兄：指秦景公，春秋时秦国国君。噬犬：猛犬。弟：指秦景公之弟针。百两：一百辆车。两："辆"的古字。无禄：失去俸禄。

以上是第三部分，问古往今来朝代兴亡的社会历史问题。

薄暮雷电归何忧？厥严不奉帝何求[1]？伏匿穴处爰何云？荆勋作师夫何长[2]？悟过改更，我又何言[3]？吴光争国，久余是胜[4]。何环闾穿社，以及丘陵，是淫是荡，爰出子文[5]？吾告堵敖以不长，何试上自予，而忠名弥彰[6]？

〔1〕薄暮：天近黄昏。厥严：天帝的威严，自尊。奉：保持。帝何求：求助天帝有什么用。

〔2〕伏匿：隐藏。穴处：居在山洞里。爰何云：对国事还有什么可说的。爰：发语词。荆：楚国，又称荆楚或南荆。勋：功业。作师：兴兵振邦。夫何长：国家的命运怎能长久不衰。

〔3〕悟过改更：希望楚怀王能觉悟蓝田战败的错误，改变做法。

〔4〕吴光：吴公子光，即吴王阖庐。争国：与楚相争，春秋时吴与楚战，曾五战五胜。久余是胜：阖庐常战胜我们。余：我们，指楚国。

〔5〕环、穿：环绕穿行。闾：古代二十五家为一闾，也称社。子文：楚国令

尹，楚成王的辅臣。这句是问，为什么子文的母亲环绕闾社，穿越丘陵，和斗伯比淫乱私通，却能生出贤相子文来？

〔6〕堵敖：楚文王的儿子，继楚文王为楚国国君，他的弟弟熊恽杀死他，自立为王，即楚成王。弑：通"弑"，指臣杀君的行为。上：指堵敖。自予：给自己，指自立为王。弥：更加，益发。彰：显著。这句是问，为什么楚成王杀君自立，而忠名更加显著？

以上是第四部分，联系自己的遭遇，抒发人生的感慨。

这是中国文学史上乃至世界文学史上绝无仅有的一篇瑰伟奇异的诗篇。全诗373 句，1560 字，全采用问句体写成。作者从宇宙洪荒、天地阴阳、日月星辰、季节气候等自然现象到神话传说、历史事件，一口气提出了170 多个问题：天地初生时候的事，是谁传述下来的呢？那时天地还没有形成，是根据什么去考证的？昼夜尚未划分，漆黑一团，谁能去研究清楚？那时充满的只是朦朦胧胧的混沌气体，怎样去识别它呢？天有尽头，那么它的尽头在哪里呢？有人分天为十二等份，又是用什么作标准的呢？说日月星辰都是被安放在天上的，那么又是怎样陈放上去的呢？太阳东升西落所行有多少里程？月亮有何德能死后又能复活？……总之，凡属没有被人类经验证明的东西，没有说服力的臆说，作者都抓住不放，大胆质疑和责难，态度是那样的执着，理直气壮，无畏无惧，大有把尊"天"者所代表的旧传统、旧思想、旧道理问倒，问得哑口无言之势。诗中神话传说杂陈，历代兴亡并举，宏览千古，博大精微。规模宏大，构思奇特，奇气逼人，充分表达了诗人对自然万物和历史传统观念大胆怀疑、勇于探索的精神。此诗古来就被推许为"千古万古至奇之作"（刘献庭《离骚经讲录》）。

汉 | 魏 | 六 | 朝

HANWEILIUCHAO

【刘 邦】

刘邦（前256—前195），秦末沛县丰邑（今江苏徐州丰县）人。汉朝开国皇帝，汉民族和汉文化的伟大开拓者之一，中国历史上杰出的政治家、卓越的战略家和指挥家。刘邦对汉族的发展，以及中国的统一和强大做出了突出贡献。毛泽东评价刘邦是"封建皇帝里边最厉害的一个"。现存诗歌《大风歌》《鸿鹄歌》等。

大风歌

大风起兮云飞扬[1]，威加海内兮归故乡[2]，安得猛士兮守四方[3]！

毛泽东曾圈读过这首诗。毛泽东称赞说："这首诗写得很好，很有气魄。"并认为刘邦没有读过几天书，能写出这样的"好诗"，很不容易。1962年1月，在扩大的中央工作会议上，毛泽东讲到民主集中制时，告诫全党说："刘邦是在封建时代被历史家称为'豁达大度，从谏如流'的英雄人物。"毛泽东还用硬笔手书过这首诗。

〔1〕兮：语气词，相当于现代汉语中的"啊"。

〔2〕威：威望，权威。加：施加。海内：四海之内，即"天下"。我国古代认为天下是一片大陆，四周大海环绕，海外则荒不可知。

〔3〕安得：怎样得到。安：哪里，怎样。守：守护，保卫。四方：指代国家。

公元前195年，刘邦平定淮南王黥（qíng）布的叛乱后，凯旋长安途经故乡时，曾邀集父老乡亲宴饮。酒酣，刘邦击筑吟唱了这首诗。首句以风起、云飞比喻天下大乱、群雄逐鹿的严重局势。次句写自己志得意满，春风无限，洋溢着英雄之气。写这首诗时，刘邦虽然一统天下，但国家并未安稳，黥布等相继造反，故结句中不免含有寻找英雄来守卫江山的深深感叹。此诗表达了诗人既能创业又决心守业的豪迈气概。

【项 羽】

项羽（前232—前202），名籍，字羽，楚国下相（今江苏宿迁）人。战国时楚国后裔，秦末时被楚怀王熊心封为鲁公。公元前207年，其在决定性战役巨鹿之战中统率楚军大破秦军。秦亡后自封"西楚霸王"，统治黄河及长江下游的梁楚九郡。后在楚汉战争中为汉高祖刘邦所败，在乌江（今安徽马鞍山和县）自刎而死。

垓下歌[1]

力拔山兮气盖世[2]。时不利兮骓不逝[3]。骓不逝兮可奈何！虞兮虞兮奈若何[4]！

毛泽东曾圈读过这首诗。1962年1月，在扩大的中央工作会议上，毛泽东讲到民主集中制时，告诫全党，不要像西楚霸王那样"一人称霸"，"不爱听别人的不同意见"。毛泽东还用硬笔手书过这首诗。

〔1〕垓下：地名，在今安徽宿州灵璧县东南。

〔2〕拔山：形容力气大。兮：文言助词，相当于现代汉语的"啊"或"呀"。气：气概。盖世：笼盖世间。

〔3〕时：时势。骓：毛色青白相间的马。逝：行，奔驰。

〔4〕奈何：怎么办。虞：虞姬，项羽的爱妾。奈若何：把你怎么样，把你怎么办。若：你。

这首诗是公元前202年西楚霸王项羽被困垓下，进行必死战斗的前夕所作的绝命词。首句抒写作者叱咤风云的英雄气概，举世无双的战功伟绩。据《史记·项羽本纪》载，面对不可一世的秦始皇，其曾敢于喊出"彼可取而代之"的豪言壮语。首句"力拔山"三字则以文学的语言，具体、生动、形象地展示了作者少年气盛、才气超群、胸怀大志的豪迈气概。次句写在垓下自己陷入四面楚歌的原因，是天时不利，乌骓马也不向前。其实，项羽的失败在于其缺乏政治远见和不善于用人。三、四两句，既洋溢着无与伦比的英雄豪气，又蕴含着对爱妾虞姬的满腔深情；既显示出项羽难得的自信，又流露了英雄末路时无可奈何的叹息。朱熹称赞这首诗"慷慨激烈，有千载不平之余愤"（《楚辞集注》卷一）。

【汉乐府】

汉乐府，即汉代的乐府诗。乐府，原为古代负责采集四方歌谣和制作曲谱的音乐管理机关，自西汉至南北朝时期均有设置。后来将乐府机关所采集的民间歌谣以及文人模拟民歌而创作的诗歌统称为乐府，故又成为一种诗体的名称。乐府诗大多来自民间，其主要特点是贴近生活、风格质朴、形式自由。汉乐府曾对古代诗歌的发展产生过积极影响。

有所思

有所思，乃在大海南[1]。何用问遗君？双珠玳瑁簪，用玉绍缭之[2]。闻君有他心，拉杂摧烧之[3]。摧烧之，当风扬其灰。从今以往，勿复相思，相思与君绝[4]。鸡鸣狗吠，兄嫂当知之[5]。妃呼豨！秋风肃肃晨风飔，东方须臾高知之[6]。

毛泽东在《古诗源》收录的这首诗天头上，画了一个大圈，每句都加了圈点。在"闻君他有心"等四句、"相思与君绝"等三句、"秋风肃肃晨风飔"等两句旁都画着曲线。这首诗毛泽东至少圈读过两遍。

〔1〕有所思：见于《乐府诗集》的《鼓吹曲辞·汉铙歌十八曲》。所思：指女主人公所思念的男子。乃：你。

〔2〕何用：何以，以什么。问遗（wèi）：赠给。君：指她的爱人。玳瑁：一种龟类动物，其甲壳光滑而有文采，可制成装饰品。簪：古人用以插定发髻或连冠于发的一种针状器物，后来专指妇女插髻的首饰。双珠玳瑁簪是两端坠饰以珠子的玳瑁簪。绍缭：缠绕。

〔3〕拉杂：扯碎。摧烧：毁坏，烧毁。

〔4〕"相思"句：是说对你的相思之情永远断绝了。

〔5〕"鸡鸣"二句：是说女主人公回想起当初与那情郎幽会时惊动鸡狗，兄嫂已知道他们的私情。一说是自己烧东西折腾了一夜，弄得鸡鸣狗吠，兄嫂恐已知道自己的私情。

〔6〕妃呼豨（xi）：形容叹息之声，无实义。肃肃：即飕飕，形容风声。晨风飔：即晨风凉。东方高：即东方发白，天亮了。高：通"皜"，白，天亮。

这是一首情诗，写一个女子要把"双珠玳瑁簪"赠给情郎，后听说情郎别有他心，于是又把玳瑁簪烧毁以示决绝。诗篇写了三层意思，前五句写女主人公对远方情人的思念和炽热的爱情。接下来七句写女主人公听到情人变心后陡然产生了强烈的恨，并下决心从此决绝。最后五句写女主人公一夜间的矛盾心情，从陡然的恨到冷静下来的犹豫。女主人公和情人是自由恋爱，对情人有真诚的爱情，而且随着时间的发展，感情越来越浓烈。当她"闻君有他心"后，陡然产生被遗弃、被欺骗的愤恨。女主人公的爱和恨都是通过"簪"这一物件来表现的。作者对女主人公的爱、恨、决绝、犹豫的复杂矛盾心理刻画得非常细腻、真切。此诗层次清晰而又错综，感情跌宕而有韵致，具有很强的艺术感染力。

上　邪[1]

上邪！我欲与君相知[2]，长命无绝衰[3]。山无陵，江水为竭，冬雷震震，夏雨雪，天地合，乃敢与君绝[4]！

毛泽东曾圈读过此诗。他在《古诗源》一书的目录上画圈作记，在标题前连画三个圈，标题旁画了着重线。在全诗的开头和结尾的诗句旁，都画有曲线；全诗都加以圈点。特别在"山无陵"等五句旁，分别标注1、2、3、4、5的数字。1962年6月，毛泽东给他的二儿媳邵华写信，要她多读《上邪》，写了许多鼓励的话，希望她坚强些，不要被困难所吓倒，要以事业为重。同时要她坚信爱情上的忠贞不渝，战胜生活中的各种困难。毛泽东还用硬笔手书过这首诗。

〔1〕这首诗是《乐府诗集》的《鼓吹曲辞·汉铙歌十八曲》之一。上邪（yé）：天啊！上：指天。邪：表示感叹的语气助词。

〔2〕相知：互相知心，相亲爱。

〔3〕"长命"句：是说使爱情永不断绝衰退。命：通"令"，使。绝衰：指爱情断绝和衰减。

〔4〕山无陵：意谓高山变成了平地。震震：形容雷声。雨：降下。"乃敢"句：是说才能与所欢断绝爱情。

这是一首民间情歌，写一个女子向倾心相爱的男子表达爱情的坚贞和永久。首句指天发誓，情感是爆发式的。接着以五种不可能发生的自然现象，当作断绝爱情的先决条件，可见其对爱情之坚贞。语言真挚热烈，令人读来有一种发自灵魂深处的震撼。此诗篇幅短小，是一首千古传诵的名作。

长歌行三首 (其一)〔1〕

青青园中葵，朝露待日晞〔2〕。阳春布德泽，万物生光辉〔3〕。常恐秋节至，焜黄华叶衰〔4〕。百川东到海，何时复西归？少壮不努力，老大徒伤悲〔5〕。

毛泽东曾圈读这首诗。

〔1〕这首诗选自《乐府诗集》卷三十，属相和歌辞中的平调曲。长歌行：汉乐府曲题。本题共三首，这是第一首。

〔2〕葵：蔬菜名，古代重要蔬菜之一。《诗经·豳风·七月》："七月亨葵及菽。"李时珍《本草纲目》说："葵菜古人种为常食，今之种者颇鲜。有紫茎、白茎二种，以白茎为胜。大叶小花，花紫黄色，其最小者名鸭脚葵。其实大如指顶，皮薄而扁，实内籽轻虚如榆荚仁。"晞：晒干。

〔3〕阳春：春天。布：布施，给予。德泽：恩惠。春天是露水和阳光都充足的时候，植物所需要的露水和阳光都是大自然的恩惠。

〔4〕秋节：秋季。焜黄：形容草木凋落枯黄的样子。华（huā）："花"的古字。

〔5〕少壮：年轻力壮，指青少年时代。老大：指年老了，老年。徒：白白地。

这首诗咏叹万物盛衰有时，鼓励人们务要珍惜青年时代，积极努力做出成绩，情感基调是积极向上的。诗人借助朝露易晞、花叶秋落、流水东去不归等意象，慨叹时光易逝、生命短暂，进而说明时节变换得很快，光阴一去不返，应该紧紧抓住随时间飞逝的生命，趁少壮年华有所作为。此诗以景寄情，由情入理，结语"少壮不努力，老大徒伤悲"出语警策，催人奋起，千百年来已成为人生的哲理和无数人的座右铭。

古诗为焦仲卿妻作 (并序)[1]

汉末建安中[2]，庐江府小吏焦仲卿妻刘氏[3]，为仲卿母所遣[4]，自誓不嫁。其家逼之，乃没水而死[5]。仲卿闻之，亦自缢于庭树。时人伤之，为诗云尔[6]。

[1] 这首诗始见于徐陵《玉台新咏》，作者无名氏。《乐府诗集》著录于《杂曲歌辞》，题作《焦仲卿妻》。后世选本习惯取诗的首句，题作《孔雀东南飞》。

[2] 建安：东汉献帝刘协的年号 (196—220)。

[3] 庐江：汉代郡名，故治在今安徽庐江县西南，汉末徙至今安徽潜山县。府：这里指郡守官府。

[4] 遣：古代女子出嫁后，被夫家休弃回娘家叫遣。

[5] 没水：投水。

[6] 云尔：句末语气词。如此而已。

以上是诗前小序，说明故事产生的时间、地点和写作缘由。

孔雀东南飞，五里一徘徊[1]。"十三能织素[2]，十四学裁衣，十五弹箜篌，十六诵诗书[3]。十七为君妇，心中常苦悲。君既为府吏，守节情不移[4]。鸡鸣入机织，夜夜不得息。三日断五匹，大人故嫌迟[5]。非为织作迟，君家妇难为。妾不堪驱使，徒留无所施[6]。便可白公姥，及时相遣归[7]。"

毛泽东曾圈读这首诗。

〔1〕"孔雀"二句：以孔雀南飞时徘徊起兴，为全诗创造了一个悲凉的气氛。徘徊：来回走动。汉代乐府诗常以双鸟徘徊飞行起兴，以写夫妇离别。

〔2〕十三：刘兰芝的年龄。下十四、十五、十六、十七同此，写刘兰芝从小受过很好的教育。素：白色的绸绢。从这句开始，到"及时相遣归"都是焦仲卿妻对仲卿说的。

〔3〕箜篌：古代一种拨弦乐器，体曲而长，形如筝、瑟，有二十三弦或二十五弦。诗书：原指《诗经》和《尚书》，这里泛指儒家的经书。

〔4〕府吏：指焦仲卿，他是庐江府小吏。"守节"句：是说刘兰芝对爱情坚贞不移。一说写焦仲卿坚持做官的职守，常宿府中，不为夫妇感情所移。

〔5〕断：把织好的布从织机上截下来。大人：对长辈的尊称，这里指婆婆。故嫌迟：故意嫌我织得慢。

〔6〕不堪：不能胜任。驱使：使唤。徒留：白白留在这儿。徒：白白地。施：用。

〔7〕白：告诉，禀告。公姥：公公婆婆，这里是偏义复词，专指婆婆。从全诗诗义看，仲卿父亲已故。及时：趁早，赶快。遣归：休退，打发回娘家。

以上是第一段，除开头两句是起兴外，其余都是刘兰芝对焦仲卿诉说痛苦。由于焦母的故意挑剔，刘兰芝在焦家难以再生活下去，被迫提出回娘家。

府吏得闻之，堂上启阿母："儿已薄禄相[1]，幸复得此妇。结发同枕席，黄泉共为友[2]。共事二三年，始尔未为久[3]。女行无偏斜，何意致不厚[4]？"阿母谓府吏："何乃太区区[5]！此妇无礼节，举动自专由[6]。吾意久怀忿，汝岂得自由！东家有贤女，自名秦罗敷[7]，可怜体无比[8]，阿母为汝求。便可速遣之，遣去慎莫留！"府吏长跪告："伏惟启阿母[9]，今若遣此妇，终老不复取[10]！"阿母得闻之，槌床便大怒[11]："小子无所畏，何敢助妇语！吾已失恩义，会不相从许[12]！"

〔1〕启：禀告。薄禄相：古人迷信相术，认为富贵贫贱是命中注定的，并能

从人的相貌上看出来。这里说禄命骨相俱薄，一生不会有福。

〔2〕结发：束发。古代男子二十岁束发加冠，女子十五岁束发加笄，表示成年，可以结婚了。黄泉：指地下。

〔3〕共事：共同生活。始尔：刚开始。尔：语助词，无义。一说是代词，如此。意为开始过这样的幸福生活还不久。

〔4〕何意：不料。致不厚：招致不喜欢。致：招致。厚：厚待，这里是"喜欢"的意思。

〔5〕区区：小，这里指见识狭小。

〔6〕自专由：与下句"汝岂得自由"中的"自由"都是自作主张的意思。专：独断专行。由：随意，任意。

〔7〕贤：聪明贤惠。自名：自称其名。秦罗敷：汉乐府民歌中常用作美女的共名。

〔8〕可怜：可爱。体：体态，身体面貌。

〔9〕伏惟：卧在地上想。古代下级对上级或小辈对长辈说话表示恭敬的习惯用语。

〔10〕终老：终身。取：通"娶"，娶妻。

〔11〕阿母：指焦仲卿母亲。槌：击拍。床：古代的一种坐具。

〔12〕失恩义：丧失情谊。会不相从许：当然不能答应你的要求。会不：决不。

以上是第二段，写焦仲卿要求母亲不要驱逐刘兰芝，焦母因此大怒，坚决不答应。

府吏默无声，再拜还入户。举言谓新妇，哽咽不能语[1]："我自不驱卿，逼迫有阿母[2]。卿但暂还家，吾今且报府[3]。不久当归还，还必相迎取。以此下心意，慎勿违吾语[4]。"新妇谓府吏："勿复重纷纭。往昔初阳岁，谢家来贵门[5]。奉事循公姥，进止敢自专[6]？昼夜勤作息，伶俜萦苦辛[7]。谓言无罪过，供养卒大恩[8]；仍更被驱遣，何言复来还！妾有绣腰襦，葳蕤自生光[9]。红罗复斗帐，四角垂香囊[10]；箱帘六七十，绿碧青丝绳[11]。物物各自异，种种在其中。人贱物亦鄙，不足迎后人[12]，留待作遗施，于今无会因[13]。时时为安慰，久久莫相忘!"

[1] 举言：发言，开口说话。新妇：汉代末年对已嫁妇女的通称，不是新嫁娘。哽咽：悲愤时气结不能说话。

[2] 自：本。卿：这里是对刘兰芝的爱称。

[3] 但：只是。报府：赴府，指回到庐江太守府。

[4] 以此：为了这个缘故。下心意：安心下意，受些委屈。

[5] 重纷纭：再找麻烦。初阳岁：农历冬末春初。谢家：辞家。

[6] 奉：行。循：遵循，顺着。进止：进退举止，这里指一切行动。敢：哪里敢。

[7] 作息：原意是劳作和休息，这里是偏义复词，专指劳作。伶俜萦苦辛：孤孤单单，受尽辛苦折磨。伶俜：孤单的样子。萦：回绕。

[8] 谓言：总以为。卒：完成。这里是说尽情报答公婆的恩德。

[9] 绣腰襦：绣花的齐腰短袄。葳蕤：草木繁盛的样子。这里形容短袄上刺绣的花叶繁多而美丽，闪烁着光彩。

[10] 复：双层。斗帐：一种小帐，上狭下宽像斗的样子。这两句是说：红罗做的双层床帐的四角，挂着装有香料的袋子。

[11] 帘：通"奁"，古代妇女梳妆用的镜匣。青丝绳：指箱子上结扎着各色丝绳。

[12] 后人：指焦仲卿日后再娶的妻子。

[13] 遗（wèi）施：赠送，施与。于今无会因：从今以后没有重逢的机会。会因：会面的机会。

以上是第三段，叙述焦仲卿向刘兰芝转达母亲的意思以后，两人的对话和刘兰芝做离开焦家的准备。

鸡鸣外欲曙，新妇起严妆[1]。著我绣夹裙，事事四五通[2]。足下蹑丝履，头上玳瑁光[3]。腰若流纨素，耳著明月珰[4]。指如削葱根，口如含朱丹[5]。纤纤作细步，精妙世无双。上堂拜阿母，母听去不止。"昔作女儿时，生小出野里。本自无教训，兼愧贵家子。受母钱帛多，不堪母驱使。今日还家去，念母劳家里[6]。"却与小姑别，泪落连珠子[7]："新妇初来时，小姑始扶床；今日被驱遣，小姑如我长。勤心养公姥，好自相扶将[8]。初七及下九，嬉戏莫相忘[9]。"出门登车去，涕落百余行[10]。

〔1〕外：室外。严妆：整妆，精心梳妆打扮。

〔2〕夹裙：有里子的裙子。事事：指穿着梳妆的每件事。通：次，遍。

〔3〕蹑：踩，踏，这里指穿鞋。丝履：丝织品的鞋子。玳瑁：一种同龟相似的爬行动物，甲壳可制装饰品。光：发光，闪光。

〔4〕流纨素：指用白绢束腰，光彩流动如水波轻盈流畅。纨素：精致的白绢。明月珰：明月珠做的耳坠。

〔5〕削葱根：尖削的葱白，形容手指纤细洁白。口若含朱丹：形容嘴唇红润艳丽，像红宝石光艳晶莹。朱丹：一种红宝石。

〔6〕"昔作"以下八句：这是仲卿妻对焦母告别时说的话。野里：偏僻的乡间。兼愧：更有愧于……。钱帛：指聘礼。不堪：不能胜任。劳：劳苦。

〔7〕却：退下堂。一说解释为还，再。连珠子：连串珠子。

〔8〕扶将：扶持，搀扶。这里是服侍、照应的意思。

〔9〕"初七"句：是说七月七日和每月的十九日。初七：指农历七月七日，旧时妇女这天晚上在院子里陈设瓜果，向织女星祈祷，祈求提高刺绣缝纫技巧，称为"乞巧"。下九：古人以每月的二十九日为上九，初九为中九，十九为下九。汉代每月十九日是妇女欢聚的日子。莫相忘：不要忘记我。

〔10〕涕：眼泪。

以上是第四段，写刘兰芝离开焦家，与焦母、小姑相别，挥泪登车。

府吏马在前，新妇车在后。隐隐何甸甸，俱会大道口[1]。下马入车中，低头共耳语："誓不相隔卿，且暂还家去；吾今且赴府，不久当还归，誓天不相负[2]！”新妇谓府吏：“感君区区怀，君既若见录，不久望君来[3]。君当作磐石，妾当作蒲苇。蒲苇纫如丝，磐石无转移[4]。我有亲父兄，性行暴如雷。恐不任我意，逆以煎我怀[5]。”举手长劳劳，二情同依依[6]。

〔1〕隐隐、甸甸：形容车行走的声音。何：语助词。俱会：相会。

〔2〕“誓不”五句：这是仲卿对兰芝说的话。隔：绝。誓天：指天为誓。

〔3〕区区：这里是诚挚的意思，与上面“何乃太区区”中的“区区”意思不同。若见录：如此记住我。见录：记着我。见：被。录：记。

〔4〕磐石：大石，比喻坚定不移。蒲苇：一种水草，喻虽柔弱而坚韧。纫：通“韧”，柔韧牢固。

〔5〕亲父兄：即同胞兄。父兄：这里是偏义复词，单指兄。逆：预计，想到将来。煎我怀：使我如同心受煎熬。

〔6〕举手：分手告别。长劳劳：惆怅忧伤不止。劳：忧伤。依依：恋恋不舍的样子。

以上是第五段，写焦仲卿与刘兰芝分手，并互相盟誓，决不变心。

入门上家堂，进退无颜仪[1]。阿母大拊掌，不图子自归[2]：“十三教汝织，十四能裁衣，十五弹箜篌，十六知礼仪，十七遣汝嫁，谓言无誓违[3]。汝今无罪过，不迎而自归?”兰芝惭阿母：“儿实无罪过。”阿母大悲摧[4]。

〔1〕无颜仪：无脸面，脸上无光。

〔2〕阿母：指刘兰芝母亲。拊（fǔ）掌：拍手，这里表示惊讶。不图：没想到。子自归：你自己回来。意思是，没料到女儿竟被驱遣回家。古代女子出嫁以后，一定要娘家得到婆家的同意，派人迎接，才能回娘家。下文“不迎而自归”，也是按这种规矩说的责备的话。

〔3〕谓言：谈话。无誓违：没有什么过失。誓：似应作“愆”。愆：“愆”的古字，愆违，过失。

〔4〕惭阿母：惭愧地面对母亲。大悲摧：悲痛至极。

　以上是第六段，写刘兰芝初回家时与母亲相见的情景。

　　还家十余日，县令遣媒来。云有第三郎，窈窕世无双[1]。年始十八九，便言多令才[2]。阿母谓阿女："汝可去应之。"阿女衔泪答："兰芝初还时，府吏见丁宁，结誓不别离[3]。今日违情义，恐此事非奇[4]。自可断来信，徐徐更谓之[5]。"阿母白媒人："贫贱有此女，始适还家门[6]。不堪吏人妇，岂合令郎君[7]？幸可广问讯，不得便相许[8]。"

　　〔1〕郎：公子。窈窕：容貌体态美好的样子。
　　〔2〕"便言"句：口才很好，又多才能。便（pián）言：很会说话。令才：美好的才能。
　　〔3〕见：加以。丁宁：嘱咐我，后写作"叮咛"，嘱咐。
　　〔4〕非奇：不宜，不妥。
　　〔5〕断来信：回绝来做媒的人。断：回绝。信：使者，这里指县令派来的媒人。徐徐：慢慢地。更谓之：以后再说这件事。之：指再嫁之事。
　　〔6〕白：告诉。贫贱：这里是自谦之词，义为"贫寒人家"。适：出嫁。
　　〔7〕不堪：这里是"不能做"的意思。合：配得上。郎君：汉制二千石以上得任其子为郎。称县令的儿子为郎君，是故意抬高其身份以示尊重。
　　〔8〕幸可：希望。广问讯：多方面打听。这两句是说，希望广泛地去打听哪里有更合适的姑娘，我是不能答应你的。

　以上是第七段，写县令遣媒说婚，刘兰芝加以拒绝。

　　媒人去数日，寻遣丞请还[1]：说有兰家女，承籍有宦官[2]。云有第五郎，娇逸未有婚[3]。遣丞为媒人，主簿通语言[4]。直说太守家，有此令郎君，既欲结大义，故遣来贵门[5]。阿母谢媒人："女子先有誓，老姥岂敢言[6]！"阿兄得闻之，怅然心中烦。举言谓阿妹：

"作计何不量[7]！先嫁得府吏，后嫁得郎君，否泰如天地，足以荣汝身[8]。不嫁义郎体，其往欲何云[9]？"兰芝仰头答："理实如兄言。谢家事夫婿，中道还兄门。处分适兄意，那得自任专[10]！虽与府吏要，渠会永无缘[11]。登即相许和，便可作婚姻[12]。"媒人下床去，诺诺复尔尔[13]。还部白府君："下官奉使命，言谈大有缘[14]。"府君得闻之，心中大欢喜。视历复开书，便利此月内，六合正相应[15]。良吉三十日，今已二十七，卿可去成婚。交语速装束，络绎如浮云[16]。青雀白鹄舫，四角龙子幡，婀娜随风转[17]；金车玉作轮，踯躅青骢马，流苏金缕鞍[18]。赍钱三百万，皆用青丝穿[19]。杂彩三百匹，交广市鲑珍[20]。从人四五百，郁郁登郡门[21]。

〔1〕寻：随即，不久。遣：委派。丞：县丞，官名。还：来。这句意思是：随即太守又派遣县丞把媒人请来。

〔2〕兰家女：犹言兰芝姑娘。承籍：继承先人的仕籍。宦官：即"官宦"，指做官的人家。

〔3〕云：媒人传太守之言。娇逸：娇美文雅。

〔4〕主簿：官名，太守的属官。通语言：传话。

〔5〕结大义：结为婚姻。

〔6〕老姥：老妇，自谦之词。

〔7〕举言：扬言，高声说话。作计：打算。不量：不仔细考虑。

〔8〕否泰：本为《易经》中的两个卦名。否表示坏运，泰表示好运。如天地：言两次婚姻的好坏如天地一样高下不同。

〔9〕义郎：男子的美称，这里指太守的儿子。其往欲何云：你往后打算怎么办。其往：其后，将来。何云：这里指怎么办。

〔10〕中道：半途。处分：处置。适：依照，顺从。

〔11〕要：通"邀"，相约。渠会：同他相会。一说是那种相会。渠：他，指焦仲卿。渠：那。缘：机缘，机会。

〔12〕登即：立即，顿时。许和：答应。

094

〔13〕诺诺：答应声。尔尔：如此如此。等于说"好，好，就这样"。

〔14〕部：衙门。白：告诉。府君：对太守的尊称。下官：县丞自称。缘：缘分。

〔15〕视历：翻看历书。六合：古代迷信，结婚要选好日子，要年、月、日的干支（干，天干，甲、乙、丙、丁……；支，地支，子、丑、寅、卯……）合起来都相适合，这叫"六合"。

〔16〕良吉：良辰吉日。卿：你，指县丞。交语：交相传话给手下的人。速装束：赶快筹办婚礼所用的东西。浮云：比喻人多。

〔17〕青雀白鹄舫：画有青雀和白鹄的船。鹄：俗称天鹅。舫：船。龙子幡：绣龙的旗帜。婀娜：指旗幡随风飘动的样子。

〔18〕"金车"句：形容车辆豪华。踯躅：缓慢不进的样子。青骢马：毛色青白夹杂的马。流苏：用五彩羽毛做的下垂的缨子。金镂鞍：用金属雕花的马鞍。

〔19〕赍（jī）：赠送，付给。

〔20〕杂彩：各种颜色的绸缎。交广：指交州、广州，古代郡名，这里泛指今广东、广西一带。市：购置，采办。鲑（guī）珍：指山珍海味。这里是夸张写法。

〔21〕郁郁：盛多的样子。形容人多热闹。登：上门庆贺。郡门：城门。

以上是第八段，写太守遣媒说婚，刘家允婚，太守家准备迎娶。

阿母谓阿女："适得府君书，明日来迎汝^[1]。何不作衣裳？莫令事不举^[2]！"阿女默无声，手巾掩口啼，泪落便如泻。移我琉璃榻，出置前窗下^[3]。左手持刀尺，右手执绫罗。朝成绣夹裙，晚成单罗衫。晻晻日欲暝，愁思出门啼^[4]。

〔1〕适得：刚刚得到。书：信。

〔2〕事不举：事情筹办不及。

〔3〕琉璃榻：嵌有琉璃的榻。榻：坐具。

〔4〕晻晻（yǎn yǎn）：日色昏暗无光的样子。暝：日暮。

以上是第九段，写刘兰芝母亲劝兰芝准备嫁妆。

府吏闻此变，因求假暂归。未至二三里，摧藏马悲哀[1]。新妇识马声，蹑履相逢迎[2]。怅然遥相望，知是故人来。举手拍马鞍，嗟叹使心伤："自君别我后，人事不可量[3]。果不如先愿，又非君所详。我有亲父母，逼迫兼弟兄[4]。以我应他人，君还何所望！"府吏谓新妇："贺卿得高迁。磐石方且厚，可以卒千年；蒲苇一时纫，便作旦夕间[5]。卿当日胜贵，吾独向黄泉[6]。"新妇谓府吏："何意出此言！同是被逼迫，君尔妾亦然[7]。黄泉下相见，勿违今日言！"执手分道去，各各还家门。生人作死别，恨恨那可论[8]？念与世间辞，千万不复全[9]！

〔1〕求假：请假。摧藏（zàng）：凄怆，摧折心肝。藏：脏腑。马悲哀：马也发出悲鸣。

〔2〕蹑：行动很轻的样子。履：鞋，引申为脚步。逢迎：迎向前去。

〔3〕"人事"句：是说人间的事情不能预料。量：预料。

〔4〕父母：这里偏指母。弟兄：这里偏指兄。

〔5〕旦夕间：指时间很短就发生了变化。

〔6〕日胜贵：一天比一天高贵起来。贵：地位显赫。

〔7〕何意：想不到。君尔妾亦然：你这样，我也是如此。

〔8〕恨恨：抱恨不已，这里指极度无奈。

〔9〕千万：表示坚决。不复全：再也不能保全。

以上是第十段，写焦仲卿闻变来见刘兰芝，两人相约同死。

府吏还家去，上堂拜阿母："今日大风寒，寒风摧树木，严霜结庭兰[1]。儿今日冥冥，令母在后单[2]。故作不良计，勿复怨鬼神[3]！命如南山石，四体康且直[4]。"阿母得闻之，零泪应声落："汝是大家子，仕宦于台阁[5]。慎勿为妇死，贵贱情何薄[6]？东家有贤女，窈窕艳城郭，阿母为汝求，便复在旦夕^[7]。"府吏再拜还，长叹空房中，作计乃尔立^[8]。转头向户里，渐见愁煎迫。

〔1〕大风寒：比喻不幸的事情将发生。严霜：浓霜。

〔2〕日冥冥：原意是日暮，这里用太阳下山来比喻生命的终结。单：孤单。

〔3〕故：当初。这两句说，只因当初你出了不好的主意，才造成今天这样的局面，你也不要再去怨恨鬼神了。

〔4〕"命如"句：是说祝母亲寿比南山。四体：四肢，这里指身体。直：意思是腰板硬朗。

〔5〕零泪：断断续续的眼泪。台阁：原指尚书台，这里泛指官府。

〔6〕贵贱：焦母意指仲卿贵而兰芝贱，离婚不算薄情。情何薄：把贱人看得很重，这种感情是多么不值钱。

〔7〕艳城郭：比城里城外的姑娘都漂亮。郭：外城。

〔8〕作计：指自杀的打算。乃尔立：就这样决定。立：决定。

以上是第十一段，写焦仲卿回家与母亲告别，准备自杀。

其日牛马嘶，新妇入青庐^[1]。奄奄黄昏后，寂寂人定初^[2]。"我命绝今日，魂去尸长留！"揽裙脱丝履，举身赴清池^[3]。府吏闻此事，心知长别离。徘徊庭树下，自挂东南枝^[4]。两家求合葬，合葬华山傍^[5]。东西植松柏，左右种梧桐。枝枝相覆盖，叶叶相交通^[6]。中有双飞鸟，自名为鸳鸯。仰头相向鸣，夜夜达五更。行人驻足听，寡妇起彷徨^[7]。多谢后世人，戒之慎勿忘^[8]。

〔1〕其日：结婚之日，这天。牛马嘶：形容迎亲车马盈门的热闹情况。青庐：用青布搭成的篷帐，是举行婚礼的地方。

〔2〕奄奄：通"晻晻"，日色昏暗无光的样子。黄昏：古代计算时间按十二地支将一日分为十二个时辰。"黄昏"是戌时，相当于现在的晚上7时至9时。下句的"人定"是亥时，相当于现在的晚上9时至11时。

〔3〕揽：撩起。举身：纵身。赴：投入。

〔4〕"自挂"句：在树上自缢。

〔5〕华山：大约是今庐江一带的小山，今不可考。

〔6〕交通：交错，这里指挨在一起。

〔7〕驻足：停住脚步。彷徨：徘徊。

〔8〕多谢：再三嘱告，敬告。谢：告诉。戒之：以此事为鉴戒。

以上是第十二段，写刘兰芝、焦仲卿自杀和死后两家要求合葬，并通过诗人的想象，表达了人民群众的愿望和感情。

这是中国古代最长的一首叙事诗，取材于东汉献帝建安年间（196—220）发生在庐江郡的一桩婚姻悲剧。诗中的男女主人公本是一对恩爱夫妻，可是由于媳妇得不到婆婆的喜欢便被休弃回娘家。夫妻二人为了追求自己的幸福生活而尽了最大的努力挽救，但是抵不住强大的封建家长制度，最后不得不以死反抗。虽然反抗的方式是消极的，但是却揭露了封建礼教的罪恶，歌颂了焦、刘夫妇追求婚姻自主的坚强意志，寄托了人们对美好幸福的婚姻生活的向往和追求，其社会意义和思想意义是巨大的。末尾"多谢后世人，戒之慎勿忘"两句诗，语重心长，发人深省。

全诗1700余字，叙事得体，剪裁精当，情节发展自然合理，人物形象栩栩如生，语言通俗流畅。此诗不仅塑造了焦、刘夫妇心心相印、坚贞不屈的形象，也把焦母的蛮横无理和刘兄的只想攀高附贵、不顾自己妹妹死活的势利冷酷，刻画得入木三分，为我国古代文学史上思想性和艺术性高度结合的叙事诗杰作。

【古诗十九首】

组诗名，最早见于《昭明文选》，是汉代无名文人的作品。这组诗的内容和风格都十分近似，从不同侧面反映了东汉后期中下层知识分子的心理状态，如游子思乡、闺人怨别、亲朋离散、怀才不遇、人生短促、及时行乐等，具有一定的社会意义。组诗艺术成就很高，善于运用比、兴手法，形象性较强，语言清新自然，风格平易淡远，对后世影响深远。刘勰的《文心雕龙·明诗》誉之为"五言诗之冠冕"。

行行重行行

行行重行行，与君生别离[1]。相去万余里，各在天一涯[2]。道路阻且长，会面安可知[3]？胡马依北风，越鸟巢南枝[4]。相去日已远，衣带日已缓[5]。浮云蔽白日，游子不顾反[6]。思君令人老，岁月忽已晚[7]。弃捐勿复道，努力加餐饭[8]。

毛泽东曾圈读过这首诗。

[1] 古诗十九首，原本无标题。为便于称说，收入《昭明文选》时，均以每首诗的首句为标题。重：又。这句是说行而又行。叠用"行行"加重语气，渲染远别气氛。生别离：生离死别。一说活生生地分开。

[2] 相去：相距，相离。天一涯：犹言天一方。涯：边际。

[3] 阻：艰险。长：遥远。

[4] 胡马：北方所产的马。胡：古代称北方的少数民族为胡。依：依恋。越鸟：南方的鸟。喻指眷恋故乡。巢：动词，做巢。南枝：向南的树枝。

[5] 日已远：一天比一天远了。已：同"以"。缓：宽松。这句是说，人因相思而躯体一天天消瘦。

[6] 浮云：比喻爱人在外另有的新欢。白日：比喻爱人。游子：离家远游的人。顾：顾恋，思念。反："返"的古字，返回，回家。

[7] 老：指消瘦的体貌和忧伤的心情。晚：指行人未归，岁月已晚，表明春秋忽代谢，相思又一年，暗喻青春易逝。

[8] "弃捐"二句：是说这些都丢开不必再说了，只希望你在外自己多保重吧。弃捐：这里有丢开的意思。加餐饭：犹言多吃一点。

这是组诗的第一首，写一闺中女子对远行异乡的爱人无限思念的深情。先叙远隔天涯"生别离"的不幸，次写因"道路阻且长"无法会面的怅惘，再述相思过度而消瘦的痛苦，并点明"游子不顾反"的原因，曲折地表达了对黑暗现实的愤懑不平。终以勉励宽慰作结，希望努力加餐保重身体，以期他日再能聚首。此诗对女主人公内心活动的刻画十分细腻，她对爱人感情真挚，忠贞不渝，虽有一点淡淡的怨，但更多的则是忍受、期待，让离愁别绪无情地吞噬自己。诗篇反映了封建社会中我国妇女对离居的典型感情。诗中"胡马""越鸟""浮云"等贴切、形象的比喻，使诗意含蓄深沉，情致十分缠绵。

青青河畔草

青青河畔草，郁郁园中柳[1]。盈盈楼上女，皎皎当窗牖[2]。娥娥红粉妆，纤纤出素手[3]。昔为倡家女，今为荡子妇[4]。荡子行不归，空床难独守[5]。

毛泽东曾圈读过这首诗。

〔1〕郁郁：浓密茂盛的样子。园中柳：汉代已有折柳赠别的习俗。

〔2〕盈盈：形容女子仪态美好、姿容丰满的样子。皎皎：洁白，这里形容女子肤色白皙明洁的样子。当：临。牖：窗。

〔3〕娥娥：形容女子貌美的样子。红粉：脂粉。纤纤：形容女子的手细嫩的样子。素：白。

〔4〕倡：歌舞女艺人。荡子：游子，在外乡漫游的人。妇：妻子。

〔5〕行不归：远游不归。归：回家。

这是组诗的第二首。诗人以第三者的叙事角度，描写思妇的美丽和因荡子长期在外不得相聚的寂寞与苦闷，从一个侧面反映了东汉末年的时代特点，表达了作者对思妇的深切同情。诗以河畔的青青芳草，园中的依依绿柳起兴，借景生情，巧妙地描写出凭窗远眺的思妇独坐空楼，面对融融春意时不耐深藏孤寂的神态和精神面貌。最后交代因"荡子行不归"而伤春的缘由。全诗连用六个叠词，从不同的角度描写女主人公，使其风姿绰约的形象栩栩如生。写景抒情，情景交融，增强了诗的艺术感染力。

西北有高楼

西北有高楼，上与浮云齐。交疏结绮窗，阿阁三重阶[1]。上有弦歌声，音响一何悲^{〔2〕}！谁能为此曲？无乃杞梁妻^{〔3〕}。清商随风发，中曲正徘徊^{〔4〕}。一弹再三叹，慷慨有余哀^{〔5〕}。不惜歌者苦，但伤知音稀^{〔6〕}。愿为双鸿鹄，奋翅起高飞^{〔7〕}。

毛泽东曾圈读过这首诗。

〔1〕"交疏"二句：是说刻镂交错成雕花格子的窗户，阿阁建在有三层阶梯的高台上。疏：镂刻。绮：有细花纹的丝织物，引申为花纹。阿（ē）阁：四面有曲檐的楼阁。

〔2〕弦歌声：歌声中有琴弦伴奏。

〔3〕无乃：莫非，大概。杞梁妻：杞梁妻的故事最早见于《左传·襄公二十三年》，后来许多书都有记载。据说齐国大夫杞梁，出征莒国，战死在莒国城下。其妻临尸痛哭，一连哭了十个日夜，连城墙都被她哭塌了。《琴曲》有《杞梁妻叹》，《琴操》说是杞梁妻作，《古今注》说是杞梁妻妹朝日所作。这两句是说，楼上谁在弹唱如此凄婉的歌曲呢？莫非是像杞梁妻那样的人吗？

〔4〕清商：乐曲名，声情悲怨。清商曲音清越，宜于表现哀怨的情绪。中曲：乐曲的中段。徘徊：指乐曲旋律回环往复。

〔5〕慷慨：感慨，悲叹。《说文》："壮士不得志于心也。"

〔6〕惜：痛。知音：识曲的人，借指知心的人。相传俞伯牙善鼓琴，钟子期善听琴，子期死后，伯牙再不弹琴，因为再没有知音的人。这两句说，我难过的不是歌者心有痛苦，而是她内心的痛苦没有人理解。

〔7〕鸿鹄：据朱骏声《说文通训定声》说："凡鸿鹄连文者即鹄。"鹄，即天鹅。这两句诗以双鸿鹄比喻情志相通的人，意谓愿与歌者同心，如双鹄高飞，一起追求美好的理想。

这是组诗的第五首。诗由听歌起兴，描绘诗人在一座华美的高楼下听到了悲哀的歌声，由此慨叹知音难觅，表达了诗人对歌者的深切同情。东汉末年，是统治阶级内部矛盾表现最尖锐的时期，政治腐化和堕落已达到顶点。在这种情况下，一般士人更是没有出路。诗人借对这位歌者的同病相怜，抒发了不得知己、怀才不遇的悲切心情。"清商随风发，中曲正徘徊。一弹再三叹，慷慨有余哀"四句对音乐的描写，是这首诗最大的特点，使之成为我国文学史上第一次正面描写音乐的诗歌，对后世描写音乐诗歌的发展产生过较大的影响。

冉冉孤生竹

冉冉孤生竹，结根泰山阿[1]。与君为新婚，菟丝附女萝[2]。菟丝生有时，夫妇会有宜[3]。千里远结婚，悠悠隔山陂[4]。思君令人老，轩车来何迟[5]！伤彼蕙兰花，含英扬光辉[6]。过时而不采，将随秋草萎[7]。君亮执高节，贱妾亦何为[8]？

毛泽东曾圈读过这首诗。

〔1〕冉冉：柔弱下垂的样子。泰山：即太山，犹言大山、高山。阿：山坳。这两句以孤生的竹子结根于山坳比喻女子依托新婚之夫。

〔2〕为新婚：指刚结婚。菟丝：植物名，柔弱而蔓生。女萝：一说即松萝，一种缘松而生的蔓生植物。这两句说，与丈夫结婚，犹如柔弱的菟丝附着在柔弱的女萝上。说明两者只能互相依靠。

〔3〕宜：适当的时间。这两句是说，菟丝适时而生，正如夫妇也应及时相聚。

〔4〕悠悠：遥远的样子。山陂：泛指山和水。吕向注："陂，水也。"这两句说，路途遥远，结婚不易。

〔5〕轩车：有篷帐的车。这里指迎娶的车。这句是说，丈夫为何迟迟不归。

〔6〕蕙、兰：两种香草名。英：花。这两句说，女子自比容貌之美犹如蕙兰之花，含苞待放，散发出动人的光辉。

〔7〕萎：枯萎，凋谢。这四句说，含苞待放的蕙兰过时不采，它将随着秋草一同枯萎凋谢了。

〔8〕亮：通"谅"，想必，料想。高节：高尚的节操，指对爱情的忠贞。贱妾：女子的谦称。何为：犹言做什么。这两句说，君想必对我们的爱情守志不渝，我又何苦自艾自怨？这是自慰之词。

102

这是组诗的第八首，写一女子新婚不久丈夫远行别后的怨情。开头两句以比兴手法追忆婚前情况。三、四两句写新婚及婚后生活。"菟丝附女萝"以下四句写夫妇本应相聚相守，而丈夫却长年在外，既不能相聚，也无法依靠。"思君令人老"两句极写相思之苦，艾怨之情，溢于言表。"伤彼蕙兰花"以下四句以形象的比喻自伤青春易逝，年华易老。末尾两句表达了一种盼极生疑又不能言说的复杂感情。此诗多用比喻，感情细腻曲折，富于生活气息，民歌特色浓郁。

迢迢牵牛星

迢迢牵牛星，皎皎河汉女[1]。纤纤擢素手，札札弄机杼[2]。终日不成章，泣涕零如雨[3]。河汉清且浅，相去复几许[4]？盈盈一水间，脉脉不得语[5]。

毛泽东曾圈读过这首诗。其创作《五古·挽易昌陶》中"列嶂青且茜"句，仿此诗"河汉清且浅"句法。

[1] 迢迢：遥远的样子。牵牛星：天鹰星座的主星，隔着银河和织女星相对，俗称牛郎星，在银河之南。皎皎：明亮的样子。河汉女：指织女星，是天琴星座的主星，在银河之北。织女星与牵牛星隔河相对。河汉：即银河。

[2] 擢（zhuó）：举，这里指双手摆动。素手：白皙的手。这句说，伸出细长而白皙的手。札札：形容织机发出的声音。弄：摆弄。杼：织布机上的梭子。

[3] 终日：尽日。章：指布帛上的经纬纹理，这里指整幅的布帛。终日不成章：化用《诗经·小雅·大东》语意，说织女无心织布，终日也织不成纹理。涕：眼泪。零：落下。

[4] 相去：相隔，相距。复几许：犹言又有多少。这两句说，织女和牵牛二星彼此只隔着一条银河，相距才有多远？

[5] 盈盈：形容清澈、晶莹的样子。间：动词，隔。脉脉：默默地用眼神或行动表达情意。语：说话。

这是组诗的第十首。诗人以比兴手法，借神话传说中牛郎、织女被银河阻隔而不得相见的故事，抒发人间男女相思苦别的忧伤心绪。诗人抓住银河、机杼这些和牛郎、织女神话相关的物象，比喻人间的离妇对辞亲去远的丈夫的相思之情。此诗比喻鲜活，想象丰富，富有浪漫主义色彩。抒写感情，缠绵悱恻，用语婉丽，境界奇特。此诗十句中有六句用叠词开头，增强了诗歌的音乐性和形象性，堪称相思怀远诗中的新格高调。

生年不满百

生年不满百，常怀千岁忧[1]。昼短苦夜长，何不秉烛游[2]！为乐当及时，何能待来兹[3]？愚者爱惜费，但为后世嗤[4]。仙人王子乔，难可与等期[5]。

毛泽东曾圈读过这首诗。

〔1〕千岁忧：指很深的忧虑。一说为身后及孙子之事担忧。

〔2〕秉烛游：犹言夜以继日地游玩。秉烛：打着灯笼。秉：持，拿着。游：游赏，放情享乐。

〔3〕为乐：作乐，享乐。来兹：即来年。兹：引申为年。《鹤林玉露补遗》："兹，新生草也。一年草生一番，故以兹为年。"

〔4〕爱惜费：舍不得钱财。费：费用，指钱财。但：只。嗤：轻蔑的笑。

〔5〕王子乔：古代传说中著名的仙人之一。刘向《列仙传》："王子乔，周灵王太子晋也。好吹笙，作凤鸣。浮丘公接上嵩山，三十余年，仙去。"难可：不可，不能。等：同，指同样成仙。期：期待，指成仙之事不是一般人所能期待的。

这是组诗的第十五首。此诗描叙东汉末年毫无出路的中下层文人的旷达狂放之思，明确提出了因"生年不满百"而及时行乐的腐朽人生观。当时社会动荡不安，人命危浅，许多中下层文人既看不到人生的出路，也无力摆脱苦闷生活的艰难困境，因而诗人认为不必为那些毫无益处的事情而日夜烦忧，以免为后世人所嗤笑，同时也讽刺了那些贪图富贵者不懂得领悟人生的愚昧无知。此诗直抒胸怀，语言直白，感慨深沉，在一定程度上反映了当时社会的黑暗。

客从远方来

客从远方来，遗我一端绮[1]。相去万余里，故人心尚尔[2]。文彩双鸳鸯，裁为合欢被[3]。著以长相思，缘以结不解[4]。以胶投漆中，谁能别离此[5]？

毛泽东曾圈读过这首诗。

〔1〕遗（wèi）：赠送。端：半匹。古人以二丈为一"端"，二端为一"匹"。绮：有花纹的绫罗类丝织品。

〔2〕去：距离。故人：古时习用于朋友，这里指久别的丈夫。尚尔：还是如此。尔：如此。这两句说，尽管相隔万里，丈夫的心仍然一如既往。

〔3〕鸳鸯：匹鸟，古诗文中常喻指夫妇。这句说绮上织有双鸳鸯的图案。合欢被：被子上绣有合欢的图案。合欢：象征祥和欢乐。

〔4〕著：往衣被中填装丝绵。绵为长丝，"丝"谐音"思"，故云"著以长相思"。缘：饰边，镶边。这句说被子的四边缀以丝缕，使连而不解。缘与"姻缘"的"缘"音同，故云"缘以结不解"。

〔5〕别离：分开，拆开。此：爱情。这两句说，我们的爱情犹如胶和漆黏在一起，任谁也无法把我们拆散。

这是组诗的第十八首，旨在歌咏纯真的爱情。诗人笔下的女主人公，因思念丈夫而痴情浮想，连一些平凡的事物，都获得了特殊的含义："丝绵"使她联想到男女相思的绵长无尽；"缘结"暗示他们夫妻之情如胶似漆，永结难解。结尾以胶投漆中比喻夫妇感情，设喻浅显，感情强烈，很有打动人心的力量。末句"谁能别离此"，方东树《昭昧詹言》说："结句以正意结上喻物。'此'即指上喻物也。"此诗民歌意味极浓，多用谐音双关语，把女主人公浮想中的痴情，传达得既巧妙又动人。

明月何皎皎

明月何皎皎，照我罗床帏[1]。忧愁不能寐，揽衣起徘徊[2]。客行虽云乐，不如早旋归[3]。出户独彷徨，愁思当告谁[4]？引领还入房，泪下沾裳衣[5]。

毛泽东曾圈读过这首诗。

〔1〕何：多么。皎皎：明亮的样子。罗床帏：用罗绮缝制的床帏。
〔2〕寐：睡着，入睡。揽衣：犹言披衣，穿衣。揽：取。
〔3〕客行：出家旅行在外叫客行。虽云乐：虽然说快乐。旋：回返，归家。
〔4〕户：门。彷徨：即徘徊。
〔5〕引领：伸着脖子，指仰望，远望。裳衣：一本作"衣裳"。

这是组诗的第十九首。此诗的主人公历来有两种解读：一说刻画了一个久客异乡、愁思辗转的游子形象，表现其对家乡亲人的怀念之情；一说刻画了一个独守空闺、愁思难寐、徘徊辗转的闺中女子形象，表现闺妇思夫时的复杂感情。前一种解读写皎皎明月引起了久客在外的游子夜不能寐，于是重又穿起衣服出户徘徊，仰望当空皓月，满腹的愁思可向谁诉说？夜深寒凉起，回到房间后不禁泪湿衣襟。后一种解读，先写闺妇月夜思夫，愁苦难眠；再写对征夫的揣度，"客行虽云乐，不如早旋归"两句有笔曲意圆之妙；最后写有苦难言、泪下沾衣。诗中细致的心理与生动的动作描写，使主人公悲苦无告的愁思跃然纸上。采用何种方式解读，读者可自主选择。

【蔡　邕】

蔡邕（132—192），字伯喈，陈留圉（今河南杞县）人，东汉文学家、书法家、藏书家。博学多才，通晓经史、天文、音律，擅长辞赋。因其曾任中郎将，世称蔡中郎。辞赋以《述行赋》最为知名。有《蔡中郎集》。

饮马长城窟行[1]

青青河畔草，绵绵思远道[2]。远道不可思，宿昔梦见之[3]。梦见在我傍，忽觉在他乡^[4]。他乡各异县，展转不相见^[5]。枯桑知天风，海水知天寒^[6]。入门各自媚，谁肯相为言^[7]！客从远方来，遗我双鲤鱼^[8]。呼儿烹鲤鱼，中有尺素书^[9]。长跪读素书，书中竟何如^[10]？上言加餐食，下言长相忆^[11]。

毛泽东曾圈读过这首诗。

〔1〕这首诗《乐府诗集》收在《相和歌辞》中，属相和曲。饮马长城窟行：乐府瑟调名。长城旁有水窟，可以饮马，故名。

〔2〕绵绵：绵延不断，这里义含双关，既指春草绵延不绝，又指女子相思之情缠绵不断。远道：远方。

〔3〕不可思：无可奈何之语，意思是相思也徒然无益。宿昔：早晚，不分早晚。之：指所思之人，即丈夫。

〔4〕觉：睡醒。

〔5〕展转：亦作"辗转"，指醒后翻来覆去，不能再入梦乡。

〔6〕枯桑：落了叶的桑树。这两句说，枯桑虽然没有叶，仍然感到风吹，海水虽然不结冰，仍然感到天冷。

〔7〕入门：回到自己家里。主语是从远方归来的其他人。各自媚：各自爱自己的家人。媚：爱，悦。言：慰问，问讯。

〔8〕遗（wèi）：赠给。双鲤鱼：指藏书信的函，就是刻成鲤鱼形的两块木板，一底一盖，把书信夹在里面。一说将上面写着书信的绢结成鱼形。

〔9〕烹：煮。假鱼本不能煮，诗人为了造语生动故意将打开书函说成烹鱼。尺素书：在生绢帛上写的信。素：生绢。书：信。

〔10〕长跪：伸直了腰跪着。古人席地而坐，坐时两膝着地，臀部压在脚后跟上。跪时将腰伸直，上身就显得长些，所以称为"长跪"。

〔11〕上：信的前半部。下：信的后半部。书信上只说加餐与怀念而无归期，读后失望之情可想而知。

中国古代的徭役频繁，游宦之风很盛，因而出现了大量的怀人思妇的诗篇。这首诗写女子思念在远方作客而久久不归的丈夫。诗人以第一人称自叙的口吻，前半部分写女子"远道不可思，宿昔梦见之"，对丈夫魂牵梦萦、忧心缠绵的情状；后半部分写女子收信后得知丈夫归来遥遥无期而郁郁失望的情态。比兴手法的运用，微妙的心理描写，形象地展示了女子相思、苦闷以至失望的复杂心理状态。此诗造语平淡，感情浓郁，跌宕起伏，读来感人肺腑。

【曹　操】

　　曹操（155—220），字孟德，小名阿瞒，沛国谯（今安徽亳州）人。东汉末年著名政治家、军事家、诗人。建安元年（196）后，用汉献帝名义发号施令，先后消灭袁术、袁绍等。他采取抑制豪强、实行屯田等一系列有利于恢复生产的措施，终于统一了北方。其子曹丕称帝，追尊其为武帝。曹操雅爱诗章，"往往横槊赋诗"，现存诗20余首。其诗深受汉乐府影响，但富有创造性。以旧题写时事，多抒发政治抱负，描写战乱给人民带来的苦难。诗风苍凉悲壮，气势雄伟，史称"建安风骨"。与其子曹丕、曹植并称"三曹"。有《曹操集》。

蒿里行[1]

　　关东有义士，兴兵讨群凶[2]。初期会盟津，乃心在咸阳[3]。军合力不齐，踌躇而雁行[4]。势利使人争，嗣还自相戕[5]。淮南弟称号，刻玺于北方[6]。铠甲生虮虱，万姓以死亡[7]。白骨露于野，千里无鸡鸣。生民百遗一，念之断人肠[8]。

　　毛泽东曾多次圈读这首诗。

　　[1] 蒿里行：属汉乐府《相和歌辞·相和曲》，原是出殡时用的挽歌。这里用乐府旧题写时事。蒿里：传说是人死后魂魄聚居的地方。
　　[2] 关东：指函谷关（位于今河南灵宝市北15公里处）以东，紧靠黄河岸边的广大地区。因关在谷中，深险如函，故称函谷关。义士：坚守节操、维护正义的人。这里指讨伐董卓的各州郡将领。群凶：这里指董卓及其爪牙。
　　[3] 初期：起初期望。会：会师。盟津：即孟津，地名，在今河南孟州南，

108

相传周武王伐纣时，曾与诸侯在此地会盟，这里借用典故。乃心：其心，指讨董诸将的本来意图。咸阳：秦朝都城，这里指代洛阳。以上两句意为：原本期望讨伐董卓的各路军马，像周武王在孟津会合诸侯一样兴师伐罪，联合行动，直捣洛阳，诛灭董卓，辅佐汉室。

〔4〕力不齐：指讨董诸军各怀异志，力量不能统一。踌躇：犹疑徘徊。雁行（háng）：飞雁的行列。这里用以形容诸军列阵以待、观望不前的状态。

〔5〕嗣还（xuán）：其后不久。还：通"旋"，立刻，不久。戕：残杀。以上两句写袁绍、韩馥等所谓讨董义士之间内讧而自相残杀。

〔6〕淮南：指今安徽寿县。弟：指袁绍堂弟袁术。建安二年（197），袁术在寿春（今安徽寿县）称帝。玺：皇帝的印。初平二年（191），袁绍与韩馥谋废汉献帝，立幽州牧刘虞做皇帝，私刻印玺。北方：时袁绍屯兵河内（治今河南沁阳），相对于淮南在北方。

〔7〕"铠甲"句：是说士兵接连征战，无暇浆洗，内衣上长满虮虱，甚至溢到铠甲。虱：俗称虱子，哺乳动物的体外寄生虫。万姓：万民，犹言百姓。以：因之，因而。

〔8〕生民：人民。百遗一：百人中仅存一人，极言死亡惨重。遗：存留。末句是说，想起以上这些惨状，使人感到断肠一样难受。

这首诗约作于建安二年（197）。汉献帝初平元年（190），关东诸州郡各路将士兴兵讨伐董卓，并共同推举豪强士族代表袁绍为盟主。可是袁绍却假借讨董的名义，大搞分裂割据活动，形成长期军阀割据、混战的局面，致使百姓遭受深重灾难，造成"白骨露于野，千里无鸡鸣""生民百遗一"的严重后果。此诗借乐府旧题写时事，记述了汉末军阀混战、生灵涂炭的社会现实，真实地反映了人民遭受的苦难。诗中对酿成战祸的军阀进行了严厉的鞭挞和申讨，对惨遭荼毒的人民寄予了深切的同情。明人钟惺赞之："汉末实录，真史诗也。"此诗语言质朴浑厚，笔调慷慨悲凉，富有强烈的感染力。

短歌行〔1〕

对酒当歌，人生几何〔2〕？譬如朝露，去日苦多〔3〕。慨当以慷，忧思难忘[4]。何以解忧？惟有杜康[5]。青青子衿，悠悠我心[6]。但为君故，沉吟至今[7]。呦呦鹿鸣，食野之苹[8]。我有嘉宾，鼓瑟吹笙[9]。明明如月，何时可掇[10]？忧从中来，不可断绝[11]。越陌度阡，枉用相存[12]。契阔谈䜩，心念旧恩[13]。月明星稀，乌鹊南飞，绕树三匝，何枝可依[14]？山不厌高，海不厌深[15]。周公吐哺，天下归心[16]。

毛泽东曾多次圈读这首诗，还手书此诗"何以解忧……明明如月……契阔谈䜩"等十七句。

〔1〕短歌行：乐府曲调名，属《相和歌辞·平调曲》。是用于宴会上歌唱的乐曲。因其声调短促，故称"短歌"。

〔2〕对酒当歌：一边喝着酒，一边唱着歌。当：对着。几何：多少，这里偏指少。

〔3〕"譬如"二句：跟朝露相比，一样痛苦却漫长。有慨叹人生短暂之意。去：过去，消逝。苦多：苦于太多。

〔4〕"慨当"句：是说应当用激昂不平的感慨方式来唱歌。指宴会上的歌声激昂慷慨。当以：是"应当用"的意思。

〔5〕杜康：相传是我国最早发明造酒的人，这里用作酒的代称。

〔6〕"青青"二句：语出《诗经·郑风·子衿》。这里用来比喻渴望得到有才学的人。子：对对方的尊称。衿：衣领。青衿，是周代读书人的服饰，这里指代有学识的人。悠悠：长久的样子，这里形容思念感情之深。

〔7〕但为：只为。君：指作者所渴慕的贤才。沉吟：低声地、若有所思地吟唱。

〔8〕"呦呦"四句：语出《诗经·小雅·鹿鸣》。呦呦：形容鹿叫的声音。野之苹：野外生长的艾蒿。

〔9〕嘉宾：这里指要来投奔曹操的贤才。鼓：弹。瑟、笙：两种乐器，古代举行宴会时，这两种乐器经常一起合奏。

〔10〕明明：明亮。掇：摘取。

〔11〕忧从中来：是说心中忧虑，忧虑国家统一的大业没有完成。引出下文要继续延揽人才。

〔12〕越陌度阡：是说走过了遥远的路程。陌：东西向的田间小路。阡：南北向的小路。枉用相存：劳驾你来探望。存：问候，探望。

〔13〕契阔：久别的情愫。这里作久别讲。契：投合。阔：离别。旧恩：旧日的友情。

〔14〕三匝：三周，三，这里表示多。匝：周，圈。依：栖息，停留。

〔15〕"海不"句：是说希望尽可能多地接纳贤才。

〔16〕周公：名旦，周武王的弟弟，周成王的叔父，是西周奴隶社会的创建人之一。哺：口中所含的食物。天下归心：民心归附，这里引申为天下统一。

曹操在实现自己的政治抱负中深感贤人的重要，曾多次下令求贤。《短歌行》以诗歌的形式，表达了作者在丧乱动荡之际，求贤若渴，以统一天下为己任的政治抱负和宽广胸襟。开头四句虽有人生短促、光阴易逝的感伤情绪，忧思之深竟要借酒来消愁。但从全篇看，格调高昂激越，具有激励人奋发向上的正能量。诗人用第一人称围绕"忧思"二字抒情言志，诗中的形象就是作者的自我形象，末尾"周公吐哺，天下归心"两句，严格要求自己向周公看齐，表现出作者的雄才大略，堪称一位了不起的政治家。此诗的基调是昂扬的，洋溢着一种积极进取的精神，激荡着一股慷慨激昂的感情，给人以鼓舞和力量。

苦寒行[1]

北上太行山，艰哉何巍巍[2]！羊肠坂诘屈，车轮为之摧[3]。树木何萧瑟[4]，北风声正悲。熊罴对我蹲，虎豹夹路啼[5]。溪谷少人民，雪落何霏霏[6]！延颈长叹息，远行多所怀[7]。我心何怫郁，思欲一东归[8]。水深桥梁绝，中路正徘徊[9]。迷惑失故路，薄暮无宿栖[10]。行行日已远，人马同时饥。担囊行取薪，斧冰持作糜[11]。悲彼《东山》诗，悠悠使我哀[12]。

毛泽东曾多次圈读这首诗。其创作的《七律·冬云》中"独有英雄驱虎豹，更无豪杰怕熊罴" 句，化用此诗 "熊罴对我蹲，虎豹夹路啼" 句。

〔1〕苦寒行：属乐府《相和歌辞·清商曲》。

〔2〕太行山：绵延于山西、河北、河南三省交界处的大山脉。哉：感叹词。何：多么。与下文 "雪落何霏霏" 之 "何" 义同。巍巍：山势高峻的样子。

〔3〕羊肠坂：指从沁阳经天井关到晋城的道路，以坂道盘旋弯曲如羊肠而得名。坂：斜坡。诘屈：曲折盘旋。摧：毁坏，折断。

〔4〕萧瑟：形容风吹树木的声音。

〔5〕罴：熊的一种，又叫马熊或人熊。

〔6〕溪谷：山中低洼有水处。少人民：言山中人烟稀少。霏霏：雪下得很盛的样子。

〔7〕延颈：伸长脖子（远眺）。怀：怀念。

〔8〕怫（fú）郁：愁闷不安。东归：指回到故乡谯郡。作者谯（今安徽亳州）人，在太行之东，故云 "东归"。

〔9〕绝：断。中路：中途。

〔10〕故路：原来的路。薄暮：傍晚，黄昏。

〔11〕担囊：挑着行李。行取薪：边走边拾柴。斧冰：以斧凿冰取水。斧：动词，凿开。糜：稀粥。

〔12〕《东山》：《诗经·豳风》篇名。本篇为周公东征，战士离乡三年，在归途中思念家乡时而作。悠悠：忧思绵长的样子。

建安九年（204），曹操夺取冀州以后，袁绍的外甥、并州（今山西太原）刺史高干投降曹操，曹操仍让他担任并州刺史。建安十年（205），他听说曹操将北征乌桓，于是乘机叛变，举兵夺壶关口（今山西长治市东南）。建安十一年（206），曹操自邺城（今河北临漳县西南）出兵，途经沁阳、天井关、晋城，北上太行山，征讨高干。此时太行山正值大雪纷飞，天寒地冻，"羊肠坂诘屈，车轮为之摧"，行军极为艰苦，曹操有感而发，写下这首充满慷慨悲凉之气的诗篇。诗中真实描写了作者领军北征途中的艰难和沿途所见的凄凉景象，反映了远征将士 "人马同时饥"，一路劳顿饥渴的苦况和浓烈的思乡之情，同时也吐露了自己不得已而用兵的思想。全诗格调古直悲凉，回荡着一股沉郁之气。

步出夏门行 · 观沧海[1]

东临碣石，以观沧海[2]。水何澹澹，山岛竦峙[3]。树木丛生，百草丰茂。秋风萧瑟，洪波涌起[4]。日月之行，若出其中[5]；星汉灿烂，若出其里[6]。幸甚至哉，歌以咏志[7]。

毛泽东曾多次圈读这首诗。1954 年夏秋之际，毛泽东在北戴河一边工作，一边休息。他常常遥望大海，口中吟诵这首诗，其词作《浪淘沙·北戴河》中"萧瑟秋风今又是"句，化用此诗"秋风萧瑟，洪波涌起"诗意。他还手书过这首诗。

[1] 步出夏门行：又称《陇西行》，属乐府《相和歌辞·瑟调曲》。全诗除前奏曲"艳"外，有《观沧海》《冬十月》《土不同》《龟虽寿》四章。每章各表现一个主题。这是第一章。

[2] 碣石：山名，在今河北乐亭县滦河入渤海口附近，后陷入海中。一说指今河北昌黎县西北之碣石山。沧海：大海。沧：通"苍"，深蓝色。

[3] 何：何其，多么。澹澹：水波动荡的样子。山岛：有山的海岛。竦峙：高高直立。竦：通"耸"。峙：挺立。

[4] 萧瑟：形容风吹动草木的声音。洪波：汹涌澎湃的波涛。

[5] "日月"二句：是说太阳、月亮的运行，仿佛就在大海之中。行：运行。其：代词，指大海。

[6] 星汉：原指银河，这里泛指满天的星辰。

[7] "幸甚"二句：是说好极了，让我用诗歌来咏唱自己的志向。幸：表示非常庆幸。甚：非常，很。至：极点。这两句是配乐时附加的歌词，与正文没有直接的关系。

这首诗作于建安十二年（207）作者北征乌桓凯旋，途经碣石登山望海之时。诗人居高临海，视野寥廓，大海的壮阔景象尽收眼底。至"秋风萧瑟"句，笔锋一转，由静转动，渲染苍凉壮阔之势。在雄奇壮丽的大海面前，日、月、星汉（星辰）都显得渺小了，它们的运行，似乎都由大海自由吐纳。此诗通过对大海宏伟气象的描写，抒发诗人阔大的胸怀，寄寓统一国家的豪情壮志。全诗寓情于景，意境恢宏，气象浩荡，充满乐观进取精神，具有强烈的艺术感染力。

步出夏门行·龟虽寿

神龟虽寿，犹有竟时[1]。腾蛇乘雾，终为土灰[2]。老骥伏枥，志在千里[3]；烈士暮年，壮心不已[4]。盈缩之期，不独在天[5]；养怡之福，可得永年[6]。幸甚至哉，歌以咏志。

毛泽东曾多次圈读这首诗。1961年，他给正在休养的胡乔木写信，引用了此诗中的四句，信中说："你需要长期休养，不计时日，以愈为度。曹操诗云：'盈缩之期，不独在天；养怡之福，可得永年。'此诗宜读……"在读二十四史的《南史·王僧虔传》中，毛泽东又引用了这四句诗作为批注。毛泽东还用狂草书写过这首诗。

〔1〕"神龟"二句：是说神龟虽然活得很久，还是有完结的时候。神龟：古代以龟为通灵而长寿的甲虫，而神龟又是龟类中最灵的一种，据说体长一尺二寸，甲纹作山川日月星辰的形状。犹：仍然，还。竟：终，这里指死亡。

〔2〕"腾蛇"二句：是说腾蛇即使能乘雾升天，但终究也不免死亡，化为土灰。腾蛇：传说中一种能够腾云驾雾的蛇。土灰：指死亡。

〔3〕"老骥"二句：是说老了的千里马，即使伏在马槽上吃草，其志向仍然是日行千里。骥：一日能行千里的良马。枥：马槽，关马的地方。

〔4〕"烈士"二句：是说刚烈之士即便到了晚年，其雄壮之心也不会消亡。烈士：这里指刚正的、重义轻生的或积极建功立业的人士。不已：不止，这里指不消沉。

〔5〕"盈缩"二句：是说人的寿命长短的期限，不只是由天来决定的。盈缩：寿夭，指人寿命的长短。

〔6〕"养怡"二句：是说身心修养得法，也可以享受到长寿之福。养怡：保养身体，使身心健康。永年：长寿。

汉末建安时期是个社会动乱、民不聊生的时代。这首诗没有像《古诗十九首》的诗人们那样由此形成及时行乐的消极人生态度，而是以高亢的歌声，抒发了自己老而弥坚、不信天命、奋斗不息的壮志豪情，表达了对建功立业理想的执着追求。毛泽东在《浪淘沙·北戴河》词中说的"往事越千年，魏武挥鞭，东临碣石有遗篇"，正是对曹操诗中这种积极进取精神的赞美和宣扬。此诗气势雄浑，熔说理、抒情于一炉，具有较强的艺术感染力。

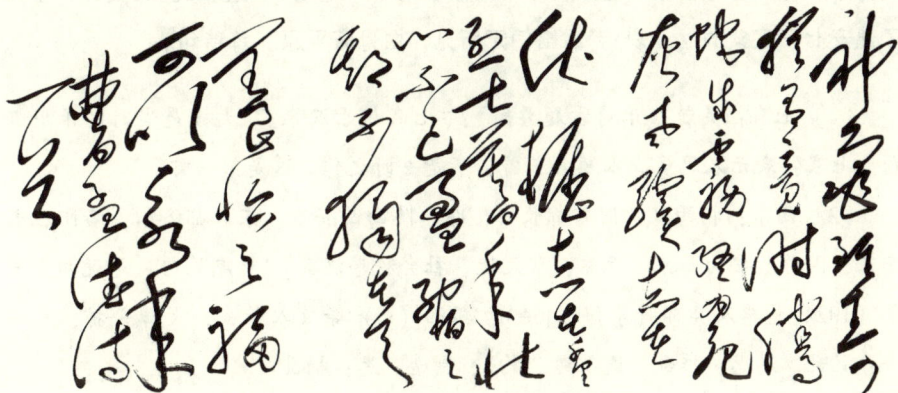

毛泽东手书曹操《步出夏门行·龟虽寿》

【王　粲】

王粲（177—217），字仲宣，山阳高平（今山东济宁邹城西南）人，曾祖父与祖父均为汉室三公。少有才，博闻强记，获著名学者蔡邕赏识。初平三年（192），因董卓之乱，乃往荆州依祖父王畅的门生刘表。建安十三年（208），归附曹操，深得曹氏父子信赖。从军东征西讨，官至丞相掾、侍中，世称王侍中。诗赋俱擅，反映当时军阀祸国，人民苦难，对人民深切同情，情调悲凉，是"建安七子"中文学成就最高的诗人。有《王侍中集》。

七哀诗三首（其一）[1]

西京乱无象，豺虎方遘患[2]。复弃中国去，委身适荆蛮[3]。亲

115

戚对我悲，朋友相追攀^[4]。出门无所见，白骨蔽平原^[5]。路有饥妇人，抱子弃草间。顾闻号泣声，挥涕独不还^[6]。未知身死处，何能两相完^[7]？驱马弃之去，不忍听此言^[8]。南登霸陵岸，回首望长安^[9]。悟彼《下泉》人，喟然伤心肝^[10]。

毛泽东曾圈读这首诗。1957年11月，毛泽东访问苏联期间，有一次，他将胡乔木、郭沫若等请来一道用餐。毛泽东在与郭沫若等人纵谈三国历史时，引用了建安七子王粲的《七哀诗》"出门无所见，白骨蔽平原"等诗句。

〔1〕七哀：吴兢《乐府古题要解》："七哀起于汉末。"大概是当时的乐府新题。七哀：表示哀思多。本题共三首，不是一时之作。这是第一首。

〔2〕西京：指西汉帝国首都长安，即今陕西西安市。东汉都洛阳，洛阳在长安东，因称长安为西京。无象：犹无道，社会秩序混乱。"豺虎"句：是说初平三年（192）董卓及其部将李傕（jué）、郭汜（sì）等攻入长安，大肆杀掠，长安一片混乱。遘患：作乱。遘：通"构"，制造。患：祸乱。

〔3〕复弃：王粲原来居于洛阳，因董卓之乱迁居长安。此时又离开长安逃往荆州，故云"复弃"。中国：指当时黄河流域的中原。委身：托身。委：托付。适：往。荆蛮：指荆州。荆州在中原之南，周代以来称这里的人为荆蛮。蛮：周代中原人对南方少数民族的蔑称，这里沿用旧称。

〔4〕追攀：追攀车辕，表示依恋不舍。这两句说，（在我出行时）亲戚们都十分悲痛，朋友们追着拉着，依依不舍。

〔5〕蔽：遮盖。这两句说，军阀连年内战，由于杀戮和饥饿而造成人民死亡众多的惨相。

〔6〕顾：回头看。挥涕：以手抹泪。独不还：不肯回转身去。以上两句谓母亲将孩子抛弃了，回头听到孩子的哭泣，忍不住泪如雨下，回过头来终于流着眼泪走了。涕：眼泪。

〔7〕"未知"二句：系饥妇人的自语。是说，自己还不知死在什么地方，母子两人怎么能够两相保全？两相完：指母子两个人都保全。

〔8〕"驱马"二句：是说作者听见这番话，不忍再听下去，只好催马走开。

116

〔9〕霸陵：地名，汉文帝刘恒陵墓所在地，在长安东南。岸：高地。

〔10〕悟：领悟。《下泉》人：创作《下泉》诗的人。这句是说，站在本朝贤君文帝的陵墓旁，遥望祸乱未止的长安，悲悯饱经苦难的人民，惊惧身不由己的自家，终于对那位敏感的诗人为什么会写出《下泉》这样的诗，有了更深的体会。喟然：叹息的样子。

东汉初平三年（192），董卓部将李傕、郭汜等在长安作乱。这首诗是王粲离开长安往荆州避乱时所作。诗以白描手法，揭露了军阀混战给人民带来的沉重灾难。开头两句语含愤慨，揭示人民遭受灾难的来由。在此背景下，诗人叙述自己被迫远去荆州时，亲朋们悲痛追攀的情景，极力营造动乱时代里亲友间惜别时的悲凉气氛。"出门无所见，白骨蔽平原"两句，与曹操《蒿里行》中"白骨露于野，千里无鸡鸣"，同为汉末军阀大混战时代惨绝人寰的艺术化描写，触目惊心，催人泪下。妇人弃子的惨景，更使诗人耳不忍闻，目不忍睹。结尾四句，慨叹当时朝政衰败，与篇首呼应，强烈地申述了对所处时代的哀思。此诗境界开阔，意象生动，语言通俗，音节响亮，为后世广为传诵。

【蔡 琰】

蔡琰（177？—239？），字文姬，陈留圉（今河南开封）人。东汉大文学家蔡邕的女儿。16岁嫁河东卫仲道，仲道死，无子，回娘家居住。后匈奴入侵，流落匈奴十二年，嫁匈奴左贤王，生二子。建安十二年（207），曹操惜蔡邕无嗣，遣使者以重金将蔡琰赎回，再嫁陈留人董祀。其博学才辩，精通音律，擅长文学、音乐、书法。现存五言和骚体《悲愤诗》各一首，《胡笳十八拍》一篇。

悲愤诗[1]

汉季失权柄，董卓乱天常[2]。志欲图篡弑，先害诸贤良[3]。逼迫迁旧邦，拥主以自强[4]。海内兴义师，欲共讨不祥[5]。卓众来东下，金甲耀日光[6]。平土人脆弱，来兵皆胡羌[7]。猎野围城邑，所

117

向恶破亡[8]。斩截无孑遗，尸骸相撑拒[9]。马边悬男头，马后载妇女[10]。长驱西入关，迥路险且阻[11]。还顾邈冥冥，肝脾为烂腐[12]。所略有万计，不得令屯聚[13]。或有骨肉俱，欲言不敢语[14]。失意几微间，辄言"弊降虏"[15]。要当以亭刃，我曹不活汝"[16]。岂复惜性命，不堪其詈骂[17]。或便加棰杖，毒痛参并下[18]。旦则号泣行，夜则悲吟坐。欲死不能得，欲生无一可。彼苍者何辜，乃遭此厄祸[19]？

毛泽东曾圈读此诗。在阅读《古诗源》时，他在这首诗的标题前画着大圈套小圈，标题后连画三个小圈。在"竭心自勖厉……怀忧终年岁"五句诗旁都画了圈。天头上也画着一个大圈套小圈的标记，推荐给别人阅读。对诗末的编者评语："……激昂酸楚，读去如惊蓬坐振，砂砾自飞，在东汉人中，力量最大。……由情真，亦由情深也。"毛泽东似有同感，在每句旁，都画着曲线。

〔1〕据《后汉书·董祀妻传》，这首诗是蔡琰归汉之后的追怀悲愤之作。

〔2〕权柄：皇帝的统治权力。董卓：字仲颖，汉末军阀，陇西临洮（今甘肃岷县）人。灵帝时，任并州牧，利用外戚、朝官与宦官的矛盾带兵入洛阳，控制政权，废少帝，立献帝，大杀忠良，焚掠京城，酿成东汉末年长期混乱的局面。后被王允、吕布所杀。乱天常：犹言违背天理。天常：指君臣父子等封建秩序。

〔3〕图篡弑：图谋杀君夺位。董卓于189年以并州牧应袁绍召入都，废汉少帝为弘农王，次年杀之。诸贤良：指被董卓杀害的丁原、周珌、任琼等忠臣，他们反对董卓专权。

〔4〕旧邦：指旧都长安。长安是西汉都城，所以称旧都。190年董卓焚烧洛阳，强迫君臣百姓西迁长安。拥主：挟持皇帝。

〔5〕兴义师：指初平元年（190）关东州郡皆起兵讨董卓，推袁绍为盟主。不祥：不善，犹言恶人，这里指董卓。

〔6〕卓众：指董卓的部众。东下：指初平三年（192）董卓部将李傕、郭汜出兵关东，劫掠陈留、颍川诸县。蔡琰约于此时为李傕部所掳。金甲：铠甲。

〔7〕平土：平原，指陈留、颍川一带平原地区。胡羌：指董卓军中的羌胡。

胡：古代汉族对北方少数民族的通称。羌：东汉时居住在甘肃东部一带的少数民族。董卓所部多羌、氐族人。李催军中杂有羌胡人。

〔8〕猎野：在郊野打猎，这里指打仗。所向：所到之处。

〔9〕斩截：屠杀。无孑遗：一个也不剩。孑：单个，独。遗：留。骸：骨。相撑拒：互相支撑住。这句形容尸体互相杂乱地堆积在地上的样子。

〔10〕"马边"二句：写董卓军队的暴行。

〔11〕西入关：指李、郭军队大掠后又西入函谷关返回汉中。函谷关为古代陕西、河南交界处的重要隘口，在今河南灵宝市东北。迥路：遥远的路途。阻：艰难。

〔12〕邈冥冥：邈远迷茫的样子。"肝脾"句：是说悲痛催人泪下，肝脾为之腐烂。

〔13〕略：同"掠"，侵夺。屯聚：聚集。这两句说，被掳掠来的人成千上万，却不许他们聚集在一起。

〔14〕骨肉：指父母兄弟等至亲。俱：同在一起。这两句说，有的骨肉至亲一起被掳掠来，但他们想说什么也不敢说。

〔15〕失意：不合押解者心意。几微：细微，极细小。辄言：动不动就说。毙降虏：杀掉你们这些降虏。

〔16〕要当：应当，应该。亭刃：犹言挨刀，亭：通"停"。我曹：我辈，我们，掠杀者自称。不活汝：不让你活。

〔17〕堪：忍受。詈骂：责骂。

〔18〕棰：以杖击。毒：心里的恨。痛：皮肉之苦。参并下：交相同时并至。

〔19〕彼苍者：指天。辜：罪孽。乃：竟。厄：灾难。这句是呼天而问，问这些被虏者犯了什么罪。

以上是第一段，叙述自己被掳入关和在路上的悲痛遭遇。

边荒与华异，人俗少义理[1]。处所多霜雪，胡风春夏起。翩翩吹我衣，肃肃入我耳[2]。感时念父母，哀叹无终已[3]。有客从外来，闻之常欢喜[4]。迎问其消息，辄复非乡里[5]。邂逅徼时愿，骨肉来

119

迎己^[6]。已得自解免，当复弃儿子^[7]。天属缀人心，念别无会期^[8]。存亡永乖隔，不忍与之辞^[9]。儿前抱我颈，问母"欲何之^[10]。人言母当去，岂复有还时？阿母常仁恻，今何更不慈^[11]？我尚未成人，奈何不顾思^[12]？"见此崩五内，恍惚生狂痴^[13]。号泣手抚摩，当发复回疑^[14]。兼有同时辈，相送告离别^[15]。慕我独得归，哀叫声摧裂^[16]。马为立踟蹰，车为不转辙^[17]。观者皆歔欷，行路亦呜咽^[18]。

〔1〕边荒：边远荒凉之地，指蔡琰流落的南匈奴，其地在河东平阳（今山西临汾附近）。华：指中原汉族聚居之地。义理：中原汉族人民所奉行的道理。

〔2〕胡风：朔风。翩翩：衣服被风吹而飘动的样子。肃肃：形容风声。

〔3〕感时：犹言感于时序变换。时：时序。

〔4〕客：指从南方来的人。外：这里指汉朝中原地区，对南匈奴而言是"外"。

〔5〕迎问：迎上前去打听。消息：指家乡消息。乡里：同乡。

〔6〕邂逅：不期而遇，意外地遇到。傥时愿：侥幸实现了平日的愿望。骨肉：本指至亲，这里指曹操派往赎她回去的使者。曹操遣使假托亲属名义赎蔡琰。

〔7〕解免：解脱免除，指摆脱在南匈奴的屈辱境遇。当复：又将要。弃：丢下。儿子：指在南匈奴所生的儿子。

〔8〕天属：有血缘关系的直系亲属，如父母、子女、兄弟、姐妹。缀：联系。念：考虑，想到。

〔9〕乖隔：分割，背。

〔10〕何之：到哪里去。之：往。

〔11〕仁恻：仁慈。恻：恳切。更：变。

〔12〕顾思：顾惜思念。这两句说，我还是一个未成年的小孩，你又怎么舍得离开我啊！

〔13〕崩五内：言内心极端痛苦，好像肝胆俱裂。五内：五脏。恍惚：神志不清的样子。生狂痴：发狂发痴。

〔14〕当发：正当出发的时候。复回疑：又迟疑不决。

〔15〕同时辈：指一同被掳而流落在南匈奴的人。

〔16〕摧裂：形容悲痛催人泪下，裂人肺腑。

〔17〕踟蹰：徘徊不前。辙：车迹。此指车轮。

〔18〕歔欷：悲泣抽噎。行路：指过路的人。呜咽：低声哭泣。

以上是第二段，叙述在胡地的生活和被赎时的悲喜交集以及与儿子分别时的痛苦心情。

去去割情恋，遄征日遐迈〔1〕。悠悠三千里，何时复交会。念我出腹子，胸臆为摧败〔2〕。既至家人尽，又复无中外〔3〕。城郭为山林，庭宇生荆艾〔4〕。白骨不知谁，纵横莫覆盖〔5〕。出门无人声，豺狼号且吠。茕茕对孤景，怛咤糜肝肺〔6〕。登高远眺望，魂神忽飞逝〔7〕。奄若寿命尽，旁人相宽大〔8〕。为复强视息，虽生何聊赖〔9〕？托命于新人，竭心自勖厉〔10〕。流离成鄙贱，常恐复捐废〔11〕。人生几何时，怀忧终年岁〔12〕！

〔1〕去去：越走越远。情恋：指上文母子眷恋不舍之情。遄（chuán）征：疾行。日遐迈：一天天走远了。

〔2〕出腹子：犹亲生子。胸臆：心胸，胸怀。摧败：摧坏，指心里极为难过。

〔3〕至：指回到故乡。家人：家中亲人。中外：中表之亲。中：指舅父的子女，为内兄弟。外：指姑母的子女，为外兄弟。以上二句说，到家后才知道家属已死尽，又无中表近亲。

〔4〕庭宇：庭院之中或屋檐之下。荆艾：荆棘、艾蒿，这里泛指杂草。

〔5〕覆盖：这里指掩埋。

〔6〕茕茕：孤独的样子。景："影"的古字。怛咤：因悲痛而惊呼。糜：烂。

〔7〕飞逝：飞去。

〔8〕奄：气息微弱的样子。宽大：宽慰劝解。

〔9〕复：又。强：勉强。息：呼吸。这句说，又勉强活下去。何聊赖：即无聊赖，就是无依靠，无乐趣。

〔10〕托命：女子嫁人。新人：指作者重嫁的丈夫董祀。竭心：努力。勖（xù）厉：勉励。厉：通"励"。

〔11〕流离：指诗人流落南匈奴，嫁给左贤王。鄙贱：被人轻视的卑贱之人。捐废：抛弃，遗弃。这两句说，自己经过一番流离，成为被人轻视的女人，常常怕被新人抛弃。

〔12〕终年岁：犹言终身。这两句说，人的一生有多久呢？可是我将终身生活在忧伤之中了。

以上是第三段，叙述回家以后所看到的悲惨景象和作者自己"虽生何聊赖"的感触。

这首长达540字的杰出五言诗，自述经历，真实而生动地描绘了自己被掳匈奴的悲惨遭遇以及被掠人民的血和泪，真实反映了军阀混战、生灵涂炭、民不聊生的社会现实，堪称汉末社会大动乱和人民苦难生活的真实记录，具有典型的时代意义。全诗选材典型，如流亡途中的惨状，北地环境之苦，以及南归时刻别子之痛等富有特征性的情节，都写得酣畅淋漓，绘声绘色，具有感人心弦、催人泪下的艺术力量。诗人悲愤地喊道："彼苍者何辜，乃遭此厄祸！""人生几何时，怀忧终年岁！"这简直就是发自肺腑的血泪控诉！此诗按时间顺序叙述，但不平均用力，平铺直叙，而是选取几个关键性场面作重点描写。语言朴实，感情真挚。

胡笳十八拍[1]

我生之初尚无为，我生之后汉祚衰[2]。天不仁兮降乱离，地不仁兮使我逢此时[3]。干戈日寻兮道路危，民卒流亡兮共哀悲[4]。烟尘蔽野兮胡虏盛，志意乖兮节义亏[5]。对殊俗兮非我宜，遭恶辱兮当告谁[6]？笳一会兮琴一拍，心愤怨兮无人知[7]。

戎羯逼我兮为室家，将我行兮向天涯[8]。云山万重兮归路遐，疾风千里兮扬尘沙[9]。人多暴猛兮如虺蛇，控弦被甲兮为骄奢[10]。两拍张弦兮弦欲绝，志摧心折兮自悲嗟[11]。

越汉国兮入胡城，亡家失身兮不如无生[12]。毡裘为裳兮骨肉震惊，羯膻为味兮枉遏我情[13]。鞞鼓喧兮从夜达明，胡风浩浩兮暗塞营[14]。伤今感昔兮三拍成，衔悲畜恨兮何时平[15]。

无日无夜兮不思我乡土，禀气含生兮莫过我最苦[16]。天灾国乱兮人无主，唯我薄命兮没戎虏[17]。殊俗心异兮身难处，嗜欲不同兮谁可与语！寻思涉历兮多艰阻，四拍成兮益凄楚[18]。

雁南征兮欲寄边声，雁北归兮为得汉音[19]。雁飞高兮邈难寻，空断肠兮思愔愔[20]。攒眉向月兮抚雅琴，五拍泠泠兮意弥深[21]。

冰霜凛凛兮身苦寒，饥对肉酪兮不能餐[22]。夜闻陇水兮声呜咽，朝见长城兮路杳漫[23]。追思往日兮行李难，六拍悲来兮欲罢弹[24]。

日暮风悲兮边声四起，不知愁心兮说向谁是[25]！原野萧条兮烽戍万里，俗贱老弱兮少壮为美[26]。逐有水草兮安家葺垒，牛羊满野兮聚如蜂蚁[27]。草尽水竭兮羊马皆徙，七拍流恨兮恶居于此[28]。

为天有眼兮何不见我独漂流？为神有灵兮何事处我天南海北头[29]？我不负天兮天何配我殊匹？我不负神兮神何殛我越荒州[30]？制兹八拍兮拟排忧，何知曲成兮心转愁。

天无涯兮地无边，我心愁兮亦复然[31]。人生倏忽兮如白驹之过隙，然不得欢乐兮当我之盛年[32]。怨兮欲问天，天苍苍兮上无缘[33]。举头仰望兮空云烟，九拍怀情兮谁与传？

城头烽火不曾灭，疆场征战何时歇[34]？杀气朝朝冲塞门，胡风夜夜吹边月[35]。故乡隔兮音尘绝，哭无声兮气将咽。一生辛苦兮缘别离，十拍悲深兮泪成血[36]。

我非贪生而恶死，不能捐身兮心有以[37]。生仍冀得兮归桑梓，死当埋骨兮长已矣[38]。日居月诸兮在戎垒，胡人宠我兮有二子[39]。鞠之育之兮不羞耻，愍之念之兮生长边鄙[40]。十有一拍兮因兹起，哀响缠绵兮彻心髓[41]。

东风应律兮暖气多，知是汉家天子兮布阳和[42]。羌胡蹈舞兮共讴歌，两国交欢兮罢兵戈[43]。忽遇汉使兮称近诏[44]，遗千金兮赎妾身。喜得生还兮逢圣君，嗟别稚子兮会无因[45]。十有二拍兮哀乐均，去住两情兮难具陈[46]。

不谓残生兮却得旋归，抚抱胡儿兮泣下沾衣[47]。汉使迎我兮四牡骓骓，胡儿号兮谁得知[48]？与我生死兮逢此时，愁为子兮日无光辉，焉得羽翼兮将汝归[49]。一步一远兮足难移，魂消影绝兮恩爱遗[50]。十有三拍兮弦急调悲，肝肠搅刺兮人莫我知[51]。

身归国兮儿莫之随，心悬悬兮长如饥[52]。四时万物兮有盛衰，唯我愁苦兮不暂移。山高地阔兮见汝无期，更深夜阑兮梦汝来斯[53]。梦中执手兮一喜一悲，觉后痛吾心兮无休歇时。十有四拍兮涕泪交垂，河水东流兮心是思。

十五拍兮节调促，气填胸兮谁识曲？处穹庐兮偶殊俗[54]。愿得归来兮天从欲，再还汉国兮欢心足。心有怀兮愁转深，日月无私兮曾不照临[55]。子母分离兮意难任，同天隔越兮如商参，生死不相知兮何处寻[56]。

十六拍兮思茫茫，我与儿兮各一方。日东月西兮徒相望，不得相随兮空断肠。对萱草兮忧不忘，弹鸣琴兮情何伤[57]！今别子兮归故乡，旧怨平兮新怨长。泣血仰头兮诉苍苍，胡为生我兮独罹此殃[58]！

十七拍兮心鼻酸，关山阻修兮行路难[59]。去时怀土兮心无绪，来时别儿兮思漫漫[60]。塞上黄蒿兮枝枯叶干，沙场白骨兮刀痕箭瘢。风霜凛凛兮春夏寒，人马饥豗兮筋力单[61]。岂知重得兮入长安，叹息欲绝兮泪阑干^[62]。

胡笳本自出胡中，缘琴翻出音律同^[63]。十八拍兮曲虽终，响有余兮思无穷。是知丝竹微妙兮均造化之功，哀乐各随人心兮有变则通^[64]。胡与汉兮异域殊风，天与地隔兮子西母东^[65]。苦我怨气兮浩于长空，六合虽广兮受之应不容^[66]。

毛泽东曾圈读这首诗。

〔1〕这首诗见于宋代郭茂倩编的《乐府诗集》和朱熹的《楚辞后语》。胡笳：一种吹奏乐器，产自匈奴，这里指胡笳曲。十八拍：十八节。

〔2〕无为：社会安定，太平无事。汉祚：汉朝的国运，指桓帝、灵帝时宦官专权，宦官外戚之争等。祚：福，引申为命运。

〔3〕乱离：指董卓之乱开始的汉朝政权崩溃、军阀混战，以及由此造成的人民流离等事。

〔4〕干戈：指战乱。寻：延续，接连不断。卒："猝"的古字，仓促。这两句说，每天都在打仗，道路极其危险，百姓逃难，慌乱悲伤。

〔5〕胡虏：对匈奴士兵的蔑称。志意乖：指与自己的意志相违背。乖：违背。节义亏：指自己被匈奴人掳去做妻子。

〔6〕殊俗：不同的风俗习惯。

〔7〕一会：一翻，一段。一拍：义同一会。这句说，一段琴曲正好是相应的一段胡笳曲，指蔡琰用琴来演奏胡笳曲而言。

〔8〕戎羯：当时游牧于西北边地的少数民族，这里代指匈奴人。室家：古代用以指妻妾。将：挟持。这两句说，匈奴人逼我做他的妻室，把我远远地带到了天边。

〔9〕遐：遥远。

〔10〕虺（huǐ）蛇：一种毒蛇。控弦：拉弓。控：拉。被甲：身披铠甲。被：通"披"。骄奢：骄傲蛮横。这两句说，这些匈奴人都很暴猛，每天以披甲射箭互相争能。

〔11〕张弦：上弦，这里指弹奏。绝：断。

125

〔12〕越：越过，这里指离开。

〔13〕毡：羊毛或其他动物毛制成的片状材料。裘：皮衣，这里指毛皮。骨肉震惊：指对异族的衣饰感到厌恶可怕。羯膻：指带有膻气的羊肉、羊奶之类。羯：阉割的羊。枉遏：委屈，不顺。这两句说，面对异族的服装，内心感到厌恶；面对异族的食物，也感到与自己的习性相违。

〔14〕鞞鼓：古代军中的一种小鼓。暗：迷漫，笼罩。塞营：边塞上的营垒，这里指匈奴人所住的帐篷。

〔15〕衔：含。畜：义同"含"。

〔16〕禀气含生：泛指人类，古人认为人都是承受天地之气的生物。王充《论衡·骨相篇》："禀气于天，立行于地。"含生：具有生命的生物。

〔17〕无主：无依靠。

〔18〕"寻思"句：是说追想自己的经历，那是多么艰难啊。涉历：经历。

〔19〕边声：边人怀乡之心。汉音：来自汉朝（故国家乡）的音讯。

〔20〕邈：远。愔愔（yīn）：静默沉思的样子。以上四句说，看到雁往南飞，就想拜托雁行把自己的怀乡之情带给故乡；看到雁行南来，就想得到故乡的消息，可是，雁行高渺，难以追寻，空使自己伤心肠断。

〔21〕攒眉：皱眉。攒：聚集。泠泠（líng）：形容凄凉而清脆的声音。

〔22〕酪：乳类制品。

〔23〕陇水：陇山上流下来的水。化用北朝乐府《陇头歌辞》"陇头流水，鸣声呜咽。遥望秦川，肝肠断绝"句意。陇山在今陕西陇县西北。杳漫：荒远迷茫的样子。

〔24〕往日：指当初被掳来时沿途经受的苦楚。行李：行程。

〔25〕边声：通常指边境上的马嘶声与号角声，也包括边野上的风声。

〔26〕烽戍：烽火台与戍卒的营垒。"俗贱"句：《史记·匈奴列传》："自君王以下皆食畜肉，衣其皮革，被毡裘，壮者食肥美，老者食其余，贵壮健，贱老弱。"历史上历来轻视少数民族，有不少带有侮辱性的不实记载。

〔27〕逐：随着。葺垒：搭帐篷，修营垒。

〔28〕流恨：抒发怨恨之情。恶居于此：为何让我生活在这样的地方？恶：为什么。

〔29〕为：通"谓"，说。何事：为何。

〔30〕负：亏欠，对不起。配我殊匹：把我配给不同民族的人为妻。殊匹：不同类。殛（jí）：诛杀。这里是惩罚的意思。越：流离，流落。

〔31〕亦复然：也是如此。指愁也无边。

〔32〕倏忽：一闪即逝的样子。白驹过隙：《庄子·知北游》："人生天地间，若白驹之过隙，忽然而已。"比喻光阴迅速。隙：指墙缝。这句极言人生的短暂。

〔33〕上无缘：无法上。缘：因，办法。

〔34〕城：指长城。烽火：指烽火台上燃烧的报军警的烟火。

〔35〕塞门：边塞上的城关，这里指长城的关口。

〔36〕辛苦：辛酸痛苦。

〔37〕捐身：指自杀。有以：有原因。

〔38〕冀：希望。桑梓：指故乡，家园。这句说，我这样苟且地求活，是希望将来返回故乡。"死当"句：是"翼归桑梓"句的陪衬，即"不能捐身"的原因。

〔39〕日居月诸：呼告之词。《诗经·邶风·日月》："日居月诸，照临下土。"这里稍变其意，是日日月月、常年如此的意思。居、诸：语助词。戎垒：犹言胡营。

〔40〕鞠、育：养育。《诗经·小雅·蓼莪》："父兮生我，母兮鞠我，拊我畜我，长我育我。"毛传："鞠，养。"愍：可怜，怜悯。边鄙：泛指边远之地。鄙：边邑。

〔41〕心髓：即心肝骨髓。

〔42〕应律：古代把黄钟、太簇、姑洗、蕤宾、夷则、无射六个定音管称作阳律，把大吕、夹钟、中吕、林钟、南吕、应钟六个定音管称作阴律，合称为十二律。古人认为正月律中太簇，那么春天的节候一到，其相应的律管太簇就要飞灰，这就是所谓"应律"。阳和：春天的温暖之气，这里比喻皇帝的恩泽。

〔43〕罢兵戈：停止战争。

〔44〕近诏：皇帝新近下达的诏令。

〔45〕"遣千金"句：《后汉书·列女传》：蔡琰"在胡中十二年，生二子。曹操素与邕善，痛其无嗣，乃遣使者以金璧赎之，而重嫁董祀"。

〔46〕哀乐均：别子之悲哀与归国之欢乐相等。

〔47〕不谓：没有料到。旋归：回归。

〔48〕四牡：四匹公马拉的车子。牡：雄兽，这里指公马，壮健的马。騑騑：奔行不止的样子。

〔49〕生死：即生离死别。愁为子：为别子而愁。日无光辉：指天地也为她们的母子之别而动容。焉得：哪得。将：挟持，携带。

〔50〕魂消影绝：指人分开，互相看不见了。恩爱遗：情意仍然存在。遗：遗留。

〔51〕搅刺：同"绞庚""绞纽"，是说肝肠如同绞纽一般的疼痛。

〔52〕莫之随：不能跟着他去。

〔53〕阑：尽，指夜深。斯：语气词。

〔54〕穹庐：游牧民族所住的毡帐、蒙古包。偶殊俗：与不同风俗习惯的人结为夫妇。偶：配偶。

〔55〕"日月"句：是说日月本来是无私的，是普照一切的，但却偏偏不照耀我。《礼记·孔子闲居》："天无私覆，地无私载，日月无私照。"这里反用其义。

〔56〕意：指离别之痛。难任：难当，难以承受。同天：同在一个天空之下。商参：二星名，参星居于西方，商星在东方，出没两不相见，故通常以参商来比喻人不能相遇。

〔57〕萱草：亦名忘忧草。古代在母亲居住的北堂种萱草。这句说，面对着忘忧草，却仍然不能忘掉忧伤。

〔58〕诉苍苍：对着苍天泣诉。胡为：为何。罹：遭遇。

〔59〕阻修：指路途遥远而难行。阻：险。修：长。

〔60〕去时：指被掳去的时候。怀土：怀念故乡。无绪：指心情烦乱。

〔61〕瘝：同"痯"，病。单：同"殚"，尽。

〔62〕长安：西汉故都，蔡文姬归途中所经过的地方。泪阑干：形容眼泪纵横的样子。

〔63〕缘琴翻出：用琴演奏胡笳曲。

〔64〕是知：因此知道。丝竹：泛指乐器。丝：指琴瑟等弹拨乐器。竹：指笙箫等吹管乐器。均：相等。造化：造物者，古代通常指所谓的"上天""上

帝"。有变则通：心里有什么活动就能通过音乐表现出来。

〔65〕异域殊风：地区不同，风俗各异。

〔66〕浩：用如动词，充塞，充满。六合：上、下、东、西、南、北。泛指天地之间。

这首诗描写作者身遭离乱，流落匈奴，后被曹操赎回的全过程，反映了东汉末年社会动乱和人民遭受的深重灾难。第一拍叙述胡虏强盛、烽火遍野、民卒流亡的"乱离"背景。在兵荒马乱之中，诗人被胡骑掳掠西去。第二拍至第十一拍主要叙述诗人在塞外的生活情景和浓郁的思乡之情。她秋日翘首蓝天，期待南飞的大雁能为之捎去塞外的心声，春天仰望云空，企盼北归的大雁能够带来故土亲人的音讯。直到12年后，自己终于凤愿得偿，返回朝思暮想的故国家乡。从第十三拍起，转入临行时不忍与两个年幼儿子离别凄惨场景的描写，表达了返回故乡之喜悦与骨肉分离之伤痛的复杂矛盾心情，出语哽噎，哀怨感人。郭沫若称此诗："是继《离骚》以来最值得欣赏的一部长篇叙事诗。"

【诸葛亮】

诸葛亮（181—234），字孔明，号卧龙，也作伏龙，徐州琅琊阳都（今山东临沂市沂南县）人。三国时蜀汉丞相，杰出的政治家、军事家、散文家、书法家、发明家。在世时被封为武乡侯，死后追谥忠武侯。其散文代表作有《出师表》《诫子书》等。有《诸葛亮集》。

梁甫吟[1]

步出齐城门，遥望荡阴里[2]。里中有三坟，累累正相似[3]。问是谁家墓，田疆古冶子[4]。力能排南山，文能绝地纪[5]。一朝被谗言，二桃杀三士[6]。谁能为此谋？国相齐晏子[7]。

毛泽东曾圈读这首诗。

129

〔1〕这首诗见于《乐府诗集·相和歌》，属楚调曲。梁甫，一作梁父，山名，在今山东新泰市西部徂徕山东麓，为死人聚葬之处。这首诗是古代民间的葬歌，音调悲切凄苦。

〔2〕齐城：指战国时齐国都城临淄（今山东淄博市东北）。荡阴里：地名，在临淄东南，这里有壮士坟冢。

〔3〕累累：即"垒垒"，坟墓堆积起伏的样子。正相似：三坟形状大致相同。

〔4〕田疆、古冶子：皆为春秋时齐国人。田疆，即田开疆。

〔5〕排：推倒。南山：指齐国境内的牛山，位于齐都之南，故名齐南山。"文能"句：指三勇士兼有文才。绝：尽，毕。地纪：与天纲并称，指天地间事物的大道理。《庄子·说剑》："此剑上决浮云，下绝地纪。"

〔6〕"一朝"二句：《晏子春秋·谏下篇》载，公孙接、田开疆和古冶子三人，事齐景公，以勇力闻于世。但是晏婴因这三人"上无君臣之义，下无长率之伦，内不以禁暴，外不可威敌，此危国之器也"，从而劝景公设计除掉他们。景公同意了他的意见，因将二桃赠给三士，让他们计功食桃。公孙接自报有搏杀乳虎的功劳，田开疆自报曾两次力战却敌，于是各取了一桃。最后古冶子说："当年我跟随君上渡黄河，战车的骖马被大鼋鱼衔入砥柱中流，我年少又不会游水，却潜行逆流百步，顺流九里，杀死了大鼋鱼。当我左手拉着马，右手提着鼋头跳出水面的时候，岸上的人们都误认为是河伯。我可以说最有资格吃桃子，二位何不还回桃子？"公孙接、田开疆二人听后皆羞愧自刎而死。古冶子见此，凄然地说："二友皆死，而我独生，不仁；盛夸己功，羞死二友，不义；所行不仁又不义，不死则不算勇士。"最后，他也自刎而死。一朝：一旦。

〔7〕国相：指晏子所居的官职。晏子：名婴，齐国贤相，历灵公、庄公、景公三朝。不过"二桃杀三士"这件事，手段未免阴险毒辣，因而遭到谴责。

这首诗借"二桃杀三士"的历史故事，对忠臣遭害的悲剧表达了强烈的不平。首句点出故事发生的地点：齐国的"荡阴里"。二、三两句由眼前所见的坟冢，联想到墓中所葬之人。所谓"田疆古冶子"实际是指"力能排南山，文能绝地纪"的公孙接、田开疆、古冶子三人，即此诗吟咏的对象。结尾"谁能为此谋？国相齐晏子"两句，既表达了作者对晏婴过人智谋的由衷赞叹，又含蓄地表达了一代英杰误中"阴谋",身死而不自知的怜惜之情。此诗运用典故和设问等手法,增强了诗歌的感染力。

【曹 植】

曹植(192—232),字子建,沛国谯(今安徽亳州)人,曹操第四子,魏文帝曹丕同母弟。建安文学的代表人物。曾封为陈王,谥号"思",世称"陈思王"。能诗善文,才思敏捷,甚得曹操喜爱,曾几次想立其为太子,终因任性而行失宠。前期创作主要抒写政治抱负,后期主要揭露当权者对自己的残酷迫害。构思缜密,感情深沉热烈,善用比兴手法,词采华茂,婉转动人。重视练字和声律,对五言诗的发展起过重要推动作用。现存诗八十余首,辞赋、散文四十余篇。有《曹子建集》。

箜篌引 [1]

置酒高殿上,亲友从我游 [2]。中厨办丰膳,烹羊宰肥牛 [3]。秦筝何慷慨,齐瑟和且柔 [4]。阳阿奏奇舞,京洛出名讴 [5]。乐饮过三爵,缓带倾庶羞 [6]。主称千金寿,宾奉万年酬 [7]。久要不可忘,薄终义所尤 [8]。谦谦君子德,磬折欲何求 [9]?惊风飘白日,光景驰西流 [10]。盛时不可再,百年忽我遒 [11]。生存华屋处,零落归山丘。先民谁不死,知命复何忧 [12]?

毛泽东曾圈读这首诗。

[1]《箜篌引》属乐府《相和歌辞·瑟调曲》。箜篌引:乐曲的一种体裁,有序奏的意思。

[2] 亲友:亲近的友人。

[3] 中厨:王室内厨房。

[4] 秦筝:筝是弦乐器。古筝五弦,形如筑。秦人蒙恬改为十二弦,变形如瑟。唐以后又改为十三弦。齐瑟:瑟也是弦乐器,有五十弦、二十五弦、二十三

弦、十九弦几种。在齐国都城临淄这种乐器很普遍。

〔5〕阳阿：县名，在今山西晋城市西北。京洛：指东汉都城洛阳。名讴：著名歌曲。

〔6〕爵：酒杯。缓带：解带（脱去礼服换上便服）。庶羞：各种美味。羞："馐"的古字，美味的食品。

〔7〕称：举。千金寿：典出《史记·鲁仲连邹阳列传》，平原君曾以千金为替赵国退却秦军的鲁仲连祝寿。寿：以金帛赠人表示敬意。奉：献。

〔8〕久要：多年前的约定。尤：非，过失。这两句是说交友的正道，也是立身处世的正道。

〔9〕磬折：敲击磬时弯腰鞠躬的样子，表示恭敬。磬：一种石制弧形乐器，中间弯曲，悬挂着敲打。何求：犹言无所求。

〔10〕惊风：疾风。光景：时光。

〔11〕盛时：盛壮之时。百年：指人一生将尽之年。道：迫近。

〔12〕先民：过去的人。知命：想通了生死的道理。命：指人皆有死。

这首游宴诗写于建安十六年至二十一年（211—216）之间。此时曹植满怀憧憬，很想做出一番事业。诗用较多的笔墨描绘在高殿上设宴款待亲友的盛况，美酒丰膳、觥筹交错、轻歌曼舞、主客甚欢，表现出作者希望与亲友们忧患相济，共同建功立业的美好心愿。接着笔锋一转，发出"盛时不可再，百年忽我遒"、年华易逝、壮志难酬的喟叹，反映出建安时期士大夫阶层特有的人生短促的社会心理。而"谦谦君子德，磬折欲何求""先民谁不死，知命复何忧"两个意蕴含蓄的设问句，寓答于问，却大有意在言外之妙，表达了作者对于人生意义、生死大关的思考与知命无忧的态度。此诗前半部分叙述，后半部分议论，叙议结合，章旨鲜明。

白马篇[1]

白马饰金羁，连翩西北驰[2]。借问谁家子，幽并游侠儿[3]。少小去乡邑，扬声沙漠垂[4]。宿昔秉良弓，楛矢何参差[5]。控弦破左的，右发摧月支[6]。仰手接飞猱，俯身散马蹄[7]。狡捷过猴猿，勇剽若豹螭[8]。边城多警急，虏骑数迁移[9]。羽檄从北来，厉马登高堤[10]。长驱蹈匈奴，左顾凌鲜卑[11]。弃身锋刃端，性命安可怀[12]？父母且不顾，何言子与妻[13]！名编壮士籍，不得中顾私[14]。捐躯赴国难，视死忽如归[15]！

毛泽东曾圈读这首诗。

〔1〕白马篇：以首句开头二字为题。此篇属乐府《杂曲歌辞》，又称《游侠篇》。

〔2〕"白马"二句：意谓白马套着金色的马络头，矫健地向西北方向奔驰。金羁：饰以黄金的马络头。连翩：翻飞不停的样子。

〔3〕"借问"二句：意谓请问这是谁家少年？原来是幽州、并州的游侠儿。借问：请问。幽并：幽州和并州，在今河北、山西、陕西诸省部分地区。游侠儿：重义轻生的青少年。

〔4〕"少小"二句：意谓少年时代就离开了家乡，在边疆的沙漠一带声名远扬。去：离开。乡邑：犹言家乡。垂：通"陲"，靠近边界的地方。

〔5〕"宿昔"二句：意谓他经常拿着上好的弓，用楛木做杆的箭用了何等之多。宿昔：向来，经常。也可解作昔时，过去。秉：持。楛（hù）矢：用楛木作杆的箭。

〔6〕"控弦"二句：意谓拉开弓射破了左边的目标，向右发箭射裂了叫"月支"的箭靶。控弦：拉弓。的：箭靶，目标。摧：射穿。月支：一种箭靶名，又名"素支"。

〔7〕"仰手"二句：意谓抬起手来迎面射中飞蹿而来的小猿，俯下身来射碎了叫马蹄的靶子。接：迎射飞驰而来的东西。猱（náo）：一种猿类动物，体矮小，攀缘树木，轻捷如飞。散：射碎。马蹄：一种箭靶名。

〔8〕"狡捷"二句：意谓灵巧敏捷胜过猿猴，勇猛轻疾如同豹螭。狡捷：灵巧敏捷。剽（piāo）：轻疾。螭（chī）：传说中一种没有角的龙。

〔9〕"边城"二句：意谓边城多紧急军情，外族的骑兵多次入侵。虏骑（jì）：外族的骑兵。虏：古人对外族的蔑称。数（shuò）：屡次，多次。

〔10〕"羽檄"二句：意谓告急的文书从北方传递过来，游侠儿催马登上高处准备御敌。羽檄（xí）：军事上用于征召的文书，遇有紧急情况则加插羽毛。厉马：策马，催马。

〔11〕"长驱"二句：意谓长驱直入践踏了匈奴的军营，回头又压服了入侵的鲜卑人。蹈：践踏。匈奴：古代民族名。顾：环视，看。凌：压制，压服。鲜卑：古代民族名。

〔12〕"弃身"二句：意谓在枪锋刀刃前舍弃身体，怎么会爱惜自己的性命？弃：舍去，抛弃。端：事物的一头。安：疑问副词，怎么。

〔13〕"父母"二句：意谓父母尚且不能顾及了，还说什么妻室与孩子！顾：顾念，顾及。何言：说什么。

〔14〕"名编"二句：意谓既然姓名编在壮士的名册上，自然不能顾念个人的利益。籍：簿籍，犹今言花名册。中顾私：心中顾念个人利益。

〔15〕"捐躯"二句：意谓慷慨捐躯，奔赴国难，视死如归。赴国难：为国难而奔赴战场。国难：国家的危难。忽：不在意。归：回家。

这首诗以精练的语言塑造了一位胸怀大志、武艺高强、捐躯赴难、视死如归的少年爱国英雄形象。前六句写游侠儿身骑白马纵横驰骋、急驰赴边的英姿，并补叙其"少小去乡邑，扬声沙漠垂"的来历与声望。接下来八句插叙游侠儿长期苦练而来的左右开弓、箭无虚发的高超武艺。再下面六句写游侠儿直冲敌阵、奋不顾身、英勇杀敌的风采。最后八句揭示游侠儿忠于祖国、舍弃家庭、捐躯赴国难的崇高精神境界。此诗表现了昂扬奋发的积极精神，表达了作者渴望建功立业的理想与抱负。诗句精练准确，一气呵成，塑造的人物形象栩栩如生，跃然纸上。末尾"捐躯赴国难，视死忽如归"两句诗，已成为千古传诵的名句。

赠白马王彪 (并序)〔1〕

黄初四年五月〔2〕，白马王、任城王与余俱朝京师、会节气〔3〕。到洛阳，任城王薨〔4〕。至七月，与白马王还国〔5〕。后有司以二王归藩，道路宜异宿止，意毒恨之〔6〕。盖以大别在数日，是用自剖〔7〕，与王辞焉，愤而成篇。

谒帝承明庐，逝将归旧疆[8]。清晨发皇邑，日夕过首阳[9]。伊洛广且深，欲济川无梁[10]。泛舟越洪涛，怨彼东路长[11]。顾瞻恋城阙，引领情内伤[12]。

太谷何寥廓，山树郁苍苍[13]。霖雨泥我涂，流潦浩纵横[14]。中逵绝无轨，改辙登高冈[15]。修坂造云日，我马玄以黄[16]。

玄黄犹能进，我思郁以纡[17]。郁纡将何念，亲爱在离居[18]。本图相与偕，中更不克俱[19]。鸱枭鸣衡轭，豺狼当路衢[20]。苍蝇间白黑，谗巧令亲疏[21]。欲还绝无蹊，揽辔止踟蹰[22]。

踟蹰亦何留？相思无终极。秋风发微凉，寒蝉鸣我侧。原野何萧条，白日忽西匿[23]。归鸟赴乔林，翩翩厉羽翼[24]。孤兽走索群，衔草不遑食[25]。感物伤我怀，抚心长太息[26]。

太息将何为，天命与我违。奈何念同生，一往形不归[27]。孤魂翔故域，灵柩寄京师[28]。存者忽复过，亡殁身自衰[29]。人生处一世，去若朝露晞[30]。年在桑榆间，影响不能追[31]。自顾非金石，咄唶令心悲[32]。

心悲动我神，弃置莫复陈[33]。丈夫志四海，万里犹比邻[34]。恩爱苟不亏，在远分日亲[35]。何必同衾帱，然后展殷勤[36]？忧思成疾疢，无乃儿女仁[37]。仓卒骨肉情，能不怀苦辛[38]？

苦辛何虑思，天命信可疑[39]。虚无求列仙，松子久吾欺[40]。变故在斯须，百年谁能持[41]？离别永无会，执手将何时？王其爱玉体，俱享黄发期[42]。收泪即长路，援笔从此辞[43]。

　　毛泽东曾圈读这首诗。其创作《五古·挽易昌陶》中"我怀郁如焚"句，仿此诗"我思郁以纡"句法。

　　〔1〕白马王：指曹彪。曹彪，字朱虎，曹植的异母弟。白马：地名，在今河南滑县东。

〔2〕黄初：魏文帝（曹丕）年号。黄初四年为223年。

〔3〕任城王：指曹彰，曹植的同母兄。任城：地名，在今山东济宁市。朝京师：到京师参加朝会。京师：指洛阳。会节气：魏有诸侯藩王朝节的制度，每年立春、立夏、立秋、立冬四个节气之前，各藩王都会聚京师参加迎气之礼，并举行朝会。

〔4〕薨（hōng）：古代诸侯王死称薨。据《世说新语·尤悔》记载，任城王是被曹丕毒死的。

〔5〕还国：这里指返回封地。国：封国，封地。

〔6〕有司：政府官吏，这里指监国使者灌均。监国使者是曹丕设以监察诸王、传达诏令的官吏。归藩：回封地。毒恨：痛恨。

〔7〕大别：永别。自剖：表明自己的心迹。

〔8〕谒帝：朝见皇帝。承明庐：汉长安宫殿名，这里泛指曹魏的宫殿。逝：发语词，无实义。旧疆：指鄄（juàn）城（今山东省菏泽市），时曹植为鄄城王。

〔9〕皇邑：皇都，指洛阳。日夕：天晚的时候。首阳：山名，位于洛阳东北。

〔10〕伊洛：二水名。伊：伊水，发源于河南栾川县，到偃师市入洛水；洛：洛水，源出陕西冢岭山，至河南巩义市入黄河。济：渡。川：河。梁：桥。

〔11〕东路：鄄城在洛阳之东，故称回鄄城的路为东路。

〔12〕顾瞻：回首眺望。城阙：指京城洛阳。引领：伸长脖子。

〔13〕太谷：山谷名，一说关名，在洛阳城东南五十里。寥廓：高远空阔的样子。

〔14〕霖雨：连续几日的大雨。泥：作动词，使道路泥泞。流潦：大雨积水。

〔15〕中逵：通衢大路。逵：四通八达的大道。轨：车道。改辙：改道。

〔16〕修坂：很长的山坡。修：长。坂：斜坡。造云日：形容其高。造：至。玄以黄：指马病。《诗经·周南·卷耳》："我马玄黄。"

〔17〕郁以纡（yū）：愁思郁结。郁：愁。纡：萦绕。

〔18〕亲爱：亲爱的人，指白马王。

〔19〕不克俱：不能在一起。克：能够。

〔20〕鸱枭（chī xiāo）：猫头鹰，古人认为这是不祥之鸟。衡轭（è）：车辕前的横木和扼马颈的曲木，代指车。豺狼：喻小人。衢：四通八达的道路。

〔21〕间：离间。谗巧：谗言巧语。

〔22〕蹊：道路。揽辔：拉住马缰。踟蹰：徘徊不前。

〔23〕西匿：夕阳西下。

〔24〕乔林：乔木林。乔：高大的树木。翩翩：飞动的样子。厉：振动。

〔25〕走索群：奔跑着寻找同伴。不遑：没有工夫，不空闲。

〔26〕太息：叹息。

〔27〕同生：同胞兄弟。往：指死亡。

〔28〕故城：指曹彰的封地任城。灵柩：放有尸首的棺木。

〔29〕存者：指自己与曹彪。这两句说，自己和白马王曹彪目前虽还活着，但很快也会死去的。

〔30〕晞：干。汉乐府《薤露歌》："薤上露，何易晞。"喻指人生短暂。

〔31〕桑榆：二星名，都在西方。《文选》李善注说："日在桑榆，以喻人之将老。"影响：影子和回声。

〔32〕顾：念。非金石：语出《古诗十九首·回车驾言迈》："人生非金石，岂能长寿考。"咄唶（duō jiè）：形容惊叹声。

〔33〕陈：诉说，提起。

〔34〕比邻：近邻。

〔35〕亏：欠缺。分：情分，情意。日亲：一天比一天亲密。

〔36〕衾帱（chóu）：被子和帐子。后汉姜肱与弟仲海、季江相友爱，常同被而眠，见《后汉书·姜肱传》。殷勤：情意恳切。

〔37〕疾疢（chèn）：疾病。无乃：岂不是。儿女仁：指小儿女的脆弱感情。

〔38〕仓卒：匆忙。

〔39〕虑思：思虑，考虑。信：的确，确实。

〔40〕虚无：指求仙之事不可靠。列仙：诸仙。松子：赤松子，古代传说中的仙人。吾欺：即欺吾，欺骗我。

〔41〕变故：灾祸。斯须：须臾之间。百年：指长命百岁。持：保持。

〔42〕王：指白马王曹彪。玉体：对人身体的尊称。黄发期：指高寿。黄发：

137

长寿的象征，人老发黄，借指老人。

〔43〕收泪：停止哭泣。即长路：踏上漫长的归途。即：登，踏上。援笔：提笔，指写诗赠别。这句说写诗赠白马王曹彪，从此告辞。

这首诗作于黄初四年（233）正月。曹植与异母弟白马王曹彪、同母兄任城王曹彰一同进京朝见曹丕。此后，曹彰在京城里不明不白地死了，只剩下曹植和曹彪一同回封地。在回去的路上，曹丕不许他与曹彪同行同宿。两人就要分别，不知日后何时再见。曹植思前顾后，百感交集，怀着满腔悲愤之情写下此诗。除序外，第一章写初离京城，登途返国时留恋不舍的心情；第二章描写途经太谷时，遇霖雨，大路阻绝，改道山行的旅途艰险之况；第三章写兄弟被迫分别的痛苦，怒斥小人离间的行径；第四章写初秋原野的萧条，流露了人不如鸟兽的愤慨；第五章由眼前的遭遇联想到任城王曹彰的暴死，产生了沉重的忧生之叹；第六章以强自宽解，故作达观之态，排解内心的忧思；第七章写强颜欢笑，与白马王彪执手话别。全诗章与章首尾相连，组织结构独具匠心，叙事抒情，一气呵成。

七步诗[1]

煮豆持作羹，漉豉以为汁[2]。萁在釜下然，豆在釜中泣[3]。本是同根生，相煎何太急[4]！

毛泽东曾圈读这首诗。

〔1〕传说曹丕做皇帝后，对才华横溢的胞弟曹植一直心怀忌恨。一次，他命曹植在七步之内作诗一首，如作不出即行以大法（处死），而曹植不等其话音落下，便应声吟出这首诗。因为限定在七步之内作成，故后人称之"七步诗"。

〔2〕持：用来。羹：用肉或菜做成的糊状食物。漉（lù）：过滤。豉（chǐ）：豆豉，用豆子做成的食品。这句说，把豆子的残渣过滤出去，留下豆汁作羹。

〔3〕萁：豆类植物脱粒后剩下的茎。釜：锅。然："燃"的古字。泣：小声哭。

〔4〕本：原本，本来。煎：煎熬，这里指迫害。何：何必。

这首诗用同根而生的萁和豆来比喻同父共母的兄弟，用萁煎其豆来比喻同胞骨肉的哥哥迫害弟弟，十分生动形象。末尾"本是同根生，相煎何太急"两句，深刻反映了封建统治集团内部手足相残的严酷，表达了作者沉郁愤激的思想感情。此诗语言通俗，比喻贴切，主题鲜明。据说曹丕看后不免"深有惭色"，于是打消了杀害曹植的念头。

【阮　籍】

阮籍（210—263），字嗣宗，陈留尉氏（今河南开封市）人。三国魏文学家、思想家。曾任步兵校尉，世称"阮步兵"。文学与嵇康、山涛等齐名，为"竹林七贤"之一。其诗专长五言，多以比兴和象征手法隐晦曲折地抒发内心的苦闷，抨击社会黑暗，揭露礼教的虚伪，在五言诗发展史上，开创了新的境界。《咏怀八十二首》是其代表作。明人辑有《阮步兵集》。今有《阮籍集》。

咏怀八十二首 (其一)[1]

夜中不能寐，起坐弹鸣琴[2]。薄帷鉴明月，清风吹我襟[3]。孤鸿号外野，翔鸟鸣北林[4]。徘徊将何见？忧思独伤心。

毛泽东曾圈读这首诗。

[1] 本题共八十二首，非一时之作。内容主要写作者对时政的不满和由现实生活中的复杂矛盾引起的苦闷彷徨心情。这是第一首。

[2] "夜中"二句：化用王粲《七哀诗》"独夜不能寐，摄衣起抚琴"诗句，是说因为忧伤，到了半夜还不能入睡，就起来弹琴。夜中：中夜，半夜。

[3] "薄帷"句：是说明亮的月光透过薄薄的帐幔照了进来。薄帷：薄薄的帐幔。鉴：照。

[4] 孤鸿：失群的大雁。号：鸣叫，哀号。翔鸟：飞翔盘旋着的鸟。北林：语出《诗经·秦风·晨风》："鴥（yù）彼晨风，郁彼北林。未见君子，忧心钦钦。"后世文人常用"北林"一词表示心神抑郁、忧伤等意思。

这首诗通过"夜中不能寐"境况的描写，抒发了作者"忧思独伤心"的郁闷情怀。开头两句由"不寐"而"起坐"，继而"弹鸣琴"，显示了诗人彷徨不安的心境。中间四句写所见所闻。结尾两句写诗人孤寂、失望、愁闷和痛苦的内心感受。诗中"明月""清风""孤鸿""翔鸟"等意象的描写，渲染了深夜凄清悲凉的气氛，衬托了作者孤独的心境，可谓意蕴深长。

咏怀八十二首（其三）

嘉树下成蹊，东园桃与李[1]。秋风吹飞藿，零落从此始[2]。繁华有憔悴，堂上生荆杞[3]。驱马舍之去，去上西山趾[4]。一身不自保，何况恋妻子[5]。凝霜被野草，岁暮亦云已[6]。

毛泽东曾圈读这首诗。其创作《五古·挽易昌陶》中"永诀从今始"句，化用此诗"秋风吹飞藿，零落从此始"句。

〔1〕嘉树：美树，指桃树、李树。蹊：小路。语出《史记·李将军列传》："桃李不言，下自成蹊。"桃与李：就是前一句的"嘉树"。这两句比喻世事盛时，人多趋从之。

〔2〕藿：豆叶。零落：凋谢，脱落。《文选》注引沈约说："风吹飞藿之时，零落之日，华实既尽，柯叶又凋，无复一毫可悦。"这两句说，当秋风吹落藿叶时，桃李也从此开始零落。比喻世事衰时的情景。

〔3〕繁华：花盛开。憔悴：困顿萎靡的样子。荆、杞：荆棘和枸杞，两种灌木名，都是杂树。

〔4〕之：代指世事。西山：即首阳山，相传是殷末周初伯夷、叔齐的隐居之地。趾：山脚。这两句说，自己要避世而去，像伯夷、叔齐一样隐居首阳山。

〔5〕妻子：妻与子女。

〔6〕凝霜：严霜。被：覆盖。岁暮：一年快尽之时。已：尽，毕。

这是《咏怀八十二首》第三首。此诗以比、兴手法，反映世事有盛必有衰，表示自己要远身避祸。"嘉树下成蹊，东园桃与李"是起兴，"繁华有憔悴，堂上生荆杞"是比喻，指出自然界的事物有盛有衰，而人世也如此。身处乱世，只有"驱马舍之去，去上西山趾"，才是避世逃祸的最佳选择。结尾说的"凝霜被野草，岁暮亦云已"比起"零落从此始"的环境更为恶劣，迫害更深重，曲折地反映了当时社会黑暗的现实，流露出诗人焦灼和悲观的情绪。此诗以时序的推移，比喻时局的逐步恶化、迫害的逐步加深，十分贴切，生动形象。

咏怀八十二首（其十九）

西方有佳人，皎若白日光[1]。被服纤罗衣，左右佩双璜[2]。修容耀姿美，顺风振微芳[3]。登高眺所思，举袂当朝阳[4]。寄颜云霄间，挥袖凌虚翔[5]。飘飖恍惚中，流盼顾我傍[6]。悦怿未交接，晤言用感伤[7]。

毛泽东曾圈读这首诗。

〔1〕佳人：美女。皎：白，明亮。

〔2〕被：穿上。纤：精细。罗：一种丝织品。佩：佩戴。璜：半璧形的玉器，即半圆形而中间有孔的玉器。上面有葱玉（青色的玉）为横梁，其左右两头有两丝带悬二璜，叫双璜。

〔3〕修容：经过修饰的仪容。耀姿美：姿容美丽，光彩照人。振：散发。芳：香也。这两句说，佳人经过修饰，姿容华美，光彩照人，顺风散发出微微的芳香。

〔4〕所思：所思念的人。当：对。这两句说，佳人先是登高眺望自己所思念的人，举起袖子挡住早晨的太阳。

〔5〕寄颜：托颜，托身。凌虚：升到空中。曹植《节游赋》："飘飞升以凌虚。"这两句说，佳人置身于云霄，挥舞着长袖，凌空飞翔。

〔6〕飘飖：风吹物动的样子。恍惚：看不真切的样子。流盼：目光转来转去。盼：看。顾：回头看。这两句说，佳人在飘飖恍惚之中，在我身旁流连徘徊，不时眼波流动，回头看我。

〔7〕悦怿：高兴，愉快。《诗经·邶风·静女》："彤管有炜，说怿女美。"交

接：交往接触。晤言：见面谈话。用：以。这两句说，诗人与佳人虽相爱，但不能交往，只能遥遥相对，因此十分感伤。

这是《咏怀八十二首》第十九首。此诗以比兴、象征等手法，描写了一位"修容耀姿美，顺风振微芳"佳人的绝世容华，表现了诗人心悦之而无由交往的忧伤。结尾"悦怿未交接，晤言用感伤"两句，更是托美人言志，曲折地表达了作者不能实现理想的感伤和苦闷。此诗比喻贴切，想象丰富，富于浪漫主义色彩。

咏怀八十二首（其三十一）

驾言发魏都，南向望吹台[1]。萧管有遗音，梁王安在哉[2]！战士食糟糠，贤者处蒿莱[3]。歌舞曲未终，秦兵已复来[4]。夹林非吾有，朱宫生尘埃[5]。军败华阳下，身竟为土灰[6]。

毛泽东曾圈读这首诗。

〔1〕驾：驾车。言：语气词，无实义。魏都：战国时魏国都城大梁，即今河南开封市。吹台：又称范台、繁台，在今河南开封市东南禹王台公园内，相传为春秋时音乐家师旷吹乐之台。这两句说，驾车从魏都出发，南去探望魏王之吹台。

〔2〕遗音：指战国时流传下来的音乐。梁王：即战国魏王婴。因其国都大梁，又称梁王。安在：何在，在哪里。

〔3〕"战士"二句：是说魏王当年只知宴乐，不重养兵用贤，使兵士食糟糠，贤士处于草野之中。食：吃。蒿莱：野草，杂草。

〔4〕复来：又来。这两句说，魏王歌舞行乐还未结束，秦国军队乘机又来进攻了。

〔5〕夹林：台观名，梁王在吹台所建的游览处所。吾：诗人拟梁王口气自称。朱宫：指吹台一带的宫殿。生尘埃：意谓荒凉冷落。这两句说，夹林已失陷，非吾所有，朱宫已荒芜，生满尘埃。

〔6〕华阳：地名，在今河南新郑市东。公元前273年，秦围大梁，破魏军于华阳，魏割南阳求和。土灰：化为土灰，指身亡。这两句说，魏军败于华阳，魏

王也已身死而化为土灰。

这是《咏怀八十二首》第三十一首。阮籍生活的年代，曹魏王朝已进入衰落阶段。魏明帝曹睿淫奢无度，政治腐败，国库空虚，百姓怨苦。这首诗揭露了曹魏统治者的歌舞荒淫，以致国家日趋衰微，同时流露了对曹魏王朝衰亡的惋惜之情。前四句写作者凭吊吹台遗迹，提出"箫管有遗音，梁王安在哉"这一寓意深长的问题。中间四句指出魏王的荒淫必然引来国家的祸患。末尾四句叙写魏王"军败华阳下，身竟为土灰"的悲惨结局。此诗借古讽今，感慨时政，情调十分感伤。

咏怀八十二首（其七十七）

林中有奇鸟，自言是凤凰[1]。清朝饮醴泉，日夕栖山冈[2]。高鸣彻九州，延颈望八荒[3]。适逢商风起，羽翼自摧藏[4]。一去昆仑西，何时复回翔[5]。但恨处非位，怆悢使心伤[6]。

毛泽东曾圈读这首诗。

〔1〕凤凰：古代传说中的鸟王。雄的叫凤，雌的叫凰，通称凤凰。古人认为是鸣国家之盛的瑞鸟。

〔2〕醴泉：甘美的泉水。《礼记·礼运》："天降甘霖，地出醴泉。"

〔3〕延颈：伸长头颈。八荒：八方荒远的地方。贾谊《过秦论》有"并吞八荒之心"句。

〔4〕商风：秋风，西风。《楚辞·七谏·沉江》："商风肃而害生兮。"摧藏：收敛，摧伤，挫伤。汉王嫱《昭君怨》："离宫绝旷，身体摧藏。"

〔5〕去：离开。昆仑：昆仑山，即今新疆、西藏之间的昆仑山脉。

〔6〕但：只。恨：遗憾。怆悢：悲伤。班彪《北征赋》："游子悲其故乡兮，心怆悢以伤怀。"

这是《咏怀八十二首》第七十七首。阮籍本怀有雄心壮志，但到曹魏后期，司马氏和曹氏争夺政权，造成异常黑暗、恐怖的政治局面。他为了保全自己，只得以佯狂的方式来躲避矛盾，终日饮酒，不问世事，但内心却十分痛苦。此诗中，作者以"凤凰"自况，以"饮醴泉""栖山冈""鸣九州""望八荒"描写凤凰远大的志向和高洁的品质。然而残酷的现实是"适逢商风起，羽翼自摧藏"，作者对凤凰不能远至昆仑之西而惋惜，流露了自己才华不能展示，只能洁身自好的思想，同时也隐含了对自我人生遭遇的感伤。此诗运用"比兴"手法，曲折地表达了内心的跌宕不平感情。

【左　思】

左思（约250—约305），字太冲，齐国临淄（今山东淄博市）人，西晋著名文学家。出身寒微，少时发愤勤学，博学多才，但仕途颇不得意，仅官秘书郎。曾构思十年，写成《三都赋》，"洛阳为之纸贵"。其诗继承了汉魏诗的优良传统，主要揭露门阀制度的不合理，或抒发壮志难酬的苦闷，笔力雄健，风格豪壮，语言简劲，绝少琢磨，《咏史八首》是其代表作。有《左太冲集》。

咏史八首 (其一)〔1〕

弱冠弄柔翰，卓荦观群书〔2〕。著论准《过秦》，作赋拟《子虚》〔3〕。边城苦鸣镝，羽檄飞京都〔4〕。虽非甲胄士，畴昔览穰苴〔5〕。长啸激清风，志若无东吴〔6〕。铅刀贵一割，梦想骋良图〔7〕。左眄澄江湘，右盼定羌胡〔8〕。功成不受爵，长揖归田庐〔9〕。

毛泽东曾圈读并手书这首诗。

〔1〕本题共八首，系拟班固的《咏史》而作。内容多借古人古事抒写自己的壮志和不平。这是第一首。

〔2〕弱冠：古代男子二十岁成人，束发加冠，但体犹未壮，故称"弱冠"。柔翰：毛笔。这里指文学创作。卓荦：卓越，特异。这句是说年轻时博览群书，而且有与众不同的见解。

〔3〕"著论"二句：是说写论文以《过秦论》为准则，作赋以《子虚赋》为

典范。《过秦》：即《过秦论》，为汉代贾谊所作。《子虚》：即《子虚赋》，为汉代司马相如所作。准：相当于。拟：类似。

〔4〕鸣镝：响箭，本是匈奴所制造，古时发射它作为战斗的信号。这句是说边疆苦于敌人的侵犯。羽檄：军事告急文书，写在一尺二寸长的木简上，上插羽毛，以示紧急，故称"羽檄"。

〔5〕甲胄士：战士。胄：头盔。这句是说自己虽不是战士。畴昔：过去，以前。穰苴（rǎng jū）：春秋时齐国人，善治军。齐景公因为他抵抗燕、晋有功，尊为大司马，故称"司马穰苴"，曾著《兵法》若干卷。这句是说从前也读过司马穰苴兵法。

〔6〕"长啸"二句：是说放声长啸，其声激扬着清风，心中没有把东吴放在眼里。

〔7〕"铅刀"二句：是说自己的才能虽然像铅刀那样柔软，但仍然有一割之用。铅质的刀迟钝，一割之后就很难使用。骋：施。良图：好的计划。这句是说还希望施展一下自己的抱负。

〔8〕眄：看。澄：清。江湘：长江与湘江。羌胡：即少数民族的羌族，在甘肃、青海一带，地在西北，故说"右盼"。

〔9〕爵：官爵。长揖：古代的一种礼节，拱手自上而下。田庐：田园房舍，这里指故乡，故里。这两句说，要学习鲁仲连那样，为平原君却秦兵，功成之后，谢绝封赏，归隐田园。

这是一首述怀言志诗，表达了作者愿为统一国家、安定边患效力的志向，抒发了功成名就后归隐田庐的淡泊情怀。前八句写自己博学能文，才华出众，"虽非甲胄士，畴昔览穰苴"，文韬武略兼备。后八句写自己的抱负和意愿，发生战争时勇于为国效力，功成名就后不贪图封赏，归隐田园过平静的生活。此诗借古人古事，抒写抱负和不平。"长啸激清风，志若无东吴"两句，大有跃跃欲试之气概，名为咏史，实为咏怀。末尾"功成不受爵，长揖归田庐"两句，表达了在壮志难酬的压抑情况下的一种想法，含有作者自我慰藉的意味。此诗以拟人手法，托物言志，气势雄健，风格豪壮。

毛泽东手书左思《咏史》其一

咏史八首（其二）

郁郁涧底松，离离山上苗[1]。以彼径寸茎，荫此百尺条[2]。世胄蹑高位，英俊沉下僚[3]。地势使之然，由来非一朝[4]。金张藉旧业，七叶珥汉貂[5]。冯公岂不伟，白首不见招[6]。

毛泽东曾圈读这首诗，并手书"郁郁涧底松……由来非一朝"六句。

〔1〕郁郁：树木茂密的样子。涧底：谷底。松：喻指英才。离离：草木下垂、披散的样子。苗：初生的草木。

〔2〕"以彼"句：是说柔弱的山上苗遮蔽了高大的涧底松。彼：指山上苗。径寸茎：指茎干直径只有一寸粗的小树。荫：遮蔽。此：指涧底松。

〔3〕世胄：世家子弟。胄：后裔。蹑：登。英俊：指寒门出身而有才能的人。下僚：低级官吏。

〔4〕"地势"句：是说世家与寒门的出身不同而形成这样的。然：这样，如此。

〔5〕"金张"二句：是说金、张两家子孙凭借祖先的功业，相继做了汉朝七

146

代的贵官。金张：指西汉金日磾（mì dī）和张汤两家的子孙。金家从武帝到平帝七代担任内侍。张家自宣帝、元帝以来，子孙相继有十多人为侍中、中常侍。藉：凭借。旧业：祖先的功业。七叶：七代。珥：插。貂：貂尾。汉代侍中、中常侍等大官都带貂尾以验明其身份。

〔6〕冯公：冯唐，汉文帝时人，才能出众，但直到老年仍屈居低微的郎署。伟：奇伟出众。白首：白头，指年老。不见招：不被重用。

这是《咏史八首》第二首。左思所生活的西晋社会，在用人制度上继续采用曹魏以来的九品官人法。作者由于出身贫寒，不被重用，很有怀才不遇的苦闷。这首诗托物言志，揭示了门阀制度下"世胄蹑高位，英俊沉下僚"不合理的社会现象。诗的前四句以自然界现象为喻，接下来两句从自然转向社会，并以"地势使之然，由来非一朝"两句作结，指出门阀森严的仕途制度是社会的普遍现象。最后四句举出汉代金、张世族和冯唐的史实证明用人制度的不合理。尤其末尾"冯公岂不伟，白首不见招"两句，大鸣不平之意，慷慨激愤之情溢于言表。此诗借汉事言晋事，借古讽今，笔锋犀利，具有逼人的气势和力量。

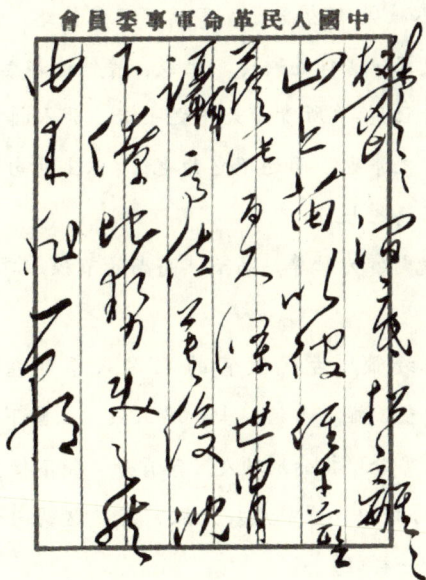

毛泽东手书左思《咏史》其二（节选）

咏史八首（其三）

吾希段干木，偃息藩魏君[1]。吾慕鲁仲连，谈笑却秦军[2]。当世贵不羁，遭难能解纷[3]。功成耻受赏，高节卓不群[4]。临组不肯绁，对圭宁肯分[5]。连玺耀前庭，比之犹浮云[6]。

毛泽东曾圈读并手书这首诗。

[1] 希：仰慕。段干木：战国时魏国的贤者，隐居穷巷，不愿做官，魏文侯尊他为师。偃息：退隐而高卧。藩魏君：成为魏的屏藩。藩：屏障。据《吕氏春秋·期贤》记载，秦国兴兵要攻打魏国，司马唐谏秦国君说：段干木是位贤士，魏国以礼待他，天下没有不知道的，不可以加兵。秦国君以为然，终于不敢攻打。

[2] 慕：仰慕。鲁仲连：战国时齐国的高士，善奇谋，能言辩，不肯做官。谈笑：指鲁仲连用舌辩使秦军退却。却秦军：退秦军，据《史记·鲁仲连列传》记载，秦使白起围赵，赵国正欲尊秦为帝，以求罢兵。时鲁仲连正在赵国，说服了赵人，放弃了这个计划。秦军知道后，退兵五十里。

[3] 贵不羁：以不被笼络为高贵。不羁：不受笼络。遭难：遇到患难。解纷：解除纷扰。据《史记·鲁仲连列传》记载，鲁仲连却秦军之后，平原君要给他高封厚赏，他再三辞让说："所贵于天下之士者，为人排患释难解纷乱而无取也。即有取者，是商贾之事也，而连不忍为也。"以上两句说，世上所贵者是那些能为人排难解纷的不羁之士。

[4] 耻受赏：以受封赏为耻辱。高节：高尚的节操。卓：高超。不群：不同于一般人。

[5] 组：丝织的绶带。古代做官的人用来系印玺以结在腰间。不肯绁（xiè）：不肯结挂印玺。绁：系结。圭：瑞玉板，上圆下方。古代诸侯，不同的爵位，分颁不同的圭。分：指分别颁发。宁肯分：指不接受官爵。

[6] 连玺：成串的官印。耀前庭：光照前庭。这两句说，即使是成串的官印，贤者也看作像浮云一样轻。

这是《咏史八首》第三首。这首诗通过对段干木、鲁仲连的赞颂，表达了作者对古代贤人的仰慕之意，抒发了生逢乱世、抱负难展的激愤和不满之情。段、鲁二人均为战国时期才能出众的名士，他们都有功于国，但是他们认为"功成耻受赏"，"连玺耀前庭，比之犹浮云"，坚决不受爵禄，保持了"高节卓不群"的高尚情操。此诗借史咏怀，用典自然贴切，情意酣畅淋漓。

咏史八首 (其四)

济济京城内，赫赫王侯居[1]。冠盖荫四术，朱轮竟长衢[2]。朝集金张馆，暮宿许史庐[3]。南邻击钟磬，北里吹笙竽[4]。寂寂扬子宅，门无卿相舆[5]。寥寥空宇中，所讲在玄虚[6]。言论准宣尼，辞赋拟相如[7]。悠悠百世后，英名擅八区[8]。

毛泽东曾圈点这首诗，并手书"门无卿相舆……英名擅八区"七句。

〔1〕济济：美盛的样子。京城：指西汉京城长安。赫赫：显盛的样子。这两句是说长安城内王侯的住宅很多，而且富丽堂皇。

〔2〕冠盖：冠冕和车盖，指达官贵人的穿戴和车乘。荫四术：遮蔽了四通八达的要道，犹言冠盖如云。术：道路。朱轮：用赤色涂的车轮。汉代列侯和二千石以上的官得乘朱轮。竟：终。衢：四通的道路。这两句说，显贵们冠服车盖掩盖了道路，大道上朱轮车竟日奔驰。

〔3〕金张：指金日磾（mì dī）和张安世，都是汉宣帝时的大官僚。许史：指许广汉和史高，都是汉宣帝时的外戚。宣帝许皇后父许广汉被封为平恩侯，广汉的两个弟弟也被封侯。宣帝祖母史良娣之侄史高等三人都被封侯。这两句说，金、张、许、史等豪门之家，日夕有人奔走相聚。

〔4〕南邻、北里：都指金、张、许、史之家。钟、磬：两种打击乐器。笙、竽：两种管乐器。这两句说，豪门贵族家家都奏乐欢娱。

〔5〕寂寂：无人声。扬子：指扬雄，扬雄宅在成都少城西南角，一名草玄堂。无卿相舆：不与卿相来往。舆：车。这两句说，扬雄家却寂无人声，不与卿相交往。

〔6〕寥寥：形容空寂的样子。空宇中：空廓的屋子里。玄虚：玄远虚无之道

149

理。指扬雄仿《易经》所著的《太玄经》。这两句说，扬雄深居简出，作《太玄经》十卷，讲论的都是虚无玄妙的道理。

〔7〕准：动词，以……为准则。宣尼：指孔子，汉平帝时追谥孔子为"褒城宣尼公"。相如：指司马相如。这两句说，扬雄仿《论语》著《法言》十三卷，拟司马相如《子虚》《上林》而作赋。

〔8〕悠悠：指时间长久。擅：专，据有。八区：八方之地。这两句说，扬雄的英名百代之后流传天下。

这是《咏史八首》第四首。此诗抨击魏晋以来的封建门阀制度，揭露了豪门贵族"冠盖荫四术，朱轮竟长衢"，整日过着歌舞升平的奢靡腐朽生活，歌颂扬雄"言论准宣尼，辞赋拟相如"、穷居著书的可贵精神，进而肯定他"悠悠百世后，英名擅八区"，英名将永垂青史。诗人以扬雄自比自慰，表达了对乱世不公的愤慨之情。此诗巧用典故和对比手法，题旨鲜明，发人深省。

咏史八首 (其五)

皓天舒白日，灵景耀神州[1]。列宅紫宫里，飞宇若云浮[2]。峨峨高门内，蔼蔼皆王侯[3]。自非攀龙客，何为欻来游[4]。被褐出阊阖，高步追许由[5]。振衣千仞冈，濯足万里流[6]。

毛泽东曾圈点并手书这首诗。

〔1〕皓：明亮。舒：迟缓，指缓行。灵景：日光。神州：古代称中国为赤县神州。

〔2〕列：排列。紫宫：本为星名，亦称为紫微宫，这里喻指皇都。飞宇：飞檐。云浮：形容屋宇高浮于云中。这两句说，皇都里排列着一座座深宅大院，飞起的屋檐如浮云。

〔3〕峨峨：高峻的样子。蔼蔼：众多的样子。这两句说，众多的高门大院都是王侯所居。

〔4〕攀龙：喻指趋附豪贵之徒。这句是说自己本不是攀龙附凤之客。何为：

150

为何，为什么。欻（xū）：忽然。这两句说，自己并不是攀龙附凤者，为什么忽然来游此地。

〔5〕被：穿。褐：粗布短衣。阊阖：宫门，这里指洛阳西门。高步：犹言大步，快步。许由：尧时的隐士，据说尧欲让天下给他，他逃到颍水之滨，箕山之下。尧招他为九州长，他听到后，赶快用水洗耳。

〔6〕振衣：整衣，抖去衣服上的尘土。仞：古代七尺或八尺为一仞。濯足：洗足。这两句说，站在高山上抖衣，在长河边洗脚。表示涤除尘垢，做隐逸高士。

这是《咏史八首》第五首。此诗前六句极力描写在光天化日之下，于京城所见到的王公贵族众多、宅府高大壮丽的情景，从而反衬自己心胸高洁和对奢侈淫靡的王公贵族的鄙视。后六句表示自己决不攀龙附凤，要"被褐出阊阖，高步追许由"，即像古代高士许由那样，高蹈避世，洁身自好，到广阔的大自然中去寻找精神的寄托。末尾"振衣千仞冈，濯足万里流"两句，不仅表达了要与王公贵族分道扬镳，而且还要清除他们染在自己身上的污垢灰尘，激愤之情溢于言表。此诗被誉为西晋五言诗的扛鼎之作。

【陶渊明】

陶渊明（约365—427），字元亮，一说名潜，字渊明，号五柳先生，私谥靖节。浔阳柴桑（今江西九江西南）人。晋代最杰出的田园诗人。年轻时，胸怀壮志，曾任江州祭酒、镇军参军、彭泽令等职。后因厌恶官场黑暗，政治腐败，去职归隐，过着贫困、自食其力的田园生活。长于诗文辞赋，诗多描绘自然风光及农村生活情景，风格质朴纯真，语言自然清新，对后世产生了深远影响。有《陶渊明集》。

归园田居五首（其一）[1]

少无适俗韵，性本爱丘山[2]。误落尘网中，一去三十年[3]。羁鸟恋旧林，池鱼思故渊[4]。开荒南野际，守拙归园田[5]。方宅十余亩，草屋八九间[6]。榆柳荫后檐，桃李罗堂前[7]。暧暧远人村，依依墟里烟^{〔8〕}。狗吠深巷中，鸡鸣桑树颠^{〔9〕}。户庭无尘杂，虚室有余闲^{〔10〕}。久在樊笼里，复得返自然^{〔11〕}。

毛泽东曾圈点这首诗。

〔1〕本题共五首，作于义熙二年（406），即诗人自彭泽归隐后的第二年。这是第一首。

〔2〕少：指少年时代。适俗：适应世俗。韵：气韵风度，一说本性，气质。

〔3〕尘网：犹如罗网般的尘世，这里指仕途。三十年：当作十三年。作者二十九岁出仕任江西祭酒，四十一岁辞彭泽令，共十三年。

〔4〕羁鸟：被羁束的鸟，犹言笼中之鸟。恋：依恋。旧林：指鸟原来生活过的树林。池鱼：池塘里的鱼。故渊：指鱼原来生活过的深潭。

〔5〕际：间。守拙：意思是不随波逐流，固守节操。拙：愚拙，指不会巴结逢迎于官场。

〔6〕方：旁，这句是说房屋周围有十余亩地。

〔7〕荫：遮蔽，遮掩。罗：排列。

〔8〕暧暧（ài）：昏暗不明的样子。依依：轻柔而缓慢的飘升。墟里：村落。

〔9〕颠：顶部。

〔10〕户庭：门户和庭院。尘杂：尘俗杂事。虚室：空旷闲静的居室。余闲：闲暇。

〔11〕樊笼：关鸟兽的笼子，这里比喻不自由的官场生活。樊：藩篱，栅栏。返自然：指归耕园田，得以自由。

这首诗叙述归居园田的原因，描写恬静幽美的田园风光，表达了诗人在田园生活中欣喜舒畅的心情，以及对自然和自由的热爱。诗人以"尘网""樊笼"比喻腐败龌龊的官场，"误落尘网"是他对仕宦生活的厌弃。当他依稀望见远处的几座村落飘出几缕炊烟，遥闻从深巷、树巅传来犬吠鸡鸣之声时，由衷地感到"复得返自然"的愉快。诗人采用白描手法，勾勒了一幅从远到近、动中见静、安谧美好的农村画面，写来清新自然，真切动人。"暧暧""依依"等叠音词的运用尤见功夫，这些都体现了陶诗语言朴素、平淡中见雄奇的艺术风格。

归园田居五首 （其二）

野外罕人事，穷巷寡轮鞅[1]。白日掩荆扉，虚室绝尘想[2]。时复墟曲中，披草共来往[3]。相见无杂言，但道桑麻长[4]。桑麻日已长，我土日已广[5]。常恐霜霰至，零落同草莽[6]。

毛泽东曾圈点这首诗。

[1] 野外：郊野，这里指乡居。罕：少。人事：指和俗人结交往来的事。这里的"人事"是贬义，即"俗事"。穷巷：偏僻的村中巷道。轮鞅：指车马。鞅：马驾车时套在颈上的皮带。这里借指车驾。

[2] 白日：白天。荆扉：用荆柴编成的门。绝：断绝。尘想：世俗的向往。

[3] 时复：有时。墟曲：乡野隐僻的地方。披：拨开。这两句说，住在乡下偏僻的地方，由于人迹稀少，路上长满了杂草，邻舍农夫们踏着杂草互相来往。

[4] 杂言：世俗之言，指仕宦求禄等言论。但道：只说。

[5] 日：一天天。长：生长。我土：我自己开垦的土地。这两句说，桑麻一天天生长，耕种的土地也日渐增多。

[6] 霰：小雪粒。草莽：杂草，丛草。这两句说，经常担心霜霰骤降，使得庄稼凋零，田园变成草莽。

这是《归园田居五首》第二首。此诗着意描写幽静而悠闲自得的田园劳动生活，充满了对纯美的田园风物的热爱之情。作者非常希望"野外罕人事，穷巷寡轮鞅"这种不受世俗尘务干扰的生活能够长久下去。由于当时浔阳一带战乱频仍，作者以"常恐霜霰至，零落同草莽"两句诗，曲折地表达了对隐居生活能否长久的忧虑。诗以朴实无华的语言，表现了作者"相见无杂言，但道桑麻长"宁静而恬淡的心境，正如元好问所谓："此翁岂作诗，直写胸中天。"

归园田居五首 （其三）

种豆南山下，草盛豆苗稀[1]。晨兴理荒秽，带月荷锄归[2]。道狭草木长，夕露沾我衣[3]。衣沾不足惜，但使愿无违[4]。

毛泽东曾圈点这首诗。

〔1〕南山：这里指庐山。

〔2〕晨兴：早晨起来。理荒秽：指除杂草。荒秽：指豆田中的杂草。

〔3〕带月：人走，月亮好像跟着人，人如带月而行。带：一作"戴"。荷锄：扛着锄头。草木长（cháng）：草木丛生。

〔4〕足：值得。但：只。愿：志愿，指隐居从事农耕的心愿。这两句说，衣服濡湿了没有什么可惜的，只希望不要违背自己归隐田园的心愿。

这是《归园田居五首》第三首。此诗写诗人早出晚归在田间劳动的一些生活体验，蕴含着对躬耕自给生活的赞美之情。结句"但使愿无违"明白地说出了诗人远离黑暗官场生活的坚决态度。诗中所写"晨兴理荒秽，带月荷锄归"的劳动，虽然不能同终年辛勤劳动的农民相提并论，但在当时知识分子弃官归隐之后，能参加一些农耕劳动，这还是十分可贵的。全诗叙事、抒情、议论达到有机统一，写得恬淡自然，充满了怡然自得的情趣。

归园田居五首 (其四)

久去山泽游，浪莽林野娱〔1〕。试携子侄辈，披榛步荒墟〔2〕。徘徊丘陇间，依依昔人居〔3〕。井灶有遗处，桑竹残朽株〔4〕。借问采薪者，此人皆焉如〔5〕？薪者向我言，死没无复余〔6〕。一世异朝市，此语真不虚〔7〕。人生似幻化，终当归空无〔8〕。

毛泽东曾圈点这首诗。

〔1〕去：离开。游：游宦，指出仕。浪莽：放荡，放纵的样子。这两句说，长期离开山泽，出外游宦，现又重返田园，又能在林叶间纵情欢娱。

〔2〕试：姑且。披：用手分开草木。榛（zhēn）：丛生的草木。荒墟：废墟。这两句说，姑且带领着子侄们，拨开草木，漫步于荒墟之间。

〔3〕丘陇：墓地。依依：隐约可辨的样子。这两句说，在坟墓间徘徊，依稀可看出这是从前人居住之地。

154

〔4〕井灶：水井和炉灶。遗处：遗迹。残朽株：残留的枯朽枝干。这两句说，水井和炉灶还有遗迹，桑树竹子还残留着枯朽的枝干。

〔5〕借问：犹言请问。此人：此处之人，指曾在遗迹上生活过的人。焉如：哪里去了。

〔6〕薪者：砍柴的人。薪：柴火，这里作动词。没（mò）：通"殁"，死亡。余：剩下。

〔7〕一世：古代以三十年为一世。朝市：指人众聚居的地方。

〔8〕幻化：虚幻的变化，指人生变化无常。空无：佛家用语，空就是无，无就是空。这两句说，人生变幻无常，终究当归于空无。

这是《归园田居五首》第四首。此诗开头两句叙述"久去山泽游，浪莽林野娱"，无拘无束、自由自在的欢娱生活。接着六句着重描写农村"荒墟"、"昔人居"、"井灶有遗处，桑竹残朽株"等凋敝景象。再下来八句先以问答的形式道出"死没无复余"的严重后果，最后得出"人生似幻化，终当归空无"的主旨。这首诗在描写当时黑暗腐朽现实的同时，也流露了作者感叹人生无常、终究归于空无的消极情绪。

归园田居五首（其五）

怅恨独策还，崎岖历榛曲〔1〕。山涧清且浅，可以濯吾足〔2〕。漉我新熟酒，只鸡招近局〔3〕。日入室中暗，荆薪代明烛〔4〕。欢来苦夕短，已复至天旭〔5〕。

毛泽东曾圈点这首诗。

〔1〕怅恨：失意的样子。策：策杖，扶杖。崎岖：形容山路不平。榛曲：指草木丛生的小路。

〔2〕山涧：这里指山涧里的水。濯（zhuó）：洗。

〔3〕漉：水下渗，这里指用布滤酒。近局：近邻。

〔4〕荆薪：柴火。明烛：明亮的烛。

〔5〕夕：夜晚。天旭：天明。

这是《归园田居五首》第五首。此诗描写作者耕种归来时沿途的景色以及归来后"漉我新熟酒，只鸡招近局"的活动。末尾"欢来苦夕短，已复至天旭"两句诗，表达了作者怡然自得的田园生活情趣。此诗语言质朴，内蕴醇厚，情感真挚，艺术感染力强。

饮酒二十首（其九）〔1〕

清晨闻扣门，倒裳往自开〔2〕。问子为谁与？田父有好怀〔3〕。壶浆远见候，疑我与时乖〔4〕。"褴褛茅檐下，未足为高栖〔5〕。一世皆尚同，愿君汩其泥〔6〕。""深感父老言，禀气寡所谐〔7〕。纡辔诚可学，违己讵非迷〔8〕！且共欢此饮，吾驾不可回〔9〕！"

1945 年国共在重庆谈判期间，9 月 2 日上午，张澜以中国民主同盟的名义，在"民主之家"欢宴毛泽东、周恩来和王若飞等。席间，张澜举杯向毛泽东敬酒说："会须一饮三百杯！"饱读诗书的毛泽东也征引陶渊明《饮酒》中诗句，举杯相邀道："且共欢此饮。"

〔1〕饮酒：组诗，共二十首，大约作于晋义熙十二年（416）。这是第九首。

〔2〕倒裳：把衣服穿颠倒了。裳：下衣。

〔3〕子：你，即下句的田父。与：通"欤"，语气词，犹"呢"。田父：农夫。好怀：善意，好情意。

〔4〕壶浆：壶里的酒浆，即一壶酒。疑：怪。乖：不合，违背。这两句说，田父特地从远处携酒来问候，对我与世俗不合感到奇怪。

〔5〕褴褛：衣衫破烂的样子。高栖：指隐居。这两句说，穿着破烂的衣服，住在茅檐底下，对你这样有才学的人来说恐怕很不合适吧。

〔6〕一世：举世，全社会。尚同：崇尚与世俗同流。尚：崇尚。同：与世俗相同。汩其泥：与世俗同流合污。汩：通"淈"，搅混。这两句说，现在的风尚如此，你还是跟着蹚蹚浑水算了。以上四句是田父劝作者的话。

〔7〕禀气：天赋的气质。寡所谐：难与世俗谐合。谐：协调。以下四句是作者回答田父的话。

〔8〕纡辔：回车转道，引申为回心转意。纡：放松。辔：马缰绳。讵：岂。这两句说，回车转道固然值得学习，但是如果违背了自己的志向，岂不是要迷失方向吗？

〔9〕共欢此饮：共同欢饮。驾：车驾，这里喻指志向。回：逆转而行。这两句说，我们还是一起欢饮这杯酒吧，我选定了的生活道路不可改变。

　　这首叙事诗表达了作者不愿与世俗同流合污的坚决意志。前十句假托一位来自远处的好心田父，大清早提着一壶酒来到作者家中，劝说作者再到社会上去谋取一个较高的职位，以摆脱"与时乖"而导致贫苦的境遇。后六句写作者谢绝了田父的关心，并表明自己贫贱不能移的坚定志向。此诗取材于生活中的一个细节，在叙述中适当运用对话的叙事传统，使人感到十分真实亲切。读完此诗，一位性格刚毅、不与社会黑暗势力同流合污、贫贱不能移的陶渊明形象即已出现在读者面前。此诗以对话方式，夹叙夹议，用语简洁深刻，于委婉中见其意志坚定。

桃花源诗 (并记)[1]

　　晋太元中，武陵人捕鱼为业[2]。缘溪行，忘路之远近[3]。忽逢桃花林，夹岸数百步，中无杂树，芳草鲜美，落英缤纷[4]。渔人甚异之。复前行，欲穷其林[5]。

　　林尽水源，便得一山[6]。山有小口，仿佛若有光；便舍船从口入。初极狭，才通人[7]。复行数十步，豁然开朗[8]。土地平旷，屋舍俨然，有良田美池桑竹之属[9]。阡陌交通，鸡犬相闻[10]。其中往来种作，男女衣著，悉如外人[11]；黄发垂髫，并怡然自乐[12]。见渔人，乃大惊；问所从来，具答之[13]。便要还家，设酒杀鸡作食[14]。村中闻有此人，咸来问讯[15]。自云先世避秦时乱，率妻子邑人来此绝境[16]，不复出焉，遂与外人间隔。问今是何世，乃不知有汉，无论魏、晋[17]。此人一一为具言所闻，皆叹惋[18]。余人各复延至其家，皆出酒食[19]。停数日，辞去。此中人语云："不足为外人道也。"

既出，得其船，便扶向路，处处志之[20]。及郡下，诣太守说如此[21]。太守即遣人随其往，寻向所志，遂迷，不复得路[22]。南阳刘子骥，高尚士也，闻之，欣然规往[23]。未果，寻病终[24]。后遂无问津者[25]。

赢氏乱天纪，贤者避其世[26]。黄绮之商山，伊人亦云逝[27]。往迹浸复湮，来径遂芜废[28]。相命肆农耕，日入从所憩[29]。桑竹垂余阴，菽稷随时艺[30]。春蚕收长丝，秋熟靡王税[31]。荒路暧交通，鸡犬互鸣吠[32]。俎豆犹古法，衣裳无新制[33]。童孺纵行歌，斑白欢游诣[34]。草荣识节和，木衰知风厉[35]。虽无纪历志，四时自成岁[36]。怡然有余乐，于何劳智慧[37]！奇踪隐五百，一朝敞神界[38]。淳薄既异源，旋复还幽蔽[39]。借问游方士，焉测尘嚣外[40]。愿言蹑轻风，高举寻吾契[41]。

毛泽东作的《七律·登庐山》中有"陶令不知何处去，桃花源里可耕田"诗句。在讲话中，毛泽东还引用过"乃不知有汉，无论魏晋"两句话。

〔1〕《桃花源诗》：为诗人晚年的作品。此诗描写了一个没有君主、没有剥削、没有压迫的理想社会，到处是和平、安宁、自由和富裕。这实际上是否定了现实的社会与秩序，反映了劳动人民对美好社会的向往。诗前有"记"，《桃花源记》比诗更有名。

〔2〕太元：东晋孝武帝（司马曜）的年号（376—396）。这里的年代是假托的。武陵：晋代郡名，郡治在今湖南常德一带。

〔3〕缘：循，沿着。

〔4〕夹岸：两岸。芳草：花草。英：花。缤纷：形容繁盛的样子。

〔5〕穷：尽。这句说，想要走完桃花林。

〔6〕林尽水源：桃花林的尽头，正是溪水的源头。

〔7〕才通人：指山的小口仅能供一个人通过。才：仅。

〔8〕豁然：开通敞亮的样子。

〔9〕俨然：这里指整齐的样子。属：类。

〔10〕阡陌：田间的小路。南北叫阡，东西叫陌。交通：交错相连。这两句

说，田间小道四面相通，村落间鸡鸣犬吠之声，互相听得见。

〔11〕种作：种植。衣著：即衣着。外人：指桃花源外的人。这三句主要表明虚构的桃花源是以现实社会为基础的，并非真的有神仙世界。

〔12〕黄发：指老人。老年人发白转黄，故以代称。垂髫（tiáo）：指儿童。儿童垂发为饰。怡然：愉快的样子。

〔13〕所从来：来自何处。具：全，都。

〔14〕要：通"邀"，请。设酒：置酒，办酒席。

〔15〕此人：指武陵捕鱼者。咸：都。讯：消息。

〔16〕先世：前代，祖先。妻子：妻子和子女。邑人：本县人，同乡人。绝境：与外界隔绝的地方，即桃花源。

〔17〕无论：更不用说。这三句说，桃花源中人问渔人现在外界是什么朝代，他们竟然连汉朝都不知道，更不要说魏和晋了。

〔18〕为：给。具言：陈述。所闻：指渔人所听到的事，如朝代更替等世间的事。叹惋：即惋叹，"惊异"的意思。

〔19〕延：邀请。出酒食：拿出酒食招待捕鱼人。

〔20〕扶：沿着。向路：旧路，指来时走过的路。志：做标记。

〔21〕及郡下：到了武陵郡城。诣：往见。太守：郡的行政长官。如此：指关于桃花源的情形。

〔22〕寻向所志：寻找先前渔人所做的标记。

〔23〕刘子骥：名骥之，南阳（今河南南阳）人，好游山水，隐居不仕。曾到衡山采药，迷失道路，经人指点，才回到家里（见《晋书·隐逸传》）。《桃花源记》情节出于虚构，作者用真实隐士刘子骥的故事，是为了加强作品的真实感。高尚士：旧时指以隐居不做官为清高的读书人。规：计划。往：前往寻桃花源。

〔24〕未果：未成，没有实现。寻：不久。病终：病死。

〔25〕问津：问路。指探问访求。津：渡口。

〔26〕嬴氏：指秦始皇嬴政，秦是嬴姓。氏：姓的分支。天纪：日月星辰历数，这里指当时的社会秩序。

〔27〕黄绮：指秦时的夏黄公、绮里季，他们同东园公、甪里先生同为秦末

汉初的文人，为避乱隐居商山，并称"商山四皓"。之：到，往。商山：在今陕西商县西南。伊人：他们那些人，这里指最初来到桃花源的人。云：语助词，无实义。逝：去，逃隐，指避开秦朝的统治。这两句说，在夏黄公、绮里季逃隐商山时，他们也逃往桃花源去了。

〔28〕往迹：指去桃花源的踪迹。浸复湮：逐渐埋没，不留痕迹。湮：消蚀。来径：通往桃花源的道路。芜废：荒废。

〔29〕相命：互相招呼。肆：致力。从：相随，结伴归来。憩：休息。

〔30〕余阴：浓阴。菽：豆类的总称。稷：高粱，一说谷物。随时：随着季节。艺：种植。

〔31〕靡：无，没有。王税：官府征收的赋税。这句说，秋天庄稼成熟，不缴官税。

〔32〕曖（ài）：昏暗不明，指路为荒草遮掩，若有若无。交通：指行走。鸡犬互鸣吠：即记中所说"鸡犬相闻"之意。

〔33〕俎豆：古代祭祀的礼器，这里指祭祀的仪式。俎用以载牲，豆用以盛肉。犹古法：仍旧用古代的礼法。新制：新的式样。

〔34〕童孺：儿童。纵：尽情，无拘无束。行歌：边走边唱。斑白：头发花白的老人。游诣：游玩，交往。诣：往。这两句说，孩子们纵情地边走边唱，老人们高兴地往来串门。

〔35〕节和：节气暖和，指春天。木衰：指草木凋零。风厉：风声凄厉，指冬天。

〔36〕纪历志：关于岁时的记载，即历书。四时自成岁：四季交替，自然成了一年。

〔37〕余乐：不尽的欢乐。于何：在哪里。劳：动用。智慧：智巧，指操心思。这两句说，欢快安适，其乐无穷，哪里还用得着什么心机智巧？

〔38〕奇踪：奇异的踪迹，指桃花源。五百：自秦至晋太元不足六百年，五百是举其成数。敞：敞开，显露。神界：神仙般的境界。

〔39〕淳：指桃花源中淳朴的风尚。薄：指世间浇薄的人情世态。源：来历。旋：很快。复：又，再。幽蔽：深深地隐蔽。这两句说，桃花源内风尚朴实，桃花源外习俗浇薄，二者根源不同，所以桃花源一经发现，很快又深深隐蔽不见了。

〔40〕游方士：游于方内之士，指世俗之人。方：区域，指人世间。《庄子·大宗师》："孔子曰：'彼，游方之外者也；而丘，游方之内者也。'"焉：哪里，如何。尘嚣外：喧哗的尘世之外，指桃花源。

〔41〕言：语助词，无实义。蹑：踏着。高举：高飞。寻吾契：寻找和我志趣相合的人。契：契合，投合，指志同道合的人。这两句说，我愿乘风高飞，去寻找同我志趣相投的人。

《桃花源诗（并记）》大约写成于南朝宋武帝永初二年（421）。作者经历了晋、宋易代的社会动乱，弃官后又过了十多年的农村生活，对战乱造成的灾难和农民逃亡的苦痛有一定程度的感受。《桃花源记》主要叙述渔人发现桃花源的经过、桃花源的环境景物以及在桃花源中的所见所闻。《桃花源诗》着重描写桃花源里的历史、风俗和农民过着的富裕、宁静的安宁生活。作者通过《记》和《诗》描绘了他的理想社会：没有君臣、没有战乱、人人劳动、自耕自食、不纳官税，人与人之间关系和睦友好。作者构想的这个社会虽然只是一种乌托邦的空想，但在当时条件下，却反映了中小地主阶层对豪族地主集团腐朽统治的不满，也多少反映了受压迫农民对封建剥削制度的不满和对美好幸福生活的向往。

【谢灵运】

谢灵运（385—433），字灵运，世称谢客，以字行于世。祖籍陈郡阳夏（今河南周口太康县），生于会稽始宁（今绍兴嵊州）。南朝宋代杰出的诗人、文学家、旅行家。东晋名将谢玄之孙，世袭封康乐公，世称谢康乐。少即好学，博览群书，工诗善文，兼通史学，擅书法。曾任大司马行军参军、太尉参军等职。在争权夺利的斗争中，因反对刘宋王朝，被杀。其诗与颜延之齐名，并称"颜谢"。诗很少反映社会现实生活，多寄情山水，反映大自然美，给人以清新的感觉，开创了中国文学史上的山水诗派。曾翻译外来佛经，并奉诏撰《晋书》。明人辑有《谢康乐集》。

邻里相送至方山[1]

祗役出皇邑，相期憩瓯越[2]。解缆及流潮，怀旧不能发[3]。析析就衰林，皎皎明秋月[4]。含情易为盈，遇物难可歇[5]。积疴谢生虑，寡欲罕所阙[6]。资此永幽栖，岂伊年岁别[7]。各勉日新志，音尘慰寂蔑[8]。

毛泽东曾圈阅过这首诗，在"解缆及流潮，……皎皎明秋月"四句旁画着曲线、直线、曲线加直线。在本篇的编者注释"别绪低徊""触景自得"两句旁画着曲线。

〔1〕方山：又名天印山，以山形方如印而得名，在今江苏南京江宁区境内，为晋宋时南京一带长江的重要津渡之一。

〔2〕祗役：敬奉朝命赴外地任职。祗：敬。皇邑：京城，指刘宋都城建业（今江苏南京市）。憩：休息。瓯越：指永嘉郡。永嘉一带在汉代地属东瓯，东越王摇曾在此建都，故称瓯越。

〔3〕解缆：解开系船的缆绳，指开船。及：乘。怀旧：留恋老朋友。

〔4〕析析：形容风吹树木的声音。就：靠近。皎皎：光洁的样子。

〔5〕含情：这里指怀旧之情。盈：满。遇物：指一路上遇到的衰林、秋月。

〔6〕积疴（kē）：多年患病。疴：病。谢：绝。虑：思虑，谋求。寡欲：少欲。阙：同"缺"。

〔7〕资：借。此：指永嘉郡。幽栖：隐退屏居。岂伊：岂止。

〔8〕日新：一天比一天进步。音尘：音信，消息。寂蔑：寂寞。

永初三年（422）七月，谢灵运离开建业赴永嘉郡太守任。邻里们送行至方山，他写了这首诗留别。开头四句写自己将出任永嘉郡守，因与邻里有深厚的感情而不忍分别。中间四句写行船途中所见的"衰林""秋月"等景物。最后六句，点明与邻里"各勉日新志，音尘慰寂蔑"告别的主旨。此诗表现了成行时的依依惜别之情和对邻里朋友的劝勉，流露了对于自己政治处境艰难的不满。诗中"析析就衰林，皎皎明秋月"的描写，衬托了离情别绪的浓重，情景交融，真切地表

162

达了作者的诚挚感情。

登池上楼[1]

潜虬媚幽姿，飞鸿响远音[2]。薄霄愧云浮，栖川怍渊沉[3]。进德智所拙，退耕力不任[4]。徇禄反穷海，卧疴对空林[5]。衾枕昧节候，褰开暂窥临[6]。倾耳聆波澜，举目眺岖嵚[7]。初景革绪风，新阳改故阴[8]。池塘生春草，园柳变鸣禽[9]。祁祁伤豳歌，萋萋感楚吟[10]。索居易永久，离群难处心[11]。持操岂独古，无闷征在今[12]。

毛泽东在文学古籍刊行社 1957 年出版的一本《古诗源》中，对这首诗几乎每句都画了曲线，句末加了圈。在"进德智所拙"二句下，连画两个圈后，在天头和行间批注："通篇矛盾，'进德智所拙，退耕力不任'见矛盾所在。此人一生矛盾着。想做大官而不能，进德智所拙也。做林下封君，又不愿意。一辈子生活在这个矛盾之中。晚节造反，矛盾达到极点。'韩亡子房奋，秦帝鲁连耻。本是江海人，忠义感君子。'是造反的檄文。"

[1] 池：指谢公池，在永嘉郡（今浙江温州西北）。

[2] 潜虬：潜龙。虬：传说中有两角的小龙。媚：喜爱，这里有自我怜惜之意。幽姿：美丽的身姿。这里喻指隐士。飞鸿：能高飞的鸿鹄等大鸟。远音：鸿飞得高，所以鸣声可以传得很远。这里喻指有所作为的人。

[3] 薄霄：迫近云霄，这里借飞鸿自喻。薄：迫近。云浮：指高飞的鸿。栖川：栖息水中。怍：惭愧。渊沉：沉潜深渊，这里借潜虬自喻。

[4] 进德：增进道德修养，这里指做一番事业。语出《周易·乾卦·文言》："君子进德修业，欲及时也。"智所拙：智力不及。拙：指不善逢迎。退耕：退隐躬耕。力不任：体力不能胜任。

[5] 徇（xún）禄：追求俸禄，指做官。徇：谋求。反："返"的古字。穷海，边远荒僻的滨海地区，这里指永嘉郡。卧疴：卧病。空林：指秋、冬季节树叶尽落的树林。

[6] 衾枕：指卧病于床。衾：被子。昧节候：分不清季节变化。昧：暗，不

163

明白。褰（qiān）开：掀起，指揭起窗帘打开窗户。窥临：临窗眺望。

〔7〕倾耳：侧耳，这里有聚精会神的意思。聆：听。波澜：这里指远处的波涛声。岖嵚（qīn）：山岭高耸险峻的样子，这里指高山。

〔8〕初景：初春的日光。景："影"的古字。革：改变。绪风：余风，指残冬的寒风。新阳：指春天。阳：古代以春、夏为阳。故阴：指冬季。阴：古代以秋、冬为阴。这两句说，初春的日光扫除了残冬的寒风，冬天过去了，春天来临了。

〔9〕池塘：河堤。"园柳"句：是说园柳中鸣叫的禽鸟种类因季节变化而不同。

〔10〕"祁祁"句：化用《诗经·豳风·七月》"春日迟迟，采蘩祁祁，女心伤悲，殆及公子同归"诗意。祁祁：众多的样子。豳歌：豳地的民歌，这里借指《诗经》。"萋萋"句：化用《楚辞·招隐士》"王孙游兮不归，春草生兮萋萋"诗意。是说自己由眼前春色而触发的离家感伤的情绪。萋萋：草木茂盛的样子。楚吟：借指《楚辞》。

〔11〕索居：独居。易永久：容易感到时间长久。难处心：指难以排遣的孤寂的心情。这两句说，离群独居容易感到日子久长，也难于安心。

〔12〕"持操"句：是说坚持高尚节操的人难道只有古代才有吗？持操：保持高尚的节操。"无闷"句：是说自己现在做到了隐居遁世而没有烦闷。无闷：化用《易经·乾卦》"遁世无闷"句意。意即避世归隐，心中无烦闷。征：验证，证实。这两句说，难道只有古人能够坚持节操，"遁世无闷"，今天在我身上也得到验证了。

这首诗作于宋少帝景平元年（423）初春，作者任职永嘉太守期间。此诗通过久病初起登楼临眺时所见所感的描写，表达了官场失意而不得志的感伤情绪。诗分三个层次。前八句为第一层，写出任永嘉太守的矛盾心情，懊悔自己既不能像潜藏的虬那样安然退隐，又不可能像高飞的鸿那样声震四方，实现建功立业的理想。第二层写病中临窗远眺，满园春色映入眼帘。最后四句为第三层，作者触景生情，"持操岂独古，无闷征在今"两句表达了作者决意归隐的态度。此诗多处活用典故，通篇运用对偶句，对仗工整，对唐代近体诗的形成和臻于成熟有一定影响。诗中"池塘生春草，园柳变鸣禽"一联，清新流丽，刻画细致，情景交融，传为佳句。

【北朝乐府】

北朝乐府主要收录在郭茂倩编的《乐府诗集·梁鼓角横吹曲》里，也有一些收在《杂曲歌辞》和《杂歌谣辞》里。北朝乐府在数量上不及南朝乐府，但在内容上比南朝乐府更为丰富多彩。北朝乐府语言质朴，表情率直，具有雄健爽朗、悲凉慷慨的风格，与缠绵婉转、蕴藉柔媚的南朝乐府也形成了鲜明的对照。

木兰诗[1]

唧唧复唧唧，木兰当户织[2]。不闻机杼声，唯闻女叹息[3]。问女何所思，问女何所忆[4]。女亦无所思，女亦无所忆。昨夜见军帖，可汗大点兵[5]。军书十二卷，卷卷有爷名[6]。阿爷无大儿，木兰无长兄。愿为市鞍马，从此替爷征[7]。

东市买骏马，西市买鞍鞯，南市买辔头，北市买长鞭[8]。旦辞爷娘去，暮宿黄河边[9]。不闻爷娘唤女声，但闻黄河流水鸣溅溅[10]。旦辞黄河去，暮至黑山头[11]。不闻爷娘唤女声，但闻燕山胡骑鸣啾啾[12]。

万里赴戎机，关山度若飞[13]。朔气传金柝，寒光照铁衣[14]。将军百战死，壮士十年归[15]。

归来见天子，天子坐明堂[16]。策勋十二转，赏赐百千强[17]。可汗问所欲，木兰不用尚书郎，愿驰明驼千里足，送儿还故乡[18]。

爷娘闻女来，出郭相扶将[19]。阿姊闻妹来，当户理红妆[20]。小弟闻姊来，磨刀霍霍向猪羊[21]。开我东阁门，坐我西阁床[22]。脱我战时袍，著我旧时裳[23]。当窗理云鬓，对镜帖花黄[24]。出门看火伴，火伴皆惊惶[25]。同行十二年，不知木兰是女郎。

雄兔脚扑朔，雌兔眼迷离[26]。双兔傍地走，安能辨我是雄雌[27]？

毛泽东曾圈阅并手书过这首诗。

〔1〕《木兰诗》：又作《木兰辞》，为北朝乐府民歌的代表作。北宋郭茂倩收录在《乐府诗集·梁鼓角横吹曲》中。

〔2〕唧唧：象声词，形容叹息声。复：一再。当户织：对着门织布。

〔3〕机杼（zhù）：织布机和梭子。

〔4〕何所思：即"所思者为何"的节缩与倒装，意为想的是什么。忆：思念。

〔5〕军帖：征兵的文书。下文的"军书"义同。可汗：我国古代北部和西北部某些少数民族对其国君的称呼。大点兵：犹言大规模征兵。北魏实行军户制度，征兵主要以军户为对象。凡属在籍军人，即使老弱也不能免。

〔6〕军书十二卷：指军书接连下达，以示军情紧急。十二：表示数量多，不是确数。

〔7〕阿爷：父亲，当时北方人称父亲为阿爷。阿：唐代以前用于称谓长者的前面，表示尊敬。为：为此，指代父从军。市鞍马：买鞍马。市：买，动词。

〔8〕东：虚位，非实指。下文的西、南、北，均同此。市：名词，街市，市场。下文的市均同此。鞍鞯：马鞍下的垫子。鞯：马鞍下的垫子。辔头：驾驭牲口的嚼环、笼头和缰绳。木兰所处的北魏时期实行府兵制，专业军户一旦上前线，得自费购置装备。"东市"四句反映了当时的征兵制度。

〔9〕旦：早晨。

〔10〕但：只。溅溅：形容水流的声音。

〔11〕黑山：山名，即杀虎山，在今呼和浩特市东南百里，蒙语称为阿巴汉喀喇山。

〔12〕燕（yān）山：我国北部著名山脉，西起洋河，东至山海关，北接坝上高原，南为河北平原。胡骑：指当时北方少数民族的骑兵。骑（jì）：骑兵。啾啾：象声词，形容马的鸣叫声。

〔13〕戎机：军机，这里指战争。关山：关塞和山岭。度：跨越。

〔14〕朔气：北方的寒冷空气。朔：北方。金柝（tuò）：古代军中带三足的铜质行军锅，白天用来烧饭，夜里敲击用于打更报时，又称刁斗。寒光：寒冷的月光。铁衣：缀有铁片的战袍。

〔15〕十年：这里是泛指，并非确数。

〔16〕天子：这里指可汗。明堂：古代最高统治者举行祭祀、接见诸侯、选拔人才和听政的厅堂。这里指可汗所坐的殿堂。

〔17〕策勋：记录功勋。十二转：极言功劳大官位高。转：北朝评功记勋的专名，将勋位分为若干等，每升一等为一转。百千：极言赏赐之多。强：有余。

〔18〕不用：不愿，不做。尚书郎：官名，南北朝时中央政府设尚书省，在尚书省任职的侍郎、郎中等官职通称尚书郎。明驼：一种日行千里的骆驼。儿：木兰自称。

〔19〕出郭：出城迎于郊外。郭：外城。扶将：搀扶。

〔20〕姊（zǐ）：姐。理红妆：指女子梳妆打扮。

〔21〕霍霍：形容磨刀的声音。

〔22〕阁：古代称女子的卧房。

〔23〕著：穿。

〔24〕云鬓：形容妇女鬓发浓密。帖：通"贴"。花黄：北魏时流行的一种妇女面部妆饰物，用金黄色的纸剪成星、月、花、鸟等形状贴在额上，或在额上涂一点黄的颜色，称"黄额妆"。

〔25〕火伴：即伙伴，指和木兰一起从军的战友。古代军人十人为一火，同一灶火吃饭。惊惶：惊异。

〔26〕扑朔：四脚爬搔的样子。迷离：眼睛眯起的样子。这两句说，雄兔静止时四脚仍然爬搔不停，雌兔却喜欢眯缝着双眼。

〔27〕傍地走：贴着地面奔跑。安能：怎么能够。这两句说，当双兔一起挨着地面奔跑时，就很难辨别其雌雄了。

这首叙事诗大约产生于北魏时期的战争年代。诗篇叙述木兰女扮男装代父从军的故事。北朝人民崇尚武勇，女子也多熟习弓马。这首诗塑造了一个勤劳善织、机智英勇、忠于国家、勇于担当、孝敬父母、不慕功名富贵、向往和平生活的巾帼英雄形象，歌颂了我国古代劳动妇女的优秀品质。木兰这一鲜明形象的塑造，不仅提高了女性的社会地位，而且对于提高男子忠孝爱国的思想也发挥了激励作用。此诗抒情与叙事有机结合，人物内心活动刻画细致，语言朴素自然，譬喻富有情趣，使其千百年来在民间广为流传，成为我国古代民歌的代表作之一。

敕勒歌[1]

敕勒川，阴山下[2]。天似穹庐，笼盖四野[3]。天苍苍，野茫茫，风吹草低见牛羊[4]。

毛泽东曾手书过这首诗。其创作《五律·喜闻捷报》中"大野入苍穹"句，化用此诗"天似穹庐，笼盖四野"句。

[1]《敕勒歌》：属南北朝时期流传于黄河以北地区的北朝民歌。其歌词本为鲜卑语，后翻译成汉语。敕勒：古代民族名，匈奴族的一个支派。北齐时聚居于

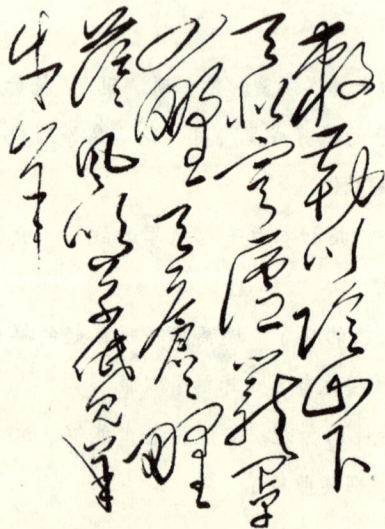

毛泽东手书《敕勒歌》

朔州（今山西北部、内蒙古中南部）一带。

〔2〕敕勒川：北魏时期，把今河套平原至土默川一带称为敕勒川。阴山：阴山山脉起于河套西北，绵亘于今内蒙古自治区南部一带，和内兴安岭相连接。

〔3〕穹庐：用毡布搭成的帐篷，即蒙古包。

〔4〕苍苍：深青色。茫茫：无边无际。见："现"的古字，显现。

这首民歌勾勒出了我国北方草原壮丽富饶的风光，抒写了敕勒人热爱家乡、热爱生活的豪情。开头以高亢的音调，点明敕勒人生活地域的自然特点。"天似穹庐，笼盖四野"，极言画面之壮阔，天野之恢宏。"天苍苍，野茫茫"，极力突出天空之苍阔、辽远，原野之碧绿、无垠。结句是全诗的点睛之笔，描绘出牛羊繁盛、其乐融融的景象。全诗明白如话、境界开阔、音调雄壮，展现了敕勒民族骁勇彪悍的豪迈情怀。

唐五代

TANGWUDAI

【骆宾王】

骆宾王（约640—684?），字观光。婺州义乌（今浙江金华市义乌）人。唐代文学家。曾任武功、长安主簿。入朝为侍御史，因屡次上书言事，获罪入狱，贬为临海县丞。光宅元年（684），随徐敬业起兵征讨武则天，代徐草拟《讨武曌檄》，兵败后不知所终，或说被杀，或说为僧。其诗长篇最见才力，擅五七言歌行、律诗，对转变唐代诗风有一定的贡献。与王勃、杨炯、卢照邻并称"初唐四杰"。有《骆宾王文集》《骆临海全集》传世。

在狱咏蝉[1]

西陆蝉声唱，南冠客思深[2]。不堪玄鬓影，来对白头吟[3]。露重飞难进，风多响易沉[4]。无人信高洁，谁为表予心[5]。

毛泽东曾圈阅这首诗。

[1] 在狱咏蝉：关于作者下狱的原因，一说他任长安主簿时犯过法，获罪入狱；一说因为他上书议论政事，得罪武则天，被诬陷下狱。这首诗因蝉声而起兴，借蝉自况。

[2] 西陆：指秋天。南冠：楚冠，用《左传·成公九年》楚钟仪戴着南冠被囚于晋国军府典故。作者是南方人，又正在坐牢，故用以自指。客思：指在狱思乡的情绪。

[3] 不堪：不能忍受。玄鬓：指蝉，因蝉的两翼似鬓而色黑，故称。白头吟：是说秋蝉正对着自己哀吟。比喻自己受到诬谤不能洗刷。白头：作者自指，以表现忧愁沉重。

[4] 飞难进：是说蝉难以高飞。响：指蝉声。沉：没，掩盖。这两句说，自己的前途阻力很大，困难重重，申诉的声音显得那么轻微，更没有人来关注了。

[5] 高洁：指蝉。古人以为蝉"饮露而不食"，故言其高洁。这里是作者自喻。予心：我的心。

唐高宗仪凤三年（678），作者因上书得罪武后，被诬下狱，这首诗写于狱中。诗前原有一小序,叙述作此诗的缘由、目的,对于理解此诗的内容、把握作者的思想情感特点极有价值。序中说:"每至夕阳低阴,秋蝉疏引,发声幽息,有切尝闻。……感而缀诗,贻诸知己。……道寄人知,悯余声之寂寞。"诗的起首两句以蝉声起兴,秋蝉高唱,引起在狱中的诗人对家园的深切怀想。诗人几次讽谏武则天,以致下狱。在狱中听到秋蝉的高鸣,两鬓乌玄,不禁自伤老大,同时更因此回想到自己少年时代,何尝不是像秋蝉一样,委婉曲折地表达了作者凄怆悱恻的感情。此诗借蝉自况,取譬明切,用典自然,语多双关,于咏物中寄情寓兴,由物到人,由人及物,达到了物我合一的境界。

【王 勃】

王勃(约650—676),字子安,绛州龙门(今山西运城河津)人。初唐著名诗人,散文家。出身望族,自幼聪慧,被称为神童。乾封初(666)被沛王李贤征为王府侍读,后被高宗怒逐出府,随即出游江汉、蜀中等地。上元二年(675)赴交趾省父,次年秋渡海溺水而亡。其诗语言质朴清新,感情真挚动人,从内容到形式都突破了六朝宫体诗的束缚,对近体诗格律的成熟起了重要作用。与杨炯、卢照邻、骆宾王并称"王杨卢骆",亦称"初唐四杰"。有《王子安集》。

送杜少府之任蜀川[1]

城阙辅三秦,风烟望五津[2]。与君离别意,同是宦游人[3]。海内存知己,天涯若比邻[4]。无为在歧路,儿女共沾巾[5]。

毛泽东曾背诵并书写过这首诗,并在一唐诗选本上对"海内存知己,天涯若比邻"一联连加三个圈,批一"好"字。在谈话和文章中曾多次引用此联。

[1] 杜少府:生平不详。少府:官名,在唐代指县尉。之任:赴任。蜀川:治所在今四川成都崇州。

[2] "城阙"句:是说长安城雄踞在关中的三秦之地。城阙:皇宫门前的望楼,常用来指代京都。三秦:这里泛指秦岭以北、函谷关以西的广大地区。本指

长安及周围的关中地区。秦亡后，项羽三分秦故地关中为雍、塞、翟三国，故称"三秦"。"风烟"句：是说遥望蜀川的岷江五津烟尘迷茫。五津：指岷江的五个渡口白华津、万里津、江首津、涉头津、江南津。

〔3〕"与君"句：是说和你离别心中有无限的感慨。"同是"句：是说我们都是在外游居求官的人。

〔4〕"海内"句：是说四海之内你我是知心的朋友。海内：指全国各地。古代人认为我国疆土四周环海，所以称天下为四海之内。"天涯"句：是说即使远在天涯，也像是近邻。比邻：近邻。

〔5〕"无为"句：是说不要在分手的路口。歧路：岔路。这里指分手的地方。"儿女"句：是说像青年男女那样哭得泪水沾湿佩巾。

这首送友人到远方赴任的赠别诗，真切地抒发了作者与杜少府之间依依惜别的心情，表达了其间深厚真挚的友谊。首联点明分别的地点和杜少府将要去的地方，含有别离之意。"风烟"二字，还隐含着对前途的忧虑。颔联对友人进行宽

毛泽东手书王勃《送杜少府之任蜀川》

慰，说明离别是难以避免的。颈联"海内存知己，天涯若比邻"以拉近的心理距离化解了地理距离，同时表达了作者与对方的深情厚谊。尾联对友人给予勉励。此诗结构完整，起承转合，密合无间，语言流畅自然，格调高昂，一扫以往离别诗的哀愁之调，别开生面。

【宋之问】

宋之问（约 656—712），一名少连，字延清，汾州（今山西吕梁汾阳）人。一说虢州弘农（今河南三门峡灵宝）人。初唐著名诗人。高宗上元二年（675）与其舅舅刘希夷双双进士及第。历任洛州参军、尚方监丞、左奉宸内供奉。后与沈佺期等陷事张易之，降官为泷州参军。中宗时启用为鸿胪丞，官至考功员外郎，史称"宋考功"。因受贿，贬越州长史。睿宗时流放钦州（今属广东）。玄宗初赐死。诗与沈佺期齐名，皆工律体，号"沈宋体"。明人辑有《宋之问集》。

灵隐寺[1]

鹫岭郁岧峣，龙宫锁寂寥[2]。楼观沧海日，门对浙江潮[3]。桂子月中落，天香云外飘[4]。扪萝登塔远，刳木取泉遥[5]。霜薄花更发，冰轻叶未凋。夙龄尚遐异，搜对涤烦嚣[6]。待入天台路，看余度石桥[7]。

毛泽东曾手书此诗中"楼观沧海日，门对浙江潮"一联。

〔1〕灵隐寺：在浙江杭州西湖西北，始建于东晋咸和元年（326）。

〔2〕鹫岭：指灵隐寺前的飞来峰。据说印度僧人慧理见此峰，惊叹道："此中天竺国灵鹫山之小岭，不知何年飞来；佛在世日，多为仙灵所隐。"岧峣：形容高峻的样子。龙宫：这里借指灵隐寺。

〔3〕沧海：指东海。浙江：即钱塘江，斜贯今浙江省境内，经杭州闸口流入杭州湾，以江潮汹涌而闻名于世。

〔4〕"桂子"句：旧传灵隐寺周围常有豆子般圆粒从天而降，据说是月中桂

子。诗人因见桂花飘落，联想到美丽的传说。

〔5〕扣萝：攀缘藤萝。刳（kū）木：把山木剖开挖空，做成接引泉水的器具。

〔6〕凤龄：早岁，年轻时。尚遐异：喜好游历远方奇山异水。搜对：搜寻景致，相对陶醉。涤烦嚣：荡涤尘世的烦扰与喧嚣。

〔7〕天台：天台山，在今浙江天台，多悬崖、飞瀑等名胜。相传刘晨、阮肇入天台山遇仙，即此。隋代敕建国清寺，为佛教天台宗发源地。石桥：天台山楢溪上石桥，长数十丈，下临深涧。

这首诗按照游览路线展开描写，首联从飞来峰入笔，接着写灵隐寺。二、三两联写灵隐寺中的景色。"楼观沧海日，门对浙江潮"两句，对仗工整，气势雄壮。"桂子月中落，天香云外飘"两句构思绝妙，是吟咏桂花的名句。月宫中的桂子从天外飘下，寺庙中的香火从人间飘到了天外，天上人间仿佛是相通的，显示出佛教圣地的神秘色彩。四、五两联写灵隐寺外的景色，最后两联流露了作者出世归隐的意向。此诗意境开阔，抒情洒脱，写景清丽淡远，开启了唐代山水诗的道路。

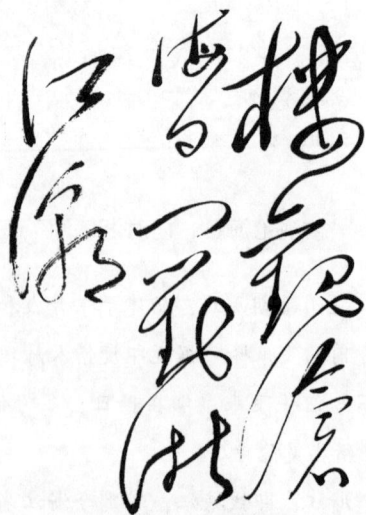

毛泽东手书宋之问《灵隐寺》(节选)

【陈子昂】

陈子昂（659—700），字伯玉，梓州射洪（今四川遂宁射洪县）人。唐代文学家。出身富家，少时性格豪侠。十七八岁以后闭门谢客，专心读书。二十四岁中进士，任麟台（秘书省）正字。因上书论政，为武则天所赞赏。官右拾遗，并两次出使边塞。后解职还乡，为县令段简诬害，冤死狱中。其诗反对齐梁以来颓靡之风，大胆提倡诗歌革新，标举汉魏风骨，强调兴寄，对唐诗发展做出了重大贡献。存诗较有社会内容，格调高峻，风骨峥嵘，寓意深远，苍劲有力。有《陈伯玉集》传世。

登幽州台歌[1]

前不见古人，后不见来者[2]。念天地之悠悠，独怆然而涕下[3]。

毛泽东非常喜欢这首诗，晚年时，护士孟锦云为他读诗，读到此诗时，他连声称赞："孟夫子选得好嘛，这首诗虽短，可内容是情深意长噢！"

〔1〕幽州台：即蓟北楼。因燕昭王曾置黄金于其上招纳贤才，又名黄金台。幽州：古十二州之一，治所在今北京大兴区。

〔2〕前：向前看。古人、来者：指那些能够礼贤下士的贤明君主。古人：指燕昭王。来者：指后世的贤明君主。

〔3〕念：想到。悠悠：形容时间的久远和空间的广大。怆然：形容悲伤的样子。涕下：流眼泪。涕：古时指眼泪，这里指流泪。

这首诗通过登楼远眺，凭今吊古所引起的无限感慨的描写，抒发了诗人抑郁已久的悲愤之情，深刻地揭示了封建社会中那些怀才不遇、报国无门的知识分子遭受压抑的根源，表达了他们在理想破灭时孤寂郁闷的心情，具有深刻而典型的社会意义。此诗时空交错的结构令人感到诗的内涵丰厚，给读者留下了广阔的思索空间。语言简洁有力，感情深沉蕴藉，风格苍凉悲壮。

【贺知章】

贺知章（659—744），字季真，晚年自号四明狂客，越州永兴（今浙江杭州萧山区）人。盛唐前期诗人、书法家。少时以诗文知名。武则天证圣元年（695）进士。因陆象先举荐，授国子四门博士，迁太常博士。历礼部侍郎、秘书监、太子宾客、秘书监等职。性格放荡不羁，中年后还乡隐居。能诗善书，与张旭、包融、张若虚号为"吴中四士"。诗以绝句见长，写景、抒怀之作风格独特，清新隽永。《全唐诗》存其诗 19 首。

回乡偶书二首（其一）[1]

少小离家老大回，乡音无改鬓毛衰[2]。儿童相见不相识，笑问客从何处来。

毛泽东曾手书过这首诗，并曾查阅《旧唐书》《全唐诗话》以及其他笔记、诗话中有关贺知章的材料，认为这首诗中的"儿童"应是贺知章的"孙儿女或曾孙女，或第四代儿女，也应当有别户人家的小孩子"，并批评旧说"儿童"是贺知章儿女"纯是臆测，毫无确据"。

〔1〕回乡偶书：组诗，共二首，这是第一首。写于作者辞官还乡之后，时年八十有余。偶书：是说诗写作得很偶然，是随时有所见、有所感就写下来的。
〔2〕老大：年纪大了。乡音：家乡的口音。鬓毛衰：是说鬓发疏落、变白。衰（cuī）：疏落，衰败。

这首诗作于诗人回到家乡时。诗篇抒发了久客他乡的伤感，也写出了久别回乡的亲切感和喜悦心情。作者"少小离家老大回"，因容貌改变了，儿童们居然把他当客人来招呼。诗中细腻地描绘了儿童天真活泼的神态，问话的场面极富于生活情趣，即使读者不为诗人久客伤老之情所感染，也不能不被这一饶有趣味的生活场景所打动。此诗语言平易，清新隽永。

毛泽东手书贺知章《回乡偶书二首》(其一)

【王 翰】

　　王翰（687？—726？），一作王瀚，字子羽，并州晋阳（今山西太原）人。唐代著名诗人。少时恃才豪放，不拘礼法。睿宗景云元年（710）进士。曾任驾部员外郎、秘书正字、通事舍人、仙州别驾等职。喜交结才士豪侠，纵酒游乐。其诗多壮丽之词，杜甫把他与李邕并提。长于七绝，歌行体也写得风华流丽。《全唐诗》存其诗15首。

凉州词[1]

　　葡萄美酒夜光杯，欲饮琵琶马上催[2]。醉卧沙场君莫笑，古来征战几人回[3]？

　　毛泽东曾手书这首诗。

179

〔1〕凉州词：唐代乐府《凉州》曲的歌词。凉州：唐代陇右道凉州治姑臧县（今甘肃武威市），辖今甘肃永昌县以东、天祝以西一带。

〔2〕夜光杯：一种上等白玉制成的杯子，这里指精致华美的酒杯。琵琶马上：指在马上弹奏琵琶的声音。这里有借乐助饮之意。催：催饮。

〔3〕沙场：战场。

这是一首脍炙人口的边塞诗。诗中以豪放的笔调描写军中将士们战罢回营，置酒作乐的情景，反映了军旅生活的紧张节奏和快乐气氛。作者写道：奏起音乐，将士们开怀痛饮，即使醉卧沙场也并不可笑，打了仗能够回来，即属难得，这不值得饮酒庆祝吗？"欲饮"二字极写宴饮场面的热烈，酒宴外加音乐，着意渲染此时的欢快气氛。将士们互相斟酌劝饮，尽情尽致，乐而忘忧，这是多么豪迈旷达。

【王之涣】

王之涣（688—742），字季凌，原籍晋阳（今山西太原），后迁居绛郡（今山西新绛县）。唐代著名的边塞诗人。少任侠，好纵酒击剑。曾任衡水县主簿，因遭人诬陷而罢官。其后，漫游黄河南北十五年。晚年任文安县尉，不久卒于任所。其诗描写边塞风光，壮健雄浑，意境壮阔，诗思高远，音乐性强，多为乐工制曲歌唱。与高适、王昌龄等著名诗人唱和，名闻天下。可惜其诗大多散佚，《全唐诗》仅录存6首。

登鹳雀楼〔1〕

白日依山尽，黄河入海流〔2〕。欲穷千里目，更上一层楼〔3〕。

毛泽东曾多次手书这首诗。

〔1〕鹳雀楼：始建于南北朝时期的北周。原址在黄河东岸的蒲州（今山西永济县）西南城上，楼有三层，前瞻中条山，下临黄河。因时有鹳雀栖息楼上，故名。元代毁于战火，2001年7月在原址重建。

〔2〕入海流：向着大海奔流。

〔3〕"欲穷"句：是说想要穷尽远达千里的眼界。千里目：目及千里。

这首诗描绘登楼远眺大好河山的壮丽景象，抒发了高瞻远瞩积极进取的开阔胸襟，启示人们要不断向上，追求更高的目标。此诗以朴素的语言，连贯的语境，启示后来者要不断追求新目标，发现新境界。"欲穷千里目，更上一层楼"两句诗已成为脍炙人口流传千古的警句。

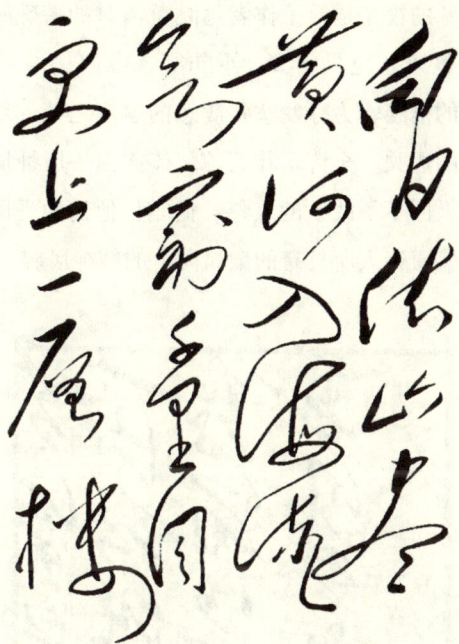

毛泽东手书王之涣《登鹳雀楼》

凉州词二首（其一）[1]

黄河远上白云间，一片孤城万仞山[2]。羌笛何须怨杨柳，春风不度玉门关[3]。

毛泽东曾多次圈读和手书这首诗。

181

〔1〕本题共二首，这是第一首。凉州：唐代属陇右道，治姑臧县，今为甘肃武威市。

〔2〕一片：一座。孤城：指玉门关。万仞：极言其高。仞：古代七尺或八尺为一仞。

〔3〕羌笛：我国古代西北地区羌族人所吹的一种乐器。杨柳：笛子曲有《折杨柳》，歌词多言离别愁思。玉门关：在今甘肃敦煌西北，是唐时通往西域的要道关口，为凉州西境。

这首诗以一种特殊的视角描绘了作者远眺黄河时的特殊感受。起句写黄河之水和高空之景，气势恢宏，境界阔大。承句写连绵起伏的高山和孤城的荒凉之景。转句由边塞景物的描绘转为抒发悲壮凄怨的思乡之情，结句写一年一度的春风都吹不到荒凉僻远的边关。全诗悲壮苍凉，流露出一股慷慨之气。边塞的酷寒表现了戍守边防的征人回不了故乡的哀怨，但是，他们的爱国意志并未消沉，而是壮烈广阔。这正是盛唐诗人所具有的激昂向上的精神风貌。

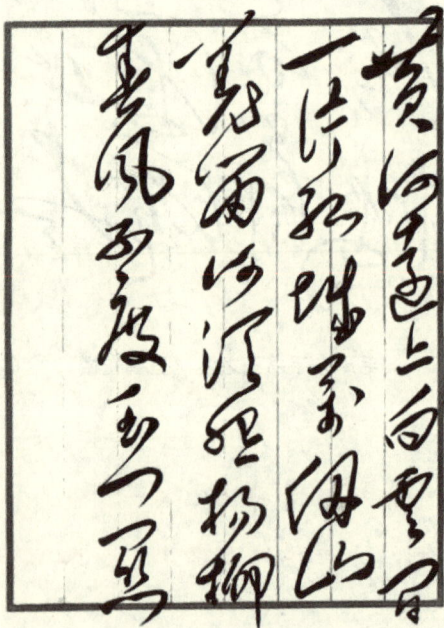

毛泽东手书王之涣《凉州词二首》(其一)

【孟浩然】

孟浩然（689—740），本名浩，字浩然。襄州襄阳（今湖北襄阳）人，世称"孟襄阳"。唐代著名诗人。早年有志用世，在仕途困顿、痛苦失望后，尚能自重，不媚俗世，隐居鹿门山。年四十，游长安，应进士不第，遂游吴越。后入荆州长史张九龄幕府，不久辞幕归乡。其为唐代第一个大量创作山水田园诗的诗人，与王维共同开创了唐代山水田园诗派，并称"王孟"。其诗语言自然清新，不事雕琢，风格恬静淡远。诗以五言著称，尤以五言律诗和排律见长。在艺术上有独特的造诣。有《孟浩然集》传世。

宿桐庐江寄广陵旧游[1]

山暝闻猿愁，沧江急夜流[2]。风鸣两岸叶，月照一孤舟。建德非吾土，维扬忆旧游[3]。还将两行泪，遥寄海西头[4]。

毛泽东曾圈读过这首诗。

〔1〕桐庐江：即桐江，为新安江的一段，在今浙江杭州桐庐县境内。广陵：郡名，即今江苏扬州市。旧游：指故交。

〔2〕暝：天色昏暗。沧江：指桐庐江。沧：通"苍"，因江水苍青，故称。

〔3〕建德：唐代郡名，在今浙江杭州建德市一带。汉代，建德、桐庐同属富春县。这里以建德代指桐庐。非吾土：不是我的故乡。王粲《登楼赋》："虽信美而非吾土兮，曾何足以少留。"维扬：江苏扬州的别称。《尚书·禹贡》："淮海维扬州。"

〔4〕遥寄：远寄。海西头：指扬州。隋炀帝《泛龙舟歌》："借问扬州在何处，淮南江北海西头。"因古扬州幅员辽阔，东临大海，在海之西，故云。

这首五律诗是作者在长安失意后东游途中寄给广陵旧友的。前四句描绘了一幅月夜行舟图。"猿愁""沧江""风鸣""孤舟"等景物描写，营造出一种凄清寂寥的氛围，衬托了诗人当时惆怅失意的情绪。后四句因景生情，表达了对友人的思念之情。"还将两行泪，遥寄海西头"两句，写与"旧游"曾经的欢愉，排遣心中的苦闷。此诗运用情景交融的手法，突出作者对旧友的思念和失意后的愤激孤苦。诗语朴质而淡雅，意境清冷而寂静。

宿建德江^[1]

移舟泊烟渚，日暮客愁新^[2]。野旷天低树，江清月近人^[3]。

毛泽东曾圈阅过这首诗。

〔1〕建德江：指新安江流经浙江杭州建德市西部的一段江面。因其在建德市境内，故称。

〔2〕移舟：划动小船。烟渚：傍晚烟气笼罩着的江中小洲。渚：水中的小块陆地。"日暮"句：是说暮色引起旅客新的愁思。客：指作者自己。愁：为思乡而忧思不堪。

〔3〕"野旷"句：是说郊野空阔，纵目远望，远处树木与天空相连。野：原野，郊野。旷：空阔远大。天低树：天幕低垂，好像和树木相连。月：指江中的月影。

作者把小船停靠在烟雾迷蒙的江边，想起了以往的事情，因而以舟泊暮宿作为抒发感情的归宿，写出了自己的羁旅之思。前两句写移舟烟渚，新添愁情；后两句写极目远望，远处天宇仿佛低垂在树木之上，近处月亮倒映在清澈的江水中，似乎与人更近了。此诗意象生动，意境深幽。写景抒情淡而有味，含而不露，自然流出，神韵无伦，颇具特色。

春　晓

春眠不觉晓，处处闻啼鸟^[1]。夜来风雨声，花落知多少^[2]。

毛泽东曾圈阅过这首诗。

〔1〕晓：拂晓，天刚亮的时候。

〔2〕知多少：不知有多少。

这首诗描写雨后春天早晨的情景，反映了诗人对春光和美好事物的喜爱之情。诗中选取清晨睡起时刹那间的感情片段进行描写，极力渲染户外春意闹的美好景象，把读者引向了活泼跳跃的、生机勃勃的、广阔的大自然。此诗语言通俗，意境清幽。

【七岁女子】

七岁女子，姓名、生平事迹均不详，大约系唐武则天时期南海（今广东广州一带）人。

送　兄[1]

别路云初起，离亭叶正飞[2]。所羡人异雁，不作一行归[3]。

毛泽东曾手书过这首诗。

[1] 送兄：传一七岁女孩能诗，武则天便召其来京面试，命之以《送兄》为题作诗，该女当场写了这首诗。

[2] 别路：送别的路上。离亭：指路边驿亭，古代在路旁供人休息的亭子。常为送别的场所，故曰"离亭"。

[3] 一行归：鸿雁飞行时排列成队，队列有"人"字形和"一"字形。

这首送别诗形象生动地刻画了兄妹依依惜别的深情。首句点明送别的时间，次句点明送别的地点和季节，三、四两句写此时看到天上鸿雁南飞，联想到人不如雁，不能再与兄长朝夕相处了。此诗写景抒情，寄托所思，抒发感慨。诗中没有一句惜别的话，但句句都充满了惜别之情，情意缠绵，哀而不伤，格调清俊而又无闺阁之气。

【李　颀】

李颀（约690—751），东川（今四川绵阳三台县）人。唐代诗人。少年时曾寓居河南登封。开元十三年（725）进士。曾任新乡县尉，久未升官，遂弃官归隐。其诗擅长五古、七言歌行，内容以写边塞题材为主，慷慨悲凉，风格豪放。有《李颀诗集》。

古　意[1]

男儿事长征，少小幽燕客[2]。赌胜马蹄下，由来轻七尺[3]。杀人莫敢前，须如猬毛磔[4]。黄云陇底白云飞，未得报恩不能归[5]。辽东小妇年十五，惯弹琵琶解歌舞[6]。今为羌笛出塞声，使我三军泪如雨[7]。

毛泽东曾圈阅过这首诗。其作品《七律·答友人》中"九嶷山上白云飞"句、《七绝·五云山》中"五云山上五云飞"句，均化用此诗"黄云陇底白云飞"句式。

〔1〕古意：即拟古诗，意为托古喻今之作。

〔2〕事长征：从事于长途远行，这里指从军远征。幽燕：幽州与燕国，古地名，在今河北、辽宁一带，是古代战略要地。客：指游侠，古代幽燕地区盛行尚武好义的游侠之风。

〔3〕赌胜：逞能，施展本领。马蹄下：指驰骋在疆场上。"由来"句：是说好男儿向来就轻视性命。七尺：七尺之躯，指身体。古时尺短，七尺指一般成年人的身高。

〔4〕"杀人"句：是说杀人而对方不敢上前交手，即所向无敌之意。"须如"句：是说胡须好像刺猬的毛一样纷纷张开，形容威武凶猛。磔（zhé）：张开的样子。

〔5〕黄云：指战场上大风卷起的沙尘。陇：山坡。白云飞：意谓白云之下居住着自己的亲人，比喻对亲人的思念。未得：没有能够。报恩：指报君国之恩。

〔6〕辽东：地名，在辽宁东南部辽河以东一带。小妇：少妇。解歌舞：擅长歌舞。解：懂得，通晓。

〔7〕为：吹奏。羌笛：又称羌管，是西北地区羌族人所吹的笛子。出塞声：

指出征边塞的乐曲。三军：指骑马打仗的前、中、后三军。

这是一首著名的边塞诗。前六句写戍边豪侠的风流潇洒、勇猛刚烈。当他们勇往直前杀敌的时候，没有人敢于阻挡。后六句写当豪侠们看到天空白云，听到羌笛声时，顿觉故乡遥远，不禁涌起思亲之情，以致泪如雨下。离别之情，征战之苦，跃然纸上。此诗语言含蓄顿挫，跌宕起伏，抒情情韵并茂。

古从军行[1]

白日登山望烽火，黄昏饮马傍交河[2]。行人刁斗风沙暗，公主琵琶幽怨多[3]。野云万里无城郭，雨雪纷纷连大漠。胡雁哀鸣夜夜飞，胡儿眼泪双双落。闻道玉门犹被遮，应将性命逐轻车[4]。年年战骨埋荒外，空见蒲桃入汉家[5]。

毛泽东曾圈阅过这首诗。

[1] 从军行：乐府《相和歌辞·平调曲》名。这首诗是拟古题，故名《古从军行》。

[2] 交河：故城遗址在今新疆吐鲁番西北五公里处，是两条小河交叉环抱的一个小岛，为唐代安西都护府治所。

[3] 行人：出征的人。刁斗：古代军中的铜制炊具，形状似锅，白天煮饭，夜间用来敲击代替更柝。公主琵琶：据载，汉武帝时，乌孙国王昆莫向汉朝求婚，武帝把江都王刘建的女儿封为公主，嫁给乌孙国王。出嫁途中，公主令人在马上弹奏琵琶，以抒思乡之情，故称"公主琵琶"。

[4] "闻道"二句：是说回车的要道已被阻断，只好追随将帅在塞外拼命了。汉武帝时，为取天马（即阿拉伯良种马），曾命李广利攻大宛。因补给困难，李广利要求回军休整。武帝大怒，命阻断玉门关，曰："军有敢入辄斩之！"遮：阻拦。轻车：汉代有轻车将军，这里泛指将帅。

[5] "年年"二句：是说连年战争付出的是多少人的生命代价，得到的只不过是点缀汉宫的葡萄而已。荒外：边远之地。空：只。蒲桃：即葡萄，原产西域，

汉武帝时随天马一起引入中原。汉家：指汉宫。

这首诗借汉皇开边、劳民伤财之史事，讥讽唐玄宗穷兵黩武，充满着非战思想。开头写紧张的从军生活。白日黄昏繁忙，夜里刁斗悲怆，琵琶幽怨，景象凄凉。接着渲染边陲的环境，四顾荒野，大雪荒漠，夜雁悲鸣，一片凄冷景象。最后写本应班师回朝，皇帝却不准罢兵，战士还得豁出性命随将军打仗。而千军万马拼死作战的结果，换来的只是一些葡萄的种子。此诗句句蓄意，步步逼紧，结尾处画龙点睛，落实主题，足见诗人笔力之工。

【王昌龄】

王昌龄（约698—约756），字少伯，京兆长安（今陕西西安）人。盛唐著名诗人。出身贫寒。玄宗开元十五年（727）进士，授汜水尉。二十二年（737）登博学鸿词科，官秘书省校书郎，出为江宁（今江苏南京）丞。晚年贬龙标（今湖南黔阳县）尉。世称"王江宁""王龙标"。安史之乱后，居乡里，为濠州刺史闾丘晓所杀。擅长五言古诗和七言绝句，边塞诗气势雄浑，格调高昂。宫怨诗、送别诗短小隽永，语言流畅，佳作迭出。有"七绝圣手""诗家天子"之誉。有《王昌龄集》，存诗180余首。

从军行七首（其四）[1]

青海长云暗雪山，孤城遥望玉门关[2]。黄沙百战穿金甲，不破楼兰终不还[3]。

毛泽东曾圈点此诗达五六次之多。1958年毛泽东给正在生病的女儿李讷写信时鼓励她："意志可以克服病情，一定要锻炼意志。"信中说："为你的事，我此刻尚未睡，现在我想睡了。心情舒畅了。诗一首：（略），这里有意志，知道吗?"信中说的"诗一首"就是这首诗。毛泽东还多次手书过这首诗。

[1] 从军行：乐府古题，属《相和歌辞·平调曲》。内容叙述军旅战争之事。这组诗共七首，这是第四首。

〔2〕青海：即青海湖，在今青海西宁市西面。唐将哥舒翰曾筑城于此，置神威军守戍。长云：云层弥漫，这里指战云。暗：使……变暗。雪山：这里指祁连山脉。"孤城"句：意谓唐军戍守之地远在玉门关外。孤城遥望：即"遥望孤城"的倒装。玉门关：唐代玉门关故址在今甘肃瓜州县双塔堡附近，为唐代边防要地。

〔3〕穿：磨破。金甲：铁甲之美称。破楼兰：借指彻底消灭敌人。楼兰：汉时西域的鄯善国，在今新疆鄯善县东南一带地方。汉昭帝时，楼兰王与匈奴勾结，屡杀汉朝使臣，大将军霍光派傅介子用计杀楼兰王而返。

这首诗抒写出征将士以身许国、宁息边患的豪情壮志，充满了一往无前的英雄主义精神。首句视野开阔，写战士所在地的艰苦与凄凉。次句写孤城与玉门关遥遥相望，关内就是故乡。三、四两句写战斗热情和胜利信心。诗人运用典型概括的手法，把"青海""雪山""玉门关""楼兰"这些具有地域特征的意象汇聚交织在一起，有力地渲染了西北边塞的战争氛围，塑造了戍边将士勇敢坚强、无所畏惧的英雄群体形象。此诗视野开阔、气魄雄伟、诗语豪迈、意境高远，有极强的艺术感染力。

毛泽东手书王昌龄《从军行》其四

从军行七首（其五）

大漠风尘日色昏，红旗半卷出辕门[1]。前军夜战洮河北，已报生擒吐谷浑[2]。

毛泽东曾两次手书这首诗。其创作《渔家傲·反第一次大"围剿"》中"前头捉了张辉瓒"句，化用此诗"前军夜战洮河北，已报生擒吐谷浑"句。其《清平乐·六盘山》中"红旗漫卷西风"句，化用此诗"红旗半卷出辕门"句。

〔1〕大漠：广阔的沙漠。红旗半卷：因风大而战旗半卷，便于快速行军。辕门：古代帝王出巡、田猎，宿于野外险阻之地，用车子做围墙，出入口竖起两车，使两车的车辕相向交接成一门，故名辕门。后来军营的大门也叫辕门。辕：车前端用于驾车的直木或曲木。

〔2〕洮河：即洮水，在今甘肃西南部，源出临潭，东流至岷县转北流，至临洮入黄河。生擒：活捉。吐谷（yù）浑：古代一少数民族名，原为鲜卑的一支。唐时居洮河西南一带，时扰边疆。其首领名吐谷浑，子孙遂以为国名。这里泛指敌人的首领。

这是一首著名的边塞诗。唐代初年，吐谷浑时常袭扰西北边地，贞观九年（634）唐太宗派李靖、侯君集远征吐谷浑，大破之，吐谷浑遂向唐臣服，受唐册封。663年吐谷浑为吐蕃吞并。诗人没有正面写战场的交锋，而只是截取了大军刚出辕门就传来前军活捉敌酋消息的这一特定场景，表现了唐军的士气高涨，所向披靡。至于战场的冲锋搏杀、敌酋的俘获以及获胜后全军的欢腾景象，都交给读者去想象，真可谓"以一目传尽精神"，使全诗显得格外精练含蓄。

出塞二首（其一）[1]

秦时明月汉时关，万里长征人未还[2]。但使龙城飞将在，不教胡马度阴山[3]。

毛泽东曾圈点并手书过这首诗。

190

〔1〕出塞：乐府旧题，汉武帝时李延年据西域乐曲改制。属《相和歌辞·鼓吹曲》。本题共二首，这是第一首。

〔2〕"秦时"句：是说自秦汉以来，明月和雄关依然如故。"万里"句：是说为戍边备胡，从秦汉至今，征人远戍，战争连续不断，许多将士一去不还。长征：这里指赴边关戍守。

〔3〕但使：只要。龙城：即卢龙城，在今河北喜峰口一带。西汉名将李广曾任右北平郡太守，其郡治所即在卢龙城。这里泛指边关。胡：泛指西北少数民族，这里指当时常来扰边的匈奴。阴山：昆仑山脉北支，西起河套，横贯今内蒙古自治区，东接大兴安岭，是古代中国北方的天然屏障。

这首诗慨叹朝廷没有名将守边，以致外患频仍，征人不还，表达了诗人希望早日平息边患，使人民过上安定生活的愿望。前两句写自秦汉以来就开始设关备胡，所以看到明月照关的苍凉景象，自然联想起秦汉以来的残酷战争给人们带来的无尽灾难，而秦月汉关就是历史的见证。三、四两句点明主旨，如果有一个像李广那样机智勇敢的名将率军守边，就决不让敌人侵入国境一步。诗中表现了诗人关心国事、体恤将士的阔大襟怀，为盛唐边塞诗奏出了充满强烈爱国精神和豪迈英雄气概的主旋律。此诗借古言今，委婉微讽，语言凝练，寓意深婉。

塞下曲四首 (其二)〔1〕

饮马渡秋水，水寒风似刀〔2〕。平沙日未没，黯黯见临洮〔3〕。昔日长城战，咸言意气高〔4〕。黄尘足今古，白骨乱蓬蒿〔5〕。

毛泽东曾圈读过这首诗。

〔1〕塞下曲：乐府曲调名。本为古代的一种军歌，多写边塞征战之事。本题共四首，这是第二首。

〔2〕饮（yìn）马：给马喝水。

〔3〕平沙：一望无际的沙漠。黯黯：光线昏暗，这里指隐隐约约、模糊不清的样子。临洮：古县名，秦置，治所在今甘肃岷县一带，以临近洮水得名。唐代为边防要地。

〔4〕长城战：指开元二年（714），唐玄宗命陇右防御使薛讷、副使郭知远等击吐蕃，战于临洮，杀获万余人之事。咸言：都说。咸：都。

〔5〕"白骨"句：是说野草丛中零乱地散布着战死将士的遗骸。蓬蒿：野草。

这首诗通过对塞外景物和昔日战场遗迹的描绘，着重描写军旅生活的艰辛及战争的残酷，蕴含了诗人的非战思想。前四句描写从军将士饮马渡河的艰辛，描绘了塞外空寂苦寒的自然景象。这里的水彻骨地寒冷，风像刀剑般锋利，漫天飞舞的沙尘，搅得夕阳都昏暗无光。后四句写将士们在古战场的所见所闻。临洮一带沙漠地，是历代经常征战的战场，一年四季，黄尘弥漫。战死者的白骨杂乱地弃在蓬蒿间，战争之残酷，的确触目惊心。此诗正面描写战争的残酷，表现手法高妙，格调悲壮沉雄，具有震撼人心的力量。

芙蓉楼送辛渐二首（其一）〔1〕

寒雨连江夜入吴，平明送客楚山孤〔2〕。洛阳亲友如相问，一片冰心在玉壶〔3〕。

毛泽东曾五六次圈读这首诗。

〔1〕芙蓉楼：位于润州（今江苏镇江市）西北角，原名西北楼。登临可俯瞰长江，遥望江北。辛渐：生平不详，是作者的诗友，其时辛欲往洛阳，诗人从江宁（今江苏南京）送其至润州。本题共二首，这是第一首。

〔2〕寒雨：指秋冬时节的冷雨。连江：指蒙蒙细雨弥漫着整个江面。吴：芙蓉楼所在属古吴地，故称。平明：天刚亮的时候。楚山：古时长江中下游一带属楚国，故作者所在附近的山亦可称为楚山。这里用"楚山孤"，形容客去以后，只能看到遥远的楚地山影，给人以孤独之感。

〔3〕一片冰心：这里指全部的心意。玉壶：古人以玉雕成壶，称玉壶，内储以冰，称冰心。这里说诗人的心地纯洁得像玉壶里的冰，没有受功名利禄等世情玷污，没有愧对亲友，更不以贬谪之事为怀。

天宝元年（742），作者出为江宁丞，这首送别诗作于其任内。诗的前两句点明送别的天气、时间和地点。寒冷的秋雨夜间悄然而至，笼罩在吴地的江天之上，渲染了离别时的暗淡气氛。天色刚明，辛渐即将登舟北归，诗人遥望远山，孤寂之感油然而生。"孤"字似情感的引线，自然牵出后两句的临别叮咛。诗人以晶莹透明的冰心玉壶自喻，表明自己未受功名利禄等世情玷污，虽处境孤寂，但胸怀磊落，节操不改。此诗构思新颖，内蕴丰厚，比喻生动，转接自然，浑然天成。

闺　怨[1]

闺中少妇不知愁，春日凝妆上翠楼[2]。忽见陌头杨柳色，悔教夫婿觅封侯[3]。

毛泽东曾圈读过这首诗。

〔1〕闺怨：思妇的愁怨。

〔2〕凝妆：盛妆，严妆，指精心打扮的意思。

〔3〕陌头：路边。悔教：后悔让。夫婿：丈夫。觅封侯：为了封侯而从军出征。

这首七绝描写上流社会贵族妇女赏春时的心理变化。诗中说：一位少妇因丈夫远征他乡而整日独守空房，想到平日里的夫妻恩爱和与丈夫惜别时的款款深情，以及自己的美好年华在孤寂中一年一年地消逝，而眼前这大好春光却无人与她共同欣赏。在一瞬间的联想之后，少妇那沉积已久的幽怨、离愁和遗憾突然一下子涌上心头，且变得一发而不可收。此诗通篇叙别情而不着别字，言离愁而无愁字，写法极经济，意韵极深婉，以最少的文字容纳了最多的语意。正如司空图在谈及含蓄时所说："不着一字，尽得风流。"

【王　维】

王维（约699—761），字摩诘，原籍太原祁（今山西晋中祁县），随其父迁居蒲州（今山西运城永济市）。唐代山水田园诗的代表作家。开元九年（721）进士。

曾任监察御史等职。晚年居蓝田辋川，过着亦官亦隐的生活。逝于尚书右丞职位，世称"王右丞"。早期作品积极乐观，反映社会生活较为广泛。后期潜心佛事，把诗歌情韵、绘画色彩、音乐旋律、禅宗哲理冶为一炉，风格独特，有"诗佛"之称。山水田园诗构思精巧，刻画入微，意境悠远，与孟浩然并称"王孟"。苏轼谓"味摩诘之诗，诗中有画；观摩诘之画，画中有诗"。有《王右丞集》。

老将行[1]

少年十五二十时，步行夺得胡马骑[2]。射杀中山白额虎，肯数邺下黄须儿[3]。一身转战三千里，一剑曾当百万师。汉兵奋迅如霹雳，虏骑崩腾畏蒺藜[4]。卫青不败由天幸，李广无功缘数奇[5]。自从弃置便衰朽，世事蹉跎成白首。昔时飞箭无全目，今日垂杨生左肘[6]。路旁时卖故侯瓜，门前学种先生柳[7]。苍茫古木连穷巷，寥落寒山对虚牖[8]。誓令疏勒出飞泉，不似颍川空使酒[9]。贺兰山下阵如云，羽檄交驰日夕闻[10]。节使三河募年少，诏书五道出将军[11]。试拂铁衣如雪色，聊持宝剑动星文[12]。愿得燕弓射天将，耻令越甲鸣吾军[13]。莫嫌旧日云中守，犹堪一战取功勋[14]。

毛泽东曾圈读这首诗。

〔1〕老将行：属乐府中的《新乐府辞》。行：歌行，乐府诗歌体裁的一种。

〔2〕"步行"句：典出《史记·李将军列传》：汉代名将李广，兵败为匈奴骑兵所擒，受伤的李广便装死。后于途中见一胡儿骑着良马，便一跃而上推胡儿于马下，疾驰而归。胡：这里指敌人。

〔3〕白额虎：传说为虎中最凶猛的一种。这里是借用晋代名将周处除三害的典故，见《晋书·周处传》。肯数：怎肯让。邺下：地名，在今河北临漳县西部，曹操封魏王时建都于此。黄须儿：指曹彰，曹操次子，须黄色，性刚猛，善骑射。

〔4〕虏骑：敌人的骑兵。崩腾：溃乱互相践踏。蒺藜：本是有三角刺的植物，这里指古代战场上用来防御的障碍物。

〔5〕卫青：汉代名将，汉武帝皇后卫子夫之弟，以征伐匈奴官至大将军。天幸：天赋的幸运。李广无功：李广曾屡立战功，汉武帝却以他年老数奇，暗示卫青不要让李广抵挡匈奴，因而被看成无功，没有封侯。缘：因为。数奇：即命运不好。古人认为偶数是吉，奇数是凶。

〔6〕飞箭无全目：古代传说吴贺与后羿北游，吴贺让后羿射雀左目，后羿却中了右目。这里的意思是说射技高超，鸟雀不能保全双目。垂杨生左肘：《庄子·至乐》载："支离叔与滑介叔观于冥伯之丘、昆仑之墟，黄帝之所休，俄而柳生其左肘。"这里是说因为长久没有参加战斗，手臂都快荒废了。

〔7〕故侯瓜：召平是秦代的东陵侯，秦亡后成为平民，生活困难，于是在长安城东种地卖瓜。这个典故是说年老的将军因为生活没有着落，不得不改行去当农民。先生柳：晋代大诗人陶渊明弃官归隐后，门前种了五株杨柳，自号"五柳先生"，并写有《五柳先生传》。

〔8〕虚牖：虚掩着的窗户。牖：窗户。

〔9〕疏勒：指疏勒城，在今新疆喀什地区疏勒县。飞泉：这里指涌出来的井水。后汉时，耿恭与匈奴作战，因为疏勒城边有水源，便驻扎在那里。不料匈奴断绝水源，部队于是缺水。耿恭命令在城中掘井，但深至十五丈还不见水。于是耿恭向井跪拜祝祷，井水旋即涌出。颍川：汉代郡名，故址在今河南中部及南部。使酒：恃酒逞意气。这里指灌夫，汉代将军，颍川人，为人刚直，常仗着酒性发牢骚。

〔10〕贺兰山：山名，在今宁夏中部。羽檄：即羽书，上插羽毛，表示紧急。

〔11〕节使：指节度使。三河：指河南、河东、河内三郡。

〔12〕聊持：暂且握持。星文：指剑上所嵌的七星图案。

〔13〕燕弓：燕地出产的良弓。"耻令"句：是说以敌人甲兵惊动国君为可耻。越甲：越国的甲兵。鸣：惊扰。

〔14〕云中守：指汉文帝时云中太守魏尚。魏尚任云中太守时，匈奴远避，不敢犯境。后来因为缴验敌人首级时少了六个，被削职。冯唐在文帝前为他辩白，于是文帝命冯唐持节赦免魏尚，官复原职。云中：汉代郡名，在今山西大同一带。

这首诗塑造了一个不甘老朽的将军时刻想着为国一战建立功勋的艺术形象。他"一身转战三千里，一剑曾当百万师"，但最终却为朝廷所弃置。他生活潦倒，居处是"苍茫古木连穷巷，寥落寒山对虚牖"，但心中思念的仍然是"誓令疏勒出飞泉，不似颍川空使酒"。他时刻准备着，一旦发生战争，就"试拂铁衣如雪色，……犹堪一战取功勋"，拳拳报国之心着实感人。此诗反映唐代军中赏罚不公，为潦倒的老将军倾诉愤懑，表明了诗人鲜明的政治态度。本诗作章法严谨，大量用典，几乎句句对仗，格调苍凉雄健，充满着英雄主义气概。

辋川闲居赠裴秀才迪[1]

寒山转苍翠，秋水日潺湲[2]。倚杖柴门外，临风听暮蝉[3]。渡头余落日，墟里上孤烟[4]。复值接舆醉，狂歌五柳前[5]。

毛泽东曾圈读过这首诗。

〔1〕辋川：水名，在今陕西西安蓝田县南终南山下。山麓有宋之问的别墅，后归王维。王维在那里住了三十多年，直至晚年。裴迪：诗人，王维的好友，与王维唱和较多。

〔2〕寒山：指秋天的山林。苍翠：青绿色。潺湲：水流徐缓的样子。

〔3〕听暮蝉：聆听秋后蝉儿的鸣叫。暮蝉：秋后的蝉，这里指蝉的叫声。

〔4〕渡头：渡口。墟里：村庄。孤烟：直升的炊烟。

〔5〕复：又。值：遇到，碰上。接舆：春秋时楚国隐士陆通的字。接舆好养性，假装疯狂，不出去做官。这里以接舆比裴迪。五柳：东晋大诗人陶渊明的号，这里是诗人以陶渊明自比。这两句说，又碰到狂放的裴迪喝醉了酒，在我面前唱歌。

裴迪是王维的好友，两人同隐终南山，常常在辋川"浮舟往来，弹琴赋诗，啸咏终日"。这首诗抒发了他们的闲居之乐和友谊之诚。开头两句写"寒山""秋水"之景色，着意刻画山光水色之美。三、四两句写倚杖柴门，临风听蝉，心旷神怡，自由自在。五、六句写"渡头""落日""墟里""孤烟"之暮景。最后两句以接舆比裴迪，以陶潜比自己，表达彼此间深情厚谊。此诗物我一体，动静结合，情景交融，诗中有画，画中有诗。

汉江临眺[1]

楚塞三湘接，荆门九派通[2]。江流天地外，山色有无中[3]。郡邑浮前浦，波澜动远空[4]。襄阳好风日，留醉与山翁[5]。

毛泽东曾圈读过这首诗。

[1] 汉江：即汉水。源于陕西宁强县，流经湖北襄阳，至汉阳流入长江。临眺：登高远望。

[2] 楚塞：楚国边境地带，这里指汉水流域，此地古为楚国辖区。三湘：湘水合漓水为漓湘，合蒸水为蒸湘，合潇水为潇湘，总称三湘；一说是湖南的湘潭、湘阴、湘乡合称三湘。荆门：山名，在今湖北宜都县西北的长江南岸，战国时为楚之西塞。九派：指长江的九条支流，长江至浔阳分为九支。相传大禹治水，开凿江流，使九派相通。这里指江西九江。

[3] "江流"二句：是说汉水水势浩瀚，极目望去，似乎流动于天地之外，远山时隐时现，似有若无。

[4] 郡邑：指汉水两岸的城镇。浦：水边。动：震动。这两句说，整个城邑的房舍建筑物好像在水边若沉若浮，远处的波涛动荡不定好像与天空一起翻涌。

[5] 襄阳：位于汉江南岸，今湖北襄阳市。山翁：指山简，晋代竹林七贤之一山涛的幼子，西晋将领，镇守襄阳，有政绩，好酒，每饮必醉。一说是作者以山简自喻。这两句说，时逢襄阳好风日，愿意留下来与山简那样的友人畅饮。

这首五律是作者与襄阳的地方长官一同登高眺望汉水时所作。王维的山水诗力求勾勒一幅图画，表现一种意境，给人浑然一体的印象。这首诗以淡雅的笔墨描绘了汉江周围壮丽的景色，表达了诗人追求美好境界，希望寄情山水的思想感情，也隐含了歌颂地方行政长官的功绩之意。"江流天地外，山色有无中"是写景名联，对后人颇具影响。诗篇采用白描手法，甚至不写山色是青是紫，是浓是淡，只说其似有若无，一切都是粗线条的。此诗于平凡中见新奇，意境开阔，气魄宏大，引人入胜。

送元二使安西[1]

渭城朝雨浥轻尘，客舍青青柳色新[2]。劝君更尽一杯酒，西出阳关无故人[3]。

毛泽东曾圈读过这首诗。

[1] 本题又作《渭城曲》，又因谱入乐府，送别时末句反复演唱，故称《阳关三叠》。元二：其事迹不详。使：出使。安西：唐代设安西都护府，治所在今新疆库车县境内。

[2] 渭城：秦代都城咸阳，汉代改称渭城，在今陕西西安市西北渭水北岸。浥：湿润。客舍：旅店，客栈。这里指为元二饯别的地方。柳色：柳枝的颜色。唐人有折柳送别的风俗。这里象征离别。

[3] 阳关：古关名，在今甘肃敦煌西南，因在玉门关以南，故称阳关，是出塞必经之地。

这是一首脍炙人口的送别诗。前两句点明送别的时令、地点、景物。洁净的道路，翠绿的杨柳，构成了一幅色调清新明朗的图画，透露出诗人愉悦的情调。这种融情于景的描写，为后面抒情烘托出浓郁的气氛。"劝君更尽一杯酒，西出阳关无故人"两句诗，借殷勤地劝酒表示知己难逢而无限依恋的深情。此诗构思新巧，景美情真，情景交融，语言清新，音韵和谐，道出了人人共有的依依惜别之情。唐代，这首诗即被谱成《阳关三叠》，历代广为流传。

相　思[1]

红豆生南国，春来发几枝[2]？愿君多采撷，此物最相思[3]。

毛泽东曾圈读过这首诗。

[1] 相思：题一作《相思子》，又作《江上赠李龟年》。

[2] 红豆：又名相思子，一种生在江南地区的植物，结出的籽像豌豆而稍扁，呈鲜红色。可以用来做装饰品。春来：一作秋来。发几枝：是说红豆树又新

长出多少枝条。

〔3〕采撷：采摘。相思：想念。

相传古时有人死于边地，其妻甚为思念，哭于树下而卒，化为红豆。故古人常以红豆象征爱情和相思。这首诗借生长在南国的红豆来表达相思的情意。首句因物起兴，语虽单纯，却富于想象；接着以设问寄语，意味深长地寄托心底的情思；第三句表现对友谊的珍爱，结尾一语双关，既切中题意，又关合情思，妙笔生花，婉曲动人。此诗情调健美高雅，怀思饱满奔放，语言朴素无华，韵律和谐柔美。相传当时即为人谱曲传唱，流行江南。

杂诗三首 (其二)[1]

君自故乡来，应知故乡事。来日绮窗前，寒梅著花未[2]？

毛泽东曾圈读过这首诗。

〔1〕杂诗：组诗，共三首。这是第二首。

〔2〕来日：来的时候，这里指从故乡动身启程的那天。绮窗：雕花的窗户。著花未：开花了没有？著（zhuó）花：开花。未：用于句末，相当于"否"，表疑问。

这首诗抒发了诗人对故乡亲人与风物景色的思念之情。前两句以记言的方式询问从家乡来的友人，后两句出人意料，仅仅问寒梅是否开花一事。此诗化复杂为单纯，变质实为空灵。语言看似平淡，诗味却非常浓郁。

九月九日忆山东兄弟[1]

独在异乡为异客，每逢佳节倍思亲[2]。遥知兄弟登高处，遍插茱萸少一人[3]。

毛泽东曾圈读过这首诗。

〔1〕九月九日：农历九月九日重阳节。山东：山的东边，山：指华山。作者老家在祁州，位于华山以东。写这首诗时他在蒲州（今山西永济），位于华山以西，而兄弟在祁州老家，所以说"忆山东兄弟"。

〔2〕为异客：作客他乡。

〔3〕登高：古代重阳节有登高饮菊花酒的风俗。茱萸：一种植物，有浓香。古人于重阳节插戴茱萸，据说可以避灾祛邪。

这首七绝通过思念家乡亲人的描写，表现了深厚的兄弟手足之情。首句的"独"和两个"异"字，把刻骨铭心的乡愁描画得入木三分。"倍"字道出了异乡异客对家乡亲人日夜思念、节日加倍的共同心声。三、四两句想象家里的兄弟登高时的情景和心境。这种托人及己的写法，极大地深化了兄弟间的手足之情。

【李 白】

李白（701—762），字太白，号青莲居士。祖籍陇西成纪（今甘肃天水秦安东），幼时随父迁居绵州昌隆（今四川绵阳江油市）青莲乡。唐代杰出的浪漫主义大诗人。少年即显露才华，吟诗作赋，博学广览。从25岁起离川，长期在各地漫游。天宝初供奉翰林一年余。安史之乱中，曾为永王李璘幕僚，因璘败牵累，流放夜郎，中途遇赦东还。晚年漂泊困苦，卒于当涂（今安徽马鞍山当涂县）。其诗对当时政治的腐败作了尖锐的批判；对人民的疾苦表示同情；对安史叛乱势力予以斥责。善于描绘壮丽的自然景色。诗风雄奇豪放，想象大胆夸张，语言流转自然。有"诗仙""诗侠""酒仙""谪仙"等美称。有《李太白集》。

峨眉山月歌〔1〕

峨眉山月半轮秋，影入平羌江水流〔2〕。夜发清溪向三峡，思君不见下渝州〔3〕。

毛泽东曾圈读过此诗。1958年成都会议期间，毛泽东圈阅的《唐宋人写的有关四川的一些诗和词》中也有这首诗。

〔1〕峨眉山：在今四川峨眉山市西南。歌：绝句在唐代能够入乐歌唱，故称歌。

〔2〕半轮秋：半圆的秋月，即上弦月或下弦月。影：月光。平羌：江名，即今青衣江，在峨眉山东北。源出四川芦山，流经乐山汇入岷江。

〔3〕夜：今夜。清溪：指清溪驿，在四川乐山犍为县峨眉山附近。三峡：指长江瞿塘峡、巫峡、西陵峡，在今重庆奉节和湖北宜昌交界处。一说指四川乐山的犁头、背峨、平羌三峡，清溪在黎头峡的上游。君：指峨眉山月。一说指作者的友人。下：顺流而下。渝州：今重庆一带。

这首诗约作于开元十四年（726）李白在清溪至渝州的夜行途中。随着峨眉山—平羌江—清溪—三峡—渝州的转换，诗篇为读者展开了一幅千里蜀中江行图。首句写在舟中所见夜景，营造了青山吐月的优美意境：雄伟秀丽的峨眉山之上，静谧澄清的秋空中，高悬着"半轮"皎洁的月亮。次句以"入""流"描写月影映入平羌江的动态之景，既写了月影随波的美妙景色，又暗点了秋夜乘舟之人。第三句写诗人正连夜从清溪驿出发进入岷江，向三峡驶去。末句写作者途中思念亲友，在已"思君不见"之时，还要"下渝州"，与亲友们越离越远。诗篇在貌似平常的叙述中，饱含着作者对家乡和亲友依依惜别的深情。构思精巧，意境秀美，语短情长，感染力强。

黄鹤楼送孟浩然之广陵[1]

故人西辞黄鹤楼，烟花三月下扬州[2]。孤帆远影碧空尽，惟见长江天际流。

毛泽东曾多次圈画这首诗，并手书过此诗。

〔1〕黄鹤楼：故址在今湖北武汉市武昌蛇山的黄鹤矶上，传说有神仙在此乘黄鹤而去，故称黄鹤楼。孟浩然：与李白同时代的诗人。之：往。广陵：即扬州。

〔2〕西辞黄鹤楼：从黄鹤楼到扬州，是向东行。西辞，是说在西面辞别。烟花三月：是说三月时各种花开如烟云，形容春天繁花似锦的艳丽景象。

这是一首脍炙人口的送别诗。诗中几乎句句写景，在写景中蕴含着离情别意。起句点明送行的地点及自己与被送者的关系。次句紧承首句，写送行的时令与被送者要去的地方。三、四两句写诗人的全部注意力和感情都集中在友人乘坐的那只帆船上，直到帆船渐去渐远，只剩下一点影子，最后消失在水天相接之处。诗人似乎要把自己的一片情意托付江水，伴随行舟，将友人送到目的地。全诗无一句言情而情自在其中，在艺术上别开境界。

毛泽东手书李白《黄鹤楼送孟浩然之广陵》

夜泊牛渚怀古[1]

牛渚西江夜，青天无片云[2]。登舟望秋月，空忆谢将军[3]。余亦能高咏，斯人不可闻[4]。明朝挂帆席，枫叶落纷纷[5]。

毛泽东曾圈读并手书过这首诗。

〔1〕牛渚：山名，在今安徽当涂县西北，突出江中，为重要渡口，其北部为

202

采石矶。

〔2〕西江：旧称自南京以西到江西境内的一段长江。牛渚在西江这一段中。

〔3〕谢将军：谢尚，东晋阳夏人，官镇西将军。镇守牛渚时，曾月夜泛舟江上，闻江渚船上有吟诗声，遣人问讯，原来是袁宏吟其自作咏史诗。便邀相见，直谈至天明。袁宏少时孤贫，因此名誉日盛，后官至东阳太守。(事见《世说新语》并注)

〔4〕高咏：谢尚镇守牛渚时，秋夜泛舟赏月，适袁宏在租船中高声吟诵新作《咏史》诗，遂大加赞赏，邀其前来，谈到天明。斯人：指谢尚。这两句说，自己也像袁宏一样有才能，但像谢尚这样能够赏识自己的人已不可得了。

〔5〕挂帆席：一作"洞庭去"。帆席：即船帆。

这首五律借泛舟江上望月怀古情景的描写，抒发知音难遇的无限伤感。首联开门见山描写"牛渚夜泊"及其夜晚"青天无片云"的景色；颔联由望月过渡到"空忆谢将军"的怀古之幽情；颈联由怀古再回到现实，抒发郁郁不平的感慨；尾联宕开写景，想象明朝挂帆远去的情景，烘托自己不遇知音的凄凉与寂寞。此诗写景清新隽永而不粉饰，抒情豪爽豁达而不忸怩作态，意象瑰丽，意境高远。

越中览古〔1〕

越王勾践破吴归，义士还家尽锦衣〔2〕。宫女如花满春殿，只今惟有鹧鸪飞〔3〕。

毛泽东曾手书过这首诗。

〔1〕越中：指会稽，春秋时越国曾建都于此。故址在今浙江绍兴市。览古：登览名胜，有感于古代之事而作。

〔2〕"越王"二句：春秋时期，吴、越两国争霸。越王勾践于公元前494年，被吴王夫差打败，回到国内，卧薪尝胆，誓报此仇。公元前473年，他果然把吴国灭了。还家：一作"还乡"。锦衣：华丽的衣服。《史记·项羽本纪》："富贵不归故乡，如衣锦夜行，谁知之者？"后来演化为成语"衣锦还乡"。

〔3〕春殿：宫殿。鹧鸪：鸟名，形似母鸡，叫声凄厉，音如"行不得也哥

哥"。这两句说，越王勾践胜利后，忘记了卧薪尝胆的往事，沉迷于宫中淫乐。

这首诗为天宝元年（742）李白入长安以前，在吴越漫游时所作。诗篇通过昔时繁盛与眼前凄凉情景的对比，表达了人事变化和盛衰无常的主题。首句说明所怀历史事件；二、三两句分写战士还家、越王勾践还宫的情况；结句突然一转，说过去曾经存在过的一切，如今所剩下的只是叫声凄厉的几只鹧鸪在飞。此诗善用典故，在鲜明的今昔对比中，给读者留下了特别深切的感受。

蜀道难[1]

噫吁嚱，危乎高哉[2]！蜀道之难，难于上青天！蚕丛及鱼凫，开国何茫然[3]。尔来四万八千岁，不与秦塞通人烟[4]。西当太白有鸟道，可以横绝峨眉巅[5]。地崩山摧壮士死，然后天梯石栈相钩连[6]。

上有六龙回日之高标，下有冲波逆折之回川[7]。黄鹤之飞尚不得过，猿猱欲度愁攀援[8]。青泥何盘盘，百步九折萦岩峦[9]。扪参历井仰胁息，以手抚膺坐长叹[10]。问君西游何时还，畏途巉岩不可攀[11]。但见悲鸟号古木，雄飞雌从绕林间[12]。又闻子规啼夜月，愁空山[13]。蜀道之难，难于上青天，使人听此凋朱颜[14]。连峰去天不盈尺，枯松倒挂倚绝壁[15]。飞湍瀑流争喧豗，砯崖转石万壑雷[16]。其险也如此，嗟尔远道之人，胡为乎来哉[17]！

剑阁峥嵘而崔嵬，一夫当关，万夫莫开[18]。所守或匪亲，化为狼与豺[19]。朝避猛虎，夕避长蛇。磨牙吮血，杀人如麻[20]。锦城虽云乐，不如早还家[21]。蜀道之难，难于上青天，侧身西望长咨嗟[22]！

毛泽东曾圈读过这首诗，还批道："此篇有些意思。"1975年他对身边的工作人员说："李白的《蜀道难》写得很好，有人从思想方面作各种猜测，以便提高评价，其实不必，不要管那些纷纭聚讼。这首诗主要是艺术性很高，谁能写得有他那样淋漓尽致呀，他把人带进祖国壮丽险峻的山川之中，把人带进神奇优美的神话世界，让人们仿佛也看到了'难于上青天'的蜀道上面了。"其创作《十六字令三首》中"离天三尺三"句，从此诗"连峰去天不盈尺"句化出。

〔1〕蜀道难：乐府旧题，属《相和歌辞·瑟调曲》。古代诗人常用以描写蜀地道路的艰险。蜀：四川的别称。

〔2〕噫吁嚱：蜀地方言，形容惊异的声音。嚱（hū）：通"呼"。危：高。哉：啊。

〔3〕蚕丛、鱼凫：传说中古代蜀国两位开国君主的名字。茫然：指时间悠久，开国君主的事迹渺茫，难以详说。

〔4〕尔来：从那时（指开国）以来。尔：那。四万八千岁：夸张而大约言之，是说时代久远。秦塞：秦在今陕西境内，因四周多关塞故云。塞：山关险阻。

〔5〕太白：太白山，又名太乙山，在今陕西宝鸡眉县、太白县一带。鸟道：鸟飞的路线。横绝：横渡，越过。峨眉巅：峨眉山的顶峰。

〔6〕地崩山摧：典出《华阳国志·蜀志》："秦惠王知蜀王好色，许嫁五美女于蜀。蜀遣五个大力士迎之。回到梓潼时，见一大蛇入穴中。一大力士揽其尾掣之，不禁，至五人相助，大呼拽蛇，山崩时把五个大力士和五个美女全压在底下，山也分成了五岭。"壮士：指大力士。天梯：形容山路陡峭，有如登天的梯子。石栈：在高山险绝处凿石架木而成的道路。

〔7〕六龙：古代神话传说，太阳神的御者羲和，每天驾着六条龙拉的车子，载着太阳神在天空巡行。回日：指太阳神的车子到此也要回转。高标：指蜀山最高峰，成为蜀地群山的标志。逆折：水流回旋曲折。回川：旋转弯曲的河流。

〔8〕黄鹤：即黄鹄，善高空飞翔，传说为仙人所乘。猿猱：蜀山中最善攀缘的猴类，体矮小，黄色丝状软毛，俗称金线绒。

〔9〕青泥：青泥岭，在今甘肃徽县南，陕西略阳县西北，为入蜀要道。盘盘：盘旋曲折的样子。萦：环绕。岩峦：山峰。

〔10〕扪参历井：参、井是二星宿名。古人把天上的星宿分别指配于地上的州国，叫"分野"，以便通过观察天象来占卜地上所配州国的吉凶。参星为蜀之分野，井星为秦之分野。扪：用手摸。历：经过。胁息：屏气不敢呼吸。膺：胸。

〔11〕君：泛指西游蜀地的人。西游：蜀在秦的西南，故云。畏途：可怕的路途。巉岩：险峻的山岩。

〔12〕悲鸟：啼声悲切的鸟。号：哀鸣。

〔13〕子规：即杜鹃鸟，蜀地最多，鸣声悲哀，若云"不如归去"。《蜀记》曰："昔有人姓杜名宇，王蜀，号曰望帝。宇死，俗说杜宇化为子规。子规，鸟名也。蜀人闻子规鸣，皆曰望帝也。"

〔14〕凋朱颜：美貌变成衰老。凋：凋落，失去。

〔15〕去：距离。倚：靠。

〔16〕湍：急流。喧豗（huī）：形容水流的轰响声。砯（pīng）崖：形容急流撞石的声音。转：翻滚。

〔17〕嗟：语气词。尔：你。胡为：为什么。乎：语气助词。

〔18〕剑阁：又名剑门关，在四川剑阁县北，是大、小剑山之间的一条栈道，长约三十余里。峥嵘：形容山势高峻的样子。崔嵬：山高大而不平的样子。"一夫"二句：语出《文选》卷四左思《蜀都赋》："一人守隘，万夫莫向。"莫开：不能打开。

〔19〕所守：把守关口的人。匪亲：不是亲信可靠的人。匪：通"非"。狼与豺：喻指割据谋叛的人。

〔20〕猛虎、长蛇：喻指叛乱害民的人。吮：吸。

〔21〕锦城：即锦官城，蜀国的都城。在今四川成都市。

〔22〕咨嗟：形容叹息声。

这首诗作于开元十八年（730）李白入京以前。入长安后，李白曾将此诗献给贺知章，贺称赞不已，称李为"谪仙"。此诗着力描绘由秦入蜀道路上奇丽惊险的山川，并从中透露了作者对社会的某些忧虑与关切。诗分三段，第一段以渺茫的历史传闻和离奇的神话故事描写远古开辟蜀道的艰险非凡。第二段绘声绘色地描写蜀道上的奇险与惊心动魄。第三段描写蜀地形势险要，祸乱难免，劝友人早归。诗人怀着关切友人安危的深挚感情，挥洒自如地运用夸张、想象等浪漫主义手法和雄健奔放的诗歌语言，描绘了一幅奇险万状、壮丽多姿的蜀道图。而开头、中段、结尾反复出现的"蜀道之难，难于上青天"的咏叹，造成强烈的艺术效果。整首诗气势豪放，感情激昂，使人读后惊心动魄，精神为之一振。

子夜吴歌四首 (其三)[1]

长安一片月，万户捣衣声[2]。秋风吹不尽，总是玉关情[3]。何日平胡虏，良人罢远征[4]？

毛泽东曾多次圈读此诗。

〔1〕子夜吴歌：相传为晋代女子子夜所创，流传于吴地，故有此称。诗题也作《子夜四时歌》，组诗，共四首，写春、夏、秋、冬四时的景色和恋情。这里选的是第三首秋歌。

〔2〕一片月：一片皎洁的月光。捣衣：把衣料放在石砧上用棒槌捶击，使衣料绵软以便裁缝。一作将洗过头次的脏衣放在石板上捶击，去浑水，再清洗。

〔3〕吹不尽：吹不散。玉关情：指思念玉门关外远戍的丈夫的哀怨之情。玉关：玉门关，故址在今甘肃敦煌县西北小方盘城。这里代指良人戍边之地。

〔4〕平胡虏：平定侵扰边境的敌人。良人：旧称丈夫。罢：停止。

这首诗通过长安出征军人家中妻子们在秋天月夜捣衣情景的描写，抒发了思妇们对远戍边疆的丈夫们的思念之情，反映了广大人民对和平安定生活的渴望，同时也流露出作者对唐王朝穷兵黩武政策的不满和对受苦人民的深切关怀和诚挚同情。此诗虽未直接描写爱情，却字字渗透着真诚的情意。末尾"何日平胡虏，良人罢远征"两句，在情调和用意上，不仅突出了边塞诗的特点，而且大大深化了诗的主题。此诗语言清新自然，民歌风味浓郁。

月下独酌四首 (其一)[1]

花间一壶酒，独酌无相亲。举杯邀明月，对影成三人[2]。月既不解饮，影徒随我身[3]。暂伴月将影，行乐须及春[4]。我歌月徘徊，我舞影零乱[5]。醒时同交欢，醉后各分散[6]。永结无情游，相期邈云汉[7]。

毛泽东曾圈读这首诗。

〔1〕本题共四首，这是第一首。独酌：一个人饮酒。无相亲：没有亲近的人。

〔2〕"举杯"二句：我举起酒杯招引明月共饮，明月和我以及我的影子恰恰形成三人。一说月下人影、酒中人影和我为三人。

〔3〕既：已经。不解：不懂，不理解。三国魏嵇康《琴赋》："推其所由，似元不解音声。"徒：徒然，白白地。

〔4〕将：和，共。及春：趁着春光明媚之时。

〔5〕歌：这里指吟诗。月徘徊：明月随我来回移动。影零乱：因起舞而身影纷乱。

〔6〕同交欢：一起欢乐。

〔7〕无情游：月、影没有知觉，不懂感情，李白与之结交，故称。一说指忘却世俗之情的交谊。游：交游，交谊。"相期"句：是说约定在天上相见。期：约会。邈：遥远。云汉：银河，这里指太空仙境。

这首诗作于唐玄宗天宝三载（744）春。诗篇描写诗人在月夜花下独酌而自得其乐的情景，同时也透露出诗人远别亲人后内心深处的孤独与凄凉。作者运用拟人手法，使月亮和身影伴随诗人歌舞，成为三人，欢洽行乐，开怀畅饮。最后还发出奇想，要凌空飞升，远离尘世，伴月遨游。此诗构思奇特，想象丰富，表现了诗人在怀才不遇中仍然旷达乐观、狂荡不羁的豪放性格。

关山月[1]

明月出天山，苍茫云海间[2]。长风几万里，吹度玉门关[3]。汉下白登道，胡窥青海湾[4]。由来征战地，不见有人还[5]。戍客望边色，思归多苦颜[6]。高楼当此夜，叹息未应闲[7]。

毛泽东曾圈读此诗。其创作《沁园春·长沙》中"问苍茫大地，谁主沉浮"句，化用此诗"明月出天山，苍茫云海间"句。

〔1〕关山月：乐府旧题，属《横吹曲辞》，多抒离别哀伤之情。《乐府古题要解》："'关山月'，伤离别也。"

〔2〕天山：这里指祁连山。在今甘肃、新疆之间，连绵数千里。因汉时匈奴称天为祁连，所以祁连山也叫天山。

〔3〕玉门关：关名，故址在今甘肃敦煌西北，古代通向西域的交通要道。这两句是说秋风自西方吹来，吹过玉门关。

〔4〕下：指出兵。白登：山名，在今山西大同东。《史记·高祖本纪》载：汉高祖刘邦领兵征匈奴，曾被匈奴围困于白登山七天之久。胡：这里指吐蕃。窥：有所企图，窥伺，侵扰。青海湾：指今青海省青海湖附近地区，湖水因青色而得名。

〔5〕由来：历来。《周易·坤》："臣弑其君，子弑其父，非一朝一夕之故，其由来者渐矣。"

〔6〕戍客：指驻守边疆的战士。边色：指边塞气候、植物等变化的景象。苦颜：苦脸。

〔7〕高楼：这里指戍边兵士的妻室所居之处。化用曹植《七哀诗》"明月照高楼，流光正徘徊。思妇高楼上，悲叹有余哀"诗意。

这首诗以乐府旧题描写边塞风光、戍卒遭遇，深刻反映了穷兵黩武的战争给广大人民带来的两地相思的痛苦。作者把眼前的思乡离别之情融入广阔的空间和时间，从而展开更深远的描述。开头四句写辽远空阔的边塞上关、山、月的苍茫景色；中间四句写战争的残酷和战场的惨烈景象。"戍客望边色，思归多苦颜"以下四句，写遥遥无期的兵役造成了戍卒与思妇两地相思无尽的苦况。此诗如同一幅由关山明月、沙场哀怨、戍客思归三部分组成的边塞图长卷，气象阔大，浑厚雅致，风格自然。

长干行二首 (其一)〔1〕

妾发初覆额，折花门前剧〔2〕。郎骑竹马来，绕床弄青梅〔3〕。同居长干里，两小无嫌猜〔4〕。十四为君妇，羞颜未尝开。低头向暗壁，千唤不一回。十五始展眉，愿同尘与灰〔5〕。常存抱柱信，岂上望夫台[6]。十六君远行，瞿塘滟滪堆[7]。五月不可触，猿声天上哀[8]。门前迟行迹，一一生绿苔[9]。苔深不能扫，落叶秋风早。八月蝴蝶黄，双飞西园草[10]。感此伤妾心，坐愁红颜老[11]。早晚下三巴，预将书报家[12]。相迎不道远，直至长风沙[13]。

毛泽东曾圈读此诗。

〔1〕长干行：组诗，共二首，这是第一首。乐府古题有《长干曲》，属《杂曲歌辞》，其内容多写商妇的离愁别绪。长干：秣陵（今江苏南京）里巷名，在秦淮河以南长江边。古代人们送友人出南京，通常送到长干为止，再折一根柳枝相赠，表达依依不舍的情谊。长干里频繁出现在古人的诗歌中，代表着极美的意象。

〔2〕"妾发"句：是说我的童年时。妾：诗中女主人公自称。覆额：发短刚遮住额头，古代儿童不束发。剧：游戏。

〔3〕竹马、青梅：均指儿童游戏之物。后世以"青梅竹马"为成语，形容小儿天真无邪、亲昵嬉戏的情态。床：这里指坐具。弄：玩。

〔4〕嫌猜：即猜疑。封建礼教规定，男女七岁以上即授受不亲，要避嫌疑。"两小无猜"成语源于此诗。

〔5〕始：方才。展眉：心情开朗，不再害羞。"愿同"句，是说情愿永不分开，就是到骨头化成灰尘也还在一起。这里指思妇与对丈夫表白，愿共生死。

〔6〕抱柱信：典出《庄子·盗跖》："尾生与女子期于梁下，女子不来，水至不去，抱梁柱而死。"后人用抱柱为守信之词。望夫台：相传该台在重庆市忠县。传说古代有人久出不归，其妻登台眺望，日子久了，化为石头。

〔7〕瞿塘、滟滪堆：均为长江三峡中危险的礁石和石滩名，在重庆奉节县东。

〔8〕五月不可触：指五月江水上涨，滟滪堆露出水面不多，行船更险。触：碰撞。猿声：古代三峡多猿，猿声哀切，引起旅客愁思。

〔9〕行迹：脚印。"一一"句：是说丈夫离家时的脚印全被青苔掩没。

〔10〕"八月"句：明代杨慎说，蝴蝶中黄色的一种，到秋天时才多见。

210

〔11〕 此：指上句蝴蝶双飞的情景。坐愁：深愁。

〔12〕 早晚：犹言多早晚，什么时候。三巴：古代巴东、巴郡、巴西的总称，在今四川东部和重庆一带。书：书信。报：通知。

〔13〕 不道远：不管多远。长风沙：地名，在今安徽安庆市东的长江边上，这里离长干里所在的南京市很远。

这首诗以商妇自白的口吻，用缠绵婉转的笔调，表达了对远出经商丈夫的真挚爱情和深深的思念。开头六句回忆与丈夫孩提时青梅竹马、两小无猜、天真活泼的情景。"十四为君妇"以下四句，细腻地刻画初婚的羞涩，重现了新婚的甜蜜醉人。"十五始展眉"以下四句，写婚后的热恋和恩爱，山盟海誓，如胶似漆。"十六君远行"以下四句，遥思丈夫远行经商，并为之担惊受怕，缠绵悱恻，情意绵绵。"门前迟行迹"以下八句，写触景生情，忧思不断，颜容憔悴。最后四句，寄语亲人，望其早归。此诗感情细腻，缠绵婉转，语言通俗直白，格调清新自然，堪称诗歌艺术的上品。《唐宋诗醇》评曰：写"儿女之情事，直从胸臆间流出，萦迂回折，一往情深"。

送友人

青山横北郭，白水绕东城〔1〕。此地一为别，孤蓬万里征〔2〕。浮云游子意，落日故人情〔3〕。挥手自兹去，萧萧班马鸣〔4〕。

毛泽东曾圈读过此诗。其词《贺新郎·别友》中"挥手从兹去"，化用此诗"挥手自兹去"。

〔1〕 北郭：北城外。郭：外城。白水：清澈的水。

〔2〕 为别：作别。孤蓬：喻指孤身漂泊的人。这里指作者的朋友。蓬：古书上说的一种植物，干枯后根株断开，遇风飞旋，也称飞蓬。征：远行。

〔3〕 浮云：飘浮无定的云。这里喻指友人。游子：离家远游的人，这里指友人。以浮云的来去无定，比喻游子的心意。故人：李白自称。

〔4〕 兹：此。萧萧：形容马的嘶叫声。班马：离群的马，这里指载友人远离的马。班：分别，离别。

211

这首诗通过送别环境的刻画，气氛的渲染，表达了作者与友人难分难舍的真挚深厚的感情。诗人写太阳徐徐落下，仿佛有所依恋，就像知道自己眷恋友人的心情一样。骑坐的两匹马仿佛也懂得主人心情，不愿与同伴分离，临别时禁不住萧萧长鸣，似有无限深情。诗中青山、白水、浮云、落日相互映衬，班马长鸣，形象活泼，自然美与人情美交织在一起，写得有声有色，气韵生动。画面中流荡着无限温馨的情意，读来感人肺腑。

行路难三首（其一）[1]

金樽清酒斗十千，玉盘珍羞直万钱[2]。停杯投箸不能食，拔剑四顾心茫然[3]。欲渡黄河冰塞川，将登太行雪满山[4]。闲来垂钓碧溪上，忽复乘舟梦日边[5]。行路难！行路难！多歧路，今安在[6]？长风破浪会有时，直挂云帆济沧海[7]。

毛泽东曾圈读过此诗。

[1] 行路难：汉乐府《杂曲歌辞》旧题。内容多写世路艰难及离别悲伤。本题共三首，这是第一首。

[2] 金樽：金质酒杯，这里借指精美的酒器。清酒：美酒。斗十千：一斗酒值十千钱，极言酒价高，并非真实酒价。斗：古代酒器，也是卖酒的计量单位。珍羞：珍美的菜肴。羞："馐"的古字。直万钱：极言菜肴名贵，非实价。直："值"的古字。

[3] 投箸：放下筷子。箸：筷子。茫然：失意而无所适从的样子。

[4] "欲渡"二句：写诗人进取而又遭权贵打击的困境。冰塞川：冰封流阻。太行：太行山，在山西、河南、河北边界。

[5] "闲来"二句：是说自己虽然目前隐退，仍希望有一天忽然回到皇帝身边。垂钓碧溪上：传说吕尚未遇周文王时，曾在磻（pán）溪（今陕西宝鸡市东南）垂钓。后为文王所用，助周灭商。乘舟梦日边：传说伊尹见商汤以前，梦乘舟经过日月旁边。后被商汤聘用，助商灭夏。连用以上两个典故，比喻人生遇合无常，多出于偶然。

〔6〕"多歧"二句：是说人生道路艰难，我今置身何处。歧路：岔道。安在：在什么地方。

〔7〕"长风"二句：是说总有一天自己会乘风破浪去实现理想。会：会当，该当。直：就，即。云帆：高大的船帆。济：渡。

这首诗为天宝三载（744）李白被谗离开长安时所作。诗篇抒发了作者壮志难酬的满腔悲愤和要冲破一切阻力以施展自己抱负的豪迈气概和乐观精神。前四句写诗人"心茫然"，点明了"行路难"的主题。接下来四句，先以"冰塞川""雪满山"为比兴，描写眼前在仕途上无路可走的困境，接着以开始不顺、老而见用的两位古人——吕尚和伊尹终成大事的历史故事，表明自己不甘消沉、仍有所追求的积极态度。末尾六句在感慨中进一步激起"天生我材必有用"的希望和执着的信心。"长风破浪会有时，直挂云帆济沧海"两句是此诗的诗眼。典故的妙用，形象的比喻，大胆的夸张，跳跃式的结构，都使这首诗的艺术感染力得到了大大的增强。

清平调三首^{〔1〕}（其一）

云想衣裳花想容，春风拂槛露华浓^{〔2〕}。若非群玉山头见，会向瑶台月下逢^{〔3〕}。

毛泽东曾两次手书此诗。

〔1〕清平调：组诗，共三首。《清平调》系乐府诗旧题。这组诗作于天宝元年（742）李白在长安供奉翰林时。

〔2〕"云想"句：是说云想成为杨贵妃的衣裳，花想拥有杨贵妃的容貌。槛：栏杆。露华：露珠。这里的"春风""露华"暗指玄宗对贵妃的恩泽。

〔3〕"若非"二句：是说贵妃貌美惊人，怀疑她不是群玉山头所见的飘飘仙子，就是瑶台殿前月光照耀下的神女。群玉：山名，传说中西王母所住之地。瑶台：西王母所居宫殿。

李白在长安供奉翰林时，唐玄宗与杨贵妃在宫中赏牡丹，李白奉诏写下《清平调三首》。诗人把牡丹和杨贵妃交互在一起写,花即是人,人即是花。人面与花光融为一片,以示同蒙玄宗的恩泽。这首诗从空间角度写,以牡丹花比杨贵妃的美艳,极为生动形象。

清平调三首 (其二)

一枝红艳露凝香,云雨巫山枉断肠[1]。借问汉宫谁得似?可怜飞燕倚新妆[2]。

毛泽东曾两次手书此诗。其创作《水调歌头·游泳》中"截断巫山云雨"句,化用此诗"云雨巫山枉断肠"句。

〔1〕"一枝"句:是说红艳艳的牡丹花滴着露珠,凝结着袭人的香气。红艳:鲜艳的花朵,这里指杨贵妃。云雨巫山:指传说中三峡巫山神女与楚王欢会接受楚王宠爱的神话故事。枉断肠:因楚王与神女毕竟虚无缥缈,故说枉断肠。枉:徒然,枉然。

〔2〕飞燕:赵飞燕,汉成帝皇后,貌美,善歌舞。倚新妆:凭借新奇的装扮。

这首诗从时间的角度写杨贵妃十分受玄宗宠幸。前两句写杨贵妃"红艳露凝香"之美,并以"巫山云雨"的神话故事作比,写玄宗与贵妃欢会之甜蜜。后两句说历史上的美女如赵飞燕等,都要依赖新奇的妆扮,远不如杨贵妃不施粉黛,天生丽质。此诗善用典故,借古喻今,生动形象。

清平调三首 (其三)

名花倾国两相欢,长得君王带笑看[1]。解释春风无限恨,沉香亭北倚阑干[2]。

毛泽东曾手书此诗。

〔1〕名花:指牡丹花。倾国:比喻美色惊人,这里指杨贵妃。典出汉李延年

《佳人歌》："一顾倾人城，再顾倾人国。"

〔2〕解释：了解，体会。春风：暗指唐玄宗。沉香：亭名，用沉香木筑成，在兴庆宫东面。倚阑干：指玄宗与贵妃倚栏赏花。阑干：通"栏杆"。

这首诗把牡丹、杨贵妃与君王糅合成一体，描绘人花交映、迷离恍惚的景象，突出杨贵妃的美貌。"长得君王带笑看"，极写玄宗对贵妃的万般宠爱。此诗巧用典故，构思精巧，辞藻艳丽，显示了诗人高超的艺术功力。

梁甫吟[1]

长啸《梁甫吟》，何时见阳春[2]？君不见朝歌屠叟辞棘津，八十西来钓渭滨[3]。宁羞白发照清水，逢时吐气思经纶[4]。广张三千六百钓，风期暗与文王亲[5]。大贤虎变愚不测，当年颇似寻常人[6]。君不见高阳酒徒起草中，长揖山东隆准公[7]。入门不拜骋雄辩，两女辍洗来趋风[8]。东下齐城七十二，指挥楚汉如旋蓬[9]。狂客落魄尚如此，何况壮士当群雄[10]！我欲攀龙见明主，雷公砰訇震天鼓，帝旁投壶多玉女[11]。三时大笑开电光，倏烁晦冥起风雨[12]。阊阖九门不可通，以额扣关阍者怒[13]。白日不照我精诚，杞国无事忧天倾[14]。猰貐磨牙竞人肉，驺虞不折生草茎[15]。手接飞猱搏雕虎，侧足焦原未言苦[16]。智者可卷愚者豪，世人见我轻鸿毛[17]。力排南山三壮士，齐相杀之费二桃[18]。吴楚弄兵无剧孟，亚夫咍尔为徒劳[19]。梁甫吟，声正悲。张公两龙剑，神物合有时[20]。风云感会起屠钓，大人岘屼当安之[21]！

毛泽东一生反复阅读、多次圈画这首诗。20 世纪 60 年代，还凭记忆默写过此诗。1972 年前后，在大字本《唐诗别裁》中这首诗的"君不见高阳酒徒起草中""指挥楚汉如旋蓬"两句旁，用红铅笔画了直线。1973 年 7 月 4 日，毛泽东在此诗第 16 句后续了"不料韩信不听话，十万大军下历城。齐王火冒三千丈，抓了酒徒付鼎烹"四句诗。他认为此诗中"君不见高阳酒徒起草中""指挥楚汉如旋蓬"，是一种"尽想做官"而又不能的、"神气十足"的、书生式的高傲和空谈。因此，只有续上这四句，诗才"比较完全"。

〔1〕《梁甫吟》：乐府旧题，一作《梁父吟》，古代用作民间葬歌，音调悲切凄苦，古辞今已不传。梁甫：山名，在泰山下。

〔2〕长啸：吟唱。阳春：阳光明媚的春天。春至一阳生，故称春天为阳春。战国宋玉《楚辞·九辩》："无衣裘以御冬兮，恐溘死而不得见乎阳春。"这里喻指理想世界。

〔3〕朝歌：殷的都城，在今河南淇县。屠叟：指姜太公，即周文王时人吕尚（吕望）。棘津：古渡名，即今河南延津，在今滑县西南古黄河上。渭滨：渭水之滨。

〔4〕宁羞：岂羞。经纶：原指整理丝线，喻指规划国家大事。《礼记·中庸》："唯天下至诚，为能经纶天下之大经，立天下之大本，知天地之化育。"

〔5〕广张：指每天设置钓具。三千六百钓：指吕尚在渭河边垂钓十年，共三千六百日。风期：风度和谋略。暗：指冥冥之中早已注定。这两句是说吕尚有"一举钓六合"，志在天下之心，命中注定要与周文王有所遇合。

〔6〕大贤：指吕尚。虎变：指虎的皮毛更新，文采炳焕。语出《周易·革卦》九五："大人虎变。"比喻大人物行为变化莫测，能骤然得志，愚人无法预测。

〔7〕高阳酒徒：指刘邦谋臣郦食其。高阳：古地名，在今河南杞县西。据西汉司马迁《史记·郦生陆贾列传》载：刘邦引兵过陈留，郦食其前往谒见，通报人说有个儒生来求见，刘邦说：我正忙着夺天下，没有时间见什么儒生。通报人对郦食其说了，郦食其瞋目按剑对通报人说：再去向沛公通报，说我是高阳酒徒，不是什么儒生！于是郦食其便闯了进去，长揖不拜。其时刘邦正让两个婢女洗脚。郦食其跟刘邦说，争夺天下要靠贤人出谋划策，哪里有这样接待贤人的道理？刘邦赶紧停止洗脚，请郦食其上坐。向他请教军国大计。起草中：起于草野之中，喻出身贫困。《史记·郦生陆贾列传》载：郦食其未遇沛公刘邦之前，为人贫而疏狂。山东隆准公：指汉高祖刘邦。山东：泛指华山以东地区。战国时期，秦在华山以西，齐、楚、燕、赵、魏、韩六国在华山以东。隆准：指高鼻梁。东汉班固《汉书·高帝纪》："高祖为人隆准而龙颜。"

〔8〕骋雄辩：尽情施展雄辩的游说口才。辍洗：停止洗脚。趋风：急趋如风，飞快赶上前去。

〔9〕齐城：指楚汉相争时期齐国所辖之七十余城。如旋蓬：像蓬草一样地随风旋转，这里形容轻而易举。这句是说郦食其长于谋略，楚汉两国将士在其谋划的战争中忙于奔命。

〔10〕狂客：指郦食其。壮士：李白自称。

〔11〕攀龙：《后汉书·光武帝纪》：(耿纯对刘秀说)"天下士大夫所以跟随大王南征北战，本来是希望攀龙鳞，附凤翼，以成就功名。"后人因以攀龙附凤比喻依附帝王建立功业。雷公：传说中的雷神。砰訇：形容声音洪大。这里指雷鸣。震天鼓：即打雷。帝：天帝，暗指唐玄宗。投壶：古代一种游戏，将箭投入壶中，以投中多少定胜负。玉女：仙女，喻指玄宗所亲近的奸邪小人。

〔12〕三时：指春、夏、秋三季。大笑：即天笑，指闪电。倏烁：电光闪耀。晦冥：昏暗。这两句暗指皇帝整天寻欢作乐，权奸和宦官弄权，朝廷政令无常。

〔13〕阊阖：神话中的天门。九门：九重之门。阍者：看守天门的人。《离骚》："吾令帝阍开关兮，倚阊阖而望予。"这两句说，唐玄宗昏庸无道，宠信奸佞，使有才能的人报国无门。

〔14〕白日：太阳，喻指唐玄宗。杞国无事忧天倾：《列子·天瑞》："杞国有人忧天地崩坠，身亡所寄，废寝食者。"这两句意谓皇帝不理解我，还以为我是杞人忧天。这里有自嘲之意。

〔15〕猰貐（yà yǔ）：古代神话中一种吃人的野兽。这里比喻阴险凶恶的人物。竞人肉：争吃人肉。驺虞：古代神话中一种仁兽，白质黑纹，不伤人畜，不践踏生草。这里李白以驺虞自比，表示不与奸人同流合污。

〔16〕接：搏斗。飞猱、雕虎：比喻凶险之人。焦原：传说春秋时莒国有一块约五十步方圆的大石，名叫焦原，下有百丈深渊，只有无畏的人才敢站上去。

〔17〕"智者"句：是说智者可忍一时之屈，而愚者只知一味骄横。卷：收敛，指受压抑。豪：骄横。轻鸿毛：意为看不起我。

〔18〕"力排"二句：《晏子春秋》内篇卷二《谏》下载：齐景公手下有公孙接、田开疆、古冶子三勇士，皆力能搏虎，却不知礼义。相国晏婴便向齐景公建议除掉他们。他建议景公用两只桃子赏给有功之人。于是三勇士争功，然后又各

217

自羞愧自杀。李白用此典意在讽刺当时权相李林甫陷害韦坚、李邕、裴敦复等大臣。

〔19〕"吴楚"二句：汉景帝时，吴楚等七国诸侯王起兵反汉。景帝派大将周亚夫领兵讨伐。周到河南见到剧孟（著名侠士），高兴地说：吴楚叛汉，却不用剧孟，注定要失败。这里李白以剧孟自比，暗示不被重用。哈：讥笑。

〔20〕张公：指西晋张华。据《晋书·张华传》载：西晋时丰城（今江西省丰城）县令雷焕掘地得双剑，即古代名剑干将和镆铘。雷把干将送给张华，自己留下镆铘。后来张华被杀，干将失落。雷焕死后，他的儿子雷华有一天佩带着镆铘经过延平津（今福建南平市东），突然，剑从腰间跳进水中，与早已在水中的干将会合，化作两条蛟龙。这两句用典，意谓总有一天自己会得到明君赏识。

〔21〕风云感会：古人认为云从龙，风从虎，常以风云际会形容君臣遇合，成就大业。屠钓：指曾经屠牛、钓鱼的吕尚。大人：只有远大抱负的人。崎岖（nì wù）：形容不安的样子。这里指暂遇坎坷。

这首诗大约写于唐玄宗天宝三载（744）李白"赐金放还"刚离开长安之后。作者借乐府旧题，翻出新意。诗人羡慕"屠叟"姜子牙50岁时尚在棘津卖食，70岁时在朝歌屠牛，80岁时在渭水垂钓，90岁时竟然还能遇到文王而被重用，辅佐周文王，成就了一代功业。羡慕"狂客"郦食其在楚汉于荥阳、成皋一带相对峙时，凭着三寸不烂之舌游说齐王，孤立项羽，使齐王田光愿以所管辖七十二城归汉，终于建立功业。借历史人物故事和一些神话传说表达自己的政治抱负，抒发了自己遭受挫折以后的愤懑和期盼明君能够重用自己的强烈愿望。此诗独具匠心，通篇用典，意象鲜明，意境奇妙，气势跌宕，堪称乐府诗的名篇。

梦游天姥吟留别[1]

海客谈瀛洲，烟涛微茫信难求[2]。越人语天姥，云霞明灭或可睹[3]。天姥连天向天横，势拔五岳掩赤城[4]。天台四万八千丈，对此欲倒东南倾[5]。我欲因之梦吴越，一夜飞度镜湖月[6]。湖月照我影，送我至剡溪[7]。谢公宿处今尚在，渌水荡漾清猿啼[8]。脚著谢公展，身登青云梯[9]。半壁见海日，空中闻天鸡[10]。千岩万转路不定，迷花倚石忽已暝[11]。熊咆龙吟殷岩泉，栗深林兮惊层巅[12]。云青青兮欲雨，水澹澹兮生烟[13]。列缺霹雳，丘峦崩摧[14]。洞天石扉，訇然中开[15]。青冥浩荡不见底，日月照耀金银台[16]。霓为衣兮风为马，云之君兮纷纷而来下[17]。虎鼓瑟兮鸾回车，仙之人兮列如麻[18]。忽魂悸以魄动，恍惊起而长嗟[19]。惟觉时之枕席，失向来之烟霞[20]。世间行乐亦如此，古来万事东流水[21]。别君去兮何时还？且放白鹿青崖间，须行即骑访名山[22]。安能摧眉折腰事权贵，使我不得开心颜[23]！

毛泽东很喜欢这首诗，曾多次圈读并手书过此诗。对"安能摧眉折腰事权贵，使我不得开心颜"两句诗尤为欣赏。其创作《七律·答友人》中"我欲因之梦寥廓"句，化用此诗"我欲因之梦吴越"句。

〔1〕诗题一作《别东鲁诸公》。天姥：山名，在浙江绍兴新昌东面。传说登山的人能听到仙人天姥唱歌的声音，山因此得名。吟：古代一种诗体的名称。

〔2〕海客：浪迹海上的归客。瀛洲：古代传说中的东海三座仙山之一，另两座叫蓬莱和方丈。烟涛：海上的烟雾波涛。微茫：迷蒙，景象模糊不清。信：确实，实在。求：访求。

〔3〕越人：指浙江一带的人。越：古国名，在今浙江一带。语：谈论。天姥：即天姥山。霞：副虹。明灭：忽明忽暗，忽现忽隐。

〔4〕向天横：即横向天，直插天空。"势拔"句：山势高过五岳，遮掩了赤城。拔：超出。五岳：指东岳泰山、西岳华山、中岳嵩山、北岳恒山、南岳衡山。掩：盖过，胜过。赤城：和下文的"天台"都是山名，在今浙江天台北部。

〔5〕四万八千丈：夸张说法，极言其高。"对此"句：对着天姥这座山，天台山就好像要倒向它的东南一样。意思是天台山和天姥山相比，显得低多了。倒、倾：拜倒。

〔6〕因：依据。之：指代前边越人关于天姥山的传说。吴越：偏义复词，这里偏指越。镜湖：又名鉴湖，在浙江绍兴市南面。

219

〔7〕剡溪：水名，为曹娥江上游，在今浙江绍兴嵊州市南面。

〔8〕谢公：指南朝诗人谢灵运，曾游天姥山，寄宿于剡溪。游天姥山时，他曾在剡溪这个地方住宿。渌水：清水。清：形容猿啼声清亮。

〔9〕谢公屐：谢灵运所制作的一种登山的木鞋，鞋底装有活动的齿，登山取下前齿，下山取下后齿，以保持平衡。青云梯：仙人升天时凭靠的云叫云梯，这里指高入云霄的陡峭山路。

〔10〕"半壁"句：是说上到半山腰就看到从海上升起的太阳。半壁：险峻的半山腰。天鸡：古代传说，东南有桃都山，山上有棵大树叫桃都，树枝绵延三千里，树上栖有天鸡，太阳初升，照到这棵树上，天鸡就叫起来，天下的鸡也都跟着它叫。

〔11〕"迷花"句：每当迷恋着花，倚靠着石，不觉天色已经很晚了。暝：日落天黑。

〔12〕"熊咆"句：是说熊在怒吼，龙在长鸣，岩中的泉水在震响。殷岩泉：即岩泉殷。殷：震动。"栗深"句：是说使深林战栗，使层巅震惊。栗、惊：使动用法。层巅：重重叠叠的山峰。

〔13〕青青：形容黑沉沉的样子。澹澹：水波荡漾。

〔14〕列缺：指闪电。霹雳：巨雷。丘峦：山峰。

〔15〕洞天：仙人居住的洞府。扉：门扇。訇然：形容声音很大。

〔16〕青冥：青色的高空，指仙人洞中别有洞天。浩荡：广阔远大的样子。金银台：金银铸成的宫阙，指神仙居住的地方。

〔17〕云之君：即云中君，云神。这里泛指自天而降的众仙。

〔18〕鼓：弹奏。鸾回车：鸾鸟驾着车。鸾：传说中的如凤凰一类的神鸟。回：旋转，运转。如麻：形容很多。

〔19〕悸：惊动。恍：恍然，猛然。

〔20〕觉时：醒时。向来：原来。烟霞：指上文所写的仙境奇景。

〔21〕东流水：像东流的水一样一去不复返。

〔22〕君：指东鲁的友人。"且放"二句：暂且把白鹿放在青青的山崖间，等到要行走的时候就骑上它去访问名山。放：放养。白鹿：传说神仙或隐士多骑白鹿。须：等待。

〔23〕摧眉折腰：低头弯腰。摧眉：低眉，低头。事：侍奉，侍候。

这首诗作于天宝五载（746）。天宝元年，诗人奉召入京，供奉翰林，不到两年便被"赐金放还"。离开长安后，他便长期漫游于齐鲁、吴越之间。这首诗便是离开东鲁漫游吴越之前，留给东鲁朋友的赠别诗。此诗在神仙世界虚无缥缈的描述中，依然着眼于现实。诗人神游天上仙境，却心觉"世间行乐亦如此"。"古来万事东流水"，其中包含着诗人对人生的几多失意和深沉的感慨。此时此刻诗人感到最能抚慰心灵的是"且放白鹿青崖间，须行即骑访名山"。徜徉山水的乐趣，才是最快意的。诗人对名山仙境的向往，是出之于对权贵的抗争，它唱出了封建社会中多少怀才不遇的贤人之心声。作者在变化恍惚莫测于虚无缥缈的描述中，寄寓着生活现实，内容丰富曲折，形象辉煌流丽，构成了全诗的浪漫主义华赡情调。

登金陵凤凰台[1]

凤凰台上凤凰游，凤去台空江自流[2]。吴宫花草埋幽径，晋代衣冠成古丘[3]。三山半落青天外，二水中分白鹭洲[4]。总为浮云能蔽日，长安不见使人愁[5]。

毛泽东曾手书过此诗。

〔1〕金陵：南京的古称。凤凰台：古台名，故址在今南京市南凤凰山上。相传南朝宋元嘉年间，有三鸟翔集山间，状如孔雀，鸣声谐和，众鸟飞附，时人谓之凤凰，筑台于山，名曰凤凰台。

〔2〕去：离开，飞走。

〔3〕吴宫：三国孙吴建都金陵时修筑的宫室。晋代：东晋亦建都于金陵。衣冠：指当时豪门望族的人物。成古丘：意谓这些人物今已剩下一堆古墓了。古丘：古墓。丘：坟墓。这两句说，世间的富贵繁华，不能长久。

〔4〕三山：山名，在南京市西南长江边上。因三峰并列，南北相连，故名。半落青天外：形容山远，看不大清楚。半落：三山有一半被云遮住了。二水：指

秦淮河流经南京后，西入长江，被横截其间的白鹭洲分为二支。白鹭洲：古代长江中的沙洲，在今南京市水西门外。洲上多集白鹭，故名。今已与陆地相连。

〔5〕浮云：比喻奸佞小人。蔽日：比喻朝中奸佞小人在贤臣与帝王之间起遮蔽阻挡作用。长安：代指朝廷和皇帝。

这首七律作于天宝年间李白在长安受到排挤打击，被迫离开后南游金陵时。诗人登台远眺，览胜怀古，抒发了忧国伤时的思想感情。开头两句从凤凰台落笔，昔日的美好传说与今日的荒凉景象形成盛衰对比，令人感慨。接下来两句承"凤凰台"进一步发挥，吴国昔日繁华的宫廷已经荒芜，东晋的一代风流人物也早已进入坟墓。五、六两句写远眺山水盛景，境界壮阔，与三、四句的衰飒风景对比，寓有人事已非、江山如故的感慨。最后两句写诗人极目而视，长安终不得见，流露出深恐唐王朝重蹈六朝覆辙的忧虑。此诗善用典故，立意深远，对仗工整，气象万千。

毛泽东手书李白《登金陵凤凰台》

222

将进酒[1]

君不见黄河之水天上来，奔流到海不复回。君不见高堂明镜悲白发，朝如青丝暮成雪[2]。人生得意须尽欢，莫使金樽空对月[3]。天生我材必有用，千金散尽还复来。烹羊宰牛且为乐，会须一饮三百杯[4]。岑夫子，丹丘生，将进酒，杯莫停[5]。与君歌一曲，请君为我侧耳听[6]。钟鼓馔玉不足贵，但愿长醉不复醒[7]。古来圣贤皆寂寞，惟有饮者留其名[8]。陈王昔时宴平乐，斗酒十千恣欢谑[9]。主人何为言少钱，径须沽取对君酌[10]。五花马，千金裘，呼儿将出换美酒，与尔同销万古愁[11]。

毛泽东曾在《注释唐诗三百首》书中这首诗的标题前画了一个大圈，标题后连画三个小圈，并在"天生我材必有用"句旁画上重线，还在天头上批曰："好诗。"毛泽东还多次手书过这首诗。

〔1〕将进酒：乐府旧题，属《鼓吹曲辞·铙歌》。将（qiāng）：请。

〔2〕高堂：指父母。青丝：形容黑发。这两句意为年迈的父母从明镜中看到了自己的白发而悲伤。感叹人生短暂。

〔3〕得意：适意高兴的时候。

〔4〕会须：应当，该当。三百杯：形容尽情豪饮。

〔5〕岑夫子：指岑勋，南阳人，李白的好友。丹丘生：即元丹丘，李白的好友。

〔6〕与君：给你们，为你们。君：指岑、元二人。

〔7〕钟鼓：指富贵人家宴会时鸣钟奏乐的生活。馔玉：形容饮食像玉一般精美。馔：饮食，吃喝。

〔8〕寂寞：默默无闻。

〔9〕陈王：指三国时魏国陈思王曹植。平乐：观名，在河南洛阳西门外，为汉代富豪显贵的娱乐场所。斗酒十千：见李白《行路难三首》（其一）注〔2〕。恣（zì）：纵情，无拘无束。谑：玩笑，戏。

〔10〕径须：只管。沽：通"酤"，买或卖，这里指买。酌：斟酒。

〔11〕五花马：指名贵的马。一说毛色作五花纹，一说颈上长毛修剪成五瓣。千金裘：价值千金的毛皮衣服。将出：拿出。尔：你。销：通"消"。

这首诗作于天宝十一载（752），是时作者在嵩山友人元丹丘处。此诗推陈出新，"借他人之酒杯，浇胸中之块垒"。"人生得意须尽欢"似乎是宣扬及时行乐的思想，然而只不过是现象而已。"天生我材必有用"才是诗人的真实思想，他要为未来的"长风破浪会有时"痛饮高歌。而"烹羊宰牛"，喝上"三百杯"，如此饮酒，旨在"销万古愁"。诗人旷达的性格，蔑视权贵、对现实不妥协的精神形成了这首诗的整体风貌，从而构成了此诗奔放磅礴的气势、强烈的震撼力。诗中排比、夸张、呼告等辞格和长短参差的句式、变化多端的韵脚，产生了强烈的艺术效果，使之成为李白诗歌的代表作之一。

宣州谢朓楼饯别校书叔云[1]

弃我去者，昨日之日不可留；乱我心者，今日之日多烦忧。长风万里送秋雁，对此可以酣高楼[2]。蓬莱文章建安骨，中间小谢又清发[3]。俱怀逸兴壮思飞，欲上青天览明月[4]。抽刀断水水更流，举杯消愁愁更愁。人生在世不称意，明朝散发弄扁舟[5]。

毛泽东很喜欢这首诗，在不同版本的诗集中，这首诗的标题前都画着两三个圈，在"弃我去者"等五句和"抽刀断水水更流"二句旁画了着重线。其所作《水调歌头·重上井冈山》中"可上九天揽月"一句，即从此诗"欲上青天览明月"化出。毛泽东还手书过这首诗。

〔1〕宣州：今安徽宣城一带。谢朓楼：又名北楼、谢公楼，在陵阳山上，南北朝时南齐诗人谢朓任宣城太守时所建。饯别：以酒食送行。校书：官名，即秘书省校书郎，掌管朝廷的图书整理工作。叔云：李白的族叔李云。

〔2〕长风：远风，大风。此：指上句的长风秋雁的景色。酣高楼：尽情畅饮于高楼上。

224

〔3〕蓬莱文章：借指汉代学者李云的文章。蓬莱：海中神山名。这里指东汉时藏书之东观。建安骨：汉献帝建安（196—220）年间，"三曹"和"七子"等作家所作之诗风骨遒劲，后人称之为"建安风骨"。小谢：指谢朓，字玄晖，南朝齐诗人。后人将谢灵运和他并称为大谢、小谢。这里用以自喻。清发：指清新秀发的诗风。发：秀发，诗文俊逸。这两句说，李云校书蓬莱宫，诗文有建安风骨，自己的诗作像小谢，清秀自然。

〔4〕俱怀：两人都怀有。逸兴：超逸豪放的兴致，多指山水游兴，超远的意兴。壮思：雄心壮志，豪壮的意思。览："揽"的古字，摘取。

〔5〕散发：丢弃冠簪，任发披散，表示弃官归隐。弄扁舟：乘着小船放荡江湖，去过自由自在的隐居生活。扁舟：小船。

这首诗是天宝末年李白游宣城饯别秘书省校书郎李云时所作。"安史之乱"前夕，面对朝政腐败的昏暗现实，李白结合自身遭遇，内心极为愤慨，登楼饯别，百感交集。诗中倾吐了满腔的愤激之情，腾宕跳跃，思绪万端，形象地展现了诗人复杂矛盾的内心世界。短短十二句诗，感情几次跳跃，若断若续而又一气呵成。"长风万里送秋雁，对此可以酣高楼"二句，写得境界壮阔，豪气冲天。"抽刀断水水更流，举杯消愁愁更愁"二句，以生动的比喻，痛快淋漓地抒发了报国无门、壮志难酬的忧愤。此诗感情激越，语言明朗，艺术感染力极强。

赠汪伦[1]

李白乘舟将欲行，忽闻岸上踏歌声[2]。桃花潭水深千尺，不及汪伦送我情[3]。

毛泽东曾多次圈读并手书此诗。

〔1〕汪伦：李白的朋友。天宝末年，李白游泾县（在今安徽宣城）桃花潭时，附近贾村的村民汪伦常以美酒招待李白，两人由此结下深厚的友谊，李白临行时作此诗留别。

〔2〕踏歌：民间流行的一种手拉手、两脚踏地为节拍的歌唱方式。

〔3〕桃花潭：在今安徽泾县西南一百里处。深千尺：诗人用潭水深千尺比喻

汪伦与他的友情。

　　这首赠别诗表达了作者对汪伦的深情厚谊，尤其是"桃花潭水深千尺，不及汪伦送我情"两句，把他们之间的友情渲染得浓之又浓，深之又深。"桃花潭水"从此成为名人抒写别情的常用语。草野小民汪伦和名满天下的李白，思想性情契合，引为同调。他们之间的友谊建立在共同情趣的基础上而不带任何功利色彩，因而是真诚的、纯洁的。此诗语言清新自然，想象丰富奇特，读之回味无穷。

毛泽东手书李白《赠汪伦》

庐山谣寄卢侍御虚舟[1]

　　我本楚狂人，凤歌笑孔丘[2]。手持绿玉杖，朝别黄鹤楼[3]。五岳寻仙不辞远，一生好入名山游[4]。庐山秀出南斗傍，屏风九叠云锦张，影落明湖青黛光[5]。金阙前开二峰长，银河倒挂三石梁[6]。

香炉瀑布遥相望，回崖沓嶂凌苍苍^[7]。翠影红霞映朝日，鸟飞不到吴天长^[8]。登高壮观天地间，大江茫茫去不还^[9]。黄云万里动风色，白波九道流雪山^[10]。好为庐山谣，兴因庐山发。闲窥石镜清我心，谢公行处苍苔没^[11]。早服还丹无世情，琴心三叠道初成^[12]。遥见仙人彩云里，手把芙蓉朝玉京^[13]。先期汗漫九垓上，愿接卢敖游太清^[14]。

毛泽东阅读过不同版本的古典诗词集，在这首诗上均有圈画，并手书过这首诗。毛泽东的长子毛岸英在朝鲜战场牺牲后，他忍受着内心巨大的痛苦，多方关怀儿媳刘松林。1959 年，刘松林生了一场大病，8 月 6 日，毛泽东写信鼓励她说："你身体是不是好了些？……'登高壮观天地间，大江茫茫去不还。黄云万里动风色，白波九道流雪山。'这是李白的几句诗。你愁闷时可以看点古典文学，可起消愁破闷的作用。……"其创作《五古·挽易昌陶》中"汗漫东皋上"，化用此诗"先期汗漫九垓上"句。

〔1〕谣：不合乐的歌，一种诗体。卢侍御：名虚舟，字幼真，唐范阳（今北京大兴）人。唐肃宗时曾任殿中侍御史，相传"操持有清廉之誉"。曾与李白同游庐山。

〔2〕楚狂人：指春秋时楚人陆通，字接舆，因不满楚昭王的政治，佯狂不仕，时人谓之"楚狂"。凤歌笑孔丘：孔子适楚，陆通游其门而歌："凤兮凤兮，何德之衰……"劝孔子不要做官，以免惹祸。这里，李白以陆通自比，表现对政治的不满，而要像楚狂那样游览名山过隐居的生活。

〔3〕绿玉杖：镶有绿玉的手杖，传为仙人所用。

〔4〕五岳：即东岳泰山，西岳华山，南岳衡山，北岳恒山，中岳嵩山。此处泛指中国名山。

〔5〕秀出：突出。南斗：星宿名，二十八宿中的斗宿。古天文学家认为浔阳属南斗分野（古时以地上某些地区与天某些星宿相应叫分野）。这里指秀丽的庐山之高，突兀而出。屏风九叠：庐山五老峰东北有叠石如屏障，故称屏风叠或九叠云屏。云锦张：是说九叠屏像云霞锦绣似的张开着。"影落"句：指庐山倒映在

明澈的鄱阳湖中。明湖：指鄱阳湖。青黛：青黑色。

〔6〕金阙：黄金饰的门楼。阙：皇宫门外的左右望楼。这里指庐山的金阙岩，一名石门。据《水经注·庐江水》载：庐山之北有石门水，水出岭端，有双石高耸，其状如门，故名石门。二峰：指香炉峰和双剑峰。银河：指瀑布。三石梁：指三叠泉，水势三折而下，如银河挂于石梁。

〔7〕香炉：香炉峰，在庐山西北部。回崖沓嶂：曲折的悬崖，重叠的山峰。凌：高出。苍苍：指苍天。

〔8〕吴天：吴地的上空，春秋和三国时，庐山一带曾属吴国。

〔9〕大江：指长江，流经庐山北面。

〔10〕黄云：昏暗的云色。白波九道：九道河流。古代认为长江流至浔阳分为九条支流。李白在此沿用旧说，并非实见九道河流。白波、雪山：都是形容江流白波汹涌，堆叠如山。

〔11〕石镜：在庐山东面悬崖上，圆形，平滑如镜，可照人影。谢公：指南朝宋谢灵运。

〔12〕服：服食。还丹：道家炼丹，将丹烧成水银，积久又还成丹，故名还丹，传说服之可以成仙。琴心三叠：道家修炼术语，指一种心神宁静的境界。

〔13〕玉京：传说道家元始天尊的居处。

〔14〕先期：预先约好。汗漫：无边无际，意谓渺茫不可知，这里引申指仙人。九垓：九天之外。卢敖：战国时燕国人，秦始皇召为博士，使求神仙，往而不返。这里指卢侍御。太清：最高的仙境。道家称玉清、上清、太清为三清。

这首诗作于唐肃宗上元元年（760），李白时年六十。此前一年的春天，李白在流放夜郎途中遇赦回到江夏（今湖北武汉市武昌），不久又到了庐山。此诗描绘了庐山秀丽雄奇的景色，表达了诗人狂放不羁的性格以及政治理想破灭后想要寄情山水的复杂心境。诗中表现了诗人一方面想摆脱世俗的羁绊，进入缥缈虚幻的仙境，一方面又留恋现实，热爱人间美好风物的矛盾的内心世界。此诗风格豪放飘逸，意境雄奇瑰玮，笔势错综变化。诗韵随着诗人情感的变化几经转换，跌宕多姿，极尽抑扬顿挫之美，富于浪漫主义色彩。

228

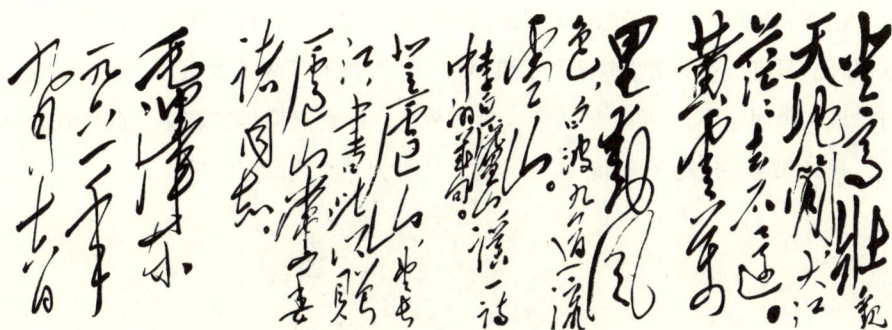

毛泽东手书李白《庐山谣寄卢侍御虚舟》(节选)

忆秦娥[1]

萧声咽，秦娥梦断秦楼月[2]。秦楼月，年年柳色，灞陵伤别[3]。乐游原上清秋节，咸阳古道音尘绝[4]。音尘绝，西风残照，汉家陵阙[5]。

毛泽东曾圈阅并手书过这首词。其创作《忆秦娥·娄山关》中"喇叭声咽"句，即从此词"萧声咽，秦娥梦断秦楼月"句化出。

[1] 忆秦娥：词牌名。两宋之交邵博《邵氏闻见后录》始称此词为李白之作。南宋黄昇《唐宋诸贤绝妙词选》亦录于李白名下。明代以来屡有质疑者。

[2] 箫：一种竹制的吹管乐器。咽：呜咽，形容箫管吹出的曲调低沉而悲凉，呜呜咽咽如泣如诉。梦断：梦被打断，即梦醒。

[3] 灞陵：在今陕西西安市东，有桥跨水上，当时人多以此为离别之地，送客至此，皆折柳枝，表示惜别。伤别：为别离而伤心。

[4] 乐游原：在长安东南郊，地势较高，视野较宽，可俯视长安城，是唐代游览之地。清秋节：指农历九月九日的重阳节，是当时人们重阳登高的节日。咸阳：在长安西北数百里，是汉唐时期由京城往西北从军、经商的要道。唐人常以咸阳代指长安。音尘：一般指消息，这里指车行走时发出的声音和扬起的尘士。

[5] 残照：指落日的光辉。汉家：汉朝。陵阙：指咸阳附近的西汉帝王陵墓。

这首词描写一个女子思念心爱之人的痛苦心绪。上片以月下箫声凄咽引起悲欢离合，写出当年的繁华梦断，不堪回首。下片撇开了先前的主体，词人直接把自己融入画面之中。"西风"八字，只写景色，兴衰之感尽寓其中。此词伤今怀古，托兴深远，气魄之雄伟，实冠今古，被誉为"百代词曲之祖"。

【高 适】

高适（702? —765），字达夫，一字仲武，渤海蓨（今河北衡水景县）人，居住在宋中（今河南商丘睢阳区）。唐代著名边塞诗人。少孤贫，爱交游，有游侠之风，并以建功立业自期。曾任名将哥舒翰掌书记。后转散骑常侍，世称"高常侍"。封渤海县侯。曾两度出塞，写了大量的边塞诗。风格雄浑朴厚，豪迈奔放，初与王之涣、王昌龄齐名，为盛唐边塞诗人的杰出代表之一。与岑参并驱，世称"高岑"。有《高常侍集》。

燕歌行（并序）[1]

开元二十六年，客有从御史大夫张公出塞而还者[2]，作《燕歌行》以示适。感征戍之事，因而和焉[3]。

汉家烟尘在东北，汉将辞家破残贼[4]。男儿本自重横行，天子非常赐颜色[5]。摐金伐鼓下榆关，旌旆逶迤碣石间[6]。校尉羽书飞瀚海，单于猎火照狼山[7]。山川萧条极边土，胡骑凭陵杂风雨[8]。战士军前半死生，美人帐下犹歌舞[9]。大漠穷秋塞草腓，孤城落日斗兵稀[10]。身当恩遇恒轻敌，力尽关山未解围[11]。铁衣远戍辛勤久，玉箸应啼别离后[12]。少妇城南欲断肠，征人蓟北空回首[13]。边庭飘飖那可度，绝域苍茫更何有[14]。杀气三时作阵云，寒声一夜传刁斗[15]。相看白刃血纷纷，死节从来岂顾勋[16]？君不见沙场征战苦，至今犹忆李将军[17]。

毛泽东曾圈阅过这首诗。

〔1〕燕歌行：属乐府《相和歌辞·平调曲》。《乐府诗集》卷三十二云："燕，地名也，言良人从役于燕而为此曲。"古辞多写思妇怀念征人。

〔2〕开元：唐玄宗李隆基的年号。二十六年：即738年。张公：指幽州节度副使张守珪，曾因功拜辅国大将军、右羽林大将军兼御史大夫。

〔3〕示：给……看。适：高适自称。和（hè）：酬和，对别人写来诗词的答作。有如唱歌相和，故称和。

〔4〕汉家：汉朝，这里代指唐王朝。烟尘：烽烟与尘土，代指战事。汉将：借指唐将。

〔5〕横行：任意驰走，所向无敌。非常赐颜色：超过平常的厚赐礼遇，即非常给面子。非常：破例。赐颜色：赏脸，指特别看得起而加以重用。

〔6〕摐（chuāng）：敲击。金：指钲一类的铜制打击乐器。伐：敲击。古代行军打仗，击鼓前进，鸣金收兵，敲击金、鼓是为了节制行动。榆关：即今山海关，当时是重要的边塞。旌旆：旌是竿头饰羽的旗，旆是末端状如燕尾的旗，这里泛指各种旗帜。碣石：山名，在今河北昌黎县北部。

〔7〕校尉：汉代武官名，地位次于将军的武官。这里指唐军军官。羽书：即羽檄，插有鸟羽的军用紧急文书。瀚海：大沙漠，这里指内蒙古东北西拉木伦河上游一带的沙漠。单于：古代匈奴首领的尊称，这里泛指北方少数民族的首领。猎火：古时游牧民族打猎时点燃的火。古代游牧民族出征前，常举行大规模校猎，作为军事性的演习。狼山：又称狼居胥山，在今内蒙古克什克腾旗西北。一说狼山又名郎山，在今河北易县境内。此处"瀚海""狼山"等地名，未必是实指。

〔8〕极：穷尽。凭陵：仗着地理优势肆无忌惮地侵扰。杂风雨：形容敌人来势凶猛，如风雨交加。一说敌人乘风雨交加时冲过来。

〔9〕半死生：意思是半生半死，伤亡惨重。

〔10〕穷秋：深秋。腓：病，这里指塞草枯萎。隋虞世基《陇头吟》："穷求塞草腓，塞外胡尘飞。"斗兵稀：作战的士兵越打越少了。

〔11〕"身当"二句：写主将蒙受朝廷的恩宠厚遇而盲目轻敌，战士们奋不顾

231

身上前杀敌，但用尽全力仍未能挫败敌人、解除重围。

〔12〕铁衣：铠甲，代指守卫边疆的战士。玉箸：玉制的筷子，这里喻指思妇的眼泪。

〔13〕城南：京城长安南部的住宅区。蓟北：唐蓟州在今天津市以北一带，这里泛指唐朝东北边境地区。

〔14〕边庭飘飖：形容边塞战场动荡不安。度：越过相隔的路程，回归。绝域：极遥远的边陲。更何有：更加荒凉不毛之地。

〔15〕三时：一天中的晨、午、晚，即从早到夜。一说指春、夏、秋三季。阵云：战场上象征杀气的云，即战云。刁斗：古代军中的铜炊具，夜间用以敲击报更。

〔16〕死节：指为国捐躯。节：气节。岂顾勋：难道还顾及自己的功勋。

〔17〕李将军：指汉代名将李广，他爱抚士卒，骁勇善战，匈奴称他为汉之飞将军。

这是盛唐边塞诗的一篇杰出代表作。诗中描写了战争的各个方面，意在慨叹征战之苦，谴责唐军将领骄傲轻敌，荒淫失职，造成战争失利，同时也反映了战士与将领之间苦乐不同、庄严与荒淫迥异的现实。诗虽叙写边战，但重点不在民族矛盾，而是讽刺和愤恨"战士军前半死生，美人帐下犹歌舞"醉生梦死、不恤战士的将领，当然，也写出了战士为国御敌之辛勤。开头八句写出师，说明战争的方位和性质。中间八句，写战斗危急和失败，战士们出生入死，将军们荒淫无耻。后面十二句，写被围战士浴血奋战、视死如归和征夫思妇的久别之苦。末尾两句通过怀念李将军，表达了诗人对饱受战争之苦的战士及其家属的同情。此诗气势畅达，笔力矫健，气氛悲壮淋漓，主旨深刻含蓄。

【崔 颢】

崔颢（704？—754），汴州（今河南开封）人。开元十一年（723）进士。喜漫游，足迹遍及大江南北。曾任太仆寺丞、司勋员外郎等职。其诗名声很大，各体诗都有佳作。边塞诗慷慨豪迈，风骨凛然。山水诗描写细腻。《全唐诗》存其诗

42 首。有《崔颢集》。

黄鹤楼[1]

昔人已乘黄鹤去，此地空余黄鹤楼[2]。黄鹤一去不复反，白云千载空悠悠[3]。晴川历历汉阳树，芳草萋萋鹦鹉洲[4]。日暮乡关何处是？烟波江上使人愁[5]。

毛泽东曾两次手书这首诗。

〔1〕黄鹤楼：故址在湖北武汉市武昌区蛇山黄鹤矶上，下临长江。相传三国吴黄武年间始建，后屡毁屡修。昔日黄鹤楼，轩昂雄伟，辉煌瑰丽，后人曾附会了很多神话。传说仙人费文祎（一说子安）在此乘鹤登仙，故有此楼名。民国初年被火焚毁，1985 年迁址重建。

〔2〕昔人：指传说中的仙人费文祎（一说子安）。乘：驾。去：离开。空：只。

〔3〕反："返"的古字，返回。悠悠：无穷尽的样子。

〔4〕川：平原。历历：清楚可数。汉阳：地名，在今武汉市汉阳区，与黄鹤楼隔江相望。萋萋：草木茂盛的样子。鹦鹉洲：在湖北武汉市武昌区西南，根据《后汉书》记载，汉黄祖担任江夏太守时，在此大宴宾客，有人献上鹦鹉，故称鹦鹉洲。唐朝时在汉阳西南长江中，后逐渐被水冲没。

〔5〕乡关：乡城，故乡。

这是一首怀古思乡之作。诗人满怀对黄鹤楼的美好憧憬慕名前来，可仙人驾鹤杳无踪迹，鹤去楼空，眼前只剩一座寻常可见的江楼。这在诗人心中布上了一层怅然若失的底色，为乡愁情结的抒发作了潜在的铺垫。太阳落山，黑夜来临，鸟要归巢，船要归航，游子要归乡，然而天下游子的故乡又在何处呢？诗人以一"愁"收篇，准确地表达了日暮时分登临黄鹤楼的心情，同时又与开篇的暗喻相照应，以起伏辗转的文笔表现缠绵悱恻的乡愁，做到了言外传情，情内展画，画外余音。此诗被宋人严羽推为唐人七律第一。

毛泽东手书崔颢《黄鹤楼》

长干行二首[1]（其一）

君家何处住，妾住在横塘[2]。停船暂借问，或恐是同乡[3]。

毛泽东曾圈读过这首诗。

〔1〕长干行：乐府《杂曲歌辞》旧题，多写男女之情。本题共二首。长干：地名，江苏南京秦淮河南面古时有长干里。

〔2〕君：你。妾：古代妇女对自己的称呼。横塘：堤名，在今江苏南京西南江宁区境内。三国时，吴国沿秦淮河南筑堤至长江口，故称横塘。

〔3〕借问：打扰你问一声。

这首诗写一个舟行女子只因听到乡音，便觉得可能是同乡，全然不顾忌封建礼教的拘束而停舟相问，可见其心情的急切。诗中写她迫不及待地告诉对方家住"横塘"，十分生动地表现了其盼望见到同乡的喜出望外的心情。此诗采用民歌里常有的一问一答的方式，语言通俗，形象生动。

234

长干行二首 (其二)

家临九江水，来去九江侧[1]。同是长干人，生小不相识[2]。

毛泽东曾圈读过这首诗。

[1] 临：面对着。九江：地名，今属江西省。侧：两边。这句是说经常在九江一带来往。

[2] "同是"二句：是说我本来也是长干人，只因从小就离家了，所以彼此不认识。

这首诗写男子回答上一首诗中女子的询问。"同是长干人，生小不相识"，道出了男女俩人对共同的漂泊生涯的叹息。此诗用白描手法，生动形象，极富生活趣味。

【刘长卿】

刘长卿（709—780?），字文房，宣城（今属安徽宣城市宣州区）人，一作河间（今属河北沧州）人。唐代著名诗人。幼时在嵩山读书，后移居洛阳。开元二十一年（733）进士。曾任监察御史、随州（今湖北随州）刺史等职。世称刘随州。性刚直，因犯上几次遭贬谪。后因战乱，离开随州，不知所终。其诗多写政治失意之感，反映社会离乱现实。长于描绘自然景物。擅五言律诗，语言精练雅静，形象鲜明，为时人推重，稍后的权德舆誉之为"五言长城"。有《刘随州集》。

自夏口至鹦鹉洲望岳阳寄元中丞[1]

汀洲无浪复无烟，楚客相思益渺然[2]。汉口夕阳斜渡鸟，洞庭秋水远连天[3]。孤城背岭寒吹角，独戍临江夜泊船[4]。贾谊上书忧汉室，长沙谪去古今怜[5]。

毛泽东曾圈读过这首诗。其创作《七古·送纵宇一郎东行》中"洞庭湘水涨连天"句，化用此诗"洞庭秋水远连天"句。《七律·咏贾谊》中"千古同惜长沙傅"句，化用此诗"贾谊上书忧汉室，长沙谪去古今怜"意境。

〔1〕夏口：古城名，为三国时孙权所筑，故址在今湖北武汉市武昌黄鹄山上。鹦鹉洲：在长江中，正对黄鹄矶。唐以后逐渐西移，今与汉阳陆地相接。岳阳：今湖南岳阳市，濒临洞庭湖。元中丞：生平不详，可能是诗人的朋友。中丞：官职名，御史中丞省称。

〔2〕汀洲：水中沙洲，指鹦鹉洲。楚客：客居楚地的人，这里是诗人自称。益：更。渺然：遥远的样子。

〔3〕汉口：汉水入长江处，即今武汉汉口。洞庭：洞庭湖，在湖南北部，长江以南。

〔4〕孤城：指汉阳城。岭：指龟山。角：古代军中的一种吹乐器。戍：戍楼，哨所。

〔5〕贾谊上书：贾谊曾向汉文帝上《陈政事疏》，切论朝政弊端。长沙谪去：指贾谊被贬为长沙王太傅。怜：叹息，同情。

这首诗是诗人被贬潘州（今广东茂名）南巴尉，出巡至武昌时所作。此诗向友人元中丞遥寄相思，同时暗诉自己心中的隐痛。首联触景生情，对远在洞庭湖畔的元中丞表达怀念之情。中间两联写舟行途中的一路景色。"洞庭秋水远连天"写得气势阔大，是写景名句。诗篇借景抒情，显出作者置身异地的孤独之感。尾联借怜贾谊被贬长沙的典故对友人在政治上遭受打击的境遇深表同情，实际上也是作者自己人生遭际的写照。此诗巧用典故，意境开阔，感情绵密而凝重，语言整饬而流畅。

【杜 甫】

杜甫（712—770），字子美，自号少陵野老。祖籍襄阳（今湖北襄阳），后迁居巩县（今河南郑州巩义市）。幼好学，七岁能诗。唐开元后期，应进士举，不第。天宝中，客居长安近十年，曾住杜陵附近的少陵，世称"杜少陵"。安史乱起，流离兵燹中。肃宗朝，官左拾遗，因直言极谏，贬为华州司功参军。严武再任西川节度使时，为检校工部员外郎，世称"杜工部"。后携家出蜀，在湖北、湖南漂泊，病死江湘途中。其诗抒写个人情怀，深刻地反映唐朝由盛转衰的时代风貌，后世称为"诗史"。诗歌以古体、律诗见长且风格多样，形成独特的沉郁顿挫风格，被誉为"诗圣"。有《杜工部集》，存诗 1400 余首。

望　岳[1]

岱宗夫如何？齐鲁青未了[2]。造化钟神秀，阴阳割昏晓[3]。荡胸生曾云，决眦入归鸟[4]。会当凌绝顶，一览众山小[5]。

毛泽东曾圈读过这首诗。

〔1〕望岳：遥望东岳泰山。泰山与西岳华山、北岳恒山、中岳嵩山、南岳衡山并称五岳。此诗为杜甫的早期作品。

〔2〕岱宗：泰山的尊称，主峰在今山东泰安市。夫（fú）如何：意谓究竟什么模样。"齐鲁"句：是说齐鲁大地上泰山青翠的山色绵延无际，没有尽头。齐鲁：春秋时两个诸侯国名，齐在泰山北边，鲁在泰山南边。

〔3〕"造化"句：是说大自然把所有的神奇和秀丽都集中于泰山。造化：天地或大自然。钟：结聚，集中。"阴阳"句：是说因为山高，山南山北明暗有别。阴阳：山北（水南）为阴，山南（水北）为阳。割：分。昏晓：黄昏与清晨。

〔4〕"荡胸"句：是说山中层云叠出，抑郁之情涤荡殆尽，心胸为之大开。曾：同"层"。"决眦"句：是说目送归鸟入山，几乎眼角都睁裂了。决眦：形容张眼极视的样子。归鸟：飞还山林的鸟。

〔5〕会当：唐代口语，犹言终当，一定要。众山小：化用《孟子·尽心上》"孔子登东山而小鲁，登泰山而小天下"句。

这首五律约作于开元二十五年至二十八年之间（737—740），是作者北游齐、赵经泰山时所作。诗以"望"字统摄全篇，展开想象的翅膀，描画了泰山巍峨奇丽、五岳独尊的雄伟景象。起首两句写远望景象。上句设问，写对泰山无比尊崇却又不知从何说起；下句自答，以齐鲁国境之外都能望到泰山青翠的山色，大写意般地推出泰山雄伟高大绵延不尽的气势。三、四两句，写泰山得到大自然的特别关爱，集聚了天下"神秀"之美，其高峻挺拔，山北山南能瞬间分割成阴暗与明亮的两个天地。五、六两句，写细看云气层出不穷，盯看归林飞鸟，眼界也随着神往山境而空阔深远。结尾两句被后人推崇为"绝唱"，写诗人一定要登临泰山顶峰，俯视众山的豪情壮志。

兵车行[1]

车辚辚，马萧萧，行人弓箭各在腰[2]。耶娘妻子走相送，尘埃不见咸阳桥[3]。牵衣顿足拦道哭，哭声直上干云霄[4]。

道旁过者问行人，行人但云点行频[5]。或从十五北防河，便至四十西营田[6]。去时里正与裹头，归来头白还戍边[7]。边庭流血成海水，武皇开边意未已[8]。君不闻，汉家山东二百州，千村万落生荆杞[9]。纵有健妇把锄犁，禾生陇亩无东西[10]。况复秦兵耐苦战，被驱不异犬与鸡[11]。

长者虽有问，役夫敢申恨[12]？且如今年冬，未休关西卒[13]。县官急索租，租税从何出[14]？信知生男恶，反是生女好[15]。生女犹得嫁比邻，生男埋没随百草[16]。君不见，青海头，古来白骨无人收[17]。新鬼烦冤旧鬼哭，天阴雨湿声啾啾[18]。

毛泽东曾圈读过这首诗。其创作《七律二首·送瘟神》其一中"万户萧疏鬼唱歌"句，化用此诗"新鬼烦冤旧鬼哭，天阴雨湿声啾啾"句。毛泽东还手书过"安得广厦千万间，大庇天下寒士俱欢颜"两句诗。

〔1〕行：本是乐府歌曲中的一种体裁。兵车行：是杜甫根据诗的内容自创的乐府新题。

〔2〕辚辚：形容车行走的声音。萧萧：形容马鸣声。行人：出征的人。

〔3〕耶娘妻子：父亲、母亲、妻子、儿女的并称。耶：同"爷"，父亲。咸阳桥：又叫便桥，汉武帝时建，唐代称咸阳桥，后来称渭桥，在咸阳城西南渭水

上，是长安西行必经的大桥。

〔4〕干（gān）：冲犯。

〔5〕过者：路过的人。这里指诗人自己。但云：只说。点行频：点名征兵频繁。点行：按户籍名册强征服役。频：频繁。

〔6〕或：有人。十五：指年龄。防河：防守于黄河以西（今甘肃、宁夏）一带，制止吐蕃的侵扰。营田：即屯田。戍守边疆的士卒，不打仗时须种地以自给。

〔7〕里正：唐制凡百户为一里，置里正一人管理。与裹头：为他用头巾包头。新兵入伍时须着装整齐，因年纪小，自己还裹不好头巾，所以里正帮他裹头。戍边：守卫边疆。

〔8〕边庭：即边疆。武皇：汉武帝，这里借指唐玄宗。开边：用武力扩张领土。意未已：野心没有停止。

〔9〕汉家：汉朝，这里借指唐朝。山东：古代秦居西方，秦地以东（或函谷关以东）统称"山东"。二百州：唐代函谷关以东共217州，这里是举其整数。落：人聚集的地方。荆杞：荆棘和枸杞，泛指野生灌木。

〔10〕陇亩：田地。陇：通"垄"。无东西：庄稼种得不成行列。

〔11〕况复：更何况。秦兵：关中兵，即这次出征的士兵。

〔12〕长者：对老年人的尊称。这里是征人对杜甫的称呼。役夫：应政府兵役的人，这里是征人的自称。敢：岂敢。申恨：诉说心中的怨恨。

〔13〕今年：指天宝九载（750）。休：罢，停止征调。关西卒：函谷关以西的士兵，即上文的"秦兵"。

〔14〕县官：这里指朝廷，官府。

〔15〕信知：确实知道。

〔16〕得：能够。比邻：同乡。

〔17〕青海头：指今青海省青海湖边。唐朝和吐蕃的战争，经常在青海湖附近进行。

〔18〕烦冤：烦躁愤懑。啾啾：形容凄厉惨烈的号叫声。

这首诗大约作于天宝十载（751）冬天。首段以极为精练的笔墨再现了送别征人的悲惨历史画面，为后两段描写提供了背景。后两段记叙征人的答话，代人民发言。第二段揭露唐玄宗穷兵黩武，连年征战，给人民造成的巨大灾难。"点行频"三字表达了蕴藏在征人心中的悲伤痛苦和强烈不满。"边庭流血成海水，武皇开边意未已"把人民的无谓牺牲和统治者贪求无厌的野心联系起来，有力地突出了诗歌的主题。第三段进一步申诉人民对开边战争的怨恨、愤懑。"长者虽有问，役夫敢申恨"的反问，不仅揭示了征人敢怒不敢言的痛苦心情，而且也揭露了统治者的残酷压迫。此诗寓情于叙事之中，始写人哭，终写鬼哭，前后呼应，在浓郁的悲惨气氛中结束，从而加强了怨愤感情的表达，造成了回肠荡气的艺术效果。诗人采用杂言乐府的形式，民歌的句法，创造性地因事立题，开辟了新题乐府的现实主义道路。

丽人行[1]

三月三日天气新，长安水边多丽人[2]。态浓意远淑且真，肌理细腻骨肉匀[3]。绣罗衣裳照暮春，蹙金孔雀银麒麟[4]。头上何所有，翠微匐叶垂鬓唇[5]。背后何所见，珠压腰衱稳称身[6]。

就中云幕椒房亲，赐名大国虢与秦[7]。紫驼之峰出翠釜，水精之盘行素鳞[8]。犀箸厌饫久未下，鸾刀缕切空纷纶[9]。黄门飞鞚不动尘，御厨络绎送八珍[10]。箫鼓哀吟感鬼神，宾从杂遝实要津[11]。

后来鞍马何逡巡，当轩下马入锦茵[12]。杨花雪落覆白蘋，青鸟飞去衔红巾[13]。炙手可热势绝伦，慎莫近前丞相嗔[14]。

毛泽东曾圈读过这首诗。

〔1〕行：本是乐府歌曲中的一种体裁。丽人行：是杜甫根据诗的内容自创的乐府新题。

〔2〕三月三日：古人以此日为上巳节，要到水边洗涤以祛除不祥，称之修禊。唐代长安士女多于此日到城南曲江游玩踏青。水边：指位于长安东南的曲江池，当时是著名的风景区。

〔3〕态浓：妆扮浓艳。意远：神情高远。淑且真：美好而不做作。肌理细腻：皮肤细嫩光滑。骨肉匀：肥瘦适中，身材匀称。

〔4〕"绣罗"两句：是说用金银线镶绣着孔雀和麒麟的华丽衣裳与暮春的美丽景色相映生辉。蹙金：用金线刺绣，绣品纹路皱缩。

〔5〕翠微：薄薄的翡翠片。翠：翡翠玉石。匎（è）叶：古代妇女发饰上的花叶。鬓唇：鬓边。

〔6〕珠压：是说珠按其上，使之不让风吹起，故下文云"稳称身"。腰极（jié）：即裙带。稳称身：妥帖合身，更显体态之美。

〔7〕就中：其中。云幕：指宫殿中瑰丽如云彩的帷幕。椒房：汉代皇后居室，以椒和泥涂壁。后世因称皇后为椒房，皇后家属为椒房亲。"赐名"句：指天宝七载（748）唐玄宗赐封杨贵妃的大姐为韩国夫人，三姐为虢国夫人，八姐为秦国夫人。

〔8〕紫驼之峰：即驼峰，是驼背上隆起的肉，为珍贵名菜驼峰炙。翠釜：翠玉绿色的锅。釜：古代一种锅。水精：即水晶。行：传送，指上菜或上酒。素鳞：银白色的鱼。

〔9〕犀箸：犀牛角制的筷子。厌饫（yù）：吃得腻了。厌：通"餍"。久未下：久久不动筷子，是说都不中吃。鸾刀：刀柄上系有鸾铃的刀。缕切：细切。空纷纶：厨师们白白忙碌了一番，贵人们却吃不下。

〔10〕黄门：宦官的通称。飞鞚：驰马。鞚：马勒，这里借指马。御厨：皇帝的厨房。八珍：指多种多样的珍贵食物。

〔11〕哀吟：这里形容音乐优美动人。宾从：宾客和随从。杂遝：众多杂乱的样子。实：充满，填塞。要津：本指重要渡口，这里喻指杨国忠兄妹占据了朝廷重要职位。

〔12〕后来鞍马：指丞相杨国忠，却故意不在这里明说。逡巡：原意为欲进不进，这里是顾盼自得的意思。轩：厅堂前檐下的平台。锦茵：锦绣的地毯，借指贵妇人的止息之地。

〔13〕"杨花"句：是隐语，以曲江暮春的自然景色来影射杨国忠与其从妹虢国夫人（嫁裴氏）的暧昧关系，又引北魏胡太后和杨白花私通事，因太后曾作"杨花飘荡落南家"，及"愿衔杨花入窠里"诗句。这里以杨花覆蘋影射兄

妹苟且乱伦。青鸟：神话中鸟名，为西王母的使者。相传西王母将见汉武帝时，先有青鸟飞集殿前。后常被用作男女之间的信使。飞去衔红巾：暗喻杨氏兄妹暗通情愫。

〔14〕"炙手"二句：言杨氏权倾朝野，气焰灼人，无人伦比。丞相：指杨国忠，天宝十一载（752）十一月为右丞相。嗔：发怒。

这首诗约作于天宝十二载（753）春天。诗人摄取丞相杨国忠兄妹上巳节游宴曲江池的一个生活片断，揭露、讽刺了他们骄纵和荒淫奢侈的生活，从一个侧面反映了安史之乱前夕唐代的社会现实。首段写游春仕女的体态之美和服饰之盛，引出主角杨氏姐妹的娇艳姿色。"态浓意远淑且真，肌理细腻骨肉匀"两句，以白描手法极为出色地写出了丽人的风神、体貌。次段描述秦国、虢国夫人宴饮的豪奢。"犀箸厌饫久未下，鸾刀缕切空纷纶"两句，描写了杨氏姐妹宴饮中的一个细节，入骨三分地讥刺了她们的娇贵和奢侈。末段"炙手可热势绝伦，慎莫近前丞相嗔"两句写出杨国忠的煊赫声势和嚣张气焰，讽刺十分辛辣。此诗重在写实，不发空论，而饱含讽意，达到了"无一刺讥语，描摹处语语刺讥；无一慨叹声，点逗处声声慨叹"的艺术效果。

春　望

国破山河在，城春草木深[1]。感时花溅泪，恨别鸟惊心[2]。烽火连三月，家书抵万金[3]。白头搔更短，浑欲不胜簪[4]。

毛泽东曾先后三四次圈读此诗，并手书过这首诗的后四句。

〔1〕国破：指安史乱军攻破了京师长安。国：古代指都城，这里指京师长安。城：长安城。草木深：是说长安荒芜，荒草杂树茂密丛生。

〔2〕感时：感慨时局。花溅泪：使花草都为之流泪。恨别：怨恨与亲人的离别。鸟惊心：使春鸟都为之惊恐啼鸣。

〔3〕烽火：战乱，指安史之乱。抵：值。

〔4〕短：短少。浑欲：简直要。不胜：经不住。簪：古代用来拢发的长针。

这首诗作于安史之乱爆发后的第二年即肃宗至德二载（757）的春天，此时作者仍陷身在叛军占据的长安。首联点题，写安史之乱造成国家残破，京城荒芜，一片凄凉景象。颔联以拟人手法写国家残破，人民流离，连花草都流出了同情的眼泪，春鸟都为之惊恐啼鸣，衬托自己伤时之深。颈联写"连三月"的烽火之长久，"抵万金"的家书之难得，把思虑、酷爱、盼望、焦灼的家国情怀表达到了极致。尾联通过"白头""不胜簪"细节的刻画，让读者看到了一个在无比焦虑的心绪煎熬下的诗人形象。作者始而感时，继而念家，终而及己，将眼中景、心中情融为一体，成功地表现了诗的主题。此诗以"望"为线索，将描写、议论、抒情紧密结合为一体，结构完整，语言凝练，意境深沉。

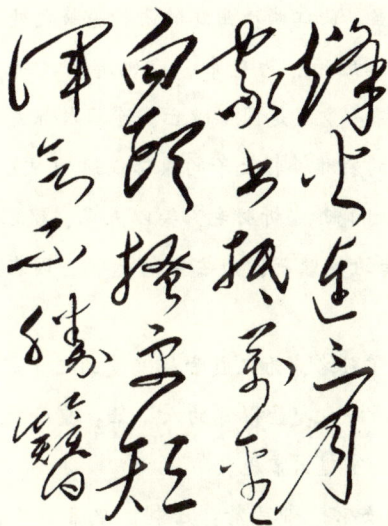

毛泽东手书杜甫《春望》(节选)

哀江头[1]

　　少陵野老吞声哭，春日潜行曲江曲[2]。江头宫殿锁千门，细柳新蒲为谁绿[3]？忆昔霓旌下南苑，苑中万物生颜色[4]。昭阳殿里第一人，同辇随君侍君侧[5]。辇前才人带弓箭，白马嚼啮黄金勒[6]。

243

翻身向天仰射云，一笑正坠双飞翼[7]。明眸皓齿今何在？血污游魂归不得[8]。清渭东流剑阁深，去住彼此无消息[9]。人生有情泪沾臆，江水江花岂终极[10]！黄昏胡骑尘满城，欲往城南望城北[11]。

毛泽东曾圈读过这首诗。其创作《七律·洪都》中"江草江花处处鲜"句，化用此诗"江水江花岂终极"句。

[1] 哀江头：是杜甫根据诗的内容自创的乐府新题。

[2] 少陵野老：作者自称。少陵是汉宣帝许皇后的陵墓，在杜陵附近。杜甫曾在少陵附近居住过，故自称。吞声哭：哭时不敢出声。潜行：因在叛军管辖之下，只好偷偷地走到这里。曲江曲：曲江的曲折隐蔽之处。

[3] 江头宫殿：曲江胜地，为皇帝、后妃游幸之所，两岸均有行宫台殿建筑。千门：宫门。为谁绿：意思是国家破亡，连草木都失去了故主。

[4] 霓旌：云霓般的彩旗，指天子的旗饰仪仗。《文选·上林赋》："拖蜺（同'霓'）旌。"李善注引张揖曰："析羽毛，染以五采，缀以缕为旌，有似虹蜺之气也。"南苑：指曲江东南的芙蓉苑，为玄宗的行宫。因在曲江之南，故称。生颜色：万物生辉。

[5] 昭阳殿：汉代宫殿名，为汉成帝最宠爱的妃子赵飞燕所居的宫殿。这里借指杨贵妃生前住处。第一人：最得宠的人。辇：皇帝乘坐的车子。古代君臣不同辇，此句指杨贵妃的受宠超出常规。

[6] 才人：宫中的女官。带弓箭：唐制，皇帝巡幸，宫中扈从者骑马挟弓矢。嚼啮：咬。黄金勒：用黄金做的衔勒。

[7] 仰射云：仰射云间飞鸟。一笑：指杨贵妃因才人射中飞鸟而笑。正坠双飞翼：或亦暗寓唐玄宗和杨贵妃的马嵬驿之变。

[8] 血污游魂：指杨贵妃被缢死马嵬驿之事。归不得：指杨贵妃一来不得好死，二来长安沦陷，故云。

[9] 清渭东流：指杨贵妃藁葬渭滨，马嵬驿南面滨渭水。剑阁：即大剑山，在今四川剑阁县北面，是由长安入蜀必经之道。去住彼此：指唐玄宗、杨贵妃。

[10] "人生"二句：意谓江水江花年年依旧，而人生有情，则不免感怀今昔

244

而生悲。以无情衬托有情，越见此情难以排遣。终极：穷尽。

〔11〕胡骑：安禄山叛军的骑兵。欲往：将往。望城北：向城北走去，望官军之北来收复京师。

这首诗作于肃宗至德二载（757）春天。前半部分回忆唐玄宗与杨贵妃游幸曲江池的盛事。"昭阳殿里第一人，同辇随君侍君侧"两句，极写杨贵妃受宠程度无以复加。后半部分描述曲江的昔盛今衰，哀叹长安被安史叛军洗劫后的满目荒凉景象，感伤贵妃之死和玄宗出逃的悲剧。"明眸皓齿今何在？血污游魂归不得"一问一答，指出淫逸奢靡、乐极生悲的必然后果，表达了诗人对国破家亡的深哀巨恸之情。此诗形象丰富多彩，而形象之间若断若续，似联不联，好像有许多话要说，却又不愿一一说出，而给读者留下了许多想象和思考的空间。再加上跌宕顿挫的节奏，使之成为杜甫叙事诗中特别出色的一首。

北　征[1]

皇帝二载秋，闰八月初吉[2]。杜子将北征，苍茫问家室[3]。维时遭艰虞，朝野少暇日[4]。顾惭恩私被，诏许归蓬荜[5]。拜辞诣阙下，怵惕久未出[6]。虽乏谏诤姿，恐君有遗失[7]。君诚中兴主，经纬固密勿[8]。东胡反未已，臣甫愤所切[9]。挥涕恋行在，道途犹恍惚[10]。乾坤含疮痍，忧虞何时毕[11]？

靡靡逾阡陌，人烟眇萧瑟[12]。所遇多被伤，呻吟更流血。回首凤翔县，旌旗晚明灭[13]。前登寒山重，屡得饮马窟[14]。邠郊入地底，泾水中荡潏[15]。猛虎立我前，苍崖吼时裂[16]。菊垂今秋花，石戴古车辙[17]。青云动高兴，幽事亦可悦[18]。山果多琐细，罗生杂橡栗[19]。或红如丹砂，或黑如点漆。雨露之所濡，甘苦齐结实[20]。缅思桃源内，益叹身世拙[21]。坡陀望鄜畤，岩谷互出没[22]。我行已水滨，我仆犹木末[23]。鸱鸟鸣黄桑，野鼠拱乱穴[24]。夜深经战场，寒月照白骨。潼关百万师，往者散何卒[25]？遂令半秦民，残害为异物[26]。

　　况我堕胡尘，及归尽华发[27]。经年至茅屋，妻子衣百结[28]。恸哭松声回，悲泉共幽咽。平生所娇儿，颜色白胜雪[29]。见耶背面啼，垢腻脚不袜[30]。床前两小女，补绽才过膝[31]。海图坼波涛，旧绣移曲折[32]。天吴及紫凤，颠倒在裋褐[33]。老夫情怀恶，呕泄卧数日[34]。那无囊中帛，救汝寒凛栗[35]。粉黛亦解包，衾裯稍罗列[36]。瘦妻面复光，痴女头自栉[37]。学母无不为，晓妆随手抹。移时施朱铅，狼藉画眉阔[38]。生还对童稚，似欲忘饥渴。问事竞挽须，谁能即嗔喝[39]？翻思在贼愁，甘受杂乱聒[40]。新归且慰意，生理焉得说[41]？

　　至尊尚蒙尘，几日休练卒[42]？仰观天色改，坐觉妖氛豁[43]。阴风西北来，惨淡随回纥[44]。其王愿助顺，其俗善驰突[45]。送兵五千人，驱马一万匹。此辈少为贵，四方服勇决[46]。所用皆鹰腾，破敌过箭疾[47]。圣心颇虚伫，时议气欲夺[48]。伊洛指掌收，西京不足拔[49]。官军请深入，蓄锐可俱发[50]。此举开青徐，旋瞻略恒碣[51]。昊天积霜露，正气有肃杀[52]。祸转亡胡岁，势成擒胡月[53]。胡命其能久？皇纲未宜绝[54]。

　　忆昨狼狈初，事与古先别[55]。奸臣竟菹醢，同恶随荡析[56]。不闻夏殷衰，中自诛褒妲[57]。周汉获再兴，宣光果明哲[58]。桓桓陈将军，仗钺奋忠烈[59]。微尔人尽非，于今国犹活[60]。凄凉大同殿，寂寞白兽闼[61]。都人望翠华，佳气向金阙[62]。园陵固有神，洒扫数不缺[63]。煌煌太宗业，树立甚宏达[64]。

　　1965年7月21日，毛泽东在给陈毅谈诗的一封信中谈到写诗要用赋、比、兴时说："赋也可以用，如杜甫之《北征》，可谓'敷陈其事而直言之也'，然其中也有比、兴。"他认为《北征》赋、比、兴手法的运用值得学习。

〔1〕北征：即北行之意。至德二载（757）四月，杜甫由长安逃至凤翔，投奔肃宗李亨，任左拾遗。不久因上疏救房琯触怒肃宗，幸得丞相张镐为他辩解，方免治罪。八月肃宗下诏放杜甫还鄜州家中探亲。鄜州在凤翔东北，故称北征。

〔2〕"皇帝"二句：点明被放还鄜州的时间。二载：即肃宗至德二载。初吉：朔日，即初一。

〔3〕杜子：杜甫自称。苍茫：渺茫，指战乱纷扰，家中情况不明。问：探望。

〔4〕维时：即这个时候。维：发语词。艰虞：艰难困苦。

〔5〕顾惭：自私而感觉惭愧。恩私被：指诗人自己独受皇恩允许探家。被：通"披"。蓬荜：本指草房，这里指诗人在鄜州羌村的家。

〔6〕诣：赴，到。阙下：朝廷。怵惕：惶恐不安的样子。遗失：因疏漏而产生的过失。

〔7〕谏诤：臣下对君上直言规劝。杜甫时任左拾遗，职属谏官，谏诤是他的职守。遗失：因疏漏而产生的过失。

〔8〕中兴：国家衰败后复兴。经纬：经天纬地，比喻有条不紊地处理国家大事。固密勿：本来就谨慎周到。

〔9〕东胡：指安史叛军。愤所切：深切的愤怒。切：痛切。

〔10〕涕：眼泪。行在：皇帝在外临时居住的处所。恍惚：形容神思不定的样子。

〔11〕乾坤：天地，喻指国家。疮痍：创伤。忧虞：忧虑。

〔12〕靡靡：行步迟缓的样子。逾：越。阡陌：田间小路。眇：稀少，少见。萧瑟：凄凉，萧条。

〔13〕晚明灭：指旌旗在夕阳下飘动，忽明忽暗。

〔14〕屡得：多次碰到。饮马窟：指军马经过时留下的痕迹。

〔15〕"邠郊"二句：是说邠郊地势极低，泾水穿流其间。邠：邠州，今陕西彬县。郊：郊原，即平原。荡潏：河水流动的样子。

〔16〕猛虎：比喻山上怪石状如猛虎。李白有"石惊虎伏起"诗句。

〔17〕"菊垂"二句：是说菊枝上垂着新开的花朵，石路上印着旧时的车迹。石戴古车辙：石上印着古代的车辙。

〔18〕"青云"二句：是说耸入青云的高山引起诗人很高的兴致，山中幽静的景物也很可爱。幽事：指山野自然景物。

〔19〕罗生：罗列丛生。橡栗：橡树的果实，可食。

〔20〕濡：润湿，滋润。

〔21〕缅思：遥想。桃源：即东晋陶渊明笔下的桃花源。拙：笨拙，指不擅长处世。

〔22〕坡陀：起伏不平的山冈。鄜畤：即鄜州。春秋时，秦文公在鄜地设祭坛祀神。畤：即祭坛。

〔23〕"我行"二句：是说归家心切，行走迅速，已到了山下水边，而仆人却落在后边的山上，远望像在树梢上一样。木末：树梢，这里借指山上。

〔24〕鸱鸟：鸱枭，即猫头鹰。黄桑：枯桑。

〔25〕"潼关"二句：至德元载（756），哥舒翰二十万大军守潼关，六月，在杨国忠逼督下，仓促与叛军战于灵宝，全线溃败自相排挤，填于河中，死者数万人。卒：通"猝"，仓促。

〔26〕"遂令"二句：是说叛军攻陷潼关后，直驱关中，秦地半数人民惨遭杀害。为异物：指死亡。

〔27〕堕胡尘：指至德元载（756）八月，杜甫被叛军所俘。

〔28〕经年：一整年。诗人于至德元载八月离家，至德二载闰八月返回，历时一年。衣百结：衣服打满了补丁。

〔29〕白胜雪：指脸色苍白，没有血色。

〔30〕耶：古同"爷"，指父亲。垢腻脚不袜：身上污脏，没穿袜子。

〔31〕补绽：缝补。这里指缝补拼凑的衣服。

〔32〕"海图"二句：指小女的衣服是用原来绣有海波图案的旧衣拼补而成的，原有的图案被拆散而移位。坼（chè）：裂开。

〔33〕天吴：神话传说中虎身人面的水神。此与"紫凤"都是指官服上刺绣的花纹图案。裋（shù）褐：粗布衣服。

〔34〕老夫：诗人自指。情怀恶：心情不好。呕泄：上吐下泻。

〔35〕那：通"奈"，怎奈，无奈。凛栗：冻得发抖。

〔36〕"粉黛"二句：是说解开包有粉黛的包裹，其中也多少有一点被子、帐

子等物。衾：被子。绸：帐子。

〔37〕痴女：不懂事的女孩子，这是爱怜的口气。栉：梳头。

〔38〕移时：费了很长的时间。施：涂抹。朱铅：红粉。狼藉：散乱的样子。

〔39〕"问事"二句：儿女问话时都争着拉扯胡须，对于孩子的顽皮淘气，谁忍心翻脸呵斥。嗔喝：生气地喝止。

〔40〕翻思：回想起。在贼愁：指陷身于叛军的苦恼。杂乱聒：指儿女的吵闹。

〔41〕生理：生计，家庭生活。

〔42〕至尊：对皇帝的尊称。蒙尘：指皇帝出奔在外，蒙受风尘之苦。休练卒：停止练兵，这里指平定叛乱，结束战争。

〔43〕妖氛：妖邪之气，指叛军的气焰。豁：空无。

〔44〕回纥：唐代西北部少数民族之一，以游牧为生。诗中用"阴风""惨淡"形容回纥军队，暗指其好战嗜杀，须多加提防。

〔45〕其王：指回纥王怀仁可汗。助顺：指援助唐王朝。当时怀仁可汗派遣其太子叶护率骑兵四千助讨叛乱。善驰突：长于骑射突击。

〔46〕"此辈"句：诗人认为回纥人兵猛将勇，以少而精为贵，多则遗祸。四方服勇决：四方的民族都佩服其骁勇果决。

〔47〕鹰腾：形容回纥骑兵如鹰之飞腾，勇猛迅捷。过箭疾：奔跑起来比飞箭还快。

〔48〕"圣心"句：是说唐肃宗一心期待回纥兵能为他解忧。虚仁：虚心期望。"时议"句：是说当时朝臣对借兵之事感到担心，但又不敢反对。气欲夺：胆气丧失。

〔49〕伊洛：伊水和洛水，都流经洛阳。这里代东都洛阳。指掌收：轻而易举地收复。西京：长安。不足拔：不费力就能攻克。

〔50〕俱发：和回纥兵一起出击。

〔51〕开：指收复。青徐：青州和徐州，治所分别属今山东、苏北一带。旋瞻：不久即可看到。略：攻克。恒碣：恒山和碣石山，分别在今山西、河北一带，这里指安禄山、史思明的老巢。

〔52〕"昊天"二句：是说秋天降下寒露严霜，草木凋零，气象肃杀，此时王

师杀伐叛军，正是顺应天时。昊天：这里指秋天。肃杀：严正之气。这里指唐朝的兵威。

〔53〕"祸转"二句：是说亡命的胡人已临灭顶之灾，消灭叛军的大势已成。胡：指安史叛军。

〔54〕其：岂。皇纲：指唐王朝的纲纪、命脉。

〔55〕"忆昨"句：是说追忆至德元载（756）六月唐玄宗奔蜀，跑得很慌张，同时发生马嵬兵谏之事。

〔56〕奸臣：指杨国忠及其家族、党羽。菹醢：剁成肉酱。同恶：指杨氏家族及其同党。荡析：分崩离析。

〔57〕"不闻"二句：史载夏桀宠妹喜，殷纣王宠爱妲己，周幽王宠爱褒姒，皆导致亡国。这里是说唐玄宗虽也为杨贵妃兄妹所惑，但还没有像夏、商、周三朝的末代君主那样弄得不可收拾。中自：主动。

〔58〕宣光：周宣王和汉光武帝，分别是振兴西周和建立东汉的中兴之主。这里以宣光比唐肃宗。明哲：英明圣哲。

〔59〕桓桓：威严勇武的样子。陈将军：陈玄礼，时任左龙武大将军，率禁卫军护卫玄宗逃离长安，走至马嵬驿，他支持兵谏，当场格杀杨国忠等，并迫使玄宗缢杀杨贵妃。仗钺：手持大斧，古代天子或大臣所用的一种象征性的武器。

〔60〕微尔：若没有你。微：若不是，若没有。尔：你，指陈玄礼。人尽非：人民都会被胡人统治，化为夷狄。

〔61〕大同殿：玄宗经常朝会群臣的地方。白兽闼：未央宫白虎殿的殿门，唐代因避太祖李虎的讳，改"虎"为"兽"。

〔62〕都人：指长安百姓。望翠华：盼望皇帝早日回来。翠华：皇帝仪仗中饰有翠羽的旌旗。这里代指皇帝。佳气：指唐王朝的兴旺之气。金阙：皇宫，代指朝廷。

〔63〕园陵：指唐朝前面几位皇帝的陵墓。固有神：本来就有先帝神灵的护佑，肃宗定能收复长安。数：礼数。

〔64〕煌煌：形容辉煌盛大的样子。太宗业：唐太宗李世民开创的唐王朝基业。宏达：宏伟昌盛。

这首诗作于至德二载（757）秋。诗以作者自凤翔出发赴鄜州探亲途中和到家后的亲身见闻为题材，叙述安史之乱中民生凋敝、国家混乱的情景，反映了当时的政治形势和社会现实，充满了忧国忧民的无限情思以及中兴国家的急切希望。此诗采用以赋为主，比、兴兼用的方法，由国及家，由家再及国，夹叙夹议，用自己一个家庭反映整个国家的变化。在纵论国家大事时，诗篇插入了一大段妻子和儿女的细节："妻子衣百结"，"生还对童稚，似欲忘饥渴。问事竞挽须，谁能即嗔喝？翻思在贼愁，甘受杂乱聒。新归且慰意，生理焉得说？"诗人对家里每一位亲人的心情都能体贴入微，特别是生动地描写了小儿女的天真烂漫，表达了对家庭的温暖的珍惜，也烘托了诗人悲喜交集的复杂心情，深刻反映出战乱给人民带来的灾难，表达了国破之巨痛。这种将重大社会政治内容与生活细节和谐统一、表现重大主题的手法，显示出诗人在诗歌艺术上的高度才能和娴熟技巧。

新安吏[1]

客行新安道，喧呼闻点兵[2]。借问新安吏："县小更无丁[3]？""府帖昨夜下，次选中男行[4]。""中男绝短小，何以守王城[5]？"

肥男有母送，瘦男独伶俜[6]。白水暮东流，青山犹哭声[7]。"莫自使眼枯，收汝泪纵横[8]。眼枯即见骨，天地终无情[9]！

我军取相州，日夕望其平[10]。岂意贼难料，归军星散营[11]。就粮近故垒，练卒依旧京[12]。掘壕不到水，牧马役亦轻[13]。况乃王师顺，抚养甚分明[14]。送行勿泣血，仆射如父兄[15]。"

毛泽东曾圈读过这首诗。

〔1〕新安：即今河南新安县，位于洛阳西面。

〔2〕客：杜甫自称。点兵：按名册征兵。

〔3〕借问：请问。更：岂。后一句为杜甫问话。

〔4〕府帖：即军帖，指征兵的文书。次：依次，挨次。中男：指十八岁以上、二十三岁以下成丁。这是唐天宝初年兵役制度规定的。行：征发。这两句为

新安吏的答话。

〔5〕绝短小：极矮小。王城：指东都洛阳。

〔6〕伶俜：形容孤苦伶仃的样子。

〔7〕"白水"二句：渲染送别时的悲惨气氛。是说傍晚时，被征的中男全走了，眼前仅见无情的河水东流，耳边犹闻送别者哀伤的哭声在青山间回响。白水：河水。

〔8〕"莫自"以下十六句都是作者宽慰鼓励的话。眼枯：哭干眼泪。

〔9〕天地：暗喻朝廷。

〔10〕相州：即邺城，今河南安阳。日夕：早晚。其：指史思明、安禄山叛军。平：平定。一说自此句以下为新安吏的话。

〔11〕岂意：哪里料到。归军：指唐朝的败兵。不明说败，是含蓄的说法。星散营：形容官军像星星一样散乱地扎营。

〔12〕就粮：到有粮食的地方解决吃食问题。故垒：旧日的营垒。练卒：训练士兵。旧京：这里指东都洛阳。

〔13〕壕：城下的水沟。不到水：指掘壕很浅，劳役不累。

〔14〕王师：指唐朝的军队。顺：师出有名，顺应民心。甚分明：指唐军长吏抚爱士卒是很清明的，父母不必忧虑。

〔15〕泣血：形容过于哀痛。仆射（yè）：官名，唐代相当于宰相，这里指郭子仪。如父兄：极言郭子仪对士卒爱护备至。

这首诗作于乾元二年（759）春。前十二句记述军队抓丁和骨肉分离的场面，悲切动人，揭示了安史之乱给人民带来的巨大的痛苦。后十六句笔锋一转，对百姓进行开导和劝慰。诗中表现出作者极其矛盾痛苦的心情。他认为平定叛乱是整个国家、民族的长远利益所在，"王师"是正义的顺应人心的军队。但是他又不能无视统治者不恤民命，使人民遭受摧残折磨，陷于哀痛无告境地而隐忍不言。因此，他只能在救国图存的大前提下，一方面揭露"天地终无情"的现实，一方面又怀着巨大的同情，含悲忍泪地宽慰、劝勉中男和他们的亲人。此诗以景衬情，寓情于景，前哀后慰，哀语沉痛而慰语恳挚，使此诗的思想性和艺术性融合为统一的整体。

石壕吏

暮投石壕村，有吏夜捉人[1]。老翁逾墙走，老妇出门看[2]。吏呼一何怒！妇啼一何苦[3]。听妇前致词，三男邺城戍[4]。一男附书至，二男新战死[5]。存者且偷生，死者长已矣[6]！室中更无人，惟有乳下孙[7]。有孙母未去，出入无完裙[8]。老妪力虽衰，请从吏夜归[9]。急应河阳役，犹得备晨炊[10]。夜久语声绝，如闻泣幽咽[11]。天明登前途，独与老翁别[12]。

毛泽东曾圈读过这首诗。

[1] 投：投宿。石壕村：现名干壕村，在今河南三门峡市陕州区东七十里。吏：官吏，低级官员，这里指抓壮丁的差役。夜：在夜里。

[2] 逾：越过，翻过。走：跑，逃跑。

[3] 呼：诉说，叫喊。一何：何其，多么。怒：恼怒，这里指凶狠。啼：哭啼。苦：凄苦。

[4] 前致词：指老妇走上前去（对差役）说话。前：上前，向前。致：对……说。三男：三个儿子。邺城：即相州，在今河南安阳。戍：防守，这里指服役。

[5] 附书至：捎信回来。书：书信。至：回来。新：刚刚。

[6] 存者：活着的儿子。且偷生：姑且活一天算一天。偷生：苟且活着。长已矣：永远完了。已：停止，这里引申为完结。

[7] 室中：家中。更无人：再没有别的（男）人了。惟：只，仅。乳下孙：正在吃奶的孙子。

[8] 去：离开，这里指改嫁。完裙：完整的衣服。"有孙"两句一作"孙母未便出，见吏无完裙"。

[9] 老妪：老妇人。衰：弱。请：请求。从：跟从，跟随。

[10] 应：响应。河阳：今河南孟州，当时唐王朝官兵与叛军在此对峙。犹得：还能够。备：准备。晨炊：早饭。

[11] 绝：断绝；停止。如：好像，仿佛。闻：听。泣幽咽：低微断续的

哭声。

〔12〕明：天亮之后。登前途：踏上前行的路。前途：前行的道路。独：唯独，只有。

这首诗作于唐肃宗乾元二年（759）春。作者通过亲眼所见石壕吏乘夜捉人，老翁藏匿，老妇应差的情景描写，揭露封建统治者的残暴，反映了安史之乱引起的战争给广大人民带来的深重灾难，表达了忧国忧民的感情。开头四句极简练地交代了时间、地点、人物，写出了事件的开端。接着"吏呼一何怒，妇啼一何苦"两句，对比鲜明地概括写出事件的发展。老妇在差役威逼下的十三句"致词"推进了情节的发展。前五句说三个儿子全上前线了，而且最近有两个阵亡。中间四句写家中只有吃奶的孙子，儿媳连一件出门的衣服也没有。尽管如此，官吏还要来抓人，集中反映了战争给人民带来的灾难深重。最后四句写为了顾惜老翁和幼孙的生存，老妇只好应征奔赴战场。这一出人意料的结局，把全诗推向了高潮。诗中场面和细节的描写自然真实，人物形象十分生动。老翁虽然只是首尾一见，但老妇啼诉苦情，自请应征，却表现得十分有胆有智，人物性格栩栩如生。此诗起笔营造气氛，结尾感慨无穷，虽用白描手法，处处以事实说话，而诗人的义愤之情已在不言之中，是杜甫古体诗中的佳作。

新婚别

兔丝附蓬麻，引蔓故不长[1]。嫁女与征夫，不如弃路旁。结发为君妻，席不暖君床[2]。暮婚晨告别，无乃太匆忙[3]。君行虽不远，守边赴河阳[4]。妾身未分明，何以拜姑嫜[5]？父母养我时，日夜令我藏[6]。生女有所归，鸡狗亦得将[7]。君今往死地，沉痛迫中肠[8]。誓欲随君去，形势反苍黄[9]。勿为新婚念，努力事戎行[10]。妇人在军中，兵气恐不扬[11]。自嗟贫家女，久致罗襦裳[12]。罗襦不复施，对君洗红妆[13]。仰视百鸟飞，大小必双翔[14]。人事多错迕，与君永相望[15]。

254

毛泽东曾圈读过这首诗。

〔1〕兔丝：即菟丝子，一种蔓生的草，茎细长，多缠附于其他植物枝干上生长。古代常用来比喻女子婚后依附丈夫。蓬、麻：两种植物名，长得都不很高。蔓：植物的藤。故：本来。这两句说，菟丝子蔓生蓬和麻之上，它的藤不能缠得很长。

〔2〕结发：这里指结婚。古代男子二十岁，女子十五岁，用簪子把头发向上别起来，表示已经成年，就可以结婚了。君：你，指丈夫。

〔3〕无乃：难道不是。

〔4〕守边：这里指开赴战争前线。河阳：今河南孟州市，当时唐军与叛军在此对峙。

〔5〕妾：古代妇女对自己的称呼。身：指在新家中的媳妇名分。唐代习俗，嫁后三日，始上坟告庙，才算成婚。仅宿一夜，婚礼尚未完成，故身份不明。姑嫜：婆婆和公公。

〔6〕养：抚育。"日夜"句：是说父母非常爱护自己。藏：躲藏，不让随便见外人。

〔7〕归：古代称女子出嫁。亦得将：也跟着前去。将：带走，相随。这两句即俗语所说的"嫁鸡随鸡，嫁狗随狗"。

〔8〕往死地：指"守边赴河阳"。死地：冒死之地。迫中肠：心里很难受。迫：煎熬，压抑。中肠：内心。

〔9〕"誓欲"二句：是说如果一定要跟着你去，事情反而会弄得很难办。苍黄：本指自然界草木青黄盛衰多变。这里指引起麻烦。

〔10〕"勿为"二句：是说不要为了新婚留恋，还是去当兵吧！事戎行：从军打仗。戎行：军队。

〔11〕"妇人"二句：是说军队里有妇女随行，恐怕会影响士气的振作。扬：高昂。

〔12〕嗟：叹气。久致：许久才制成。襦：短衣。裳：下衣。这两句说，可叹我家里穷，做新娘的嫁衣很久才办好。

〔13〕不复施：不再穿。洗红妆：洗去脂粉，不再打扮。这两句说，出嫁时

255

的罗衣不再穿了，当你的面把脂粉也洗掉了。

〔14〕双翔：成双成对地一起飞翔。此句写女子的寂寞和对那些能够成双成对的鸟儿的羡慕。

〔15〕错迕（wǔ）：错杂交迕，即不如意，不顺利。"与君"句，是说我和你永远互相期望吧。永相望：永远盼望重聚。

这首诗作于乾元二年（759）春天。诗中塑造了一个深明大义的新娘子形象。诗中写道："结发为君妻，席不暖君床。"昨天傍晚刚结婚，清晨丈夫就要应征奔赴前线。"妾身未分明，何以拜姑嫜？"新娘子因此悲痛得心如刀割。但她认识到，丈夫的生死、爱情的存亡，与国家、民族的命运是联结在一起的，要实现幸福的爱情理想，就必须做出牺牲。于是她强忍悲痛鼓励丈夫"勿为新婚念，努力事戎行"。并发出"罗襦不复施，对君洗红妆"的誓言，表达了对新婚丈夫至死不渝的爱情。全诗模拟新娘子的口吻自诉怨情，写出了当时人民面对战争的态度和复杂的心理，深刻揭示了战争带给人民的巨大不幸。大胆而浪漫的艺术虚构，现实主义的精雕细琢，使此诗成为高度思想性与完美艺术性结合的优秀作品。

垂老别[1]

四郊未宁静，垂老不得安[2]。子孙阵亡尽，焉用身独完[3]！投杖出门去，同行为辛酸[4]。幸有牙齿存，所悲骨髓干[5]。

男儿既介胄，长揖别上官[6]。老妻卧路啼，岁暮衣裳单[7]。孰知是死别，且复伤其寒[8]。此去必不归，还闻劝加餐[9]。土门壁甚坚，杏园度亦难[10]。势异邺城下，纵死时犹宽[11]。人生有离合，岂择衰盛端[12]！忆昔少壮日，迟回竟长叹[13]。

万国尽征戍，烽火被冈峦[14]。积尸草木腥，流血川原丹[15]。何乡为乐土？安敢尚盘桓[16]！弃绝蓬室居，塌然摧肺肝[17]。

毛泽东曾圈读这首诗。

〔1〕垂老：临近老年。垂：将近。

256

〔2〕四郊：指京城四周的地方，这里指洛阳一带。

〔3〕焉用：哪用，何用。身独完：独自活下去。完：保全，即活着。

〔4〕投杖：扔掉拐杖。老人已恃杖而行，既被征召，为壮军容，决然抛弃拐杖。同行：一同被征召的人。辛酸：悲伤。

〔5〕骨髓干：形容筋骨衰老，精力枯竭。

〔6〕男儿：男子汉，大丈夫，老儿自称。介胄：铠甲和头盔，这里做动词用，披甲戴胄，全副武装。长揖：不分尊卑的相见礼，拱手高举，自上而下。上官：指地方官吏。

〔7〕卧路啼：含有阻拦的意思。岁暮：年底。

〔8〕孰知：即熟知，分明知道。孰："熟"的古字。且复：尚又。伤：忧虑，担心。其：指老妻。

〔9〕加餐：多进饮食。

〔10〕土门：即土门关，地名，在今河南孟州市附近，是当时唐军防守的重要据点。壁：军营围墙。杏园：即杏园镇，在今河南卫辉市，那里有黄河渡口，称杏园渡。

〔11〕势异：情况和上次围攻邺城不同。邺城：即邺郡，在今河南南阳。纵：纵然，即使。宽：宽裕，这里指可以拖延些时间。

〔12〕离合：离散和聚处。岂择：岂能选择。衰盛：老年和壮年，这里偏指老年。端：端绪，缘由。这两句说，人生聚散难以自由，不能因为年老就当相守不离。

〔13〕少壮日：指年轻时虽然蓬居菲食，但天下无事，有家人团聚之乐。迟回：徘徊。竟：终。

〔14〕万国：指天下。被冈峦：布满山冈。被：通"披"，覆盖。

〔15〕川原：原野。丹：红色，这里作动词，染红。因流血多，故川原被染红。

〔16〕盘桓：留恋不忍离去。

〔17〕蓬室居：茅草屋。塌然：形容肝肠寸断的样子。摧肺肝：形容内心悲痛至极。

这首诗作于乾元二年（759）春天。诗篇通过一个"子孙阵亡尽"的老人被征召离家时沉痛的自述，深刻揭露了安史之乱时期人民遭受的深重灾难与当时役征的腐败，表达了劳动人民积极支持平叛的崇高爱国思想。全诗模仿一个老人的口吻，栩栩如生地刻画出他在弃家别妻时的凄苦心理和悲壮情怀。首段叙述他的悲惨境遇和毅然出门赴役；次段叙述老夫妻于生离死别之际互相体贴、关怀、宽慰、嘱咐的情景；末段叙述烽火遍地，敌势猖獗，前线"积尸草木腥，流血川原丹"，但老人忍痛决然应征，爱国之心，跃然纸上。此诗结构严谨整饬而又跌宕起伏，显示了高度的艺术技巧。

无家别

寂寞天宝后，园庐但蒿藜[1]。我里百余家，世乱各东西[2]。存者无消息，死者为尘泥。贱子因阵败，归来寻旧蹊[3]。久行见空巷，日瘦气惨凄[4]。但对狐与狸，竖毛怒我啼[5]。四邻何所有，一二老寡妻。宿鸟恋本枝，安辞且穷栖[6]。方春独荷锄，日暮还灌畦。县吏知我至，召令习鼓鞞[7]。虽从本州役，内顾无所携[8]。近行止一身，远去终转迷[9]。家乡既荡尽，远近理亦齐[10]。永痛长病母，五年委沟溪[11]。生我不得力，终身两酸嘶[12]。人生无家别，何以为蒸黎[13]。

毛泽东曾圈读过这首诗。

〔1〕天宝（742—756）后：指安史之乱爆发以后。园庐：田园和房屋。但：只，仅。蒿藜：植物名，俗称灰菜。

〔2〕我里：本村。里：乡里，里巷。

〔3〕贱子：这位无家者的自称。阵败：指邺城战役失败。

〔4〕日瘦：日光暗淡微弱，杜甫的自创语。

〔5〕怒我啼：对我发怒且啼叫。

〔6〕安辞：怎能辞去。且穷栖：姑且勉强地生活下去。

〔7〕"召令"句：是说他又要被征去打仗。习鼓鞞：指入伍接受军事训练。鞞：同"鼙"，鼙鼓，即战鼓。

〔8〕无所携：是说家里没有可以告别的人。携：指告别。

〔9〕"近行"二句：是说能够服役于本州而自幸。终转迷：终究是前途迷茫，生死凶吉难料。

〔10〕"家乡"二句：是说家乡已经一无所有，在本州当兵和在外县当兵都是一样。齐：齐同。

〔11〕委沟溪：指死后随便抛弃到山沟里。委：抛弃。

〔12〕两酸嘶：指母子双方。酸嘶：因悲伤而声音嘶哑。

〔13〕蒸黎：指劳动人民。蒸：众。黎：黑。

这首诗作于乾元二年（759）春天。诗篇以第一人称的口吻叙述邺城兵败后，主人公服完兵役后回到家中，见到的是"四邻何所有，一二老寡妻"，其家也已"存者无消息，死者为尘泥"，家破人亡。因"县吏知我至，召令习鼓鞞"，主人公又再次离别家乡奔赴前线。主人公的悲惨遭遇，反映了当时农村的凋敝荒芜以及战区人民水深火热的生活，同时对统治者的残暴、腐朽进行了有力的鞭挞。此诗借景抒情，写得沉痛凄婉，显示出感人的艺术魅力。

曲江二首 (其二)〔1〕

朝回日日典春衣，每日江头尽醉归〔2〕。酒债寻常行处有，人生七十古来稀〔3〕。穿花蛱蝶深深见，点水蜻蜓款款飞〔4〕。传语风光共流转，暂时相赏莫相违〔5〕。

毛泽东曾手书过此诗的名句："酒债寻常行处有，人生七十古来稀。"

〔1〕曲江：河名，又名曲江池，故址在今陕西西安城南五公里处，原为汉武帝所造。唐玄宗开元年间大加整修，池水澄明，花卉环列，是著名游览胜地。《曲江》，组诗，共二首，此为第二首。

〔2〕朝回：退朝回家。典春衣：典当春衣。江头：江边，这里指曲江江边。

〔3〕债：欠人的钱。寻常：古代八尺为一寻，两寻为一常。"寻常"与"七十"对仗。行处：到处，随处。

〔4〕蛱蝶：蝴蝶。深深：在花丛深处，时隐时现。见：同"现"。款款：形容舒缓优美的样子。

〔5〕传语：传话给。风光：春光。共流转：在一起逗留盘桓。相赏：物我与共，共相愉悦。相违：因不合而分开。违：违背，错过。

这首七律作于乾元元年（758）暮春。杜甫时任左拾遗，虽身居谏职，而志不得行。此诗看似伤春，实为伤感人事，发泄满腹牢骚。诗人把曲江与大唐融为一体，以曲江的盛衰比大唐的盛衰，将全部的哀思寄予曲江这一实物，从一个侧面更形象地写出了世事的变迁。此诗写景抒情，对仗工稳。"人生七十古来稀"已成为千古流传的名句。

毛泽东手书《曲江二首》（其二）（节选）

月夜忆舍弟[1]

戍鼓断人行，边秋一雁声[2]。露从今夜白，月是故乡明[3]。有弟皆分散，无家问死生[4]。寄书长不达，况乃未休兵[5]。

毛泽东曾圈读此诗。

[1] 杜甫写这首诗时在秦州（今甘肃天水）。舍弟：谦称自己的弟弟。

[2] 戍鼓：戍楼上的更鼓，这里指边防驻军告警的鼓声。戍：驻防。断人行：指鼓声响起后，就开始宵禁。边秋：边塞的秋天。

[3]"露从"句：是说今晚恰为白露节气。

[4]"有弟"二句：是说弟兄分散，家园无存，互相间都无从得知死生的消息。

[5] 寄书：寄信。长：一直，老是。达：到。况乃：何况是。未休兵：战争还没有结束。

这首诗作于肃宗乾元二年（759）秋天。首联描绘诗人耳目所及皆为一片凄凉景象。"断人行"点明社会环境，说明战事仍然频繁、激烈，道路为之阻隔。颔联点题。明明是普天之下共一轮明月，偏要说故乡的月亮最明；明明是作者自己的心理幻觉，偏要说得那么肯定，不容置疑，从而突出对故乡的感怀。"露从今夜白，月是故乡明"已成为千古传诵的名句。颈联写弟兄离散，天各一方，生死难卜。尾联写亲人们平时通信已十分困难，何况战事频仍时期。此诗首尾照应，承转圆熟，凄楚哀感，沉郁顿挫，充分显示了杜甫化平凡为神奇的本领。

天末怀李白

凉风起天末，君子意如何[1]？鸿雁几时到，江湖秋水多[2]。文章憎命达，魑魅喜人过[3]。应共冤魂语，投诗赠汨罗[4]。

毛泽东曾圈读此诗。

[1] 天末：天边，这里指秦州（今甘肃天水）。君子：指李白。

261

〔2〕鸿雁：指书信。传说雁能传书，典出《汉书·苏武传》。"江湖"句：比喻世途艰险。

〔3〕命达：命运顺畅显达。魑魅：山泽间的鬼怪。喜人过：喜欢人有过失。

〔4〕冤魂：指屈原。屈原遭受谗言被放逐，悲愤地自沉汨罗江而死。"投诗"句：是说李白怨愤的心情只有向屈原投诗倾诉。汉代贾谊被贬长沙渡湘江时，曾作《吊屈原赋》祭吊屈原。汨罗：即汨罗江，在今湖南境内。

这首诗为杜甫于唐肃宗乾元二年（759）客居秦州时所作。李白因参与永王李璘幕府而获罪，于至德二载（757）被捕入浔阳（今江西九江）狱，乾元元年（758）被流放夜郎（今贵州桐梓），行至巫山时遇赦得还至湖南。此诗首联以秋风起兴，渲染悲愁气氛，"君子意如何"的关切之问，表达了作者对友人的深切怀念之情。颔联写作者急切地询问"鸿雁几时到"？同时又顾虑"江湖秋水多"，路途风波险阻，心情无限惆怅。颈联联想对方的身世，认为"文章憎命达"，文才出众者总是命运坎坷；"魑魅喜人过"，隐喻李白被流放僻远地区，是遭人诬陷。这两句写得意味深长，感人至深，是传诵千古的名句。尾联想象李白向屈原倾诉内心的愤怒和不平。吟咏此诗，宛如展读友人书信，殷切的思念和发自心灵深处的牵挂跃然纸上。

蜀　相[1]

丞相祠堂何处寻，锦官城外柏森森[2]。映阶碧草自春色，隔叶黄鹂空好音[3]。三顾频烦天下计，两朝开济老臣心[4]。出师未捷身先死，长使英雄泪满襟[5]。

毛泽东曾多次圈读此诗，并手书过这首诗。

〔1〕蜀相：三国蜀汉丞相诸葛亮。

〔2〕丞相祠堂：即诸葛武侯祠，在今成都市南，晋代李雄初建。锦官城：成都的别称。古锦官城在成都南，为主管织锦的官员所居。后人泛称成都为锦官城。柏森森：柏树高耸茂盛的样子。

〔3〕"映阶"二句：是说祠堂春色虽好，而往事已经消逝。描写丞相祠堂荒寂无人的景象。黄鹂：即黄莺，营巢于高枝，鸣声婉转。空：白白地。

〔4〕"三顾"二句：是说刘备为统一天下而三顾诸葛亮草庐，频繁咨询天下大计，诸葛亮先后辅佐刘备、刘禅两代开创基业，表现出老臣鞠躬尽瘁的忠心。频烦：犹"频繁"，多次。两朝：刘备、刘禅父子两朝。开：开创。济：扶助。

〔5〕"出师"二句：是说出师还没有取得最后的胜利就先去世了，常使后世的英雄泪满衣襟。《三国志·诸葛亮传》载：诸葛亮于刘禅建兴十二年（234）春出兵伐魏，与魏军相持百余日，未获胜而病死于五丈原军中。出师：出兵。

这首七律为上元元年（760）春作者游成都诸葛武侯祠时所作。此诗凭吊丞相祠堂，从祠内春意盎然的景物描写中感怀现实，透露出诗人忧国忧民的思想。首联起句以探问的语气，点明瞻仰祠堂，次句指明祠堂所在。第二联写"映阶碧草"本可悦目，隔叶黄鹂，亦足动听，可是诗中有意着一"自"字、一"空"字，给丞相祠堂涂上了一层空寂、凄清、寥落的色彩。第三联概括追述诸葛亮的才德和一生功业，赞叹其鞠躬尽瘁、死而后已的忠诚，同时也感慨其祠堂现在竟如此凄清，人们是多么健忘啊！尾联对诸葛亮功业未成、中道而陨的不幸表示深深的感叹和痛惜，实际上也隐含了作者自己不能实现理想、不能施展抱负的万千感慨。此诗蕴藉深厚，寄托遥深，熔抒情、写景、议论于一炉，既有对历史的评说，又有现实的寓托，在历代咏赞诸葛亮的诗篇中，堪称绝唱。

水槛遣心二首 (其一) 〔1〕

去郭轩楹敞，无村眺望赊〔2〕。澄江平少岸，幽树晚多花〔3〕。细雨鱼儿出，微风燕子斜〔4〕。城中十万户，此地两三家〔5〕。

毛泽东曾多次圈读此诗，并手书过"细雨鱼儿出，微风燕子斜"两句诗。

〔1〕本题共两首，这是第一首。水槛：临水房子的栏杆。

〔2〕"去郭"二句：是说草堂在城外，堂廊宽敞，周围又无村落，可以极目远眺。去郭：离城。轩楹：廊柱，这里指堂廊。赊：远。

〔3〕"澄江"二句：是说江清而阔，几与岸平；幽树晚春，繁花满枝。

〔4〕"细雨"二句：是说鱼感细雨而浮游，燕受微风而斜飞，生机满眼，喜悦之情溢于言外。

〔5〕"城中"二句：以城居的喧闹拥挤，对比郊外草堂的幽静闲适，照应开头的"去郭""无村"之意，充满恬然自得之情。

这首五律作于上元二年（761）作者定居成都草堂时。诗篇描写傍晚时微风细雨中草堂周围的景色，"澄江平少岸，幽树晚多花"，环境如此清幽美好，诗人的心境自然清静，恬然自得。此诗字里行间蕴含着诗人优游闲适的心情，表现出对大自然、对春天的热爱之情。"细雨鱼儿出，微风燕子斜"是千古传诵的名句。此诗八句皆用对仗，结构严整。景物描写，远近交错，精细自然。句句写景，句句有"遣心"之意。

毛泽东手书杜甫《水槛遣心二首》（其一）（节选）

264

客　至^[1]

舍南舍北皆春水，但见群鸥日日来^[2]。花径不曾缘客扫，蓬门今始为君开^[3]。盘飧市远无兼味，尊酒家贫只旧醅^[4]。肯与邻翁相对饮，隔篱呼取尽余杯^[5]。

毛泽东曾圈读此诗。

〔1〕客至：客人到来。客：指崔明府。杜甫在题后自注："喜崔明府相过"。明府，唐人对县令的称呼。相过，即探望，相访。

〔2〕舍：指家，住处。但：只。鸥：一种水鸟。

〔3〕花径：长满花草的小路。缘：因，为了。蓬门：用蓬草编成的门。为君：为了你。君：指来客。

〔4〕盘飧：盘子里的菜。市远：离市集远。无兼味：言菜肴单调。兼味：多种多样的食品。尊酒：杯子里的酒。尊："樽"的古字，酒杯。旧醅：隔年的未过滤的酒。古人好饮新酒，杜甫以家贫无新酒感到歉意。

〔5〕肯：能否允许。呼取：喊来。余杯：剩余的酒。

这首诗于上元二年（761）春作于成都草堂。诗篇写在家里欢迎来客的情景。前两句描写居处清丽疏淡的景色，村子里难得有客人来，每天只是与山水鸥鸟为伍，表现了诗人与世相隔的心境。后六句写有客来访的欣喜以及诚恳待客，呼唤邻翁对饮的场景。"花径"两句写满是花草的小路从来不曾为了迎客打扫过，今天才为这位来客敞开茅屋的前门，喜悦之情溢于言表。三、四两联写诗人对客人解释，因远离市镇，做不出很好的酒菜，客人如果愿意和邻居老大爷对饮一杯，我就把他喊过来一起干一杯，表现出诗人诚朴恬淡、热情好客的性格。此诗把居处景、家常话、故人情等富有情趣的生活场景刻画得细腻逼真，具有浓郁的生活气息和人情味。

茅屋为秋风所破歌^[1]

八月秋高风怒号，卷我屋上三重茅^[2]。茅飞渡江洒江郊，高者挂罥长林梢，下者飘转沉塘坳^[3]。

南村群童欺我老无力，忍能对面为盗贼^[4]。公然抱茅入竹去，唇焦口燥呼不得，归来倚杖自叹息^[5]。

俄顷风定云墨色，秋天漠漠向昏黑^[6]。布衾多年冷似铁，娇儿恶卧踏里裂^[7]。床头屋漏无干处，雨脚如麻未断绝^[8]。自经丧乱少睡眠，长夜沾湿何由彻^[9]！

安得广厦千万间，大庇天下寒士俱欢颜，风雨不动安如山^[10]。呜呼！何时眼前突兀见此屋，吾庐独破受冻死亦足^[11]！

毛泽东曾多次圈读此诗，并手书过"安得广厦千万间，大庇天下寒士俱欢颜"两句诗。

〔1〕茅屋：即成都近郊浣花溪畔的草堂。由于是在亲友的资助下才得以建成的，诗人对草堂特别爱惜。

〔2〕秋高：即秋天。号：呼啸。三重：多层。这两句写狂风怒号，覆盖屋顶的多层茅草被风卷走。

〔3〕"茅飞"三句：写茅草被风卷走的情况。江：锦江。挂罥（juàn）：挂缠。长林：高大的林木。塘坳：低洼积水的地方。

〔4〕忍能：竟然忍心这样。能：这样，如此。对面：当面。

〔5〕竹：竹林。呼不得：吆喝无效，止不住。以上五句写一群不懂事的孩子，当着诗人的面，公然抱了茅草跑进竹林，任凭他喊得口干舌燥也没有用，诗人回家只能拄着拐杖叹气。

〔6〕俄顷：不久，没一会儿。定：停息。漠漠：形容阴沉沉的样子。向：临近，将近。这两句写不一会儿风止而乌云密布，天色阴沉沉地暗下来了。

〔7〕布衾：布被子。恶（wù）卧：睡相不好，指小儿睡觉时好动。踏里裂：将被里子蹬破了。

〔8〕雨脚：即雨。雨从空中坠落，有如人脚下垂走动，故云。这两句写床头漏雨，没有干燥的地方，而雨还是下个不停。

〔9〕丧乱：指天宝十四载（755）冬开始的安史之乱。何由彻：怎样才能挨

到天明？彻：尽，这里指天亮。

〔10〕安得：哪得。广厦：宽敞的大屋。大庇：全部庇覆、遮蔽。寒士：本指贫寒的读书人，这里泛指穷人。

〔11〕突兀：高耸的样子。见：同"现"，出现。庐：草堂。足：值得。这两句写只要眼前能耸现千万间给天下寒士遮蔽风雨的大厦，自己即使身居破漏的茅屋，受冻至死，也心甘情愿。

唐肃宗上元二年（761）秋，一场大风吹走诗人屋顶的重茅，接着又是彻夜秋雨。在那风雨交加的不眠之夜，战乱中千万困苦忧伤的人民流离失所、家破人亡的种种景象，一齐映现在诗人的心头，于是他情不自禁地写下这首撼人心弦、辉映千古的伟大诗篇。起首五句写秋风的猛烈、屋顶茅草的飞散，突出了"破"字。接下来五句写茅草为顽童抢走，诗人焦急、叹息和无奈。然后八句写屋破雨淋、彻夜难眠的苦况。最后六句写诗人完全忘怀一身一家的苦难而大声呼出了他的崇高理想和愿望。全诗结构严谨，照应自然。前三段写风吹破屋、茅草被抢、彻夜雨湿是为了突出诗人的"寒士"生涯，也是为第四段作铺垫，使写理想的点睛之笔富有巨大的感染力。此诗以现实主义为基调，结尾却颇富浪漫主义色彩，两者和谐统一，完整自然。

闻官军收河南河北[1]

剑外忽传收蓟北，初闻涕泪满衣裳[2]。却看妻子愁何在，漫卷诗书喜欲狂[3]。白日放歌须纵酒，青春作伴好还乡[4]。即从巴峡穿巫峡，便下襄阳向洛阳[5]。

毛泽东曾多次圈读此诗。

〔1〕闻：听说。官军：指唐朝军队。收：收复。河南河北：指今河南洛阳一带地区和河北省北部。

〔2〕剑外：四川剑门关以南地区，也称剑南。蓟北：今河北北部地区，当时是安史叛军的根据地。涕：眼泪。

267

〔3〕却看：回头看。妻子：妻子和孩子。漫卷：随意收拾。喜欲狂：高兴得简直要发狂。这两句说回头看看妻子儿女，他们的愁容也没有了，在欣喜若狂中即刻草率地收拾起诗书准备还乡。

〔4〕放歌：纵情高歌。须：应当。纵酒：开怀痛饮。青春：指明丽的春天景色。作伴：与妻儿一同。这两句说在这阳光灿烂的日子里，要痛快地唱歌喝酒，趁着大好春光返回故乡。

〔5〕巴峡：指重庆以东一段江峡，旧为巴郡所在地，故名。巫峡：长江三峡之一，在重庆巫山以东。便：就。襄阳：地名，今属湖北省。洛阳：地名，今属河南省。这两句说马上就动身，穿过巴峡和巫峡，接着下襄阳，再向老家洛阳进发。

唐代宗宝应元年（762）十月，官军屡破史朝义乱军，收复洛阳、河阳等地；十一月进军黄河以北。次年春正月，史朝义兵败自杀，延续八年的安史之乱行将结束。诗人在梓州（今四川三台县）听到这个消息后，欣喜如狂，写下此诗。首联"忽传"写捷报来得十分突然，"涕泪满衣裳"以形传神，生动形象。颔联写妻子儿女喜笑颜开，全家同享胜利的欢乐。颈联写要趁着大好春光与妻子儿女"作伴""还乡"。尾联展开丰富的联想，一气写出还乡路线。此诗想象丰富，感情深挚，首句叙事，余俱抒情，对平定叛乱的喜悦之情，跃然纸上。

绝句四首（其三）

两个黄鹂鸣翠柳，一行白鹭上青天[1]。窗含西岭千秋雪，门泊东吴万里船[2]。

毛泽东曾多次圈读并手书过此诗。

〔1〕黄鹂：即黄莺。白鹭：鹭鸶，羽毛纯白，能高飞。

〔2〕窗含：是说由窗往外望西岭，好似嵌在窗框中。西岭：指岷山，在成都西南。千秋雪：岷山顶上积雪终年不化，古称千秋雪。东吴：三国时吴国所辖的江东之地，长江下游。乘船由蜀至吴，水路数千里，故称万里船。

这首诗作于代宗广德二年（764）三月。杜甫经过一段较长时间的东川漂流后，听说好友严武再度出任东西川节度使，便携家重返成都草堂。此时他的心情特别舒畅，面对一派生机盎然的春景，诗思泉涌，一气写下绝句四首，此诗为其三。诗篇一句一景，宛如四幅色彩鲜明、形象优美的春色图。合而观之，又是一幅融汇近景、远景、山景、江景的大型画幅，透露出诗人开朗的心胸、愉快的情绪。

登　楼

花近高楼伤客心，万方多难此登临[1]。锦江春色来天地，玉垒浮云变古今[2]。北极朝廷终不改，西山寇盗莫相侵[3]。可怜后主还祠庙，日暮聊为《梁甫吟》[4]。

毛泽东曾多次圈读这首诗。

〔1〕客：作者自称。万方多难：指安史之乱以来，国家内忧外患，日甚一日。

〔2〕"锦江"句：是说锦江一带春色盎然。锦江：岷江支流，流经成都西南。玉垒：山名，在今四川都江堰市。浮云：象征当时吐蕃侵扰的战争气氛。变古今：古往今来，变幻无常。

〔3〕"北极"句：是说唐王朝终于没有沦为吐蕃附庸而能保住江山不变。北极：北极星，比喻唐王朝永固不变。西山寇盗：指吐蕃入侵者。

〔4〕"可怜"句：借后主亡国之事，隐讽唐代宗信任宦官而致乱。后主：三国蜀汉后主刘禅，先主刘备的儿子，昏庸无能，朝政腐败，招致亡国。还祠庙：仍有祠庙，这里隐讽代宗虽未作亡国之君，但能否使唐王朝中兴，实在是令人忧虑。"日暮"句：由蜀后主联想到蜀相，感慨自己流寓作客，报国无门，只能像未出山前的诸葛亮那样，借《梁甫吟》以遣怀。聊为：姑且作。《梁甫吟》：乐府旧题。《三国志·诸葛亮传》："亮躬耕陇亩，好为《梁甫吟》"。

这首诗作于代宗广德二年（764）春，是作者从阆州（治所在今四川东北部）

回成都时所作。诗人登楼观景，由眼前的无边春色，联想到国家"万方多难"，动荡不安，浮云变幻的严峻局势，不免伤心慨叹，表达了对当时朝政的不满和国家灾难重重的忧虑。作者在讽喻当朝昏君的同时，表达了自己要效法诸葛亮辅佐朝廷的抱负，大有澄清天下的气概。诗篇即景抒怀，融自然景象、国家灾难、个人情思为一体，语壮境阔，寄意深远，体现了沉郁顿挫的诗风。"锦江春色来天地，玉垒浮云变古今"是千古传诵的名句。此诗语言精练，格律严谨，中间两联对仗工稳，意境高远，充分显示了作者晚年对诗歌语言声律的运用已达圆通之境。

丹青引·赠曹将军霸[1]

将军魏武之子孙，于今为庶为清门[2]。英雄割据虽已矣，文采风流今尚存[3]。学书初学卫夫人，但恨无过王右军[4]。丹青不知老将至，富贵于我如浮云[5]。开元之中常引见，承恩数上南薰殿[6]。凌烟功臣少颜色，将军下笔开生面[7]。良相头上进贤冠，将士腰间大羽箭[8]。褒公鄂公毛发动，英姿飒爽犹酣战[9]。先帝御马五花骢，画工如山貌不同[10]。是日牵来赤墀下，迥立阊阖生长风[11]。诏谓将军拂绢素，意匠惨淡经营中[12]。斯须九重真龙出，一洗万古凡马空[13]。玉花却在御榻上，榻上庭前屹相向[14]。至尊含笑催赐金，圉人太仆皆惆怅[15]。弟子韩干早入室，亦能画马穷殊相[16]。干惟画肉不画骨，忍使骅骝气凋丧[17]。将军画善盖有神，必逢佳士亦写真[18]。即今漂泊干戈际，屡貌寻常行路人[19]。途穷反遭俗眼白，世上未有如公贫[20]。但看古来盛名下，终日坎壈缠其身[21]。

毛泽东曾圈读并手书此诗。其创作《七绝·为女民兵题照》中"飒爽英姿五尺枪"句，化用此诗"英姿飒爽来酣战"句。

〔1〕丹青：丹砂、靛青等红绿颜料，后成为绘画的代称。引：乐府诗体的一种，相当于"歌"。曹将军霸：即曹霸，曾官至武卫将军，故以"将军"称之。

〔2〕魏武：即魏武帝曹操。因曹髦为曹操曾孙，曹霸又为曹髦之后，故称曹

霸为魏武之子孙。庶：平民。清门：寒门，即平民。

〔3〕英雄割据：指曹操与刘备、孙权称雄一方事。已：止，结束。文采风流：指曹操的文学事业及其影响。

〔4〕书：书法。卫夫人：名铄，字茂漪，晋著名书法家，工隶书，王羲之曾师从她学书法。过：超越。王右军：即王羲之，曾官右军将军，其书法为古今之冠。

〔5〕"丹青"二句：曹霸专心绘画，不慕富贵。不知老将至：化用《论语·述而》"发愤忘食，乐以忘忧，不知老之将至云尔"和"不义而富且贵，于我如浮云"句意。

〔6〕引见：受皇帝召见者由内臣引导入见。承恩：被皇帝召见。数：多次。南薰殿：长安南内兴庆宫的内殿。

〔7〕"凌烟"二句：是说唐太宗贞观十七年（643），诏命阎立本在凌霄阁上画长孙无忌等二十四功臣像，开元年间，唐玄宗命曹霸重画。少颜色：指画像年久褪色。开生面：指曹霸重画功臣像，创了新的面貌。

〔8〕进贤冠：唐代文臣儒士所戴的礼帽，用黑布做成。大羽箭：一种四羽大杆长箭，为唐太宗所创制。

〔9〕褒公：褒国公段志玄。鄂公：鄂国公尉迟恭。英姿飒爽：姿态英武，神采飞动。犹酣战：是说画像上人物栩栩如生，似乎还在尽情厮杀。

〔10〕先帝：指唐玄宗。玉花骢：唐玄宗所乘骏马名。貌不同：指所画都不够逼真神似。貌：描绘。

〔11〕是日：此日。赤墀：即丹墀，宫殿内红色的台阶。迥立：昂首挺立。阊阖：天宫之门，这里指宫殿大门。生长风：形容马之神骏。

〔12〕拂：展开。绢素：白色画绢。意匠：构思。惨淡经营：指构思过程极为艰苦。

〔13〕斯须：一会儿。九重真龙：意指真正的御马。九重：本指九重天，这里指皇宫。真龙：古称八尺马为龙，这里指良马。一洗：犹言一扫。凡马：普通的马。

〔14〕"玉花"二句：是说此画挂起来，就好像真的玉花骢立于御榻之上，与庭前的活马相对而立，似乎难辨真假。玉花：玉花骢。屹相向：画上马与真马屹

立相对，难辨真假。

〔15〕至尊：皇帝。圉（yǔ）人：养马的人。太仆：执掌皇帝车马的官员。

〔16〕韩干：唐代画家，唐玄宗时官至太府寺丞，最擅画马。初师曹霸，后独创一派。入室：喻指弟子得到老师真传。穷殊相：穷尽各种形态。

〔17〕"干惟"二句：是说韩干画的马太肥了，没有表现出骏马的风神气概。骅骝：传说中周穆王"八骏"之一，后泛称骏马。气凋丧：指马没有了神气。

〔18〕佳士：德才兼优的士人。写真：画肖像。

〔19〕即今：如今。干戈际：战乱中。"屡貌"句：是说曹霸为了维持生计，常常为普通人画像。

〔20〕"途穷"句：用阮籍对俗人白眼典故，说如今曹霸处于穷途末路，反而遭到俗人的白眼。

〔21〕但看：只要看看。古来盛名下：自古以来，因其才能而享有盛名的人。坎壈（lǎn）：穷困不得志。这两句说只要看看古来有才人的困顿，曹霸的遭遇就不足为怪了。

　　这首诗作于代宗广德二年（764）作者客居成都时。诗篇概述了曹霸一生的荣辱和沉浮。起首八句叙写曹霸诗歌造诣高超，流风余韵至今犹存，以及其书画的师承渊源，刻苦态度和高尚情操。"开元"以下八句，高度赞扬其人物画的辉煌成就，"褒公鄂公毛发动，英姿飒爽来酣战"，人物栩栩如生，跃然纸上。"先帝"以下八句，描写其画玄宗所骑玉花骢的过程。"玉花"以下八句，以韩干之画作为反衬，盛赞其"玉花却在御榻上，榻上庭前屹相向"的高超画艺具有的震撼人心的魅力。最后八句，又以苍凉的笔调描写其晚年流落民间卖画为生的困窘境遇，结句"但看古来盛名下，终日坎壈缠其身"，既是宽解曹霸，也是诗人聊以自慰，饱含对世态炎凉的愤慨。此诗共四十句，八句一换韵，韵随意转，平仄相间，层次分明，语言传神。清人翁方纲称此诗气势充盛，为"古今七言诗第一压卷之作"。

旅夜书怀

细草微风岸，危樯独夜舟[1]。星垂平野阔，月涌大江流[2]。名

272

岂文章著，官应老病休^[3]。飘飘何所似，天地一沙鸥^[4]。

毛泽东曾圈读此诗。

〔1〕岸：指江岸边。危樯：船上的高桅杆。危：高。

〔2〕垂：挂下，低下。月涌：月亮倒映，随水流腾涌。大江：指长江。这两句说天幕低垂，漫天的星斗像闪烁在地平线上，平地也显得更加辽阔；江中的月影流动如涌，奔腾的大江在月光的映衬下，也显得愈加气势磅礴。

〔3〕文章：指诗歌。休：罢职。这两句字面意思是，我哪里是因为善写文章而被世人所知，我辞官不做是年老多病的缘故。

〔4〕飘飘：漂泊，奔走。沙鸥：沙洲上的白鸥。

这首五律为代宗永泰元年（765）四月诗人辞去好友严武节度使署中参谋、检校工部员外郎的官职，乘船离开成都东下，途经渝州（今重庆）、忠州（今重庆忠县）时所作。首联写微风吹拂岸边小草，孤舟夜系江岸的眼前景物，渲染旅夜寂静凄清，令人感慨伤情的意境。颔联描写眺望平野，地阔天低，列星下垂的远景，创造出阔大雄浑的意境。颈联"名岂文章著，官应老病休"，表面上写自谦、自解之语，实际则是满含悲愤，表明自己的理想不在文名，而在于实现宏伟的政治抱负。抱负既然不能实现，这官也就可用老病的理由辞掉不干了。尾联以沙鸥自比，感叹漂泊无依的苦况。此诗前半写景，后半抒怀。作者善于选择意象，营造意境，诗篇情物交融，远近映衬，动静结合，完美地传达了诗人的人生感受，具有极强的感染力。

秋兴八首^[1]（其一）

玉露凋伤枫树林，巫山巫峡气萧森^[2]。江间波浪兼天涌，塞上风云接地阴^[3]。丛菊两开他日泪，孤舟一系故园心^[4]。寒衣处处催刀尺，白帝城高急暮砧^[5]。

毛泽东曾圈读此诗，并手书过后四句诗。

〔1〕秋兴八首：组诗，八首诗次第相连，首尾呼应，中心思想是对国家兴衰治乱的无限关切。秋兴（xìng）：因秋而起兴，即因秋景的触发而抒写情怀。这是第一首。

〔2〕玉露：白露，指霜。巫山：在重庆、湖北边境，长江穿流其中，奇峰峭壁，绵延数百里，形成三峡。巫峡：三峡之一，长约四十公里，沿岸高峰海拔一千米以上。气萧森：形容三峡秋日气象萧瑟阴森的样子。

〔3〕江间：指巫峡之中。兼：连。塞上：指夔州。风云：比喻战乱变幻的局势。接地：匝地，遍地。阴：阴森晦暗。

〔4〕丛菊两开：看到秋菊两次开放。杜甫此前一年秋天在云安，此年秋天在夔州，从离开成都算起，已经历过了两个秋天。他日：往日。一系：紧紧系住。故园心：指回到长安杜陵的愿望。

〔5〕催刀尺：指赶制冬衣。白帝城：即今奉节城，在瞿塘峡上口北岸的山上，与夔门隔岸相对。急暮砧：黄昏时急促的捣衣声。砧：捣衣石。

这首七律作于代宗大历元年（766）杜甫客居夔州（今重庆奉节）之时。诗篇通过对巫山、巫峡秋声秋色的生动描绘，烘托出山城夔州一带阴森萧瑟、动荡不安的环境气氛，抒写了诗人忧国伤时、漂泊孤独的隐衷。一、二两联描写巫山峡谷枫叶凋零，江上波浪滔天，风云匝地，一片萧条、凄清、惨目惊心的景象，表现了作者胸中翻腾起伏的忧思。也象征了国家局势动乱，前景暗淡。千古名句"江间波浪兼天涌，塞上风云接地阴"，以飞动壮阔的笔触抒写忧郁的情怀，创造出了动人的意境。三、四两联写诗人的"悲秋心事"。"丛菊两开""孤舟一系"是眼前景物，"他日泪""故园心"是多年衷情。结尾以深秋特有的制寒衣、捣旧衣的意象，进一步衬托孤寂、贫寒、思乡之感。此诗或写秋景，或写秋声，句句紧扣"秋"字，句句表达"兴"意。中间两联，对仗工稳，意境深幽，气势沉雄。

秋兴八首 （其二）

夔府孤城落日斜，每依北斗望京华[1]。听猿实下三声泪，奉使虚随八月槎[2]。画省香炉违伏枕，山楼粉堞隐悲笳[3]。请看石上藤萝月，已映洲前芦荻花。

毛泽东曾圈读此诗，并手书过前四句。

[1] 夔府：即夔州（今重庆奉节）。京华：京城，指长安。长安在夔州之北，故总是对着北斗星向往长安。

[2] "听猿"句：语出《水经注·江水》引渔者歌："巴东三峡巫峡长，猿鸣三声泪沾裳。""奉使"句：典出《博物志》：有住海边者，每年八月见海上有浮槎来去，从未误期，他便乘槎而去，到达天河，又按期回到海边。虚随：指诗人曾想随好友严武回京城长安，不料严武病死，还朝的希望成为泡影。槎：木筏。

[3] "画省"句：是说因病不能还朝侍奉皇帝。画省：汉代尚书省用胡粉涂壁，画先贤图像，故称"画省"。违伏枕：指因病不能入尚书省宿值。"山楼"句：是说笳声隐约可闻，暗示战事未休。山楼：指白帝城楼。

这是《秋兴八首》组诗的第二首。写这首七律时，杜甫漂泊在夔州孤城。前两联写自己原指望能跟随好友严武回到京城长安，不料严武突然病死，还朝的希望成了泡影。"每依北斗望京华"写其常常从落日的黄昏坐到深宵，"听猿实下三声泪"巧妙地衬托了此时作者孤寂凄楚的悲伤心情。后两联写作者"画省香炉违伏枕"的哀怨和"山楼粉堞隐悲笳"的隐忧，表达了杜甫忠于唐王朝和始终情系国家的深挚感情。此诗用最生动、最有概括力的语言写出深秋的冷落荒凉、个人的坎坷遭遇、心情的寂寞悲凉、国家的衰败残破，情与景交织，艺术感染力极强。

咏怀古迹五首[1]（其三）

群山万壑赴荆门，生长明妃尚有村[2]。一去紫台连朔漠，独留青冢向黄昏[3]。画图省识春风面，环佩空归夜月魂[4]。千载琵琶作胡语，分明怨恨曲中论[5]。

毛泽东曾圈读此诗。1971年"9·13事件"后，毛泽东曾戏改这首诗的前四句为："群山万壑赴荆门，生长林彪尚有村。一去紫台连朔漠，独留青冢向黄昏。"痛斥林彪投敌叛国的丑恶嘴脸，同时表达了自己当时的复杂心情。

〔1〕本题共五首，分咏庾信、宋玉、王昭君、刘备、诸葛亮等人在长江三峡一带留下的古迹。这是第三首。

〔2〕赴：奔向。荆门：山名，在今湖北宜都西北。明妃：即王嫱，字昭君，汉元帝时被选入宫为宫女。竟宁元年（前33），匈奴呼韩邪单于请求和亲，为了汉、匈两民族的和好，昭君毅然自请嫁匈奴。晋时因避司马昭讳，改称明君，亦称明妃。村：指王嫱生长的村庄，在今湖北秭归东北荆门山附近。

〔3〕一去：自从离开。紫台：皇帝所居的紫禁宫，也称紫宫，这里指汉宫。朔漠：北方沙漠地带，匈奴所居地。青冢：王昭君墓，在今内蒙古呼和浩特城南二十里处。

〔4〕画图：指王昭君的画像。省识：察看，认识。这里是委婉的反语，即不识。春风面：形容王昭君美丽的容貌。环佩：妇女佩戴的玉饰，这里代指昭君。

〔5〕琵琶：本为西域乐器，所谓胡乐。作胡语：奏出胡地的音乐。曲中论：在琵琶乐曲中倾诉。

这首七律作于代宗大历三年（768）春天杜甫离川入鄂之后。此诗吟咏王昭君故事。首联写古迹明妃故村。"赴"字突出绝色美女王昭君的出生地，山脉绵延起伏，气势磅礴，衬托王昭君故事的奇伟不凡。颔联概写王昭君的终身憾事，生前诀别汉宫，远赴漠北，死后只留得青冢一座在暮色中南向而望。"一""独"二字极有力地渲染出昭君身世的凄凉，心中的怨恨。颈联讽刺元帝昏庸，哀叹昭君不幸，感慨昭君的抱恨之因与遗恨之深。尾联借琵琶乐曲点明昭君生前求归不得，死后不忘故国而魂魄不归的怨恨，对昭君寄予了深厚的同情。昭君是美人抱恨，诗人是怀才不遇，时代不同，事情也有异，然而在诗人看来，恨和哀是一致的。

咏怀古迹五首（其五）

诸葛大名垂宇宙，宗臣遗像肃清高[1]。三分割据纡筹策，万古云霄一羽毛[2]。伯仲之间见伊吕，指挥若定失萧曹[3]。运移汉祚终难复，志决身歼军务劳[4]。

276

毛泽东曾圈读此诗，并对首联"诸葛大名垂宇宙，宗臣遗像肃清高"加了密圈。

〔1〕宗臣：关系社稷兴衰的重臣。肃清高：为其清高而肃然起敬。

〔2〕三分割据：指魏蜀吴三国鼎立。纡筹策：曲折周密地谋划。筹策：谋划。"万古"句：是说诸葛亮在历史上的地位，就像翱翔于高空的鸾凤一般。

〔3〕伯仲之间：不相上下。伯仲：兄与弟。伊吕：商代辅佐成汤的伊尹和先后辅佐周文王、周武王的吕尚（姜太公），是古代贤相的代表。失萧曹：使萧何、曹参都显得逊色。萧、曹二人是汉高祖刘邦的重要谋臣。

〔4〕运：国运。祚：帝位。"志决"句：是说虽然诸葛亮恢复汉室的志向十分坚定，但终因军务繁重，积劳成疾而死。身歼：身灭。

这是组诗《咏怀古迹五首》的第五首。诗篇由武侯祠中肃穆庄严的诸葛亮塑像联想其"大名垂宇宙"，在历史上留下"万古云霄"的赫赫功名，对其"指挥若定"的雄才大略和一生的功业，崇高的人品，鞠躬尽瘁、死而后已的精神进行了热烈的颂扬，对其壮志未遂叹惋不已，同时也抒写自己的身世家国之感，表示了要效法诸葛亮入世的态度。全诗议论高妙，句句含情，层层蓄势，尾联"运移汉祚终难复，志决身歼军务劳"，把诗人的无限感慨推到了高潮。

登　高^{〔1〕}

风急天高猿啸哀，渚清沙白鸟飞回^{〔2〕}。无边落木萧萧下，不尽长江滚滚来^{〔3〕}。万里悲秋常作客，百年多病独登台^{〔4〕}。艰难苦恨繁霜鬓，潦倒新停浊酒杯^{〔5〕}。

毛泽东曾圈读并手书过这首诗。

〔1〕登高：农历九月九日为重阳节，自古有登高的习俗。

〔2〕猿啸哀：指长江三峡中猿猴凄厉的叫声。《水经注·江水》引民谣云："巴东三峡巫峡长，猿鸣三声泪沾裳。"渚：水中的小洲。鸟飞回：鸟在急风中飞舞盘旋。回：回旋。

〔3〕落木：指秋天飘落的树叶。萧萧：形容风吹落叶的声音。下：落。

〔4〕万里：指远离故乡。常作客：长期漂泊他乡。百年：犹言一生，这里借指晚年。

〔5〕艰难：兼指国运和自身命运。苦恨：极恨，极其遗憾。繁霜鬓：增多了白发，如鬓边着霜雪。繁：这里作动词，增多。潦倒：衰颓，失意。这里指衰老多病，志不得伸。新停：新近停止。

这首七律是大历二年（767）九月重阳节杜甫流寓夔州（今重庆奉节）时所作。诗篇通过登高所见景物的描写，抒发了因悲秋、老病、艰难苦恨而产生的悲伤之情。首联写秋风急吹，天空高朗，林猿哀啸；沙渚清冷、洁白，飞鸟因风而回。颔联写无边无际的落叶和滚滚不尽的长江，在广阔的视野里，将笔触落实到对巨大意象的描写上，意境雄浑开阔。颈联从空间和时间两个方面，高度概括诗人长期颠沛流离的经历。尾联将笔触拉回现实，通过具体事例的描写突出诗人由于生活煎熬而衰老的形象，情调比较低沉。此诗笔法高度概括，容量巨大，格律谨严，四联皆对，景为情设，情以景显，情景交融，无不饱含着诗人对国家和身世的酸辛和愤悱，被明代胡应麟誉为"古今七言律第一"。

登岳阳楼

昔闻洞庭水，今上岳阳楼[1]。吴楚东南坼，乾坤日夜浮[2]。亲朋无一字，老病有孤舟[3]。戎马关山北，凭轩涕泗流[4]。

毛泽东曾熟读、背诵这首诗。1964 年，毛泽东由湖南返京，火车途经岳阳时，曾索笔手书此诗。诗后有"杜甫登岳阳楼诗一首"等字。据毛泽东手书制作的雕屏现挂在岳阳楼的三楼上。其词《水调歌头·游泳》中"才饮长沙水，又食武昌鱼"句，化用此诗"昔闻洞庭水，今上岳阳楼"句式。

〔1〕洞庭水：即洞庭湖。在今湖南北部，长江南岸，是我国第二大淡水湖。岳阳楼：即湖南岳阳城西门楼，下临洞庭湖，为游览胜地。

〔2〕吴楚：春秋时二国名，其地在今湖南、湖北、江西、安徽、江苏、浙江一带。坼：分裂，这里引申为分界。乾坤：原指天地，这里指日月。据《水经

278

注》卷三十八："湖水广圆五百余里，日月出没于其中。"

〔3〕无一字：书信全无。字：这里指书信。老病：杜甫时年五十七岁，身患肺病、风痹，右耳已聋。有孤舟：只有一叶孤舟漂泊无定。

〔4〕戎马：战马，喻指战争，战乱。大历三年（768）八月，吐蕃十余万众袭扰灵武、邠州一带，京师一度戒严。九月，代宗命郭子仪领兵五万屯奉天，以抵御吐蕃。凭轩：倚着楼窗。涕泗：眼泪和鼻涕，这里偏指眼泪。

这首五律作于大历三年（768）冬。当时诗人携妻子从夔州（今重庆奉节）出峡，漂泊荆湘，岁暮流寓于岳阳一带。诗人伫立岳阳楼上，俯瞰洞庭，烟波浩瀚，气象万千，触景伤情，遂作此诗。首联叙述登楼赏景而得偿多年的夙愿；颔联描绘岳阳楼的宏阔壮观图景；颈联感慨晚年"亲朋无一字"，"老病孤舟"生活的不幸；尾联"戎马关山北，凭轩涕泗流"，表明诗人时刻关心国家动乱的时局，从而抒发忧国忧民的情怀。此诗即景抒情，炼字精当，意境开阔，诗风沉郁顿挫，声韵情辞并茂。

江南逢李龟年[1]

岐王宅里寻常见，崔九堂前几度闻[2]。正是江南好风景，落花时节又逢君[3]。

毛泽东曾多次圈读并手书过此诗。其创作《七律·和柳亚子先生》中"落花时节读华章"句，化用此诗"落花时节又逢君"句。

〔1〕李龟年：唐朝开元、天宝年间著名乐师，擅长唱歌。因受唐玄宗的宠幸而红极一时。安史之乱后，李龟年流落江南，卖艺为生。

〔2〕岐王：唐玄宗李隆基之弟李范，雅善音律，封岐王。寻常：经常。崔九：崔涤，在兄弟中排行第九，中书令崔湜的弟弟。

〔3〕江南：这里指今湖南一带。落花时节：指暮春，通常指阴历三月，这里暗指人生晚景。君：指李龟年。

这首七绝作于大历五年（770）作者流寓潭州（今湖南长沙）之时。前两句追忆昔日与李龟年的接触，杜甫少年时曾在洛阳听过李龟年的演唱，寄寓诗人对开元初年盛世的眷怀。"正是江南好风景，落花时节又逢君"是千古传诵的名句，这里写现在又与李龟年在潭州相遇，抒发作者对当时国事凋零丧乱、艺人颠沛流离生活的无限感慨。此诗语言平易，含意深远，包含着丰富的社会生活内容，是杜甫绝句中最有情韵、最富内含的一篇。

【岑　参】

岑参（715—770），荆州江陵（今湖北荆州江陵县）人。祖籍南阳（今河南南阳）。盛唐著名边塞诗人。天宝三载（744）进士。曾两次长时间赴西北边塞任幕僚，官至嘉州刺史，世称"岑嘉州"。长于七言歌行，多描写西北塞上风光、军旅生活以及少数民族的文化风俗。有边塞诗80余首，笔力刚劲雄奇，景色壮丽瑰异，情辞慷慨豪迈，直追李杜。与高适齐名，并称"高岑"。有《岑嘉州集》。存诗360余首。

逢入京使[1]

故园东望路漫漫，双袖龙钟泪不干[2]。马上相逢无纸笔，凭君传语报平安[3]。

毛泽东曾圈读过这首诗。

〔1〕入京使：奉命前往京城长安的使者。

〔2〕故园：故乡，指岑参在长安的家。漫漫：形容遥远的样子。屈原《离骚》："路曼曼其修远兮，吾将上下而求索。"龙钟：形容泪水流溢的样子。

〔3〕凭：托请。君：指入京使者。传语：带话，（给家里）捎个口信儿。

这首诗作于天宝八载（749）诗人赴任安西节度使幕书记途中。这是一首抒发思乡念亲之情的著名诗篇。首句直奔主旨，回望故园长安，只觉路漫漫，野茫茫，不由得勾起对家人的强烈思念。次句以略带夸张的口吻写涕泪纵横，被泪水擦湿的双袖长久未干，将思乡念亲的情感推向高峰。后两句转向眼前情景的描述，说得十分含蓄，已丝毫看不出次句所说的那种儿女情长，然而却十分真切。"马上相逢无纸笔，凭君传语报平安"是千古传诵的名句。此诗结构完整，起、承、转、合步骤井然。用平常语写眼前景，道心中情，直率真切，感人至深。

走马川行，奉送封大夫出师西征[1]

君不见走马川行雪海边，平沙莽莽黄入天[2]。轮台九月风夜吼，一川碎石大如斗，随风满地石乱走[3]。匈奴草黄马正肥，金山西见烟尘飞，汉家大将西出师[4]。将军金甲夜不脱，半夜军行戈相拨，风头如刀面如割[5]。马毛带雪汗气蒸，五花连钱旋作冰，幕中草檄砚水凝[6]。虏骑闻之应胆慑，料知短兵不敢接，车师西门伫献捷[7]。

毛泽东曾圈读过这首诗。

[1] 走马川：又名左末河，在今新疆境内，距且末县播仙城约250公里。行：诗歌的一种体裁。封大夫：指封常清，唐玄宗时任西北边疆驻防军的统帅，驻军轮台（今新疆乌鲁木齐东北米泉）。西征：向西出征播仙城（在今新疆且末县境内）。

[2] 行：疑为因涉题而带入的衍字。雪海：地名，在今新疆别迭里山西北、吉尔吉斯斯坦伊塞克湖以东一带，以经年雨雪苦寒著称。平沙：沙漠。黄入天：指大风将尘沙带入高空而形成的特别景象。

[3] 川：指旧河床。

[4] 匈奴：借指西北地区的少数民族。金山：指阿尔泰山，在新疆北部，这里泛指塞外山脉。烟尘：报警的烽火和敌骑扬起的尘土。飞：指战事已经发生。汉家：指唐王朝，唐人诗中多以汉代唐。大将：指封常清。

[5] 金甲：铠甲，战衣。戈相拨：兵器互相撞击。拨：碰撞。

[6] 五花：五花马，一种毛色斑驳的良马。连钱：马身上的斑纹。旋作冰：指马身上的汗和雪很快便凝结成冰。旋：随即。幕：军幕，营帐。草檄：起草讨伐敌军的文告。

[7] 虏骑：敌人的骑兵。慑：惧怕。短兵：指刀、剑一类的短兵器，与长射

程的弓箭相对而言。接：迎战，交锋。车师：古西域国名，这里指安西都护府所在地，在今新疆吐鲁番附近。伫：等待。献捷：报捷。

这首诗作于天宝十三载（754）。作者时任安西北庭节度判官，军府驻轮台。诗篇通过莽莽沙海、风吼冰冻的西北地区恶劣环境的描写，热情赞颂了唐军出征将士不畏艰险、奋勇抗敌的英雄气概和爱国精神，充满着必胜的信心。开头五句极力渲染风沙遮天蔽日的景象；接着写匈奴借草黄马壮之机入侵，而封将军不畏天寒地冻，出征西北，将士们严阵以待；最后写敌军闻风丧胆，作者预祝唐军凯旋。此诗虽叙征战，却以叙寒冷为主，暗示冒雪征战之伟功。此诗除开头两句，都是每三句换一韵脚，节奏急促有力。慷慨激昂，乐观豪迈，读之令人振奋。

白雪歌送武判官归京[1]

北风卷地白草折，胡天八月即飞雪[2]。忽如一夜春风来，千树万树梨花开[3]。散入珠帘湿罗幕，狐裘不暖锦衾薄[4]。将军角弓不得控，都护铁衣冷难著[5]。瀚海阑干百丈冰，愁云惨淡万里凝[6]。中军置酒饮归客，胡琴琵琶与羌笛[7]。纷纷暮雪下辕门，风掣红旗冻不翻[8]。轮台东门送君去，去时雪满天山路[9]。山回路转不见君，雪上空留马行处。

毛泽东曾圈读过此诗。其创作《卜算子·咏梅》中"已是悬崖百丈冰"，化用此诗"瀚海阑干百丈冰"。

〔1〕武判官：生平不详，当是封常清幕府中的判官。判官：官职名，是节度使、观察使一类的僚属。

〔2〕白草：西北地区所特产的一种牧草，秋天变白，冬枯而不萎。胡天：指作者当时所在的西北地区的气候。

〔3〕梨花：春天开放，花白色。这里比喻雪花积在树枝上，像梨花开了一样。

〔4〕珠帘：用珍珠穿成或装饰的帘子。罗幕：用丝织品制成的帷幕。锦衾：

锦缎缝制的被子。

〔5〕角弓：两端用兽角装饰的硬弓。不得控：因手冻僵，不能拉开弓弦。控：引，拉开。都护：唐代镇守边镇的长官。铁衣：铠甲。难著：难于穿着。

〔6〕瀚海：大沙漠。阑干：形容纵横交错的样子。愁云：指阴云。惨淡：昏暗无光。凝：聚。

〔7〕中军：古代分兵为左、中、右三军，中军为主帅发号施令之所。这里指主帅所居的营帐。置酒：摆设酒宴。归客：指武判官。胡琴：古代西北少数民族的弹弦乐器。羌笛：原是西北羌族人吹的笛子。

〔8〕辕门：军营的门，古代军营前用两车之辕相对交接，作为营门。"风掣"句：是说雪大天寒，军旗冻上了冰，不能迎风飘动了。掣：拉拽，牵引，指风吹。

〔9〕天山：在今新疆中部。

这首诗为天宝十三载（754）诗人在轮台幕府送人归京时所作。诗以"白雪"为题，自始至终以雪为线索和背景，描绘了一幅边塞八月风雪送友图，表达了诗人依依惜别的深情。前八句选取居住、睡眠、穿衣、拉弓等日常活动表现边塞八月风雪漫天的奇丽景色和奇寒的情状。"忽如一夜春风来，千树万树梨花开"，比喻新奇、贴切，至今仍为人们广为传诵。接着四句用夸张手法，描绘军营饯别：营外瀚海阑干，垂冰百丈，愁云万里，营内酒宴丰盛，异乡音乐，难以排遣离愁。最后六句描写雪中送别情景：暮雪纷纷，红旗冻凝，雪满山路，空留马迹。怀恋之情，怅惘之思，溢于言表。此诗写景抒情，沉雄劲健，境界开阔，显示出诗人创作的才华和艺术特色。

奉和杜相公发益昌[1]

相公临戎别帝京，拥旄持节远横行[2]。朝登剑阁云随马，夜渡巴江雨洗兵[3]。山花万朵迎征盖，川柳千条拂去旌[4]。暂到蜀城应计日，须知明主待持衡[5]。

毛泽东曾多次圈读此诗，并曾两次手书"朝登剑阁云随马，夜渡巴江雨洗兵"一联。

283

〔1〕奉和：作诗词与别人唱和。杜相公：指杜鸿渐，为唐代宗时宰相。相公：唐代对宰相的尊称。发：发兵，进发。益昌：今四川广元昭化。

〔2〕临戎：监临军务，领兵。帝京：长安。旌：旌旗。节：符节，古代大臣外出行使使命的凭证。唐时，节度使临行，皇帝赐双旌双节。当时杜鸿渐为副元帅，兼剑南西川节度使。横行：遍行天下。

〔3〕剑阁：在益昌西南。云随马：是说蜀山高峻，马行快捷。巴江：指嘉陵江。益昌有白水江，剑阁有闻溪水，皆东南流入嘉陵江。雨洗兵：周武王伐纣，骤遇大雨，散宜生谏曰："此其妖欤?"武王曰："非也，天洗兵也。"后多作用兵的典故。兵：兵器。

〔4〕征盖：征车。盖：车盖。去旌：前行的旌旗。

〔5〕计日：是说平定蜀乱指日可待。明主：指唐代宗。待持衡：等待杜鸿渐迅速平乱，回朝主持政务。持衡：权衡轻重，指执政。

岑参《奉和杜相公发益昌》（节选）

唐大历元年（766）二月，代宗命宰相杜鸿渐兼副元帅，至蜀中平定崔旰之乱。岑参在杜幕府中任职方郎中，兼殿中侍御史。这首诗为赴蜀时应和杜鸿渐之作。诗篇赞扬杜鸿渐临危受命，率兵离京远征蜀川平乱的饱满精神状态，预祝此次平乱凯旋计日可待。此诗豪情洋溢，气势充沛，给人予平乱胜利在望的十足信心。

【张　继】

张继（715？—779？），字懿孙，襄州（今湖北襄阳市）人。唐代诗人。天宝十二载（753）进士。曾任军事幕僚、盐铁判官等职。代宗大历年间官检校祠部员外郎，分掌财赋于洪州（今江西南昌）。重视气节，不仅有诗名，品格也受人敬重。其诗多登临纪行之作，爽朗激越，不事雕琢，比兴幽深，事理双切，对后世颇有影响。有《张祠部诗集》。

枫桥夜泊[1]

月落乌啼霜满天，江枫渔火对愁眠[2]。姑苏城外寒山寺，夜半钟声到客船[3]。

毛泽东曾圈读过此诗。

[1] 枫桥：地名，在今江苏苏州西郊枫桥镇，今为名胜之地。夜泊：夜间把船停靠在岸边。

[2] "江枫"句：是说因羁愁而未能入睡的旅客，与江边的枫树、江上的渔火终夜相对。江：指吴淞江，俗称苏州河。渔火：渔船上的灯火。

[3] 姑苏：苏州的别称。寒山寺：在苏州西郊枫桥附近，相传因唐代僧人寒山、拾得曾住此而得名。夜半钟声：唐时佛寺有半夜敲钟的习惯，也叫分夜钟。

这首七绝叙写作者秋夜停船在枫桥附近产生的孤寂忧愁的思乡感情。前两句写孤寂冷清的环境。首句连写三种景象，都在高处、远处，是作者所见、所闻、所感。次句描写两种景物和诗人实际感受"愁",为全诗的情感基调定了位。后两句集中笔墨描写寒山寺的钟声,给读者留下了广阔的艺术想象空间,让读者去体会"愁"字所蕴含的丰富复杂的情感。此诗善于选取物象,描写有声有色,有动有静,有景有情,意境幽深,成为羁旅诗的代表作。

【韦应物】

　　韦应物(737—792?),京兆万年(今陕西西安)人。唐代著名诗人。曾任滁州、江州、苏州刺史,世称"韦江州""韦苏州"。其诗各体俱长,题材广泛,多关心民生疾苦,风格恬淡高远。山水诗源出陶渊明,融化谢灵运、谢朓,真而不朴,华而不绮,成为唐代山水田园诗派重要诗人,与王维、孟浩然、柳宗元并称"王孟韦柳"。有《韦苏州集》。

寄李儋元锡[1]

　　去年花里逢君别,今日花开已一年[2]。世事茫茫难自料,春愁黯黯独成眠[3]。身多疾病思田里,邑有流亡愧俸钱[4]。闻道欲来相问讯,西楼望月几回圆[5]。

　　毛泽东曾圈读过此诗。1959年7月14日,毛泽东在庐山住处同王任重、刘建勋、梅白三人谈话时说,唐人诗曰:"邑有流亡愧俸钱",这寥寥七字,写出古代清官的胸怀,也写出了中国古代知识分子的高尚情操。

　　〔1〕李儋(dàn):字元锡,为韦应物的诗交好友,时任殿中侍御史。韦、李之间常有唱酬。

　　〔2〕逢君别:是说相逢不久又分别。"今日"句:意谓与李儋不见已经一年。

　　〔3〕"世事"句:德宗建中四年(783)冬,军阀朱泚在长安发动政变,德宗仓皇出奔奉天,朝野一片溃乱。在安史之乱导致唐帝国由盛转衰后,李唐王朝又一次濒临乱臣逼主出走的危境。茫茫:指国家的前途、命运,也包括个人的前途。黯黯:形容昏暗的样子。这里指自己心情黯淡,情绪低落。

〔4〕思田里：指萌生退职归隐、栖息乡里的念头。田里：故乡。邑：城邑，这里指滁州治内的城乡。流亡：因在本乡、本邑生计无着而逃亡流落他乡。俸钱：俸禄，官吏所得的薪金。

〔5〕西楼：指滁州郡斋内阁楼。望月几回圆：形容期盼之深切，几个月前就已经延颈以待了。

　　唐德宗建中四年（783）春夏之交，韦应物从长安调任滁州刺史，与老友李儋分别。之后，李儋曾托人问候韦。第二年（784）春，诗人听说老友李儋要来看望自己，禁不住心潮澎湃，感慨万端，写下此诗寄赠李儋。诗中叙述别后对老友的思念和对老友即将到来的盼望，抒发了国乱民穷的内心矛盾和苦闷。诗中还回顾一年来身体多病，治下百姓流离失所，自己欲改变现状又心有余而力不足的焦虑，表现了一个清廉正直的封建官吏仕与隐的内心矛盾和为官不能为民解忧的内疚心情。"身多疾病思田里，邑有流亡愧俸钱"是此诗的名句。此诗感情真挚，思想深刻，境界高远，于简朴散淡中见丰厚意蕴，体现了韦应物诗歌"发纤秾于简古，寄至味于淡泊"的艺术风格。

夕次盱眙县〔1〕

落帆逗淮镇，停舫临孤驿〔2〕。浩浩风起波，冥冥日沉夕〔3〕。人归山郭暗，雁下芦洲白〔4〕。独夜忆秦关，听钟未眠客〔5〕。

毛泽东曾圈读过此诗。

〔1〕次：停泊。盱眙：江苏淮安市县名，地处淮河南岸。

〔2〕逗：停留。淮镇：淮河边的城镇，指盱眙县城。舫：船。临：靠近。驿：供邮差和官员旅宿的水陆交通站。

〔3〕冥冥：天色昏暗。

〔4〕山郭：山村与城郭。芦洲：长满芦苇的河洲。

〔5〕秦关：关中地区，这里指诗人的故乡陕西长安。客：诗人自指。

　　这首五律描写诗人在旅途中的愁思。首联写傍晚时分风吹浪起，诗人不得不停舫于孤驿之侧。颔联"浩浩风起波，冥冥日沉夕"两句渲染黄昏降临时旷野苍凉凄清的景色。后两联写傍晚时人雁归宿，而诗人却辗转反侧夜半未眠，表达了漂泊异乡的孤寂和思乡念亲的凄苦心情。此诗的妙处在于借景抒情，寓情于景，情景交融，极富生活气息，读来颇为动人。

【西鄙人】

西鄙人，即西部边疆地区的人，实为无名氏（鄙：边疆，边远的地方），唐天宝（742—756）年间诗人。《全唐诗》存其诗一首。

哥舒歌[1]

北斗七星高，哥舒夜带刀[2]。至今窥牧马，不敢过临洮[3]。

毛泽东曾圈读过这首诗。

[1] 哥舒：这里指唐朝名将哥舒翰（？—757），其为突厥族哥舒部落首领的后裔，以部落名称为姓，世居安西。唐代实行平等开放的民族政策，有不少外族人在朝廷为官，或在军中任职。唐玄宗天宝六载（747），哥舒翰任陇右节度副使。天宝十二载（753）封西平郡王。安史之乱中战死。

[2] "北斗"二句：是说哥舒翰横刀巡夜，戒备森严。北斗：大熊星座，七颗星在北方天空排列成斗勺状，勺头两颗指向北极星。

[3] "至今"句：是说北方游牧民族借口南下牧马来窥探虚实，骚扰内地。临洮：临洮县，今属甘肃定西市。秦筑长城，西起于此。

这是一首民歌。首句由北斗七星起兴，以七星之高，表达百姓对哥舒翰的敬仰，并引出哥舒翰带刀巡边的英武形象。后两句写由于哥舒翰威名远震，使胡人至今不敢越过临洮牧马，边地人民因此而过上和平安宁的生活。此诗采用侧面烘托的手法，塑造了哥舒翰威震敌胆的英雄形象。节奏明快，语言质朴，读来朗朗上口，令人过目难忘。

【李 益】

李益（748—827），字君虞，陇西姑臧（今甘肃武威）人。中唐著名诗人。大历四年（769）进士。初任郑县尉，久不得升迁。后历西北边地，参佐戎幕。唐宪宗时任秘书少监，官至礼部尚书。其诗继承乐府传统，多写军旅题材，语言简练，富抒情性。诸诗体中，尤擅七言绝句。诗作成后往往被乐工拿去传唱，音节神韵可追王昌龄、李太白。有《李君虞诗集》。

夜上受降城闻笛[1]

回乐烽前沙似雪，受降城外月如霜[2]。不知何处吹芦管，一夜征人尽望乡[3]。

毛泽东曾手书过这首诗。

[1] 受降城：唐神龙三年（707）名将张仁愿为了防御突厥，在黄河以北筑受降城，分东、中、西三城，中城在朔州，西城在灵州，东城在胜州。这里当指西受降城，即灵州治所回乐县，故址在今宁夏灵武县西南。

[2] 回乐烽：指旧回乐县城外的烽火台。

[3] 芦管：一种管乐器，以芦叶为管，管口有哨簧，下端有铜喇叭嘴。这里指笛子。征人：戍边的将士。尽：全。

这首七绝从多角度描绘了戍边将士（包括吹笛人）浓烈的思乡盼归和满心的哀怨愁苦之情。前两句借荒凉萧瑟、寒气袭人的景物描写，渲染戍边将士愁惨凄凉的心境，为全诗定下了情感基调。后两句由静态的景物描写转到对音乐的描述，借万籁俱寂中幽怨感伤的笛声，抒写了诗人月夜闻笛时的迷惘心情。此诗语言优美，节奏平缓，以景写情，寓情于景，写出了征人眼前之景、心中之情，感人肺腑。诗意婉曲深远，让人回味无穷。

【韩　愈】

韩愈（768—824），字退之，河内河阳（今河南焦作孟州）人。自谓郡望昌黎，世称"韩昌黎"。唐代文学家、哲学家。谥"文"，世称"韩文公"。贞元八年（792）进士。曾任监察御史、京兆尹、国子祭酒、兵部侍郎、吏部侍郎等职。因上书极论官市之弊，请缓征京畿灾民租税、反对藩镇割据及因谏佛骨事等，多次被贬。散文反对六朝骈俪文风，尊崇儒家，倡导古文运动，创作了大量气势雄健的散文，为"唐宋八大家"之首。诗歌继承李、杜的优良传统，气势宏伟，笔力奇纵，有时流于险怪。开"以文为诗"的先声。诗与柳宗元并称"韩柳"。有《韩昌黎集》，存诗 370 余首。

山　石 [1]

山石荦确行径微，黄昏到寺蝙蝠飞 [2]。升堂坐阶新雨足，芭蕉叶大栀子肥 [3]。僧言古壁佛画好，以火来照所见稀 [4]。铺床拂席置羹饭，疏粝亦足饱我饥 [5]。夜深静卧百虫绝，清月出岭光入扉 [6]。天明独去无道路，出入高下穷烟霏 [7]。山红涧碧纷烂漫，时见松枥皆十围 [8]。当流赤足踏涧石，水声激激风吹衣 [9]。人生如此自可乐，岂必局束为人靰 [10]？嗟哉吾党二三子，安得至老不更归 [11]！

毛泽东曾圈读此诗。1965 年 7 月 21 日在《致陈毅》谈诗的信中说："诗要用形象思维，不能如散文那样直说，所以比、兴两法是不能不用的。"又说："韩愈以文为诗，有些人说他完全不知诗，则未免太过，如《山石》、《衡岳》、《八月十五夜赠张功曹》之类，还是可以的。"其《渔家傲·反第一次大"围剿"》中"万木霜天红烂漫"，《卜算子·咏梅》中"待到山花烂漫时"，均化用此诗"山红涧碧纷烂漫"句。

［1］山石：取首句开头二字为题，乃旧诗标题的常见用法，与诗的内容无关。

［2］荦（luò）确：形容山石险峻的样子。行径微：山路狭窄。微：狭窄。

寺：指洛北惠林寺。

〔3〕升堂：进入寺庙的厅堂。阶：台阶。新雨足：新近下透了雨。栀子：常绿灌木，夏季开白花，香气浓郁。

〔4〕佛画：画的佛画像。稀：依稀，模糊。一作"稀罕"解。

〔5〕拂席：掸去席子上的灰尘。置：摆。疏粝：粗糙的米饭。饱我饥：给我充饥。

〔6〕百虫绝：一切虫鸣声都没有了。绝：指停止鸣叫。光入扉：指月光穿过门户，照入室内。

〔7〕独去：指独自离寺游山。无道路：指因晨雾迷茫，不辨道路，随意步行的意思。"出入"句：是说出山入谷，忽上忽下，走遍云雾弥漫的各处。烟霏：云雾弥漫的样子。

〔8〕山红涧碧：山花红艳，涧水清碧。纷：繁盛。烂漫：形容光彩四射的样子。枥：即栎，一种高大的落叶乔木。十围：形容树干非常粗大。围：两手合抱一周称一围。

〔9〕当流：面对流水。激激：形容激流声。

〔10〕人生如此：指上面所说的山中赏心乐事。局束：拘束，不自在。为人靰（jī）：这里喻指被人所牵制，束缚。靰：马笼头上的嚼子，这里做动词用，有控制、束缚的意思。

〔11〕嗟哉：感叹词。吾党：我辈。二三子：指与诗人同游的侯喜、李景兴、尉迟汾。安得：怎么能。不更归：不再回去。归：指回到城里做官。

这首记游诗为贞元十七年（801）七月作者闲居洛阳时所作。诗篇通过游惠林寺所见所闻的描述，抒发了不愿为世俗羁绊的心情。前四句写黄昏到寺之所见，点出初夏景物；"僧言"四句写僧人的热情接待；"夜深"二句写山寺之夜的清幽，留宿的惬意；"天明"六句写凌晨辞去，一路所见所闻的美丽晨景；"人生"四句写对山中自然美、人情美的向往。"人生如此自可乐，岂必局束为人靰"为全诗的主旨。此诗境界开阔，语言清新，信笔点染，形象生动，引人入胜，颇显韩愈"以文为诗"的特色。

八月十五夜赠张功曹^[1]

纤云四卷天无河，清风吹空月舒波^[2]。沙平水息声影绝，一杯相属君当歌^[3]。君歌声酸辞且苦，不能听终泪如雨："洞庭连天九疑高，蛟龙出没猩鼯号^[4]。十生九死到官所，幽居默默如藏逃^[5]。下床畏蛇食畏药，海气湿蛰熏腥臊^[6]。昨者州前捶大鼓，嗣皇继圣登夔皋^[7]。赦书一日行万里，罪从大辟皆除死^[8]。迁者追回流者还，涤瑕荡垢清朝班^[9]。州家申名使家抑，坎轲只得移荆蛮^[10]。判司卑官不堪说，未免捶楚尘埃间^[11]。同时辈流多上道，天路幽险难追攀^[12]。"君歌且休听我歌，我歌今与君殊科^[13]："一年明月今宵多，人生由命非由他，有酒不饮奈明何^[14]！"

毛泽东曾圈读此诗。1965 年 7 月 21 日在《致陈毅》谈诗的信中曾称赞这首诗写得"还是可以的"。

〔1〕张功曹：即张署，河间人。

〔2〕纤云：微云。天无河：指月明星稀，银河不显。河：银河。月舒波：月光四射。

〔3〕属（zhǔ）：劝酒。当歌：语出曹操《短歌行》："对酒当歌，人生几何？"

〔4〕洞庭：洞庭湖。九疑：山名，又名苍梧山，在今湖南宁远县境。猩：猩猩。鼯（wú）：鼯鼠，形如小狐，有肉翅，能滑翔，栖于森林中。

〔5〕官所：这里指张署贬所临武，在今湖南东南部。如藏逃：如同躲藏的逃犯。

〔6〕药：指蛊毒。相传南方人喜将多种毒虫放在一起饲养，使之互相吞噬，最后剩下的毒虫叫作蛊，制成药后可毒死人。海气：指潮湿的空气。蛰：意同"湿"。

〔7〕州前捶大鼓：郴州官署前捶鼓宣布大赦令。嗣皇：指刚承继帝位的唐宪宗。登：进用。夔皋：夔和皋陶，传说是舜的两位贤臣。

〔8〕赦书：皇帝发布的大赦令。大辟（bì）：古代五刑之一，即死刑。除死：

免去死刑。

〔9〕迁者：贬谪的官吏。流者：流放在外的人。瑕：玉石的杂质。班：臣子上朝时排的行列。

〔10〕州家：指郴州刺史。申名：上报获赦人员名单。使家：指湖南观察使。抑：压制。坎轲：这里指命运不好。荆蛮：指湖北江陵。蛮：古代对南方的鄙称。

〔11〕判司：唐时对州郡诸曹参军的总称。捶楚：受鞭杖一类的刑罚。唐制，参军簿尉有过失，即受鞭杖之刑。

〔12〕同时辈流：指与韩愈、张署同时被贬逐的官员。上道：指上路回京。天路：指进身于朝廷的道路。幽险：幽昧险隘。

〔13〕殊科：不一样，不同类。

〔14〕多：最值得赞美。奈明何：如何对得起明月。

贞元十九年（803），韩愈与张署同任监察御史，因天旱民贫，上疏请减免税赋，触怒唐德宗，韩愈被贬为阳山（今广东阳山）令，张署被贬为临武（今湖北临武）令。贞元二十一年（805），唐顺宗即位，大赦天下，韩愈与张署皆至郴州（今湖南郴州）待命。八月宪宗登基，韩愈改官江陵府（今湖北江陵）法曹参军，张署改官江陵府功曹参军。这首诗为作者在郴州得知改官消息后，于八月十五夜所作。诗篇表达了诗人对人生的感慨，以一种无可奈何的心情慰藉友人，并自我解嘲。开首四句铺叙环境：清风明月，万籁俱寂。接着写张署所歌内容：叙述谪迁之苦，宦途险恶，读之令人落泪。此乃借张署之口，浇自己胸中之块垒。最后五句故作旷达，写人生有命，应借月色开怀痛饮。明写张功曹谪迁赦回经历之艰难，实则自述同病相怜之困苦。此诗抑扬开阖，波澜曲折，音节多变，韵脚灵活，既雄浑恣肆，又宛转流畅，极好地表达了诗人感情的变化。

调张籍〔1〕

李杜文章在，光焰万丈长〔2〕。不知群儿愚，那用故谤伤〔3〕。蚍蜉撼大树，可笑不自量〔4〕。伊我生其后，举颈遥相望〔5〕。夜梦多见之，昼思反微茫〔6〕。徒观斧凿痕，不瞩治水航〔7〕。想当施手时，巨刃磨天扬[8]。垠崖划崩豁，乾坤摆雷硠[9]。惟此两夫子，家居率荒凉[10]。帝欲长吟哦，故遣起且僵[11]。剪翎送笼中，使看百鸟翔[12]。平生千万篇，金薤垂琳琅[13]。仙官敕六丁，雷电下取将[14]。流落人间者，太山一毫芒[15]。我愿生两翅，捕逐出八荒[16]。精诚忽交通，百怪入我肠[17]。刺手拔鲸牙，举瓢酌天浆[18]。腾身跨汗漫，不著织女襄[19]。顾语地上友，经营无太忙[20]。乞君飞霞佩，与我高颉颃[21]。

毛泽东曾圈读此诗。其所作《满江红·和郭沫若同志》中"蚍蜉撼树谈何易"由此诗"蚍蜉撼大树，可笑不自量"化出。

[1] 调：调侃，戏谑。张籍（768—830），字文昌，原籍江苏苏州，侨寓和州（今安徽和县乌江镇）。唐代诗人。历官太常寺太祝、水部员外郎，终国子司业。

[2]"李杜"二句：赞美李白和杜甫的诗文存在世上，光芒万丈，照耀千秋。文章：这里指诗篇。

[3]"不知"二句：是说真不知道那些愚蠢的家伙，为什么要故意诽谤中伤？群儿：指"谤伤"贬抑李白、杜甫的人。那用：何故，为什么。

[4] 蚍蜉：大蚂蚁，常在松树根部营巢。

[5]"伊我"二句：是说自己生于李、杜之后，对这两位前辈只能伸长脖子相望而已。伊：发语词，无实义。

[6]"夜梦"二句：是说夜里经常梦见他们，白天想起反觉得印象模糊。即昼思夜想，钦慕不已。微茫：隐约，模糊。

[7]"徒观"二句：是说李、杜的诗文好像夏禹疏凿江峡，虽然留下神工鬼斧的痕迹，却已无法穷源尽委，难以重睹当时运行之妙了。斧凿痕：比喻经千锤百炼而成的诗文。瞩：注视。治水航：比喻惨淡经营的写作过程。

[8] 施手：动手，比喻下笔。磨：通"摹"，碰到。

[9] 垠崖：指江边峭壁。垠：边际。划：分裂。雷硠：形容山崩之声。

[10]"惟此"二句：是说这两位先生，闲居在家，生活贫困。惟：语首助

294

词，无实义。率：大抵。

〔11〕"帝欲"二句：是说上帝想要他们永远发出歌吟，故意给予他们坎坷的命运。起且僵：时起时仆，比喻升沉不定，命运坎坷。僵：仆倒。

〔12〕剪翎：典出祢衡《鹦鹉赋》："闭以雕笼，剪其翅羽。"比喻屈志难申。

〔13〕金薤：薤叶形的金片，俗语称金叶子。琳琅：指美玉，这里以金玉喻指李杜文章优美。

〔14〕敕：命令，这里指天帝的诏命。六丁、雷电：均为传说中的天神。取将：收取，同义复词。

〔15〕"流落"二句：是说李、杜的诗文流入人间的，不过是极少的一部分而已。太山：即泰山。毫芒：比喻细小。

〔16〕"我愿"二句：是说我希望能生出双翅，在天地之间搜寻追逐。八荒：八方荒远之地。古人以为九州在四海之内，而四海又在八荒之内。

〔17〕"精诚"二句：是说由于一片至诚，忽与李、杜的精神感应相通，千奇百怪的诗境就进入我的心中。精诚：至诚。交通：交流感应。

〔18〕"刺手"二句：是说入海拔取鲸牙，上天酌取仙酒。刺手：探手。天浆：仙酒。

〔19〕汗漫：广漠无边的地方。织女襄：典出《诗经·小雅·大东》："跂彼织女，终日七襄。虽则七襄，不成报章。"襄：移动，移位，这里引申为纺织。

〔20〕地上友：指张籍。作者从"腾身跨汗漫"的角度着笔，故云。经营：指构思。

〔21〕乞：这里指送给。霞佩：美丽的佩带。颉颃（xié háng）：上下飞翔。向上飞曰颉，向下飞曰颃。

这首诗对李白、杜甫名垂千古的诗文成就做出了高度的评价，痛斥一些轻薄后生"可笑不自量"，贬抑诋毁前辈文豪的无知可笑，警醒人们应该量力而行，脚踏实地，切忌好高骛远、眼高手低，同时鼓励张籍要向李、杜学习。此诗想象丰富，运用夸张、比喻等表现手法，在塑造李白、杜甫及其诗歌的艺术形象的同时，也塑造了作者其人及其诗歌的艺术形象，生动地表达出作者对诗歌的一些精到独特的见解，这是此诗在思想上和艺术上值得珍视的地方。

石鼓歌

张生手持石鼓文，劝我试作石鼓歌[1]。少陵无人谪仙死，才薄将奈石鼓何[2]！周纲陵迟四海沸，宣王愤起挥天戈[3]。大开明堂受朝贺，诸侯剑佩鸣相磨[4]。蒐于岐阳骋雄俊，万里禽兽皆遮罗[5]。镌功勒成告万世，凿石作鼓隳嵯峨[6]。从臣才艺咸第一，拣选撰刻留山阿[7]。雨淋日炙野火燎，鬼物守护烦㧙呵[8]。公从何处得纸本，毫发尽备无差讹[9]。辞严义密读难晓，字体不类隶与蝌[10]。年深岂免有缺画，快剑斫断生蛟鼍[11]。鸾翔凤翥众仙下，珊瑚碧树交枝柯[12]。金绳铁索锁纽壮，古鼎跃水龙腾梭[13]。陋儒编诗不收入，二雅褊迫无委蛇[14]。孔子西行不到秦，掎摭星宿遗羲娥[15]。嗟余好古生苦晚，对此涕泪双滂沱[16]。忆昔初蒙博士征，其年始改称元和[17]。故人从军在右辅，为我度量掘臼科[18]。濯冠沐浴告祭酒，如此至宝存岂多[19]。毡包席裹可立致，十鼓只载数骆驼[20]。荐诸太庙比郜鼎，光价岂止百倍过[21]。圣恩若许留太学，诸生讲解得切磋[22]。观经鸿都尚填咽，坐见举国来奔波[23]。剜苔剔藓露节角，安置妥帖平不颇[24]。大厦深檐与盖覆，经历久远期无佗[25]。中朝大官老于事，讵肯感激徒婤婀[26]。牧童敲火牛砺角，谁复著手为摩挲[27]。日销月铄就埋没，六年西顾空吟哦[28]。羲之俗书趁姿媚，数纸尚可博白鹅[29]。继周八代争战罢，无人收拾理则那[30]。方今太平日无事，柄任儒术崇丘轲[31]。安能以此上论列，愿借辩口如悬河[32]。石鼓之歌止于此，呜呼吾意其蹉跎[33]！

毛泽东曾圈读过此诗，手书过"张生手持石鼓文……雨淋日炙野火燎"15句诗。

[1] 张生：据《全唐诗》校"生即籍"，可知这里指张籍。石鼓文：指从石鼓上拓印下来的文字。

〔2〕少陵无人：指杜甫已死。谪仙：指李白。"才薄"句：是说像我这样才学浅薄的人，怎能作好这石鼓歌呢？

〔3〕周纲：周王朝的纲纪法度。陵迟：衰落，衰败。四海沸：天下动荡不安。沸：动荡。宣王：周宣王，为周厉王的儿子，旧时被认为是周朝的中兴之主。挥天戈：指周宣王对淮夷、西戎、猃狁等用兵的事。天戈：指代王师。

〔4〕明堂：天子颁布政教，朝见诸侯，举行祭祀的地方。剑佩鸣相磨：是说到天子明堂来朝贺的诸侯很多，以至彼此佩带的刀剑互相摩擦而发出声响。

〔5〕蒐（sōu）：春季打猎，这里泛指狩猎。岐阳：岐山的南面。遮罗：拦捕。

〔6〕镌功：在石鼓上刻字记录功绩。镌、勒：刻。成：成就，与"功"同义。隳嵯峨：指开山采石，以制作石鼓。隳：毁堕。嵯峨：形容山势高峻的样子，这里代指高山。

〔7〕从臣：侍从周宣王的臣子。咸第一：都是第一等的。撰刻：撰写文字刻于石鼓之上。山阿：这里泛指山陵。

〔8〕日炙：日晒。烦：劳。扬：同"挥"。呵：呵斥。

〔9〕公：指张生，即张籍。纸本：指从石鼓上拓印下来的文字纸本。讹：错误。

〔10〕辞严义密：指拓本的文字庄严，义理精密。不类：不像。隶：隶书。蝌：蝌蚪文，周时所用文字，因其头大尾小，形似蝌蚪，故名。石鼓文的文字当为籀文，即大篆。

〔11〕缺画：是说石鼓上的文字因年深日久，不可避免会有缺笔漏画。鼍：鼍龙，即扬子鳄，俗称猪婆龙。

〔12〕鸾翔凤翥：形容字体活泼，像龙飞凤舞。翥：飞。珊瑚碧树：因珊瑚形状像树枝，故有此称。交枝柯：树枝相交。柯：树枝。

〔13〕金绳铁索：比喻石鼓文的笔锋奇劲如金绳铁索一般。锁钮：比喻石鼓文的结体如锁纽般的勾连。古鼎跃水：相传周显王四十二年，九鼎没于泗水，秦始皇时派人入水寻求而未得。龙腾梭：典出《晋书·陶侃传》："侃少时，渔于雷泽，网得一织梭，以挂于壁。有顷雷雨，自化为龙而去。"这句是形容石鼓文的字体变化莫测。

〔14〕陋儒：见识短浅的儒生，指当时采风编诗者。诗：指《诗经》。二雅：指《诗经》的《大雅》和《小雅》。褊迫：褊狭局促，指收诗范围狭窄。委蛇：形容从容自得的样子。

〔15〕秦：秦国，在今陕西一带，即石鼓出土的地方。掎摭（jǐ zhí）：采取，摘取。遗：丢掉。羲：羲和，传说中为日驾车的仙人，这里代指日。娥：嫦娥，这里代指月。

〔16〕生苦晚：苦于出生太晚。此：指石鼓文。双滂沱：眼泪和鼻涕一同流出。

〔17〕蒙：蒙受。博士：官名，唐代有太学、国子诸博士，并为教授之官。其年：那一年，即韩愈自江陵被召回长安任国子监博士的元和元年（806）。

〔18〕故人：生平不详。右辅：即右扶风，在渭城西，这里指凤翔府。韩愈故人为凤翔节度府从事。度（duó）量：谋划。掘：挖。臼科：圆形坑穴，指安放石鼓的地方。

〔19〕濯冠：洗帽子。祭酒：学官名，唐代为国子监的主管官。至宝：极为贵重的宝物。

〔20〕立致：立刻办到。

〔21〕荐：进献。诸："之于"的合音，用意亦同。太庙：皇家的祠堂。郜鼎：春秋时郜国所造的鼎。《左传·桓公二年》："四月，取郜大鼎于宋，戊申，纳于太庙。"光价：声名，声价。

〔22〕圣恩：皇恩。太学：古代的大学，唐代属国子监。诸生：指在太学进修的学生。切磋：这里指对石鼓文的钻研。

〔23〕观经鸿都：汉灵帝熹平四年（175），蔡邕奏请正定六经文字，并刻碑立于太学门外，每天前来观看和摹写的人很多。鸿都：门名，是藏书之所。填咽：阻塞，形容人多拥挤。坐见：即将看到。

〔24〕节角：指石鼓文字笔画的棱角。不颇：不偏斜。

〔25〕期无佗：希望石鼓没有任何的损坏。佗：同"他"。

〔26〕中朝：即朝中。大官：指郑余庆。老于事：对于办事显得老练之至，实为讥讽，指老于世故，即办事拖沓、保守。讵（jù）肯：岂肯。感激：有所感动而奋激。徒：只。媕婀（ān ē）：没有主见。

〔27〕敲火：敲击石鼓爆出火星。砺：摩擦。著手：同"着手"，即用手。摩挲（suō）：抚玩文物等，表示爱惜。

〔28〕销：熔化金属。铄：指金属熔化。就：趋向，归于。六年：即元和六年（811）。西顾：西望石鼓所在地岐阳。空吟哦：空费心思的意思。

〔29〕羲之：即王羲之，晋代著名书法家，世称"书圣"。俗书：通俗的书写体。沈德潜《唐诗别裁》："隶书风俗通行，别于古篆，故云俗书，无贬右军意。"趁姿媚：追求柔媚的姿态。博白鹅：换取白鹅。据《晋书·王羲之传》载，他很喜欢鹅，曾以自己所写的《道德经》去换取山阴道士的鹅。博：取。

〔30〕八代：泛指秦汉以来诸朝代。则那（nuò）：又奈何。

〔31〕柄任儒术：指重用儒学之士。柄：权柄。任：用。崇丘轲：尊崇孔丘、孟轲。

〔32〕论列：议论，建议。悬河：比喻有辩才，即善于辞令。

〔33〕其：将。蹉跎：本指岁月虚度，这里指白费了心思。与前文的"空吟哦"义同，且相照应。

这首诗作于宪宗元和六年（811）秋冬之际，时诗人由河南（即洛阳）县令调往京师长安任职方员外郎。唐初，在陕西天兴（今陕西宝鸡市）三畤原发现十块雕成鼓形的石头，上用古籀文（大篆）分刻有记述秦王游猎之事的十首四言组诗，世称石鼓文。经近代学者考证，石鼓为战国时秦国刻石，今藏于故宫博物院。此诗先追叙石鼓来历之久远，再叙石鼓文和字体研究及其保护的历史文化价值，最后叙述发现石鼓的经过，并希望能把石鼓移置于太学。全诗表达了作者珍视古代文物和发挥古代文物教育作用的积极态度，希望朝廷对石鼓及其石鼓文字给予高度重视并采取保护措施，同时对贬低石鼓文价值的朝中重臣和"陋儒"们进行了无情的嘲讽。

【刘禹锡】

刘禹锡（772—842），字梦得，彭城（今江苏徐州）人。祖籍河南洛阳，自称是汉代中山靖王后裔。唐朝著名文学家、哲学家、诗人。贞元九年（793）与柳宗元一同中进士，登博学宏词科，授监察御史。曾参加王叔文领导的政治改革，失败后贬为朗州（今湖南常德）司马。后又任连州（今广东清远连县）、夔州、和州、苏州等地刺史以及太子宾客，世称"刘宾客"。官至检校礼部尚书。与柳宗元交谊深厚，人称"刘柳"。晚年与白居易唱和，并称"刘白"。其诗多表现爽朗、开阔的襟怀，风格通俗清新，深得民歌的优点，被白居易推为"诗豪"。有《刘梦得文集》。存诗800余首。

竹枝词二首（其一）[1]

杨柳青青江水平，闻郎江上唱歌声。东边日出西边雨，道是无晴还有晴[2]。

毛泽东曾圈读过这首诗。

〔1〕竹枝词：原为巴渝（今重庆市）一带的民歌，一般为七言绝句。歌词杂咏当地风物或男女爱情，富有浓郁的生活气息。刘禹锡、元稹、顾况、白居易等曾仿制而成新词。刘禹锡仿作的新词现存十一首，分为两组。一组九首，一组二首。本篇为组诗二首中的第一首。

〔2〕晴：谐音双关，表面上说天气，实际上是说这歌声好像"无情"，又好像"有情"，难以捉摸。

刘禹锡长期生活在楚水巴山之间，对当地民歌有很深的爱好。这首民歌是其代船家姑娘唱的情歌。首句即景起兴，次句叙写一位少女忽然听到江面上飘来小伙子的歌声，激起了她的感情波澜。三、四两句写姑娘听到歌声后的心理活动。她心中早就爱上了这个小伙子，但对方却没有明确表态。诗人用谐音双关的手法，把天"晴"和爱"情"这两件不相关的事物巧妙地联系起来，表现了姑娘对情人既怀恋又怀疑的复杂心情。情绪健康开朗，笔调流丽宛转，地方色彩浓厚。

西塞山怀古[1]

王濬楼船下益州，金陵王气黯然收[2]。千寻铁锁沉江底，一片降幡出石头[3]。人世几回伤往事，山形依旧枕寒流[4]。今逢四海为家日，故垒萧萧芦荻秋[5]。

毛泽东曾先后六次圈读这首诗。1975年春，毛泽东已是80多岁高龄的老人。一天他初次会见一位同志，问过姓名之后，又问："会背《西塞山怀古》这首诗吗？"接着自己就吟诵起来。原来这位同志的姓名，恰好镶嵌在此诗的最后一句中。毛泽东还两次手书这首诗。

〔1〕西塞山：位于今湖北黄石市东面长江边上，为三国时东吴西部的江防要塞。

〔2〕王濬（jùn）：西晋武帝时官益州刺史，受命造大楼船，每船可容2000余人。太康元年（280）正月，其自成都率水师顺江而下，攻取吴都建康（今江苏南京市），东吴灭亡。益州：西晋时州治在今四川成都市。金陵：即吴都建康。王气：古代迷信认为帝王所在或兴起的地方有一种祥瑞之气，称王气或天子气。黯然：暗淡失色的样子。

〔3〕寻：长度单位，古代以八尺为一寻。铁锁：铁链。当时吴国以铁链拦江，阻挡晋船，王濬用火炬烧断铁链。降幡：表示投降的旗帜。石头：石头城，故址在今江苏南京市清凉山。晋军攻入石头城，吴主孙皓投降。

〔4〕伤：感伤。往事：这里指以金陵为都城的六朝（东吴、东晋、宋、齐、梁、陈）破亡的历史。枕寒流：指西塞山依旧静卧江边。

〔5〕四海为家：即四海归于一家，指唐代完成了天下一统的大业。故垒：旧时的营垒，这里指西塞山。萧萧：形容秋风的声音。

这首诗是穆宗长庆四年（824）作者由夔州转和州刺史，沿江东下，经西塞山时所作。中唐时期，各地藩镇拥兵自重，对抗朝廷，唐王朝的统一局面岌岌可危。作者有虑于此，写下此诗。诗篇描绘了西晋伐吴、结束国家分裂状态的史实，借古喻今，严正警告藩镇势力，破坏统一，必将灭亡。前四句怀古，写王濬当年挥师东下灭吴完成统一大业的史实。后四句伤今，含蓄地表达了天险不足恃、唐王朝的统一不容分裂的主题，在深沉的感慨中，流露出苍凉慷慨的情绪。此诗巧妙地把史、景、情完美地糅合在一起，使得三者相映相衬，相长相生，给人以气势磅礴、沉郁顿挫之感。

乌衣巷[1]

朱雀桥边野草花，乌衣巷口夕阳斜[2]。旧时王谢堂前燕，飞入寻常百姓家[3]。

毛泽东曾六次圈读此诗，还多次手书过这首诗。

[1] 这是组诗《金陵五题》的第二首。乌衣巷：金陵（今江苏南京）城中一条巷子，位于秦淮河南岸，临近朱雀桥。三国时吴国曾在此设军营，因士兵皆穿黑衣而得名。

[2] 朱雀桥：金陵城朱雀门外横跨秦淮河的大桥。花：动词，开花。

[3] 王谢：指东晋时王导、谢安两大世族，至唐时已经败落。

这首诗通过对野草、夕阳、巢堂易主的描述，极力表现了人世的沧桑巨变，寄慨遥深。全诗不发议论，几乎句句都是写景，但景中自有感慨之情，议论也自在其中。诗中描写历史无情的变迁，隐含着对豪门大族的嘲讽和警告。此诗构思巧妙，想象丰富，在今昔对比中调动读者的联想，这是非常高明的，也是形成含蓄美的重要因素。

酬乐天扬州初逢席上见赠[1]

巴山楚水凄凉地，二十三年弃置身[2]。怀旧空吟闻笛赋，到乡翻似烂柯人[3]。沉舟侧畔千帆过，病树前头万木春[4]。今日听君歌一曲，暂凭杯酒长精神[5]。

毛泽东曾反复圈读这首诗，并手书全诗；还手书过"沉舟侧畔千帆过，病树前头万木春"一联。

[1] 酬：以诗歌赠答。乐天：白居易的字。见赠：赠诗。

[2] 巴山楚水：泛指自己被贬之地，包括重庆、湖南、湖北、安徽一带。二

十三年：作者从唐顺宗永贞元年（805）秋被贬为连州刺史，至宝历二年（826）冬召回洛阳，前后将近二十三年。弃置身：被丢在一旁的人，自称遭受贬谪的自己。

〔3〕"怀旧"二句：是说自己在外二十余年，许多老朋友都已故去，回到家乡怕同乡人都不相识了。旧：朋友。闻笛赋：指晋人向秀所作《思旧赋》。向秀经过亡友嵇康的旧居，听到邻人吹笛，不禁悲从中来，写《思旧赋》以寄幽思。到乡：指到扬州。作者出生、生长于苏州，苏州古属扬州，故视扬州为故乡。翻似：倒好像。烂柯人：指晋人王质。据《述异记》载，晋人王质进山砍柴，见两个童子下棋，便停下观看，等到棋局终了，发现手中的斧柄（柯）已经朽烂。回到村里，才知道已过去了一百年，同代人都已经亡故。作者自比王质，说明被贬远离京城之久。

〔4〕沉舟、病树：是诗人的自况，感慨世事的变迁。千帆过、万木春：指不因自己的升沉萦怀，表现出一种乐观豁达的人生态度。

〔5〕歌一曲：指白居易的《醉赠刘二十八使君》。长精神：振作精神，即自当抖擞振作起来。

毛泽东手书刘禹锡《酬乐天扬州初逢席上见赠》（节选）

303

这首诗作于敬宗宝历二年（826）冬。当时作者由和州（今安徽和县）刺史调回洛阳任司主客郎中。与此同时，白居易亦罢苏州刺史，两人约定结伴返回洛阳。初逢于扬州时，白居易在宴席上作诗赠予刘禹锡，对他的遭遇深表同情。刘禹锡便写这首诗作答。首联以简洁低沉的笔触叙写诗人贬官来到荒凉偏远的巴楚之地，在漫长的流放岁月里历尽种种磨难的经历。颔联感慨旧友凋零，人事变化。颈联写久谪归朝，在嗟叹个人遭际和岁月蹉跎的同时，表露出一种乐观豁达的人生态度。尾联点题，回应白居易的赠诗，表示愿意干上一杯，借此来振作精神。此诗善用典故，借古人自比，意境高远。"沉舟侧畔千帆过，病树前头万木春"是千古传诵的名句，蕴含了发人深省的深刻哲理。

<h3>杨柳枝词九首 (其一)[1]</h3>

塞北梅花羌笛吹，淮南桂树小山词[2]。请君莫奏前朝曲，听唱新翻《杨柳枝》[3]。

毛泽东曾多次圈读此诗。

[1] 杨柳枝词：由乐府旧曲《折杨柳》翻新而来。乐府旧曲原为五言古体诗，多用以咏柳。唐代文人的《杨柳枝词》在形式上均为七绝形式。

[2] 塞北：关塞以北，这里泛指北方。梅花：指乐府横吹曲中的《梅花落》，用笛子吹奏。淮南：淮河以南，这里泛指南方。桂树：指西汉淮南王刘安的门客小山作的《招隐士》，其首句为"桂树丛生兮山之幽"。

这首诗首先肯定乐府旧曲《梅花落》、楚辞《招隐士》在历史上就有深远的影响，长久流传于世，到了唐代仍然被人们广为传诵。接着，诗人说道，本着创新的精神，请你们不要再奏唱前朝的曲子了，还是听听唱唱新翻的《杨柳枝词》吧！后两句诗表达了作者推陈出新的愿望。此诗语言通俗，立意高远，对于发展诗歌艺术，具有深远的意义。

【白居易】

白居易（772—846），字乐天，晚年号香山居士、醉吟先生，世称"白香山"。祖籍太原，后迁居下邽（今陕西渭南北）。生于新郑（今河南郑州）。贞元十六年（800）进士。历任翰林学士、杭州刺史、苏州刺史等，官至刑部尚书。在文学上主张"文章合为时而著，歌诗合为事而作"，是新乐府运动的倡导者。早期所作讽喻诗，较广泛尖锐地揭露当时政治上的黑暗现象，反映人民的痛苦生活。晚年诗文多怡情悦性、流连光景之作。诗风平易通俗，与元稹齐名，世称"元白"，与刘禹锡齐名，世称"刘白"。有《白氏长庆集》，存诗3000余首。

赋得古原草送别[1]

离离原上草，一岁一枯荣[2]。野火烧不尽，春风吹又生。远芳侵古道，晴翠接荒城[3]。又送王孙去，萋萋满别情[4]。

毛泽东曾多次圈读此诗，并手书过前四句诗。

[1] 赋得：凡借古人诗句或根据命题作诗，诗题前一般都冠以"赋得"二字。

[2] 离离：形容茂盛的样子。原：原野。荣：茂盛。

[3] "远芳"二句：是说伸向远方的春草侵占了古老的道路，在晴天，一片绿色连接着荒芜的城池。古道：旧有的道路，这里指野草滋生的道路。

[4] "又送"二句：化用《楚辞·招隐士》"王孙游兮不归，春草生兮萋萋"句意。王孙：本指贵族后代，这里借指远去的友人。萋萋：形容野草茂盛的样子。

这首诗约作于贞元三年（787）作者十六岁时。传说作者应举至京，以诗谒见著作郎顾况。顾见姓名，戏曰："长安米价方贵，居亦弗易。"及观此诗，即嗟赏曰："道得个语，居即易矣！"诗篇通过对古原上顽强生长的野草的描写，抒发送别友人时的依依惜别之情。此诗别出心裁，借草喻别，本无意于说理，可是恰恰道出了哲理，而这种"理语"，仍是景语、情语。后世赞赏这首诗，大多数人已不着重于写别情，而注重于咏草。"野火烧不尽，春风吹又生"被誉为生命的颂歌，使该诗成为举世名篇。

长恨歌[1]

汉皇重色思倾国，御宇多年求不得[2]。杨家有女初长成，养在深闺人未识[3]。天生丽质难自弃，一朝选在君王侧[4]。回眸一笑百媚生，六宫粉黛无颜色[5]。春寒赐浴华清池，温泉水滑洗凝脂[6]。侍儿扶起娇无力，始是新承恩泽时[7]。云鬓花颜金步摇，芙蓉帐暖度春宵[8]。春宵苦短日高起，从此君王不早朝。承欢侍宴无闲暇，春从春游夜专夜。后宫佳丽三千人，三千宠爱在一身。金屋妆成娇侍夜，玉楼宴罢醉和春[9]。姊妹弟兄皆列土，可怜光彩生门户[10]。遂令天下父母心，不重生男重生女。

毛泽东很喜爱这首诗，至少圈读过五次，并手书过"汉皇重色思倾国"至"惊破《霓裳羽衣曲》"三十二句诗。

[1] 长恨歌：唐玄宗和杨贵妃的爱情悲剧故事在唐代民间流传五十年后，元和五年（806）十二月，白居易将它进行艺术加工，创作成这首诗。诗成后即广泛传诵于"王公妾妇牛童马走之口"，千余年来一直为人们所赞赏。

[2] 汉皇：指汉武帝刘彻，这里借指唐玄宗李隆基。重色：爱好美色。倾国：本意是美女的绝色可以倾倒国人，后喻指绝色美女。御宇：驾御宇内，即统治国家。

[3] 杨家有女：蜀州司户杨玄琰女儿杨玉环，自幼由叔父杨玄珪抚养，十七岁（开元二十三年）被册封为玄宗之子寿王李瑁之妃。二十七岁被玄宗册封为贵妃。诗句"养在深闺人未识"，是作者有意为帝王避讳的说法。

[4] 丽质：美丽的姿质。

[5] 六宫粉黛：指宫中所有嫔妃。古代皇帝设六宫，正寝（日常处理政务之地）一，燕寝（休息之地）五，合称六宫。粉黛：本为女性化妆用品，粉以抹脸，黛以描眉。这里代指六宫中的女性。无颜色：指后宫嫔妃与杨贵妃相比，大为失色。

[6] 华清池：即华清池温泉，在今陕西西安市临潼区南的骊山下。唐贞观十

306

八年（644）建汤泉宫，咸亨二年（671）改名温泉宫，天宝六载（747）扩建后改名华清宫。唐玄宗每年冬、春季都到此居住。凝脂：形容皮肤白嫩滋润，犹如凝固的脂肪。

〔7〕侍儿：宫女。新承恩泽：指刚得到皇帝的宠幸。

〔8〕云鬓：形容女子鬓发盛美如云。金步摇：一种首饰，用金银丝盘成花之形状，上面缀着垂珠之类，插于发鬓，走路时摇曳生姿。芙蓉帐：绣着莲花的帐子。春宵：新婚之夜。

〔9〕娇：阿娇，这里代指杨玉环。玉楼：华美的楼阁。醉和春：醉意更增添春意。

〔10〕姊妹弟兄：杨贵妃的大姊封韩国夫人，三姊封虢国夫人，八姊封秦国夫人，宗兄杨铦封鸿胪卿，杨锜封侍御史，杨国忠任右丞相，封魏国公。列土：分封土地。列："裂"的古字。可怜：可爱，值得美慕。

以上为第一段，写玄宗征求美色，玉环专宠后宫；从此耽于享乐，不修朝政；杨氏外戚，权势煊赫。

骊宫高处入青云，仙乐风飘处处闻[1]。缓歌慢舞凝丝竹，尽日君王看不足[2]。渔阳鼙鼓动地来，惊破《霓裳羽衣曲》[3]。九重城阙烟尘生，千乘万骑西南行[4]。翠华摇摇行复止，西出都门百余里[5]。六军不发无奈何，宛转蛾眉马前死[6]。花钿委地无人收，翠翘金雀玉搔头[7]。君王掩面救不得，回看血泪相和流。黄埃散漫风萧索，云栈萦纡登剑阁[8]。峨嵋山下少人行，旌旗无光日色薄[9]。蜀江水碧蜀山青，圣主朝朝暮暮情。行宫见月伤心色，夜雨闻铃肠断声[10]。

〔1〕骊宫：骊山上华清宫。骊山在今陕西西安临潼。

〔2〕凝丝竹：指弦乐器和管乐器伴奏出舒缓的旋律。凝：凝结。足：满足，厌倦。

〔3〕渔阳：唐代郡名，治所在今天津蓟县等地，当时安禄山为平卢、范阳、

河东三镇节度使，渔阳为范阳所辖八郡之一。鼙鼓：古代骑兵用的小鼓，这里借指战争。天宝十四载（755）冬，安禄山在范阳起兵叛乱。《霓裳羽衣曲》：舞曲名，据说为唐开元年间西凉节度使杨敬述所献，经唐玄宗润色并制作歌词，改用此名。乐曲着意表现虚无缥缈的仙境和仙女形象。

〔4〕九重城阙：九重门的京城，这里指长安皇宫。烟尘：风烟和尘土，指发生战事。阙：古代宫殿门前两边的楼，泛指宫殿或帝王的住所。西南行：指天宝十五载（756）六月，安禄山攻破潼关后，玄宗和贵妃随御林军离开长安往西南而去。

〔5〕翠华：用翠鸟羽毛装饰的旗帜，皇帝仪仗队用。百余里：指到了距长安一百多里的马嵬坡。故址在今陕西兴平西北。

〔6〕六军：指天子的军队，护卫皇帝的军队。宛转：形容美人临死前哀怨缠绵的样子。蛾眉：古代美女的代称，这里指杨贵妃。

〔7〕花钿：用金翠珠宝等制成的花朵形首饰。委地：丢弃在地上。翠翘：形如翡翠鸟尾的首饰。金雀：形状似凤（古称朱雀）的金钗。玉搔头：玉簪。

〔8〕散漫：形容尘土飞扬弥漫。萧索：肃杀凄凉。云栈：高入云霄的栈道。萦纤：形容萦回盘绕的样子。剑阁：又称剑门关，在今四川剑阁县北，是由秦入蜀的要道。

〔9〕峨嵋山：在今四川峨眉山市。玄宗奔蜀途中，并未经过峨眉山，这里泛指蜀中高山。日色薄：日光暗淡。

〔10〕行宫：皇帝离京出行在外的临时住所。

以上为第二段，写禄山乱起，玄宗仓皇逃窜；马嵬兵变，玉环被迫缢死；玄宗怀抱无限伤心，前往西蜀。

天旋地转回龙驭，到此踌躇不能去[1]。马嵬坡下泥土中，不见玉颜空死处[2]。君臣相顾尽沾衣，东望都门信马归[3]。归来池苑皆依旧，太液芙蓉未央柳[4]。芙蓉如面柳如眉，对此如何不泪垂。春风桃李花开日，秋雨梧桐叶落时。西宫南内多秋草，落叶满阶红不扫[5]。梨园弟子白发新，椒房阿监青娥老[6]。夕殿萤飞思悄然，孤灯挑尽未成眠^[7]。迟迟钟鼓初长夜，耿耿星河欲曙天^[8]。鸳鸯瓦冷霜华重，翡翠衾寒谁与共^[9]。悠悠生死别经年，魂魄不曾来入梦^[10]。

〔1〕天旋地转：指时局好转。肃宗至德二载（757）十月，郭子仪军收复长安。回龙驭：指玄宗于这年十二月回京。龙驭：皇帝的车驾。此：指杨贵妃自缢处。

〔2〕玉颜：指杨贵妃。空死处：徒然见到毙命之地。

〔3〕沾衣：泪湿衣衫。信：听任。

〔4〕太液：汉代建章宫北著名的池名。未央：汉代长安宫名。这里皆借指唐代长安的宫苑。

〔5〕西宫：太极宫。南内：兴庆宫。玄宗返京后，初居南内。上元元年（760），权宦李辅国假借肃宗名义，胁迫玄宗迁往太极宫，并流贬玄宗亲信高力士、陈玄礼等人。

〔6〕梨园弟子：指玄宗当年训练的乐工舞女。椒房：后妃居住之所，因以花椒和泥抹墙，故称。这里指杨贵妃所居宫室。阿监：宫中的侍从女官。青娥：年轻貌美的宫女。

〔7〕思悄然：意绪愁苦。孤灯挑尽：古时用油灯照明，为使灯火明亮，过一会儿就要把浸在油中的灯草往前挑一点。挑尽：说明夜已深。按：唐时宫廷夜间燃烛而不点油灯，这里旨在形容玄宗晚年生活环境的凄苦。

〔8〕迟迟：迟缓。钟鼓：宫中夜里报更的钟鼓声。耿耿：微明的样子。欲曙天：长夜将晓之时。

〔9〕鸳鸯瓦：屋顶上俯仰相对合在一起的瓦。霜华：霜花，指霜。翡翠衾：布面绣有翡翠鸟的被子。谁与共：与谁共。

〔10〕经年：过去了一年。魂魄：指杨贵妃的亡魂。

以上为第三段，写玄宗返京，途经马嵬，惨目伤情；独处旧宫，触景怀人，刻骨思念。

临邛道士鸿都客，能以精诚致魂魄^[1]。为感君王辗转思，遂教

309

方士殷勤觅[2]。排空驭气奔如电，升天入地求之遍[3]。上穷碧落下黄泉，两处茫茫皆不见[4]。忽闻海上有仙山，山在虚无缥缈间[5]。楼阁玲珑五云起，其中绰约多仙子[6]。中有一人字太真，雪肤花貌参差是[7]。金阙西厢叩玉扃，转教小玉报双成[8]。闻道汉家天子使，九华帐里梦魂惊[9]。揽衣推枕起徘徊，珠箔银屏迤逦开[10]。云鬓半偏新睡觉，花冠不整下堂来[11]。风吹仙袂飘飘举，犹似霓裳羽衣舞[12]。玉容寂寞泪阑干，梨花一枝春带雨[13]。含情凝睇谢君王，一别音容两渺茫[14]。昭阳殿里恩爱绝，蓬莱宫中日月长[15]。回头下望人寰处，不见长安见尘雾[16]。惟将旧物表深情，钿合金钗寄将去[17]。钗留一股合一扇，钗擘黄金合分钿[18]。但教心似金钿坚，天上人间会相见[19]。临别殷勤重寄词，词中有誓两心知[20]。七月七日长生殿，夜半无人私语时[21]。在天愿作比翼鸟，在地愿为连理枝[22]。天长地久有时尽，此恨绵绵无绝期[23]。

〔1〕临邛：今四川邛崃市临邛。鸿都：东汉都城洛阳的宫门名，这里借指长安。致魂魄：招来杨贵妃的亡魂。

〔2〕辗转思：反复不止的思念。方士：有法术的人。这里指道士。殷勤：尽力。

〔3〕排空驭气：腾云驾雾，飞驰天空。

〔4〕穷：穷尽，找遍。碧落：天上，这是道家的说法。黄泉：指地下。

〔5〕仙山：指蓬莱山。缥缈：隐隐约约似有若无的样子。

〔6〕玲珑：华美精巧。五云：五彩云霞。绰约：风姿秀美。

〔7〕太真：杨贵妃为女道士时号太真。参差：仿佛，差不多。

〔8〕金阙：指神仙所居宫观。玉扃：宫门。小玉：吴王夫差的女儿，这里借指杨贵妃在仙山上的侍女。双成：传说中西王母的侍女董双成。这里也借指杨贵妃在仙山上的侍女。

〔9〕汉家天子使：借指玄宗所派的方士。九华：重重花饰的图案。

〔10〕珠箔：珠帘。银屏：饰银的屏风。迤逦：接连不断的样子。

〔11〕新睡觉：刚睡醒。觉：醒。

〔12〕袂：衣袖。

〔13〕玉容寂寞：这里指神色黯淡凄楚。阑干：纵横交错的样子。

〔14〕凝睇：凝视。谢：告诉。音容：声音和容貌。

〔15〕昭阳殿：汉成帝宠妃赵飞燕的寝宫，这里借指杨贵妃住过的宫殿。蓬莱宫：传说中的海上仙山，这里指贵妃在仙山上的居所。

〔16〕人寰：人间。

〔17〕旧物：指生前与玄宗定情的信物。合：同"盒"。寄将去：托道士带回。

〔18〕擘：分开。黄金：指金钗的一股。合分钿：将钿盒分成两半，各留一半。

〔19〕天上人间：不在天上，即在人间。会：终究可以。

〔20〕重：郑重地。寄词：托方士捎话。两心知：只有玄宗、贵妃二人心里明白。

〔21〕长生殿：在骊山华清宫内，天宝元年（742）造。所谓长生殿者，亦非华清宫之长生殿，而是长安皇宫寝殿之习称。

〔22〕比翼鸟：传说中的鸟名，据说只有一目一翼，雌雄并在一起才能飞。常用以比喻恩爱的夫妻。比：并。连理枝：两株树木的干相抱。古人常用此二物比喻情侣相爱，永不分离。

〔23〕有时尽：有完结之时。恨：遗憾。绵绵：连绵不断。

以上为第四段，写方士殷勤寻觅；玉环不忘旧情，寄将钗、盒，重申密誓；最后点出全诗主旨：长恨。

这首叙事长诗第一段主要揭露和讽刺唐玄宗重色贪欢，荒政召乱，第二至第四段又对他和杨贵妃的爱情悲剧寄予深切的同情，歌颂他们忠贞不渝的爱情。因诗的主题不统一，后人理解发生分歧。这表现了作者世界观的矛盾和时代、阶级的局限。从材料的剪裁和人物的塑造看，诗的基本思想倾向显然是对李、杨爱情的同情和歌颂。此诗在写实的基础上，运用了幻象手法，因而情节离奇，引人入胜，具有浪漫主义色彩。全诗将叙事、写景和抒情和谐地融为一体，形成抒情上回环往复的特点。作者时而把人物的思想感情注入景物，用景物的折光来烘托人物的心境；时而抓住人物周围富有特征性的景物、事物，通过人物对它们的感受来表现内心的感情，情文相生，极为动人。此诗结构完整，叙事、抒情融为一体，语言华美，音韵和谐，历来脍炙人口。

卖炭翁[1]

卖炭翁，伐薪烧炭南山中[2]。满面尘灰烟火色，两鬓苍苍十指黑。卖炭得钱何所营？身上衣裳口中食[3]。可怜身上衣正单，心忧炭贱愿天寒。夜来城外一尺雪，晓驾炭车辗冰辙[4]。牛困人饥日已高，市南门外泥中歇。翩翩两骑来是谁？黄衣使者白衫儿[5]。手把文书口称敕，回车叱牛牵向北[6]。一车炭，千余斤，宫使驱将惜不得[7]。半匹红绡一丈绫，系向牛头充炭直[8]。

毛泽东曾多次圈读此诗，并帮助警卫战士逐一改正抄录《卖炭翁》的错字。

[1] 本篇是组诗《新乐府》第三十二首，诗题自注："苦宫市也。"自唐德宗贞元末年起，皇宫中日用所需不用官府承办，改由太监直接上街市采购。名义上称为宫市，实际多为强夺豪取。

[2] 伐薪：砍伐木柴。南山：即终南山，在长安城南。

[3] 何所营：做什么用。营：谋求，打算。

[4] 冰辙：车轮在结冰的地面上碾轧过后留存的痕迹。

[5] 翩翩：扬扬自得的样子。骑（jì）：指骑马的人。黄衣使者：指宦官，时称"宫使"，依制穿黄色衣服。白衫儿：随从宦官的爪牙，时称"白望"，依制穿白衫儿。

[6] 敕：皇帝的命令。牵向北：皇宫在长安城北，故说回车向北。

[7] 驱将：赶走牛车。将：助词。

[8] 直：同"值"，价值。

这首诗通过卖炭翁遭遇的描写，揭露了唐代宫市给人民带来的苦难，表达了诗人对下层人民的深切同情。"卖炭得钱何所营？身上衣裳口中食"两句是全诗的核心，一问一答，告诉读者辛辛苦苦烧出来的木炭将是卖炭翁全家一年生活的希望。因而卖炭翁尽管"身上衣正单"，但他仍"心忧炭贱愿天寒"。然而"手把文书口称敕"的"宫使"却把他所希望的一切都化成了泡影。此诗采用白描手法，以伐薪烧炭、卖炭和炭被夺走的简单过程，刻画了卖炭翁的生动形象；用对比手法，更为鲜明地表现了作者的感情和作品的主题。

放言五首（其三）[1]

赠君一法决狐疑，不用钻龟与祝蓍[2]。试玉要烧三日满，辨材须待七年期[3]。周公恐惧流言日，王莽谦恭未篡时[4]。向使当初身便死，一生真伪复谁知[5]？

毛泽东在一本《白香山集》中，曾在此诗上画满了着重线。1972年在批判林彪时，曾引用这首诗的后四句，并以此说明：一个人错误的发展是有一定过程的，我们要认识一个人是真革命，还是假革命，也是有一定过程的。

[1] 放言五首：组诗，为元和十年（815）诗人被贬江州的途中所作。放言：不受约束地发表自己的看法。也可解释为放怀畅言。

[2] 君：指作者的诗友元稹。狐疑：犹豫不决。钻龟：古代用钻龟甲后观察裂纹来占卜吉凶的一种活动。祝蓍（shī）：古代用蓍草（通称蚰蜒草）的茎祝祷占卜的一种活动。

[3] "试玉"二句：是说试验真玉必须烧满三天而色彩不变，摸着不热才能断定；辨别豫章良材必须长满七年才能区别开来。作者自注："豫章木生七年而后知。"

[4] 周公：姓姬，名旦，周武王之弟，成王之叔。武王死，成王年幼，周公摄政，忠心耿耿，却遭管叔、蔡叔制造流言蜚语，诬陷其要篡位。周公惧怕流言混淆视听，便避居封地，不问政事。后成王悔悟，迎回周公。管、蔡惧而叛乱，成王命周公征讨，遂定东南。王莽：字巨君，汉元帝皇后的侄儿。西汉末，独揽朝政，杀平帝，篡皇位，改国号"新"。因其赋役繁重，刑政苛暴，终被绿林军

313

所杀。

〔5〕向使：假如，假使。复：又。

这首诗说明认识人事的真伪邪正，必须经过长期的考察和实践的检验，否则便不能得出切合实际的结论。首联"一法决狐疑"是全诗的诗眼，表明诗人只从亲身体验着眼而无视求神拜佛的用心。颔联运用烧炼宝玉和辨识良材进行比喻，说明"一法"的内涵，点出必须经受"三日满"的检验和"七年期"的甄别。颈联用周公和王莽的事例，说明看人不能只看一时的表象，而要看一生的大节。尾联用假设句申述判断真伪的不易。此诗以极其通俗的语言说出了一个哲理：要想全面、准确、真实地认清人和事，必须经过时间和实践的考验。

琵琶行 (并序)[1]

元和十年，余左迁九江郡司马[2]。明年秋，送客湓浦口，闻舟中夜弹琵琶者，听其音，铮铮然有京都声[3]。问其人，本长安倡女，尝学琵琶于穆曹二善才[4]。年长色衰，委身为贾人妇[5]。遂命酒使快弹数曲，曲罢悯然[6]。自叙少小时欢乐事，今漂沦憔悴，转徙于江湖间[7]。予出官二年，恬然自安，感斯人言，是夕始觉有迁谪意[8]。因为长歌以赠之，凡六百一十二言，命曰琵琶行[9]。

〔1〕诗题原作《琵琶引》。引、行都是歌曲名。

〔2〕元和十年：815年。元和：唐宪宗李纯的年号。左迁：贬官，降职。与下文所言"迁谪"同义。古人尊右卑左，故称降职为左迁。九江郡：隋代郡名，唐代改称浔阳郡，即今江西九江市。司马：官名，州刺史的副职。唐代州司马常由被贬的朝官充任，是个闲职。

〔3〕湓浦口：湓水和长江交汇处，在九江城西。铮铮：形容金属、玉器等的碰击声，这里形容琵琶声。京都声：指有京城长安的声调。

〔4〕倡女：歌女。倡：通"娼"，歌舞艺人。善才：唐代对琵琶艺人或曲师的尊称。

〔5〕委身：托身，这里指嫁。为：做。贾 (gǔ) 人：商人。

〔6〕命酒：吩咐摆酒。快：畅快。悯然：形容忧伤的样子。

〔7〕漂沦：漂泊异地，沦落下层。转徙：四处漂泊。

〔8〕出官：（京官）外调。恬然：形容心境平和安宁的样子。斯人：此人。迁谪意：被贬官的不快心情。

〔9〕为：创作。长歌：《琵琶行》这首长诗。凡：总共。言：字。命：命名，题名。

以上是序，简述创作这首诗的时间和缘由。

浔阳江头夜送客，枫叶荻花秋瑟瑟[1]。主人下马客在船，举酒欲饮无管弦[2]。醉不成欢惨将别，别时茫茫江浸月。忽闻水上琵琶声，主人忘归客不发。寻声暗问弹者谁？琵琶声停欲语迟[3]。移船相近邀相见，添酒回灯重开宴[4]。千呼万唤始出来，犹抱琵琶半遮面。转轴拨弦三两声，未成曲调先有情[5]。弦弦掩抑声声思，似诉平生不得志[6]。低眉信手续续弹，说尽心中无限事[7]。轻拢慢捻抹复挑，初为《霓裳》后《六幺》[8]。大弦嘈嘈如急雨，小弦切切如私语[9]。嘈嘈切切错杂弹，大珠小珠落玉盘。间关莺语花底滑，幽咽泉流水下滩[10]。水泉冷涩弦凝绝，凝绝不通声暂歇[11]。别有幽愁暗恨生，此时无声胜有声[12]。银瓶乍破水浆迸，铁骑突出刀枪鸣[13]。曲终收拨当心画，四弦一声如裂帛[14]。东船西舫悄无言，唯见江心秋月白[15]。

毛泽东曾圈读过这首诗，并在诗的天头上写了一段批注："江州司马，青衫泪湿，同在天涯。作者与琵琶演奏者有平等心情。白诗高处在此不在他处，其然岂其然乎？"还在诗的标题上连画三个大圈，在诗中"同是天涯沦落人，相逢何必曾相识"句旁，一路密圈。毛泽东还手书过此诗。

〔1〕浔阳江：即今江西九江市的龙开河，唐代时经湓浦口注入长江。该河于1997年被填埋。荻花：多年生草本植物，生在水边，叶子长形，似芦苇，秋天开

紫花。瑟瑟：形容枫树、芦荻被秋风吹动的声音。

〔2〕主人：白居易自称。管弦：乐曲，这里指音乐。

〔3〕暗问：低声问。迟：迟疑不语。

〔4〕移船相近：使人吩咐将船移动，靠近琵琶女所乘的船。回灯：重新拨亮灯光，一说取回从席上移开的灯。

〔5〕转轴拨弦：指弹奏前调弦试音的准备工作。

〔6〕掩抑：弦声低沉，似乎弹者有意掩藏、压抑内心的激情。思：情思。

〔7〕信手：随手。续续弹：连续弹奏。

〔8〕拢、捻、抹、挑：弹奏琵琶的几种指法。《霓裳》：《霓裳羽衣曲》的简称。《六幺》(yāo)：大曲名，又叫《绿腰》《录要》，为歌舞曲。

〔9〕大弦：琵琶上最粗的一根弦。嘈嘈：声音沉重抑扬。小弦：琵琶上最细的一根弦。切切：形容声音急切细碎。

〔10〕间关：象声词，形容弦声如莺啼婉转流畅。幽咽：形容声轻而不流畅。水下难：弦声如泉水流过石滩。一作"冰下滩"。

〔11〕水泉冷涩：形容乐声像结冰的泉水那样细流缓慢，几乎停歇。凝绝：完全凝结。

〔12〕幽愁暗恨：深藏内心的怨恨之情。

〔13〕乍：猛然。迸：溅射。

〔14〕曲终：乐曲结束。拨：弹琵琶时用的弹片。当心画：用拨子在琵琶的中部划过四弦。帛：古时对丝织品的总称。

〔15〕舫：船。

以上为第一段，写与琵琶女的会见，并描绘她弹奏琵琶的精湛技艺。

沉吟放拨插弦中，整顿衣裳起敛容[1]。自言本是京城女，家在虾蟆陵下住[2]。十三学得琵琶成，名属教坊第一部[3]。曲罢曾教善才服，妆成每被秋娘妒[4]。五陵年少争缠头，一曲红绡不知数[5]。钿头银篦击节碎，血色罗裙翻酒污[6]。今年欢笑复明年，秋月春风等闲度[7]。弟走从军阿姨死，暮去朝来颜色故[8]。门前冷落鞍马稀，

316

老大嫁作商人妇。商人重利轻别离，前月浮梁买茶去[9]。去来江口守空船，绕船月明江水寒[10]。夜深忽梦少年事，梦啼妆泪红阑干[11]。

〔1〕沉吟：形容默默深思的样子。敛容：收敛悲愤深怨的面部表情，表现出庄重而有礼貌的态度。

〔2〕虾（há）蟆陵：在长安城东南，曲江附近，是唐代有名的游乐地区。虾：通"蛤"。

〔3〕教坊：唐代管理宫廷乐队的官署。第一部：如同说第一团、第一队。

〔4〕秋娘：唐代歌舞伎常用的名字，多泛指貌美艺高的歌伎。

〔5〕五陵年少：泛指当时长安的贵族豪富子弟。五陵：在长安城外，指长陵、安陵、阳陵、茂陵、平陵五个汉代皇帝的陵墓，是当时富豪居住的地方。缠头：用锦帛之类的财物送给歌舞伎女。红绡：一种精细轻美的红色丝织品。

〔6〕钿头：两头镶嵌花钿的发篦。银篦：用金翠珠宝装点的首饰。击节：打拍子。

〔7〕秋月春风：良辰美景，这里指美好的青春。等闲：随随便便，不重视。

〔8〕阿姨：指教坊中管领乐伎的女头目。颜色故：容貌衰老。

〔9〕浮梁：唐代县名，属饶州，在今江西景德镇市，盛产茶叶。

〔10〕去来：离别后。来：语助词。

〔11〕梦啼妆泪：梦中悲哭，匀过脂粉的脸上带着泪痕。红阑干：泪水融合脂粉流淌满面的样子。红：指胭脂色。

以上为第二段，写琵琶女自述身世的变化。

我闻琵琶已叹息，又闻此语重唧唧[1]。同是天涯沦落人，相逢何必曾相识[2]！我从去年辞帝京，谪居卧病浔阳城。浔阳地僻无音乐，终岁不闻丝竹声[3]。住近湓江地低湿，黄芦苦竹绕宅生。其间旦暮闻何物？杜鹃啼血猿哀鸣。春江花朝秋月夜，往往取酒还独

317

倾[4]。岂无山歌与村笛？呕哑嘲哳难为听[5]。今夜闻君琵琶语，如听仙乐耳暂明[6]。莫辞更坐弹一曲，为君翻作《琵琶行》[7]。感我此言良久立，却坐促弦弦转急[8]。凄凄不似向前声，满座重闻皆掩泣[9]。座中泣下谁最多？江州司马青衫湿[10]。

〔1〕重：重新，重又。唧唧：叹息声。

〔2〕沦落：沉沦流落。

〔3〕丝竹：弦、管乐器，这里代指音乐。

〔4〕倾：指斟酒，干杯。

〔5〕呕哑：形容杂乱的音乐声。嘲哳（zhāo zhā）：形容嘈杂难听的声音。

〔6〕琵琶语：琵琶声，琵琶所弹奏的乐曲。暂：突然，一下子。

〔7〕翻作：指按曲调编写歌辞。

〔8〕良久：许久。却坐：退回到原处。促弦：把弦拧得更紧。急：指弦音急促。

〔9〕向前声：刚才奏过的曲调。掩泣：掩面哭泣。

〔10〕青衫：唐代九品官（最低官阶）所穿的官服。

以上为第三段，作者联系自身的遭际，倾诉悲慨。

这首诗作于元和十一年（816）秋。元和十年（815），白居易因上疏请求缉拿刺杀武元衡的凶手，遭到谗毁，贬为江州司马。此诗借对色艺俱佳的琵琶女高超弹奏技艺和不幸身世的描述，揭露了封建社会官僚腐败、民生凋敝、人才埋没等不合理现象，表达了诗人对琵琶女的深切同情，抒发了对自身无辜被贬的愤懑、感伤之情。诗人感情的波涛为琵琶女的命运所激动，抒发了同病相怜，同声相应的情怀。诗中最为出色的是对演奏琵琶的描写。从写琵琶女的演奏动作开始，一步步把读者引入到体味乐曲传达的情思境界中去。接着运用一系列贴切优美的比喻，形象地描绘了音乐的美妙。最后以"东船西舫悄无言，唯见江心秋月白"两句描写乐曲的动人效果，使人如身临其境，沉浸在音乐所创造的艺术气氛中。此诗节奏明快，音律和谐，语言通俗，自然流畅，极富艺术感染力。

杨柳枝词[1]

一树春风千万枝，嫩于金色软于丝[2]。永丰西角荒园里，尽日无人属阿谁[3]？

毛泽东曾手书过这首诗。其创作《七律二首·送瘟神》（其二）中"春风杨柳万千条"句，化用此诗"一树春风千万枝"句。

〔1〕杨柳枝词：由乐府横吹曲《折杨柳歌辞》翻新而来。乐府旧曲原为五言古体诗，多用以咏柳。唐代文人的《杨柳枝》在形式上均为七绝形式。

〔2〕"嫩于"句：是说柳色嫩黄胜似金，柳枝柔软胜过丝。

〔3〕永丰：永丰坊，唐代东都洛阳坊名。阿谁：疑问代词。犹言谁，何人。

这是一首写景寓意诗，抒发了作者对永丰柳的痛惜之情，实则蕴含了作者自己的身世感慨，对当时政治腐败、埋没人才的现象表达了不满。前两句极写柳树风姿可爱，后两句写柳树所生之地不得其位，而不能得到人们的欣赏，含蓄地抨击了当时的人才选拔机制和相关政府官员。此诗比喻生动形象，语言通俗直白，民歌特点鲜明。

【柳宗元】

柳宗元（773—819），字子厚，河东解（今山西运城解州镇）人，世称"柳河东"。唐代杰出诗人、哲学家、成就卓著的政治家。因卒于柳州刺史任上，又称"柳柳州"。贞元九年（793）进士，中博学宏词科。历任监察御史里行、礼部员外郎等。曾参加王叔文的政治革新集团，失败后被贬为永州司马，后为柳州刺史，死于任上。与韩愈同为中唐古文运动的领导者，并称"韩柳"。名列"唐宋八大家"。其诗揭露社会矛盾，批判时政，风格清峭矫健，俊洁精深。有《柳河东集》。存诗160余首。

登柳州城楼寄漳汀封连四州[1]

城上高楼接大荒，海天愁思正茫茫[2]。惊风乱飐芙蓉水，密雨斜侵薜荔墙[3]。岭树重遮千里目，江流曲似九回肠[4]。共来百越文身地，犹自音书滞一乡[5]。

毛泽东曾多次圈读此诗。

〔1〕柳州：今属广西。漳州、汀州：今属福建。封州、连州：今属广东。刺史：州的行政长官，相当于后世的知府。

〔2〕接：目接，远眺所见。大荒：广阔无边的原野。海天愁思：愁思如海深天阔。茫茫：无边无际。

〔3〕惊风：急风，狂风。飐：吹动。芙蓉水：荷塘里的水。薜荔：一种常绿蔓生植物，沿墙生长。

〔4〕重遮：层层遮蔽。千里目：这里指远眺的视线。江：指柳江。九回肠：写江流曲折，暗喻愁肠九转，缠结难解。

〔5〕共来：指和韩泰、韩晔、陈谏、刘禹锡四人同时被贬远方。百越：即百粤，指当时五岭以南各少数民族地区。文身：在身上刺花纹。古代南方少数民族有断发文身的习俗。文：通"纹"，用作动词。犹自：仍然。音书：音信。滞：阻塞，不流通。一乡：各自一方。乡：地方，处所。

柳宗元和韩泰、韩晔、陈谏、刘禹锡等人因积极参加王叔文领导的永贞（805）革新运动而遭到贬谪。元和十年（815）夏，他们五人奉诏进京。由于保守势力的阻挠，很快又改贬到更荒凉的边远州郡做刺史。作者一到柳州，就写了这首七律寄给他们四人。诗中通过风狂雨骤的景色描写和聚会无期的心情刻画，抒发了离乡去国的悲愤抑郁，表达了对战友的殷切怀念以及对于朝廷保守势力的愤慨不平。此诗成功地运用了比兴手法，形象地刻画出内心强烈的感情，景中寓情，情景交融，意境阔大，极富感染力。

江 雪

千山鸟飞绝，万径人踪灭[1]。孤舟蓑笠翁，独钓寒江雪[2]。

毛泽东曾圈读此诗。

〔1〕万径：虚指，指千万条路。人踪：人的脚印。

〔2〕蓑笠翁：披着蓑衣戴着斗笠的渔翁。

这首诗写于作者贬官永州期间。诗篇通过隐居山涧渔翁独钓的意象，寄托自己清高而孤傲的情感，抒发了政治上失意的郁闷苦恼。"寒江雪"三字为诗的点睛之笔，把全诗前后两部分有机地联系起来，形成了一幅凝练概括的寒江独钓图。此诗写景独特，意境深隽明彻，为历代传诵的名篇。

【贾　岛】

贾岛（779—843），字阆仙，一作浪仙。范阳（今河北保定涿州市）人。唐代诗人。早年曾做过和尚，法名无本，后还俗，屡试进士不第。五十九岁时任遂州长江（今四川遂宁蓬溪）主簿，世称"贾长江"。诗以苦吟著称，喜写荒凉枯寂之境，颇多寒苦之辞，以五律见长。讲求词句锤炼，诗风清峭幽僻，力矫平易浮滑之失。与孟郊齐名，有"郊寒岛瘦"之称；又与姚合并称"姚贾"。有《长江集》。

忆江上吴处士[1]

闽国扬帆去，蟾蜍亏复圆[2]。秋风生渭水，落叶满长安[3]。此地聚会夕，当时雷雨寒[4]。兰桡殊未返，消息海云端[5]。

毛泽东曾多次圈读此诗，并手书过"秋风生渭水，落叶满长安"一联。其《满江红·和郭沫若同志》词中"正西风落叶下长安"句即由此化出。

〔1〕吴处士，名不详。处士：指隐居林泉不愿做官的人。

〔2〕闽国：即闽州，今福建福州市。蟾蜍：即癞蛤蟆。神话传说月里有蟾蜍，故这里代指月亮。亏复圆：指月亮缺了又圆。一作"亏复团"。亏：缺。这两句说，吴处士乘船离开闽地已经一个月。

〔3〕"秋风"二句：是说吴处士离开后的长安已进入秋天。渭水：又称渭河，发源甘肃渭源县，横贯陕西，东至潼关入黄河。

〔4〕"此地"二句：是说回忆夏天与吴处士聚会时正值雷雨。此地：指渭水

边分别之地。

〔5〕"兰桡"二句：是说吴处士去得很远，归期渺茫。兰桡（ráo）：用木兰树做的船桨，这里代指船。殊：犹。海云端：海云边。因闽地临海，故言。

贾岛考进士时，在京城长安结识了吴处士。后来吴处士离开长安乘船往福建一带，贾岛很思念他，写下此诗。这首诗通过对送别时场景、天气、环境的回忆，烘托出临别时的伤感情绪，表达了作者对吴处士深深的思念之情。"秋风生渭水，落叶满长安"是传世名句。此诗把题目中的"忆"字反复勾勒，语言生动，情感深厚，笔墨饱满，是一首生动自然而又流畅的抒情佳作。

毛泽东手书贾岛《忆江上吴处士》（节选）

【李 贺】

李贺（790—816），字长吉，福昌昌谷（今河南洛阳宜阳县）人。唐代著名诗人。出身没落贵族家庭。因其父名晋肃，"晋""进"同音，有人以避父讳之名不让他考进士。终身抑郁不得志，仅做过奉礼郎小官。27 岁即去世。早岁工诗，受知于韩愈、皇甫湜。其诗远本《楚辞》，旁涉汉魏六朝乐府，内容多深刻，揭露统治集团腐败昏庸，同情人民疾苦，感慨自身怀才不遇。艺术上善于驾驭神话传说，驰骋想象，语言瑰丽奇特，色彩缤纷，极富浪漫气息，在唐代诗坛独树一帜，世称"鬼才"。诗体以乐府诗和古体诗见长。有《李长吉歌诗》。

李凭箜篌引[1]

吴丝蜀桐张高秋，空山凝云颓不流[2]。江娥啼竹素女愁，李凭中国弹箜篌[3]。昆山玉碎凤凰叫，芙蓉泣露香兰笑[4]。十二门前融冷光，二十三丝动紫皇[5]。女娲炼石补天处，石破天惊逗秋雨[6]。梦入神山教神妪，老鱼跳波瘦蛟舞[7]。吴质不眠倚桂树，露脚斜飞湿寒兔[8]。

毛泽东很喜爱李贺的诗，收藏了四五种李贺的诗集，每本都有他的圈画。毛泽东在给陈毅谈诗的一封信中说："李贺诗很值得一读。"在一则批注中称赞李贺是"英俊天才"，对他的早夭很惋惜。

〔1〕李凭：当时供奉宫廷的梨园艺人，善弹奏箜篌。箜篌引：乐府旧题，属《相和歌辞·瑟调曲》。箜篌：古代弦乐器，有卧式、竖式两种，李凭弹的是竖式箜篌。引：乐曲体裁的一种，有序奏之意。

〔2〕吴丝蜀桐：吴地产蚕丝，蜀地产桐木，都是制造箜篌的良材，这里指李凭所弹箜篌的精美。张：调好弦，准备弹奏，这里指弹奏。高秋：深秋。凝云：云气凝聚。颓不流：坠落而不流动。以云彩为之凝滞坠落，形容乐声美妙。

〔3〕江娥：即湘娥，指传说中溺死在湘江成为女神的舜的二妃。啼竹：相传二妃在舜死后痛苦，泪点洒在竹子上，成为斑竹，又名湘妃竹。素女：传说中的神女，善于弹瑟。中国：即国之中央，指京城长安。

〔4〕昆山：即昆仑山，相传为产玉之地。玉碎凤凰叫：形容乐声清脆激越。芙蓉泣露：指荷花沾露似哭泣。香兰笑：指兰花盛开如含笑，借以形容乐声时而低沉，时而轻快。

323

〔5〕十二门：长安城东西南北每一面各三门，共十二门。融：融化。冷光：冷气，寒意。二十三丝：《通典》卷一百四十四："竖箜篌，胡乐也，汉灵帝好之，体曲而长，二十三弦。"紫皇：天帝，道教对天上最尊贵之神的称呼，这里代指皇帝。李凭是供奉宫廷的乐师，这句点明他的身份。

〔6〕"女娲"二句：形容乐曲声达到高潮，仿佛天惊石破，引出阵阵秋雨。女娲：我国上古之神，人首蛇身，为伏羲之妹，风姓。《淮南子·览冥训》和《列子·汤问》载有女娲炼五色石补天的故事。石破天惊逗秋雨：补天的五色石被乐声震破，引来了一场秋雨。逗：引，引出。

〔7〕神妪：神女，善弹箜篌。《搜神记》卷四："永嘉中，有神见兖州，自称樊道基。有妪号成夫人。夫人好音乐，能弹箜篌，闻人弦歌，辄便起舞。"从这句以下写李凭在梦中将他的绝艺教给神仙，惊动了仙界。老鱼跳波：鱼随着乐声跳跃。典出《列子·汤问》："瓠巴鼓琴而鸟舞鱼跃。"

〔8〕"吴质"二句：是说箜篌声使吴刚听而入迷忘倦，以至于露湿寒兔，夜色深沉，还倚桂树而不眠。吴质：三国时人。相传月中伐桂者为吴刚。《酉阳杂俎》卷一："旧言月中有桂，有蟾蜍。故异书言月桂高五百丈，下有一人常斫之，树创随合。人姓吴名刚，西河人，学仙有过，谪令伐树。"露脚：露珠下滴的形象说法。寒兔：指秋月，传说月中有玉兔。

这是一首描写音乐的名篇。开头四句写李凭弹奏箜篌的时间、地点，概括写出他的高超技艺。接下来六句描写乐曲的丰富、色调的优美和动人的效果。最后四句写乐曲声把听者引入梦幻般的神山、月宫，极力渲染音乐的感人力量。此诗运用一连串出人意表的比喻，构思新奇，独辟蹊径，将大量笔墨用于渲染乐曲惊天地、泣鬼神的动人效果，辞采绚烂而不涉妖冶。大量的联想、想象和神话传说，使作品充满浪漫主义气息。特别是"女娲炼石补天处，石破天惊逗秋雨"两句，可谓神来之笔，历来脍炙人口。

雁门太守行[1]

黑云压城城欲摧，甲光向日金鳞开[2]。角声满天秋色里，塞上燕脂凝夜紫[3]。半卷红旗临易水，霜重鼓寒声不起[4]。报君黄金台上意，提携玉龙为君死^{〔5〕}！

毛泽东曾多次圈读此诗。

〔1〕雁门太守行：乐府旧题，属《相和歌辞·瑟调曲》，六朝和唐人拟作多咏边城征战之事。雁门：古代郡名，在今山西西北部。太守：郡的最高行政长官。

〔2〕黑云：比喻敌军人多势众。摧：倒塌。甲：铠甲。金鳞：比喻铠甲上的金属甲片。

〔3〕角声：军号声。塞上：这里指战场。燕脂：同"胭脂"，这里形容战士所流的鲜血之色。

〔4〕半卷红旗：有偃旗息鼓以出其不意、攻其不备之意。易水：在今河北保定易县。战国时荆轲受命入秦行刺秦王，在此与太子丹诀别。荆轲歌云："风萧萧兮易水寒，壮士一去兮不复还！"这里借用易水之名，以渲染赴死不辞的悲壮气氛。鼓寒：鼓声带着寒气。声不起：指鼓声不扬。

〔5〕君：君王。黄金台：故址在今河北保定易县东南，战国时燕昭王所筑。昭王曾置千金台上，以表示不惜用最高代价招揽天下贤士。玉龙：剑的代称。传说晋初雷焕于丰城县得玉匣，内藏二剑，后入水变为蛟龙。

这是李贺最负盛名的代表作之一。诗篇表达了作者"少年心事当拿云"的广阔心胸和远大抱负。开头两句突兀而起，写叛军大军压境，但守城唐军军容整肃，士气高昂。三、四句写敌营号角起伏，战场流血凝紫，从侧面写出战况之激烈，伤亡之惨重。五、六句写援军乘夜色而来，并立即投入战斗。七、八句写唐军决心拼死杀敌报效国家的共同心声，点出了全诗的主旨。此诗运用了一些超乎常人想象的意象，形成奇特瑰玮的风格。尤其善用色彩，如黑色、金色、胭脂、紫色、红色、霜白色等，画面色彩斑斓，给人身临其境之感，使全诗在昂扬激越中又透着悲壮凝重。

梦　天^{〔1〕}

老兔寒蟾泣天色，云楼半开壁斜白^{〔2〕}。玉轮轧露湿团光，鸾佩相逢桂香陌[3]。黄尘清水三山下，更变千年如走马[4]。遥望齐州九点烟，一泓海水杯中泻[5]。

毛泽东曾多次圈读此诗。在一本黄陶庵评本《李长吉集》中，在"遥望"二句末画了圈，对该书编者评语："论长吉每道是鬼才，而其为仙语，乃李白所不及，齐州二句，妙有千古。"毛泽东每句都作了圈点、断句。

〔1〕梦天：梦中遨游天空。

〔2〕老兔寒蟾：神话传说住在月宫里的两种动物。老、寒：形容岁月悠长，境地孤寒。泣天色：指天色不明朗。老兔、寒蟾为此愁惨哭泣。云楼：云中之楼，指月宫。壁斜白：指月光斜照在墙壁上，泛出一片白色。

〔3〕玉轮：喻圆月。轧露：从露水上碾过。团光：满月之光。鸾佩：雕刻着鸾凤的玉佩，这里代指仙女。桂香陌：飘着桂花香的路上。神话传说月中有桂树。这两句说，夜露沾湿了月光，在桂花飘香的路上和仙女相遇。

〔4〕黄尘清水：形容陆地沧海交互变化。三山：指神话传说中蓬莱、方丈、瀛洲三座海上仙山。走马：跑马。这两句说，从月宫下看沧海桑田变化，人间千年在天上不过像跑马一样匆匆而过。

〔5〕齐州：中州，即中国。《尚书·禹贡》说中国有九州。一泓：一汪。以"九点烟"喻中国，以"一泓水"喻大海，既见其渺小，又因烟易消散、杯水易干而暗寓中州和大海都会顷刻改变之意。这两句说，从天上俯视中国九州，小得像九点烟尘，而陆地外的海洋，也不过像倒在杯中的一汪水而已。

这首诗写作者梦游月宫的情景，前四句写梦中遨游"老兔寒蟾""云楼半开"的月宫，夜露沾湿了月光，在桂花飘香的路上遇见了"鸾佩相逢"的仙女。后四句写俯视大地，见到沧海桑田的变化。末尾"遥望齐州九点烟，一泓海水杯中泻"两句，写诗人从非现实的世界冷眼反观现世，从而揭示了人生短暂、世事无常的道理，寄寓了诗人对人事沧桑的深沉感慨，表现出以冷眼看待现实的态度。此诗极具浪漫主义特色，想象丰富，构思奇妙，用比新颖，体现了李贺诗歌变幻怪谲的艺术风格。

南园十三首^[1]（其五）

男儿何不带吴钩，收取关山五十州^[2]。请君暂上凌烟阁，若个书生万户侯^[3]？

毛泽东曾圈读此诗。

〔1〕本题共十三首，其中绝句十二首，五律一首。这是第五首。南园：作者在福昌昌谷（今河南洛阳宜阳）的故居，有南北二园，南园是其读书处。

〔2〕吴钩：古代吴国制造的一种兵器，泛指宝剑。关山五十州：指当时黄河南北藩镇割据之地。《资治通鉴·唐纪》载：元和七年（812），宰相李绛说："今法令所不能制者，河南北五十余州。"

〔3〕凌烟阁：在长安，唐太宗时建，在阁上画开国功臣二十四人，太宗亲为之赞。若个：哪个。万户侯：食邑万户之侯，泛指高爵显位。

这首七绝抒发了诗人要为国家统一事业建立功勋、驰骋疆场的豪情壮志。前两句以设问句式，在自问自答中展示自己立志报国的壮志豪情，"收取关山五十州"如飞瀑悬泉，不同凡响。三、四两句以反问句式"若个书生万户侯"，抒发自己志向远大而怀才不遇的愤懑。此诗节奏十分紧凑、格调峻急、气势畅达，语言简洁明快，不见雕琢痕迹，与李贺诗的一贯特点有所不同。

南园十三首（其六）

寻章摘句老雕虫，晓月当帘挂玉弓^[1]。不见年年辽海上，文章何处哭秋风^[2]？

毛泽东曾圈读这首诗。

〔1〕寻章摘句：摘录片段词句。雕虫：汉代扬雄把作赋比为"童子雕虫篆刻"，说"壮夫不为"。后以雕虫讥称文人雕词琢句。玉弓：喻指明月。弓为武士所用，以此为喻似有自嘲之意。

〔2〕辽海：指辽东边防多战事之地。何处哭秋风：比喻穷途末路，欲哭无地。

这是组诗《南园十三首》的第六首。作者慨叹自己一辈子埋头读书，经常彻夜不眠，然而国家战事不休，重武轻文，读书有什么用呢！末句"文章何处哭秋风"反问，道出了作者怀才不遇、抱负难酬的郁闷和不平，也是这首七绝的主题所在。全诗语言通俗晓畅，诗情隽永，耐人寻味。

金铜仙人辞汉歌 (并序)

魏明帝青龙九年八月，诏宫官牵车西取汉孝武捧露盘仙人，欲立置前殿[1]。宫官既拆盘，仙人临载乃潸然泪下[2]。唐诸王孙李长吉遂作《金铜仙人辞汉歌》[3]。

茂陵刘郎秋风客，夜闻马嘶晓无迹[4]。画栏桂树悬秋香，三十六宫土花碧[5]。魏官牵车指千里，东关酸风射眸子[6]。空将汉月出宫门，忆君清泪如铅水[7]。衰兰送客咸阳道，天若有情天亦老[8]。携盘独出月荒凉，渭城已远波声小[9]。

毛泽东曾多次圈读此诗。其《七律·人民解放军占领南京》中"天若有情天亦老"句，即用李贺这首诗的成句。《采桑子·重阳》的开头一句"人生易老天难老"也化用李贺"天若有情天亦老"诗意。毛泽东对此诗中直呼汉武帝为"刘郎"也极为赞赏，认为是破除迷信、振作精神的表现。

[1] 魏明帝：曹睿，曹操之孙，公元227—239年在位。青龙九年：拆迁铜人实际上是在青龙五年（237）。这年三月，改元景初，青龙没有九年，系作者一时误记。宫官：指宦官。牵车：驾车。汉孝武：即汉武帝。捧露盘仙人：汉武帝晚年迷信神仙，为求长生，在长安建章宫竖立一个铜制的仙人，高三十丈，大七围，手捧承露盘，用以承接"甘露"调玉屑为食。

[2] 潸然：形容流泪的样子。传说铜人被载上车的时候，竟哭了起来。

[3] 唐诸王孙：李贺是唐宗室郑王（高祖子元懿）的后代，故自称王孙。

[4] 茂陵：汉武帝刘彻的陵墓，在今陕西兴平市东北。刘郎：指汉武帝。秋风客：汉武帝曾作《秋风辞》，有句云："欢乐极兮哀情多，少壮几时兮奈老何！"

慨叹乐极悲来，人生短促。诗人联想此辞，认为刘彻虽然做了五十四年皇帝，但也不过是秋风中的匆匆过客。夜闻马嘶：指汉武帝魂魄乘马夜游出入汉宫。

〔5〕画栏：绘有图案的栏杆，这里借指汉宫。悬秋香：指秋桂飘香。悬：飘浮。秋香：指桂花的芳香。三十六宫：汉武帝在长安上林苑中有离宫别馆三十六所。土花：苔藓。

〔6〕千里：指魏都邺城（今河北临漳）离长安有千里之遥。东关：长安城东门。酸风：令人心酸落泪的风。眸子：瞳仁，指眼珠。

〔7〕空将：只有。汉月：汉朝时的明月。君：指汉家君主，特指汉武帝刘彻。铅水：比喻铜人的眼泪。

〔8〕"衰兰"二句：写铜人在离开长安的大道上，只有那道旁萎谢的兰花相送，老天如有感情，目睹铜人辞汉的凄凉境况，也会因悲伤而衰老。客：指铜人。咸阳：秦都城，在长安西北，汉代改称渭城。这里代指长安。

〔9〕"携盘"二句：写在凄凉月光下，铜人带着承露盘孤零零地离开了长安，越走越远，那渭水的波涛声也渐渐听不见了。渭城：秦都咸阳，汉代改为渭城，这里代指长安。波声：指渭水的波涛声，渭城在渭水北岸。

这首诗大概是李贺辞了奉礼郎官职离开长安赴洛阳时所作。诗中借魏明帝迁移金铜仙人这一历史陈迹，抒发兴亡盛衰的感慨，寄托对帝国命运的深沉忧虑。前四句慨叹韶华易逝，人生难久。作者直呼汉武帝为"刘郎"，表现出其傲兀不羁的性格和不受封建等级观念束缚的可贵精神。中间四句以拟人手法写金铜仙人初离汉宫时的凄婉情态。末四句写出城后途中一派萧瑟悲凉的景象和金铜仙人恨别伤离的情绪，隐含了诗人在仕进无望、被迫离开长安时无可奈何的痛苦心境。出人意表的想象、形象生动的拟人手法和精彩奇特的语言，使此诗闪烁着浪漫主义的异彩。

马诗二十三首[1]（其四）

此马非凡马，房星本是精[2]。向前敲瘦骨，犹自带铜声[3]。

毛泽东曾多次圈读这首诗。

〔1〕本题共二十三首，均为诗人借物抒怀，叙写自己怀才不遇的愤慨和建功立业的抱负。这是第四首。

〔2〕房星：二十八宿之一。《瑞应图》："马为房星之精。"古人认为非凡的人或物由日月星辰的精气灌注而成。

〔3〕瘦骨：骏马大多瘦健而不肥。杜甫诗有："胡马大宛名，锋棱瘦骨成。"铜声：形容马骨坚劲，有如铜铁。

这首诗写千里马在遭遇很坏的情况下，仍能保持"向前敲瘦骨，犹自带铜声"的美好素质。作者借马喻人，极写自己"非凡马"的远大抱负。

马诗二十三首（其五）

大漠沙如雪，燕山月似钩[1]。何当金络脑，快走踏清秋[2]。

毛泽东曾多次圈读这首诗。

〔1〕大漠：广大的沙漠。燕山：燕然山，即今蒙古杭爱山，在蒙古国西部。大漠、燕山都是产马地区。

〔2〕何当：安得。金络脑：用黄金妆饰的马笼头。踏：奔驰。清秋：清朗的秋天。

这是组诗《马诗二十三首》的第五首。前两句写景，比喻形象，引人入胜。后两句抒发诗人期盼立功疆场的雄心壮志。此诗直抒胸臆，感情强烈，语言畅达，痛快淋漓。

老夫采玉歌

采玉采玉须水碧，琢作步摇徒好色[1]。老夫饥寒龙为愁，蓝溪水气无清白[2]。夜雨冈头食蓁子，杜鹃口血老夫泪[3]。蓝溪之水厌生人，身死千年恨溪水[4]。斜山柏风雨如啸，泉脚挂绳青袅袅[5]。村寒白屋念娇婴，古台石磴悬肠草[6]。

毛泽东曾多次圈读这首诗。

〔1〕须：要，必须。水碧：产于水底的碧绿宝石。步摇：古代贵族妇女的一种首饰，上有金银丝线穿绕的垂珠，戴上后随步摇晃，故名。徒好色：只是为妆扮容颜罢了。色：指女色，女容。

〔2〕"老夫"二句：是说为了采玉，老人为饥寒所迫，不得不下蓝溪，龙王也愁其骚扰，溪水被翻搅得混浊不堪。蓝溪：在今陕西蓝田县蓝田山下，溪中盛产碧玉，世称蓝田碧。水气无清白：指经常混浊。

〔3〕冈头：山顶。榛子：即榛子，果实形如小栗，可以食用。杜鹃口血：相传杜鹃暮春时哀啼不止，口中流血。这里比喻采玉老夫辛酸的眼泪。

〔4〕厌生人：是说溺死许多采玉者，厌：通"餍"，饱食，吞噬。生人：指采玉者。恨溪水：实际指恨强征采玉的统治者。

〔5〕斜山：陡斜的山坡。柏风：柏树林中的风声。啸：吼叫。泉脚：崖石上泉水下泄处，这里指水底。挂绳：从山上悬挂到溪中的绳索。青袅袅：细柔而摇摆不定。

〔6〕白屋：简陋的草屋，指采玉老人之家。娇婴：指老夫幼小的儿女。石磴：石级。悬肠草：一名思子蔓，又名离别草，蔓生植物。这两句说，老人见到山上的思子蔓，自然怀念起自己茅屋中的小儿女。

这首诗以生动具体的艺术描写，展现了一幅悲惨凄苦的老夫采玉图，表现了采玉老夫饥寒劳累的悲惨生活和艰险的采玉环境，表达了诗人同情人民疾苦的感情。此诗既以现实生活为素材，又富有浪漫主义的奇想。如"龙为愁""杜鹃口血"，是奇特的艺术联想。"蓝溪之水厌生人，身死千年恨溪水"二句，更是超越常情的想象。这些诗句用笔锋利，含义深刻，渲染了浓郁的感情色彩，增添了诗的浪漫气息，体现了李贺诗特有的瑰奇艳丽的风格。

致酒行[1]

零落栖迟一杯酒，主人奉觞客长寿[2]。主父西游困不归，家人折断门前柳[3]。吾闻马周昔作新丰客，天荒地老无人识[4]。空将笺上两行书，直犯龙颜请恩泽[5]。我有迷魂招不得，雄鸡一声天下白[6]。少年心事当拿云，谁念幽寒坐呜呃[7]。

毛泽东曾多次圈读此诗，其创作《浣溪沙·和柳亚子先生》词中"一唱雄鸡天下白"、《念奴娇·井冈山》词中"一声鸡唱，万怪烟消云落"即点化此诗"雄鸡一声天下白"而成。

〔1〕致酒：敬酒，劝酒。行：乐府诗的一种体裁。

〔2〕零落：形容落魄失意。栖迟：原指游息，这里指漂泊异乡。奉觞：举杯敬酒。客长寿：祝客人（作者）身体健康。

〔3〕"主父"二句：是说从前主父偃西游长安，困顿不归；家人盼他回去，把门前的柳条都攀折尽了。主父：主父偃，西汉临淄人，早年不得志，后向武帝上书献策，受到重用。

〔4〕马周：唐太宗时人，少时孤贫。西游长安，宿于新丰旅店，曾遭到店主人冷待。后来代替武官常何上书太宗，陈说二十余条事，受到太宗重用。天荒地老：形容时间久长。无人识：指无人赏识马周。

〔5〕空将：只不过。龙颜：指皇帝。恩泽：指皇帝的恩惠。

〔6〕迷魂：迷失的魂灵，指一时间的心烦意乱。招不得：是说踌躇、徘徊，精神无所寄托。

〔7〕拿云：犹言擎云，凌云。幽寒：落寞，凄凉。呜呃：悲叹。

这是一首言志述怀诗。诗人在饮酒时，联想起历史上一些人物穷通变化的遭际，为自己的坎坷不幸而感慨不平。但是他并不因自己的"零落栖迟"而气馁，后半首由自伤转为自负自勉的高亢警拔壮语，表明凭着自己的经世之才，终有一朝"雄鸡一声天下白"，会得到皇帝的赏识，能像主父偃、马周那样施展抱负，实现自己"少年心事当拿云"的豪情壮志。此诗善用典故，转折跌宕，沉郁顿挫，而以怀才不遇之意加以贯通，具有积极的思想色彩。语言自然流畅，诗意直率，在李贺诗中别具一格。

苦昼短[1]

飞光飞光，劝尔一杯酒[2]。吾不识青天高、黄地厚，唯见月寒日暖，来煎人寿[3]。食熊则肥，食蛙则瘦[4]。神君何在？太一安有[5]？天东有若木，下置衔烛龙[6]。吾将斩龙足、嚼龙肉，使之朝不得回，夜不得伏[7]。自然老者不死，少者不哭。何为服黄金、吞白玉[8]？谁似任公子，云中骑白驴[9]？刘彻茂陵多滞骨，嬴政梓棺费鲍鱼[10]。

毛泽东曾多次圈读此诗。

[1] 苦昼短：苦于时光的短暂。

[2] 飞光：日月星辰之光。南朝梁沈约《宿东园》："飞光忽我道，岂止岁云暮。""劝尔"句：语出《世说新语·雅量》，司马曜举杯对长星（即彗星）说："劝尔一杯酒，自古哪有万岁天子？"

[3] 青天、黄地：语出《周易·坤》："夫玄黄者，天地之杂色也，天玄而地黄。"月寒日暖：指日月转轮，时间推移。煎人寿：损耗人的寿命。煎：消磨。

[4] "食熊"二句：是说富人享用珍馐美味而肥胖，穷人吃杂食而消瘦。古人以熊掌、熊肉为珍肴，蛙为贫穷者所食。

[5] 神君：据《史记·封禅书》记载，汉时有长陵女子，死后被奉为神，称神君。太一：天帝的别名，是天神中的尊贵者。宋玉《高唐赋》："醮诸神，礼太一。"安：哪里。

[6] 若木：传说中神树名。屈原《离骚》："折若木以拂日兮。"王逸注："若木在昆仑西极，其华照下地。"衔烛龙：传说中的神龙。屈原《天问》："日安不到？烛龙何照？"王逸注："天之西北有幽冥无日之国，有龙衔烛而照之。"

[7] 不得：不能。回：转动。伏：藏。

[8] 服黄金、吞白玉：古代道教认为服食金玉可以长寿。葛洪《抱朴子·内篇》引《玉经》曰："服金者寿如金，服玉者寿如玉。"

[9] 任公子：据诗意，应是传说中骑驴升天的仙人，其事迹无考。

[10] "刘彻"二句：是说秦皇、汉武求道访仙徒劳无益。刘彻，信神仙，求

长生，死后葬于茂陵。滞骨：指枯骨。嬴政：秦始皇名。此句用秦始皇死后赵高、李斯以鲍鱼充填枢车的典故。梓棺：古制天子的棺材用梓木做成，故名。鲍鱼：盐渍鱼，其味腥臭。

唐宪宗李纯"好神仙，求方士"，为了寻求长生不老之药，竟然到了委任方士为台州刺史的荒唐地步。皇帝如此，上行下效，求仙服药，追求长生，成了从皇帝到大臣的普遍风气。这首诗就是为讽喻此事而作的。前十句慨叹时光易逝，人生短促，同时蕴含了以理智的态度看待人生的意思。中间八句写如何解除"昼短"的痛苦，根据神话传说，表达了对生命的美好愿望。最后六句批判和讽刺统治者求仙服药的荒唐愚昧行为。后两部分是对第一部分主旨的发挥，在更高的层次上重复、升华了诗歌主旨。此诗充满激情，气势回旋跌宕，具有强烈的艺术感染力。

【无名氏】

无名氏（姓名已不可考），唐代金陵（今江苏南京）人，镇海节度使李锜之妾。李锜谋叛被杀，她被籍入宫，受宠于宪宗（806—820 在位）。穆宗即位后，命作皇子傅母，后赐归故乡。杜牧曾作《杜秋娘歌》，记其身世遭遇。因杜牧诗中言及杜秋娘善歌《金缕衣》曲，故误传为此诗作者。

金缕衣[1]

劝君莫惜金缕衣，劝君惜取少年时[2]。花开堪折直须折，莫待无花空折枝[3]。

毛泽东曾圈读此诗。

〔1〕金缕衣：以金线刺绣的华美衣服，比喻荣华富贵。唐代乐府新题有《金缕衣》，《乐府诗集》编入《近代曲辞》。

〔2〕惜取：珍惜。取：语助词。

〔3〕直须：应当，只管去，不必犹豫。

这首诗以形象的比喻，劝诫人们切勿贪恋荣华富贵，而要珍惜少年时光，及时去追求人生的幸福和理想。就像那枝头盛开的鲜花，应当及时采摘。如果错过花开时节，等到春残花落，就只能怅然地攀折那空无一物的树枝了。"花开堪折直须折"的内涵非常丰富，告诉人们，七尺男儿要建立不朽的功业，切莫因错过难得的人生机遇而后悔。此诗语言质朴，言浅意深。

【朱庆馀】

朱庆馀，生卒年不详，名可久，以字行。越州（今浙江绍兴）人。唐代诗人。唐敬宗宝历二年（826）进士。官秘书省校书郎。曾客游边塞。其诗辞意清新，描写细致，经张籍推赞而得名。有《朱庆馀诗集》。

近试上张水部[1]

洞房昨夜停红烛，待晓堂前拜舅姑[2]。妆罢低声问夫婿：画眉深浅入时无[3]？

毛泽东曾圈读此诗。

[1] 上：呈送给。张水部：即张籍，曾任水部员外郎。唐代士子应试前，往往把所作诗文呈献给当朝有名望的人，希望得到赏识而向主考官推荐，称为"行卷"。据说朱庆馀献此诗给水部郎中张籍。张籍读后酬诗一首："越女新妆出镜心，自知明艳更沉吟。齐纨未足人间贵，一曲菱歌敌万金。"朱庆馀由此名声大振。

[2] 停红烛：让红烛通宵点着。停：放置。待晓：等天亮。舅姑：公婆。

[3] 妆罢：梳妆完了。夫婿：丈夫。深浅：浓淡。入时无：合乎时尚吗？这里借喻文章是否合适。

中国古典诗歌中以夫妻或男女爱情关系比拟君臣以及朋友、师生等其他社会关系，是从《楚辞》就开始出现并在其后得到发展的一种传统表现手法。这首诗即采用这种手法写的。

作者以新妇自比，以新郎比张籍，以公婆比主考官，借以征求张籍的意见。

此诗选材新颖，视角独特，以"入时无"三字为灵魂，将自己能否踏上仕途与新妇紧张不安的心绪作比，寓意自明，令人惊叹。

【杜 牧】

杜牧（803—852?），字牧之，号樊川居士，京兆万年（今陕西西安）人。唐代杰出的诗人、散文家。文宗大和二年（828）进士。曾任监察御史，黄州、池州、睦州刺史，官至中书舍人。晚年居长安南樊川别墅，世称"杜樊川"。性情倜傥慷慨，好谈兵。其诗敢于指陈时政得失，多忧时感事之作，内容以咏史抒怀为主。尤善七律、七绝，风格豪爽清丽，而饶风神远韵。世称"小杜"，以别于杜甫（大杜）。诗与李商隐齐名，世称"小李杜"。有《樊川文集》。

过华清宫三首 (其一)[1]

长安回望绣成堆，山顶千门次第开[2]。一骑红尘妃子笑，无人知是荔枝来[3]。

毛泽东曾两次手书此诗。

[1] 本题共三首，这是第一首。华清宫：唐代行宫，故址在今陕西临潼骊山北麓，内有温泉多处。初名温泉宫，后改名华清宫。

[2] 绣成堆：形容花草林木和建筑物像一堆堆锦绣。千门：形容山顶宫殿壮丽，门户众多。次第开：一个接一个打开。

[3] 一骑：一人一马。红尘：指策马疾驰时飞扬起来的尘土。妃子：指贵妃杨玉环。据说她喜欢吃荔枝，唐玄宗命人远从四川、广东乘驿马兼程运送鲜荔枝，为此跑死了很多人和马。

这首诗取材于飞骑传送荔枝、博取妃子一笑的典型事件，批判唐玄宗昏聩享乐的腐朽生活。短短四句诗，有总写、有分写、有动景、有静景、有实写、有虚写，浑然一体，别有一种风神俊逸、意境深远之美。

赤　壁[1]

折戟沉沙铁未销，自将磨洗认前朝[2]。东风不与周郎便，铜雀春深锁二乔[3]。

毛泽东曾手书过这首诗，并曾圈画过《历代诗话》中有关此诗的评语。

〔1〕赤壁：在今湖北赤壁市，峙立长江南岸，岩壁呈赭红色，故称赤壁。相传为孙权、刘备联军火烧曹操大军处。

〔2〕折戟：折断的戟（兵器）。销：锈蚀。将：拿起。认前朝：辨认出是前朝（三国）时遗物。前朝：过去的朝代。

〔3〕周郎：吴国的年轻将领周瑜。铜雀：即铜雀台，在今河南临漳西南，建安十五年（210）为曹操所建。楼顶铸有一丈五尺高的铜雀。二乔：东吴乔公的两个女儿，皆有国色。大乔嫁孙策，小乔嫁周瑜。

这首诗大约为会昌（841—846）中杜牧任黄州刺史时所作。诗篇别开生面，抛开一般咏史诗非咏山川形胜，即叙说历史的套路，而是就历史事件发为议论，可以看作"诗论"。作者观赏古战场的遗物，对赤壁之战发表了独特的看法，认

毛泽东手书杜牧《赤壁》

为周瑜胜利于侥幸，同时也抒发了对国家兴亡的慨叹。此诗立意新颖，精警深刻，耐人思索，余味悠长。

泊秦淮[1]

烟笼寒水月笼沙，夜泊秦淮近酒家[2]。商女不知亡国恨，隔江犹唱《后庭花》[3]。

毛泽东曾手书过这首诗。

[1] 秦淮：即秦淮河，发源于江苏南京溧水东北，穿过南京城流入长江。自六朝起，秦淮河就成了达官贵人们追欢逐乐之地。

[2] 笼：笼罩。沙：沙岸。

[3] 商女：酒家卖唱的歌伎。江：这里指秦淮河。《后庭花》：《玉树后庭花》的简称，南朝陈后主（陈叔宝）所作。陈后主荒淫奢侈，耽于声色，终至亡国，因此后人称此曲为亡国之音。

毛泽东手书杜牧《泊秦淮》

晚唐时期，朝廷政治黑暗，豪门权贵、官僚、士大夫却多纵情享乐，沉湎酒色。当时金陵（今江苏南京）秦淮河畔酒楼歌馆林立，灯红酒绿，纸醉金迷。杜牧有感而发，写下此诗。这首诗从一个侧面反映了当时人们的思想和生活状况，同时将历史、现实、未来贯穿在一起，具有极强的概括性。前两句描绘月光下的秦淮河景色，后两句写商女酒家夜唱，隔江犹闻。金陵是陈后主耽于声色，终至亡国的地方，而商女唱的恰是亡国之音《玉树后庭花》，字里行间对那班醉生梦死的统治者深含讽刺。此地此歌此境，恍若历史重演，读来令人深思。有专家称此诗为唐人七绝压卷之作，这是有一定道理的。

山　行[1]

远上寒山石径斜，白云生处有人家[2]。停车坐爱枫林晚，霜叶红于二月花[3]。

毛泽东曾至少三次手书过这首诗。

〔1〕山行：在山里行走。
〔2〕寒山：深秋季节的山。斜：倾斜。
〔3〕车：轿子。坐：因为。晚：夕阳晚照。红于：比……更红。

这首诗描写作者在山行途中所见到的深秋美丽景色，诗中的山路、人家、白云、红叶，构成了一幅和谐统一的画面，展现出一幅清丽优美的山林秋色图。此诗构思新颖，布局精巧，炼字精绝，于萧瑟秋风中摄取绚丽秋色，与春光争胜，令人赏心悦目，精神焕发。兼之语言明畅，风格清新，音韵和谐，写到绝妙处戛然而止，余味无穷，洵为一首秋景绝唱。

清　明[1]

清明时节雨纷纷，路上行人欲断魂[2]。借问酒家何处有？牧童遥指杏花村[3]。

毛泽东曾手书过这首诗。

〔1〕清明：二十四节气之一，在阳历 4 月 5 日前后。旧俗当天有扫墓、踏青、插柳等活动。唐代宫中以清明为秋千节，坤宁宫及各后宫都安置秋千，嫔妃做秋千之戏。

〔2〕欲断魂：形容伤感极深，好像灵魂要与身体分开一样。断魂：神情凄迷，烦闷不乐。

〔3〕借问：请问。杏花村：杏花深处的村庄。在今安徽池州城西秀山门外。受此诗影响，后人多用"杏花村"作酒店名。

这首七绝作于唐武宗会昌六年（846），时杜牧任池州（今安徽池州）刺史。诗篇以优美形象的语言，描写清明时节的天气特征，借助清明节的特殊传统意义，抒发了孤身行路之人凄迷伤感的情绪。后两句中杏花村酒店的幌子，则给诗人心头增加一些暖意。此诗意象生动，语言通俗，音节和谐，历来脍炙人口。

毛泽东手书杜牧《清明》

江南春

千里莺啼绿映红，水村山郭酒旗风[1]。南朝四百八十寺，多少楼台烟雨中[2]。

毛泽东曾圈读这首诗。

〔1〕山郭：靠山的城墙。郭：外城。酒旗：酒帘，俗称酒望子，悬挂于酒店外的一幅布，是酒店的标志。

〔2〕南朝：东晋之后宋、齐、梁、陈四个王朝的总称，其京城都设在建康（今江苏南京）。四百八十寺：南朝帝王及世家大族都崇信佛教，梁武帝萧衍尤甚，在京城大建佛寺。《南史·循吏·郭祖深传》载："都下佛寺，五百余所。"这里极言其多，并非确数。楼台：亭阁楼台，指巍峨华美的佛寺。烟雨：烟雾般的蒙蒙细雨，指春日江南的景色。

这首七绝作于唐文宗大和七年（833）春。前两句选取富有江南特点和春意的景物，以高度概括的艺术手法，加以有声有色、有动有静的精彩描绘，使人宛然置身于迷蒙烟雨、春意盎然的大地。后两句话题突然一转：南朝那些巍峨华丽的佛寺今日尚存，而南朝的统治者又在哪里呢？此诗借古讽今，凭吊南朝的覆亡，嘲讽迷信佛教的南朝统治者，目的是讽谏唐代君主崇信佛教，广建佛寺，寺宇奢丽，糟蹋民脂，具有一定的现实意义。

题青云馆[1]

虬蟠千仞剧羊肠，天府由来百二强[2]。四皓有芝轻汉祖，张仪无地与怀王[3]。云连帐影萝阴合，枕绕泉声客梦凉。深处会容高尚者，水苗三顷百株桑[4]。

毛泽东曾手书过此诗，并手书过"四皓有芝轻汉祖，张仪无地与怀王"一联。

〔1〕青云馆：又称青云驿，唐代设置，今已久废，故址在今陕西商洛。战国

341

时地属秦国，为军事战略要地。

〔2〕虬蟠：像虬龙那样盘曲。形容山势险峻。剧：极。羊肠：喻指崎岖曲折的小径。天府：指秦地。百二：即得之百二。是说诸侯持戟百万，秦军得地势之助，可当二百万。

〔3〕"四皓"句：秦末东园公、甪里先生、绮里季、夏黄公隐居商山，四人均八十有余，须眉皆白，时称"商山四皓"。高祖刘邦召，不应。后吕后用张良计，迎四皓，辅佐太子。有芝：有灵芝可食。指四皓安于隐居生活。芝：灵芝。"张仪"句：据《史记·张仪列传》记载，张仪为秦国游说楚怀王，让楚与其盟国齐断交，允诺将商于之地六百里献给楚国。怀王贪其利，就与齐国断绝关系。等齐国转而与秦结盟后，张仪对前来索地的楚使者说，只有六里地送给楚王。楚怀王大怒，发兵攻秦，结果打了败仗，反而割地求和。

〔4〕容：容留。高尚者：指隐居者。水苗：指水稻之类的农作物。

毛泽东手书杜牧《题青云馆》（节选）

342

唐文宗开成四年（839），杜牧赴长安任职，途中夜宿青云驿，有感而发，写下此诗。青云驿道路蜿蜒曲折，山势极为险峻，史上秦国曾倚仗此地被山带渭，以百万之师胜于二百万。"四皓有芝轻汉祖，张仪无地与怀王"两句追忆古训，亮出诗的主旨，警告国力衰竭的晚唐统治者，要十分警惕像张仪一类的政治骗子。此诗善用典故，借古论今，表达对国事的忧虑，带有较为明显的史论特色。

【许 浑】

许浑（约791—858），字用晦，一作仲晦。润州丹阳（今江苏镇江丹阳）人。唐代诗人。武后朝宰相许圉师六世孙。文宗太和六年（832）进士。历任当涂、太平县令，监察御史，睦州、郢州刺史等。晚年归丹阳丁卯桥村舍闲居。擅近体诗，尤长五律、七律。句法圆稳工整，当时颇为杜牧、韦庄所推重。然诗中多消极退隐思想。有《丁卯集》。

咸阳城东楼[1]

一上高城万里愁，蒹葭杨柳似汀洲[2]。溪云初起日沉阁，山雨欲来风满楼[3]。鸟下绿芜秦苑夕，蝉鸣黄叶汉宫秋[4]。行人莫问当年事，故国东来渭水流[5]。

毛泽东曾圈读此诗，并引用其中的名句"山雨欲来风满楼"。

[1] 咸阳：秦都城，今陕西咸阳。唐代咸阳城隔渭水与新都长安相望。

[2] "一上"句：是说登上城楼凭高远望，产生无限愁思。蒹葭：芦苇一类的水草。汀洲：水边之地为汀，水中之地为洲，这里指代诗人在江南的故乡。

[3] "溪云"句：是说傍晚时南溪云起，夕阳隐没于寺阁之后。溪：指磻溪。阁：指慈福寺。此句下作者自注："南近磻溪，西对慈福寺阁。"

[4] "鸟下"二句：是说飞鸟傍晚时落至长着绿草的秦苑中，秋蝉在挂着黄叶的汉宫中鸣叫。渲染秦、汉宫苑中一片凄凉景象。

〔5〕行人：过客，泛指古往今来的征人游子，也包括作者在内。当年事：指秦、汉兴亡之事。故国：故都，指咸阳。东来：指诗人自东边而来。渭水：即渭河，黄河最大的支流。唐时咸阳隔渭水与长安相望。

唐宣宗大中（847—860）年间，政治腐败，农民起义此起彼伏，唐王朝已处于风雨飘摇之际。一个秋天的傍晚，诗人登上咸阳古城楼观赏风景，即兴写下此诗。诗篇在登楼所见景物的描写中，抒发了对家国趋于衰败的无限感慨。"山雨欲来风满楼"既形象地写出了暴风雨来临前的征兆，也隐喻了对王朝衰落的隐忧。"鸟下"一联借荒废的秦苑、汉宫景物的描写，赋予抽象的愁思以形体，以绿芜、黄叶渲染、勾勒出萧条凄凉的意境。末尾"行人莫问当年事，故国东来渭水流"两句，感慨人世兴亡变迁的发展规律，唯有渭水汩汩依然向东流去。此诗在呈现自然之景的同时融入丰富的生活经验，以及对历史和现实的深刻思考，使主题更加鲜明。

早 秋

遥夜泛清瑟，西风生翠萝〔1〕。残萤栖玉露，早雁拂金河〔2〕。高树晓还密，远山晴更多〔3〕。淮南一叶下，自觉洞庭波〔4〕。

毛泽东曾圈读此诗。

〔1〕遥夜：长夜。泛：指弹奏。清瑟：瑟声凄清。翠萝：常青藤萝植物。
〔2〕残萤：残存的萤火虫。玉露：晶莹的露水。金河：即银河。
〔3〕晓：破晓。还密：尚未凋零。
〔4〕淮南一叶：典出《淮南子·说山训》："以小明大，见一叶落而知岁之将暮。"唐诗中化用为"一叶落知天下秋"。

这首诗是作者旅居时所作。诗题为"早秋"，告诉读者是专咏早秋景物，实际上也寓有时光推移，人共秋老的意思。诗篇以清丽的笔调描绘遥夜、清瑟、西风、翠萝、残萤、玉露、早雁、远山、落叶等初秋景色，视觉、听觉，高低远近，落笔细致而层次井然。前四句写早秋的夜景，五、六两句写早秋的昼景，最后两

344

句运用《淮南子》与《楚辞》典故，浑然一体，神气十足，又将身世感叹暗寓于其中。此诗无论写景还是用典，都紧扣"早秋"这一主题，贴切自然。

【温庭筠】

温庭筠（812—870?），原名岐，字飞卿，太原祁（今山西晋中祁县）人。唐代诗人、词人。文思敏捷，精于音律。曾屡试不中。每入试，押官韵，八叉手而成八韵，时号"温八叉"。大中末始授方城尉、国子助教，世称"温方城""温助教"。其诗辞藻华丽，仅少数作品对时政有所反映。与李商隐齐名，世称"温李"。词多写闺情，风格秾艳，为花间词派先声。与韦庄并称"温韦"。现存词60余首，在唐诗人中数量最多，大都收入《花间集》。原有集，已散佚。后人辑有《温庭筠诗集》《金奁集》。

赠知音[1]

翠羽花冠碧树鸡，未明先向短墙啼[2]。窗间谢女青蛾敛，门外萧郎白马嘶[3]。残曙微星当户没，淡烟斜月照楼低[4]。上阳宫里钟初动，不语垂鞭过柳堤[5]。

毛泽东曾圈读并手书过这首诗。

[1] 赠知音：诗题一作《晓别》。

[2] "翠羽"句：一作"碧树一声天下晓"。先向：一作"先上"。

[3] 谢女：原指东晋才女谢道韫，唐诗中常泛指美貌女子。青蛾敛：皱眉，愁眉不展。青蛾：指眉，旧时女子用青黛画眉，状如蚕蛾，故名。这里指作者友人的妻子。萧郎：即萧瑀。《旧唐书·萧瑀传》："高祖每临轩听政，必赐升御榻，瑀即独孤氏之婿，与语呼之为萧郎。"唐诗中常泛指青年男子，这里指作者的好友，即"知音"。

[4] "残曙"二句：一作"星汉渐移庭竹影，露珠犹缀野花迷。"

[5] 上阳宫：一作景阳宫，唐代宫殿名，在洛阳皇城西南禁苑内。故址在今

洛阳城西约二里洛河北岸。柳堤：植有柳树的堤岸。

这首七律写初秋的一个拂晓，作者与一位好友分别时的情景。天还没亮，鸟儿已登上树枝，雄鸡已跳上矮墙不停地啼鸣。就要分别了，窗前友人的妻子愁眉不展，屋外友人的白马发出嘶鸣声。天色已经大亮了，上阳宫报时的钟声开始敲响，友人骑着马默默无语地越过了植有柳树的堤岸。此诗以时间为序，层层演绎，描写细腻，情态婉约，在意境上与词相近。

<h2 style="color:red">过陈琳墓[1]</h2>

曾于青史见遗文，今日飘蓬过此坟[2]。词客有灵应识我，霸才无主始怜君[3]。石麟埋没藏春草，铜雀荒凉对暮云[4]。莫怪临风倍惆怅，欲将书剑学从军[5]。

毛泽东曾两次手书过此诗。

〔1〕陈琳墓：在今江苏宝应县射阳湖镇赵家村。陈琳（？—217）：字孔璋，广陵射阳（今江苏扬州宝应）人。汉末著名文学家，建安七子之一。擅长章表书记。

〔2〕青史：古代以竹简记事，故称历史书为青史，这里指《三国志》。遗文：指陈琳为袁绍起草讨伐曹操的檄文。飘蓬：比喻迁徙不定。蓬：蓬草，秋天干枯，被风连根拔起，飘荡无定。这两句说，过去曾在史书中读到过陈琳的文章，今天又因漂泊而路过他的坟墓。

〔3〕词客：擅长文辞的人，这里指陈琳。霸才：指盖世超群的才能。君：指陈琳。这句借悼惜古人而自伤怀才不遇。

〔4〕石麟：指陵墓前石雕的麒麟。铜雀：铜雀台，为曹操所建，故址在邺城（今河北临漳）西。这两句写墓地荒凉寥落，由此联想到曹操的铜雀台也已荒芜颓毁。

〔5〕"莫怪"二句：是说临风凭吊，倍觉伤感，因为自己也像当年陈琳那样，要携带书剑，投身军幕了。

这首诗为唐懿宗咸通三年（862）温庭筠东下江淮，路过陈琳墓时有感而作。诗人在凭吊陈琳的同时，也自伤身世遭遇。首联写对陈琳才华的仰慕，感慨自己漂泊无定的遭遇。颔联写非常羡慕陈琳曾受到曹操的重用，哀叹自己怀才不遇。颈联写陈琳所处的明主识才时代已经消逝；尾联感慨自己空有满腔豪情，生不逢时，还不如"欲将书剑学从军"，弃文从武，建功沙场。此诗借景抒情，情景交融，表达自己对当前弃贤毁才时代的不满，寄托遥深，堪称咏史的佳作。

送人东游[1]

荒戍落黄叶，浩然离故关[2]。高风汉阳渡，初日郢门山[3]。江上几人在，天涯孤棹还[4]。何当重相见？尊酒慰离颜[5]。

毛泽东曾手书过此诗，并手书过诗的前四句。

[1] 送人东游：一作《送人东归》。所送为何人不详。

[2] 荒戍：荒废的边塞营垒。浩然：形容远大志向的样子。《孟子·公孙丑下》："予然后浩然有归志。"故关：古老的关塞。

[3] 高风：指秋风。张协《七命》："高风送秋。"汉阳渡：在今湖北武汉汉阳。郢门山：即荆门山，位于今湖北宜昌市宜都西北长江南岸，隔江与虎牙山相对。这两句写眼前景物，同时说明了送别的时间和地点。

[4] 江上：犹言江海之上，这里指长江下游。几人：犹言谁人。棹：划船的桨，这里代指船。这两句说，你现在东归江海，那里还有什么故人吗？

[5] 何当：犹言何时。尊酒：犹杯酒。尊："樽"的古字。离颜：离人的愁颜。这两句说，重聚难以预期。

这首五律写作者在秋风中饯别友人，表达了对友人的真诚赞赏和殷殷关切之情。首联写送别的时令、地点和友人的远大志向。颔联写清晨出发及归途中所见的美好景色。颈联写目送归舟孤零零地消失在天际，同时遥想江东亲友切盼归舟到来的情景。尾联写重聚难以预期，现在饯别，要开怀畅饮，表达了与友人依依惜别的深厚友谊。此诗写景抒情，意境雄浑壮阔，情真意切，质朴动人。

苏武庙[1]

苏武魂销汉使前，古祠高树两茫然[2]。云边雁断胡天月，陇上羊归塞草烟[3]。回日楼台非甲帐，去时冠剑是丁年[4]。茂陵不见封侯印，空向秋波哭逝川[5]。

毛泽东曾手书过这首诗。其所作《七律·到韶山》"别梦依稀咒逝川"句即从此诗"空向秋波哭逝川"化出。

[1] 苏武（前140—前60）：汉武帝天汉元年（前100），以中郎将出使匈奴，被扣留。匈奴多次逼降，均坚贞不屈，誓死不降。后被流放到北海（今贝加尔湖）牧羊十九年。至汉昭帝始元六年（前81）才返回汉朝。

[2] 魂销：形容内心极为激动悲伤。汉使：汉昭帝即位后，汉与匈奴和议，汉使者到匈奴，经过交涉，终于将苏武带回。古祠：指苏武庙。两茫然：指祠庙和树木对苏武的事迹茫然不知。

[3] 雁断：指音信断绝，这里用了雁足传书的典故。胡天月：苏武在匈奴牧羊处天上的月。陇上：指苏武牧羊处北海边上的荒塞丘垄。这两句写苏武在匈奴牧羊时的生活。

[4] 回日：回国的时候。甲帐：指汉武帝所居之处。《汉武故事》载：武帝"以琉璃、珠、玉、明月（明珠）、夜光错杂天下珍宝为甲帐，其次为乙帐。甲以居神，乙以自居。"这句说苏武回国所见往日的楼台殿阁虽然依旧，但武帝早已逝去，"甲帐"已不复存在。冠剑：指苏武出使时所戴的帽子和佩剑。丁年：壮年。汉制，百姓自二十岁到五十六岁须服徭役，称丁男。李陵《答苏武书》曰："丁年奉使，皓首而归。"

[5] 茂陵：汉武帝陵墓，指代汉武帝。不见封侯印：苏武回国时武帝已死，没有得到封侯之赏。汉宣帝时，苏武才被封为关内侯，食邑三百户。哭逝川：悲伤岁月如流水逝去。

这首瞻仰苏武庙的追思凭吊之作，盛赞苏武坚守民族气节、心向故国的爱国精神，为苏武未受重封而鸣不平。首句想象苏武初见汉使时十分激动，悲喜交集、感慨万千的复杂心情。次句由想象中的苏武写到眼前的祠庙,指出墓前的祠庙和树木都是无知的,它们不能了解苏武的价值,表达诗人崇敬的追思之情。三、四句中的"云边雁断"和"陇上羊归"犹如两幅图画,展示了苏武漫长而艰难的留胡生涯和对故国思归难归的痛苦心情。五、六句遥承首句,写苏武"归日"所见所感,出使时正是壮年,归来时已是暮年。诗末两句集中抒写苏武归国后对武帝的追悼,慨叹武帝不能亲见他生还故国,得到封赏。

菩萨蛮[1]

南园满地堆轻絮,愁闻一霎清明雨[2]。雨后却斜阳,杏花零落香。

无言匀睡脸,枕上屏山掩[3]。时节欲黄昏,无聊独倚门。

毛泽东《菩萨蛮·大柏地》词中"雨后复斜阳"句,从此词"雨后却斜阳"句化出。

〔1〕菩萨蛮:词牌名。此调作者共写过十五首。这是第十一首。

〔2〕轻絮:指柳絮。霎:瞬间。

〔3〕匀:匀粉,化妆。屏山:有山水图案的屏风。

这首词描写一个独处闺中的女子暮春睡起后的生活情态。上片叙写堆絮、愁雨、斜阳、落花等暮春时节的典型景物,营造出"无可奈何花落去"的清冷意境,给人以心灵上的刺激,平添了一丝伤春的情绪。下片承上片寂寥凄清的意境,叙写女主人公无言匀脸、黄昏时无聊倚门等了无生趣的情景,表现其百无聊赖、孤独愁苦的心情。此词写景抒情,描写人物,情貌无遗,体现了温词浓艳香软的特点。

【李商隐】

李商隐(约812—约858),字义山,号玉谿生。原籍怀州河内(今河南焦作沁阳），祖父时迁居郑州荥阳。晚唐杰出诗人。开成二年（837）进士，曾任县尉、节度判官、检校工部员外郎等职。因受牛（僧孺）李（德裕）党争影响，长期遭人排挤，后病死荥阳。其诗内容丰富，反映重大政治事件，大胆抨击宦官专权，反对藩镇割据，抒写仕途潦倒的苦闷。无题诗则缠绵悱恻，间有寄托。擅长律、绝，构思巧妙，借古喻今，含蓄蕴藉，深情绵邈，语言优美，沉郁顿挫，然也有用典过多、旨意隐晦之病。与杜牧齐名，并称"小李杜"。有《李义山诗集》《樊南文集》等。

安定城楼[1]

迢递高城百尺楼，绿杨枝外尽汀洲[2]。贾生年少虚垂泪，王粲春来更远游[3]。永忆江湖归白发，欲回天地入扁舟[4]。不知腐鼠成滋味，猜意鹓雏竟未休[5]。

毛泽东曾多次圈读此诗，并称赞"永忆江湖归白发，欲回天地入扁舟"一联。毛泽东还手书过这首诗。

[1] 安定：郡名，即泾州（今甘肃平凉泾川县北），唐代泾原节度使府的治所。

[2] 迢递：形容高而绵延的样子。谢朓《随王鼓吹曲》："逶迤带绿水，迢递起朱楼。"汀洲：汀为水边平地，洲为水中洲渚。这两句说，登上高高的城楼眺望，绿杨林外是一片多水之区。

[3] 贾生：指贾谊（前200—前168），西汉政治家、文学家，曾上书汉文帝，议论时政，有"可为痛哭者一，可为流涕者二，可为长太息者六"等语。年少：贾谊只活了三十三岁，上书时还是青年。作者应试时二十五岁，也是青年。王粲：东汉末年人，建安七子之一。年轻时避乱荆州依附州刺史刘表，不被重用。他曾在春天登当阳城楼，作《登楼赋》，抒写自己的怀抱和不得志的苦闷。作者此时正寄人篱下，故以王粲自比。

[4] 永忆：长相。江湖：指归隐之地。白发：年老的时候。入扁舟：暗用春秋时越国大夫范蠡功成后乘扁舟泛五湖归隐的典故。

〔5〕"不知"二句:《庄子·秋水》中说,惠施在梁国当宰相,庄子前去见他。有人对惠施说:庄子想取代你的相位。惠施很担心,在都城搜捕庄子。庄子主动求见,对惠施说:南方有一种叫鹓鶵的鸟,不是梧桐不歇,不是竹实不吃,不是甘泉不饮。猫头鹰弄到一只腐烂的死老鼠,看到鹓鶵飞过,怀疑它要来抢食,就冲着它发出"吓"的怒叫声。现在你惠施也想用梁国宰相的权势来"吓"我吗?庄子以鹓鶵自比,以猫头鹰比惠施,以腐鼠比梁国相位。这里借以表明自己志向远大,讽刺那些醉心利禄的人们对自己的猜忌。鹓鶵:古代传说中一种像凤凰的鸟。

开成三年(838),李商隐赴泾原节度使王茂元幕府,被王茂元招为女婿。婚后,李商隐应博学宏词科考试,因受朋党势力排挤而落选。这首诗为其考试失利后登临抒怀之作。诗人以贾谊、王粲自况,既抒发了自己长时间为国事担忧流泪而寄人篱下的感慨和济世为民的热望,又倾诉了"欲回天地"做一番宏伟事业的远大志向不能实现的愤慨,同时揭露了利禄熏心的朋党势力嫉贤妒能的可恶丑态,对他们投以辛辣的嘲讽。诗意含蓄而不隐晦,用典工丽典雅,极富神韵。颈联"永忆江湖归白发,欲回天地入扁舟"两句写平生抱负,笔力遒劲,境界阔大,意味深长,是历来广为传诵的名句。

无　题[1]

相见时难别亦难,东风无力百花残[2]。春蚕到死丝方尽,蜡炬成灰泪始干[3]。晓镜但愁云鬓改,夜吟应觉月光寒[4]。蓬山此去无多路,青鸟殷勤为探看[5]。

毛泽东曾圈读并手书过这首诗。

〔1〕无题:李商隐把一些不便标题的诗作,都标以"无题"。这类作品,诗意比较隐晦。

〔2〕"相见"句:古有"别易会难"之语,这句更进一层,是说相见固然难得,别离更觉难堪。两个"难"字,而侧重后者。"东风"句:写离别正当暮春

落花时节，也以残春意象隐喻爱情悲剧。

〔3〕"春蚕"二句：表示相思之情至死不渝。丝：谐音"思"。烛泪则隐喻相思痛苦之泪。

〔4〕"晓镜"二句：设想对方也为相思而憔悴，因痛苦而不眠。镜：照镜子。云鬓改：指青春消逝，年华老去。夜吟：指怀思不眠而起床吟诗。

〔5〕"蓬山"二句：是说对方所居不远，希望有人帮助传递消息。蓬山：传说中东海的三座仙山之一，这里指对方的住处。青鸟：传说中仙人西王母的使者。探看（kān）：尝试探问。

这首诗所写的爱情失意和相思相别，可能寄寓了某种难以明言的感情。首联写一对情人忍痛离别，难分难舍。颔联笔锋一转，写这对情人在精神境界中会合，他们山盟海誓，生死不渝。颈联又转写现实中的分离，主人公设想对方的痛苦，也以衬托的手法显示出自己别后的相思，十分体贴对方。尾联又从现实中的分离转到梦幻中的会合，写主人公梦中寻路，求仙续缘，给全诗蒙上了一种美好、神秘、扑朔迷离的色彩。此诗感情真挚，心理刻画细致，语言清新精彩，意境优美动人。"春蚕到死丝方尽，蜡炬成灰泪始干"一联，用象征手法表白执着深挚的绵绵情思，千百年来广为人们传诵。

无 题

昨夜星辰昨夜风，画楼西畔桂堂东[1]。身无彩凤双飞翼，心有灵犀一点通[2]。隔座送钩春酒暖，分曹射覆蜡灯红[3]。嗟余听鼓应官去，走马兰台类转蓬[4]。

毛泽东曾多次圈读此诗，对"身无彩凤双飞翼，心有灵犀一点通"两句诗尤为欣赏。

〔1〕"昨夜"二句：点明参与盛宴的时间、地点。画楼、桂堂：均喻指富贵之家的屋舍。西畔：西边。

〔2〕"身无"二句：写爱情虽然受阻隔，但彼此的心意相通。灵犀：旧说犀

牛为灵异之兽，角中有白纹如线，直通两头。这里借喻两心相通。

〔3〕送钩：即藏钩，一种酒宴上的游戏，将钩互相传送后，藏于手中让别人猜，猜不中即罚酒。分曹：分成若干对。曹：两人一对。游戏时分成对，以决胜负。射覆：酒席上的一种游戏，在覆器下放东西让人猜，猜不中即罚酒。这两句写宴会上的热闹场面，反衬以下二句。

〔4〕嗟：感叹。鼓：这里指更鼓。应官：去官府上班。兰台：即秘书省，掌管图书秘籍。唐高宗时改秘书省为兰台。类转蓬：当时作者任秘书省正字，官位极低，故有身如转蓬之叹。类：好似。转蓬：随风飘转的蓬草。

这首诗叹惋两个人虽然心心相印，但是相见却不能相亲，无缘互相倾诉衷肠。首联回忆往日在一个星光灿烂、春风宜人的良宵相逢在画楼西、桂堂东的难忘景象，就如发生在昨夜一般。颔联写两个人虽然身子不像彩凤一样比翼双飞、相亲相爱，但是心灵却如犀角一般有一线相通。颈联描绘宴席上酒暖烛红，"送钩""射覆"，众人欢娱，两情默契而无由相亲的情景。尾联表明官务在身，而身不由己的怅惘之情。"身无彩凤双飞翼，心有灵犀一点通"两句，比喻贴切，形象传神，是历来为人们赞赏、引用的描写爱情的名联。

贾　生[1]

宣室求贤访逐臣，贾生才调更无伦[2]。可怜夜半虚前席，不问苍生问鬼神[3]。

毛泽东曾六次圈读这首诗，并两次手书过此诗。其创作《七绝·贾谊》中"贾生才调世无伦"句，化用此诗"贾生才调更无伦"句。

〔1〕贾生：指贾谊，西汉初期著名政论家。曾任太中大夫，遭人排挤，贬为长沙王太傅。政治上主张削弱诸侯王势力，巩固中央集权，重农抑商，发展生产。

〔2〕宣室：汉代未央宫前正室。逐臣：贬谪在外的官吏，这里指贾谊。才调：才情，才气。无伦：无比。

〔3〕可怜：可惜，可叹。虚：徒然。前席：古人席地而坐，双膝移动向前，接近对方，这是听得入神时不自觉的动作。苍生：百姓。问鬼神：《史记·屈原贾

生列传》载，贾谊进见，文帝方祭祀毕，坐宣室，因感鬼神事而问鬼神之本。贾生因具道所以然之状。至夜半，文帝前席。

这首诗托古讽今，意在借贾谊的遭遇，抒写自己怀才不遇的感慨。诗的前几句写汉文帝赞赏贾谊的才学，在宣室召见他，甚是投机，直至夜半仍在倾谈。末句"不问苍生问鬼神"揭示真相，原来汉文帝所问的都是有关鬼神的事，不是治国之根本，不免令人叹惋。此诗表面上批评汉文帝，实则讥讽晚唐统治者沉迷于求仙长寿、荒于政事、不能任用贤人、不顾民生的本质。

夜雨寄北[1]

君问归期未有期，巴山夜雨涨秋池[2]。何当共剪西窗烛，却话巴山夜雨时[3]。

毛泽东曾多次圈读此诗。

〔1〕寄北：指寄赠给北方的妻子。

〔2〕君：指妻子。归期：指回家的日期。巴山：又名大巴山、巴岭，这里指巴蜀一带。秋池：秋天的池塘。

〔3〕"何当"二句：是说何时能够同你在西窗下夜话，追述我这段巴山夜雨的经历。剪烛：剪去燃残的烛芯，使烛明亮。却话：回头说，追述。

这首诗表达了诗人对妻子的深切怀念之情。前两句以问答的形式和对眼前环境的描写，抒写孤寂的情怀和对妻子的思念。后两句设想来日重逢谈心的欢悦，反衬此夜的孤寂。作者即兴写来，写出了作者刹那间情感的曲折变化。语言质朴，感情恳挚，真切感人。

蝉

本以高难饱，徒劳恨费声[1]。五更疏欲断，一树碧无情[2]。薄宦梗犹泛，故园芜已平[3]。烦君最相警，我亦举家清[4]。

毛泽东曾圈读此诗。

〔1〕"本以"二句：是说正是因为品性高洁，所以才会腹中不饱，尽管用尽力气鸣叫，也只是白费工夫而已。古人误以为蝉餐风饮露，不食他物，品性高洁。

〔2〕"五更"二句：是说到天快亮的时候，蝉的鸣声已经衰歇，几近断绝，但一树翠绿依然如旧，对蝉的遭遇没有一点儿同情。暗喻自己受到的冷落。

〔3〕薄宦：官小位卑。梗犹泛：还是像树枝那样浮在水上，漂来漂去。芜已平：荒芜到了没胫的地步。这两句写自伤漂泊沦落。

〔4〕烦：劳。君：指蝉。这两句说，多劳驾你给我敲警钟，我这一家的生活也是清苦的。

这首诗借咏蝉隐喻自身的高洁。前四句闻蝉而兴，以蝉自比，以树比他所期望的援助者。蝉餐风饮露，居高清雅，然而通夜声嘶力竭地鸣叫，却难求一饱，故怨悔只是"徒劳"而已。相比之下，蝉所栖托的树却无情自碧。后四句写作者自己漂泊不定的遭遇，直抒满腹牢骚：他乡薄宦，如梗枝漂流，故园荒芜，胡不归去？诗人闻蝉自警，同病相怜。此诗阐发主题，层层深入，首尾呼应："高难饱"，鸣"徒劳"，声"欲断"，树"无情"，怨之深，恨之重，一目了然，堪称咏物的力作。

马嵬二首 (其二)〔1〕

海外徒闻更九州，他生未卜此生休〔2〕。空闻虎旅传宵柝，无复鸡人报晓筹〔3〕。此日六军同驻马，当时七夕笑牵牛〔4〕。如何四纪为天子，不及卢家有莫愁〔5〕。

毛泽东曾熟读此诗，并能朗朗背诵。据史学家周谷城回忆，有一次，毛泽东请他在中南海住处谈古论今，一起游泳，兴之所至，周随口背诵此诗，但最后两句突然忘记了，正在他思考之际，毛泽东很自然地接着背了出来。毛泽东还手书过这首诗。

〔1〕本题共二首，这是第二首。马嵬：地名，即马嵬坡，故址在今陕西咸阳兴平西。天宝十五载（756），安史叛军攻破潼关，唐玄宗与杨国忠、杨贵妃姐妹等仓皇奔蜀。行至马嵬驿，随行将士杀了宰相杨国忠，并坚决要求杀死杨贵妃。玄宗不得已，令杨贵妃自缢，史称"马嵬之变"。

〔2〕"海外"句：战国时齐人邹衍创"九大州"之说，说中国名赤县神州，中国之外有大瀛海环绕，海中像赤县神州这样大的地方还有九个。这里的"海外九州"实际上只是想象中的仙境。杨贵妃死后，有方士说能在海外仙山找到她。但神仙传说毕竟渺茫，不能给唐玄宗什么安慰，所以说"徒闻"。更：再。此生休：唐玄宗和杨贵妃曾有"世世为夫妇"的誓约，但今生他们的夫妇关系已经完结了。

〔3〕虎旅：指护卫玄宗入蜀的禁军。宵柝：又名金柝，指夜间巡逻用以报更的梆子。鸡人：皇宫中负责报时间的卫士。汉代制度，宫中不得畜鸡，卫士候于朱雀门外，传鸡唱。晓筹：鸡人敲击报晓的更筹（竹签）。

〔4〕此日：指夜宿马嵬坡这一天。六军同驻马：指禁军驻马不前，要求诛杀杨氏兄妹事。当时七夕：指天宝十载（751）七月七日，唐玄宗、杨贵妃在长生殿夜半私语时，以为天上牵牛、织女一年只能聚会一次，不及他们能永世相守。因此说"笑牵牛"。

〔5〕四纪：四十八年。岁星十二年一周天为一纪。玄宗在位四十五年，约为四纪。莫愁：古代洛阳女子，嫁卢家为妇，婚后生活幸福。萧衍《河中之水歌》："河中之水向东流，洛阳女儿名莫愁。莫愁十三能织绮，十四采桑南陌头。十五嫁为卢家妇，十六生儿字阿侯。卢家兰室桂为梁，中有郁金苏合香。"这里用普通民间妇女和杨贵妃的遭遇做比较。

唐人吟咏马嵬之变的诗很多，大多数诗将罪责归咎于杨贵妃，为唐玄宗辩护。李商隐的《马嵬二首》批评和指责的都是唐玄宗。这首诗以李、杨的爱情故事为抒情对象，辛辣地讽刺唐玄宗荒淫误国。首联写九州之外的仙境毕竟是渺茫的，今生李、杨的夫妇关系已经完结。颔联追叙李、杨逃离长安前往四川的情景，对照描写途中与宫内迥别的生活。颈联叙写唐玄宗被迫先杀杨国忠，再赐杨贵妃自缢的马嵬之变，李、杨日日相聚的美梦破灭。尾联嘲讽唐玄宗虽为在位多年的皇帝，却连妃子也不能保护，竟不如始终相守的普通人家夫妇。末尾两句揭示全诗的主旨，暗示皇帝如果纵情声色，荒政误国，那就连女色也保不住。此诗运用对比手法，前后对照，较好地突出了主题。

锦　瑟

锦瑟无端五十弦，一弦一柱思华年[1]。庄生晓梦迷蝴蝶，望帝春心托杜鹃[2]。沧海月明珠有泪，蓝田日暖玉生烟[3]。此情可待成追忆，只是当时已惘然[4]。

毛泽东曾多次圈读这首诗，并曾手书过此诗。

〔1〕锦：言其彩饰华美。瑟：拨弦乐器，本有五十根弦。《汉书·郊祀志》："泰帝使素女鼓五十弦瑟，悲，帝禁不止，故破为二十五弦。"这里以诗的开头二字为题，实际是无题。无端：犹言何故，怨怪之词。柱：瑟尾端系弦的支柱。华年：青年时代。

〔2〕庄生：指战国时哲学家庄周。晓梦：梦醒后。迷蝴蝶：为梦见自己变成蝴蝶而感到迷糊。这里用庄周梦蝶典故，以言人生如梦，往事如烟之意。望帝：古代蜀国国王，名杜宇，禅位给开明，隐于西山。相传死后魂魄化为杜鹃鸟，啼声悲切。春心：伤春的情思。这里指伤悼年华消逝、壮志无成的心情。托：寄托。这句用杜宇化鹃的典故。

〔3〕沧海：大海。珠有泪：张华《博物志》载："南海外有鲛人，水居如鱼，不废绩织，其眼泣则能出珠。"这里以沧海遗珠比喻自己的才能不为世用。蓝田：山名，在今陕西南田东南，因产美玉，又名玉山。玉生烟：指在阳光照射下，玉山上升起一片烟云。

〔4〕此情：指以上四句所述的复杂感情。可待：岂待，那待。惘然：形容失意的样子。

这首诗的主旨众说纷纭，多数人认为是晚年忆旧、抒发感慨之作。作者运用比兴、象征等艺术手法婉曲地吟咏怀抱，寄托身世遭际的哀伤。首联以锦瑟起兴，勾动对华年往事的追忆。颔联和颈联借庄生梦蝶、望帝化鹃、沧海遗珠、蓝田韫玉等典故比喻自己虽一生坎坷，理想破灭，但是自己的文采诗声传闻于世。最后两句感叹这种怅惘失意的情怀，青年时既已如此，贯穿终生。此诗艺术地概括了作者悲剧性的一生，其中不免流露浓重的悲观情绪。用典精巧，意境优美，对仗工整，词句清丽，情味隽永是这首诗的艺术特色。

春　雨

怅卧新春白袷衣，白门寥落意多违[1]。红楼隔雨相望冷，珠箔飘灯独自归[2]。远路应悲春晼晚，残宵犹得梦依稀[3]。玉珰缄札何由达？万里云罗一雁飞[4]。

毛泽东曾圈读此诗。

〔1〕白袷（jiá）衣：白色的夹衣，唐人以白衫为闲居便服。白门：南朝宋都城建康（今江苏南京）的西门。后多指男女欢会的场所。寥落：冷清，寂寞。意多违：多不如意。

〔2〕红楼：指女子居住的楼阁。珠箔：珠帘，这里比喻细密的春雨。这两句写在白门寂寥的生活不如意。

〔3〕晼晚：夕阳西下的时候，这里喻指青春易逝。犹得：指幸而有此的意思。依稀：形容梦境的忧伤迷离。

〔4〕玉珰缄札：用玉珰作为寄书的信物。玉珰：玉制的耳坠，这里指定情信物。缄札：密封的书信。云罗：像罗网一样布满天空的阴云，比喻路途艰难。雁：喻指寄书人。这两句说，道路遥远而且艰难，虽有信使书札未必能准时寄达。

这首七律诗题为"春雨"，主旨却是抒发春夜冷雨中的相思之情。首联概写主人公在白门的寂寥生活很不如意。颔联具体写与"红楼"中的所忆之人"相望冷"，以及其人已"独自归"，人去楼空的"多违"生活。颈联想象走上远路的所忆之人一定和自己一样悲伤，自己能在残宵的梦中与之相会已是难得的安慰。尾联写寄书给远在他乡的所忆之人未必能准时到达。诗中借助飘洒迷蒙的春雨烘托所忆之人别离时的迷茫心境与依稀的梦境，渲染音书难寄的苦闷，构成了浑然一体的艺术境界，隐喻着作者难言的感情。此诗情景交融，意境、感情、色调、气氛等的描写都十分清晰明丽，给人以夺目的美感。

隋　宫[1]

乘兴南游不戒严，九重谁省谏书函[2]？春风举国裁宫锦，半作障泥半作帆[3]。

毛泽东曾多次圈读此诗。

〔1〕隋宫：指隋炀帝杨广于大业元年（605）在江都（今江苏扬州江都区）所建的豪华行宫。

〔2〕南游：隋炀帝从大业元年至十二年（605—616）三次巡游江都。不戒严：写隋炀帝骄狂，自以为天下太平。"九重"句：是说宫内无人进谏。据《隋书》记载：大业十二年（616）七月，隋炀帝游江都宫，奉信郎崔民象、王爱仁因各地暴动，先后上表谏不宜巡游，请还西京，皆被斩。其时臣子均不敢谏，史臣所谓"上下相蒙，莫肯念乱"。九重：指皇帝居住的深宫，这里指朝廷。省（xǐng）：省察，阅处。谏书函：指函封的谏书。

〔3〕春风：春天。宫锦：按照宫廷规制，特制的锦缎。障泥：即马鞯垫，披在马鞍两侧，用以遮挡泥土。

这首七绝以隋炀帝南游江都为典型事例，揭露最高统治者荒淫奢靡、祸国殃民的本质。前两句描写其贪图享受、不惜民力、骄横任性、为所欲为的性格特征。后两句正面描写其南游之劳民伤财。杨广如此铺张浪费，会给国家和人民带来什么灾难和后果？作者没有明说，但那潜在的灭国危机，那澎湃的覆舟之水，已毕现于读者眼底。全诗无一议论之语，但于宛转华美的叙述中揭示了隋朝将倾的气象，令人鉴古事而思兴亡。

隋　宫

紫泉宫殿锁烟霞，欲取芜城作帝家[1]。玉玺无缘归日角，锦帆

应是到天涯[2]。于今腐草无萤火，终古垂杨有暮鸦[3]。地下若逢陈后主，岂宜重问《后庭花》[4]？

毛泽东曾五次圈读这首诗。

〔1〕紫泉：水名，即紫渊，避唐高祖李渊讳而改。在长安北，这里指代长安。锁烟霞：锁闭于烟云之中，比喻长安高大华丽的宫殿被锁禁不用。芜城：指江都（今属江苏扬州）。鲍照有《芜城赋》讽咏其地。作帝家：作为京都。

〔2〕玉玺：皇帝的传国玉印。缘：因。日角：额角隆起如日，古代迷信以为是帝王之相。这里指唐高祖李渊。锦帆：指杨广巡游的船队。应：应当。

〔3〕腐草：古人以为萤是腐草所化生的。无萤火：杨广曾在洛阳景华宫命人搜集萤火虫数斛，夜间放出，光照山谷，用以取乐。这里借萤火虫的绝种来讽刺杨广的荒淫招致亡国，如今隋宫成为一片凄凉的废墟。终古：自古以来。垂杨：杨柳树。杨广命人在通济渠两岸种柳护堤，称为隋堤。有暮鸦：暗示运河冷落，再没有杨广当年巡游时的繁华喧闹，而只有老鸦的聒噪。

〔4〕地下：九泉之下，即死后。陈后主：陈朝的末代皇帝陈叔宝，因荒淫误国，为隋所灭。岂宜：不该。《后庭花》：《玉树后庭花》曲的简称，陈后主曾作新词并制曲，后人看作亡国之音。据《隋遗录》记载，杨广曾梦见陈叔宝和他的宠妃张丽华，并请张舞一曲《玉树后庭花》。陈叔宝问道："龙舟之游乐乎？始谓殿下致治在尧、舜之上。今日复此逸游，曩时何见责之深耶？"

这首七律表面上讽刺荒淫腐朽导致亡国的隋炀帝，实际上是警告李唐王朝的统治者要接受其教训，不要重蹈历史覆辙。首联写隋炀帝将长安旧宫闲置不用，以江都作久居的京城。颔联写如果不是隋政权转移到李渊手中，隋炀帝的游船不会到江都就停止。颈联以夸张的笔法写江都的隋宫久已成废墟，繁华早已不在，意为隋已亡国。尾联说隋炀帝成了和陈叔宝一样的亡国之君，如地下相逢，该不好再问《后庭花》的事了吧！此诗借古讽今，语言冷峻、讥刺尖刻，现实意义极强，为作者咏史诗中的杰作。近人余陛云《诗境浅说》评这首诗和《马嵬》"皆运古人化"。

嫦娥[1]

云母屏风烛影深，长河渐落晓星沉[2]。嫦娥应悔偷灵药，碧海青天夜夜心[3]。

毛泽东曾多次圈读此诗，并手书过这首诗。其创作《蝶恋花·答李淑一》中"寂寞嫦娥舒广袖"句，化用此诗"嫦娥应悔偷灵药，碧海青天夜夜心"句。

[1] 嫦娥：原作"姮娥"，今作"嫦娥"，神话中的月亮女神。传说是夏代东夷首领后羿的妻子。后羿向西王母求得不死之药，嫦娥偷食之而奔月宫。

[2] 云母屏风：以云母石装饰的豪华屏风。云母：一种矿物，板状晶体，透明有光泽，古代常用来装饰窗户、屏风等物。深：暗淡。长河：指银河。晓星：晨星。

[3] 悔：后悔。灵药：长生不死药。《淮南子·览冥训》载，后羿在西王母处求得不死的灵药，姮娥偷服后奔入月宫中。碧海青天：指嫦娥的枯燥生活，只能见到碧色的海，深蓝色的天。夜夜心：指嫦娥每晚都会感到孤单。

这首七绝咏叹嫦娥独自生活在月宫中，每天都要艰难地度过寂寞而痛苦不眠的长夜。前两句描写室内外环境，渲染空寂清冷的气氛；后两句写主人公在一宵痛苦的思忆之后产生的感想，表达出一种孤寂感。此诗融入了诗人独特的现实人生感受，情调感伤，意蕴丰富，奇思妙想，真实动人。

登乐游原[1]

向晚意不适，驱车登古原[2]。夕阳无限好，只是近黄昏。

毛泽东曾圈读此诗。

[1] 乐游原：长安名胜，位于长安城南高处，可以眺望览胜。

[2] 向晚：临晚，傍晚。意不适：心情不舒畅。古原：指乐游原，在长安城南，为当时登临游览的胜地。

这首诗写登高望远的缘由，赞美黄昏前的原野风光，进而表达自己的感慨。诗中融入了作者自身的潦倒遭遇和时代的没落感，形成一种凄凉感伤的情调。语言明白如话，节奏明快，富于哲理。"夕阳无限好，只是近黄昏"是千古传诵的名句。

【金昌绪】

金昌绪，生卒年不详，临安（今浙江杭州市）人。唐代诗人。身世不可考，约宣宗大中（847—858）前在世。诗传于世仅《春怨》一首。

春 怨[1]

打起黄莺儿，莫教枝上啼[2]。啼时惊妾梦，不得到辽西[3]。

毛泽东曾圈读此诗。

[1] 春怨：春天的愁怨。

[2] 打起：打走，赶跑。莫教：不让。

[3] 妾：女子的自称。辽西：辽河以西营州、燕州一带地方，即今辽宁锦州、朝阳至北京东北怀柔、顺义一带，为古代的边防驻地。

这首诗摄取一位少妇日常生活中一个饶有趣味的细节，反映了一个重大的社会问题。诗篇用层层倒叙的手法，描写该女子思念远征辽西的丈夫，是唐代思妇诗的代表作之一。此诗意蕴深刻，构思新巧，独具特色，一千多年来广为流传。

【罗 隐】

罗隐（833—909），原名横，字昭谏，自号江东生。新城（今浙江富阳新登）人。唐代文学家。早岁即负诗名，恃才傲物，议论时政，讥讽公卿。曾十举进士不第，改名罗隐。过了大半生颠沛流离的生活，五十五岁时，始入镇海军节度使钱镠幕府，为掌书记。后迁节度判官、司勋郎中等职。其散文小品，笔锋犀利。

诗多近体，工七绝，时有以物咏志的讽喻诗。不满当时黑暗统治，多讽刺现实之作，寓意深刻，音调悠扬，语言清新，独具一格。有《罗昭谏集》。

西 施[1]

家国兴亡自有时，吴人何苦怨西施[2]。西施若解倾吴国，越国亡来又是谁[3]？

毛泽东曾圈读此诗，在标题前画了两个大圈，对全诗加了密圈。

〔1〕西施：春秋末越国美女。越王勾践将西施献给吴王夫差，以乱其政。吴王惑于西施，终至亡国。

〔2〕时：这里指促成国家兴亡成败的各种复杂因素。吴：古代国名，也称勾吴，姬姓。始建都于梅里（今江苏无锡梅村一带），公元前514年迁都至姑苏（今江苏苏州）。公元前473年为越国所灭。

〔3〕越国：古代国名，也称于越，姒姓。建都于会稽（今浙江绍兴）。公元前494年为吴国所败，后又灭吴。约公元前306年为楚国所灭。

历来吟咏西施的诗篇多把亡吴的缘由归之于女色，客观上为封建统治者开脱或减轻了罪责。这首诗的特异之处，就是反对这种传统观念，破除了"女人是祸水"的论调，闪耀出新的思想光辉。诗中写道，如果说西施是吴国灭亡的罪魁祸首，那么，越王并不宠幸女色，后来越国的灭亡又能怪罪于谁呢？末句"越国亡来又是谁"的反问，推翻了强加在西施头上的不实之词，具有无可辩驳的逻辑力量。

筹笔驿[1]

抛掷南阳为主忧，北征东讨尽良筹[2]。时来天地皆同力，运去英雄不自由[3]。千里山河轻孺子，两朝冠剑恨谯周[4]。唯余岩下多情水，犹解年年傍驿流。

毛泽东曾多次圈读此诗。毛泽东读二十四史《南史·梁武帝传》，在作者李延寿评论梁武帝那一页的天头上和稿纸上分别写下了这首诗的颔联："时来天地皆同力，运去英雄不自由。"毛泽东手书过这首诗的全文。

〔1〕筹笔驿：故址在今四川广元市北，今名朝天驿。相传三国时诸葛亮出师北伐，曾驻此筹划军事，故得此名。

〔2〕抛掷：指诸葛亮抛弃躬耕南阳的隐居生活，出山辅佐刘备。南阳：今属河南，诸葛亮年轻时曾在此躬耕隐居。主：指蜀先主刘备。

〔3〕时：与下句的"运"都表示时运的意思。这里都指客观形势。前者讲赤壁之战的重大胜利，后者指伐魏功败垂成。不自由：不由自主，指力不从心。

〔4〕孺子：指后主刘禅。他听信谯周降魏，断送了蜀国的千里山河。两朝冠剑：指刘备、刘禅两朝的文臣武将，这里主要指诸葛亮。谯周（201—270）：三国巴西西充（今四川阆中西南）人，字允南，通经学，善书礼。炎兴元年（263），劝后主降魏，受魏封为阳城亭侯。后又侍晋，任散骑长侍等官职。

这首诗前两句写诸葛亮因刘备三顾茅庐而抛弃了南阳的隐居生活，为主公刘备分忧，辅佐其建立功业。三、四两句写赤壁之战中，孙、刘联军凭借长江之险，

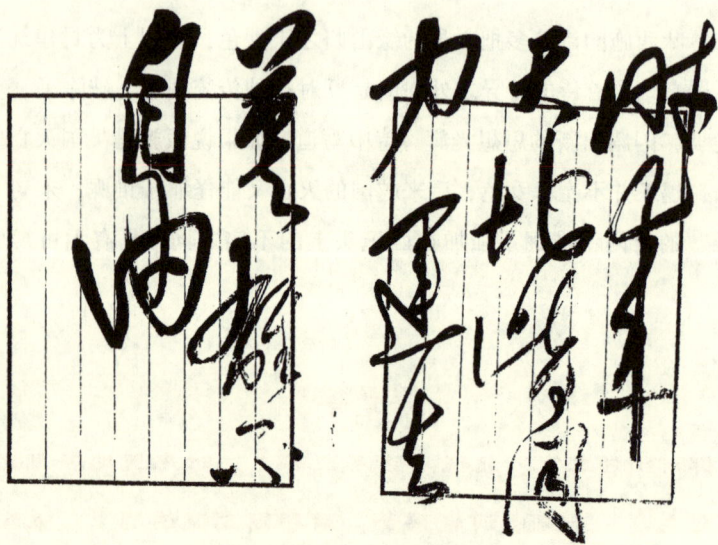

毛泽东手书罗隐《筹笔驿》(节选)

364

打败了曹操大军，这是天时地利的帮助，否则，即使英雄也将力不从心。五、六两句写后主刘禅听信谯周的劝降，蜀国千里山河被轻易地断送了，诸葛亮如泉下有知，一定会憎恨谯周的。最后两句点题，写驿亭岩下的水还在流着，好像还在怀念着诸葛亮。作者把诸葛亮的胜利和挫折归于"时运"，毛泽东的情怀与之发生了共鸣。其感叹人算不如天算，认为即使英雄豪杰，对于历史的巨变有时也无能为力。毛泽东虽为一代伟人，也自然有难如其愿的抱憾，故对这一层意思感悟格外动情。

雪

尽道丰年瑞，丰年事若何[1]？**长安有贫者，为瑞不宜多**[2]。

毛泽东曾手书过此诗。

[1]"尽道"二句：人们平常都讲瑞雪是丰年的好兆头，但即使真的是丰年，又能怎样呢？

[2]为瑞：下雪。

这首诗通过降雪的描写引起感慨，揭露、批判唐代末年的黑暗现实，对饥寒交迫的贫苦人民寄予了深切同情。前两句写繁重的赋税和地租剥削，使农民无论年成丰歉，日子都不好过。后两句写不要下太多的雪了，多少穷人衣不蔽体，雪天难熬啊。语言犀利明快，寓意十分深刻。

蜂

不论平地与山尖，无限风光尽被占[1]。**采得百花成蜜后，为谁辛苦为谁甜**[2]？

毛泽东曾多次手书这首诗，现存两幅手迹。其创作《七绝·为李进同题庐山仙人洞照》中"无限风光在险峰"句，化用了此诗"无限风光尽被占"句。

[1]无限风光：指百花盛开的美景。尽被占：指蜂殷勤采集花粉。

〔2〕为谁甜：给谁享受蜂蜜的甜味。

这首诗通过赞美蜜蜂辛勤劳动、无私为人类酿造甜蜜的高尚品格，颂扬了那些终日辛劳、不畏艰难、为社会创造财富而又享受甚少的下层劳动者。前两句写蜜蜂的辛勤劳动，"不论""无限"二词，极写蜜蜂采花的艰辛和敬业精神。后两句转叙为问，似有为蜜蜂采花酿蜜辛勤艰苦、积累甚多而享受甚少鸣不平之意，也给读者以无限想象的空间。此诗用诘问收尾，表达了诗人对不耕而食、不织而衣、不劳而获的人们的痛恨、不满和讽刺。

【韦 庄】

韦庄（836—910），字端己，谥文靖。京兆杜陵（今陕西西安市东南）人。唐末五代诗人、词人。少孤贫力学，才敏过人。昭宗乾宁元年（894）进士。任校书郎、左补阙。五代时，在蜀官至吏部侍郎兼同平章事。其诗反映唐末动乱现实，多追昔伤今、悲凉酸楚之作，感情真挚，风格自然流畅。词多写闺情离愁与游乐生活，极富画意，语言清丽。与温庭筠并称"温韦"，同为"花间词派"重要词人。存诗词320余首。有《浣花集》。

章台夜思〔1〕

清瑟怨遥夜，绕弦风雨哀〔2〕。孤灯闻楚角，残月下章台〔3〕。芳草已云暮，故人殊未来〔4〕。乡书不可寄，秋雁又南回〔5〕。

毛泽东曾圈读此诗。

〔1〕章台：宫名，即章华台，故址在今陕西西安市。这里指长安。

〔2〕清瑟：凄清的瑟声。遥夜：长夜。

〔3〕楚角：楚地的角声。下：落下。

〔4〕芳草：香草，这里指作者所怀念的人。殊：竟，尚。

〔5〕乡书：指家书，家信。不可寄：无法寄出。"秋雁"句：古时有雁足寄书的传说。

这是诗人客居京城长安时写下的一首思乡怀人诗。诗以"夜思"为题，开篇却不写思，而写秋夜所闻所见，写尽寄居他乡的孤独、悲凉。诗的后半部分写"思"的内容：芳草已暮，韶华已逝，故人不来，乡思难寄。末尾"乡书不可寄，秋雁又南回"两句，点出时当秋季，更令人愁思不断，表达了一种无可奈何的遗憾。此诗写景抒情，情景交融，感情真挚，感人至深。

台　城[1]

江雨霏霏江草齐，六朝如梦鸟空啼[2]。无情最是台城柳，依旧烟笼十里堤。

毛泽东曾圈读此诗。

〔1〕这首诗是作者于光启三年（887）途经建康（今江苏南京）时所作，时年五十二岁。台城：故址在今江苏南京玄武湖南岸，鸡鸣寺之后，是三国吴后苑城，东晋成帝时改建，为东晋、南朝台省和宫殿所在地，故名。

〔2〕霏霏：这里形容雨盛的样子。六朝：东吴、东晋、宋、齐、梁、陈先后建都于建康（今江苏南京），合称六朝。

这首诗通过台城景色的描写，流露出作者对时事的感伤情绪。作者凭吊台城古迹，回顾六朝旧事，昔日的繁华已荡然无存，宛如一场梦境。联想自己生活的晚唐王朝，已全面走向衰落，心中不免产生悲凉之感。此诗借古伤今，含蓄蕴藉。"无情最是台城柳，依旧烟笼十里堤"两句诗，历来脍炙人口。

女冠子二首（其一）[1]

四月十七，正是去年今日，别君时[2]。忍泪佯低面，含羞半敛眉[3]。

不知魂已断，空有梦相随[4]。除却天边月，没人知[5]。

毛泽东曾手书过这首词。

〔1〕女冠子：词牌名。这组联章体共两首，这是第一首。

〔2〕四月十七：指农历四月十七，正是月圆时。

〔3〕佯低面：假装低下脸。敛眉：皱眉头。敛：蹙。

〔4〕"不知"二句：上句说"君"，下句说自己。魂已断：是说自己思念对方到了失魂落魄的地步。江淹《别赋》云："黯然销魂者，唯别而已矣。"

〔5〕除却：除去，除了。

这首词写女子追忆与情人相别及别后的相思，抒发了闺中少女的相思之情。"忍泪佯低面，含羞半敛眉"两句，生动传神地写出女子思念情人时忧伤而又羞羞答答的情态。此词语言清丽率真，格调低沉哀婉，是历来广为传诵的名篇。

菩萨蛮五首[1]（其一）

红楼别夜堪惆怅，香灯半卷流苏帐[2]。残月出门时，美人和泪辞[3]。

琵琶金翠羽，弦上黄莺语[4]。劝我早归家，绿窗人似花[5]。

1958 年成都会议期间，毛泽东曾圈读此词。

〔1〕菩萨蛮：词牌名。本题共五首，作于韦庄晚年寓居蜀地时期，是作者为回忆江南旧游而作。这是第一首。

〔2〕红楼：红色的楼，这里指富贵人家女子的住所。别夜：离别的夜晚。堪惆怅：指因失意或失望而伤感、懊恼。香灯：指灯光下。香：指含有香料的灯油。流苏：丝织品下垂的穗子，多用作帐幔的边饰。

〔3〕和泪辞：含着泪水话别。辞：话别。

〔4〕金翠羽：以黄金和翡翠羽毛作琴物。黄莺语：指琵琶声犹如黄莺声般的婉转。喻指弹奏者殷勤寄寓琴弦，细语叮咛不止。

〔5〕绿窗：绿色纱窗，这里指贫女的住所。

韦庄的《菩萨蛮五首》并非一时一地之作，内容多为对女性的情思。这首词写羁旅中的回忆。上片写离别时的情景，侧重于室内、室外环境气氛的渲染。下片写内心活动，在怀念闺中女子的绵绵情意中，也隐含思乡之意。比喻生动形象，风格清幽淡雅。

菩萨蛮五首 （其二）

人人尽说江南好，游人只合江南老[1]。春水碧于天，画船听雨眠。

垆边人似月，皓腕凝霜雪[2]。未老莫还乡，还乡须断肠[3]。

1958 年成都会议期间，毛泽东曾圈读此词。

〔1〕游人：游子，指作者自己。合：应当。

〔2〕垆：酒店安置酒瓮的土墩子，后作酒店的代称，买酒人常坐在垆边。皓：洁白。凝：凝聚。霜雪：比喻肤色洁白。这两句借酒家女郎的肤色指代江南女性的美貌。

〔3〕须：必定，肯定。

这首词起首两句是全篇的主旨，抒发了作者浓郁的怀国思乡之情。"春水"两句突出江南水乡的景色之美；"垆边"两句描写江南女郎的风貌之美。以上四句证明开头"江南好"的主旨。结尾两句写战乱频仍，有家难归的激愤，与第二句"游人只合江南老"相对。此词首尾呼应，比喻形象，语言清丽，历来脍炙人口。

菩萨蛮五首 （其三）

如今却忆江南乐，当时年少春衫薄。骑马倚斜桥，满楼红袖招[1]。

翠屏金屈曲，醉入花丛宿[2]。此度见花枝，白头誓不归[3]。

1958 年成都会议期间，毛泽东曾圈读此词。

〔1〕红袖：女子红色的衣袖，这里代指美女。杜牧《南陵道中》："正是客心孤迥处，谁家红袖倚春楼。"

〔2〕翠屏：镶有翡翠的屏风。金屈曲：屏风上可以折叠的环纽。花丛：借喻妓女。

〔3〕花枝：喻指所钟爱的女子。

这首词极写作者少年时在江南的乐事，反衬如今老大之后，还乡尚不可期的愁绪，更有不能得归之悲痛。"白头誓不归"实际上说的是反话，"誓"字以断然坚决之语，写无穷无尽的悲伤，韦庄词的劲直风格由此可见。

菩萨蛮五首 (其四)

劝君今夜须沉醉，樽前莫话明朝事[1]。珍重主人心，酒深情亦深。

须愁春漏短，莫诉金杯满[2]。遇酒且呵呵，人生能几何[3]。

1958 年成都会议期间，毛泽东曾圈读此词。

〔1〕樽前：酒席前。杜甫《绝句漫兴》："莫思身外无穷事，且尽樽前有限杯。"樽：酒杯。

〔2〕春漏短：指春夜短。漏：漏壶，古代计时器。莫诉：不要推辞。

〔3〕呵呵：形容笑声。人生能几何：化用曹操《短歌行》"对酒当歌，人生几何"句意。

这首词借主人劝酒的描写，抒写了作者心中难言的隐痛。面对不可期望的明天而用及时行乐来珍惜今天，"遇酒且呵呵"表达了作者强作欢笑的辛酸。词中反映的及时行乐的颓废思想，当是作者所处时代的局限。

【司空图】

司空图（837—908），字表圣，河中虞乡（今山西永济）人。晚唐诗人、诗论家。咸通十年（869）进士。曾官礼部郎中、中书舍人。后隐居中条山王官谷，自号知非子、耐辱居士。其诗多写山林遣兴，其中近体诗绝句占百分之八十。所撰《诗品》，对后代严羽、王士禛等人的诗论颇有影响。有《司空表圣文集》《司空表圣诗集》。

归王官次年作[1]

乱后烧残满架书，峰前犹自恋吾庐[2]。忘机渐喜逢人少，缺粒空怜待鹤疏[3]。孤屿池痕春涨满，小栏花韵午晴初。酣歌自适逃名久，不必门多长者车[4]。

毛泽东曾手书此诗。

[1] 司空图于僖宗光启三年（887）隐居王官谷。王官：即王官谷，在山西永济中条山上，其地有诗人先世别墅。题一作《光启四年春戊申》。

[2] 乱：指唐昭宗（889—904）时的关中战乱。

[3] 忘机：消除技巧之心，常指心境淡泊，不愿与世俗交接。"缺粒"句：是说家中少米，对所养之鹤也不免淡薄。缺粒：缺少粮食。疏：疏淡不周。

[4] 逃名：讳避名声，指隐居。长者车：指显贵者的车驾。《史记·陈丞相世家》："（陈平）家乃负郭穷巷，以弊席为门，然门外多有长者车辙。"

这首诗作于作者归隐王官谷的次年（888）。诗中表露了作者归隐后与世无争、放浪山水的心绪，同时也曲折地流露了对于社会现实的忧虑和苦闷。首联写故居遭兵燹后受到严重毁坏，但"恋吾庐"的归隐之心不变。颔联表达"忘机"遁迹深山、逃离无谓斗争的心情。颈联描绘故居的山水花草之美景，令人赏心悦目。尾联表明尽情高歌于山林、远离世俗的生活态度。此诗对仗工稳，语言通俗流畅。

【秦韬玉】

秦韬玉，生卒年不详，字仲明，京兆（今陕西西安）人。晚唐著名诗人。举进士不第，唐僖宗中和二年（882）赐进士及第。曾任宦官田令孜幕僚、工部侍郎等职。其诗反映社会现实生活，同情人民疾苦，抨击权贵骄奢。构思精巧，辞藻瑰丽，以七律见长，古体诗亦有佳作。有《秦韬玉诗集》。

贫　女

蓬门未识绮罗香，拟托良媒益自伤[1]。谁爱风流高格调，共怜时世俭梳妆[2]。敢将十指夸针巧，不把双眉斗画长[3]。苦恨年年压金线，为他人作嫁衣裳[4]！

毛泽东曾圈读过这首诗。

〔1〕蓬门：用蓬草编扎的门，这里指代贫穷人家。绮罗香：指富家女的豪华服饰妆扮。绮罗：丝织品。拟：打算。益：更加。自伤：伤感。

〔2〕风流：风度高雅。高格调：情调高雅脱俗。怜：爱。时世：时髦，时下。俭梳妆：模样怪异的打扮。俭：俭朴。

〔3〕敢：岂敢。针巧：针线女红才能出众。"不把"句：是说不与人比美争名。斗画长：比谁的眉毛描得好。斗：炫耀。

〔4〕"苦恨"二句：比喻自己年年写作，不过是为别人效力而已。苦恨：深恨。压金线：用金线刺绣。压：刺绣的一种手法。

这首诗通过对贫家女子不幸处境和痛苦心灵的描写，抒发了作者怀才不遇的愤慨。开头两句写贫女的困苦处境，三、四句说世人多不重人品重衣妆，谁爱我这样格调高雅品位不俗的人呢？五、六两句分别从个人性格与社会风尚两个方面分析贫女难嫁的原因。最后两句写贫女心中的抑郁不平和感伤，实为作者的内心表白。诗人以贫女自诉的口吻，倾吐衷肠，像是在同读者说悄悄话。此诗比喻形象生动，艺术感染力很强。

【郑　谷】

郑谷（约851—910），字守愚，袁州（今江西宜春市袁州区）人。唐末著名诗人。早年屡应进士不第。僖宗光启三年（887）始登进士。历任鄠县尉、京兆参军、右拾遗等官职。官至都官郎中，世称"郑都官"。又以《鹧鸪诗》名盛一时，世称"郑鹧鸪"。其诗多写景咏物之作，表现士大夫的闲情逸致。风格"清婉明白"，但流于浅率。有诗集《云台编》。

淮上与友人别[1]

扬子江头杨柳春，杨花愁杀渡江人[2]。数声风笛离亭晚，君向潇湘我向秦[3]。

毛泽东曾圈读过这首诗，并曾称引。毛泽东还用硬笔手书过这首诗。

〔1〕淮上：这里指江苏扬州。友人：姓名、生平与事迹不详。
〔2〕扬子江：是长江南京以下至入海口下游河段的旧称，流经江苏省、上海市。杨花：柳絮。
〔3〕风笛：风中传来的笛声。离亭：即长亭、短亭，古时驿亭常为送别之所，故称"离亭"。"君向"句：是说离亭一别，各奔前程。潇湘：水名，在今湖南。这里指湖南一带。秦：指当时的都城长安，在今陕西境内。

这首诗是诗人在扬州和友人分别时所作。前两句写扬子江边怡人的春色使渡江人产生了惆怅的心绪。后两句写傍晚在离亭和友人饯别的情景。"君向潇湘我向秦"表明这次和通常的送行不同，而是一次各赴前程的握别，哀怨离愁之情跃然纸上。此诗语言通俗流畅，感情真挚感人。

【谭用之】

谭用之，生卒年、籍贯均不详，字藏用。唐末五代（907—960）人。仕途不顺，曾漂泊各地，辗转于陕、豫、湘、皖、浙等地，多与僧道处士交游。诗擅七律，工于写景，内容多表现出积极向上的精神，也有寄失意之慨的作品。《全唐诗》存其七律40首。有《集外诗》。

秋宿湘江遇雨

湘上阴云锁梦魂，江边深夜舞刘琨[1]。秋风万里芙蓉国，暮雨千家薜荔村[2]。乡思不堪悲橘柚，旅游谁肯重王孙[3]。渔人相见不相问，长笛一声归岛门[4]。

毛泽东曾圈读并多次手书过这首诗。1961 年 12 月 26 日，毛泽东生日那天，给湖南长沙的老同学兼诗友周世钊的信中，曾引用此诗 "秋风万里芙蓉国，暮雨朝云（原诗为 "千家"）薜荔村" 两句，并写道："你处在这样的环境中，岂不妙哉?" 其《七律·送瘟神二首》其一中 "千村薜荔人遗矢" 化用此诗 "暮雨千家薜荔村" 句意。《七律·答友人》中 "芙蓉国里尽朝晖" 化用了此诗 "秋风万里芙蓉国" 句意。

〔1〕湘上：湘江上。湘江为湖南省最大的河流，源出广西，注入洞庭湖。锁：束缚，封住。梦魂：梦乡之魂，指思乡之情。舞刘琨：即刘琨舞剑。刘琨 (271—318)：西晋政治家、文学家，少怀壮志，与祖逖为友，二人曾同被共寝，夜间常闻鸡起舞。作者用此典故，表现了他干时济世的远大抱负。

〔2〕芙蓉国：指芙蓉盛开的地方。芙蓉：指木芙蓉，花繁盛，有红、黄、白等颜色。薜荔：又名木莲，一种常绿蔓生植物，古人把它看作香草。屈原《九歌·山鬼》："若有人兮山之阿，被薜荔兮带女萝。"

〔3〕橘柚：这两种水果都盛产于南方，其味甘美。王孙：本义指贵族子弟，这里为作者自指。《楚辞·招隐士》："王孙游兮不归，春草生兮萋萋。"

〔4〕"渔人" 二句：是说屈原当年流放江潭，还有渔人与之对话，而现在连渔人也不与我言语，竟吹着笛子自己回岛去了。岛门：岛上。

这首诗借对湘江秋风暮雨时苍茫、寂寥景色的描写，抒发了游子思乡、怀才不遇的不平之气，吐露了努力奋发、为国效力的远大抱负。首联写夜泊湘江，积雨阴云使人连做梦都很愁闷，但是要学习刘琨深夜闻鸡起舞的精神，及时发愤图强。颔联写湘江两岸的芙蓉在秋风中竞相开放，简直像一个芙蓉的王国，爬满村落篱墙的薜荔枝藤，经过秋雨的洒洗更加苍翠可爱。颈联写作者怀念故乡就像屈

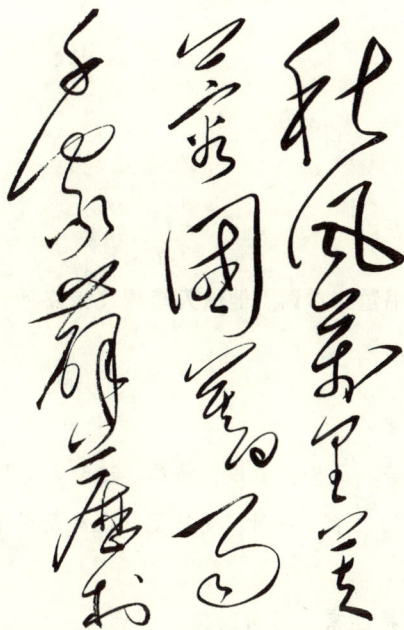

毛泽东手书谭用之《秋宿湘江遇雨》(节选)

原一样，看见橘柚就不胜悲痛；可是自己流浪在外，穷困潦倒，谁肯救济呢？尾联写江上渔人往来相见，却没有人与我言语，他们竟吹着笛子把船摇到渔岛那边去了。此诗多处用典，气势雄阔，对仗工整，语言凝练。

【李　煜】

　　李煜（937—978），字重光，初名从嘉，号钟隐、莲峰居士。彭城（今江苏徐州市）人。南唐中主李璟第六子，于宋建隆二年（961）继位，史称南唐后主。宋太祖开宝八年（975），宋军破南唐都城，降宋，被俘至汴京，978年七夕被毒死。精书法，善绘画，通音律，诗和文均有一定造诣，尤以词的成就最高。前期作品大多描写宫廷享乐生活，后期则追怀故国，感叹身世，写出另一境界。语言清新洗练，感染力强，被称为"千古词帝"。后人将其词与李璟的词合刻为《南唐二主词》。

浪淘沙[1]

帘外雨潺潺，春意阑珊[2]。罗衾不耐五更寒[3]。梦里不知身是客，一晌贪欢[4]。

独自莫凭栏，无限江山，别时容易见时难[5]。流水落花春去也，天上人间[6]。

毛泽东曾背诵、手书过这首词。他认为李煜《浪淘沙》意境和语言都好，但是风格柔靡，情绪伤感。

〔1〕浪淘沙：词牌名。

〔2〕潺潺：形容雨声。阑珊：衰残，将尽。这两句写梦醒后所闻所感。

〔3〕罗衾：丝绸做的被子。不耐：受不了。这句是说单薄的被子挡不住拂晓的寒气。

〔4〕身是客：指被拘汴京，形同囚徒。一晌：一会儿，片刻的工夫。贪欢：指贪恋梦境中的欢乐。这两句写只有在梦中才忘记自己是远离故国的俘虏，而得以享受片刻的欢乐。

〔5〕凭栏：倚着栏杆远望。江山：指原属南唐的大好河山。

〔6〕天上人间：今昔对比，反差巨大，昔犹在天上，今落入人间。这两句写感叹花落春去，难以寻觅。

这首词是作者被俘送往汴京（今河南开封）囚禁期间所作。词作借伤春寄寓对昔日美好生活一去不复返的追恋和哀伤。上片开头三句以听觉中的雨声点明时在暮春。"梦里"二句借羁旅的乡思表达臣虏的苦痛。下片写伤春情绪、亡国之痛，句句血泪斑斑。此词以白描手法诉说内心的极度痛苦，情真意切，哀婉动人，是李煜后期的代表作。

虞美人[1]

春花秋月何时了，往事知多少[2]？小楼昨夜又东风，故国不堪回首月明中[3]！

雕栏玉砌应犹在，只是朱颜改[4]。问君能有几多愁？恰似一江春水向东流[5]。

毛泽东曾多次圈读并手书过这首词。

〔1〕虞美人：词牌名。这首词作于李煜卒年的春天。

〔2〕了：了结，完结。往事知多少：是说多少美好的光景都成了往事，可现在还记得清清楚楚。这两句说此时此地的春花秋月无非牵愁惹恨罢了，怎样挨尽这难堪的岁月呢？

〔3〕小楼：指作者当时的住处。东风：语义双关，兼指囚禁地的春风和故国（金陵位于汴京东南）吹来的风。故国：指南唐故都金陵（今江苏南京）。

〔4〕雕栏玉砌：雕花的栏杆，白玉的台阶，指远在金陵的南唐宫殿的精美建筑。朱颜改：指自己容颜变得憔悴苍老。

〔5〕君：作者自称。

李煜写这首词时，已在囚禁的汴京经历了三个春天，对照今昔，心情异常沉重。上片前两句以"春花秋月"领起，引出故国"往事"的题旨。窗外吹来的春风，激起了作者不堪回首的记忆。下片承上片而来，写金陵宫殿的雕栏玉砌应该都在，只是人的"朱颜"改变了。末尾两句以形象的比喻描写愁怀之长之深，永无尽期。词中既有眷念过去帝王生活之意，也有不忘故国之情。此词以问起，以答结，由问天、问人而到自问，不无激越的音调和曲折回旋、流走自如的艺术结构。比喻、比拟、对比、设问等修辞手法的运用，淋漓尽致地表达了作者的真情实感，艺术感染力极强。

宋|元

SONGYUAN

【林 逋】

林逋（967—1028），字君复，钱塘（今浙江杭州）人。宋初杰出的山林诗人。幼时刻苦好学，通晓经史百家。曾漫游江淮间，后隐居杭州西湖，结庐孤山，二十年不入城市。终身不仕不娶，所居植梅蓄鹤以自娱，世称"梅妻鹤子"。工诗善行书。词清丽隽永。诗多写隐居情趣，风格高逸淡远，以咏梅诗著称。死后，宋仁宗赐谥"和靖先生"。有《林和靖先生诗集》。

山园小梅

众芳摇落独暄妍，占尽风情向小园[1]。疏影横斜水清浅，暗香浮动月黄昏[2]。霜禽欲下先偷眼，粉蝶如知合断魂[3]。幸有微吟可相狎，不须檀板共金樽[4]。

毛泽东曾背诵此诗并默写过此诗"疏影横斜水清浅，暗香浮动月黄昏"二句。

〔1〕众芳：百花。摇落：被风吹落，凋零。暄妍：鲜艳明丽。"占尽"句：指梅花独占小园风光。风情：风光。向：近。

〔2〕"疏影"二句：由五代南唐江为残句"竹影横斜水清浅，桂香浮动月黄昏"脱化而来。疏影：月下梅影。横斜：形容梅枝落影水中，错落有致。暗香：清幽的香味。浮动：飘溢。

〔3〕霜禽：寒鸟，一说白色的鸟。偷眼：偷看，表示敬爱梅的高洁。如知：如果有知。合：应该，合该。断魂：一往情深，十分向往。

〔4〕微吟：低声吟唱，这里指诗篇。相狎：陪伴，相亲相近。檀板：演唱时打拍子用的檀木拍板，这里代指歌唱。金樽：珍贵的酒杯，这里指美酒。

这是一首著名的咏梅诗。诗篇描绘了梅的优美风姿和高洁品格，表现了作者幽居隐处、高尚其志的生活理想和情趣。首联写百花都败落的时候，只有梅花鲜丽地开放着，小园里的美丽风光都被它独占了。颔联抓住梅的特点，注入作者的

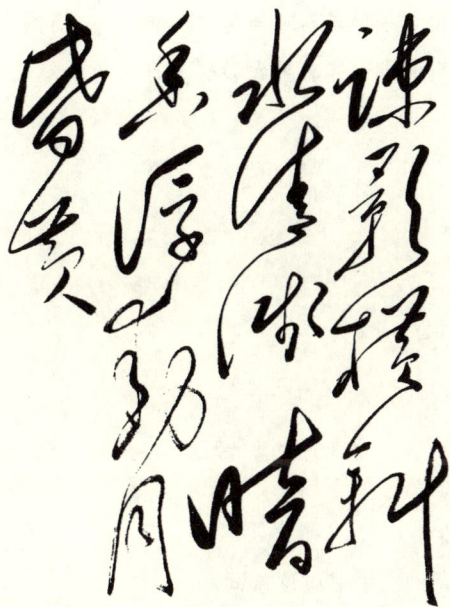

毛泽东手书林逋《山园小梅》(节选)

独特感受，"曲尽梅之体态"而又颇得梅趣，历来被读者誉为咏梅的绝唱。颈联写冬天的鸟、春天的蝴蝶都爱梅花，但都不能亲近它。尾联写对着梅花低声吟诵，胜于俗气的行歌饮酒。作者赋予梅以人的品格，与梅达到了精神上的无间契合。此诗以侧面烘托手法，渲染梅高洁的性格，极富神韵。从意象构造看，诗篇借助景物衬托梅的风骨，突出了梅在画面中的中心地位。

【柳　永】

柳永（约984—约1053），初名三变，字景庄，后改名永，字耆卿，排行第七，世称"柳七"。建州崇安（今福建武夷山）人。北宋第一位专业词人。仁宗景祐元年（1034）进士。曾任太学博士。官至屯田员外郎，世称"柳屯田"。怀才不遇，为人放荡不羁，终身潦倒。毕生从事词的创作，多长调，对慢词的发展颇有影响。词以描写歌伎生活、城市风光及羁旅行役之情为主要题材。语多俚俗，尤善铺叙，时人称"凡有井水饮处，皆能歌柳词"。擅长白描，曲尽委婉，是婉约词派的代表人物之一。与秦观合称"秦柳"，与周邦彦合称"周柳"。对后世词家及金之散曲、明清小说都有重大影响。有《乐章集》，存词 200 余首。

望海潮[1]

东南形胜，三吴都会，钱塘自古繁华[2]。烟柳画桥，风帘翠幕，参差十万人家[3]。云树绕堤沙[4]，怒涛卷霜雪，天堑无涯[5]。市列珠玑，户盈罗绮，竞豪奢[6]。

重湖叠巘清嘉，有三秋桂子，十里荷花[7]。羌管弄晴，菱歌泛夜，嬉嬉钓叟莲娃[8]。千骑拥高牙[9]。乘醉听箫鼓，吟赏烟霞[10]。异日图将好景，归去凤池夸[11]。

毛泽东曾圈读、背诵、手书过这首词。

〔1〕望海潮：词牌名。

〔2〕形胜：形势重要、景物优美的地方。三吴：即吴兴郡（今浙江湖州市）、吴郡（今江苏苏州市）、会稽郡（今浙江绍兴市）的合称。钱塘：今浙江杭州市，旧属吴郡。

〔3〕烟柳：雾气笼罩着的柳树。画桥：装饰华美的桥。风帘：挡风的帘子。翠幕：青绿色的帷幕。参差：大约，将近。一说形容楼房殿阁高下不齐的样子。

〔4〕云树：树木如云，极言其多。堤：指钱塘江防潮汛的大堤。

〔5〕霜雪：形容浪花。天堑：天然的壕沟、险阻，这里借指钱塘江。这两句形容钱江大潮无比壮观。

〔6〕珠玑：这里泛指珠宝等珍贵的商品。

〔7〕重湖：以白堤为界，西湖分为里湖和外湖，故称。叠巘：层层叠叠的山峦，这里指西湖周围的山。巘：小山峰。清嘉：清秀美丽。三秋：秋季的第三个月，即农历九月。

〔8〕羌管：即羌笛，这里泛指乐器。弄晴：在晴朗的时刻吹奏。弄：吹奏。菱歌泛夜：夜晚传出阵阵菱歌声。泛：漂流。莲娃：采莲姑娘。

〔9〕千骑：形容护卫随从之多。高牙：古代州郡长官出行时的仪仗旗帜。这

里指作者友人、州官孙何。

〔10〕吟赏烟霞：吟诗作赋，欣赏山水风景。烟霞：这里指山水林泉等自然景色。

〔11〕异日：他日，指日后。图：描绘。凤池：即凤凰池，原指皇宫禁苑中的池沼，后用作中书省代称。这里指朝廷。

这首词以大开大阖、波澜起伏的笔法，从不同角度浓墨重彩地铺叙了北宋前期杭州的繁荣壮丽景象。上片写杭州位置的重要、历史的悠久，反映杭州繁华盛况和穷奢极欲的一面，揭示出所咏主题。下片重点描写西湖风光，有景物，有人物，有静态，有动态，鲜明形象，情趣各异。结尾五句暗示填词的意图：一方面歌颂驻杭长官的政绩，另一方面祝愿他升迁，并称赞他驻杭的这段政治生涯是值得日后追念和自豪的。"三秋桂子，十里荷花"是广为传诵的名句。此词以点带面，明暗交叉，铺叙晓畅，形容得体，音律协调，情致婉转，为柳永的传世佳作。

雨霖铃[1]

寒蝉凄切，对长亭晚，骤雨初歇[2]。都门帐饮无绪，留恋处，兰舟催发[3]。执手相看泪眼，竟无语凝噎[4]。念去去，千里烟波，暮霭沉沉楚天阔[5]。

多情自古伤离别，更那堪、冷落清秋节！今宵酒醒何处？杨柳岸、晓风残月。此去经年，应是良辰好景虚设[6]。便纵有千种风情，更与何人说[7]？

毛泽东曾多次圈读这首词，其所作《水调歌头·游泳》中"极目楚天舒"一句，即从此词"暮霭沉沉楚天阔"句化出。所作《虞美人·别友》中"更那堪，凄然相向"，化用此词"多情自古伤离别，更那堪冷落清秋节"意境。

〔1〕雨霖铃：词牌名。

〔2〕寒蝉：蝉的一种，也称寒蜩、寒蜋。凄切：凄凉急促。长亭：古代驿路上供休息和送别的处所。联系上下文看，这里的长亭应在汴河岸上。骤雨：急猛

的阵雨。

〔3〕都门：原指长安东门，这里指汴京（今河南开封）城门外。帐饮：在郊外搭帐设宴饯行。无绪：心神不定。处：时，表示时间。兰舟：相传鲁班曾刻木兰树为舟，这里作船的美称。

〔4〕凝噎：喉咙里像是塞住了，说不出话来。

〔5〕去去：不断前行，越走越远。烟波：雾气迷茫的水面。暮霭：傍晚的云气。沉沉：深厚的样子。楚天：南天。古代长江中下游一带属楚国，故称。

〔6〕经年：年复一年。

〔7〕纵：即使。风情：指男女间的深情蜜意。

这首词是作者离开汴京时于长亭与一位恋人的惜别之作。词作写作者离开都城汴京，乘船南下吴楚与情人话别时的离情别恨。上片极力描摹离别时的眼前景物。开头三句融情入景，描写足以触动离愁的环境气氛。"都门"三句描写正心乱如麻时，舟子打断了情意绵绵的话别。"执手"两句刻画恋人不忍分别的神态；"念去去"三句写的则是内心活动。下片设想别后的凄楚情状。"多情"两句直接抒写此时此刻难堪的心情。此词以离别为线索，贯穿全篇，随着时间、空间的推移，感情的发展逐层深入，脉络清晰。"杨柳岸、晓风残月"集中了最能触动离愁的景物，鲜明生动，历来为人们所传诵。

八声甘州[1]

对潇潇暮雨洒江天，一番洗清秋[2]。渐霜风凄紧，关河冷落，残照当楼[3]。是处红衰翠减，苒苒物华休[4]。惟有长江水，无语东流。

不忍登高临远，望故乡渺邈，归思难收[5]。叹年来踪迹，何事苦淹留[6]？想佳人、妆楼颙望，误几回、天际识归舟[7]。争知我，倚阑干处，正恁凝愁[8]。

毛泽东曾多次圈读此词。其创作《七律·登庐山》中"热风吹雨洒江天"句，化用此词"对潇潇暮雨洒江天"句。

〔1〕八声甘州：词牌名。

〔2〕潇潇：形容下雨声，这里形容雨势急骤。"一番"句：是说经过一场暴风雨的洗涤，又到了清冷的秋天。一番：一场，一阵。洗：洗涤，这里有改变的意思。

〔3〕渐：旋。霜风：秋风。凄紧：指风势劲急，寒气逼人。关河：关塞与河流，这里指山河。冷落：冷清寂寞。残照：落日的余晖。当：对。

〔4〕是处：到处，处处。红衰翠减：指红花绿叶凋零。苒苒：同"冉冉"，渐渐。物华：美好的景物。休：消歇，这里是衰残的意思。

〔5〕渺邈：形容遥远的样子。归思：渴望回家团聚的心思。难收：难以停止。

〔6〕淹留：长期停留，指久留他乡。

〔7〕佳人：美女。颙望：抬头凝望。颙：头不转动的样子。"误几回"句：是说多少次错把远处驶来的船只当作心上人的归舟。天际：指目力所能达到的极远处。

〔8〕争：通"怎"，怎么。恁（nèn）：如此，这样。凝愁：愁思凝结不解。

这首词抒发作者别后对心上人柔肠百结的思念之情，表达了封建社会知识分子羁旅行役之苦和怀才不遇的典型感受。上片描绘雨后清秋的傍晚，关河冷落、夕阳斜照的凄凉景象，为下片写旅人的愁思之深做好铺垫。下片"想"以下，直至篇末结句，全从料想对方的心理活动落笔，设想"佳人妆楼颙望"，突出作者久客他乡急切思念归家的苦况。词作把两地相思之情联在一起写，加强了表现力量。此词融写景、抒情为一体，语浅情深，结构严密，跌宕开阖，呼应灵活，很能体现柳永词的艺术特色。

满江红·桐川三首[1]（其一）

暮雨初收，长川静、征帆夜落[2]。临岛屿、蓼烟疏淡，苇风萧索[3]。几许渔人飞短艇，尽载灯火归村落[4]。遣行客、当此念回程，伤漂泊[5]。

桐江好，烟漠漠^[6]。波似染，山如削。绕严陵滩畔，鹭飞鱼跃^[7]。游宦区区成底事，平生况有云泉约^[8]。归去来、一曲仲宣吟，从军乐^[9]。

毛泽东曾多次圈读这首词。

〔1〕满江红：词牌名。桐川：即桐江，在今浙江桐庐县北，即钱塘江中游自严州（今浙江建德）至桐庐一段的别称。又名富春江。此题共三首，为作者游宦泊船桐江时所作。这是第一首。

〔2〕长川静：江流一片平静。长川：指江流。静：平缓。征帆：远行之船的帆。

〔3〕蓼烟：笼罩着蓼草的烟雾。蓼：水蓼，一种生长在水边的植物。苇风：吹拂芦苇的风。萧索：形容风声。这三句说，临近岛屿的岸边，疏淡的水气缭绕着丛生的野草，清风从芦苇中迎面而来，一派萧瑟的景象。

〔4〕几许：有几个。短艇：轻快的小艇。尽：都。

〔5〕遣：使，令。行客：作者自称。回程：回家的路程。

〔6〕漠漠：形容迷茫的样子。杜甫《茅屋为秋风所破歌》："俄顷风定云墨色，秋天漠漠向昏黑。"

〔7〕严陵滩：又名严滩、严陵濑，在桐江之畔。汉代严子陵隐居于此，故名。

〔8〕游宦：即宦游，指到外地做官。区区：这里有不屑的意思，即看得很淡。底事：何事。云泉约：与美丽的景色相约，引申为归隐山林。云泉：泛指美丽的景色。

〔9〕归去来：赶紧回去吧。指陶潜《归去来兮辞》。仲宣吟：指三国时王粲《登楼赋》。仲宣：王粲，建安七子之一，初依荆州刘表，未被重用，作《登楼赋》，以抒归土怀乡之情。从军乐：即《从军行》，王粲曾作《从军行》五首，主要抒发行役之苦和思妇之情。

这首词通过舟行沿途景物的描写，抒发了作者对游宦生涯的厌倦和对归隐生活的向往之情。上片前半部分写傍晚雨后萧瑟之景色，后半部分写江上渔人归家之情景，表达作者浓郁的归思之情。下片写桐江一带的奇山异水，引发作者倦于游宦的心绪以及渴望归隐的愿望。此词情景交融，动景静景结合，以动衬静，表现力极强。

满江红·桐川三首 （其二）

访雨寻云，无非是、奇容艳色[1]。就中有、天真妖丽，自然标格[2]。恶发姿颜欢喜面，细追想处皆堪惜[3]。自别后、幽怨与闲愁，成堆积[4]。

鳞鸿阻，无信息[5]。梦魂断，难寻觅[6]。尽思量，休又怎生休得。谁恁多情凭向道，总来相见且相忆[7]。便不成、常遣似如今，轻抛掷。

毛泽东曾多次圈读这首词。

〔1〕奇容艳色：形容美女。

〔2〕就中：其中，居中。妖丽：艳丽。标格：风度，风范。

〔3〕恶发：发怒。堪惜：可爱。这两句说，嗔怒、欢喜时都惹人怜爱。

〔4〕幽怨：郁结于心的愁恨。闲愁：无端无谓的忧愁。

〔5〕鳞鸿：犹鱼雁，指书信。阻：断绝。

〔6〕魂断：形容极度悲伤。

〔7〕恁（nèn）：如此，这样。凭：任凭。总：纵然。

这是《满江红·桐川三首》的第二首。词中描写男女欢爱私情，表达了情侣间别离与思念的愁苦情绪。"自别后、幽怨与闲愁，成堆积"的比喻，生动形象，化虚为实，化无形为有形，化抽象为具体可感。"成堆"二字足见"幽怨与闲愁"之多，相思之苦。此词情景交融，情调哀怨凄清，表现了柳词沉湎声色的一面。

满江红·桐川三首 （其三）

万恨千愁，将少年、衰肠牵系[1]。残梦断、酒醒孤馆，夜长无

387

味〔2〕。可惜许许枕前多少意，到如今两总无终始。独自个、赢得不成眠，成憔悴。

添伤感，将何计。空只恁，厌厌地〔3〕。无人处思量，几度垂泪。不会得都来些子事，甚恁底抵死难拚弃〔4〕。待到头、终久问伊着，如何是〔5〕。

毛泽东曾多次圈读这首词。

〔1〕衷肠：心里话，衷情。牵系：牵挂。

〔2〕孤馆：寂寞、冷清的旅舍。

〔3〕空只恁（nèn）：徒然只能如此。厌厌：同"恹恹"，形容病态或精神倦怠的样子。

〔4〕会：理会，理解。都来：算来，不过。些子：少，一点点。甚：怎么。恁底：这样地。抵死：竭力。拚（pàn）弃：舍弃，不顾惜。这两句说，（我）真不懂不过是一点小事，（你）怎么这样难以抛舍。

〔5〕伊：彼，她。指所思女子。着：语尾助词。

这是《满江红·桐川三首》的第三首。词中描写一个羁旅在外的青年男子因思念其情人而引起的悲伤。"独自个、赢得不成眠，成憔悴"描写与情人别后的孤寂难耐、愁思难眠、销魂憔悴的无限怅惘。此词用白描手法，叙写男女私情，曲尽委婉，反映了柳词所写生活情趣的庸俗部分。

【范仲淹】

范仲淹（989—1052），字希文，卒谥文正，世称范文正公。祖籍邠州（今陕西咸阳彬县），后移居吴县（今江苏苏州市吴中区）。北宋著名思想家、政治家、军事家、文学家。幼年孤贫，刻苦好学。真宗大中祥符八年（1015）进士。曾任陕西经略副使，负责边地军事行政，抑制西夏侵扰。官至枢密副使、参知政事（副宰相）。为官清廉，治军严明，关心民生疾苦。名言"先天下之忧而忧，后天下之乐而乐"表现了他崇高的思想境界。北宋诗文革新运动的先行者之一，工于诗词、散文。所作文章富于政治见解。诗词风格雄浑豪放，意境开阔，突破晚唐五代绮靡之风，开拓了兼有婉约、豪放风格的新境界。有《范文正公集》。

苏幕遮 [1]

碧云天，黄叶地。秋色连波，波上寒烟翠 [2]。山映斜阳天接水，芳草无情，更在斜阳外 [3]。

黯乡魂，追旅思 [4]。夜夜除非，好梦留人睡 [5]。明月楼高休独倚，酒入愁肠，化作相思泪。

毛泽东曾圈读并手书过这首词。1957 年 8 月 1 日，读《苏幕遮》和《渔家傲》后，毛泽东还写了一段批语："词有婉约、豪放两派，各有兴会，应当兼读。读婉约派久了，厌倦了，要改读豪放派。豪放派读久了，又厌倦了，应当改读婉约派。我的兴趣偏于豪放，不废婉约。婉约派中有许多意境苍凉而又优美的词。范仲淹的上两首，介于婉约与豪放两派之间，可算中间派吧；但基本上仍属婉约，既苍凉又优美，使人不厌读。婉约派中的一味儿女情长，豪放派中的一味铜琶铁板，读久了，都令人厌倦的。人的心情是复杂的，有所偏但仍是复杂的。所谓复杂，就是对立统一。人的心情，经常有对立的成分，不是单一的，是可以分析的。词的婉约、豪放两派，在一个人读起来，有时喜欢前者，有时喜欢后者，就是一例。睡不着，哼范词，写了这些。"

〔1〕苏幕遮：词牌名。一本有题《别恨》。

〔2〕"波上"句：是说绿波之上笼罩着一层翠色的寒烟。

〔3〕芳草：借指远在天涯的故乡。这三句写斜阳的余晖映照山峦，远处水天相连，而斜阳外的家乡遥遥难见。

〔4〕黯乡魂：因思念家乡而黯然神伤。黯：形容心情忧郁。语出江淹《别赋》："黯然销魂者，唯别而已矣。"追旅思（sì）：羁旅的愁思缠绕不休。旅思：旅居在外的愁思。

〔5〕"夜夜"二句：是说每夜除非有回想欢聚的好梦才能安睡。

这首词作于宋仁宗康定元年（1040）至庆历三年（1043）间。作者通过"秋水共长天一色"景色的描写，抒写了羁旅中的乡思之情。词中碧云、黄叶、寒波、翠烟、芳草、山峦、斜阳，以及水天相接的江野辽阔苍茫景色的有机组合，勾勒出了一幅清旷辽远、绚丽多彩的秋景图，表达了作者夜不能寐、高楼独倚、借酒浇愁、怀念家园的深情。此词上片着重写景，下片重在抒情，情景交融。词作以沉郁雄健之笔力抒写低回宛转的愁思，声情并茂，意境宏深，展示了范词婉约柔媚的一面。

渔家傲[1]

寒下秋来风景异，衡阳雁去无留意[2]。四面边声连角起[3]。千嶂里，长烟落日孤城闭[4]。

浊酒一杯家万里，燕然未勒归无计[5]。羌管悠悠霜满地[6]。人不寐，将军白发征夫泪[7]！

毛泽东曾圈读和手书过这首词，还写过一段批语（详见前一首）。

〔1〕渔家傲：词牌名。一本有题《秋思》。

〔2〕塞下：边塞地区，这里指北宋王朝的西北边境。衡阳雁：指秋天南飞的大雁。衡阳：今湖南衡阳，城南有回雁峰，传说雁至此不再南飞。无留意：指一直南飞，对这里毫无留恋之意。

〔3〕边声：边塞的各种悲凉之声，如马嘶声、牛羊声、胡笳声、羌笛声等。角：军中号角。

〔4〕千嶂：重叠的群山。嶂：像屏障一样的山峰。长烟：指风烟。闭：关闭。

〔5〕燕然未勒：尚未建立大功。《后汉书·窦宪传》载：窦宪打败侵扰的匈奴，追至塞外三千里的燕然山，在山上刻石记功而归。燕然：山名，即今杭爱山，在蒙古国境内。勒：刻石。

〔6〕羌管：即羌笛，管乐器。本出产于古代羌地，故称。悠悠：形容笛声传得长而远。

〔7〕寐：睡。将军：作者自指。征夫：指戍边士兵。

这首词约作于仁宗康定元年至庆历五年（1040—1045）间，此时作者任陕西经略副使兼知延州（今陕西延安）。词作通过对边塞秋日风光、边地战士艰苦生活以及久戍不归思乡情绪的描绘，抒发了抗击西夏、破敌立功的雄伟抱负和壮志难酬的苦闷心情，表达了一位戍边将军的责任感。上片紧扣"异"字，极写秋日边塞的风光景物，描绘出一幅迥异于中原乡土的"塞下秋来"的荒凉画面。下片转入抒情，在羌管悠悠、寒霜满地的边塞，人们夜不成寐，将军头发白了，战士流下了眼泪。此词写得苍凉悲壮，诚挚感人，开豪放派词作的先河。

【程 颢】

程颢（1032—1085），字伯淳，世称明道先生。洛阳（今河南洛阳）人，出生于湖北黄陂。北宋著名哲学家、教育家、诗人和北宋理学的奠基人。宋仁宗嘉祐年间（1056—1063）进士。曾任太子中允、监察御史里行。后来反对王安石变法的新政，罢官洛阳。以阐发孔孟之道为己任，探究深奥的理学。著有《定性书》《识仁篇》等。

春日偶成[1]

云淡风轻近午天，傍花随柳过前川[2]。时人不识予心乐，将谓偷闲学少年[3]。

毛泽东曾手书这首诗。

〔1〕偶成：偶然写成。
〔2〕云淡：指晴朗的天气。傍花随柳：傍随于花柳之间。
〔3〕将谓：就以为。

这首诗通过踏青时柔和明丽的春光描写，抒发了作者自得其乐的心情。前两句写景，三、四两句话题一转，假托他人之口说出自己的游春之乐。此诗缘情写景，景中见情，语言通俗，结构工巧。

【苏　轼】

苏轼（1037—1101），字子瞻，号东坡居士。眉山（今四川眉山市）人。北宋杰出的文学家、书画家。仁宗嘉祐二年（1057）进士。神宗时，因反对王安石新法而求外职，知密州、徐州、湖州等。后以作诗"讪谤朝廷"罪，即所谓"乌台诗案"贬为黄州团练副使。哲宗时召为翰林学士。出知杭州等地，官至礼部尚书。后又远贬惠州、儋州。徽宗即位，遇赦北归，卒于常州。其散文如行云流水，与其父苏洵、弟苏辙并称"三苏"。与欧阳修并称"欧苏"。为"唐宋八大家"之一。其诗清新飘逸，善用比喻，与黄庭坚齐名，并称"苏黄"。词的成就更大，题材广泛，风格豪放，开一代词风，为豪放派词人的重要代表。与辛弃疾并称"苏辛"。有《苏东坡集》《东坡乐府》。存诗2800余首，词350余首。

饮湖上，初晴后雨二首 (其二)〔1〕

水光潋滟晴方好，山色空蒙雨亦奇〔2〕。欲把西湖比西子，淡妆浓抹总相宜〔3〕。

毛泽东曾手书"欲把西湖比西子，淡妆浓抹总相宜"二句。

〔1〕本题共二首，这是第二首。湖：指杭州西湖。

〔2〕潋滟：形容水波相连，在阳光下荡漾闪光的样子。空蒙：形容雨中雾气迷茫、似有若无的样子。

〔3〕西子：西施，春秋时越国著名的美女。"淡妆"句：是说无论素雅的妆饰或艳丽的打扮对西施都很合适。这里喻指西湖晴雨皆好。抹：指涂脂抹粉。

这首诗作于熙宁二年（1073）苏轼任杭州通判任上。前两句描写晴天的水、雨天的山，从两种地貌、两种天气表现西湖山水风光之美和晴雨多变的特征。后两句以富于想象力和创造性的比喻描写西湖天然的美景。正所谓景因诗名，湖因诗传，人为诗美。

题西林壁[1]

横看成岭侧成峰，远近高低各不同[2]。不识庐山真面目，只缘身在此山中[3]。

毛泽东曾手书这首诗。

〔1〕题西林壁：题写在西林寺墙壁上。题：写。西林寺，即庐山乾明寺，位于庐山西麓。

〔2〕横看：横向看，指正面看。侧：侧面看，指纵向看。

〔3〕不识：不能认识，意谓不能辨别清楚。缘：因为。

宋神宗元丰七年（1084）五月，苏轼由黄州（今湖北黄冈）贬赴汝州（今河南临汝）任团练副使，经过九江时，顺道登临庐山，写下了多首庐山纪游诗。这首诗前两句概写游览庐山所见景色的总印象。后两句写几日游山的总感受。"只缘身在此山中"，奇思勃发，耐人寻味，成为振起全篇、脍炙人口的警语格言。此诗即景说理，教人善于从各种不同的角度，全面正确认识事物的哲理和思想方法，成为人类宝贵的智慧财富。

惠崇春江晓景二首 (其一)[1]

竹外桃花三两枝，春江水暖鸭先知。蒌蒿满地芦芽短，正是河豚欲上时[2]。

毛泽东曾手书这首诗。

〔1〕本题共二首，这是第一首。惠崇（965—1017）：北宋僧人，福建建阳人。擅诗、画。专精五律，工画鹅、鸭、鹭鸶。春江晓景：惠崇所作画名。

〔2〕蒌蒿：即白蒿。芦芽：芦笋。河豚：鱼名，古称鲇鲐，身体呈圆筒形。背鳍一个，无腹鳍。无鳞或有刺鳞。有气囊，能够吸气膨胀。肉鲜美，但肝脏、生殖腺及血液有剧毒。栖近海，每年四五月入江河淡水中产卵。欲上：将要溯江而上。

这首诗于神宗元丰八年（1085）为惠崇所画《春江晚景图》而题，是历来为人们所喜爱的名篇。此诗再现了惠崇所画江南仲春的美好景色，而且融入了诗人的观感和想象，使诗有画意，画添诗情。"春江水暖鸭先知"一句把鸭戏春江的图景，予以哲理性的说明，为后人所经常使用。

念奴娇·赤壁怀古[1]

大江东去，浪淘尽，千古风流人物[2]。故垒西边，人道是、三国周郎赤壁[3]。乱石穿空，惊涛拍岸，卷起千堆雪[4]。江山如画，一时多少豪杰[5]。

遥想公瑾当年，小乔初嫁了，雄姿英发[6]。羽扇纶巾，谈笑间、强虏灰飞烟灭[7]。故国神游，多情应笑我，早生华发[8]。人间如梦，一樽还酹江月[9]。

毛泽东曾多次默诵并手书这首词。他赞扬苏轼的词"气势磅礴，豪迈奔放，一扫晚唐五代词家柔靡纤弱的气息"。其创作《菩萨蛮·黄鹤楼》中"把酒酹滔滔"句，化用此词"人生如梦，一樽还酹江月"。《七律·答友人》中"洞庭波涌连天雪"句，化用此词"惊涛拍岸，卷起千堆雪"。《贺新郎·读史》中"有多少风流人物"句，化用此词"千古风流人物"。

〔1〕念奴娇：词牌名。赤壁：这里指湖北黄州赤壁，一名"赤鼻矶"，在今湖北黄冈西。而三国古战场的赤壁，史学界认为在今湖北赤壁市蒲圻县西北。

〔2〕大江：指长江。淘：冲刷。风流人物：指杰出的历史名人。

〔3〕故垒：过去遗留下来的营垒。周郎：指三国时吴国名将周瑜，字公瑾，少年得志，二十四岁为中郎将，掌管东吴重兵，时人呼之"周郎"。下文的"公瑾"，即指周瑜。

〔4〕乱石：指江边陡峭错落的山石。穿空：上刺天空。雪：喻指浪花。这三句说，陡峭的石壁耸立天空，好像要使云天崩裂；汹涌奔腾的洪波巨浪，仿佛要把堤岸冲裂似的，激起一层层雪堆似的浪花。

〔5〕一时多少豪杰：指赤壁之战时，曹操、孙权、周瑜、刘备、诸葛亮

394

等人。

　　〔6〕遥想：形容想得很远，回忆。小乔：《三国志·吴书·周瑜传》载，周瑜从孙策攻皖，"得乔公两女，皆国色也。策自纳大乔，瑜纳小乔。"其时距赤壁之战已经十年，此处言"初嫁"，是言其少年得志，倜傥风流。雄姿英发：形容姿态英俊，才华焕发。

　　〔7〕羽扇：羽毛制成的扇子。纶（guān）巾：青丝制成的头巾，指周瑜的装束。强虏：强大的敌人，指曹操军队。虏：对敌人的蔑称。灰飞烟灭：形容曹军战船被周瑜火攻烧毁的情状。

　　〔8〕故国：这里指旧地，当年的赤壁战场。神游：在想象、梦境中游历。华发：花白的头发。

　　〔9〕樽：盛酒的器具。酹：原意是把酒浇在地上表示祭奠、奉敬。这里是邀月同饮的意思。

　　这首词于元丰五年（1082）作者被贬黄州团练副使期间游览赤壁时所作。词作描绘了赤壁雄伟壮丽的景色，豪情激荡地歌颂了古代英雄的伟大业绩，抒发了自己壮志难酬的不平之气。诗人将时间与空间的距离紧缩集中到三国时代的风云人物身上。特别是第一次以空前的气魄和艺术力量塑造了英气勃发的周瑜形象，透露了作者有志报国、壮怀难酬的感慨，为用词体表达重大的社会题材，开拓了新的道路，产生了重大影响。此词将写景、咏史、抒情融为一体，境界壮阔，气势豪迈，给人以撼魂荡魄的艺术力量，被誉为"古今绝唱"。

【秦　观】

　　秦观（1049—1100），字少游，一字太虚，号淮海居士。扬州高邮（今江苏扬州高邮）人。北宋中晚期著名词人。元丰八年（1085）进士。曾任秘书省正字，兼国史院编修官等职。因受党争牵连，累遭贬谪。受学于苏轼，和黄庭坚、张耒、晁补之并称"苏门四学士"。词情韵兼胜，精于描画，长于抒情，清丽和婉，注重锤炼，韵律谐美，为北宋婉约派杰出代表之一。因其词多写男女私情和仕途失意之怨，有"千古伤心人"的封号和"山抹微云秦学士"雅号。有《淮海集》《淮海居士长短句》。

鹊桥仙·七夕[1]

纤云弄巧，飞星传恨，银汉迢迢暗度[2]。金风玉露一相逢，便胜却人间无数[3]。

柔情似水，佳期如梦，忍顾鹊桥归路[4]。两情若是久长时，又岂在朝朝暮暮[5]。

毛泽东曾多次手书这首词，并送了一幅手书给他的卫士张仙朋留存。

[1] 鹊桥仙：词牌名。七夕：农历七月初七日夜晚。

[2] 纤云：轻盈的云彩。弄巧：指云彩于空中幻化为各种巧妙的花样。飞星：天空中的流星，这里指牵牛星。传恨：传牛郎织女离别之恨。银汉：即银河，又称天河。迢迢：形容遥远的样子。传说每年农历七月初七晚上，牛郎和织女渡过天河相会。

[3] 金风：秋风。玉露：白露。李商隐《辛未七夕》："由来碧落银河畔，可要金风玉露时。"

[4] 忍顾：怎么忍心回顾。鹊桥：传说牛郎、织女七夕在天河相会时，喜鹊为他们架桥。韩鄂《岁华纪丽》卷三引《风俗通》："织女七夕当渡河，使鹊为桥。"这三句是说，情意绵长，相会短促，不忍匆匆分手而归。

[5] "两情"二句：是说只要爱情坚贞不渝，就不在乎相会时间的长短。

这首词以牛郎、织女一年一度七月七日在天河相会的传说为题材，歌颂了这对仙侣之间真挚、细腻、纯洁、坚贞的爱情。"柔情"三句，写出了难分难舍的感情。结尾"两情"二句，又表现了对爱情的坚定信念。此词熔抒情、叙事与议论、说理于一炉，写景记事，阐发哲理，均似行云流水；在词的哲理性与形象性的结合上，提供了成功的艺术经验。

【李清照】

李清照（1084—1155），号易安居士，济南（今山东济南）人。南宋杰出女词人。早年生活优裕，婚姻美满。靖康之乱后，与丈夫金石学家赵明诚避乱江南。丈夫病死后，独自漂流于杭州、越州、金华一带，度过了凄苦孤寂的晚年。诗、词、文、赋方面均有成就，尤以词最著名。主张"词别是一家"，反对以诗文之法作词。善于以清新奇特的艺术形象抒发情感，移情于物，语言流丽，词风清雅，形成"易安体"，被誉为婉约之宗。有《漱玉词》《李清照集》。

醉花阴[1]

薄雾浓云愁永昼，瑞脑消金兽[2]。佳节又重阳，玉枕纱厨，半夜凉初透[3]。

东篱把酒黄昏后，有暗香盈袖[4]。莫道不销魂，帘卷西风，人比黄花瘦[5]。

毛泽东特别喜爱这首词。在他的藏书中，凡收有该词的版本里，都留有他对这首词的圈画痕迹。

[1] 醉花阴：词牌名。这首词是李清照南渡前的作品。

[2] 薄雾浓云：喻指秋阴天气，一说指下句香炉中散发出来的浓烟。愁永昼：整天无法排除愁闷。永昼：长长的白天。瑞脑：一种薰香，又称龙脑。金兽：兽形的铜香炉。

[3] 重阳：农历九月九日为重阳节。玉枕：玉制或磁制的枕头。纱厨：纱帐。

[4] 东篱：指代种菊花的园地。语出陶渊明《饮酒》："采菊东篱下，悠然见南山。"把酒：持杯饮酒。暗香：指菊花的幽香。

[5] 销魂：形容因伤感而神思茫然。黄花：菊花。

这首词委婉含蓄地抒发了怀念亲人的愁闷心情。全篇像一组移动的镜头，展示了从午后到黄昏，由室内而室外，再由室外而室内的形象鲜明的画面，逐层写出女主人公的深情蜜意。结尾三句是全词的精神所在。用黄花比喻人的憔悴，以瘦暗示相思之深，含蓄深沉，言有尽而意无穷，历来广为传诵。"瘦"字是词眼，形象地概括了全篇的词意，起画龙点睛的作用。此词造语清新浅显，音节自然和谐，为作者代表作之一。

声声慢[1]

寻寻觅觅，冷冷清清，凄凄惨惨戚戚[2]。乍暖还寒时候，最难将息[3]。三杯两盏淡酒，怎敌他，晚来风急[4]？雁过也，正伤心，却是旧时相识[5]。

满地黄花堆积，憔悴损，如今有谁堪摘[6]？守着窗儿，独自怎生得黑[7]！梧桐更兼细雨，到黄昏、点点滴滴[8]。这次第，怎一个愁字了得[9]！

毛泽东曾圈读这首词。

〔1〕声声慢：词牌名。这首词是李清照晚年的代表作之一。

〔2〕寻寻觅觅：形容空虚若有所失，想把失去的寻找回来。戚戚：形容忧伤的样子。

〔3〕乍暖还寒：天气刚返暖，又归于寒冷。指天气忽冷忽热，变化无常。将息：调养，养息。

〔4〕盏：浅而小的杯子。

〔5〕旧时相识：是说南来的北雁曾为自己传递过书信。言外的意思是，而今丈夫已故去，无人可寄。

〔6〕黄花：菊花。憔悴损：是说人与菊花都十分憔悴。损：消损，消瘦。有谁堪摘：有谁去采摘、欣赏。堪：可。

〔7〕怎生：怎样，怎么。得黑：挨到天黑。

〔8〕兼：同时加上。

〔9〕这次第：这情形，这光景。"怎一"句：哪是一个愁字能说得尽啊！了

得：包容得了。

1127 年，金兵攻破北宋汴京，宋室南渡。李清照遭逢了国破家亡、离乡背井之不幸，晚年孑然一身，历经艰辛。这首词是她这一时期的作品。词作以时间推移为线索，通过几个侧面的描写，沉痛地抒发了作者当时凄楚以至绝望的哀伤情绪。开篇连用七组十四个叠字层层铺叙，展示作者极端悲苦的心理状态。接下来通过一系列的景物描写，展示作者的内心世界。举凡天气、淡酒、过雁、黄昏、梧桐、细雨等景象，无不显现了秋的自然特征，又无不染上了女词人凄凉的主观感情色彩，从而构成了动人的意境。此词开端三句是全篇的感情基调，结尾以"愁"字照应开端，章法之妙，耐人玩味。因系慢词，作者紧扣一个"愁"字，层层铺叙，娓娓道来，加上几个反诘句不断荡起的波澜，敲击着读者的心灵，强化着人们的情感，感染力极强。

【吴　激】

吴激（1090—1142），字彦高，自号东山散人，建州（今福建建瓯）人。宋、金时期的作家、书画家。北宋宰相吴栻之子，书画家米芾之婿。曾奉命使金、任翰林待制、出知深州（今河北衡水深州）。善诗文、书画。其词风格清婉，多家园故国之思，与蔡松年齐名，时称"吴蔡体"。被元好问推为"国朝第一作手"。有《东山集》。

人月圆·宴张侍御家有感[1]

南朝千古伤心事，犹唱《后庭花》[2]。旧时王谢，堂前燕子，飞向谁家[3]？

恍然一梦，仙肌胜雪，宫鬓堆鸦[4]。江州司马，青衫泪湿，同是天涯[5]。

毛泽东在读白居易《琵琶行》的批语中，引用了这首词的最后三句。

〔1〕人月圆：词牌名。宴张侍御家有感：宋人洪迈《容斋题跋》："先公（洪皓）在燕山，赴北人张总侍御家集，出侍儿佐酒。中有一人，意态摧抑可怜。叩其故，乃宣和殿小宫姬也。坐客翰林直学士吴激赋长短句纪之。闻者挥涕。"

〔2〕南朝：东晋以后，中国分裂为南北两部分，占有南方的政权，从420年东晋灭亡，到589年陈亡，经历了宋、齐、梁、陈四代，称为南朝。《后庭花》：即南朝陈后主所作《玉树后庭花》。《隋书·五行志》载，后主作新歌，词很哀怨，有"玉树后庭花，花开不复久"句。当时人认为这是歌谶，是陈朝灭亡的预兆。故后人把它看作亡国之音。

〔3〕"旧时"三句：化用刘禹锡《乌衣巷》："旧时王谢堂前燕，飞入寻常百姓家"诗句。

〔4〕仙肌胜雪：形容美人的肌肤比雪还白。宫鬓堆鸦：形容宫中美人黑色的鬓发。

〔5〕"江州"三句：化用白居易《琵琶行》中"座中泣下谁最多，江州司马青衫湿""同是天涯沦落人，相逢何必曾相识。"诗句。

这首词怀古感事。作者本为宋人，大概有伤于北宋王朝的覆灭，南宋王朝偏安于江左，中原恢复无望，有感而作此词。上片哀痛国家沦陷，下片悲伤人民流离。南朝诸代，国祚短促，相继灭亡，本属伤心之事。而当前的统治者不以此为鉴，还在吟唱《后庭花》那样的靡靡之音，醉生梦死，荒淫无度，其终将重蹈前朝覆辙。此词巧妙地化用唐人诗句，借前人的现成语，写自己的心里话，哀故国王朝的败亡，由彼及此，极有深意。

【张元幹】

张元幹（1091—1175?），字仲宗，号芦川居士、真隐山人，晚年自称芦川老隐。长乐（今福建永泰嵩口镇）人。南宋著名词人。早年有诗名。历任太学上舍生、陈留县丞。金兵围汴，入李纲麾下，坚决抗金，力谏死守，官至将作少监（管土木营建）。秦桧当权时致仕南归。后因作词赠送主战派胡铨，触怒秦桧，削除官籍。先后闲居二十多年。其词抒发强烈的爱国情怀，风格豪迈，慷慨悲壮，亦有不少清新婉丽之作。与张孝祥并称南宋初期"词坛双璧"。有《芦川归来集》《芦川词》。

贺新郎·送胡邦衡谪新州[1]

梦绕神州路。怅秋风、连营画角，故宫离黍[2]。底事昆仑倾砥柱，九地黄流乱注[3]？聚万落千村狐兔[4]。天意从来高难问，况人情老易悲难诉[5]！更南浦，送君去[6]。

凉生岸柳催残暑[7]。耿斜河、疏星淡月，断云微度[8]。万里江山知何处？回首对床夜语[9]。雁不到、书成谁与[10]？目尽青天怀今古，肯儿曹恩怨相尔汝[11]？举大白，听《金缕》[12]。

毛泽东曾三次圈读这首词。1975年4月，董必武逝世，毛泽东放了一天这首词的唱片，并改上片最后两句"更南浦，送君去"为"君且去，休回顾"，以悼念战友。其创作《贺新郎·别友》中"要似昆仑崩绝壁"句，化用此词"底事昆仑倾砥柱"句。

〔1〕贺新郎：词牌名。胡邦衡（1102—1180）：即胡铨，字邦衡，号澹庵，庐陵（今江西吉安）人。南宋著名爱国词人。胡铨因反对朝廷议和，请斩王伦、秦桧、孙近，遭贬。绍兴十二年（1142）再贬新州。谪：贬谪。新州：今广东新兴县。

〔2〕绕：萦绕。神州：中国古称赤县神州。这里指当时被金人占领的中原地区。路：行政区划名，宋代的路相当于现代的省。怅：失意悲伤。连营：连接着的许多军营。画角：古代军中的号角，因涂有色彩，故称。故宫：指北宋故都汴京宫殿。离黍：即禾黍，这里借指故都荒凉败落的景象。

〔3〕底事：何事，什么原因。砥柱：山名，又称三门山，在河南三门峡市，因高耸黄河急流中，形如石柱，故名。九地：九州之地，这里指中原之地。黄流乱注：黄河泛滥，到处成灾，比喻金兵横行中原，造成灾祸。

〔4〕狐兔：借喻占领中原地区的金人。

〔5〕天意：上天的旨意。这里指朝廷当权的投降派向金人屈膝求和的旨意。难问：难测。况：何况。难诉：无法诉说。

〔6〕"更南浦"二句：是说已经非常悲愤，加上送你贬谪远方，更是离愁满腔。化用江淹《别赋》："送君南浦，伤如之何！"

〔7〕催：迫促，驱赶。

〔8〕耿斜河：耿耿银河横斜夜空。耿：明亮。斜河：斜转了的银河，表示夜已深沉。断云：小块的云。微度：小块的云彩轻轻地飘过。

〔9〕知何处：不知在何处。对床夜语：相对躺在床上谈到深夜。指同宿夜话，谈论时政的情景。

〔10〕"雁不"二句：是说新州是雁飞不到的地方，即使写好书信，又托谁捎去？书：信。

〔11〕目尽青天：放眼天下。目尽：极目远望。怀今古：怀想古往今来的国家大事。肯：岂肯，怎肯。儿曹：小孩子们，年轻的人们。相尔汝：形容彼此你我相称，非常亲切的样子。尔、汝：你。

〔12〕大白：酒杯名。《金缕》：即《金缕曲》，《贺新郎》又名《金缕曲》，这里指本词。

绍兴十二年（1142），枢密院编修官、主战派代表人物之一胡铨因请斩奸臣秦桧等以谢天下，被贬昭州（今广西平乐县），再贬新州（今广东新兴县）。胡铨途经福州时，张元幹不顾个人安危，担着极大的风险，作此词为其送行。这件事激怒了秦桧，张元幹因此被捕入狱，削除官籍。这首词表达了作者对投降派把持朝政的国家前途和命运的深切担忧。上片以悲愤之笔，形象地概括北宋灭亡的惨痛历史，严词质问投降派悲剧产生的根源，慨叹国事，并以"更南浦，送君去"点明送别题意。下片正式写送别。先点明季节，铺写景色，接着叙远别、忆相逢，想象别后"万里江山知何处"，书信"谁与"？最后宕开一笔，放怀古今，把儿女恩怨之情弃置一边，"举大白，听《金缕》"，以高亢豪壮的声调收束全篇。此词一扫婉约派送别词那种伤春悲秋、寻愁觅恨的老套，而融进了现实政治斗争内容，体现出忧患国事的时代精神，意境高远，气象阔大，苍凉悲壮。

【岳 飞】

岳飞（1103—1141），字鹏举，相州汤阴（今河南安阳汤阴）人。南宋抗金名将，少年即有气节，善挽弓射箭。宋徽宗宣和四年（1122）应募入抗金名将宗泽部队，屡立战功。曾任河南、北诸路招讨使，枢密副使等职。宋高宗绍兴十年（1140），率军大败金兵，直逼北宋旧都汴京，胜利在望，却被召回。被秦桧诬陷，死于狱中。宋孝宗时平反，谥武穆。宁宗时追封鄂王，理宗改谥忠武。诗词多抒发报国之志，气势豪迈，感情悲壮。文章亦有气势。有《岳武穆集》。存诗8首，词3首。

满江红[1]

怒发冲冠，凭栏处、潇潇雨歇[2]。抬望眼，仰天长啸，壮怀激烈[3]。三十功名尘与土，八千里路云和月[4]。莫等闲、白了少年头，空悲切[5]。

靖康耻，犹未雪[6]。臣子恨，何时灭。驾长车踏破、贺兰山缺[7]。壮志饥餐胡虏肉，笑谈渴饮匈奴血[8]。待从头、收拾旧山河，朝天阙[9]。

毛泽东非常喜爱这首词，特别是晚年，经常击拍高声吟诵。其1966年6月创作的《七律·有所思》中"凭栏卧听潇潇雨"句，即化用此词"凭栏处、潇潇雨歇"句。1929年秋创作的《清平乐·蒋桂战争》中"收拾金瓯一片"句，化用此词"待从头、收拾旧山河"句。毛泽东还两次手书过这首词。

〔1〕满江红：词牌名。一本有题"写怀"。这首词作于绍兴二年（1132）前后。

〔2〕怒发冲冠：形容怒极，头发上竖，冲动了帽子。《史记·廉颇蔺相如列传》："怒发上冲冠。"潇潇：形容急骤的雨声。

〔3〕抬望眼：抬头远望。壮怀：壮烈的情怀。

〔4〕三十：岳飞时年三十岁左右。功名：这里指作者因战功显赫而取得的官

职名位。尘与土：指到处奔波。八千里路：犹言转战数千里，披星戴月的抗金生涯。这两句说，为了抗金报国、建立功名，披星戴月转战千里。

〔5〕"莫等闲"三句：自警不要虚度年华，以免后悔莫及。等闲：轻易，随便。

〔6〕靖康耻：指北宋灭亡的耻辱。靖康元年（1126），金兵攻破宋朝都城汴京（今河南开封）。次年，掳徽宗、钦宗北去。

〔7〕长车：古代一种战车。踏破：犹言踏平。贺兰山：在今宁夏回族自治区与内蒙古自治区交界处。这里借指金人占领的西北一带关山。相传岳飞曾驻兵于此。缺：山口残缺处。

〔8〕"壮志"二句：为夸张之词，表达对敌人的憎恨，并非真有或真要做出如此残忍之举。胡虏、匈奴：均泛指敌人。

〔9〕朝天阙：朝见天子。天阙：皇宫。这里指代朝廷或皇帝。

这是一首千古传诵的爱国诗篇。上片形象地展示了满腔激愤心潮难平的将军自我形象，表达了要趁大好年华，努力驱除金人，恢复故土，重新统一祖国大好河山的心愿。下片表达了不忘国耻，要收复故土，直捣敌巢，重整河山，报效国家的豪情壮志。全词信念坚定，感情激越，词情慷慨，豪气逼人，正如词学泰斗唐圭璋所说："气欲凌云，声可裂石。"此词以发怒起篇，以捷报作结，现实与理想交织，写实与浪漫结合，抽象概括与具体描写互相照应，一腔忠愤，贯穿全篇，令"千载之下读之，凛凛有生气焉"。

池州翠微亭〔1〕

经年尘土满征衣，特特寻芳上翠微〔2〕。好水好山看不足，马蹄催趁月明归〔3〕。

毛泽东曾手书这首诗。

〔1〕池州：今安徽池州市。翠微亭：在池州南齐山顶，为唐代诗人杜牧任池州刺史时所建。

〔2〕经年：常年。征衣：军装。特特：形容马蹄声，这里指走马观景。温庭

404

筠《常林欢歌》："马声特特荆门道，蛮水扬光色如草。"寻芳：游览赏花。翠微：青绿的山色。这里兼指翠微亭。这两句写常年南征北战，征尘未洗，无暇游山玩水，今日难得有空上山赏花观景。

〔3〕看：这里读平声 kān。这两句写美好的山水风光令人看不够，但一想到军务在身，不由得踏着月色策马归营。

这首诗从经年转战征尘满衣下笔，突出在戎马倥偬中来此游山赏春之不易。"好水好山看不足"一句，流露出作者对祖国大好河山无限热爱与留恋的深情。末句"马蹄催趁月明归"透露出抗金卫国的责任之重大，军情之紧迫。作者以"特特"的马蹄声烘托难得片时闲暇特地出游的轻松欢快之情，结尾又用急遽的马蹄声写月下催归，反映出主人公心境的变化，展示了以军国大事为重的爱国者形象。

送紫岩张先生北伐[1]

号令风霆迅，天声动北陬[2]。长驱渡河洛，直捣向燕幽[3]。马蹄阏氏血，旗袅可汗头[4]。归来报明主，恢复旧神州[5]。

毛泽东曾手书这首诗。

〔1〕紫岩：紫色山崖，多指隐者所居之处。王绩《古意》："幽人在何所，紫岩有仙蹯。"张先生：生平未详，当是一位从军的隐士。一说即张浚（1097—1164），南宋初期大臣，抗金名将。绍兴四年（1134），金兀术和伪齐刘豫的军队联手南侵，张浚受命为防守长江的统帅，岳飞也率军参加了防御战。当张浚要出发到前线督战时，岳飞写了这首诗为他壮行。

〔2〕风霆：暴风和霹雳。天声：比喻盛大的声威，这里指宋军的声威。北陬（zōu）：北部边境地区，这里指抗金前线。陬：角落。这两句说，北伐的号令如风雷般迅疾，宋朝军队的声威震动了金人占领的北方地区。

〔3〕河洛：黄河与洛水，这里指金人占领的土地。燕幽：地名，战国属燕国，唐以前属幽州，故称燕幽。今属河北、山西及内蒙古一带。

〔4〕蹀（dié）：踏。阏氏（yān zhī）：匈奴王后的称号，这里代指金统治者。

枭（xiāo）：斩首后把头挂在旗杆上以示众。可汗：古代西域国的君主，这里借指金人最高统治者。

〔5〕明主：指宋高宗。神州：古代称中国为神州。

这首诗充满了强烈的爱国主义精神和豪迈的英雄主义气概。军中的号令像疾风暴雷一样迅速传遍全军，官军的声威震动了抗金的每个角落。官军长驱直入，必将一举收复河洛、幽燕失地。战马驰骋，踏着入侵之敌的血迹，旗杆上悬挂着敌国君主的头颅。官军胜利归来时，把好消息报告皇帝，失地已经收复，祖国又得到了统一。此诗写得激情洋溢，豪气冲天，声调铿锵。

毛泽东手书岳飞《送紫岩张先生北伐》

【陆　游】

陆游（1125—1210），字务观，号放翁。越州山阴（今浙江绍兴）人。南宋杰出的爱国诗人。高宗绍兴二十三年（1153）试礼部，名列第一，因触怒秦桧，被黜免。孝宗时，赐进士出身。曾官镇江（今江苏镇江）、隆兴（今江西南昌）、夔州（今重庆奉节县）通判等职。平生力主抗金，却受到奸臣压制，几次遭贬。曾亲临南郑（今陕西汉中一带）前线，投身军旅生活。晚年退居家乡。其诗取材广泛，涉及时事政治的作品，激昂慷慨，具有强烈的义愤，表达了广大人民恢复中原的愿望。作诗无体不备，无体不工，尤擅近体。与尤袤、杨万里、范成大并称"中兴四大家"。现存诗9300余首，词140余首。诗风雄健，气势奔放，明白晓畅。词风豪放，多抒壮志难酬之慨。有《渭南文集》《剑南诗稿》。

剑门道中遇微雨[1]

衣上征尘杂酒痕，远游无处不消魂[2]。此身合是诗人未？细雨骑驴入剑门[3]。

毛泽东曾圈读这首诗。

〔1〕剑门：一名剑阁，在剑州（今四川剑阁）大剑山、小剑山之间，有阁道三十里，形势险要，为蜀地门户。据《大清一统志》："四川保宁府：大剑山在剑州北二十五里。其山削壁中断，两崖相嵌，如门之辟，如剑之植，故又名剑门山。"

〔2〕征尘：旅途中所染的尘土。消魂：指一种惆怅的心情。一说心醉，神往。

〔3〕"此身"句：是说我算不算个诗人呢？合：应该。未：表示发问，义同"否"。骑驴：唐代有不少诗人骑驴的佳话，如李白曾骑驴过华阴，孟浩然曾雪中骑驴，李贺曾骑驴觅诗句，孟郊曾骑驴苦吟。陆游骑驴入蜀，不免引起联想，因而发出"此身合是诗人未"的自问。

这首诗为作者于孝宗乾道八年（1172）冬，从抗金前线南郑调回后方成都途中，骑在驴背上写成的。作者怀才不遇，报国无门，衷情难诉，壮志难酬，不能成为上马击贼的英雄，故在深沉的自嘲中流露出无奈的悲愤。诗人沉痛地调侃道：如今"细雨骑驴入剑门"，我是否称得上一位诗人呢？此诗自慰和自伤、潇洒清闲和牢骚愤懑的复杂情绪交织在一起，感情深沉，笔调幽默，富有情趣。

楼上醉书[1]

丈夫不虚生世间，本意灭虏收河山。岂知蹭蹬不称意，八年梁益凋朱颜[2]。三更抚枕忽大叫，梦中夺得松亭关[3]。中原机会嗟屡失，明日茵席留余涕[4]。益州官楼酒如海，我来解衣论日买[5]。酒酣博簺为欢娱，信手枭卢喝成采[6]。牛背烂烂电目光，狂杀自谓元非狂[7]。故都九庙臣敢忘？祖宗神灵在帝旁[8]。

毛泽东曾圈读这首诗。

〔1〕楼：即诗中所说的益州官楼。

〔2〕蹭蹬：遭受挫折，形容失势的样子。八年：陆游于乾道五年（1170）入蜀至淳熙四年（1177），先后共八年。梁：梁州，指今陕西汉中一带。益：益州，指今四川成都一带。

〔3〕松亭关：古关名，在河北承德宽城县西南，此时为金人占据的要地。

〔4〕中原机会：指收复中原的有利时机。明日：指梦后次日。茵：坐垫。余涕：泪痕。

〔5〕官楼：宋代实行酒专卖制度，官楼指出售官酒的酒楼。解衣：解衣沽酒，形容生性豪放不羁。论日买：指陆游能饮，独包一日，酒楼不再接待他客。

〔6〕博簺（sài）：古代一种赌胜负的游戏。枭卢：古代博戏的采名，五木戏五子都呈黑色为卢，为最高的采，以下为雉、枭、犊。后来骰子由此变化而来。么为枭，最胜；六为卢，次之。

〔7〕"牛背"句：《世说新语·雅量》记王衍与族人共饮，族人拿酒器向王衍脸上掷去，王衍不予计较。上车后取镜自照，说："你看我眼光出牛背上。"《世说新语·容止》记王戎目光炯炯，视日不眩。裴楷见了说："王戎眼烂烂如岩下电。"这里借两个典故显示作者的风度和气量。"狂杀"句：言别人说我极狂放，自己以为原本不狂。元：原，本来。

〔8〕故都：指东京（今河南开封）。九庙：指宋朝皇帝供奉列代祖宗的庙。敢：岂敢，哪里敢。祖宗：指宋代皇帝的列祖列宗。帝旁：指在天帝的旁边。

这首诗作于孝宗淳熙四年（1177）春，作者当时在成都。诗篇抒发了诗人立志收复中原而壮志难酬的满腔激愤。开头四句写"丈夫不虚生世间"的抱负，然而年华已逝，壮志成空。接着四句写朝思暮想沙场杀敌，"梦中夺得松亭关"，然而朝廷无能，醒来时潸然泪下。再下面四句写报国无门而"论日买"酒浇愁。最后四句写尽管自己的抗金主张难以实现，但报效国家的志向永不改变。至此，一位伟大的爱国主义形象已耸立在读者眼前。此诗四句一层意思，如辘轳体诗，均可独立成篇。

秋晚登城北门[1]

幅巾藜杖北城头，卷地西风满眼愁[2]。一点烽传散关信，两行雁带杜陵秋[3]。山河兴废供搔首，身世安危人倚楼[4]。横槊赋诗非复昔，梦魂犹绕古梁州[5]。

毛泽东曾圈读这首诗。

[1] 城北门：即成都北门。

[2] 幅巾：古代男子用整幅的绢束头发。藜杖：用藜茎做成的手杖。藜：一年生草本植物。卷地：贴着地面迅猛向前推进。

[3] 烽传：古代边境垒土筑高台，积薪草，有警则点燃积薪，以烟火传报警情，此谓烽传。散关：即大散关，南宋西北边境的重要关塞，位于陕西宝鸡南郊秦岭北麓。杜陵：汉宣帝陵墓，在今陕西西安市东南。这里借指失陷了的长安一带。

[4] 山河兴废：指北方沦陷区至今还没有收复。兴废：这里偏用"废"字。供：令人，使人。搔首：抓头发，挠头皮。身世：指诗人所处的时代及自身的遭遇。倚楼：指登高望远，触目兴感。

[5] 横槊赋诗：行军中在马上横戈吟诗。槊：长矛。梦魂：古人以为人的灵魂在睡梦中会离开肉体，故称。古梁州：古九州之一，这里指陕西关中一带，当时已在金人统治之下。

这首诗作于孝宗淳化四年（1177）九月，诗人当时在成都任内。诗篇通过登临城门望远的描写，表达了壮志难酬的悲愤忧虑心情。首联叙出游地点、时间及"卷地西风满眼愁"感受，点明题旨。颔联写远望烽火、仰观雁阵所兴起的失地之愁。颈联由失地而想到国家的命运与自身的遭际。尾联写自己对"横槊赋诗"往事的追忆和壮志难酬的悲哀痛苦。此诗以诗人之"愁"贯穿全篇，感情激愤，立志报国的热情溢于言表。

示　儿[1]

死去元知万事空，但悲不见九州同[2]。王师北定中原日，家祭无忘告乃翁[3]。

毛泽东曾手书这首诗。1958年12月21日曾仿此诗作了一首七绝："人类今娴上太空，但悲不见五洲同。愚公尽扫饕蚊日，公祭无忘告马翁。"

〔1〕示儿：写给儿子们看。陆游共有六子。

〔2〕元：通"原"，本来。万事空：什么也没有了。但：只是。九州同：指祖国统一。

〔3〕王师：指南宋朝廷的军队。北定：将北方平定。家祭：祭祀家中先人。乃翁：你们的父亲，作者自称。

毛泽东手书陆游《示儿》

410

这首七绝作于嘉定二年（1209）十二月二十九日，为陆游临终绝笔，也是诗人发出的最后的抗战号召。时年八十五岁。首句流露了诗人悲哀凄凉的心情。次句写诗人为不能亲眼看到祖国统一而抱憾终天。第三句的情调由悲痛转为激昂。末句情绪又一突转，深情地嘱咐儿子，在家祭时千万别忘记把"北定中原"的喜讯告诉你们的父亲。此诗用笔曲折，行文多变，情真意切；语言浑然天成，没有丝毫雕琢。

诉衷情[1]

当年万里觅封侯，匹马戍梁州[2]。关河梦断何处，尘暗旧貂裘[3]。

胡未灭，鬓先秋，泪空流[4]。此生谁料，心在天山，身老沧洲[5]。

毛泽东曾两次手书这首词。

[1] 诉衷情：词牌名。

[2] 万里觅封侯：奔赴万里外的疆场，寻找建功立业的机会。这里借以明自己抗金复国、建功立业的壮志。梁州：在今陕西汉中。作者四十八岁时曾在南郑（今陕西汉中）军幕任职。

[3] 关河：边塞的山河，一说指潼关、黄河。这里泛指汉中前线险要的地方。梦断：梦醒。"尘暗"句：借用苏秦典故，说自己不受重用，未能施展抱负。

[4] 胡：古代称西北少数民族，这里指金入侵者。秋：秋霜，比喻年老鬓白。

[5] 天山：即今新疆境内的天山山脉，汉唐时为边疆，这里借指抗金前线。沧洲：水边，古时常用来泛指隐士居住之地。作者晚年闲居在绍兴镜湖（即鉴湖，在浙江绍兴南）边，故称。

这首词为陆游晚年罢官闲居山阴（今浙江绍兴）时所作。词中通过今昔对比，倾吐了一位爱国志士的坎坷经历和不幸遭遇，抒发了壮志未酬、报国无门的悲愤不平之情。此词格调苍凉悲壮，语言明白晓畅，用典自然，不着痕迹，如叹如诉，有较强的艺术感染力。

渔家傲·寄仲高[1]

东望山阴何处是？往来一万三千里[2]。写得家书空满纸[3]。流清泪，书回已是明年事[4]。

寄语红桥桥下水，扁舟何日寻兄弟[5]？行遍天涯真老矣。愁无寐，鬓丝几缕茶烟里[6]。

毛泽东曾圈读这首词。其创作《清平乐·会昌》中"踏遍青山人未老"句，反用此词"行遍天涯真老矣"句意。

〔1〕渔家傲：词牌名。仲高：陆升之（1113—1174），字仲高，陆游的堂兄，长陆游十二岁。

〔2〕"东望"二句：是说蜀中距家乡很远。山阴：今浙江绍兴市，陆游的家乡。

〔3〕空满纸：是说纸虽写满，而乡情难以尽诉。

〔4〕书：书信。

〔5〕寄语：传语。红桥：又名虹桥，在山阴西七里迎恩门外，作者当年曾与仲高共游于此。"扁舟"句：仲高死于孝宗淳熙二年（1175），陆游有《闻仲高从兄讣》一诗。仲高病时，陆游或许有所知晓，故有"何日寻兄弟"的急切心情。

〔6〕愁无寐：愁中失眠。鬓丝：形容鬓发斑白而稀疏。茶烟：煮茶时冒出的水汽。

这首词为孝宗淳熙二年前作者任职蜀地时所作。上片写思家之情的深切，下片转到思念堂兄仲高。全词借乡愁来表达自己遭受朝廷内外投降势力排挤打击的满腔悲愤情绪。结尾看似有些消沉，实为化愤激不平与热烈为闲适与凄婉。通过写梦境来抒发爱国情怀是陆游最为擅长的手法。此词语有新意，情亦缠绵。

谢池春[1]

壮岁从戎，曾是气吞残虏[2]。阵云高、狼烟夜举[3]。朱颜青鬓，拥雕戈西戍[4]。笑儒冠、自来多误[5]。

功名梦断，却泛扁舟吴楚[6]。漫悲歌、伤怀吊古[7]。烟波无际，望秦关何处[8]？叹流年、又成虚度[9]。

毛泽东曾圈读这首词。

〔1〕谢池春：词牌名。

〔2〕壮岁：壮年。从戎：从军。陆游四十八岁时在四川宣抚使王炎幕下任职，宣抚使治所在南郑（今陕西汉中），是当时西北前线要地。

〔3〕狼烟：古时报警用狼粪烧的烟，其烟直而聚，虽风吹不斜。

〔4〕朱颜青鬓：红颜黑发，指年轻时。雕戈：刻有花纹的戈，泛指兵器。戍：戍守，防守。

〔5〕"笑儒"句：化用杜甫《奉赠韦左丞丈二十二韵》"纨袴不饿死，儒冠多误身"句意。

〔6〕"功名"二句：是说愿望落空，被迫退居家乡。吴楚：借指江南家乡。

〔7〕漫：徒然。吊古：凭吊古迹。

〔8〕秦关：典出骆宾王《帝京篇》："秦塞重关一百二。"这里借指中原失地。

〔9〕虚度：空自度过。

这首词是作者晚年退居山阴（今浙江绍兴）回忆南郑（今陕西汉中）幕府生活时所作。诗篇通过南郑幕府生活的回忆，表达了作者对祖国的热爱之情和对现实的失望之感。上片追忆年轻时驻守边疆、保家卫国的军旅生涯，洋溢着作者青年时代飞扬的意气和爱国的情怀。下片伤今，满腔热血却无处施展，只得为虚掷光阴而感叹，字里行间充满了失落感。此词在笔调上化慷慨、沉痛为闲淡，是作者词中情调比较宁静、含蓄的一首。

卜算子·咏梅[1]

驿外断桥边，寂寞开无主[2]。已是黄昏独自愁，更著风和雨[3]。

无意苦争春，一任群芳妒[4]**。零落成泥碾作尘，只有香如故**[5]**。**

毛泽东读了这首词后，写道："读陆游《咏梅》词，反其意而用之。"即用陆游这首词的原调、原题填了一首词："风雨送春归，飞雪迎春到。已是悬崖百丈冰，犹有花枝俏。俏也不争春，只把春来报。待到山花烂漫时，她在丛中笑。"毛泽东还手书过这首词。

〔1〕卜算子：词牌名。咏：曼声长吟，吟咏。这里指用诗词等文学样式写作。

〔2〕驿外：指驿站附近。驿：驿站，古代官府设置的供来往官员和传递公文的人途中休息、暂住和换马的处所。断桥：残破的桥。开无主：在没有主人的环境中独自开放。主：主人。这里指培育、欣赏的人。

〔3〕更：再，加上。著：同"着"，遭受，承受。

〔4〕无意：不愿。苦：极力，竭力。争春：借喻争宠于皇帝。一任：任凭，完全听凭。群芳：百花。芳：花卉的总称。这里偏指花。作者把"群芳"作为梅花的对立面，喻指朝廷中的投降派、卖国分子。妒：嫉妒。这里指排挤，打击。

〔5〕零落：凋谢而飘零于地，坠落。成泥：变成泥土，与泥土混同。碾作尘：被车轮碾碎而化为尘埃。碾：轧碎。香如故：香气还像以前一样。比喻节操不变。如故：如旧，还像原来一样。

陆游写作这首词时，正是他主张北伐抗金，受到投降派打击，消极颓丧、无可奈何的时候。词中通过对我国优秀传统文化中梅花高格劲节形象的描写，抒发了矢志不渝的爱国情怀。上片写梅的遭际，实际上是曲折地诉说自己不幸的经历。下片写梅本性高洁，不管"群芳"如何嫉恨、诽谤，始终散发着清香，即使凋零飘落，甚至被践踏成泥或碾压成尘，也一样留得丝丝幽香在人间。"只有香如故"暗含了词人不屈服、不妥协的高尚品格。词中虽然也流露了无可奈何、伤感悲凉的情绪，但从整体上看，爱国热情始终是不渝的。此词托物言志，梅格成了人格的化身，谱写了一曲爱国主义颂歌，八百多年来，激励了一代又一代中国人。

夜游宫·记梦寄师伯浑[1]

雪晓清笳乱起，梦游处、不知何地[2]。铁骑无声望似水[3]。想关河：雁门西，青海际[4]。

睡觉寒灯里，漏声断、月斜窗纸[5]。自许封侯在万里[6]。有谁知，鬓虽残，心未死[7]！

毛泽东曾手书这首词。

〔1〕夜游宫：词牌名。师伯浑：陆游好友。生卒年不详，名浑甫，字伯浑，四川眉山人，隐居不仕。陆游曾在《师伯浑文集序》中称他为"天下伟人"。

〔2〕雪晓：下雪的早晨。清笳：指胡笳声，因其声凄清，故称。笳：古代军中号角一类的乐器。

〔3〕"铁骑"句：是说披着铁甲的骑兵衔枚疾行，望去像水一般沉寂。

〔4〕"想关河"三句：写梦境似在西北边地。关河：关塞与河防。雁门：雁门关，在山西代县西北。青海：青海湖，在今青海东北部。

毛泽东手书陆游《夜游宫·记梦寄师伯浑》(节选)

〔5〕睡觉：睡醒。觉，醒来。"漏声"二句：写梦醒时，夜已将尽，残月在窗。漏：滴漏。古代用铜壶盛水，壶底穿一孔，壶中水因漏而渐减，用以计时。

〔6〕封侯在万里：指驰骋疆场，立功于边塞。《汉书·班超传》记载班超少有大志，曾投笔而叹："大丈夫无他志略，犹当效傅介子、张骞立功异域，以取封侯，安能久事笔砚间乎？"

〔7〕鬓虽残：喻指衰老。

这首词系孝宗乾道九年（1173）陆游自汉中回成都后所作。此词名为寄好友师伯浑，实为抒发自己理想破灭之感慨。词中描写的梦中所见景象"关河""雁门""青海"都是南宋当时重要的西北边防重地，然而梦醒后方知自己的抱负、理想只是一场幻梦，现实是多么凄凉孤寂。此词情调高亢激扬，表达了作者执着的为国献身精神。

【辛弃疾】

辛弃疾（1140—1207），字幼安，号稼轩。历城（今山东济南）人。南宋著名军事将领、杰出的爱国词人。出生时，中原已被金所占。二十一岁参加耿京领导的抗金义军，任掌书记。耿京被杀害后，遂率众投奔南宋。历任建康（今江苏南京）通判，湖南、江西等地安抚使等职，颇有政绩。一生力主抗金，恢复中原，统一中国，却遭到当权者疑忌。从四十三岁起闲居信州（今江西上饶），几近二十年。晚年又复起用，任浙东安抚使和镇江（今属江苏）知府，不久罢归。临终之际，仍高呼杀敌。其词题材广泛，多抒写爱国情感和战斗精神，热情洋溢，慷慨悲壮，豪放雄健，为豪放派代表词人之一。与苏轼并称"苏辛"。有《稼轩长短句》，存词600余首。

念奴娇·登建康赏心亭，呈史留守致道 [1]

我来吊古，上危楼，赢得闲愁千斛 [2]。虎踞龙蟠何处是？只有兴亡满目 [3]。柳外斜阳，水边归鸟，陇上吹乔木 [4]。片帆西去，一声谁喷霜竹 [5]？

却忆安石风流，东山岁晚，泪落哀筝曲[6]。儿辈功名都付与，长日惟消棋局[7]。宝镜难寻，碧云将暮，谁劝杯中绿[8]？江头风怒，朝来波浪翻屋[9]。

毛泽东曾圈读这首词，并推荐给他人阅读。

[1]念奴娇：词牌名。赏心亭：旧址位于建康（今江苏南京）下水门的城上，俯视秦淮河，是当时的游览名胜。史留守致道：史正志，字致道，江苏扬州人，时任建康行宫留守、建康知府兼沿江水军制置使。与辛弃疾志同道合。

[2]危楼：高楼，这里指赏心亭。千斛：形容多。斛：古代以十斗为一斛，南宋末改五斗为一斛。这三句写登上高楼，凭吊古迹，引起无限感慨。

[3]虎踞龙蟠：形容建康地势险要。诸葛亮评建康地势说："钟山龙蟠，石城虎踞，真帝王之都也。"兴亡：指六朝兴亡的古迹。三国时吴国孙权，东晋司马睿及南朝的宋、齐、梁、陈曾先后建都于金陵（建康）。这两句说，建康徒有"虎踞龙蟠"的空名，而今所见只有一片历代兴亡的陈迹。

[4]陇上：田埂，这里指田野。

[5]喷霜竹：吹笛。喷：吹奏。霜竹：指竹笛。黄庭坚《念奴娇》："孙郎微笑，坐来声喷霜竹。"

[6]安石：即谢安，字安石，东晋著名政治家，淝水之战大破前秦苻坚百万大军的指挥者。东山：在浙江上虞西南，谢安曾隐居于此，与王羲之等游山作文，世称"谢东山"。岁晚：晚年。哀筝曲：淝水之战后，谢安功名极盛，被人嫉妒诬陷。一次，武帝设宴，命桓伊吹笛弹筝，当时谢安也在座。桓伊弹筝唱《怨诗》，替谢安表白忠心：做皇帝的不容易，做臣子的更难，即使忠心耿耿，还要遭到猜忌。谢安听后，感动得泪下沾襟，皇帝也为之所动，尽释疑虑。

[7]儿辈：小辈，这里指谢安之弟谢玄、侄谢石、子谢琰。淝水之战，他们领兵八万，大破苻坚八十万之众。当捷报传来时，谢安正在同客人下棋，他看了捷报神色不动，下棋如故。客人问他，他才漫不经心地说："小儿辈遂已破贼。"

[8]宝镜：圆月。难寻：这里喻指自己的忠心无人鉴察。碧云将暮：化用江淹《休上人怨别》："日暮碧云合，佳人殊未来。"这里借以抒发美人迟暮、知音

417

难觅的感慨。杯中绿：指杯中酒。

〔9〕朝来：早晨以来。波浪翻屋：形容水势汹涌浩大。化用杜甫《观李固请司马弟山水图》"高浪垂翻屋"诗句。这里喻指敌兵强盛，国势危殆之极。这两句说，江上狂风怒号，波浪汹涌，势欲推翻岸上的房屋。借喻政治形势险恶，深怀忧虑之情。

这首词为宋孝宗乾道四年（1168）辛弃疾任建康（今江苏南京）通判时所作。当时隆兴北伐失败，宋孝宗对抗战前途悲观失望，起用一批主和派大臣，排斥迫害抗战将领张浚等。同时向金割地，贡岁币，自称侄皇帝。词人对这种局面深感担忧，遂写下此词，呈送建康行宫留守史致道，表明自己对国家前途的忧虑，对议和派排斥爱国志士的激愤。上片写"只有兴亡满目"，侧重于吊古慨今。下片写"江头风怒，朝来波浪翻屋"，侧重抒发志不得伸的激愤和对国家前途十分忧虑的情怀。此词寓情于景，感情浓郁；抒情吊古伤今，笔调深沉悲凉。

太常引·建康中秋夜为吕叔潜赋[1]

一轮秋影转金波，飞镜又重磨[2]。把酒问姮娥：被白发欺人奈何[3]？

乘风好去，长空万里，直下看山河[4]。斫去桂婆娑，人道是清光更多[5]。

毛泽东对此词至少圈读过两次，在书的天头上画了大圈，并手书过这首词。其创作《蝶恋花·答李淑一》中"万里长空且为忠魂舞"句，化用此词"乘风好去，长空万里，直下看山河"句。

〔1〕太常引：词牌名。吕叔潜：名大虬，字叔潜，生平事迹不详。辛弃疾的好友。赋：作诗或念诗。

〔2〕秋影：这里指中秋之月。金波：形容月光浮动，这里指月光。《汉书·礼乐志》："月穆穆以金波。""飞镜"句：是说在天空飞转的满月像新磨的青铜镜那样明亮。飞镜：飞至天空的铜镜，喻指月亮。李白《把酒问月》："皎如飞镜临丹

418

阙，绿烟灭尽清辉发。"

〔3〕姮娥：即嫦娥，古代神话中后羿的妻子，因偷食后羿从西王母处求来的不死药，飞入月宫成仙。"被发"句：是说奈何不得白发欺负人，使我变得如此老朽。被：通"披"。这句对比姮娥不死，感叹虚掷青春。

〔4〕看：喻月光倾泻。

〔5〕"斫去"二句：化用杜甫《一百五日夜对月》诗"斫却月中桂，清光应更多"句意。斫：砍。桂：指传说中月中的桂树。据传吴刚被罚砍月中桂，树随砍随合。婆娑：树影摇曳的样子。《酉阳杂俎》载："月桂高五百丈，下有一人常斫之，树创遂合，人姓吴，名刚，西河人，学仙有过，谪令伐树。"

这首词约为淳熙元年（1174）作者在建康任江东安抚司参议官时所作。词作借助古代神话传说的描写，强烈地表达了自己反对妥协投降，立志收复中原失地的政治理想。上片营造了一种超现实的艺术境界，寄托自己的理想与情怀，同时感叹青春虚掷，"被白发欺人奈何？"表达了怀才不遇的矛盾心理。下片展开想象的翅膀，幻想要砍去遮住月光的桂树，揭示词所表达的主题。"斫去桂婆娑，人道是清光更多"，暗示了作者极其渴望铲除南宋朝廷内外的投降势力以及金人势力的迫切愿望。此词运用神话传说，借助于丰富想象和逻辑推断，巧妙地表达了要扫荡黑暗、把光明带给人间的积极态度。

菩萨蛮·书江西造口壁[1]

郁孤台下清江水，中间多少行人泪[2]。西北望长安，可怜无数山[3]。

青山遮不住，毕竟东流去。江晚正愁余，山深闻鹧鸪[4]。

毛泽东曾手书这首词。

〔1〕菩萨蛮：词牌名。书：题写。造口：一名皂口，在今江西万安西南六十里。有造口溪，流入赣江。南宋建炎三年（1129），金兵由宗弼（兀术）率领，从黄州（今湖北黄冈）渡江侵扰江西。沿途大肆烧杀，无数居民流离失所，造口

一带十室九空。淳熙三年（1176），辛弃疾任江西提点刑狱，路过造口，题此词于壁。

〔2〕郁孤台：在今江西赣州西北贺兰山上，又称望阙台，为唐宋时名胜。清江：今江西赣江与袁江的汇合处，旧称清江。这里指流经郁孤台下的赣江。行人：这里指因战乱奔走流亡的人。

〔3〕长安：今陕西西安市，为汉唐故都。这里代指宋都汴京。可怜：可惜。

〔4〕愁余：使我忧愁。鹧鸪：传说鹧鸪鸣声凄切，古人认为好像在叫"行不得也哥哥"。这里暗寓抗金大计不能实现的苦闷。

淳熙三年（1176）辛弃疾赴任江西提点刑狱，途经造口时，不禁想起四十七年前金兵肆虐，人民遭受苦难的情景，油然忧伤满怀。此时，中原人民仍在金人铁蹄下惨遭践踏。作者举头眺望，视线被绵延的青山遮断了，俯视脚下，江水奔腾不息，冲破重重阻碍一直滚滚向前。"青山遮不住，毕竟东流去"，暗喻作者百折不回的抗金意志，也增强了他争取最后胜利的信心。此词通过对国事艰危的沉痛追怀，对靖康以来失去国土而不得收复耿耿于怀，被誉为南宋爱国精神深沉凝聚之绝唱。

水调歌头·舟次扬州，和杨济翁、周显先韵〔1〕

落日塞尘起，胡骑猎清秋〔2〕。汉家组练十万，列舰耸高楼〔3〕。谁道投鞭飞渡，忆昔鸣髇血污，风雨佛狸愁〔4〕。季子正年少，匹马黑貂裘〔5〕。

今老矣，搔白首，过扬州。倦游欲去江上，手种橘千头〔6〕。二客东南名胜，万卷诗书事业，尝试与君谋〔7〕。莫射南山虎，直觅富民侯〔8〕。

毛泽东对此词至少圈读过两遍，还改正了《词综》本的一个错字："列舰"误为"列槛"。

〔1〕水调歌头：词牌名。次：临时停留。杨济翁：字炎正，江西吉水人，诗

420

人杨万里的族弟，词人，辛弃疾的好友。周显先：辛弃疾的好友，生平不详。

〔2〕塞尘起：边疆发生了战事。猎清秋：古代北方少数民族常于秋高马肥时袭扰中原。这里指金主完颜亮于1161年的南侵。

〔3〕汉家：古典诗词中常用汉家指代本朝，这里指代宋朝。组练：组甲与被练的简称，这里代指军队。列舰耸层楼：江中布列的战舰犹如耸立的高楼。

〔4〕投鞭飞渡：《晋书·苻坚载记》："坚曰：'以吾之众旅，投鞭于江，足断其流。'"这里喻指渡江南下非常容易。鸣髇（xiāo）：即鸣镝，一种响箭。血污：指死于非命。佛（bì）狸：北魏太武帝拓跋焘的小名，其曾于451年率军南侵刘宋王朝受挫，后被宦官所杀。

〔5〕季子：苏秦的字，战国时纵横家。曾游说于六国之间，以合纵之策抗秦。苏秦去游说秦王时，朋友曾送他"明月之珠，和氏之璧，黑貂之裘"。

〔6〕手种橘千头：典出《襄阳耆旧传》：三国时丹阳太守李衡曾命人到武陵龙阳沙洲上建屋作宅种橘千株。临终时他对儿子说，我种下千头木奴（指橘树），够你日用了。

〔7〕二客：指杨济翁与周显先。名胜：名流，名士。

〔8〕"莫射"二句：为牢骚语，讽刺朝廷偃武修文，苟安求和。射南山虎：《史记·李将军列传》："广家居蓝田南山中，射猎。所居郡闻有虎，尝自射之。"富民侯：《汉书·食货志》载："武帝末年，悔征伐之事，乃封丞相为富民侯。"表示要重视农耕。

淳熙五年（1178），辛弃疾调任湖北转运副使，在赴任途中经过扬州时，有感而发，写下此词。词作追昔抚今，叙写自己多年以来忠肝义胆却不被朝廷重用的郁闷和痛苦。上片起首以"塞尘起，胡骑猎清秋"点明金主完颜亮南侵中原给人民带来的灾难。接着列举史上故事，暗喻自己有"季子正年少，匹马黑貂裘"的抱负，为国杀敌。作者昔日以天下为己任的少年锐气跃然纸上。下片抚今，叙写自己南渡以来，不为所用，长期赋闲，志不得伸。词中"搔白首"之叹，归隐之思，均源于此。结片为反语，讥讽现实，入木三分。此词用典极多，善于腾挪变化，用意含蓄隐微，意象耐人寻味。

摸鱼儿 (并序)^[1]

淳熙己亥，自湖北漕移湖南，同官王正之置酒小山亭，为赋^[2]。

更能消几番风雨，匆匆春又归去^[3]。惜春长怕花开早，何况落红无数^[4]。春且住，见说道、天涯芳草无归路^[5]。怨春不语，算只有殷勤、画檐蛛网，尽日惹飞絮^[6]。

长门事，准拟佳期又误^[7]。蛾眉曾有人妒^[8]。千金纵买相如赋，脉脉此情谁诉^[9]？君莫舞，君不见、玉环飞燕皆尘土^[10]！闲愁最苦。休去倚危栏，斜阳正在、烟柳断肠处^[11]。

毛泽东曾多次圈读、两次手书过这首词。

〔1〕摸鱼儿：唐教坊曲名，后为词牌名。

〔2〕淳熙己亥：淳熙六年（1179）。淳熙：宋孝宗年号。漕：漕司，官职名，转运使的别称，掌管钱粮。移：调动，调任。王正之：名特起，是作者的同僚好友。小山亭：在当时鄂州（今湖北武昌）湖北漕署的官衙内。

〔3〕消：经得起。

〔4〕落红：落花。

〔5〕"春且住"三句：是说春天暂且留下来吧，听说芳草已长到天边，遮断了春天的归路。见说道：听说是。

〔6〕"算只有"三句：是说只有檐下的蛛网还在沾惹飘飞的柳絮，好像想把春天留住。算：看来。画檐：饰以雕绘的屋檐。惹：沾着。

〔7〕长门事：据《文选·长门赋序》载：汉武帝刘彻的陈皇后失宠，被安置在长门宫，非常苦闷。她听说司马相如文章写得好，于是送黄金百斤，请他写了一篇《长门赋》，希望感动汉武帝回心转意，复得宠幸。准拟：料定。

〔8〕蛾眉：女子长而美的眉毛，借指美女。这里指陈皇后。以上三句引用陈皇后失宠的故事，借喻自己不被重用，是由于受到别人的谗毁。

〔9〕相如赋：即司马相如的《长门赋》。脉脉：绵长深厚。

〔10〕君：指那些忌妒别人来邀宠的人。舞：既指舞蹈，又指得意忘形。玉

环：即杨玉环，唐玄宗李隆基宠幸的妃子，后被赐死于马嵬坡。飞燕：即赵飞燕，汉成帝的皇后，善舞，但性妒，后被废为庶人，自杀。这三句说明善妒的人都没有好下场。

〔11〕闲愁：指自己精神上的郁闷。危栏：高楼的栏杆。断肠：形容极度思念或悲痛。这四句以"斜阳""烟柳"的黄昏光景，借喻国势日衰，寄寓了作者沉重的忧虑心情。

这首词作于宋孝宗淳熙六年（1179）。词人借对春花老残、后妃失宠的感叹，暗示南宋朝廷的艰危处境，抒发自己愤慨忧虑的哀怨感情。上片写饯别时映入眼帘的景物，由落红、芳草、飞絮等构成一幅暮春图画，借喻朝政昏暗、国事日非的局面已难挽回。下片从古代后妃失宠的故事写起，以伤春结束，暗示南宋王朝的没落命运，寄托对国事的无限哀思。此词通篇用喻，托物起兴，意象凄迷，借古伤今，熔身世之悲和家国之痛于一炉，极尽沉郁顿挫，婉转深沉之致，使人读之荡气回肠。

采桑子·书博山道中壁〔1〕

少年不识愁滋味，爱上层楼〔2〕。爱上层楼，为赋新词强说愁〔3〕。
而今识尽愁滋味，欲说还休〔4〕。欲说还休，却道天凉好个秋〔5〕。

毛泽东曾手书这首词。

〔1〕采桑子：词牌名。博山：在今江西上饶市广丰区西南。原名通元峰，因状如庐山香炉峰，故改名博山（古代称表面雕刻重叠山形的香炉为博山炉）。辛弃疾罢职退居上饶时，常往来博山道中。

〔2〕少年：指年轻的时候。不识：不懂，不知道什么是。

〔3〕层楼：高楼。"为赋"句：为了写出新词，本无愁而硬要说有愁。强说愁：本无愁却勉强说愁。强（qiǎng）：勉强地，硬要。

〔4〕识尽：尝够，深深懂得。欲说还休：指内心有所顾虑而不敢表达。休：停止。

〔5〕道：说，谈论。

这首词是辛弃疾被弹劾去职、闲居江西上饶带湖时所作。上片描叙自己少年涉世未深，却"为赋新词强说愁"，故作深沉的情态。下片写壮志难酬的满腹愁苦既无处倾诉，又不便明说，只好闲扯天气的抑郁。作者通过"少年"时与"而今"的对比，表达了自己不受朝廷重用，不被众人所容，悲愤满腔难于直诉，一腔豪情而报国无路的痛苦心情。此词以"愁"字为贯串全篇的线索，构思精巧，感情真率而委婉，别具一种耐人寻味的情韵。

西江月·遣兴[1]

醉里且贪欢笑，要愁那得工夫[2]。近来始觉古人书，信着全无是处[3]。

昨夜松边醉倒，问松"我醉何如"[4]。只疑松动要来扶，以手推松曰"去"[5]！

毛泽东曾手书这首词。

[1] 西江月：词牌名。遣兴：排遣苦闷与无奈，想到什么就写什么。

[2] "醉里"二句：字面上说喝得醉醺醺的，为贪图高兴、快乐，哪有闲工夫去愁眉苦脸呢？其实是心中有太多的忧愁无法排遣。且：姑且，透露出无奈之意。贪：贪图。那：哪。

[3] "近来"二句：语出《孟子·尽心下》："尽信书，则不如无书。"作者更进一层，说近来才悟到，古人的书全不可信。言外之意是南宋统治者从未遵从古圣贤治国之道，因而古书上的道理在现实中全都没有用处了。

[4] 我醉何如：醉到什么样子了。

[5] "只疑"句：只疑心松树要动手把自己扶起来。"以手"句：套用《汉书·龚胜传》："胜以手推（夏侯）常曰：'去！'"辛词喜欢用散文句法和典故入词，此句便是一个典型例子。

这首词为辛弃疾晚年闲居江西铅山时所作。此词通过自己醉态、狂态的描写，抒发了怀才不遇、壮志难酬的愤慨。上片借醉后狂言，很清醒地指出了南宋统治者完全违背了古圣贤的教训。下片借醉酒而大发牢骚，表达自己对现实社会和自身处境的不满。此词表现出作者耿介、旷达的性格。

破阵子·为陈同甫赋壮词以寄[1]

醉里挑灯看剑，梦回吹角连营[2]。八百里分麾下炙，五十弦翻塞外声[3]。沙场秋点兵[4]。

马作的卢飞快，弓如霹雳弦惊[5]。了却君王天下事，赢得生前身后名[6]。可怜白发生[7]！

毛泽东曾多次圈读这首词。

〔1〕破阵子：词牌名。陈同甫：陈亮（1143—1194），字同甫。他坚决主张抗金，与辛弃疾是志同道合的词友。其词风格与辛词相似。

〔2〕挑灯看剑：把灯芯挑亮，抽出宝剑来细看。梦回：梦醒。吹角连营：各个军营里接连不断地响起号角声。角：军中号角。

〔3〕八百里：即八百里駮（bó），牛名。分麾下炙：把烤牛肉分赏给部下。麾下：部下。麾：军中大旗。炙：烤熟的肉。五十弦：原指瑟，这里指各种乐器。翻：演奏。塞外声：边地悲壮粗犷的战歌。

〔4〕沙场：战场。秋：古代点兵用武，多在秋天。点兵：检阅军队。

〔5〕作：像……一样。的卢：一种性子猛烈的快马。相传刘备在荆州遇险，前临檀溪，后有追兵，幸亏骑的卢马，一跃三丈，而脱离险境。霹雳：本指疾雷声，这里比喻弓弦响声之大。

〔6〕了却：完成。君王天下事：统一国家的大业，此特指恢复中原事。赢得：博得。身后：死后。

〔7〕可怜：可惜。

这首词是辛弃疾失意闲居信州（今江西上饶市信州区）时所作。词作通过对自己早年抗金部队豪壮阵容的描写，以及对沙场生涯的追忆，表达了杀敌报国、收复失地的决心，抒发了壮志难酬、英雄迟暮的悲愤心情。此词在结构上打破成规，前九句为一意，末句"可怜白发生"另为一意，以末句否定前九句。前九句写得酣恣淋漓，正为加重末句五个字的失望之情，这种艺术手法体现了辛词的豪放风格和独创精神。

南乡子·登京口北固亭有怀[1]

何处望神州？满眼风光北固楼[2]。千古兴亡多少事？悠悠[3]。不尽长江滚滚流。

年少万兜鍪，坐断东南战未休[4]。天下英雄谁敌手？曹刘[5]。生子当如孙仲谋[6]。

毛泽东曾多次圈阅这首词。1957年3月，在由南京飞往上海的途中，当飞机飞临镇江上空时，毛泽东手书此词，并向工作人员讲解其内容。毛泽东还两次手书这首词。

〔1〕这首词为辛弃疾在镇江知府任上所作。南乡子：词牌名。京口：今江苏镇江。北固亭：在镇江东北的北固山上，下临长江，三面环水。有怀：有感。

〔2〕望：眺望。神州：中国的代称，这里指被金人占据的中原地区。北固楼：即北固亭。这两句写登楼远望，思念中原故土。

〔3〕兴亡：指国家兴衰，朝代更替。悠悠：形容时间漫长和空间辽阔。这三句写自古以来，不知经历过多少朝代兴亡的事变，都像无穷无尽的江水一样流过去了。感慨江山依旧，人事全非。

〔4〕年少：年轻，这里指孙权，其十九岁继父兄之业统治江东。万兜鍪：指千军万马，强大的军队。兜鍪：古代士兵的头盔，这里代指士兵。坐断：占据，割据。东南：指吴国在三国时地处东南方。休：停止。

〔5〕敌手：能力相当的对手。曹刘：曹操与刘备。这两句说，天下的英雄谁是孙权的对手呢？只有曹操和刘备。

〔6〕"生子"句：引《三国志·吴书·吴主传》曹操语。原话是："生子当如孙仲谋，刘景升儿子若豚犬耳。"仲谋：孙权的字。这句借用曹操夸奖孙权的话，讽刺南宋统治者的昏庸无能。

1204 年，辛弃疾赴镇江任知府。此时镇江地处与金人对垒的第二道防线。作者每当登临京口北固亭时，均不胜感慨系之。此词通过对古代英雄人物的歌颂，表达了作者渴望像古代英雄人物那样金戈铁马，收拾旧山河，为国效力的壮烈情怀，饱含着浓浓的爱国思想，同时也流露出作者报国无门的无限感慨，蕴含着对苟且偷安、毫不振作的南宋统治者的愤懑之情。此词写景、抒情、议论密切结合；融化古人语言入词，活用典故成语；通篇三问三答，层次分明，互相呼应；即景抒情，借古讽今；风格明快，气魄阔大，情调乐观昂扬。

永遇乐·京口北固亭怀古[1]

千古江山，英雄无觅、孙仲谋处[2]。舞榭歌台，风流总被、雨打风吹去[3]。斜阳草树，寻常巷陌，人道寄奴曾住[4]。想当年，金戈铁马，气吞万里如虎[5]。

元嘉草草，封狼居胥，赢得仓皇北顾[6]。四十三年，望中犹记、烽火扬州路[7]。可堪回首，佛狸祠下，一片神鸦社鼓[8]。凭谁问：廉颇老矣，尚能饭否[9]？

毛泽东曾多次圈阅这首词，还手书过此词。

〔1〕这首词为辛弃疾在镇江知府任上所作。永遇乐：词牌名。京口：今江苏镇江。北固亭：在镇江东北北固山上，为凭眺长江壮丽景色的佳处。

〔2〕觅：寻找。孙仲谋：孙权，字仲谋，孙坚次子，跟随兄长吴侯孙策平定江东。建安五年（200）孙策早逝，孙权继位，建立吴国，成为吴国的开国皇帝。曾建都于京口。

〔3〕舞榭歌台：演出歌舞的楼台。这里代指孙权故宫。"风流"二句：意谓当年英雄人物的风流余韵总是随着历史的风风雨雨、时代的变迁、时光的流逝而消逝。

〔4〕寻常巷陌：普通的街巷。寄奴：南朝宋武帝刘裕的小名。他生于京口，并从这里起兵，两次率师北伐，战胜侵占中原地区的鲜卑贵族集团，后来推翻东晋当了皇帝。

〔5〕"想当年"三句：刘裕曾两次领兵北伐，兵强马壮，驰骋万里中原，先后灭南燕、后秦，气吞强敌，勇猛如虎。金戈铁马：金属制成的长枪，披着铁甲的战马。这里形容兵强马壮。

〔6〕元嘉：刘裕之子宋文帝刘义隆的年号。草草：轻率，马虎。刘义隆好大喜功，曾先后三次组织北伐，均以失败告终。特别是第二次北伐，组织不力，用人不当，大败而还，致拓跋焘的骑兵饮马长江而返。封狼居胥：表示要北伐立功。封：积土增山，用以祭天。狼居胥：山名，在今内蒙古自治区境内。词中用"元嘉北伐"失利事，提醒南宋统治者要记取历史教训，充分做好北伐准备，不要让"仓皇北顾"的悲剧重演。可惜南宋统治者没有听取忠告，匆匆举行了"开禧北伐"，结果招致惨败。赢得：落得。王玄谟率师北伐大败，北魏太武帝拓跋焘趁机大举南侵，直抵扬州长江边，吓得宋文帝亲登建康幕府山向北观望形势，深悔北伐之举。仓皇北顾：这里指王玄谟北伐失败。北顾：北望追来的敌军，惊慌失措。

〔7〕"四十"三句：是说遥望中还记起四十三年前金兵大举南侵，掠江淮、陷扬州，烽火连天的情景。四十三年：作者于宋高宗绍兴三十二年（1162）从北方抗金南归，到宋宁宗开禧元年（1205）任镇江知府，登北固山北固亭写这首词时，前后共四十三年。路：宋代的行政区划，扬州属淮南东路。

〔8〕可堪：哪堪，怎么能忍受。回首：回想。"佛狸"二句：是说到了南宋时期，当地老百姓只把佛狸祠当作供奉神祇的地方，香火竟然很盛。佛（bì）狸祠：北魏太武帝拓跋焘小名佛狸。450年，拓跋焘从黄河北岸一路穿插打到长江边。在长江北岸瓜步山（在今江苏南京六合东南）建立行宫，即为后来的佛狸祠。神鸦：指在庙里吃祭品的乌鸦。社鼓：社日祭神时的鼓声。

〔9〕"凭谁"三句：是说慨叹自己虽然已老，而雄心尚在，可是又有谁来过问呢？廉颇：战国时赵国名将。《史记·廉颇蔺相如列传》记载，廉颇被免职后，跑到魏国，赵王想再起用他，派人去看其身体情况。廉颇仇人郭开贿赂使者，使者看到廉颇，廉颇为之米饭一斗，肉十斤，披甲上马，以示尚可征战。使者归报赵王："廉颇将军虽老，尚善饭，然与臣坐，顷之三遗矢矣。"矢：通"屎"。赵王以为廉颇已老，遂不再起用。

这首词为宋宁宗开禧元年（1205），辛弃疾在镇江知府任上所作。上片从眼前的大好河山，追念到曾经活跃在这里的两位历史人物：孙仲谋和刘寄奴。作者赞扬他们的英雄气概，实际上是对南宋朝廷苟且偷安的谴责；追慕他们的英雄业绩，实际上是对自己壮志难酬的慨叹。下片"元嘉草草"三句，用南朝刘义隆草率出兵战败的历史教训，告诫南宋统治者应吸取前人和自己的失败教训。"四十三年"至结束，作者追忆自己的往事，慨叹当前的处境。借古人廉颇以自比，表白随时听从起用、奔赴疆场、抗金杀敌的决心，同时曲折地倾吐了报国无门的忧虑。此词多处用典，借古喻今，豪壮悲凉，放射着爱国主义的思想光辉。杨慎称"辛词当以京口北固亭怀古《永遇乐》为第一"。

【陈　亮】

陈亮（1143—1194），原名汝能，后改名陈亮，字同甫，号龙川，世称"龙川先生"。婺州永康（今浙江金华永康）人。南宋豪放派词人。才气横溢，喜论兵法。孝宗隆兴初年（1163），上《中兴五论》等书，力主北伐，反对屈辱求和，遭投降派嫉恨，三次被诬下狱。光宗绍熙四年（1193）登进士第一。授签书建康府（今江苏南京）判官厅公事，未到任而病卒，谥号文毅。所作政论，议论风生，笔锋犀利。词作感情激越，雄浑豪放，常与辛弃疾唱和。有《龙川文集》《龙川词》。

水调歌头·送章德茂大卿使虏[1]

不见南师久，谩说北群空[2]。当场只手，毕竟还我万夫雄[3]。自笑堂堂汉使，得似洋洋河水，依旧只流东[4]？且复穹庐拜，会向藁街逢[5]。

尧之都，舜之壤，禹之封，于中应有，一个半个耻臣戎[6]。万里腥膻如许，千古英灵安在，磅礴几时通[7]？胡运何须问，赫日自当中[8]！

毛泽东曾多次圈阅这首词。

〔1〕水调歌头：词牌名。章德茂：名章森，字德茂，陈亮的好友。大卿：对章德茂官衔的尊称。使虏：出使到金国去。虏：对金国的鄙称。

〔2〕南师：南宋的军队。谩说：莫说。北群空：语出韩愈《送石处士序》："伯乐一过冀北之野，而马群遂空。"是说伯乐善于挑选良马，他一过冀北，良马都被拣光了。这里借喻没有良才。

〔3〕当场只手：能支撑局面的杰出人物。只手：比喻独立支撑。万夫雄：勇往直前，万人难敌的英雄气概。我：指章德茂。

〔4〕"自笑"三句：是说笑问自己，堂堂中国使臣，怎么能像东流的河水一样，年年去朝贺敌人呢？曲折地表示这种屈辱性的朝贺不能再继续下去了。得似：岂似，哪能像。洋洋：形容水大的样子。流东：古代以江河东流归海比喻诸侯朝见天子。

〔5〕"且复"二句：是说姑且再向金国朝贺这么一次，总有一天我们将斩下金主之头，悬之藁（gǎo）街。穹庐：北方少数民族居住的圆顶毡房，这里借指金廷。藁街：汉朝长安城南门内给少数民族居住的地方。汉将陈汤曾斩匈奴郅支单于首悬之藁街。

〔6〕"尧之都"三句：泛指广大的中原地区。都：都城。壤：土地。封：疆界。"于中"二句：是说广阔的中原地区总会有耻于向金人称臣的爱国志士。耻臣戎：以向狄戎（金国）称臣为可耻。

〔7〕"万里"三句：是说异族侵略者的铁蹄蹂躏着广大的国土，我们祖先抗敌御辱的民族正气何时才能伸张呢？腥膻：牛羊的腥臊气，这里代指金朝女真族侵犯者。千古英灵：指古代捍卫祖国的英雄。磅礴：这里指抗敌御辱的正气。

〔8〕"胡运"二句：敌人的日子不会长久了，我们的国势正如日中天。胡运：指金国的气数。赫日：光明的太阳，比喻南宋国势强盛。

淳熙十二年（1185）十二月，南宋朝廷派章德茂以大理少卿试户部尚书职出使金国，贺金主完颜雍生日，陈亮作此词送行。词作表达了作者不甘屈辱的民族正气与誓雪国耻的豪情。上片紧扣"使虏"的题目，起首以"不见"两句警告金人，表现作者超拔自立的豪气。"当场"以下对章德茂进行盛赞和鼓励，对国家的前途充满了自信。下片从国运着笔，痛惜民族正气沦丧，呼唤民族之魂归来。结尾"胡运何须问，赫日自当中"两句展望未来，表达了强烈的民族自豪感。词中现实的描写与未来的想象对比强烈，怅惘激愤与豪情壮志相间，感情强烈，爱憎分明，读后使人为之振奋。此词通篇议论，多用否定、反问、疑问句式，纵横自如，豪放恣肆，激昂慷慨，鼓舞人心。

念奴娇·登多景楼[1]

危楼还望，叹此意、今古几人曾会[2]？鬼设神施，浑认作、天限南疆北界[3]。一水横陈，连岗三面，做出争雄势[4]。六朝何事，只成门户私计[5]？

因笑王谢诸人，登高怀远，也学英雄涕[6]。凭却长江，管不到、河洛腥膻无际[7]。正好长驱，不须反顾，寻取中流誓[8]。小儿破贼，势成宁问强对[9]！

毛泽东曾圈点这首词，晚年常满怀激情地背诵此词。

〔1〕念奴娇：词牌名。多景楼：在今江苏镇江北固山甘露寺内，北临长江，为观景胜地。

〔2〕危楼：高楼。还望：环顾，四面眺望。还：通"环"。"叹此意"二句：指古往今来，很少有人懂得利用长江的有利地势，北取中原。

〔3〕鬼设神施：比喻天然形势的险要。"浑认作"二句：是说都认为长江是划分南北的天然疆界。浑：都。

〔4〕一水横陈：指长江。连岗三面：镇江北临长江，东、南、西三面都有山岗环绕。

〔5〕门户私计：指南朝统治者恃险苟安，不图进取，只从狭隘的私利着想。这里借以批判南宋统治者。

〔6〕王谢诸人：指东晋初期南迁的士大夫。六朝士族地主以王、谢两大姓为代表。《世说新语·言语》载：东晋南渡的士大夫常在南京南郊的新亭宴饮，偶尔

流露一点北方国土沦亡的感慨，但并不想收复，只是相对落泪而已。这里借以讽刺南宋朝廷的投降派。

〔7〕"凭却"三句：是说据有这样险要的长江地势，却不图收复被敌人占领的大片中原故土。河洛：黄河、洛水，泛指中原地区。腥膻：这里代指中原沦入敌人之手。

〔8〕"正好"三句：呼吁长驱杀敌，实现祖逖北伐中原那样的誓言，不要彷徨回顾。中流誓：《晋书·祖逖传》载，祖逖于317年统兵北伐，渡江至"中流击楫而誓曰：'祖逖不能清中原而济者，有如大江！'辞色壮烈，众皆慨叹"。表达了收复中原的决心。

〔9〕小儿破贼：《晋书·谢安传》载：晋军在淝水之战中大败符坚，捷报传来，谢安置书一旁，了无喜色。客问之，谢安徐徐回答对弈者曰："小儿辈遂已破贼。"小儿辈指谢安弟谢石、侄儿谢玄等。"势成"句：是说胜利的大局已定，管他什么敌人的强大。宁问：岂问，何必管他。强对：劲敌。

宋孝宗淳熙十五年（1188）春，作者为了筹措抗金大计，前往京口（今江苏镇江）、建业（今江苏南京）一带察看军事地形。他登上多景楼，凭眺长江，想到收复中原的大业，感慨万分，写下此词。上片借对东晋统治者偏安江左的批判，谴责南宋统治者苟安一隅，不图收复中原。下片抨击投降派们误国的空论清谈，借"王谢诸人"典故，讽刺南宋朝廷的投降派，提出真正的爱国者应当像东晋的祖逖那样，中流击楫，义无反顾。此词多处用典，议论精辟，笔力挺拔，大有雄视一世的英雄气概。

【刘 过】

刘过（1154—1206），字改之，自号龙洲道人。吉州太和（今江西吉安泰和县）人。南宋文学家。少怀志节，读书论兵，好言古今治乱盛衰之变。屡试不第，终身未仕。力主抗金，曾上书朝廷言恢复事，不用，流落于江湖间。以词著名，与陆游、陈亮、辛弃疾等交游。词学辛弃疾，风格豪放不羁。有《龙洲集》《龙洲词》。存词70余首。

沁园春·寄辛承旨，时承旨招，不赴 (并序)[1]

风雪中欲诣稼轩，久寓湖上，未能一往，因赋此词以自解[2]。

斗酒彘肩，风雨渡江，岂不快哉[3]！被香山居士，约林和靖，与坡仙老，驾勒吾回[4]。坡谓："西湖正如西子，浓抹淡妆临照台[5]。"二公者，皆掉头不顾，只管传杯[6]。

白言："天竺去来，图画里、峥嵘楼阁开[7]。爱纵横二涧，东西水绕；两峰南北，高下云堆[8]。"逋曰："不然，暗香浮动，不若孤山先探梅[9]。须晴去，访稼轩未晚，且此徘徊[10]。"

毛泽东曾三次手书这首词。其创作《沁园春·雪》中"须晴日"句，化用此词"须晴去，访稼轩未晚"句。

〔1〕辛弃疾晚年曾被起用知绍兴府兼浙东安抚使，曾邀刘过前去，刘过因事未往，于杭州西湖写此词寄辛。沁园春：词牌名。

〔2〕诣：往，到。稼轩：辛弃疾的号。

〔3〕斗酒彘肩：指大斗饮酒、大块吃肉的豪放行为。《史记·项羽本纪》载，鸿门宴上，樊哙见项王，项王赐与斗卮酒（一大斗酒）与彘肩（猪前肘）。哙置彘肩盾上，拔剑切而啖之。渡江：指渡钱塘江。

〔4〕香山居士：白居易晚年隐居洛阳香山，号香山居士。白居易曾在杭州做过刺史。林和靖：即林逋，字和靖，隐居杭州西湖孤山近二十年，终身不仕，卒谥和靖。坡仙老：苏轼自号东坡居士，后人称之坡仙。苏轼曾两次在杭州任职，先任杭州通判，后以龙图阁大学士知杭州。驾勒吾回：是说硬把我的车驾拉了回去。

〔5〕"坡谓"三句：化用苏轼《饮湖上初晴后雨》"欲把西湖比西子，淡妆浓抹总相宜"诗句。坡谓：苏东坡说。照台：镜台。

〔6〕二公者：指白居易、林和靖二人。掉头：转头。不顾：不管。

〔7〕白言：白居易说。天竺：寺名，在杭州灵隐寺南山中，有上天竺、中天竺、下天竺之分。

〔8〕"爱纵横"四句：化用白居易《寄韬光禅师》"东涧水流西涧水，南山云起北山云"诗句。纵横二涧：指灵隐寺附近的两股涧水，二水汇合于飞来峰下。两峰：指西湖西面的南高峰、北高峰。

〔9〕逋曰：林逋说。暗香浮动：化用林逋《山园小梅》"疏影横斜水清浅，暗香浮动月黄昏"诗句。"不若"句：林逋隐居西湖孤山，不娶，无子，植梅畜鹤以自伴，人称"梅妻鹤子"。孤山：位于西湖里、外两湖之间的界山，山上种有许多梅花。

〔10〕须：等待。徘徊：指流连游赏。

这首词作于宋宁宗嘉泰三年（1203），词作充满了奇异的想象和横生的妙趣。上片写作者设想在风雨中渡过钱塘江，前往辛弃疾的绍兴住所。将要出发时，却被白居易、林逋、苏轼硬拉回来。接着化用苏轼描写西湖的诗句赞赏西湖美景。下片化用白居易、林逋描写西湖的诗句，展示杭州与西湖的旖旎风光。结尾三句与开头三句呼应，构思奇特，结构严谨。词中取材与写法极为新颖，概括了三位著名诗人的西湖诗入词，使不同时代的诗人跨越了时空的界限，相聚一堂。他们的音容笑貌、言谈口吻鲜活地呈现在读者面前，体现出作者丰富的想象力。此词通篇组成生动的对话，语意自如，无所拘束，极有风趣而又不流于庸俗。

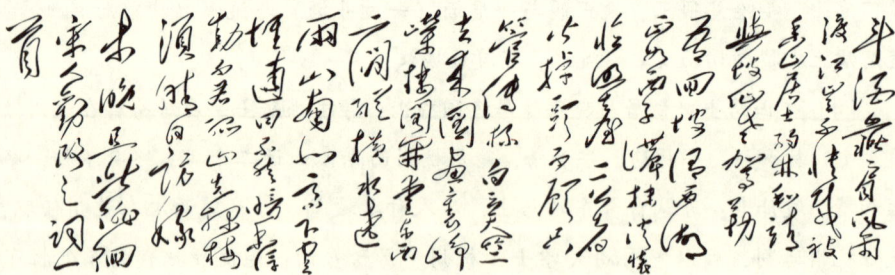

毛泽东手书刘过《沁园春》

【林 升】

林升，约1180年前后在世，生平事迹无从查考。《宋诗纪事》说是南宋孝宗淳熙年间（1174—1189）临安士人。

题临安邸[1]

山外青山楼外楼，西湖歌舞几时休[2]。暖风熏得游人醉，直把杭州作汴州[3]！

毛泽东曾手书这首诗。

〔1〕临安：南宋都城，今浙江杭州市。邸：旅店，客栈。

〔2〕"山外"二句：是说山连着山，楼连着楼，在这样的西湖美景中，统治者整日过着花天酒地的生活。

〔3〕熏：侵袭。直：简直。汴州：北宋都城汴京，即今河南开封市。这两句说，南宋统治者迷恋于歌舞升平，已根本忘却失去旧京之痛。

这首诗曾引起人们的强烈共鸣，不胫而走，传唱千秋。前两句表达了对统治者政治腐败、不问国事、纵情声色的强烈不满。后两句把嘲讽与批判寓于形象化的描写之中，通过西湖的歌舞、游人的醉态来表现。此诗委婉含蓄而又不失锋芒，含义深刻，令人寻味。

【文天祥】

文天祥（1236—1283），字宋瑞，又字履善，号文山，吉州庐陵（今江西吉安）人。南宋民族英雄，爱国诗人。宝祐四年（1256）中进士第一名。曾任刑部郎官、右丞相兼枢密使等职。宋恭帝德祐元年（1275），元兵南侵，以全部家产充当军费，带兵赴首都临安（今浙江杭州）"勤王"。景炎元年（1276）率兵一度收复江西州县多处。后兵败被俘，押往元大都（今北京市）。元世祖忽必烈亲自劝降，遭坚拒。1283年从容就义。诗文多抒写强烈的爱国之情和誓死不屈的英雄气概。其诗格调极为慷慨，苍凉悲壮，感人至深。有《文山先生文集》。

过零丁洋[1]

辛苦遭逢起一经，干戈寥落四周星[2]。山河破碎风飘絮，身世

435

浮沉雨打萍[3]。惶恐滩头说惶恐，零丁洋里叹零丁[4]。人生自古谁无死，留取丹心照汗青[5]。

毛泽东非常喜欢这首诗，曾手书全诗，并在与人谈话时称引了"人生自古谁无死，留取丹心照汗青"二句。

〔1〕这首诗作于祥兴二年（1279）。零丁洋：在今广东中山南，珠江口内，北起虎门，南达香港、澳门。

〔2〕遭逢：遭遇。起一经：通过一种经书的考试得以做官。干戈：古代兵器，此借代战争。寥落：稀疏，这里指因战乱而显荒凉冷落。四周星：指四年。北斗星斗柄所指方向旋转一周，为时一年。文天祥从德祐元年（1275）起兵抗元，到宋末帝祥兴元年（1278）被俘，前后共四年时间。

〔3〕山河破碎：指国家被侵略者占领。风飘絮：狂风吹散柳絮。絮：柳絮。沉浮：指动荡不定。雨打萍：急雨敲打水上的浮萍。

〔4〕惶恐滩：在今江西万安赣江中。赣江由万安到赣州共十八滩，此滩最为险恶。惶恐：景炎二年（1277），文天祥在吉水兵败，妻妾及一子二女均落元军之手，唯母亲曾夫人与长子道生得脱，经赣江惶恐滩退往汀州。作者写此诗时回忆起这一往事仍觉惶恐不安。叹零丁：感叹自己被俘后孤独的处境。零丁：同"伶仃"，孤独无依。

〔5〕留取：留着。丹心：红心，指忠诚之心。照汗青：照耀史册。汗青：古代用竹简记事。竹简要放火上烤使其水分（称竹汗）出尽，这样既便书写，又防虫蛀，后世便以"汗青"为史册的代称。

宋末帝祥兴元年（1278），文天祥在广东海丰五坡岭遭元军突袭，自杀未成被俘。元军主帅张弘范亲自劝降，文天祥不为所动，并写下这首七律作答。首联写自己艰难困苦的遭遇是缘起于一部儒家经书，经历战事已有四个年头。颔联写祖国已山河破碎像风中飘散的柳絮，自己的身世沉浮不定像被雨打的水上浮萍。颈联写自己想起当年的惶恐滩，至今仍觉惶恐不安。尾联"人生自古谁无死，留取丹心照汗青"，表现了诗人面对死亡宁死不屈的坚定立场，洋溢着崇高的爱国主义精神。诗篇以自己出仕后的人生经历为线索，将个人命运与国家命运联系起来叙述，表达了愿与国家共存亡的高尚情操与坚贞的民族气节。此诗从自述个人出处起笔，无论是昔日经历的回忆、现实遭遇的慨叹，还是人生理想的抒发，无不显示着一股磅礴正气和一片耿耿忠心，情调沉郁悲壮，诗格与人格浑然一体。

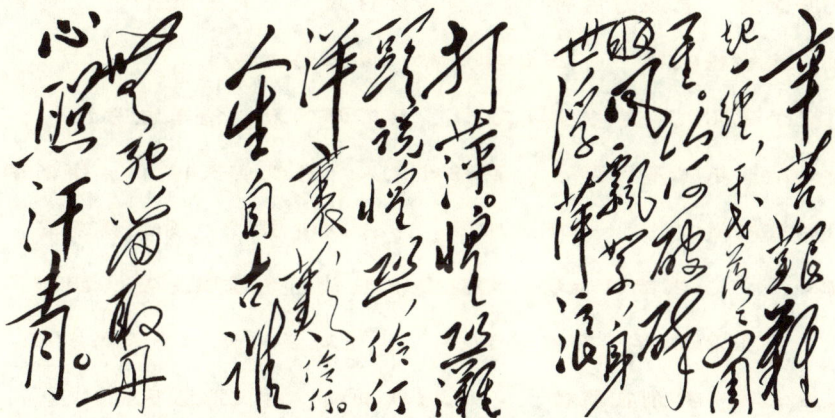

毛泽东手书文天祥《过零丁洋》

正气歌 (并序)[1]

余囚北庭，坐一土室[2]。室广八尺，深可四寻，单扉低小，白间短窄，污下而幽暗[3]。当此夏日，诸气萃然：雨潦四集，浮动床几，时则为水气。涂泥半朝，蒸沤历澜，时则为土气[4]。乍晴暴热，风道四塞，时则为日气[5]。檐阴薪爨，助长炎虐，时则为火气。仓腐寄顿，陈陈逼人，时则为米气[6]。骈肩杂遝，腥臊污垢，时则为人气[7]。或圊溷，或毁尸，或腐鼠，恶气杂出，时则为秽气[8]。叠是数气，当侵沴，鲜不为厉[9]；而余以孱弱俯仰其间，于兹二年矣，无恙。是殆有养致然，然尔亦安知所养何哉[10]？孟子曰："我善养吾浩然之气。"彼气有七，吾气有一，以一敌七，吾何患焉！况浩然者，乃天地之正气也。作《正气歌》一首。

天地有正气，杂然赋流形[11]。下则为河岳，上则为日星[12]。于人曰浩然，沛乎塞苍冥[13]。皇路当清夷，含和吐明庭[14]。时穷节乃见，一一垂丹青[15]。在齐太史简，在晋董狐笔[16]。在秦张良椎，在汉苏武节[17]。为严将军头，为嵇侍中血[18]。为张睢阳齿，为颜常山舌[19]。或为辽东帽，清操厉冰雪[20]。或为《出师表》，鬼神泣壮烈[21]。或为渡江楫，慷慨吞胡羯[22]。或为击贼笏，逆竖头破裂[23]。是气所旁薄，凛烈万古存[24]。当其贯日月，生死安足论[25]。地维赖以立，天柱赖以尊[26]。三纲实系命，道义为之根[27]。

嗟予遘阳九，隶也实不力[28]。楚囚缨其冠，传车送穷北[29]。鼎镬甘如饴，求之不可得[30]。阴房阒鬼火，春院闭天黑[31]。牛骥同一皂，鸡栖凤凰食[32]。一朝蒙雾露，分作沟中瘠[33]。如此再寒暑，百沴自辟易[34]。哀哉沮洳场，为我安乐国[35]。岂有他缪巧，阴阳不能贼[36]。顾此耿耿存，仰视浮云白[37]。悠悠我心悲，苍天曷有极[38]。哲人日已远，典刑在夙昔[39]。风檐展书读，古道照颜色[40]。

毛泽东曾圈读过这首诗，并手书过前14句。

〔1〕正气歌：文天祥于宋帝昺祥兴元年（1278）十二月兵败五坡岭被俘。至次年二月，元将张弘范兵入崖山，宋亡。张弘范屡劝天祥降，不屈。遂于十月间解其往大都燕京，被囚三年。元世祖至元十九年（1282）十二月被害于都城柴市。

〔2〕北庭：汉代北匈奴所居之地。《后汉书·班固传》："会南匈奴掩破北庭。"这里指元大都燕京。

〔3〕寻：古代长度计量单位，通常以人伸开两臂为寻，故有八尺、七尺、六尺等多种解释。白间：墙上涂白的地方。"白间短窄"是牢房的特征。污下：犹言洼下。

〔4〕涂泥：地上出泉。《尚书·禹贡》："厥土惟涂泥。"传："涂泥，地泉湿也。"朝："潮"的古字。蒸沤：是说泥土渐渍水中，水气上腾。沤：水渍物。历澜：因暑热蒸发，泥中污气也翻腾着。

〔5〕风道：通风口。

〔6〕仓腐：积久腐烂不可食用的霉米，这里指囚粮。寄顿：积存，存放

438

很久。

〔7〕骈肩杂遝：指牢房内人多杂乱。骈肩：肩挨着肩。杂遝：形容纷杂繁多的样子。

〔8〕圊溷（qīng hùn）：厕所，这里指人的排泄物。

〔9〕侵沴（jìn lì）：同"祲沴"，不祥之气，灾气。这里指感染恶气而发生的瘟疫。鲜不为厉：很少有不得病的。厉：瘟疫，病灾。

〔10〕养：内心的涵养。

〔11〕"杂然"句：是说纷纷地赋予天地间各种事物以不同的形体。流形：各种形体。流：流品，品类。形：形体。

〔12〕"下则"二句：是说正气在地上表现为河岳山川，在天上表现为日月星辰。

〔13〕"于人"二句：是说在人身上表现为可以塞满宇宙时空的浩然之气。沛乎：形容充盈的样子。塞：充满。苍冥：苍穹，青天。

〔14〕"皇路"二句：是说如果政治清明的朝代，这种正气就祥和地吐露在朝廷里，发而为美政良法，为人民造福。皇路：犹言国运。清夷：清平。明庭：圣明的朝廷。

〔15〕"时穷"二句：是说如果碰上灾乱时节，这正气就马上反映出来，发而为一个人威武不屈、贫贱不移的坚贞操守，然后名著竹帛，永垂不朽。见："现"的古字，出现。垂：流传。丹青：即史册。

〔16〕"在齐"句：《左传·襄公二十五年》载齐大夫崔杼杀齐庄公，"太史书曰：'崔杼弑其君。'崔子杀之。其弟嗣书而死者二人，其弟又书，乃舍之。南史氏闻太史尽死，执简以往，闻既书矣，乃还。"这里指史官忠于自己的职守，不畏强暴，正气凛然。"在晋"句：《左传·宣公二年》载赵穿杀晋灵公，时晋国的执政大臣赵盾逃亡在外，未出国境，闻讯而返。"太史（董狐）书曰：'赵盾弑其君。'示于朝。宣子（赵盾）曰：'不然！'对曰：'子为正卿，亡不越境，返不讨贼，非子而谁？'……孔子曰：'董狐，古之良史也，书法不隐。'"

〔17〕张良：字子房，先世为韩国人。秦灭韩，良悉以家财募客为韩报仇，得力士沧海君，为铁椎重一百二十斤，狙击秦始皇于博浪沙，误中副车。后改姓名亡匿，始皇下令遍索国中不得。"在汉"句：《汉书·苏武传》载，汉武帝遣苏

439

武使匈奴，匈奴扣留欲降武，辱之，苦之，终不可得，便使武牧羊北海（今贝加尔湖）边。苏武持汉使者之节，凡十九年，节毛尽脱，至汉昭帝时始得归汉。苏武可谓使臣守节不渝的典型。节：旄节，汉代出使匈奴的凭证。

〔18〕严将军：即严颜，汉末为巴郡太守。《三国志·蜀书·张飞传》载，刘备入蜀，严颜战败为张飞所俘。飞问："大军至，何以不降，而敢拒战？"颜答："我州但有断头将军，无有降将军也。"嵇侍中：即嵇绍。《晋书·嵇绍传》载，晋惠帝永兴元年，成都王颖之兵犯惠帝乘舆，嵇侍中护帝，被杀于帝前，血溅帝衣。事后，左右侍臣要取衣将血洗去，惠帝说："此嵇侍中血，勿去。"这是护主之危，以身殉职之例。

〔19〕张睢阳：即张巡，因守睢阳（今河南商丘）闻名，故称其张睢阳。757年张巡移守睢阳，与太守许远共同作战，在内无粮草、外无援兵的情况下，依靠人民坚守数月不降。后城破被俘，贼将尹子奇问张巡：听说你每战眦（上下眼睑的结合处）裂齿碎，为什么？张巡回答说：我志吞逆贼，但力不能耳。尹子奇用刀抉开他的嘴看，仅剩三四颗牙了。颜常山：即常山太守颜杲卿。唐玄宗天宝年间，安禄山反于燕蓟，河北多城望风而靡，而常山（治所在今河北正定县南）太守颜杲卿与平原太守真卿起兵讨贼，杲卿原为禄山所荐之人，这时伸大义讨之，兵败被执，不屈，贼割其舌，犹骂而死。此例与上例皆为邦国祸乱之际，忠于国家而死节的事例。

〔20〕辽东帽：指管宁的衣帽。管宁，字幼安，三国北海朱虚（今山东临朐东南）人。东汉末，世乱，避居辽东三十多年。魏文帝征他为太中大夫，明帝又征他为光禄勋，都固辞不就。清操：高尚的节操。厉冰雪：严如冰雪。

〔21〕《出师表》：指诸葛亮的《出师表》，传世有前后两表。前表作于蜀建兴五年（227）三月，当时刘备已死，刘禅在位，亮率军驻汉中，准备北上击魏，行前上此表。规劝刘禅"亲贤臣，远小人"，严明赏罚，虚心纳谏。后表相传作于次年十一月，陈述出兵伐魏的必要和决心。

〔22〕"或为渡江"二句：是说东晋名将祖逖的事。祖逖，字士稚。范阳遒县（今河北保定涞水县北）人。建兴元年（313）要求北伐，晋元帝任为豫州刺史。其率部渡江，中流击楫而誓曰："祖逖不能清中原而复济者，有如大江！"胡羯：统指匈奴。后一句是说祖逖的慷慨情怀，足以吞灭匈奴。这是忠国家，挽危亡，

振士气，壮声威之例。

〔23〕"或为击贼"二句：唐自安史之乱后，降将都成藩镇，甚者窃称帝号，其中有朱泚（cǐ）将称帝时，招段秀实计议其事。他认为秀实刚被罢黜在家，一定对朝廷不满，会拥护他称帝。没想到段秀实忠贞不贰，趁议事的机会，取笏击泚，泚头破出血。秀实被其杀害。这是贞亮守节、忠义爱国的典型。笏：即朝笏，古时大臣朝见时手中所执的狭长板子，也叫"手板"，上面可以记事。逆竖：对朱泚的蔑称。

〔24〕"是气"二句：总结前十二例，是说这种正直之气广布于天地之间，这些人虽逝去了，但他们光明正大威严壮烈的事迹，永垂后世，万古长存。旁薄：同"磅礴"，豪气干云霄之意。凛烈：尊严而壮烈。

〔25〕"当其"二句：是上两句的延伸。其：指正气。是说当他们身上的正气充满宇宙、贯通日月的时候，个人的生死，又有什么值得计较！极言其行事之激烈壮伟。

〔26〕"地维"二句：是说天和地的存在都靠它来维系。即是说地的四维能够存在站立住，是依赖于正气，天的九柱能够高大地支撑着，也是依赖于正气。地维：地的四角。天柱：古代神话中所说的撑天之柱。

〔27〕"三纲"二句：是说这种正气是三纲的命脉，也是道义的根本所在。作者从儒家的观点，进一步赞扬了正气，认为天地伦理道义都是靠正气来支撑维系的，正气是一切的根本。三纲：封建社会的伦理道德标准，即"君为臣纲，父为子纲，夫为妻纲"。

〔28〕"嗟予"二句：是说可叹我遭逢厄运，作为臣下为国效忠来说实在没有尽力。阳九：指灾难的年岁或人的厄运。隶：臣子，作者自称。

〔29〕楚囚：作者自喻，指身为俘虏。缨：系帽的带子。传车：驿车，这里指囚车。穷北：北方荒远的地方。

〔30〕"鼎镬"二句：是说自己身既被俘，就准备忍受一切酷刑，为国牺牲。鼎镬：锅一类的炊具，这里指古代用来将人煮死的一种酷刑。饴：糖。

〔31〕"阴房"二句：是说阴森的牢房里寂静地闪烁着青青的磷火，本来充满生气的院落却被黑暗整日锁闭着。阴房：囚室。阒（qù）：寂静。春院：本指春天的寺院，这里指囚禁之地。闭（bì）：锁闭。

〔32〕"牛骥"二句：是说自己被监禁在狱中，正如骏马之与牛为伍，凤凰之与鸡同食。骥：骏马，比喻俊杰之士。皂：马槽。鸡栖：鸡窝，喻指牢房。

〔33〕"一朝"二句：是说种种侵害人的因素不断地袭击我，可料知终必有一天我会弃骨荒沟。蒙雾露：这里当指序中所说的诸种恶气侵袭人身。分（fèn）：本应该，可以想见。沟中瘠：古代称不得好死谓转死沟壑。瘠：枯骨。

〔34〕寒暑：冬夏错举以代表一年，再寒暑称两年。文天祥自至元十六年（1279）至作此诗的十八年（1281）是再易寒暑。百沴自辟易：是说赖有正气的存在，则诸邪气不能侵害。百沴：即序中"诸气萃然"之诸气。辟易：退避。

〔35〕"哀哉"二句：是说令人奇怪的是本来很低湿不堪人居的监牢，现在竟成了我的安乐国了。沮洳场：低湿的地方。

〔36〕"岂有"二句：是说难道我有特殊的机谋巧妙，能使外气不致侵害吗？缪巧：指机诈。阴阳：指自然之气。贼：害。

〔37〕"顾此"二句：是说正是正气所赋予我耿耿忠心的存在，使我的意志如天上的白云一样洁白无滓。耿耿：原指忠心，这里比喻人的正气赋予人的忠心。仰视：上视。

〔38〕"悠悠"二句：是说我所怀抱的忧心无穷无尽，正像苍天之广阔无垠。悠悠：长远。极：尽。

〔39〕"哲人"二句：是说古代的忠义之士虽然远去了，但他们给我留下了做人的榜样。哲人：古代的贤哲，即上面所列举的齐太史等人。典刑：模范，榜样。刑：通"型"。夙昔：古先。

〔40〕"风檐"二句：是说在牢中读到这些动人的篇章，仍然感觉那些古朴的道义扑面而来，鼓励我继续坚持正义。风檐：檐口。古道：古代传统美德。颜色：这里指颜面。

这首诗为文天祥殉国的前一年在狱中所作。诗中热情歌颂古代为正义而斗争的仁人志士，表现了自己在任何情况下都经得住考验的坚定意志和坚贞的民族气节。全诗分两个部分。第一部分先阐明正气之体现于天、地、人等方面的种种现象，指出正气在太平盛世和乱世的不同表现。作者不厌其烦地连续用十六句诗列举十二件史实，来说明"时穷节乃见，一一垂丹青"的伟论。第二部分先叙述自己作为丞相，对于宋室的危亡，没有尽到责任，虽然也转战南荒，而终至于兵败身俘，有负于国家托付之重。但是，自己心有正气，决不为敌人的酷刑威逼所吓倒。"嗟哉"以下八句写自己正气在身，对故国忠心耿耿，而使沮洳场变为安乐国。末了四句点明主旨，准备杀身成仁，舍生取义，为国家民族勇于牺牲。

【姚 燧】

姚燧（1238—1313），字端甫，号牧庵，原籍营州柳城（今辽宁朝阳），迁居河南洛阳。元代文学家。三岁丧父，为伯父姚枢所抚养。元世祖至元年间（1271—1294）入仕。历任奉议大夫、提刑按察司副使、江西行省参知政事、翰林学士承旨等职。诗文刚劲宏肆，气势豪雄。散文学习韩愈、欧阳修风格，与虞集并称。散曲抒个人情怀，清新开阔，与卢挚齐名。摹写爱情的曲作，文辞流畅浅显，风格雅致缠绵。有《牧庵文集》。现存小令29首，套数1篇。

越调·凭栏人·寄征衣[1]

欲寄君衣君不还，不寄君衣君又寒。寄与不寄间，妾身千万难[2]。

毛泽东曾圈读这首散曲，四句全加了密圈。

〔1〕越调：宫调名。凭栏人：曲牌名，属北曲。句式七七、五五。四句四韵。征衣：出门远行人的衣服。
〔2〕妾身：旧时妇女的自称。

这首散曲全以思妇的口吻写出。古代丈夫离家，或征战，或行役，天气转凉时，妻子就给丈夫寄上寒衣。而此曲偏不从寄衣入手，反着眼于"欲寄"与"不寄"的内心矛盾。妻子本想给丈夫寄寒衣，但一转念，丈夫有了寒衣，就会不急于归家了；不寄，丈夫就会衣薄被单忍饥受冻。作品通过写妻子内心的矛盾，处处显示妻子对丈夫的爱之深，念之切。心理描写细腻微妙，给人以强烈的艺术感受。

【蒋 捷】

　　蒋捷（约1245—1305），字胜欲，号竹山，阳羡（今江苏无锡宜兴）人。宋末元初诗人。宋度宗咸淳十年（1274）进士。南宋亡，深怀亡国之痛，不仕，隐居太湖竹山，世称"竹山先生""樱桃进士"，其气节为时人所重。长于词，与周密、王沂孙、张炎并称"宋末四大家"。其词多抒发故国之思、山河之恸，风格多样，而以悲凉清俊、寂寥疏爽为主。尤以造语奇巧之作，在宋季词坛上独具一格。有《竹山词》。

虞美人·听雨 [1]

　　少年听雨歌楼上，红烛昏罗帐 [2]。壮年听雨客舟中，江阔云低，断雁叫西风 [3]。

　　而今听雨僧庐下，鬓已星星也 [4]。悲欢离合总无情，一任阶前，点滴到天明 [5]。

　　毛泽东曾圈读并手书过这首词的上片。其创作《忆秦娥·娄山关》中"西风烈，长空雁叫霜晨月"句，化用此词"江阔云低，断雁叫西风"句意。

〔1〕虞美人：词牌名。
〔2〕昏：指烛光昏暗。
〔3〕断雁：离群的孤雁。
〔4〕僧庐：僧房，佛寺。星星：形容鬓发花白的样子。
〔5〕悲欢离合：人世间悲与欢、聚与散的各种生活遭遇。总无情：是说悲欢离合都掀不起情感的波澜。"一任"二句：化用温庭筠《更漏子》"一叶叶，一声声，空阶滴到明"词意。前加"一任"造成意义背反的艺术效果。客观现实的挤压，词人的无奈、愤激等多种情绪隐然可见。

　　蒋捷一生大都是在亡国之痛中度过的。这首词以三幅象征性的画面，概括了从少年到老年在环境、生活、心情各方面所发生的巨大变化以及独特的内心感受，可谓言简意赅。此词以"听雨"为媒介，将少年只知追欢逐笑享受陶醉，壮年漂泊孤苦触景伤怀，老年的寂寞孤独，一生悲欢离合，完全融入绵绵雨声中加以展示，其深层则潜隐着对故国的怀思之情。三个人生阶段的典型生活情景，三种心境，读之令人凄然。

【马致远】

马致远（约1250—约1324），号东篱，大都（今北京）人。元代杂剧家、散曲家。曾参加大都的元贞书会，被推为"曲状元"。早年热衷于功名，任浙江省务提举官。晚年退出官场，隐居杭州郊外。所作杂剧今知有15种，现存《汉宫秋》《青衫泪》等7种。内容大多感慨世情，抒写对社会现实的不满，在愤激不平中夹杂消极避世的思想。与关汉卿、白朴、郑光祖并称"元曲四大家"。其扩大了散曲的题材，提高了散曲的意境，风格豪放清逸，语言本色典雅，成就为世所称。有辑本《东篱乐府》，存小令104首，套数17篇。

越调·天净沙·秋思[1]

枯藤老树昏鸦，小桥流水人家，古道西风瘦马[2]。夕阳西下，断肠人在天涯[3]。

毛泽东曾圈读并两次手书这首散曲，在题目上加大圈并打钩。第一、二句旁加点，第三、四、五句旁加密圈。

[1] 越调：宫调名。天净沙：曲牌名。秋思（sì）：秋天的思绪。

[2] 枯藤：枯萎的枝蔓。昏鸦：黄昏时归巢的乌鸦。昏：傍晚。人家：农家。古道：古老荒凉的道路。西风：寒冷、萧瑟的秋风。瘦马：骨瘦如柴的马。

[3] 断肠人：形容伤心悲痛到极点的人，这里指漂泊天涯、极度忧伤的旅人。天涯：远离家乡的地方。

这曲小令堪称一幅非常真实动人的秋郊夕照图，准确而委婉地描绘了天涯游子的孤寂心境。作者精心地将许多自然的鲜明形象，无比巧妙地组织起来，渲染

445

出一派凄凉萧瑟的晚秋气氛，形成一个富有诗情画意的有机整体。写景则句句有情，抒情则句句有景。情景交融，色泽鲜明。此曲句法别致，前三句全由名词性词组构成，一共列出九种景物，言简而意丰。结构精巧，顿挫有致，被后人誉为"秋思之祖"。

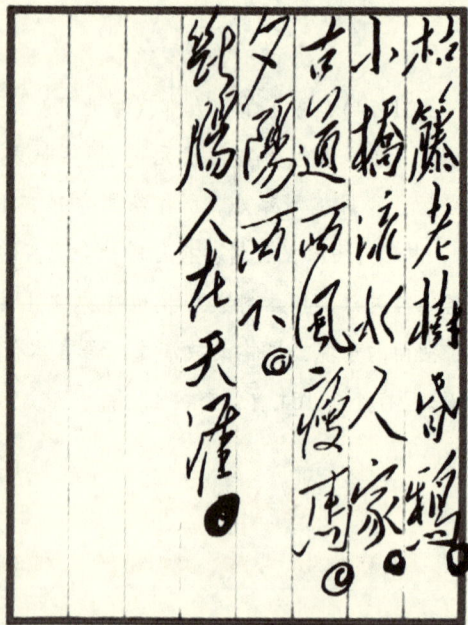

毛泽东手书马致远《天净沙·秋思》

双调·湘妃怨·和卢疏斋西湖四首 (其三)[1]

金卮满劝莫推辞，已是黄柑紫蟹时[2]。鸳鸯不管伤心事，便白头湖上死。爱园林一抹胭脂[3]。霜落在丹枫上，水漂着红叶儿。风流煞带酒的西施。

毛泽东曾多次圈读这首散曲，在题目上加大圈并打钩。前四句旁加点，后四句旁加密圈。

446

〔1〕双调：宫调名。湘妃怨：曲牌名。卢疏斋：即卢挚，号疏斋，涿郡（今河北涿州）人。诗文与刘因、姚燧齐名，世称"刘卢""姚卢"。散曲风格清新婉丽，活泼天然。卢挚写过《湘妃怨·西湖》组曲，依次分咏西湖春夏秋冬四景，结句都以西湖比西施。马致远亦依次步和四首。这是第三首。

〔2〕厄：酒杯。

〔3〕一抹胭脂：指秋霜染红园林。

这支散曲写西湖秋天迷人的景色和诱人的柑橘、肥美的湖蟹。荡舟西湖，品尝甜蜜的柑橘，以肥美的湖蟹佐酒，游人推杯换盏，乐得一醉方休。湖上恩爱无比的一对对鸳鸯相伴不离，白头偕老。秋霜染红了岸上的园林，水上漂浮的丹枫落叶，点缀得西湖像酒后微醺、红晕生颊的西施，显得格外风流妩媚。曲中"金厄""黄柑""紫蟹""胭脂""白霜""丹枫""红叶"等词色彩斑斓，构成了一幅幅美丽的画面，洵为诗中有画，画中有诗。

双调·夜行船·秋思[1]

蛩吟罢一觉才宁贴，鸡鸣时万事无休歇[2]。争名利何年是彻[3]？看密匝匝蚁排兵，乱纷纷蜂酿蜜，急攘攘蝇争血[4]。裴公绿野堂，陶令白莲社[5]。爱秋来那些：和露摘黄花，带霜烹紫蟹，煮酒烧红叶。想人生有限杯，几个登高节？嘱咐俺顽童记者："便北海探吾来，道东篱醉了也[6]！"

毛泽东曾手书这首散曲。

〔1〕双调：宫调名。夜行船：曲牌名。秋思：秋天的思绪。

〔2〕"蛩吟"二句：是说那些争名逐利的人直到深夜虫吟才睡，一到鸡鸣天亮，便又为名利奔忙了。蛩：蟋蟀。宁贴：安宁平静。

〔3〕彻：这里是终结、到头的意思。

〔4〕"看密匝匝"三句：用蚂蚁、蜜蜂、苍蝇的争食场面比喻争名夺利之人的丑态。密匝匝：形容密集之甚。急攘攘：形容攘夺之急。

〔5〕裴公绿野堂：唐代裴度，历事数朝，官至中书侍郎同平章事。为人坚正有操守，却屡被当权者贬斥在外。晚年淡出政坛，在洛阳修筑一座别墅叫绿野堂，与白居易、刘禹锡在这里饮酒作诗。陶令：即陶潜，曾经做过彭泽县令，故称陶令。白莲社：晋代高僧慧远法师等近百人在庐山虎溪东林寺组织的讲习社，同修佛事。相传陶渊明也往来其中。

〔6〕记者：记住，记着。者：句尾助词，表示命令语气。"便北海"二句：是说即便孔北海那样的人来探访，也告诉他我喝醉了。北海：指东汉孔融，其曾做过北海相，故称孔北海。东篱：作者的号。

这首散曲写了两种人，一是蝇营狗苟、争名夺利的人，一是像作者一样淡泊名利、倏然物外的人。作者把一天到晚奔走钻营、醉心名利的人比作"密匝匝蚁排兵，乱纷纷蜂酿蜜，急攘攘蝇争血"，深刻而形象地刻画这些人的丑恶嘴脸，同时也表现出自己对封建社会丑恶现实的不满，不愿与世俗同流合污的高洁品质以及恬静自适的旷达胸怀。从作品总的倾向来说，曲中也流露了"人生如梦""对酒当歌""及时行乐"的消极情绪，但这是时代的局限。此曲语言精辟，格调高亢，描绘生动，抒情畅达。

【王实甫】

王实甫（约1260—约1307），一说名德信，大都（今北京）人，祖籍河北保定定兴县。元代著名戏曲作家。主要活动时期，大约在元成宗元贞、大德（1295—1307）年间。著有杂剧14种，今存《西厢记》《丽春堂》《破窑记》3种。散曲流传下来的只有三五首。杂剧擅写儿女风情，多以青年女性反抗封建礼教为题材。曲辞清丽华美，风格优雅，颇具抒情诗的韵致。代表作《西厢记》对元杂剧和后世戏曲的发展有深远影响。

仙吕宫·点绛唇[1]

游艺中原，脚跟无线、如蓬转[2]。望眼连天，日近长安远[3]。

毛泽东曾手书过这支曲子。其 80 多岁高龄时，仍能整段背诵《西厢记》中的某些词曲。

〔1〕仙吕宫：宫调名。点绛唇：曲牌名。

〔2〕游艺：原指用六艺之教陶冶身心，这里指游学。艺：指礼、乐、射、御、书、数六艺。中原：这里指内地，相对边疆地区而言。蓬：草名，枯后断根，遇风飞旋，故又称飞蓬。

〔3〕"日近"句：《晋书·明帝纪》载，晋明帝幼时颖慧，元帝很是宠爱。一次，有使者从长安来，元帝问他："太阳和长安哪个近？"明帝对曰："长安近，从来没有听说有人从日边来。"元帝甚是惊异。第二天宴请群臣，元帝又问他。回答却是："太阳近。"元帝惊问："为何和昨天说的不一样？"明帝对曰："举头可见日，不见长安。"这里指张君瑞担心自己考不中。

这支曲子选自《西厢记》第一本第一折，为主人公张君瑞上场时唱的第一支曲子。此曲叙写主人公此次出行的目的和内心的忧虑。"脚跟无线、如蓬转"，喻指主人公远离家乡游学，转徙无常，漂泊不定。"日近长安远"，唱出了主人公此时对到京城参加科举考试能否考中的担忧。此曲比喻生动形象，心理刻画符合人物特点。

仙吕宫·混江龙[1]

向《诗》《书》经传，蠹鱼似不出费钻研[2]。将棘围守暖，把铁砚磨穿[3]。投至得云路鹏程九万里，先受了雪窗萤火二十年[4]。才高难入俗人机，时乖不遂男儿愿[5]。空雕虫篆刻，缀断简残编[6]。

毛泽东曾手书过这支曲子。

〔1〕仙吕宫：宫调名。混江龙：曲牌名。

〔2〕《诗》《书》：《诗经》和《尚书》，这里泛指儒家经典。经传：儒家典籍经和传的统称。经指经典原文，文字深奥，义有难明，故作传来阐释。蠹鱼：蛀蚀书籍、衣物等的小虫子，又称纸鱼，衣鱼。

〔3〕棘闱：科举考场的别称。古代以荆棘围考场，以防止士子传递夹带之弊，故称。铁砚：比喻刻苦学习。《新五代史·桑维翰传》载，桑维翰初举进士，主考官讨厌他的姓，认为"桑""丧"同音。有人劝他不必举进士，可以通过其他方式求仕，桑维翰很愤慨，铸了一块铁砚，对人说："等这砚磨穿了，我才改而他仕。"后来终于科举及第。这句和上一句写张君瑞刻苦攻读的决心。

〔4〕"投至得"二句：是说在功名得意之前，先受了二十年雪案萤窗的辛苦。投至得：等到。云路：比喻仕途。鹏程九万里：《庄子·逍遥游》："鹏之徙于南溟也，水击三千里，抟扶摇而上者九万里。"后常以云路鹏程表示功名得意，前程远大。雪窗：《尚友录》载，晋代孙康性敏好学，但家贫没有灯油，在冬夜曾借着雪的反光读书。萤火：《晋书·车胤传》载，车胤博学，但家贫不常有灯油，夏夜就在白纱袋里装上几十只萤火虫，用来照明读书。这里用来说明张君瑞无论冬夏，都在刻苦学习。

〔5〕入：投合。机：心意。时乖：时运不好。乖：违背。

〔6〕雕虫篆刻：汉代扬雄《法言·吾子》："或问：'吾子少而好赋?'曰：'然，童子雕虫篆刻。'"虫：虫书。刻：刻符，古代学童所学，纤巧难工。扬雄将写辞赋喻为小技，这里指写作诗文。缀断简残编：原指搜集残缺不全的古书，这里指饱读古籍。《宋史·欧阳修传》："（欧阳修）好古嗜学，凡周汉以降金石遗文，断编残简，一切缀拾，研稽异同。"

这支曲子选自《西厢记》第一本第一折，为主人公张君瑞赴长安应试途中赶路时所唱。曲中叙述了主人公刻苦攻读诗书的情况，表达了功名未获时的感慨。前两句写主人公"蠹鱼似"的学习态度，接下来写主人公刻苦学习《诗》《书》，"把铁砚磨穿"的坚强毅力和坚定的决心。自己受了二十年雪案萤窗的辛苦，饱读诗书，时运不好，到头来是一场空。此曲除前两句外，全用对仗，结构严整，语言清丽华美，抒情色彩浓郁。

仙吕宫·油葫芦[1]

九曲风涛何处显，则除是此地偏[2]。这河带齐梁，分秦晋，隘幽燕[3]。雪浪拍长空，天际秋云卷。竹索缆浮桥，水上苍龙偃[4]。

东西溃九州，南北串百川^[5]。归舟紧不紧如何见？却便似弩箭乍离弦^[6]。

毛泽东曾手书过这支曲子。

〔1〕仙吕宫：宫调名。油葫芦：曲牌名。

〔2〕九曲：这里指黄河。《河图》载："河水九曲，长久千里，入于渤海。"则除是：除非是，只有。偏：出乎寻常，特别突出。

〔3〕带齐梁：黄河连接齐梁之地。齐：指战国时齐地，在今山东泰山以北黄河流域及胶东半岛地区。梁：即战国时的魏国，惠王迁都大梁，故称。在今河南、河北一带。分秦晋：秦、晋之地为黄河所分割。秦：指春秋时秦国之地，在今陕西一带。晋：春秋时晋国之地，在今山西一带。隘幽燕：黄河像一条天然屏障，将幽燕之地与中原地区隔开。

〔4〕缆：这里指用绳索系船或筏。水上苍龙：比喻浮桥。苍龙：传说中的青龙，为祥瑞之物。偃：仰卧。

〔5〕溃九州：全国到处泛滥。溃：河水破堤而出，这里指灌溉。

〔6〕紧不紧：即紧，"不紧"是衬字。这里指迅速。弩：用机关发箭的弓。乍：突然。

这支曲子选自《西厢记》第一本第一折。此曲运用新奇的设问、整齐的排比、生动的比喻、大胆的夸张、工稳的对仗等多种表现手法，多角度、多侧面地描写了黄河的雄伟壮观和地势险要，表达了主人公对大好河山的热爱之情。

【张可久】

张可久（约1270—约1350），字小山，一说名伯远，字可久，号小山。庆元（今浙江宁波市鄞州区）人。元代著名散曲家。曾任桐庐典史、昆山幕僚，仕途很不得志。晚年久居杭州。毕生致力于散曲，内容多描绘自然风光，少数作品咏史叹世、抒写闺情相思。艺术上以诗词作法写曲，注重格律和文字技巧，风格清丽典雅，被誉为"词林宗匠"。散曲与乔吉并称"双璧"，与张养浩合为"二张"。近人辑有《小山乐府》。现存小令855首，套数9篇。

正宫·醉太平·感怀[1]

人皆嫌命窄，谁不见钱亲[2]？水晶丸入面糊盆，才沾粘便滚[3]。文章糊了盛钱囤，门庭改做迷魂阵[4]，清廉贬入睡馄饨，葫芦提倒稳[5]。

毛泽东曾圈读这首散曲，通首加圈，并在句首画圈打钩。

〔1〕正宫：宫调名。醉太平：曲牌名。感怀：一作《无题》。

〔2〕命窄：命运艰难困苦，贫困。

〔3〕"水晶"二句：比喻精明圆滑的人一入名利场，身心就受污染，利令智昏，不可收拾。丸：一作"环"。面糊盆：比喻一塌糊涂，十分肮脏的社会。粘：指污浊肮脏的社会风气。滚：比喻圆滑世故，同流合污。

〔4〕"文章"句：是说把知识作为谋取金钱的工具，完全不顾读书人的操守，斯文扫地。文章：这里指才能和知识。"门庭"句：是指为了钱可以干出男盗女娼的丑事。迷魂阵：指坑骗人的圈套、陷阱。常用来指妓院。

〔5〕"清廉"二句：是说社会道德观念颠倒，清正廉明的人被贬为傻瓜，真正的糊涂虫却安安稳稳地升官发财。睡馄饨：形容睡得迷迷糊糊，神志不清，比喻不明事理的糊涂人。葫芦提：糊里糊涂。

这首散曲感叹世人在钱的面前所暴露的种种丑恶面目。不重人情而以钱为亲，已令人慨叹；且又以文章为名汲取金钱，那就完全沦为钱的奴隶而丧失读书人的本色了。更有甚者，不仅自己贪钱敛财，而且还嘲弄不愿同流合污的清廉者，这就更使清廉者寒心了！作者无力回天，表示只能借助酒葫芦佯装糊涂，这是愤世嫉俗之言，也是消极反抗的表示。此曲语言诙谐，形象生动，痛快淋漓地揭露和讽刺了社会上种种可笑可恼的丑恶现象，读来令人忍俊不禁。

【赵禹圭】

赵禹圭（生卒年不详），字天锡，汴梁（今河南开封）人。元代散曲作家。至元（1271—1294）中曾任江南行省大司农管勾。至顺元年（1330）为镇江府判官。著有杂剧《试汤饼何郎傅粉》《贾爱卿金钗剪烛》二种，均佚。散曲现存小令7首。

双调·折桂令·题金山寺[1]

长江浩浩西来，水面云山，山上楼台[2]。山水相连，楼台上下，天与安排[3]。诗句就，云山失色，酒杯宽、天地忘怀[4]。醉眼睁开，回首蓬莱[5]。一半云遮，一半烟埋。

毛泽东曾圈读这首散曲，在题头圈画、打钩，通首加圈；并手书过这首散曲的部分词句。

〔1〕双调：宫调名。折桂令：曲牌名。金山寺：在江苏镇江市西北金山上，为东晋时所建。

〔2〕云山：形容山势高峻，云烟缭绕。

〔3〕天与安排：上天给（我们）安排好的。与：给，替。

〔4〕诗句就：诗句吟成。就：写成。天地忘怀：忘记天地间一切事物和所有忧愁。

〔5〕回首：回顾。蓬莱：泛指想象中的仙境。《汉书·郊祀志》："自威宣、燕昭使人入海求蓬莱、方丈、瀛洲，此三神山者，其传在渤海中。"这里指金山寺。

这首散曲为作者任镇江府判官时所作。散曲开头写长江浩渺，气势磅礴，视野开阔；接着写水面上漂浮的"云山"，山上的亭台楼阁，都倒映在水中，清澄明丽，摇曳生辉。"云山失色""天地忘怀"，写得气势开阔，表现了作者豪迈的气概和阔大的胸怀。当他睁开醉眼时，眼前又是另外一番景色：云遮雾障，缥缥缈缈，就像是那传说中的海上蓬莱仙境一样。此曲四字句较多，语言通俗，节奏明快。

毛泽东手书赵禹圭《双调·折桂令·题金山寺》(节选)

【徐再思】

徐再思（约 1280—1320），字德可，因喜食甘饴，自号甜斋。浙江嘉兴人。元代后期著名散曲作家。曾任嘉兴路吏。其散曲多写江南风物和闺情，风格清新秀丽。后人把他与当时自号"酸斋"的贯云石散曲合辑为《酸甜乐府》。现存小令 103 首。

双调·折桂令·题情[1]

平生不会相思，才会相思，便害相思。身似浮云，心如飞絮，气若游丝[2]。空一缕余香在此，盼千金游子何之[3]。症候来时，正是何时[4]？灯半昏时，月半明时。

毛泽东曾圈读这首散曲，题头画圈并打钩，后四句加双圈。

〔1〕双调：宫调名。折桂令：曲牌名。题情：一作《春情》。

〔2〕游丝：空中飘浮的蛛丝。这里比喻气息微弱。

〔3〕余香：自己就像一丝香气在此徘徊。千金游子：用"千金"比喻游子身份尊贵。《史记·袁盎晁错列传》："千金之子，坐不垂堂。"何之：到哪里去。之：往。

〔4〕症候：疾病，这里指相思的痛苦。

这首散曲写少女的恋情。前句说少女害了相思病，不能自拔，感情波澜起伏。四至六句写少女相思的病状，用浮云、飞絮、游丝比喻其魂不守舍，恍惚迷离的情态。七、八两句写其病因是由渴盼游子而无法相见造成的。末尾四句以设问形式，点出"灯半昏时，月半明时"正是相思难挨的痛苦之时。此曲比喻形象，语言俏皮，感情真挚。

双调·水仙子·夜雨[1]

一声梧叶一声秋，一点芭蕉一点愁[2]，三更归梦三更后[3]。落灯花，棋未收，叹新丰孤馆人留[4]。枕上十年事，江南二老忧，都到心头[5]。

毛泽东曾圈读这首散曲，题头画圈并打钩，前四句加圈，后四句加点。

〔1〕双调：宫调名。水仙子：曲牌名。

〔2〕"一声"句：温庭筠《更漏子》："梧桐树，三更雨，不道离情正苦，一叶叶，一声声，空阶滴到明。"这里化用其意。"一点"句：杜牧《芭蕉》："芭蕉为雨移，故向窗前种。怜渠点滴声，留得归乡梦。梦远莫归乡，觉来一翻动。"这里取其意境。以上两句说，秋天夜晚，雨点落在梧桐和芭蕉的叶子上，使人听了格外发愁。

〔3〕三更：半夜。这句说，半夜从梦中醒来，一直没有睡着。

〔4〕"落灯花"二句：宋代赵师秀《有约》："有约不来过夜半，闲敲棋子落

灯花。"化用其句意。新丰孤馆人留：唐代马周少年孤贫，曾住在新丰（今陕西西安临潼东）的旅馆，旅馆主人对他很冷淡，他便悠然独自喝酒解闷。孤馆：寂寞的旅馆。

〔5〕"枕上"句：化用黄庭坚《虞美人·宜州见梅作》："平生个里愿深怀，去国十年老尽少年心"的词意。写夫妻恩爱，雨夜倚枕不眠，往事历历浮上心头。"江南"句：作者家在江南，久客不归，为年老的双亲所担忧。二老：即双亲。

这首散曲通过对秋色的描写，表达了作者在外思念家乡和对自己潦倒落寞的际遇倍感无奈的情怀。作者半夜三更听到外边风吹梧桐叶，雨打芭蕉声，不禁愁肠百结，夜不能寐。梦醒后，由灯光看到凌乱的棋局，由棋局而想到自己的处境。此曲以极其流畅的语言将旅人思乡的真切感情表现得淋漓尽致，感人肺腑。此外，词语的重叠运用，增加了散曲的节奏感。

【贯云石】

贯云石（1286—1324），字浮岑，号酸斋，又号芦花道人。维吾尔族。元代文学家。年少时臂力超人，善骑射。做过永州的武官。后弃武从文，从姚燧读书，接受汉族文化。元仁宗时拜翰林侍读学士、中奉大夫，知制诰同修国史等职。后称疾辞官，隐居杭州一带。诗文、书法均擅长。所作散曲，内容多写逸乐生活和男女之情，风格豪放，间有清丽之作。与徐再思（号甜斋）齐名，后人辑两家散曲为一编，名《酸甜乐府》。现存小令 79 首，套数 8 篇。

中吕·红绣鞋[1]

挨着靠着云窗同坐，偎着抱着月枕双歌，听着数着愁着怕着，早四更过[2]。四更过，情未足；情未足，夜如梭[3]。天那！更闰一更儿妨甚么[4]！

毛泽东曾圈读这首散曲，通首加密圈。

〔1〕中吕：宫调名。红绣鞋：曲牌名。

〔2〕云窗：雕刻着云形花纹的窗户。月枕：月牙形的枕头。"听着"句：指听更鼓，数更声；愁天明，怕离别。

〔3〕夜如梭：形容夜晚的时间过得很快，如织布的飞梭一样。

〔4〕"更阑"句：希望再增加一更，延长与情人欢聚的时间。阑：余数，这里指延长，增加。甚么：同"什么"。

这首散曲描写一位年轻女子与其情人"偷情"的情形。"挨""靠""偎""抱"等一系列热烈的动作，形象地表现了这对恋人春宵一刻值千金的欢快心情。"听""数""愁""怕"的动作和心理描写，则生动别致地展示了五更将至时他们的急切和恐惧。尽管如此，这位痴情的女子还是发出了"天那！更阑一更儿妨甚么！"的呼喊。如此描写男女欢爱，尤其是女性的热烈与大胆，在元曲中是不多见的。词语反复的形式，增强了此曲的节奏感和音乐感。

【萨都剌】

萨都剌（约1301—1355），字天锡，号直斋。先世为西域人，蒙古族，出生于雁门（今山西忻州代县）。元代诗人、画家、书法家。泰定四年（1327）进士。做过翰林，历任南台御史、镇江录事司达鲁花赤、江南行台侍御史等。晚年定居杭州。善绘画，精书法，尤善楷书。有虎卧龙跳之才，人称燕门才子。诗学晚唐温（庭筠）李（商隐），词风近苏（轼）辛（弃疾）。有《萨天锡诗集》《雁门集》等。

念奴娇·登石头城次东坡韵[1]

石头城上，望天低吴楚，眼空无物[2]。指点六朝形胜地，惟有青山如壁[3]。蔽日旌旗，连云樯橹，白骨纷如雪[4]。一江南北，消磨多少豪杰[5]。

寂寞避暑离宫，东风辇路，芳草年年发[6]。落日无人松径里，鬼火高低明灭^{〔7〕}。歌舞尊前，繁华镜里，暗换青青发^{〔8〕}。伤心千古，秦淮一片明月^{〔9〕}。

毛泽东曾圈读这首词。1949 年 4 月 25 日，毛泽东在《四分五裂的反动派为什么还要空喊"全面和平"？》一文中，曾借用这首词中"天低吴楚，眼空无物"来描述当时南京政府面临的萧条败落局面。其创作《沁园春·长沙》中"指点江山"，化用此词"指点六朝形胜地，惟有青山如壁"句意。

〔1〕念奴娇：词牌名，又称百字令。石头城：东汉建安十七年（212）孙权下令修筑。故址在今江苏南京草场门附近，昔为六朝都城。次……韵：也称步韵，即依次用所和诗词的韵脚作诗。东坡：即苏轼。

〔2〕吴楚：泛指长江中下游地区。这里指南京一带。眼空无物：指已经看不到历史上的繁华盛况。

〔3〕指点：这里是评品，议论。形胜：地理形势优越。南京地势险要，东吴、东晋、宋、齐、梁、陈六个朝代都建都于此。

〔4〕旌旗：泛指旗帜。樯橹：这里代指水军舰船。纷：众多。

〔5〕一江：指长江。消磨：逐渐消耗，消灭，消失。

〔6〕避暑离宫：在离宫避暑。离宫：皇帝在京城以外的宫室。辇路：帝王车驾所经的路。辇：帝王所乘的车。

〔7〕松径：松林间的小路。鬼火：磷火。明灭：忽隐忽现，时隐时现。

〔8〕尊："樽"的古字，酒杯。繁华：鲜花盛开，喻青春美丽。暗换：不知不觉中改变。青青发：黑发。

〔9〕秦淮：指秦淮河，发源于江苏南京溧水，流经南京市区，绕城南、城西而入长江。河为秦时所开，故名。

这首词通过对金陵石头城衰败荒凉景象的描写，深情表达了作者对历代王朝兴衰的无奈和慨叹。上片意在吊古，登临城上，缅怀往事，六朝陈迹，历历在目。当年繁华，如今只留下如壁青山。抚今追昔，感慨万端。下片意在伤今，环顾城阙，离宫别馆，都已变为丘墟。眼前是落日松径，鬼火明灭，唯有秦淮河上明月，阅尽盛衰。此词不仅全依苏东坡《念奴娇·赤壁怀古》的韵脚押韵，而且词的基调和境界也颇近似。加之倒叙的手法，工笔描写世事的变迁，抒发人生之感慨，使作品思路开阔，境界宽广，自然天成，堪为豪放派之大作。

满江红·金陵怀古[1]

六代繁华，春去也，更无消息[2]。空怅望、山川形胜，已非畴昔[3]。王谢堂前双燕子，乌衣巷口曾相识[4]。听夜深、寂寞打孤城，春潮急[5]。

思往事，愁如织。怀故国，空陈迹[6]。但荒烟衰草，乱鸦斜日。玉树歌残秋露冷，胭脂井坏寒螀泣[7]。到如今，唯有蒋山青，秦淮碧[8]。

毛泽东曾手书这首词。

[1] 满江红：词牌名。金陵：江苏南京的别称。

[2] 六代：即六朝。指东吴、东晋、宋、齐、梁、陈六个建都金陵的朝代。

[3] 畴昔：从前，往昔。

[4] "王谢"二句：化用刘禹锡《乌衣巷》"朱雀桥边野草花，乌衣巷口夕阳斜。旧时王谢堂前燕，飞入寻常百姓家"诗意。王谢：指东晋士族王导、谢安。乌衣巷：在今江苏南京东南的秦淮河畔，是东晋时王导、谢安家族的居处地。

[5] "听夜深"三句：化用刘禹锡《石头城》"山围故国周遭在，潮打空城寂寞回。淮水东边旧时月，夜深还过女墙来"诗意。

[6] 故国：金陵为六朝旧都，故称。

[7] 玉树：即《玉树后庭花》，陈后主为其嫔妃所制的歌，人称亡国之音。胭脂井：即景阳井，故址在今江苏南京鸡鸣山边的台城内。隋兵攻克台城，陈后主与妃子避入此井，终被隋兵所擒，故称胭脂井。寒螀（jiāng）：寒蝉。

[8] 蒋山：即江苏南京城东的钟山。

这首词约作于元文宗至顺三年（1332）作者移居金陵时。作品通过山川风物依旧而六朝繁华不再的对比描写，抒发了作者深沉的怀古感慨。上片写繁华的景象如春光般消失得无声无息。沉重的怀古情绪给此词定下了感伤的基调。末尾三句化用刘禹锡《石头城》"山围故国周遭在，潮打空城寂寞回"诗意，进一步描写金陵呈现一片衰败荒芜的景象。下片以直白的语言，短促的句子使激越的情感达到高潮。荒烟、衰草、乱鸦、斜日、秋露等意象的渲染，构成一幅意境深远而悲凉的残秋图。末尾三句写如今只有蒋山（今名钟山）还青着，秦淮河还流淌着碧水，感伤、悲哀的情绪溢于言表。此词善于化用前人的诗句和典故，而又点化自然，融情于景，寄托情思，构成了深沉苍凉的意境，给人以强烈的艺术感染力。

毛泽东手书萨都剌《满江红·金陵怀古》

木兰花慢·彭城怀古[1]

古徐州形胜，消磨尽，几英雄[2]。想铁甲重瞳，乌骓汗血，玉帐连空[3]。楚歌八千兵散，料梦魂，应不到江东[4]。空有黄河如带，乱山回合云龙[5]。

汉家陵阙起秋风，禾黍满关中[6]。更戏马台荒，画眉人远，燕子楼空[7]。人生百年如寄，且开怀，一饮尽千钟[8]。回首荒城斜日，倚栏目送飞鸿[9]。

1957年3月19日上午，毛泽东自徐州登机赴南京。毛泽东在他的英语老师林克正在读的一本书的扉页上写下了这首词。毛泽东还对林克说："这首词词牌叫'木兰花慢'，原题是《彭城怀古》。彭城就是古徐州，就是那个八百岁的彭祖的家乡。""萨都剌是蒙古人，出生在山西雁门一带。他的词写得不错，大有英雄豪迈，博大苍凉之气。"毛泽东还两次手书过这首词。

〔1〕木兰花慢：词牌名。彭城：古代县名，今江苏徐州的别称。秦汉之际，项羽称西楚霸王时，建都于此。徐州自古为兵家必争之地。

〔2〕形胜：地理形势优越。《史记·高祖本纪》："秦形胜之国。"

〔3〕"想铁甲"三句：指项羽与诸侯军灭秦，称西楚霸王时的盛况。重瞳：眼中有两个瞳子。《史记·项羽本纪》："舜目盖重瞳子，又闻项羽亦重瞳子，羽岂其苗裔邪？"乌骓：战马名，项羽所骑。汗血：汉朝时得自西域大宛（yuàn）的千里马，又称天马。这里形容项羽所骑名马。玉帐：指军中营帐。

〔4〕"楚歌"三句：指项羽军败自杀之事。楚歌：指身陷重围，四面受敌。《史记·项羽本纪》："汉军四面皆楚歌，项王乃大惊，曰：'汉皆已得楚乎？是何楚人之多也。'"不到江东：《史记·项羽本纪》："项王笑曰：天之亡我，我何渡为！且籍与江东子弟八千人渡江而西，今无一人还，纵江东父兄怜而王我，我何面目见之？……乃自刎而死。"

〔5〕黄河如带：据《徐州府志》卷二"山川"：黄河在城东北，自河南虞城流入郡界，经砀山、萧县，入铜山界。《史记》云："封爵之誓曰：使河如带，泰山若砺，国以永宁，爰及苗裔。"云龙：山名，在徐州南面。山有云气蜿蜒如龙，

故名。

〔6〕"汉家"句：语出李白《忆秦娥》："西风残照，汉家陵阙。"禾黍：《诗经·王风·黍离》序说，西周亡后，周大夫过宗庙宫室，尽为黍离，彷徨不忍去，乃作此诗。这里指沧桑兴亡之感。关中：指今陕西一带。《关中记》："东自函谷，西至陇关，二关之间，谓之关中。"这句是说，刘邦虽然夺取了政权，取得了胜利，但如今陵阙照样为漫山遍野的庄稼所遮掩。

〔7〕戏马台：在今徐州城南部，与云龙山相对。项羽因山为台，以观戏马，故名。画眉人：汉代张敞为京兆尹，夫妻恩爱，常为妻子画眉，这里借指唐代张建封。燕子楼：旧址在徐州城北。唐贞元中，张建封镇徐州，筑燕子楼让爱妓关盼盼居住。张死后，关恋旧爱不嫁，居此楼十多年。

〔8〕百年：指一生。寄：暂居，形容人生短暂。

〔9〕目送飞鸿：语出嵇康《赠秀才入军》："目送归鸿，手挥五弦。"

萨都剌途经徐州时，登高怀古，想到从前西楚霸王项羽叱咤风云，纵横一世，终不免消亡，于是感慨万千，写下这首词。词中写当年项羽观看士卒操练兵马的戏马台已经荒废，情义深厚的画眉人已远去，痴情人居住的燕子楼也人去楼空，基调何其悲壮苍凉。全词感情浓烈，激越昂扬，结构严谨，表达了博大深沉的情感。自上古至新中国建立，在徐州这片大地上曾发生过大大小小两百多场战役。历代吟咏在徐州发生战争的诗词有不少，毛泽东偏喜爱这首词，称赞此词"初一略看，好似低沉颓唐，实际上他的感情很激烈深刻"。

【汪元亨】

汪元亨（生卒年不详），字协贞，号云林，别号临川佚老。饶州（今江西上饶鄱阳）人。元代文学家。至正（1341—1368）间出任浙江省掾，后徙居常熟（今属江苏苏州），官至尚书。曾著杂剧三种，今皆不传。散曲多写田园隐逸生活，风格疏隽。《录鬼簿续篇》说他有《归田录》一百篇行世，见重于人。题名《警世》者20首，题作《归田》者80首。

正宫·醉太平·归隐二十首 (其二)[1]

憎苍蝇竞血，恶黑蚁争穴[2]。急流中勇退是豪杰，不因循苟且[3]。叹乌衣一旦非王谢，怕青山两岸分吴越，厌红尘万丈混龙蛇[4]。老先生去也[5]！

毛泽东曾圈读这首散曲，于题头画圈并打钩，其中"叹乌衣"三句加了双圈。

[1] 正宫：宫调名。醉太平：曲牌名。归隐：组曲，共二十首。这是第二首，题一作《警世》。

[2] "憎苍蝇"二句：厌恶世人为功名利禄而争斗不休。苍蝇竞血：苍蝇争着舔血腥之物。黑蚁争穴：比喻人世间的自相摧残。

[3] 因循：沿袭旧时的做法。

[4] "怕青山"句：春秋时吴国与越国以钱塘江为界，两国经常争斗，一水之隔而互为仇敌。作者有感于元末社会动乱、兵戈四起而发此慨叹。红尘万丈混龙蛇：喻指人间好恶不分，贤愚莫辨。《佛印语录》："凡圣同居，龙蛇混杂。"

[5] 老先生：作者自指。

这首散曲表达了作者对元末社会动荡和政治腐败的无比痛恨之情，以及"急流中勇退"，辞官归隐的决心。"憎""恶""叹""怕"等词语，写得义正词严，"老先生去也"，表达了作者与世俗决绝的态度，诙谐幽默。此曲化用前人诗意，对偶工整，诗意浑厚，风格俊爽，体现了汪元亨散曲的一贯风格。

明│清

MINGQING

【高 启】

高启（1336—1374），字季迪，号槎轩。长洲（今江苏苏州）人。明代著名诗人。元末隐居吴淞青丘，自号青丘子。明初受诏入朝修《元史》，授翰林院国史编修。不久升户部右侍郎，坚辞不受。后因受罪案牵连被朱元璋腰斩于南京。诗文皆工，尤长于诗。与杨基、张羽、徐贲合称"吴中四杰"；与刘基、宋濂并称明初诗文"三大家"。其诗雄健有力，才情富赡，诗风俊逸奔放，以七言歌行和七律最具特色。语言质朴真切，生活气息浓烈。吊古或抒写怀抱之作，风格雄劲奔放。有诗集《高太史大全集》、词集《扣舷集》。

梅花九首（其一）[1]

琼枝只合在瑶台，谁向江南处处栽[2]？雪满山中高士卧，月明林下美人来[3]。寒依疏影萧萧竹，春掩残香漠漠苔[4]。自去何郎无好咏，东风愁寂几回开[5]。

毛泽东曾圈读这首诗。1961年11月，用草体书写了全诗，并在右面用大字写上："高启，字季迪，明朝最伟大的诗人。"

〔1〕本题共九首。这是第一首。

〔2〕琼枝：指梅枝，因枝上梅花如缀美玉，故云。只合：只应。瑶台：传说中神仙所居之处，以五色玉石为台基。

〔3〕高士卧：东汉时，袁安因"大雪人皆饿，不宜干人"而躺在家中受冻挨饿。洛阳令以为袁安是贤能高士，举荐为孝廉，累迁为楚郡太守。美人来：隋朝赵师雄到罗浮去做官，傍晚在梅花村林间休息时，见一淡妆素服女子，就一起相坐对饮，赵大醉而卧。醒来时，发现自己躺在一株大梅树下。

〔4〕残香：幽香。

〔5〕"自去"二句：是说自何逊逝去后，再也没有《咏早梅》那样的好诗了，因此，梅花多少年来只好寂寞地在东风中开放。何郎：指南朝梁诗人何逊。何曾作《咏早梅》诗。好咏：好诗。

这首诗赞美梅花的高洁身世，为梅花的遭遇鸣不平。作者把梅花人格化，认为其神韵和精神与人达到了高度的契合。诗篇以瑶台仙枝赞赏其超凡脱俗，借东汉名士袁安雪中高卧深山挨冻受饿而不乞食的典故，比喻雪中梅花品格之高洁，借隋代赵师雄梦中过梅花村月下与美人共饮的典故，比喻月下梅花之淡雅风致。寒冬有萧萧的竹子与稀疏的梅花相伴，春天山间布满青苔的地上散发着落梅的幽香。自南朝诗人何逊逝去后，梅花再也没有第二个知己了。诗中的梅花大有孤芳自赏，笑傲古人的性格。梅花的高洁和傲骨，恐怕正是诗人自身的写照。毛泽东十分喜爱这首诗，1957 年在谈到《明诗综》高启的诗时，认为其是"好诗"。此诗涵浑从容，颇近唐人手笔。

毛泽东手书高启《梅花九首》（其一）

467

吊岳王墓[1]

大树无枝向北风，十年遗恨泣英雄[2]。班师诏已来三殿，射虏书犹说两宫[3]。每忆上方谁请剑，空嗟高庙自藏弓[4]。栖霞岭上今回首，不见诸陵白露中[5]。

毛泽东曾圈读并两次手书这首诗。

[1] 岳王墓：南宋宁宗追封岳飞为鄂王，世称岳王。墓在浙江杭州西湖栖霞岭下。

[2] 大树：指岳飞墓旁的树，同时暗用《后汉书·冯异传》冯异被封为"大树将军"故事，喻指大将。无枝向北风：传说岳飞墓树枝皆向南。以"北风"隐喻北方的金人。十年遗恨：岳飞于绍兴十年（1140）五月率岳家军北伐，屡战皆捷，收复了许多失地。正要进军朱仙镇时，接连收到高宗发出的十二道金牌，只好奉诏班师。为了这次北伐，岳飞整整准备了十年，因此他痛心地说："十年之功，废于一旦！所得州郡，一朝全休！社稷江山，难以中兴！乾坤世界，无由再复！"泣英雄：使英雄悲泣。

[3] 班师诏：班师的诏令。班师：军队出征回来，这里指退兵。三殿：皇宫中的三大殿，泛指皇宫，这里指南宋朝廷。射虏书：用箭射向敌营的战书。虏：指金兵。两宫：岳飞上书求战，一再提到"迎二圣归京阙""迎两宫还朝"，均指靖康二年（1127）被金兵俘往北方的徽宗、钦宗二帝。

[4] 每忆：常想。上方谁请剑：即谁请上方剑。上方剑：又称尚方剑，指尚方署特制的皇帝御用宝剑。皇帝委派大臣处理重大案件时，常赐此剑以示授予全权，可以先斩后奏。请剑：即请缨杀敌。空嗟：可叹。高庙：指南宋高宗赵构。藏弓：语出《史记·淮阴侯列传》："狡兔死，良狗亨（烹）；高鸟尽，良弓藏。"原喻指功成后诛杀功臣，这里指杀害忠良。

[5] 栖霞岭：岳飞墓所在地。诸陵：指南宋六个皇帝的陵墓，在今浙江绍兴东三十六里之宝山（又名攒宫山）。白露中：指诸陵被掘毁，骸骨抛掷于露天野地。

这首诗前两句写作者于岳飞墓前，望着树枝南指的大树，想起了令人痛心的"十年遗恨"之往事，满腔的悲愤之情饱含于笔端。"班师诏"句，揭露南宋投降派统治者卖国苟安的嘴脸，"射房书"句，盛赞岳飞以收复中原失地为己任的强烈爱国精神，在强烈的对比中，揭露南宋统治者屈膝投降的卖国行径。接下来连用两个典故叙写对高宗杀害岳飞这一事件的悲哀和感伤。结尾"栖霞岭上今回首，不见诸陵白露中"，表达了作者对岳飞的怀念之情和对南宋统治者杀害岳飞的痛恨。作者以质朴的语言，加之典故和对比手法的运用，使诗的主旨十分鲜明。

送叶判官赴高唐，时使安南还[1]

铜柱崖前使节过，贡随归骑入京多[2]。一官暂遣陪成瑨，片语曾烦下赵陀[3]。晓拜赐衣辞绛阙，秋催征棹渡黄河[4]。政余好赋登临咏，闻说州人最善歌[5]。

毛泽东曾手书此诗，并两次手书"一官暂遣陪成瑨，片语曾烦下赵陀"一联。

[1] 叶判官：生平与事迹不详。判官，明代指州一级的属官。高唐：州名，当时属山东东昌府。安南：即今越南，古南交地，明代洪武初年归附朝廷，称臣纳贡。

[2] 铜柱崖：指安南与明朝的疆界处。《后汉书·马援传》："援到交趾，立铜柱，为汉之极界也。"使节：指叶判官等人。贡：贡品，安南归附明朝，故送上贡品。归骑：指叶判官等人。

[3] 成瑨：东汉时南阳太守，为官期间，曾将诸多政事托于功曹岑旺，故有歌谣曰："南阳太守岑公孝，弘农成瑨但坐啸。"这里是说叶判官此次虽被临时委任小官，但会起到重要作用。赵陀：汉初的南越王。《汉书·陆贾传》载，汉高祖派陆贾出使南越，陆贾最终说服赵陀对汉称臣，并被拜为大中大夫。这里说叶判官只以只言片语就令安南王臣服，可见其才识过人。

[4] "晓拜"二句：是说叶判官接到委任后马上启程，表达了忠勤之心。绛阙：即宫阙，代朝廷。因宫殿前的门阙为绛红色，故称。征棹：旅行的船只。棹：

469

船桨，这里代指船。

　　〔5〕善歌：《孟子·告子》："绵驹处于高唐，而齐右善歌。"意思是高唐地区的百姓最善于唱歌。

　　这是一首送别诗。写高启送友人叶判官赴山东高唐州任职，恰逢叶判官出使安南归来不久。诗中高度赞扬叶判官忠君报国的精神和过人的才识，以"一官暂遣陪成瑨，片语曾烦下赵陀"的诗语，劝勉叶判官虽然离京赴高唐任职，但也并非坏事，仍然可以像陆贾那样有所作为。末尾两句写高唐州人善歌的民俗风情，对友人作进一步宽慰。此诗用典灵活，对偶工整，离情别意娓娓道来，语言质朴情真意切。作者才情富赡，由此可见。

毛泽东手书高启《送叶判官赴高唐，时使安南还》（节选）

【汤显祖】

　　汤显祖（1550—1616），字义仍，号海若、若士、清远道人。临川（今江西抚州市临川区）人。明代杰出的戏曲家、文学家。出身书香门第，明神宗万历十一年（1583）进士。历任南京太常寺博士、詹事府主簿、礼部祠祭司主事等。后因上疏批评时政，被弹劾免职，归乡家居，专心著作。在戏曲创作上，主张"以意趣声色为主"，所作《牡丹亭》、《紫钗记》、《南柯记》和《邯郸记》合称"临川四梦"，为明代传奇代表作。剧作多暴露和抨击封建礼教和黑暗政治，具有鲜明的时代特征。曲辞善于把人物心理与客观景物结合起来描写，刻画细腻，语言丰富，文采丰赡。有《玉茗堂集》。

皂罗袍[1]

原来姹紫嫣红开遍，似这般都付与断井颓垣[2]。良辰美景奈何天，赏心乐事谁家院[3]。朝飞暮卷，云霞翠轩[4]；雨丝风片，烟波画船[5]。锦屏人忒看的这韶光贱[6]。

毛泽东曾手书此曲。

〔1〕这是《牡丹亭·惊梦》中的一支曲子。皂罗袍：曲牌名。

〔2〕姹紫嫣红：形容花的鲜艳美丽。断井颓垣：断了的井栏，倒了的短墙。这里形容庭院破旧冷落。

〔3〕奈何天：无可排遣的意思。赏心乐事：化用谢灵运《拟魏太子邺中集诗序》"天下良辰、美景、赏心、乐事，四者难并"句意。谁家：哪一家。

〔4〕朝飞暮卷：化用王勃《滕王阁诗》中"画栋朝飞南浦云，朱帘暮卷西山雨"句意，形容楼阁巍峨、景色壮观的样子。翠轩：华美的亭台楼阁。

〔5〕雨丝风片：犹斜风细雨。画船：装饰华丽的游船。

〔6〕锦屏人：这里指幽居高堂深闺，不能领略自然美景的人。忒：太，过于。韶光：大好春光。贱：不值钱。

这支曲子表现了杜丽娘游园恨晚、青春寂寞的悔怨，进而控诉了封建礼教对少女青春的无情摧残。杜丽娘是一个刚刚觉醒的少女，她感叹春光易逝，哀伤春光寂寞，渴望自由幸福的生活。她对身心解放的强烈要求，折射出了明代中叶以后，要求个性解放的时代精神，对后世有深远影响。"良辰美景奈何天，赏心乐事谁家院"是广为传诵的名句。此曲语言精美，抒情、写景及刻画人物心理活动，无不细腻生动，真切感人，流动着优雅的韵律之美。

【王夫之】

王夫之（1619—1692），字而农，号姜斋，又号夕堂。衡阳（今湖南衡阳）人。明末清初哲学家、思想家、诗人。明崇祯十五年（1642）举人。青年时曾参加反清复明运动，后知事不可为，退隐衡阳的石船山，闭门著书立说。自署"船山病叟""南岳遗民"。世称"船山先生"。其著作涉及文、史、哲各个方面。有《周易外传》《黄书》《尚书引义》《春秋世论》《读通鉴论》等。词虽多疏于音律，但内容怆怀故国，芳菲缠绵，别具特色。有《潇湘怨词》。

青玉案·忆旧[1]

桃花春水湘江渡，纵一艇，迢迢去[2]。落日赪光摇远浦[3]。风中飞絮，云边归雁，尽指天涯路[4]。

故人知我年华暮，唱彻灞陵回首句[5]。花落风狂春不住。如今更老，佳期逾杳，谁倩啼鹃诉[6]！

毛泽东曾圈读这首词，并在此页天头上画了一个大圈。

〔1〕青玉案：词牌名。忆旧：题目。

〔2〕"桃花"三句：交代出游的时间（春天）、地点（湘江渡口）。艇：比较轻便的船。

〔3〕赪（chēng）光：红色的光芒。赪：同"赬"，红色。

〔4〕"风中"三句：以飞絮、归雁喻游子行踪漂泊不定。

〔5〕灞陵回首：是说朋友重聚。灞陵：即灞陵桥，也称灞桥，在今陕西西安东灞河上。唐代送别常在两岸折柳赠别。故灞桥又称销魂桥。

〔6〕逾杳：过了约定的日期而音讯渺茫。倩：请。

这首词追忆青年时远游的情景，慨叹暮年故友重聚时的无限怅惘。上片写"桃花春水"时令，"湘江渡"地点，以"风中飞絮，云边归雁"比喻自己年轻时漂泊江湖、行踪不定的生活。下片写"年华暮"时，故友重聚，因"花落风狂春不住"而"佳期逾杳"，表达了送行故人时的依依惜别之情。词篇的结构针线细密，起始三句突然而起，意境优美，令人不知道是忆旧。此词语言通俗晓畅，笔触清逸自然。

【纳兰性德】

纳兰性德（1655—1685），叶赫那拉氏，原名成德，字容若，号楞伽山人。满洲正黄旗人。清代著名词人。自幼饱读诗书，文武兼修，18岁参加顺天府乡试中举。康熙十五年（1676）补殿试，中第二甲第七名，赐进士出身。官至一等侍卫。其词以"真"取胜，写景逼真传神，出语天然。取材多为相思、悼亡、怀友。词风清丽婉约，清新秀隽，格高韵远。有《通志堂集》、《纳兰词》（又名《饮水词》）。

清平乐[1]

风鬟雨鬓，偏是来无准[2]。倦倚玉兰看月晕，容易语低香近[3]。

软风吹遍窗纱，心期便隔天涯[4]。从此伤春伤别，黄昏只对梨花[5]。

毛泽东曾圈读这首词，并在词题下写了"赠女友"三个字。

〔1〕清平乐：词牌名。

〔2〕风鬟雨鬓：形容女子发髻蓬松散乱，仪容不整。这里指相恋女友风雨兼程赶来和自己幽会。

〔3〕语低香近：是说花前月下，与那美丽的女子软语温存，情意缠绵，人香花香一齐袭来，沁人心脾。

〔4〕"心期"句：是说如今与她远隔天涯，纵心期相见，那也是可望而不可即的了。心期：心中所期许的人，心愿。

〔5〕伤春：因春天到来而引起忧伤、苦闷。

这是一首描写爱情的词。上片追忆作者往日与情人的幽会欢情。"倦倚"两句刻画月下柔情缱绻、软语温存的情态。然而这种欢情温馨的画面，如今只能留在深深的记忆之中了。下片写与情人离别后的凄清冷落，孤独难耐，从此只能面对黄昏、梨花，独自伤春伤别了。此词情辞真切，凄婉感人。正如王国维在《人间词话》中所评："以自然之眼观物，以自然之舌言情。"

台城路·塞外七夕^{〔1〕}

白狼河北秋偏早，星桥又迎河鼓^{〔2〕}。清漏频移，微云欲湿，正是金风玉露^{〔3〕}。两眉愁聚。待归踏榆花，那时才诉^{〔4〕}。只恐重逢，明明相视更无语。

人间别离无数，向瓜果筵前，碧天凝伫^{〔5〕}。连理千花，相思一叶，毕竟随风何处^{〔6〕}。鹣栖良苦，算未抵空房，冷香啼曙^{〔7〕}。今夜天孙，笑人愁似许^{〔8〕}。

毛泽东曾圈读这首词。

〔1〕台城路：词牌名。七夕：农历七月七日。《荆楚岁时记》："七月七日为牵牛织女聚会之夜。"

〔2〕白狼河：河名，即今辽宁大凌河。沈佺期《古意呈补阙乔知之》："白狼河北音书断，丹凤城南秋夜长。"这里泛指边塞河流。星桥：神话中的鹊桥，相传架于天河之上，故云。庾信《七夕》："星桥通汉使，机石逐仙槎。"河鼓：星名，即何鼓，牵牛星。《尔雅·释天》："何鼓谓之牵牛。"

〔3〕"清漏"三句：化用李商隐《辛未七夕》："由来碧落银河畔，可要金风玉露时。清漏渐移相望久，微云未接过来迟。"清漏：清晰的漏壶滴水声。漏：漏壶，古代计时器。金风：秋风。玉露：白露。秦观《鹊桥仙》："金风玉露一相逢，便胜却人间无数。"

〔4〕"待归"二句：化用曹唐《织女怀牛郎》："欲将心就仙郎说，借问榆花

早晚秋"诗意。

〔5〕瓜果筵：七夕节民间有将瓜果陈于庭中以乞巧的习俗。

〔6〕"连理"句：用唐玄宗、杨贵妃"七月七日长生殿，夜半无人私语时。在天愿作比翼鸟，在地愿为连理枝"（白居易《长恨歌》）故事。

〔7〕"羁栖"三句：是说虽然我羁留在外十分凄苦，却抵不上闺中妻子的相思之苦。冷香：本指清香的花，后借指女子，这里指作者的妻子。

〔8〕天孙：织女星。《史记·天官书》司马贞索隐："织女者，天孙也。"

这首词约作于康熙十五年（1676）七夕之日。此时作者任三等侍卫，第一次扈驾出巡塞外。词中抒写了作者对妻子的相思之苦。上片以幽默的口吻写彼此长期两地相思，"只恐重逢，明明相视更无语"。下片"今夜天孙，笑人愁似许"，也写得十分有情趣。前人评论：纳兰不单在他的悼亡之作中表现了凄怀苦情，即使写扈驾出巡、奉命出使等理应有所开怀的作品中，也是充满了戚戚苦语，怅怅苦情。此词多处用典，所写的塞外七夕之景之情，无不凄迟伤感；羁栖之苦，怀念闺人之意，可谓淋漓尽致。

【龚自珍】

龚自珍（1792—1841），一名巩祚，字璱人，号定庵，仁和（今浙江杭州）人。清末杰出的思想家、文学家。道光九年（1829）进士。历任国史馆校对官、内阁中书、礼部祠祭司行走、主客司主事。48岁时因动触时忌而愤然辞官南归，50岁时暴卒于江苏丹阳云阳书院。精于小学、经学和史地学，讲求经世济用。主张改革政治，抵制外来侵略。所作诗文，极富于创造性，提倡"更法""改图"，揭露清王朝统治的腐朽。其诗充满浪漫主义情调，气势磅礴，文辞瑰丽，风格多样，给人耳目一新之感。对晚清"诗界革命"及近代南社诗人均有一定影响。有《龚自珍全集》。

己亥杂诗三一五首 (其一二五)〔1〕

九州生气恃风雷，万马齐喑究可哀〔2〕。我劝天公重抖擞，不拘

475

一格降人才[3]。

　　毛泽东曾多次引用此诗。1958 年，他在《介绍一个合作社》一文中引用了这首诗。1961 年 11 月 17 日，毛泽东创作的《七律·和郭沫若同志》开篇 "一从大地起风雷" 句，化用此诗 "九州生气恃风雷" 句意。

　　〔1〕己亥杂诗：己亥年所作杂感诗。己亥：己亥年。我国古代用干支纪年，甲子至癸亥，六十年为一周期。这里的 "己亥" 为清道光十九年（1839）。这年四月，龚自珍辞官自京南归，后又北上接取眷属，当年十二月抵家。他于京杭往返途中，以七言绝句的形式，写成大型组诗，共 315 首，题为《己亥杂诗》。杂诗：古人不受传统惯例的约束，遇事即兴而发，写成诗篇，由于内容芜杂，难以归类，故统称为 "杂诗"，后相沿成为一种诗体。

　　〔2〕九州：这里代指整个国家。生气：生机蓬勃的景象。恃：依靠。万马齐喑：比喻死气沉沉的社会政局。喑：哑，沉默。究可哀：说到底是令人悲哀的。

　　〔3〕天公：即迎神活动中的玉皇。这里借指清王朝的最高统治者。重抖擞：重新振作精神。不拘一格：不要用一律限以资格的做法来拘束人才。降人才：降生人才。

　　这是一首抒怀之作。诗中表达了作者要求变革社会的强烈愿望和对清王朝统治下沉闷局面的极度不满。诗人想象奇瑰，以祈祷天神的口吻，呼唤风雷般的社会变革，以打破清王朝束缚思想、扼杀人才造成的死气沉沉的局面。"我劝天公"两句，表达了作者解放人才、变革社会、振兴国家的愿望。这种生机怒苗的思想和激情鼓荡的风格，很容易唤起年轻的变革者的共鸣。

参 | 考 | 文 | 献

〔1〕沐言飞编著. 诗经〔M〕. 北京：中国华侨出版社，2013年9月第1版。

〔2〕李山，华一欣著. 对话《诗经》〔M〕. 北京：中华书局，2013年8月第1版。

〔3〕徐四海编著. 诗经选读〔M〕. 南京：江苏凤凰科学技术出版社，2017年11月第1版。

〔4〕张登勤著. 屈原赋论笺〔M〕. 呼和浩特：内蒙古教育出版社，2001年12月第1版。

〔5〕朱东润主编. 中国历代文学作品选（全六册）〔M〕. 上海：上海古籍出版社，1980年11月第1版。

〔6〕沈德潜选. 古诗源〔M〕. 北京：中华书局，1978年3月新1版。

〔7〕毕桂发主编. 毛泽东批阅古典诗词曲赋全编（上、下册）〔M〕. 北京：中国工人出版社，1997年7月第1版。

〔8〕褚斌杰主编.《诗经》与楚辞〔M〕. 北京：北京大学出版社，2002年11月第1版。

〔9〕程郁缀著. 唐诗宋词〔M〕. 北京：北京大学出版社，2002年11月第1版。

〔10〕李简著. 元明戏曲〔M〕. 北京：北京大学出版社，2003年4月第1版。

〔11〕中国社会科学院文学研究所编. 唐诗选（上、下）〔M〕. 北京：人民文学出版社，1978年4月第1版。

〔12〕胡云翼选注. 宋词选〔M〕. 北京：上海古籍出版社，1978年3月新1版。

〔13〕毕桂发主编. 毛泽东评点历代名家词赏析〔M〕. 北京：中央文献出版

社，2006年5月第1版。

〔14〕吴战垒，王翼奇主编. 毛泽东欣赏的古典诗词（修订版）〔M〕. 杭州：浙江古籍出版社，2013年9月第1版。

〔15〕徐四海，夏勤芬著. 细读毛泽东诗词〔M〕. 上海：上海三联书店，2014年11月第1版。

〔16〕冯克正，赵敏俐主编. 中国古代诗歌选读〔M〕. 北京：中央广播电视大学出版社，2000年5月第1版。

〔17〕中央档案馆编. 毛泽东手书古诗词选〔M〕. 北京：文物出版社、档案出版社，1984年7月第1版。

〔18〕中央档案馆编. 毛泽东手书古诗词（共四册）〔M〕. 北京：北京出版社，2000年8月第1版。

〔19〕毛泽东手书真迹：手书古诗词卷（上、下册）〔M〕. 北京：西苑出版社，2003年3月第1版。

〔20〕季世昌主编，徐四海、舒贵生副主编. 中华诗词读本〔M〕. 南京：江苏凤凰美术出版社，2017年3月第1版。

图书在版编目（CIP）数据

毛泽东钟爱的古诗词 / 徐四海 编著. —北京：东方出版社，2020.1
ISBN 978 - 7 - 5207 - 1226 - 2

Ⅰ.①毛…　Ⅱ.①徐…　Ⅲ.①古典诗歌—诗集—中国　Ⅳ.①I222

中国版本图书馆 CIP 数据核字（2019）第 227724 号

毛泽东钟爱的古诗词

（MAO ZEDONG ZHONG'AI DE GUSHICI）
- -
编　　著：徐四海

责任编辑：袁　园

出　　版：东方出版社

发　　行：人民东方出版传媒有限公司

地　　址：北京市东城区朝阳门内大街 166 号

邮　　编：100010

印　　刷：北京联兴盛业印刷股份有限公司

版　　次：2020 年 1 月第 1 版

印　　次：2022 年 8 月第 3 次印刷

开　　本：710 毫米×960 毫米　1/16

印　　张：30.75

字　　数：499 千字

书　　号：ISBN 978 - 7 - 5207 - 1226 - 2

定　　价：68.00 元

发行电话：(010) 85924663　85924644　85924641
- -